今昔物語集
本朝世俗篇
（下）

全現代語訳

武石彰夫

講談社学術文庫

目次

巻第二十八　本朝　付世俗……155

巻第三十　本朝　付雑事

巻第三十一　本朝　付雑事……509

上巻内容

凡例

一、本書は『今昔物語集』巻第二十二から巻第三十一の現代語訳である。上下巻とし、巻第二十二から巻第二十六を上巻、巻第二十七から巻第三十一までを下巻に収めた。

二、本書の現代語訳文は『現代語訳対照　今昔物語集　本朝世俗部』(一)～(四)(旺文社刊、一九八四～八六年)の現代語訳を用いた。本書で、原本とは旺文社版をさす。

三、原本の原文は丹鶴叢書本を底本とし、読みやすい形(カタカナをひらがなになおし、歴史的かなづかいに改め、異体字を通用字体に改めるなど)に改めたものである。本書で原文に言及する場合には、原本のこの原文を用いた。

四、原本では、原文を読む上で必要な語句、それぞれの説話を理解するのに不可欠の語句に、脚注が付されていた。本書では、原則として現代語訳本文の相当する箇所に番号を付し、一話ごとに節末注とした。脚注のうち、文法の解説など主に原文に関するもの、訳文に注の内容が十分に訳出されているものなどについては、注の一部または注自体を割愛したものもある。

五、一話の見出しは原本現代語訳に付されたものによる。これは原文の見出しのかなづかいを現代かなづかいに改めたものである。

六、本「凡例」七～十は、原本凡例のうち現代語訳にかかわる部分を抽出した。

七、口語訳は、つとめて本文に忠実であるようつとめたが、訳文のなだらかさ、わかりやすさを考え、本文をおおきくはなれない程度において、多少の意訳を試みたところもある。また、できるかぎり、説話の表現を活《い》かすようつとめている。

八、本書を編むにあたっては多くのテキスト・注釈・研究書などのお世話になったが、とくに参考にしたのは次の書である。ここに記して感謝の意を表したい。
『今昔物語集』(新潮日本古典集成)阪倉篤義・本田義憲・川端善明(新潮社刊)
『今昔物語集』(日本古典文学全集)馬淵和夫・国東文麿・今野達(小学館刊)
『今昔物語集』(日本古典文学大系)山田孝雄・山田忠雄・山田英雄・山田俊雄(岩波書店刊)
『今昔物語集』(東洋文庫)永積安明・池上洵一(平凡社刊)

九、解説は、本書を読んで、説話に親しんでいただくための手引として、思いつくままにまとめてある。したがって、諸本・作者・内容というような体系的な形にはなっていないが、全巻をとおしてすべての面にふれていきたいと願っている。

十、参考付図は、本文鑑賞に関係すると思われる図版をえらび参考に供した。

今昔物語集　本朝世俗篇（下）全現代語訳

巻第二十七　本朝　付霊鬼

三条東洞院《さんじょうのひがしのとういん》の鬼殿《おにどの》の霊《りょう》の語《こと》、第一

今は昔、今の三条大路の北、東洞院大路(1)の東のすみは、鬼殿(2)というところである。そこに霊(3)が住みついていた。

その霊というのは、昔、まだこの平安京に都うつりもしていなかったころ、その三条東洞院の鬼殿のあった場所に大きな松の木があったが、そのそばを一人の男が馬にのり胡籙《やなぐい》(4)を背負ってとおりかかったときに、にわかに雷鳴がとどろき稲妻が走って、どしゃぶりになったので、男は前に進めず、馬からおりて、みずから馬をひきとめて、その松の木の根もとにしゃがんで雨宿りをしているうちに、とつぜん雷がおちてきて、その男も馬も蹴りさいて殺してしまった。そして、雷にうたれた男は、そのまま霊になったのである。

その後、都うつりがあって、その場所は、人家となり人が住む家になったのであるが、その霊は、そこをはなれることなく、いまにいたるまで悪霊としてすみついていると人は語り伝えている。それにしても、ずいぶん長い間、住みつづけている霊であることよ。されば、その場所にはしばしば不吉なことがあった、とこう語り伝えているということである。

典拠未詳。
(1) 現在の烏丸通りのやや東。
(2) 『二中歴』『拾芥抄《しゅうがい》』では、三条南、西洞院東として、藤原有佐《ありすけ》、または、朝成《あさひら》の宅にあてる。ただし

『大鏡』では、朝成宅は、「三条よりは北、西洞院よりは西」としている。いわゆる悪所として伝えられてきたもので、これを朝成の怨霊に結びつけて鬼殿とよんだものか。
(3) 怨霊。うらみや復讐の思いをもつ悪霊のこと。御霊信仰。平安時代に入って政治上の争いから、失意の人の怨霊が社会不安をまねくと考えられるようになった。朝成は、藤原伊尹《これただ》を怨んで怨霊となったと伝えられていた。
(4) 矢を入れて背負う武具。

川原院《かわらのいん》の融《とおるの》左《さ》大臣《だいじん》の霊《りょう》を宇《う》陀院《だのいん》見給う語《こと》、第二

今は昔、川原院(1)は、源融(2)左大臣がつくってお住まいなさった家である。陸奥国《むつのくに》(東北地方)の塩釜《しおがま》(3)の浦の景色をまねて庭をつくり、海水をくみ入れて池にたたえた。このように、さまざまに、この上なく風流のかぎりをつくして住んでいらっしゃったが、この大臣がなくなって後は、その子孫にあたる人が宇多院に献上したのであった。そこで、宇多院が、その川原院に住んでいらっしゃったとき(4)、醍醐《だいご》天皇(5)は、院の御子でおられたので、たびたび行幸なさって、まことにめでたいことであった。

さて、院が住んでいらっしゃったときのこと、夜なかごろに、西の対《たい》の屋《や》(6)の塗籠《ぬりごめ》(7)の戸をあけて、だれやら衣《きぬ》ずれ(8)の音をたててやってくる気配がしたので、院がそちらを御覧なさると、きちんとした束帯姿の人が、太刀をはき、手には笏《しゃく》(9)をもって、二間ほど(約三・六メートル)はなれて、ひざまずいてかしこまっていた。院が、「そこにいるのは、だれか」とお

たずねなさったところ、「この家の主の翁でございます」と申しあげる。院が、「融の大臣か」とおたずねなさったところ、「さようでございます」とお答え申しあげたので、院が、「どういう用であるか」と、さらにおたずねなさると、「わたくしの家でございますから、このようにして住んでおりますが、院がおいでなさいますので、恐れおおく気づまりに存ずるのでございます。いかが致したらよろしゅうございますか」と申しあげる。院は、「それは、まことに合点がいかぬことぞ。自分は、他人の家をうばいとった覚えはないぞ。おまえの子孫が献上したからこそ、自分は住んでいるのだ。たとえ、ものの霊であるといっても、ものごとの道理をわきまえず、なぜそんなことを言うのか(10)」と、威厳をもって一喝なさったところ、融の霊は、かき消すように見えなくなってしまった。それ以来、二度と現われることはなかった。

その当時の人々は、この話を聞いて、院をおそれうやまったのであった。そして、「やはり、なみの人とは違っていらっしゃることよ。ほかの人では、この大臣の霊にむかって、このように物おじせずに(11)答えることはできないだろうよ」と評判し合ったと、こう語り伝えているということである。

典拠未詳。『古本説話集』『宇治拾遺物語』には、同文的同話があって原拠は同じと考えられる。

(1) 河原院。東六条院。賀茂川の近くにあった。六条坊門南・万里小路《までのこうじ》東八町の地。最盛時には、東西を京極大路と万里小路、南北を六条坊門・七条坊門の両小路に接した。現在の五条通りの南方にあたる。融の死後、子昇が伝え、これを宇多上皇に献上したという。融の怨霊が出現したため、七ヵ寺で諷誦を修し、そのためか、昇の孫安法法師が住し、いつのころか寺となった。

(2) 嵯峨天皇の第八子。貞観十四年（八七二）左大臣。河原の左大臣と称されたが、藤原氏におさえられていた。寛平七年（八九五）没。七十三（七十四）歳。

(3) 融が陸奥出羽按察使のおり、実景を見て感動し千賀浦の景を模したものであろう。尼崎から海水を運び入れ塩焼きなども行った。

(4) 宇多院は定住せず、寵愛した京極御息所《みやすどころ》褒子《ほうし》（時平の女《むすめ》）を住まわせた。

(5) 第六十代。宇多天皇の第一皇子。

(6) 寝殿の西にある棟。

(7) まわりを壁でぬりこめ、妻戸《つまど》の入口をつけた二間四方の部屋。物置・寝室などにつかう。

(8) 原文「日の装束」。直衣《のうし》の宿直《とのい》姿に対して、朝廷の公務に従う昼の正式な装束。

(9) 束帯のとき右手にもつ薄い板。もと、メモを記したり、紙片をはったりしたが、後、威儀を整えるためのものとなった。

(10) 原文「搔消《かきけ》つ様に失せにけり」。神や霊、化身などが姿を消す場合に用いる表現。

(11) 原文「痓《すく》やかに」。心がしっかりしていること。

桃薗《ももぞの》の柱の穴より児《ちご》の手を指し出だして人を招く語《こと》、第三

今は昔、桃薗(1)というのは、今の世尊寺(2)である。まだ、寺にもなっていなかったころに、西の宮の左大臣(3)（源高明《たかあきら》）が住んでいらっしゃった。

そのころのこと、寝殿《しんでん》の東南の母屋《もや》(4)の柱の木に節穴があいていた。夜になると、その木の

節穴から小さい子どもの手が出て人を招くという怪異がおこった。大臣は、このことをお聞きなさって、たいそう驚きあやしまれて、その節穴の上にお経を結びつけ申しなさったけれども、それでも手招きしたので、こんどは、仏の絵像⑸をおかけ申したのだが、やはり、手招きはやまなかった。こうして、いろいろと手をつくしてみたが、どうしてもやまず、二晩か三晩をおいて⑹、夜なかごろ、人がみな寝静まるころになると、かならず手招きがはじまるのであった。

ところが、ある人が、もう一度ためしてみようと、征矢《そや》⑺を一本、その節穴にさしこんでみたところ、その征矢が入れてあるうちは、手招きすることがなかったので、その後、矢の柄《つか》は抜いて、征矢の矢じりだけを、節穴にふかく打ちこんでおいたところ、それから後は、手招きはばったりとやんでしまった。

このことを考えてみると、なんともわけがわからないことである。きっとものの霊などのしわざであったろう。それにしても、征矢の霊験⑻が、仏や経典のもつ霊力にまさっていようとは、どうしても考えられないことである。されば、この当時の人は、みなこの話を聞いて、このように不審がったと、こう語り伝えているということである。

典拠未詳。

(1) 一条大宮のあたり。天皇の供御とする梨・桃・野菜などが作られていたところ。

(2) 桃園親王といわれた清和天皇の子、貞純親王から、高明・伊尹・保光・行成と伝領され、延長五年(九二七)法会を修し、薬師如来の像をつくり、「法華経」の書写を行った。長保三年(一〇〇一)二月、寺とし落慶供養を行う。一条北・大宮西。桃花で名高く栄えたが、のち衰えついに廃絶した。

(3) 醍醐天皇の御子、源高明。左大臣・摂政となったが、安和の変に座して、大宰権帥《だざいのごんのそち》に左遷された。西宮に邸があった。

(4) 寝殿の中央にあたる庇《ひさし》の内側の南東にある柱。「東南」は原文「辰巳《たつみ》」で禁忌の方角。

(5) 原文「仏」。絵像であろう。もともと密教の修法のおりの本尊として用いるものであり、単に、絵像をかけたのみでなく、何らかの祈禱をも行ったと考えられる。

(6) 経・絵像をかけた夜はなにごともないのであるが、二晩・三晩たつとかならず再び怪異がおこるのである。

(7) 実戦に用いる矢。四枚羽のトガリ矢。

(8) 矢に呪力を見ることは、一般に広く行われ地名にも見られる。東密では、極喜三昧耶《ごっきさんまや》として、この印言によって諸仏が歓喜し、行者も厭離心を捨てて歓喜し、大悲の矢をもって、一切衆生の涅槃を願う心を射るとし、印相は、弓に矢をつがえた形を表わす。

冷泉院《れいぜいのいん》の東洞院《ひがしのとういん》の僧都殿《そうずどの》の霊《りょう》の語《こと》、第四

今は昔、冷泉院小路《れいぜいいんのこうじ》(1)の南、東洞院大路(2)の東のすみは、僧都殿というたいへんな悪所であった(3)。だから、うかつに、そこに住む人はいなかった。

ところで、その冷泉院小路の真北は、左大弁宰相(4)源扶義《すけよし》(5)という人の家である。その左大弁宰相の舅(7)は、讃岐守源是輔《これすけ》(6)という人である。ところで、その家から見ると、むかいの僧都殿の西北のすみに、背の高い大きな榎の木がそびえている。たそがれどき(8)になると僧都殿の寝

殿の前から、赤い単衣がとび出して、その西北の榎の木の方にむかってとんでいき、梢にのぼるのであった。

そこで、人々はこれを見て、こわがり、だれもその付近に近よるものはなかったが、かの讃岐守の家に宿直して警護にあたっていた一人の武士が、この単衣がとんでいくのを見て、「われこそは、あの単衣をきっと射おとして見せるぞ」と言ったので、これを聞いたなかまたちが、「ぜったい、射おとすことはできまいよ」と言い争って、その男をけしかけたので、男は、「きっと、射てみせよう[9]」と言い放って、夕暮れどきに、かの僧都殿に出かけていって、寝殿の南面の縁側に、そっとあがって待っているうちに、東の方の竹がすこし生えていたあたりのなかから、例の赤い単衣がいつものように、すうっととんでいった。男は、雁胯[10]の矢を弓につがえて、力いっぱいひきしぼって射たところ、単衣のまんなかを射《い》貫《つら》ぬいたと思ったのに、単衣は、矢のつきささったままで、いつもと同じように榎の木の梢にとびあがっていった。その矢が命中したと思われるところの地面を見ると、おびただしい血がながれていた。男は、もとの讃岐守の屋敷にもどって、言い争ったなかまたちにむかって、事の次第を話したところ、それを聞いたものたちは、恐ろしさのあまり、みなふるえあがってしまった。その男は、その夜、寝こんだまま死んでしまった。

そこで、この言い争いをした連中をはじめ、この話を聞いた人はみな、「つまらないことをして死んだものよ」と言って非難した。ほんとうに、人間にとって命以上のものはないのに、つまらないものに、勇ましいところを見せようとして死んでしまった[11]とは、まことにくだらないことだと、こう語り伝えているということである。

典拠未詳。
(1) 大炊御門大路と二条大路との間。
(2) 本巻第一話、注(1)参照。
(3) よくわからないが、第一話と同じく何かのいい伝えがあったものと思われる。
(4) 左大弁で参議を兼ねる人の称。
(5) 宇多源氏。雅信の四男。
(6) 光孝源氏。参議清平の子。『二中歴』に、徳人(富人)として出る。
(7) 「西北」は原文「戌亥《いぬゐ》」で、祖霊の宿る場所とされ、多く榎の木を植えた。榎の木にまつわる神事がある。『徒然草』に、榎木僧正の話があるが、坊の傍に大きな榎の木があったというのもやはり関係があるであろう。
(8) 原文「かれはたそ時」。「あれはだれか」とたずねるころの時分。夕暮れどきをいう。
(9) 原文「簀子《すのこ》」。寝殿造の庇《ひさし》の間の外側に、板と板の間を少しすかして作ったぬれ縁。
(10) 先端が蛙の股状に開いた矢じりで、鏑矢《かぶらや》につける。
(11) 怪異からのたたりによって命を失ったのである。赤は悪霊の象徴であり、その形相である。人の心を悩まし、死に至らしめる。

冷泉院《れいぜいのいん》の水の精《たま》、人の形《かたち》となりて捕えらるる語《こと》、第五

今は昔、陽成院《ようぜいいん》(1)が住んでいらっしゃったところは、二条大路の北、西洞院《にしのとういん》大路の西、大炊《おおいの》御門《みかど》大路の南、油小路の東の地にあたる二町(2)であった。院がおかくれなさってからは、その

地所のまんなかを東西につらぬく冷泉小路(3)を開いて、北の町は人家になり、南の町には池などがすこし残っていた。

その南の町にも人が住んでいたころのこと、ちょうど夏の時分、西の対屋《たいや》の縁側に人が寝ていたところ、身のたけ三尺ぐらい（約九〇センチ）の小さな翁があらわれて、寝ている人の顔をなでたので、おかしいとは思ったが恐ろしくてどうすることもできず、寝たふりをして横になっていたところ、翁は、ゆっくりともどっていった。星あかりにすかして見ると、池のみぎわまで行ってかき消すように姿をかくしてしまった。池は、いつ水をかえたともわからないくらい、浮草や菖蒲(4)などが生いしげって、見るからに気味わるく恐ろしそうである。

そこで、さては、この池に住む妖怪でもあろうかと恐ろしく思っていると、その後も、夜な夜なやってきては顔をなでるので、この話を聞く人はみな恐れおののいていたが、なかに武者気どりの男がいて、「よし、このおれが、その顔をなでるとかいうやつを、きっと引っ捕えてやる」と言って、その縁側に、たった一人、苧縄《おなわ》(5)をもって、一晩中、身を横たえて待っていたが、宵のうちはあらわれなかった。夜なかも過ぎたかと思われるころに、待ちくたびれて、すこし、(うとうとっとし)(6)たところ、顔になにか冷たいものがあたったので、あらかじめ待っていたことなので、夢うつつにも、ハッと気がついて、目をさますやいなや、おきあがって引っ捕えた。苧縄でもって、がんじがらめにしばりつけて、欄干《らんかん》(7)にゆわえつけておいた。

そして、人を呼ぶと、人々が集まってきて燈をともして見たところ、身長三尺ぐらいの小さな翁で、浅黄色(8)の上下を身につけたものが、いまにも死にそうな様子で、しばりつけられ目をしばたたいている。人が何をたずねても返事もしない。しばらくたって、すこしほほえんで、あっちこっちを見まわして、蚊のなくような情けない声を出して、「たらいに水を入れてくださいませんか」と言う。そこで、大きなたらいに水を入れて前に置いてやると、翁は、首をのばして、そのたらいにむかって、水にうつる影(9)を見るや、「わしは、水の精じゃ」と言うやいなや、水のなかにズブリと落ちこんでしまうと、翁の姿は消えていった。すると、たらいの水かさがふえて、ふちからこぼれ、あのしばっておいた縄は結ばれたまま水中に残っている。翁は、水になってとけてしまったので、その姿が消えたのだ。人々は、みな、これを見て驚きあやしんだが、そのたらいの水をこぼさないようにして、かかえて池にそそぎこんだ。それから後は、翁がやってきて人の顔をなでることはなくなった。

　これは、水の精が人になって現われたのであると(10)、人々は言いあった、とこう語り伝えているということである。

典拠未詳。

（1）第五十七代。清和天皇の皇子。ここの地で、基経によって乱行を理由にして退位させられた。退位後も居住。

（2）この説明は、陽成院で、標題の「冷泉院」ではない。

（3）現在の夷川通《えびすがわどおり》。

（4）あやめ。あやめぐさ。池畔や溝に自生する多年生宿根性草本。

(5) 麻や苧《からむし》の繊維をあんで作った縄。
(6) 底本は漢字表記を予定した欠字。「マドロミ」が当てられる。
(7) 原文「高欄」。簀子の外側に作られた手すり。
(8) 黄色がかった薄い青色。化身の服装。
(9) 原文「水影」。水にうつった自分の影。
(10) 池水の怪異譚は多いが、化身としての翁もよく出るパターン。末尾の翁が消えていく場面の表現は、絶妙である。

東三条《ひがしのさんじょう》の銅《あかがね》の精《たま》、人の形《かたち》となりて掘り出ださるる語《こと》、第六

今は昔、東三条殿(1)に式部卿宮《しきぶきょうのみや》(2)と申しあげる方(重明《しげあきら》親王)がお住まいなさっていらっしゃったときに、南の山を、身のたけ三尺(約九〇センチ)ぐらいのふとった五位(3)の男が、ときどき姿をあらわして歩いていったのを、親王が御覧なさって怪しくお思いなさっていたが、五位の歩くことが度重《たびかさ》なったので、霊験あらたかな陰陽師(4)を召して、そのたたりをお尋ねなさったところ、陰陽師は、「これは、もののけでございます。人に害を与えるはずのものではございません」と占ったので、さらに、「その霊はどこにいるのか。また、それは、なんの精なのか」とお尋ねなさると、「これは、銅のうつわものの精でございます。お邸の東南のすみの土のなかにおります」とお占い申しあげたので、陰陽師の言うとおりに、その東南の方角の地面を区切って(5)、もう一度占わせ、その占に当ったところの地面を、二、三尺

（約六〇センチ～九〇センチ）ほど掘ってさがしたけれど、なにもでてこない。陰陽師は、「もっと、掘ってみなければなりません。決して、ここからはずれはしません」と占い申しあげたところ、さらに五、六寸（約一五センチ～一八センチ）掘るうちに、五斗入りほどの銅のひさげ(6)を掘り出した。それ以後、五位の出あるくことも、まったくなくなった。されば、きっとその銅のひさげが化身となって、歩いたものであろう。まことにかわいそうなことである。

このことから、人々は、物の精は、このように人の姿となって現われるものなのだと知った、とこう語り伝えているということである。

典拠未詳。

（1）二条南・西洞院東にあった良房の邸で、基経・忠平などをへて兼家に伝わり、藤原氏氏長者《うじのちょうじゃ》に伝領されていく。

（2）醍醐天皇の第四皇子。式部卿は、式部省（宮中の儀式、文官の勤務評定や人事、叙位および学政をつかさどる）の長官。音楽にすぐれていた。

（3）五位の袍《ほう》の色は赤系統であり、怪異の姿として描かれている。

（4）陰陽寮に属し、天文暦数、地相による占い、みそぎはらえなどをつかさどる。

（5）原文「地《ぢ》を破《わ》りて」。土地を測量すること。

（6）つると口がついた酒や水を注ぐのにつかう容器。ここでは、土中から発掘されたので、つるはない。

在原《ありわらの》業平《なりひらの》中将《ちゆうじよう》の女《むすめ》、鬼に噉《くら》わるる語《こと》、第七

　今は昔、右近中将在原業平(1)という人がいた。たいへん評判の色ごのみで、世間で美人の聞え高い女に対しては、宮仕えの女であろうと、人の娘であろうと、一人のこらず(2)、すべてに思いをとげたいと思っていたが、ある人の娘が器量といい、気だてといい、この世のものとは思えないほど、すばらしいと聞きつけ、情熱をかたむけて言い寄ったけれども、親たちが、「うちの娘には、高貴なむこをとるつもりだ」と言って、大事にしたので、業平の中将は、まったく手も出せないまま過したが、どのようにたくらんだのか、その娘をこっそりぬすみ出してしまった。

　しかし、すぐには、つれていって隠すようなところもなかった。思いあぐねていくうちに、北山科(3)のあたりに荒れはてて住む人もない古い山荘(4)があった。その邸うちには、大きな校倉《あぜくら》(5)があり、その片開きの戸はたおれていた。むかし人が住んでいた建物は、簀子《すのこ》(7)縁(6)の板もなくなっており、とうていはいれそうもなかったので、その倉のなかにうすべり一枚をもっていって、この女をつれこんで二人で寝たところ、とつぜん稲妻がとび、雷鳴がはげしくとどろいたので、中将は太刀をぬいて(8)女をうしろにおしやり、太刀をひらめかしているうちに、雷もやっととなりやみ、夜も明けてきた。

　ところが、女は、物音一つたてないので、中将は不思議に思って、ふりかえってみると、女の頭と着ていた着ものだけが残っていた。中将は、あまりのことにあきれはて、ただ恐ろ

しくて、着るものもとりあえず、逃げ出していった。こういうことがあってからのち、この倉は、人をとる倉だとわかった。とすると、その夜のことも、稲妻や雷鳴ではなくて、倉に住みついていた鬼のしわざであったのだろうか。されば、様子もわからないようなところには、決して立ち寄ってはならないものなのだ。まして、とまったりするなどとんでもないことだと、こう語り伝えているということである。

『伊勢物語』を典拠にして脚色したものと考えられる。

（1）平城天皇の皇子阿保《あぼ》親王の子。中将は、近衛府の次官。平安前期の歌人。三十六歌仙の一人。『三代実録』には、「体貌閑麗、放縦にして拘《こだわら》ず」とある。帝の皇妃や伊勢斎宮との間に情事があったことは事実らしい。

（2）ここは、いわゆる好色の意であろう。

（3）山科の安祥寺の北に業平谷の名が伝えられている。寺辺の山五十町が寺領となっており、寺域広大であった。野沢《やたく》十二流の一、安祥寺流の発祥地。

（4）荘園管理のために作られた山の邸宅。

（5）木材を井げたのように組みあげて壁とした高床の倉。

（6）建物の外側のぬれ縁。

（7）板の間にしくござ。

（8）雷よけのまじないである。

内裏《だいり》の松原《まつばら》にして、鬼、人の形となりて女を噉《くら》う語《こと》、第八

今は昔、小松天皇(1)(光孝天皇)の御代、武徳殿(2)の松原(3)を、若い女が三人、つれ立って内裏の方へ歩いていった。八月十七日の夜のことで、月がたいへん明るい。

すると、松の木の下から、男が一人でてきた。男は、この通りかかった女の一人を引きとめて、松の木かげで女の手をとって何か話しはじめた。あとの二人の女は、「すぐに話がすんでもどってくるだろう」と立ちどまって待っていたが、いっこうに帰ってこないし、話し声も聞こえなくなったので、どうしたことかと不審に思って、二人の女が、その松の下に近よってみると、女も男もいない。いったい、どこへ行ってしまったのかしらと思って、よく見ると、ただ、女の足と手だけがばらばらになっておちていた。二人の女は、これを見て、びっくりして逃げ出し、衛門《えもん》府の詰所(4)にかけこんで、詰所のものに、事の次第を告げたところ、詰所のものたちもびっくりして、その場所にいってみた。そこには、死骸らしいものはなにも見当らず、ただ、足と手だけが残っていた。その時に、人が集まってきてたいへんなさわぎとなった。「これは、鬼が人の姿に化けて、この女をくい殺してしまったのだ」と言いあった。

されば、女は、このように人気のない場所で、見知らぬ男によびとめられたといって、うっかり心をゆるしてついて行ってはならない。十分気をつけなければいけないことだと、こう語り伝えているということである。

典拠は、いちおう『三代実録』に記す記事と考えられる。
（1）第五十八代光孝天皇。仁和寺のちかく小松山に陵《みささぎ》が作られたことからいう。仁和三年（八八七）八月十七日におこった事件である。
（2）大内裏の宜秋門の西方にある。武術・競馬などを天覧した殿舎。
（3）宴の松原。宜秋門外の広場。北側に松原がある。いわゆる魔の場所として恐れられていた。
（4）原文「衛門の陣」。宜秋門内にあった右衛門の詰所。衛門府は、宮中の諸門を守備警護する武官の役所。

官《かん》の朝庁《あさまつりごと》に参る弁《べん》、鬼の為に噉《くら》わるる語《こと》、第九

今は昔、太政官(1)で朝庁《あさまつりごと》(2)ということを行っていた。それには、まだ夜の明けない前に松明《たいまつ》をともして登庁するのである。

あるとき、史《さかん》(3)の□(4)というものが、おくれて登庁した。弁(5)の□(6)といった人は、はやくから登庁して、すでに座についていた。史は、おくれたことを恐れ入って、大いそぎで参上していたが、待賢門(7)の前に弁の車がとめてあるのを見て、「弁は、とっくに参内された」と気がついて、急いで役所に入ろうとすると、役所の北の門のへい(8)のそばに、弁の雑色(9)や小舎人童《こどねりわらわ》(10)などがひかえている。そこで、史は、弁がはやく登庁しているのに、自分が下役の史でありながらおくれたことを恐縮して、いそいで東の庁(11)の東の戸(12)のわきによって、庁の

内をのぞいて見ると、燈火は消えていて人のいる気配もない。

史は、たいへん不思議に思って、弁の雑色たちがひかえているへいのそばに近よって、「弁殿は、どこにおられるのか」とたずねると、雑色たちは、「東の庁にとっくにお入りなさいました」と答えたので、史は、主殿寮《とのもりよう》(13)の下役人をよび、あかりをつけさせ庁の内に入って見ると、弁のすわる席に、真っ赤な血にまみれた頭で、髪の毛がところどころについた首がころがっていた。史は、「これは、なんと」とおどろき恐れて、すぐそばを見ると、血がついた笏《しゃく》(14)やくつがおちている。また、扇(15)があり、弁の筆跡で、扇に職務の次第があれこれ書きつけてある。そして、敷ものにも、たくさんの血がべっとりとついている。しかし、その他のものは何ひとつ発見できない。あまりのことでなんともいえない。やがて、夜が明けたので、おおぜいの人が集まってきて、このありさまを見て大さわぎとなった。弁の首は、従者たちが引きとっていった。その後、この東の庁では、朝庁を行わず、すべて西の庁(16)で行うようになった。

されば、政務とはいえ、このように人気のないような場所では、用心しなければいけないことである。これは、水尾天皇(17)(清和天皇)の御代のできごとである、とこう語り伝えているということである。

典拠未詳。

(1) 原文「官の司《つかさ》」。中央の八省諸司や諸国を統括し国家を治めた役所。大内裏の南東にある。

(2) 早朝の執務。

(3) 太政官の弁官局に属する四等官。
(4) 史の姓名の明記を予定した意識的欠字。
(5) 太政官の弁官局に属する三等官。
(6) 弁の姓名の明記を予定した意識的欠字。
(7) 原文「中御門《なかのみかど》の門」。東の大宮通りに面している待賢門で、官吏が参内するときの門。手車の宣旨をうけたものだけが車で参入できる。
(8) 門の内側につくってある目かくしのためのかき。
(9) 雑役にしたがう召し使い。
(10) 召し使いの少年。
(11) 正庁から右向に廻廊がめぐり、南庭をはさんで東庁と西庁とが向きあっている。
(12) 東庁の東面石階の戸。
(13) 宮内省に属し、天皇の輦輿《れんよ》・庭の清掃・燈火などをつかさどる。
(14) 原文「沓《くつ》」。皮製のくつ。
(15) 檜扇。ひのきの薄板を重ね、要《かなめ》を金物でとめ、上のはしを白糸でつづり合わせたもの。
(16) 注（11）参照。
(17) 第五十六代清和天皇。文徳天皇の第四皇子。

仁寿殿《じじゅうでん》の台代《たいしろ》の御燈油《おおみあかし》取りに物来たる語《こと》、第十

今は昔、延喜(3)（醍醐天皇）の御代のこと、仁寿殿(1)の対代《たいしろ》(2)に、真夜なかごろ何ものかがやってきて、御燈油(4)をぬすみだして、紫宸殿の方に去っていくことが、毎夜のようにつづくでき

ごとがおこった。

天皇は、これを、心外なこととお思いなさり、「なんとかして、正体を見とどけたい」とおっしゃっておられた。そのころ、□(5)弁源公忠《きんただ》(6)という人が、殿上人としてお仕えしていたが、天皇に、「この御燈油をぬすむものを捕えることはとてもできませんが、正体を見とどけるくらいのことなら何とかやってみましょう」と申しあげた。天皇は、この言葉を聞いてお喜びなさり、「かならず見とどけよ」とおっしゃった。ちょうど三月の長雨のころで、夜に入ると、いつもは明るいところさえ暗く、まして紫宸殿のものかげは、まっ暗であった。公忠の弁は、長橋(7)からひそかに抜き足で階段を登り、紫宸殿の北の脇戸(8)のそばに身を寄せて立って、息を殺してあたりをうかがっていると、丑の時（午前二時ごろ）にもなっていたかと思われるころ、あやしい足音がこちらへやってくる。「こいつだな」と思っていると、御燈油をぬすんでいく重そうな足音だけは聞こえてはくるが、いっこうに姿は見えない。ただ、御燈油の光だけが、紫宸殿の戸にむかって宙に動いてのぼっていくので、弁は、走りかかっていって、紫宸殿の戸のそばで、足をあげて力いっぱい蹴飛ばしたところ、足にはなにか強く当ったものがある。御燈油はぱっとこぼれ、なにものか紫宸殿の方へ逃げていった。

弁は、殿上の間にもどって、あかりをともして足を見ると、親指の爪が欠けて血がついていた。夜があけて、昨夜、あの蹴飛ばした場所へいってみると、暗紅色の血がおびただしく流れており、紫宸殿の塗籠の方にまで点々とつづいている。塗籠をあけてなかを見ると、血だけがおびただしく流れていて、他のものはなにもなかった。そこで、天皇は、たいそう公忠の弁をおほめなさった。

この弁は、武者の家柄ではなかったけれども、聡明で思慮深く、ものおじしないまことの勇者であった。だから、このような怪異をもおそれることなく、すきをうかがって蹴飛ばしたのである。他の人なら、たとえ、天皇のおおせがあったにしても、あれ程、真のやみのなかで、紫宸殿のものかげに、たった一人でひそんでいられようか。それ以後、この御燈油をぬすむ怪事件は、まったくなくなった、とこう語り伝えているということである。

典拠未詳。

(1) 紫宸殿の北側にある殿舎。初め、天皇の日常の座所であったが、それが清涼殿に移ってからは内宴・加冠などに用いられた。

(2) 対の屋の代わりに用いられる放出《はなちいで》や渡殿《わたどの》。

(3) 露台（紫宸殿と仁寿殿との間にある板敷）におかれた燈火。

(4) 原文「南殿《なでん》」。公式の重要な行事が行われる。

(5) 漢字表記を予定した意識的欠字。「右少」が入る。

(6) 光孝天皇の孫。歌人。地獄に行って蘇生した話が伝わる。

(7) 原文「中橋《なかはし》」。露台と清涼殿とをつなぐ長橋か。

(8) 紫宸殿北庇《ひさし》の板戸。脇戸は、すみにつけた戸。

或る所の膳部《ぜんぶ》、善雄《よしお》の伴《ともの》大納言の霊《りょう》を見る語《こと》、第十一

今は昔、□(1)のころ、国中にしわぶきやみ(2)が大流行して、だれひとりとしてこの病《やまい》にかか

らぬ人がなく、上中下のひとが、みな病床に寝たきりになることがあった。

　そのころ、ある屋敷で調理人をしていた男が、その日の屋敷でのつとめ[3]をすっかり終え、門帰宅しようとして、亥の時[4]（午後十時ころ）に、人がみな寝静まってから屋敷を出ると、門のところで、赤い正装の上着に冠をつけた、たいへん品格があって恐ろしげな人に出くわした。見ると、人品いやしからぬ人なので、だれかはわからないが、身分のひくい人ではあるまいと思って、その前にひざまずくと、この人が、「そなたは、このわしを知っているか」と言う。「存じあげません」と答えると、この人がまた、「わしはな、むかしこの国にいた大納言伴善雄[5]というものだ。伊豆の国（静岡県）へ配流[6]されていて、とっくのむかしに死んでいる。それが、疫病をはやらせる神となっているのだ。わしは、心ならずも朝廷に対して罪をおかして、重い罰をこうむったものだが、朝廷に仕えている間は、国からたいへんな恩を受けた。それゆえ、ことしは、国中に悪疫[7]が流行して、国民のすべてが病死するはずになっていたのを、このわしがしわぶきやみ程度にとどめるよう指示したのだ。だから、世間中にしわぶきやみが広がっているというわけだ。わしは、そのことを言い聞かせようと思って、じつは、ここに立っていたのだ。そなたは、別にこわがることはないぞよ」と言ったかと思うと、かき消すように見えなくなった。

　調理人の男は、これを聞いて、こわごわ家に帰って人に語り伝えたということである。それ以来、人々は、「伴大納言は、疫病をはやらせる神になっているのだった」と理解できたのである。それにしても、世には人が多いのに、どうしてこの調理人をえらんで、このことを告げたのか、それにもきっとわけがあるのだろう、とこう語り伝えているということである。

典拠未詳。
(1) 年時の明記を予定した意識的欠字。
(2) はげしいせきを伴うインフルエンザ。
(3) 人定《にんじょう》という。後世のことであるが、『徒然草』に、「この酒をひとりたうべんがさうざうしければ、申しつるなり。さかなこそなけれ。人は静まりぬらん。さりぬべきものやあると、いづくまでも求め給へ」(第二百十五段)とある。
(4) 原文「表衣《うへのきぬ》」。宮中の正装である束帯に着る上衣。官位によって色が異なる。赤色は五位。赤は霊界の人物を思わせる。本巻第四話、注(11)参照。
(5) 弘仁朝以来、政界に進出した能吏で、嵯峨源氏。摂関政治の確立をねらう藤原氏と対立し、応天門炎上をめぐっておきた政治的疑獄事件、応天門の変に連座し、死一等を減じて伊豆へ配流され、そこで没した。この事件により、名族伴(大伴)・紀の両氏は力を失った。真相は、単なる不審火が複雑な政治情勢をもとに思わぬ方向に発展したということらしい。本人は無実を主張し、世人も疑いをもつものがいた点、怨霊となったものであろう。善雄には、奇怪な伝承が多い。
(6) 伊豆で憤死した善雄の怨霊がたたったのである。
(7) 原文「疾疫《えやみ》」。伝染病。疫疾・疫気とも。「えやみ」「えのやまい」と読む。「疫《え》に立たされる」――すべての人がかかりつくす病気ということ。

朱雀院《しゆじやくのいん》にして餌袋《えぶくろ》の菓子《かし》を取らるる語《こと》、第十二

今は昔、六条院の左大臣(1)と申しあげる人がいらっしゃった。その方の名を重信と申しあげる。

この大臣が、ある夜のこと、方違え(2)に朱雀院(3)へお出でなさった。石見守藤原頼信(4)というものが、当時、滝口(5)の侍であったが、この大臣のそば近く仕えていたので、その頼信を前もって朱雀院につかわして、「そこで待っておれ」と命じておいた。そこで、頼信は、先に朱雀院へ行くことになったのだが、大臣は、大きな餌袋(6)に種々のくだものをまぜ合わせたものを、袋の口いっぱいに用意し、赤い組みひもで上をかたく結んで封をして、「これをはこんでいって置いておけ」と言ってあずけた。頼信は、その餌袋をうけとって、下人にかつがせて朱雀院に出かけていったのであった。

さて、東の対屋の南おもてをあけて、燈などともして、頼信は、大臣がおいでになるのを待っているうち、夜もしだいにふけていった。けれども、大臣がなかなか御到着なさらないので、頼信は、待ちかねて、かたわらに弓・胡籙をたてかけ、餌袋をしっかとおさえてすわっていたが、どうにもねむくてたまらず、ちょっと横になっているうちに、ほんとうに寝こんでしまった。それで、大臣がいらっしゃったのも、まったく知らないでいたのだが、大臣が入ってこられて、寝ていた頼信をゆりおこしなさったときに、頼信は、はっと目をさまし、あわてて衣服のひもをしめなおし、弓・胡籙をとって外に出た。

その後は、良家の君達が大臣の前に集まってすわっていたが、どうもたいくつでしかたがないからといって、その餌袋をとりよせてあけてみた。ところが、この餌袋のなかにはなんにも入っていない。そこで、頼信を召して、どうしたことかとおたずねなさったところ、頼信が答えて申しあげることには、「この頼信めがよそ見をいたし、餌袋から目をはなしておりましたものなら、人にとられることもございましょうが、お屋敷を退出いたしますときに餌袋をいただき、お屋敷の下人に持たせて、道中、ずうっと目をはなしたことはございませんでした。ここに持ちこんでからは、そのまま、このようにおさえておりましたのに、どうして中身がなくなることがございましょうか。それでは、頼信がおさえて寝こんでおりましたときに、鬼などがとったのでございましょうか」と言ったので、そこにいる人はみなおそれおののいたことであった。

まことに、これは合点がいかぬことだと、当時の人は言いあった。たとえ、袋を持たせていた下人がぬすみとったとしても、すこしとるだけであろう。ところが、なに一つとてなく、はじめ[7]からものを入れた気配すら、まったくなかったのであった。これは、まさしく頼信が語った話を聞いて、こう語り伝えているということである。

典拠未詳。

(1) 宇多天皇の皇子敦実親王の四男。母は時平の娘。その邸は、六条の北・東洞院の西にあった中六条院である。

(2) 陰陽道の説。外出のとき、天一《なか》神《がみ》・大将軍・王相神などのいる方角をさけるため、一度他方に宿ること。
(3) 嵯峨天皇の離宮として創始され、宇多天皇のとき最盛期をむかえ、その後衰退した。四条北・朱雀西の八町におよぶ地域。
(4) のち、道長の側近となった。
(5) 清涼殿の東北、御溝水《みかわみず》の落ち口を滝口といい、詰所があった。蔵人所に属し宮中の警備にあたる。
(6) 食糧を入れる袋。旅行に用いる。
(7) ここから、頼信の事実譚としての性格が明らかとなる。

近江国安義橋《おうみのくにあぎのはし》なる鬼、人を噉《くら》う語《こと》、第十三

今は昔、近江守［　　］(1)という人が在国中、国司の館《やかた》(2)に、若くて元気のよい男どもがおおぜい集まって一座し、昔の話、今の話などをし、碁・すごろくを打ち、いろいろな遊びをして、飲み食いをしたその席で、一人の男が「この国にある安義橋(3)という橋は、昔は、人がとおったものだが、なんと言い伝えたものか、今では、無事にとおれた人はいないというわさが広まって、だれもとおるものがいない」と言い出したところ、お調子もので、口から生まれたようで、腕の方にもいっぱし覚えのあるものが、この安義橋の話が、ほんとうに事実だとは思えなかったのだろうか、「このおれさまなら、その橋をわたってみせようぞ。どんな恐ろしい鬼だろうとも、このお館第一の名馬の鹿毛(4)にさえのれたら、なんで渡れぬことがあるものか」と言った。すると、集まっていた連中が口をそろえて、「こいつは、おもしろ

いことよ。真っすぐ行かなければならない道を、こんなうわさが立ってからは、みな遠まわりをしている[5]が、本当か、うそか、たしかめたいし、また、このご仁の勇気のほども拝見するとするか」とけしかけたので、この男は、ますますかきたてられて、たがいに言いつのった。

　こんなふうに言いはじめたことなので、おたがいにわたり合っているのが守の耳に入って、「ひどく大さわぎしている[6]が、いったいなにごとか」とたずねると、一同声をそろえて、「これこれしかじかのことを話しているのでございます」とこたえた。守が、「なんと、つまらぬことを言い争っている男よ、馬のことなら、いつでも与えてやるぞ」と言うと、この男は、「ほんに、ばかげた冗談ごとでございます。こんなことでお馬をいただくなど、まことに恐縮でございます」と言ったので、他の連中は、「見苦しいぞ、卑怯千万」とけしかけるので、男は、「橋をわたることがむずかしいのではない。おれが殿の御馬を欲しがっているように思われては、まことにめいわくな話だ」といいわけをした。他の連中は、「日が高くなったぞ。はやくはやく」と言って、例の馬に鞍をおき、引っぱり出してきて男におしつけた。男は、胸が（つぶ）[7]れるような思いだったけれども、自分から言い出したことなので、その馬の尻の方に油をたっぷりぬり、腹帯をきつくしめて、むちを手首にとおして、軽やかな装束をつけて馬にのって出発した。はやくも、橋のたもとに到着してみると[8]、胸が（つぶ）[9]れて生きた心地がしないほど恐ろしかったが、いまさら引きかえすわけにもいかず、進んでいくうちに、日の山の端近くなって、なんとなく心細い。まして、場所が場所だけに、人気《ひとけ》もなく、村里もはるかかなたに望まれ、人家の煙も遠くにかすんでいる。わびしい思いにひたりながら進んでいくと、橋のまんなかあたりに、遠くからは見えなかったのに、人が一人立っている。

　あれが鬼かも知れないと思うにつけて胸がどきどきするが、よくよく見ると、薄紫(10)の単衣《ひとえ》に紅の袴を長やかにはき、口のあたりを手でおおって(11)、なんともなやましく切なそうな目つきをした女がいた。こちらにちょっと目をむけた様子もなにかもの思わしげである。自分からそこにやってきたというのではなく、だれかにおきざりにされたかの様子で、橋の欄干に寄りかかっていたが、人の姿を見て、恥ずかしそうにしているものの、なんとなく嬉しく思っている様子である。男は、これを見ると、前後の見境もなくなって、「馬にだいてのせてつれて行ってしまいたい」と、すんでのところ馬からとびおりてしまいそうなほどいとおしく思ったが、「こんなところに、こういう女がいるはずはないから、これは、きっと鬼であろう」と思い、「ここは、通り過ぎよう」と、ひたすら気をとりなおして、目をふさいで、馬にむち打ってかけぬけていくと、この女は、「今にも言葉をかけてくれるだろう」と待っていたのに、だまってかけぬけるので、「もしもし、そこなおかた、どうしてそんなにつれなく行っておしまいなさるの。思いもかけぬこんなひどいところに捨てられてしまったものなのです。どうか、せめて人里までなり、(12)おつれくださいませ」とよびかけたが、みなまで聞くこともせず、髪も身の毛もふとくなるほど恐ろしくなって、馬にむちうって、とぶように逃げ去っていくのを、この女の、「なんとまあ、つれないこと」という声が、まるで大地をゆるがすほどである。女は、走って追いかけてきたので、「やはり鬼だったのか」と思い、「観音さま(13)、お助けください」と心にいのって、おどろくほどの駿馬にむちをあてて疾駆すると、鬼はすぐさま走りかかり、馬の尻になん度も手をかけ引きとめようとしたが、油がぬってあったので、引きはずし[14]引きはずしして、どうしてもつかまえることができなかった。

男は、馬をはしらせながらふりかえって見ると、顔はまっ赤で、円座[15]のように大きく、目が一つついている。身のたけは、九尺ぐらい（約二・七メートル）で、手の指は三本、爪は五寸ばかり（約一五センチ）で、まるで刀のようである。からだは緑青色で、目は琥珀[16]のようである。頭の髪の毛は、よもぎのように[17]乱れていて、見たとたんにきもがつぶれ、恐ろしいことといったらたとえようもない。ひたすら観音を心にいのって馬をはしらせたおかげか、やっと人里にかけこんだ。そのときに鬼は、「よし、今はどうあれ、いつかは、きっと会ってやるぞ」と言ってかき消すように見えなくなった。

男は、あえぎあえぎ無我夢中で、夕暮れどき[18]に屋敷にかけもどってきた。屋敷の連中は大さわぎで、「どうした、どうした」とたずねるが、意識も朦朧として、ものも言わない。そこで、みな集まって介抱しおちつかせた。守も心配して、いろいろたずねたので、それまでの一部始終を話した。守は、「くだらない言い争いをして、犬死するかもしれないのに」と言って、馬を与えたのであった。男は、得意顔で家に帰ったが、家では妻子や一族のものたちに、この体験を話してこわがった。

その後、男の家に不思議な前ぶれ[19]があったので、陰陽師にそのたたりをたずねてみると、「しかじかの日、厳重に物忌みをしていなくてはいけない」と占ったので、その日になると、門をとざしてかたく物忌み[20]をしていた。ところが、彼には同腹の弟が一人いて、陸奥守について任国へ下っていた。その母をも一緒につれて下っていたが、ちょうど、その物忌みの日に京へ帰ってきて、この家の門をたたいた。「今日は、厳重な物忌みです。明日を過ぎてから対面いたしましょう。それまでは、だれかの家を借りていてください」と家人に言わせたところ、弟は、「それは、困りました。日も暮れてしまいましたし、わたし一人のことなら、どこへでも参りましょうが、たくさんの荷物をどう始末したらよいでしょうか。今日をおいては、日がわるいので、こうしてやってきたのです。あの年老いた母上は、すでになくなられてしまいましたので、そのこともお話ししようと思っているのです」と言う。ここ数年来、気がかりだった母のことを思うと、胸も（つぶ）[21]れて、「このたびの物忌みは、さては、この母の死を聞くためのものであったのか。さあ、はやく門をあけよ」と言って、泣きかなしんで、なかにむかえ入れたのであった。

それから、庇の間[22]で、まず食事などさせたあと、兄弟はしばらくぶりに対面して泣く泣く話をした。弟は黒い喪服を着て涙ながらに話しこんだ。兄もともに泣いた。兄の妻は、すだれの内にすわっていて、この話を聞いていたが、そのうち、どんな話になったものか、とつぜん、この兄と弟はとっくみあいになり、どたんばたんと上になり下になりもみあっている。妻は、「いったい、これはどうしたことです」と言うと、兄は、弟を下に組みしいて、「その枕もとの太刀をとってくれ」と言う。妻が、「まあ、血迷ったのですか。とんでもないことをなさる」と言って、とってやらずにいると、なおも、「とってくれ。では、このおれに死ねというのか」とわめくうちに、下に組みしかれていた弟がおしかえして、兄を下に組みしいて、首をぷっつりと食い切って、とびおりるままに出ていこうとして、妻の方をふりかえって、「うれしや」と言う、その顔をみると、夫があの「安義橋(23)で追いかけられた」と語った鬼の顔であった。鬼は、そのまま、かき消すように見えなくなってしまった。そのときに、妻をはじめ家中のものが、みなおろおろと泣きさわいだが、今さらどうすることもできなかった。

されば、女の小ざかしいのは決してよいことではない。たくさんもってきた荷物や馬などと見えたのは、じつは、さまざまの動物の骨やどくろであったのだ。「つまらない言い争いをして、しまいに命をおとすとは、まことにおろかなことだ」と、この話を聞く人は、みなこの男を非難した。

その後、さまざまの祈禱などを行って鬼も退散したので、いまは安義橋にはなにごともないと、こう語り伝えているということである。

典拠未詳。

(1) 近江守の姓名の明記を予定した意識的欠字。
(2) 国府はいまの大津市瀬田神領町付近にあった。
(3) 安吉の橋。蒲生郡安吉川にかかった橋。『近江輿地志略』に、「安吉川、日野川筋なり、金剛峯より出で蔵王村川、宮平川、寺尾村の西に落合、日野川となり、葛巻村の東にて騎田川と落合、安吉川と号す。……橋あり、安吉橋といふ。往古は檜の橋なりといふ。今は石橋也」とある。『梁塵秘抄』には、「近江にをかしき歌枕」とし、近江の名所の一つに挙げられている。
(4) 体毛が茶褐色、たてがみ・尾・四肢の下方が黒毛の馬。
(5) 日野川が東山道とあう横関あたりと考えると、まことに交通の障碍をもたらしていることになる。

（6）原文「いと□く喤る《ののし》」。漢字表記を予定した意識的欠字。「カシマシ」「カシカマシ」か。
（7）底本は「ツブ」の漢字表記を予定した意識的欠字。
（8）国府からこの安義橋まで、およそ二十四キロメートルあまり。
（9）底本は「ツブ」の漢字表記を予定した意識的欠字。
（10）原文「薄色《うすいろ》」。薄紫、または二藍《あい》色。
（11）女性の恥じらいのさま。衣の袖で口をおおうのである。
（12）原文「頭《かしら》・身の毛太る様」。この上ない恐怖・不気味さを形容する表現。
（13）『法華経』―観世音菩薩普門品第二十五に、「若《も》し三千大千国土に、中に満つる夜叉・羅刹、来りて人を悩まさんと欲《す》るに、その、観世音菩薩の名《みな》を称うるを聞かば、この諸の悪鬼は、尚、悪眼をもって中を視ること能わず、況んや復《また》、害を加えんや」とあり、偈にも、「或いは悪しき羅刹・毒龍・諸の鬼等に遇わんに、彼の観音の力を念ぜば、時に悉く敢えて害《そこなわ》ざらん」とある。
（14）底本「引□シ」。一本により「外」を補った。
（15）わら・すげ・藺《い》草《ぐさ》などを円板渦巻き状に編んだ敷もの。
（16）樹脂の化石。赤褐色、黄色。貴石の一種。このあたり、いわゆる鬼の描写である。
（17）山野に自生するキク科の多年生草本。葉の裏に白くやわらかい毛が密生している。髪の乱れたことの形容。
（18）原文「かれはたそ時」。夕暮れどき。たそがれどき。
（19）原文「物の恠《さとし》」。神仏のおつげとしての何らかの前兆。
（20）門をとじ、屋内にとじこもって、外部との接触をたち、もっぱら心身を清め行動をつつしむこと。
（21）底本は「ツブ」の漢字表記を予定した意識的欠字。
（22）寝殿造で母屋のまわりに一段低くつくった細長い部屋。ここは南庇。
（23）橋に鬼が出る話は多い。聖なる水を、人工的に遮断するような形となるためか。川は禁忌空間である。橋のたもとに神をまつり、地蔵尊を安置するなど、通行の無事を願ったものであろう。

東国《とうごく》より上《のぼ》る人、鬼に値《あ》う語《こと》、第十四

今は昔、東国から京にのぼってきた人が、勢田橋《せたのはし》(1)をわたろうとするころ、すっかり日が暮れてしまったので、人の家に宿を借りようとしていたところ、ちょうどそのあたりに、人の住んでいない大きな家があった。どこもかしこもすっかり荒れはてていて、人の住んでいる気配もない。どういう事情で人が住まなくなったものかはわからないが、一行は、馬からおりてここに宿ることにした。従者たちは、下手の部屋に馬をつないでとまった。主人は、上の部屋に敷皮などを敷いてただ一人で寝たが、旅さきでもあり、その上、まったく人気のないところなので、まんじりともしないでいたが、夜もしだいにふけわたるころ、明かりをほのかにともしてあったので、あたりを見まわすと、そばにもとからおいてあった鞍ひつ(2)のようなものが、だれも近寄らないのに、ごそごそと無気味な音をたてて、ふたがもちあがった。ぎょっとして、「これは、もしや、ここに鬼がいるので、だれも住まなくなってしまったのを知らないで、泊ったのではあるまいか」と恐怖にかられて、逃げ出そうという気になった。

だが、恐ろしい気持をこらえて、そっと見ていると、そのふたが細目にあき、しだいに広く開いていくように見えたので、「これは、まさしく鬼にちがいない」と思って、「いますぐにあわてて逃げ出せば、きっと鬼に追いかけられてつかまってしまうだろう(3)。だから、何気

なくよそおって逃げよう」と考えついて、わざと、「馬のことがどうも気にかかる。ちょっと見てこよう」といって立ちあがった。そして、そっと馬に鞍をおくやいなや、はうようにしてまたがり、むちをうって一目散に逃げ出すと、そのとき鞍ひつのふたをがさっとあけて出てくるものがあった。たいへんそら恐ろしい声をはりあげて、「おのれは、どこまで逃げるつもりか。わしがここにいることがわからなかったのか」とわめいて、追いかけてくる。馬をはしらせて逃げながら、うしろをふりかえって見るが、夜なかのことで、その正体は見えない。ただ、やたらと大きいもので、いいようもなく恐ろしい気配であった。

　こうして逃げていくうちに勢田橋にさしかかった。とても逃げられそうにもないので、馬からとびおりて、馬をのりすてて、橋の下の柱[4]のかげにかくれていた。心に「観音さま、お助けください」と念じて、小さくなってひそんでいるうちに、鬼がやってきた。橋の上でたいへん恐ろしい声をはりあげて、「どこだ、どこにいる[5]」となんどもさけんでいる。うまくかくれおおせたと思ってしゃがんでいた下から、「ここでございます」と答えて出てきたものがいる。それも暗いので、何ものともわからない。（以下欠文[6]）

典拠未詳。
（1）大津市の瀬田川にかかる。東国への交通の要衝。近江大津宮のころからあったもので、韓国様の架梁であったことから唐橋という。
（2）鞍を入れておくひつ。この当時、馬は貴重財産であるから、その装備品も大切に扱った。
（3）前話でもそうだが、この正体の知れぬ怪異は、猛烈なスピードで追跡してくるのがふつうである。

(4)　かなり太いものであった。
(5)　この鬼のよびかけは、後の「何もの」(鬼の手下か)に対するもの。男は、自分は見つかっていないと誤解したのである。
(6)　観音妙智力で、男が助かる話となるか。

産女《さん》、南山科《みなみやましな》に行き、鬼に値《あ》いて逃ぐる語《こと》、第十五

今は昔、ある屋敷に仕えていた若い女がいた。父母も親類もなく、ほんの少しの知り合いもなく、これといって行くところもないので、ただ自分の部屋にこもりっきりで、「もし病気にでもかかったらどうしようかしら」と心細く思っていたが、いつしかこれといったきまった夫もいないのに懐妊してしまった。(1)そこで、いよいよわが身の不運が思いやられて、(2)自分ひとりでなげいていたが、まず、どこでお産をしたらよいかと思うにつけ、途方にくれたが、相談できる人もまったくいない。主人に話そうと思うが、どうにも恥ずかしくて言い出せなかった。

だが、この女は、なかなか賢い女で、思いついたことは、「もし、産気づいたら、一人だけ召し使っている少女をつれて、どことも知れぬ深山の方に行って、どんな木の下でもいいから、そこで産もう。もしお産で死ぬようなことがあっても、そこなら人に知られることもなくてすむだろう。もし、無事にすめば、なにもなかったようにして、ここへもどってこよう」と思ったものの、産み月がしだいに近くなるのにしたがって、いいようもなく悲しくな

ってきたが、さりげなくふるまって、こっそりと準備し、食料なども少々用意して、この少女にも、事情を十分に説明して日を過すうちに、いつしか臨月になった。

やがて、ある明けがた、出産のまえぶれが感じられたので、夜が明けぬうちにと思い、召使いの少女に準備した品々をもたせて急いで屋敷を出た。「東に行く方が山に近いだろう」と思って、京を出て東に向かっていく途中、賀茂川(3)のあたりで夜があけた。さて、どこへ行ったらよいかと心細かったけれども、なんとかこらえて、休み休みしながら、粟田山(4)の方に歩きつづけて、山深くわけて入っていった。お産に都合のよさそうな場所を見つけてあちこちと歩いていくうちに北山科(5)というところにやってきた。ふと見ると、山のがけのそばに山《さん》荘《しよう》(6)のようなつくりの屋敷があった。建物は古びてこわれかかっていて、だれも住んでいそうにない。「ここでお産をして、子はそのままおいて、自分ひとりだけ京に帰ろう」と思って、なんとか垣根をこえてなかに入っていった。

放出《はなちいで》(7)の間の板敷(8)がところどころこわれ残っているところに上がって、やっと腰をおろして一息ついていると、奥の方からだれか、やってくる足音がする。「ああ、困ったことになったものよ。人が住んでいる家だったのか」と思っていると、かたわらの引き戸がすうっとあいた。見ると、白髪の老婆が姿をあらわした。(9)「きっと、出ていってくれといわれるにちがいない」と思っていたところ、やさしくほほえみをうかべて、「思いがけぬお出でじゃが、いったいどなたさまじゃ」と言うので、女は泣きながら、ありのままを語ったところ、老婆は、「なんてお気の毒なことよ。どうぞ、この家でお産をしなされ」と言って、奥にまねき入れたので、女は喜ぶことこの上ない。「これは、仏さまがお助けくださったのだ」と思って奥へ入ると、粗末な薄べりなどを敷いてくれたので、まもなく無事に出産した。すると老婆がやってきて、[10]「おめでたいことじゃ。このばばは、年老いて、こんな片田舎に住む身じゃから、産のけがれなど忌むことはいたしませぬ。七日の間は、このままいらっしゃってからおもどりなされ」と言って、召使いの少女に湯などをわかさせ、産湯《うぶゆ》をつかわせてくれたりするので、女は、うれしく思い、捨てていこうとしていた子どももたいそうかわいらしい男の子であったから、捨てることができず、乳をのませて寝かせていた。

　こうして、二、三日ほどたったある日、女が昼寝をしていたところ、横に寝かせていた子どもを老婆が見て、「なんとうまそうなこと、ただ一口じゃ」と言ったように夢うつつに聞いて、はっと目ざめてこの老婆を見ると、ひどく無気味に感じられる。そこで、「これは鬼にちがいない。このままいたらきっと食われてしまうだろう」と思って、なんとか、こっそり逃げ出そうという気になった。

　そのうち、あるとき、この老婆が昼寝をして、ぐっすり寝こんでいるすきをうかがって、こっそり子どもを召使いの少女に背おわせて、自分は身軽になり、「どうぞ、仏さま、お助けくださいませ」と心の中に念じて、家を抜け出して、もと来た道をそのまま走りに走って逃げ、やがて粟田口[11]に出た。そこから[12]賀茂の河原の方に行って、小さな人家に立ちよって着がえなどして、日が暮れるのを待って主人の屋敷へもどっていった。賢い女であったから、こういうことができたのである。子どもは、人にあずけて養育させた。

　その後、例の老婆がどうしたか、まったくわからなかった。また、この女も、こんなことがあったと他人に話すこともなかった。そうして、この女が年老いてからのち、初めて人に

語った話なのである。(13)

思うに、そういう古びた家(14)には、かならずなにか怪しげなものが住んでいるものだ。だから、あの老婆も、子どもを見て、「なんとうまそうなこと、たった一口」と言ったのは、きっと鬼などであったからだろう。こういうわけで、そのような所には、たった一人で立ち入ってはならないことである、とこう語り伝えているということである。

典拠未詳。

(1) 原文「局《つぼね》」。殿舎内の細長い部屋を間じきりしてつくった個室。

(2) 原文「宿世《すくせ》」。「しゅくせ」とも。宿は、久旧、古い意で、前世・過去世のこと。ここでは、宿縁の意に用いられている。前世に結ばれた因縁。宿世につくった業が宿業で、この業が因縁となって、今生以後の生存状態をきめると考える。

(3) 三条から賀茂川をわたって東国への道をあゆむのである。

(4) 如意岳・日岡峠・黒谷・花山などの総称。東国街道で粟田山といえば、日岡峠をさす。郷名の粟田より出たもの。

(5) 標題の「南山科」は誤り。天智天皇陵・安祥寺などの北方一帯は深い山となっている。本巻第七話も、北山科の山荘に設定されていた。山中他界観念の投影と考えてよい。

(6) 荘園管理などのために建てた屋敷。ここも、安祥寺領を想定すると、なにかこの真言寺にまつわる伝承があったものか。

(7) 寝殿造で母屋につづけて外へ張り出した棟。応接・接客に用いられた。

(8) 板張りの床。

(9) 鬼女の出現。

(10) 産穢《さんえ》。死穢とともにもっとも忌みきらわれた。とくに産穢は血の忌で、産屋を別に設けるなどした。古く産穢は七日間であった。産屋を設けて、これを特別視するのは、本来は、出産が神聖であることを意味するとも解せる。
(11) 京都七口の一つ。三条白川橋から九条山のふもとまでを指す。三条口・大津口とも。東国街道の要衝。
(12) 日が暮れて京に入るのが旅のルールであった。
(13) 怪異について口にしなかった点に、女の賢さが語られている。
(14) 古びた家に住む人に、怪異を見るのは、例えば『徒然草』の第四十三段のもの古びた屋敷の御簾の破れのなかに一人読書する貴公子像にも感じられる。蕪村が「公達に狐化けたり宵の春」とつくったのも首肯される。

正親大夫《おおきみのたいふ》□、若き時鬼に値《あ》う語《こと》、第十六

今は昔、正親大夫(1)□(2)という人がいた。この人がまだ若かったころ、しかるべき屋敷に仕えていた女とちぎりを結び、ときどき通《かよ》っていたが、しばらくあわなかったので、仲立ちをしてくれている女のところに行き、「今夜あの人にあいたい」とたのんだ。女は、「ここにおよびするのは、たやすいことですけれど、じつは、今夜はこの家に、長年懇意にしている田舎の人が上京してきてとまっておりますので、あいにくおいでいただくところがないのです」と言う。「うそをついているのではないか」と思ってあたりをよく見ると、ほんとうに、馬や下人などが、そんなに広くもない(3)家だったからおおぜいひしめいている。「なるほ

ど、うそじゃなかった」と思っていると、この女は、しばらく思案をしている様子であったが、「いいことがございますよ」という。「どうするのか」とたずねると、女は、「この西の方(4)に、無人のお堂がございます。今夜だけ、そちらのお堂でおすごしください」と言って、さいわい宮仕えの女の家は、近くだったので、女は走ってよびにいった。しばらく待っていると、女は、その女房をつれてもどってきた。「さあ、参りましょう」と言うので、いっしょに行くと、西の方へ一町（約一〇九メートル）あまり行ったところに、古いお堂があった。女は、そのお堂の戸を引きあけ、自分の家からもってきた薄べりを一枚敷いて、あとはまかせ、「夜が明けましたら、また、おむかえに参ります」と言って、女は帰っていった。

　そこで、正親大夫は女と横になって、寝物語などしていたのだが、おともにつれてきた従者もなく、ただ、二人きりで、人気のない古いお堂のこととて、うす気味わるく思っていると、ちょうど真夜中ほどにもなったかと思われるころに、お堂の後の方に火の光があらわれ出た(5)。人が住んでいたのかと思っているうちに、召使いの少女が一人、あかりをともして持ってきて、仏の御前と思われるところにおいた。正親大夫は、「これは、困ったことになったぞ」とわずらわしく思っていると、後の方から、今度は女房が一人、姿をあらわした。

　これを見ると、なぜか、そら恐ろしい気がしてきて、いったいどういうことになるのだろうかと不審に思って、正親大夫が、おきあがって見ると、女房は、一間（約一八〇センチ）ほど、はなれた場所にすわって横目で様子を見ている(6)。しばらくして、「ここに入っていらっしゃった方は、どなたさまでございましょうか。まことに奇怪なことでございます。わらわ(7)は、ここの主《あるじ》でございます。どうして主にことわりもなく、ここに入っておいでになったのでしょうか。ここは、昔から、人がやってきてとまるようなところではありません」と言う。このように言うその様子は、ほんとうに、なんといっていいか恐ろしいかぎりだ。正親大夫は、「人様のお住まいだとは、このわたしめ、なんにも知りませんでした。ただ、ある人が、『今夜だけここにいるように』と申しましたので、やって参ったのです。まことに失礼いたしました」と言うと、その女房は、「いますぐに、出ていってください。お出なさらぬと、ためになりますまい」と言う。そこで、正親大夫は、つれの女を引き立たせて出ていこうとするが、女は、全身が冷汗でびっしょり(8)で立ちあがることもできない。それを無理に引っ立てておもてに出た。肩に引っかけていったけれども、歩くことができないのを、やっとの思いで女の主人の屋敷の門までつれていって、門をたたいて女をなかにおくりこんだ。そして、正親大夫は家に帰った。

　このことを思い出しただけでも、髪の毛が太るように恐ろしく(9)、気分もわるいので、つぎの日も一日中床についていたが、夕方になって、やはり昨夜女の足が立たなかったのが気にかかり、例の仲立ちの女の家にいって様子を聞くと、「あの方は、帰ってこられるやいなや、人事不省になり、ただもう、死んでいくような様子でしたので、『いったい、なにごとがあったのか』と人々がたずねても、ただの一言《ひとこと》もおっしゃることができませんでしたので、御主人さまもたいへんびっくりされて、身寄りもないお方でしたから、仮小屋をつくって(10)邸からお出しなさいましたところ、まもなくおなくなりなさいました」と答えた。それを聞いて正親大夫はびっくりし、「実は、昨夜、これこれしかじかのことがあったのです。鬼の住みつくところに、人を寝かせるなんて、あなたもあきれた女だ」と言うと、女は、あそこにそんなことがあるなんて、夢にも知らなかった、と言いわけをしたが、すべてあとの祭りであった。

正親大夫が年をとってから人に語ったのを聞き伝えたものであろう。その堂は今も存在するとかで、七条大宮のあたりと聞いているが、くわしいことはわからない。されば、無人の古い堂などには宿をとってはならないと、こう語り伝えているということである。

典拠未詳。

(1) 宮内省に属する正親《おおきみのつかさ》司の長官。皇族の名籍・季録・時服のことをつかさどる。大夫は、五位。
(2) 正親大夫の姓名の明記を予定した意識的欠字。
(3) 原文「程もなき小家」。小家は民家。『方丈記』に「大家ほろびて小家となる」とある。
(4) 西方というのが怪異と関係する。西方は陰である。
(5) ものさびた古堂、荒廃した堂に怪異が住む。火の出現がリアルである。
(6) この描写も効果的。一間の距離、横目づかい、時間の経過など恐怖感をもりあげる。
(7) 原文「丸《まろ》」。男女ともに用いる自称代名詞。
(8) 原文「汗水《あせみづ》になり」。恐怖のため全身汗をかくこと。『源氏物語』「夕顔の巻」に、光源氏と夕顔が荒廃した院に宿り、物の怪におそわれるところがある。「この女君いみじくわななきまどひて、いかさまにせむと思へり。汗もしとどになりて、われかの気色なり」。
(9) 原文「頭《かしら》の毛太りて」。この上ない恐怖のさまの表現。
(10) 死のけがれを忌みきらうため、邸の外に仮小屋をつくり、死ぬときまったものを移すのである。
(11) これも、怪異を語らなかったパターンである。
(12) 七条大路と大宮大路のまじわるあたり。西か東かは不明。どちらにしても市中であるため、現実感がある。

東人《あずまのひと》、川原院《かわらのいん》に宿《やど》りて妻《め》を取り吸《す》わるる語《こと》、第十七

今は昔、東国の方から、五位(1)の位を買おうと思って、京にのぼってきたものがいた。その妻も、「このついでに京見物でもいたしましょう」と言って、夫について上京してきたが、手違いのため予定していた宿がとれなくなって、どこにもとまるところがなくなった。そこで、伝手《つて》があったので、だれも住まなくなっている川原院(2)を、そこの管理人にわけを話したところ、貸してくれたので、ものかげになっている放出《はなちいで》(3)の間に幕などをはりめぐらして、そこに主人の男はおちついた。従者どもは土間の方において、食事の用意をさせ、馬をつながせたりして数日はとまっていたが、ある夕暮れがた、その部屋の後の方にある妻戸(4)が内側からとつぜん押しあけられた。母屋のうちに人がいて、それがあけたのだろうと思っていると、なんとも正体のわからないものが、すうっと手を出して、いっしょにいた妻をつかみとって、妻戸の奥に引きずりこまれようとする。夫は、おどろきさわいで、引きとめようとしたが、あっという間に引きずりこまれてしまった。夫も大いそぎでかけより、戸を引きあけようとしたけれども、すぐに閉じてしまって、どうしてもあかなくなってしまった。

そこで、わきにある格子戸(5)やら引き戸(6)やらを、押したり引いたりしてみるが、みな内側からかぎがかけてあって、開くはずがない。夫は、(心が動転し(7))て、あっちへ走り、こっちへ走り、四方八方を引っぱってみたが、なんとしてもあかないので、近所の家へ走って行っ

て、「たったいま、しかじかのことがおこりました。どうか助けてください」と言うと、人がおおぜい出てきて、家のまわりをぐるぐるまわって見たが、どこにも開いたところがなかった。

　やがて夜になってあたりは暗くなった。そこで、思いあぐねた末に、おのでもって戸をたたきあけ、あかりをともしてなかに入ってさがしてみると、その妻をどのようにしたのであろうか、きず一つなく□(8)として、そこにある竿(9)にかけられたまま死んでいた。「鬼が吸い殺した(10)ものであろう」と、人々は口々に言いあったが、どうすることもできずに終わってしまった。妻が死んだので、男も恐れてその屋敷を逃げ出してよそに行ってしまった。

　このような不思議なこともあるものだ。だから、様子もわからない古びた家に宿をとってはいけないと、こう語り伝えているということである。

典拠未詳。

(1) 原文「栄爵《えいじやく》」。初めて五位になるのを祝っていうことば。五位は大夫とよばれ位田が与えられる。

(2) この話の頃は、すっかり荒廃していたものであろう。長保二年（一〇〇〇）には仁康の造立した丈六の釈迦像は、祇陀林寺に移されていた。

(3) 原文「隠《かくれ》の方の」。表（正面南）からは見えない方角である。

(4) 寝殿造の殿舎の四隅に作られた両開きの戸。外へおし開き、閉じて内側から懸金《かけがね》をかける。

(5) 原文「篰子《かうし》」。格子戸。寝殿造の建具の一つで、細い四角の木をたてよこに組み合わせて作った黒ぬりの戸。上下二枚にわかれ、上だけをつりあげて開く。

(6) 原文「遣戸《やりど》」。引き戸。開き戸に対する。

(7)　原文「あさましく□て」。「アキレ」の漢字表記を予定した意識的欠字。
(8)　漢字表記を予定した意識的欠字。「ナエナエ」「ナヨナヨ」などが想定されている。
(9)　衣類などをかけておく棹。衣桁。
(10)　妻がくたくたになっていたところから、この吸血鬼的発想が生まれたものであろう。

鬼《おに》、板《いた》と現《げん》じ、人の家に来たりて人を殺す語《こと》、第十八

今は昔、ある人の屋敷で、ちょうど夏のころ、武芸自慢の二人の若い侍(1)が、南面の放出《はなちいで》の間にいて宿直《とのい》をしていた。この二人は、もともと武芸の心得があり、□(2)な田舎出のもので、大刀などを持って、まんじりともせず、世間話などをしていたのであったが、一方また、その屋敷に幅をきかせている年輩の侍がいた。諸司の三等官(3)で五位ぐらいであったろうか。奥の宿直(4)として、ひとりで出居《いでい》(5)に寝ていたが、この男の方は、二人のような□な心得もなかったので、大刀・小刀ももっていなかった。夜もしだいにふけたころ、放出の間にいた二人の侍がふと上を見上げると、東の対屋(6)の屋根の上に、とつぜん一枚の板がぬっとあらわれた。「あれは、なんだ(7)。あんなところに、いまごろ板が出てくるはずがない。ひょっとするとだれかが火でもつけようとして、屋根にのぼろうとしているのかもしれぬぞ。でも、それなら、下から板を立ててのぼるはずなのに、これは、上から板が出てきている、合点がいかぬな」と二人で、ひそひそと話をしているうちに、この板がしだいにじりじりと伸び出してきて、七、八尺（約二一〇センチ～二四〇センチ）ぐらいになった。奇妙だなと思って

いるうちに、この板が急にひらひらととび出して、この二人の侍がいる方にむかっておりてきた。そこで、「これは鬼にちがいない」と思い、二人の侍は、大刀をぬいて、「そばにきたら切り捨ててやる」と思って、二人とも片ひざをついて、大刀をかまえていたところ、板は、そこへはやってこないで、かたわらの格子《こうし》のすき間が、ほんのすこしあいていたところから、こそこそと入った。

入ったなと見ると、その内は、ちょうど出居にあたっていたから、そこに寝ていた五位[8]の侍が、ものにおそわれた人のように、二、三度うめき声をあげて、それっきり、なんの声もしなかったので、二人の侍は、おどろきさわいで、走りまわって人々をおこし、「これこれの事件がおこった」と告げた。その時人々がおき出して、あかりをともして出居に近よってみたところ、その五位の侍は、ぺちゃんこになって[9]□[10]殺されてそのままおいてあった。例の板は、外へ出たとも見えず、また、内にも見当らなかった。人々はこの様子を見て、すっかりおじけおののいてしまった。五位の侍をさっそく外にかつぎ出した。

思うに二人の侍は、大刀をもって切りつけようとかまえていたので、板はそこに近よることができず、内に入りこんで、[11]刀を持たずに安心して寝こんでいた五位をきっと□殺したのであろう。この事件がおこってから後、この屋敷には、このような鬼がいると知られるようになったのであろうか、それとも、もともと鬼がいるとわかっていたところだったのであろうか、くわしいことはわからない。

されば、いやしくも男子たるものは、やはり、大刀・小刀[12]は肌身はなさず、持っていなければならないのだ。こんなわけで、その当時の人は、この話を聞いて、みな大刀・小刀を身からはなさないようになった、とこう語り伝えているということである。

典拠未詳。

(1) 貴族の家に仕えて、雑事、警固にあたったもの。
(2) 漢字表記を予定した意識的欠字。「用心深イ」などの意を表わす語があてられるか。次の□もおなじ。
(3) 原文「所得《ところえ》たりける長侍《おとなさぶらひ》の、諸司の允《じよう》」。「允」は寮の三等官で、七位に相当する。位が官より高いので、このようにいったものか。
(4) 原文「上宿直《かみとのゐ》」。家の内の主人に近い部屋で宿直をすること。
(5) 寝殿造の母屋の南庇に設けた部屋。ふつう客間として使用したもの。
(6) 原文「東の台《たい》」。台は、対のあて字。東の対屋。寝殿造の建築で寝殿の左右（東西）や背後（北）に作った別棟の建物で、家族や女房が住んでいた。
(7) 邸の警固にあたっているのであるから、変異に気づいて対処するのは職務である。
(8) 五位の侍は、すでに寝こんでしまっていたのである。若侍と対照的。
(9) 「かへるまひらにひしげて死にたりけり」（『宇治拾遺物語』）。
(10) 「ツブシ」「ヒシギ」などの漢字表記を予定した意識的欠字。次の□も同じ。
(11) 腰刀。短い刀。
(12) 単に防備のためだけでなく、刀は怪異をさける霊力をもつと考える。刀が呪術性を持つことは、木剣加持、刀を神体とすることからも実証される。

鬼《おに》、油瓶《あぶらかめ》の形《かたち》と現《げん》じて人を殺す語《こと》、第十九

今は昔、小野宮右大臣(1)と申しあげた人がいらっしゃった。御名を実資《さねすけ》と申しあげたが、学殖深く、心かしこくていらっしゃったので、世間では、「賢人の右大臣(2)」とおよびしていた(3)。

あるとき、この方が参内してのち、帰宅しようとして、大宮大路(4)を南にくだっていらっしゃると、車の前に小さな油瓶《あぶらかめ》(5)がぴょんぴょんとはねながらとんでいく。大臣はこれを見て、「まことにあやしいことよ。これはなにものであろう。きっと物《もの》の怪《け》などに違いあるまい」とお考えなさっておいでになると、大宮大路の西方、□(6)の□(7)にある、ある人の屋敷の門まできた。門はしまっていたが、この油瓶は、その門のところにはねていって、戸がしまっているので、そのかぎあなからなかに入ろうとして、なんどもなんども、とびあがった。しかし、なかなかとびあがることができないでいるうちに、やっととびついて、かぎのあなから内に入ってしまった。

大臣は、この様子を見とどけておいて、帰宅なさって後に、人に命じて、「どこそこにある家にいって、さりげないふりをして、その家になにごとがおこったのか聞いてこい」と使いに出した。使いのものは出かけていったかと思うと、すぐもどってきて、「あの家には若い娘がおりましたが、ここのところずっと床にふせっていて、今日の昼頃になくなったとのことでございました」と報告した。大臣は、「さきほどの油瓶は、思ったとおり、物の怪だったのだ。それがかぎあなから入りこんでしまったので、娘を殺してしまうことになったの

だ」と初めて納得なさった。それを御覧なさったというあの大臣(8)も、まことにただ人ではいらっしゃらなかったのだ(9)。

されば、このような物の怪は、いろいろなものの形に姿をかえて出現するものなのだ。思うに、きっとなんらかのうらみをはらそうとしたものであろうと、こう語り伝えているということである。

典拠未詳。

（1）摂政太政大臣藤原実頼の四男（実は、実頼の子斉敏《ただとし》の子で、祖父の養子となったもの）。蔵人頭、参議、権大納言、右大将、右大臣などをつとめた。実頼を前小野宮といい、実資を後小野宮という。小野宮は、大炊御門南・烏丸西にあった邸で、もと惟喬親王が住んでいたものが伝領された。『小右記』は、実資の日記として名高い。

（2）「賢人の右府」とよばれた剛直廉潔の人。

（3）原文「賢人の右大臣とぞ名付けたりし」。「し」は直接経験をあらわす過去の助動詞「き」の連体形。「賢人の右大臣」とよばれていた当時の人による回想を示す。

（4）参内門である待賢門を出て大宮大路を大炊御門大路まで南下していくのである。

（5）あぶらさし、あぶらつぎの器。

（6）東西の大路名の明記を予定した意識的欠字。

（7）南か北かの方角の明記を予定した意識的欠字。

（8）原文「見給ひけむ大臣」。連体形の「けむ」。過去伝聞の意に用いられる。

（9）『小右記』では、道長の専横について鋭く批判している。権威におもねらなかった点を「賢人」として見たものか。巻第三十一第二十九話は実資の聡明さを語る。『十訓抄』には、「鬼神の所変なども見あらはし給ひけるとかや」とある。他に好色話があり、人間的側面をうかがわせる。

近江国《おうみのくに》の生霊《いきりょう》、京に来たりて人を殺す語《こと》、第二十

今は昔、京から美濃(1)（岐阜県）・尾張（愛知県）のあたりに下《くだ》ろうとする下賤の男がいた。まだ暗いうちに京を出発しようと思ったけれども、まだ夜ふけのうちからおき出してあるいていくうち、(3)□と□(2)との四つ辻のところで、道のまんなかに、青みがかった衣を着て裾をとった女がたった一人で立っていたので、男は、「あそこに立っているのはどういう女だろう。こんな夜ふけに、まさか一人で立っているわけがない。男のつれがいるのだろう」と思って、通り過ぎようとすると、この女は男をよびとめて、「もし、そこをお通りのお人、どちらへお越しでしょうか」と問いかける。男が「美濃・尾張の方へ下るものです」と答えると、「では、お急ぎのことでしょう。ですが、どうしてもお願いしたいことがございます。しばらくお立ちどまりくださいまし」と言う。「なにごとでしょうか」と答えて立ちどまると、女は、「この近くにある民部大夫(4)の□(5)という人のお屋敷は、どこにございますか。そこへ行こうと思っておりますが、道にまよって参ることができません。わたしをそこへつれていってくださいまし」とたのむ。男は、「その人の家へいらっしゃるために、どうしてこんなところにおいでになるのです。その家はここから、七、八町（およそ八〇〇メートル前後）ほどもいかなければなりません。だが、わたしは、先を急いでおりますので、そこまでおおくり申しあげるのは無理というものです」と言うと、女は、「とても大切な用

事なのです。なんとかおつれくださいまし」と言うので、男はしぶしぶつれていくことにすると、女は、「ほんにうれしいこと」と言いながらついてくる。男は、この女の様子がどうも薄気味わるく思われたが、(6)「きっと気のせいだろう」と思って、女の言った民部大夫の家の門のところまでおくりとどけ、「これがその人の屋敷の門です」と教えると、女は、「たいそうお急ぎでいらっしゃるところを、わざわざあともどりしてここまで送ってくださいまして、ほんとうにとても嬉しうございます。わたくしは、近江国□(7)郡のこうこういいますところに住む、しかじかというものの娘です。東国の方へいらっしゃるのでしたら、その道筋にも近いところですから、ぜひお立ち寄りくださいませ。いろいろ申しあげたいこともございますので」と言って、男のすぐ前に立っていると見えていた女が、とつぜんかき消すように見えなくなってしまった。(8)

男は、「なんと不思議なことがあるものよ。門があいてでもいれば、門内に入ったとでも思いもしようが、(9)門はしまったままだ。いったい、どうしたことか」と髪の毛がふとくなるほど恐ろしくなり、足がすくんだようにそこを動くことができなくなってしまった。(10)すると、この家の内から、突如、泣きさわぐ声が聞こえる。いったい、なにごとかと様子をうかがってみると、人が死んだ気配である。奇妙なことだなと思って、しばらくあたりを行ったりきたり、うろうろしているうちに夜も明けてきたので、「いったい、どうしたことなのか、聞いてみよう」と思って、夜がすっかり明けはなれてから、その屋敷に仕えている人で、ちょっとした知り合いがいたので、その人をよび出して今朝ほどのことを聞いてみたところ、「じつは、近江国においでになる奥様が、生霊(11)となってとりつかれたということで、ここの御主人さまが数日来わずらっておられましたが、この明け方、『その生霊が現われた様子がある』などと言っているうち、急におなくなりなさったのです。してみると、生霊というものは、こうもまざまざと人をとり殺すものなのですね」と語った。これを聞くと、この男もなんとなく頭痛がしてきて、⑫「あの女は、たいへんな喜びようだったが、この頭痛は、そのときの毒気に当てられたのかもしれぬ」と思って、その日は出発するのをやめて家に帰った。

その後、二日ほどして、東国へ下っていったが、あの女の教えたあたりを通りかかったとき、男は、「ひとつあの女が言ったことをたしかめてみよう」と思って尋ねていくと、本当にそういう家があった。立ち寄って、これこれしかじかととりつがせてみると、⑭「たしかに、そういうことがあったでしょう⑬」と言って家によび入れ、女は簾ごしに対面して、「このあいだの夜の喜び⑮は、永遠に忘れることはございません」などと言って食事をだし、絹織物と布織物をくれるのであった。男は、ひどく恐ろしい気がしたが、さまざまな贈りものをもらって東国に下っていった。

こんなわけで、生霊というものは、ただ魂が人にのり移ってすることかと思っていたが、なんとその当人もはっきりと承知していることであったのだ⑯。これは、かの民部大夫が妻としていた女が、大夫が捨ててしまったので、恨みの一念から生霊となって夫を殺したのである。されば、女の心は恐ろしいものだと、語り伝えているということである。

典拠未詳。

（1）原文「暁」。夜明けの直前。
（2）大路名の明記を予定した意識的欠字。
（3）歩くとき、裾がよごれないように、また、歩きやすくするために、褄《つま》をとって裾を引きあげる。
（4）民部省（民政一般、戸籍・租税・賦役などをつかさどる太政官八省の一）の三等官（六位相当）。丞《じょう》で従五位下に叙せられたもの。
（5）民部大夫の姓名の明記を予定した意識的欠字。
（6）まよなかの午前二時から三時頃、都大路に立つ青みがかった衣をきた女、どう見てもただものではない設定である。
（7）郡名の明記を予定した意識的欠字。
（8）原文「搔き消つ様に失《う》せぬ」。仏神・化身・怪異などが姿を消す場合に用いる表現。
（9）この上ない恐怖のさまの表現。
（10）からだが硬直して動けなくなったもの。
（11）死霊に対する語。人の霊魂が、自由に身体からはなれ、他の身体に移ることができるという考えにもとづき、生きている人の怨霊が、身体をはなれて他人にたたることをいう。『源氏物語』には、六条御息所の生霊が葵の上にとりついたことが語られており、『枕草子』にも、恐ろしいものとして生霊をあげている。古くは、イキスダマといった。また、生霊になってとりつくことを「生霊に入る」という。
（12）原文「生頭《なまかしら》痛くなりて」。「生」は、「なんとなく」の意。
（13）注（16）参照。
（14）当時の上流階級の男女の対面のしかたである。
（15）注（16）参照。
（16）生霊の自覚については、（13）原文「さる事あるらむ」と現在推量の助動詞を用いている。これを「はずだ」と〝当然〟に訳すのは誤り。しかし、（15）原文「ありし夜の喜び」と、直接経験の過去の助動詞を用いていることから考えると、自覚のしるしともいえる。

美濃国《みののくに》の紀遠助《きのとおすけ》、女の霊《りょう》に値《あ》いて、遂《つい》に死ぬる語《こと》、第二十一

今は昔、長門の前司、藤原孝範(1)という人がいた。この人が下総権守であったとき、関白殿(2)に仕える下人として、美濃国（岐阜県）にある生津《なまつ》(3)の荘園というところを預かっておさめていたが、その荘園に紀遠助(4)というものがいた。

おおくの従者のなかで、孝範は、とくにこの遠助に目をかけ、東三条殿(5)の長宿直(6)にのぼらせていたが、その宿直の期限が終わったので、休暇をとらせて帰してやった。そこで美濃へくだっていったが、途中勢田橋(7)にさしかかると、橋の上で、褄《つま》をとって裾《すそ》を引きあげている女が立っている。遠助は、あやしみながらとおり過ぎようとすると、女が、「あなたは、どちらへいらっしゃるのですか」とたずねる。そこで、遠助は馬からおりて、「美濃へくだるものです」とこたえた。女は、「ことづけたいものがございますが、お聞きとどけいただけますか」と言うので、遠助は、「よろしゅうございます」とこたえた。女は、「ほんとうに、嬉しうございます」と言って、ふところから、絹でつつんだ小さい箱をとり出して、「この箱を、方県郡《かたあがたのこおり》の唐郷《もろこしのさと》(8)の段《きだ》の橋(9)のところまでお持ちくだされば、橋の西のたもとに、一人の女房がお待ちしているはずでございます。その女房に、これをおわたしください」と言う。遠助は、なにがなし気味がわるくなってきて、「つまらぬことを引きうけたものだ」と思ったけれど、女の様子がなんとなく恐ろしく感じられて、ことわることができず、箱を受

けとって、「その橋のたもとにいらっしゃるそのお方は、どなたでございましょうか。どこにお住まいの方ですか。もしお会いできなかったおりは、どこにお尋ねしたらよろしいのでしょうか。また、この箱は、どなたからのおとどけものと申しあげたらよいのでしょうか」とたずねた。女は、「とにかく、その橋のたもとにいらっしゃれば、これを受けとりに、かならずその女房がやってきます。決して間違いはありません。きっと待っているはずです。だが、よろしゅうございますか。決して、この箱をあけて御覧なさってはなりませんよ」と、こう言って立ち去ったのが、この遠助のともをしていた従者たちには女の姿が見えず、⑩ただ自分の主人は馬からおりて、何をぼんやりしておいでかと思って奇妙に思っていた。遠助は、箱を受けとったので、女は立ち去っていった。

それから、また、馬にのっていくうちに、美濃国に到着した。だが、あの橋のたもとのことなどすっかり忘れて通りすぎてしまい、箱を相手にわたさなかった。家についてからそれを思い出し、「わるいことをした。この箱をわたしそこなってしまったよ」と思い、⑪「いずれ、出向いて相手をさがし出してわたしてやろう」と考えて、納戸《なんど》めいたところの道具の上の方にのせておいた。

ところが遠助の妻は、とても嫉妬心のふかい女であって、遠助がこの箱をのせておいたのを、それとなく見ていて、「この箱は、どこぞの女へのおくりものにしようと思って、京からわざわざ買ってきて、わたしにかくしておいたのだろう」と早合点して、遠助が外出したすきに、こっそりおろしてあけて見た。⑫すると、人の目玉をえぐりとってたくさん入れてある。ほかに、男のいちもつを、すこし毛をつけたまま、切りとったのが、いっぱいはいっていた。

妻は、これを見て、びっくり仰天しふるえあがって、遠助がかえってくるや、あわててよびよせて、これを見せると、遠助は、「しまった、決して見るなとあの人は言っていたのに困ったことをしてくれた」と言って、あわててふたをして、もとのように結び、さっそく女の教えた橋のたもとに持っていって立っていると、ほんとうに女房があらわれでた。遠助は、この箱をわたして、女の言ったとおりを伝えると、女房は、箱を受けとって、「この箱をあけて見ましたね」という。遠助は、「そんなことは、ぜったいにいたしません」と弁解したが、女房は、ひどく機嫌をわるくしながら箱を受けとったので、遠助は家にかえった。その後、遠助は、「気分がわるい」と言って、床にふせった。妻にむかって、「あれほど、あけてはいけないとかたく言っておいた箱を分別もなくあけて見るとは」と言って、まもなく死んでしまった。[13]

されば、人の妻が、嫉妬の気持がふかく、あらぬうたがいをかけるようなことは、夫のために、このようなとんでもない結果をまねくことになるのである。妻の嫉妬心のために、遠助は思いもよらず非業の死[14]をとげてしまったのである。嫉妬は女につきものとはいいながら、これを聞く人はみな、この妻を非難した、とこう語り伝えているということである。

典拠未詳。

（1）長門守貞孝の子。下総権守・長門守・民部大丞をつとめた。寛治八年（一〇九四）には、前長門守と称されている。

(2) 藤原頼通か。
(3) 岐阜県本巣《もとす》郡。穂積町（現・瑞穂市）から北方町の中間付近。東山道筋にあたる。
(4) 未詳。
(5) 本巻第六話、注（1）参照。藤原氏の氏長者《うじのちょうじゃ》に伝領された邸。
(6) 長期間の宿直。
(7) 本巻第十四話、注（1）参照。
(8) 方県郡は、のち稲葉・本巣郡にわかれた。『和名抄』に、方県郡大唐郷と記す。斉明紀（『日本書紀』）六年十月に、唐の俘虜を不破・方県二郡に分けて居住させたことによる。現在地は不明。
(9) 『日本古典文学全集』は「収めの橋」として、豊作物の収納に関係のある橋かとし、固有名詞ではないとする。また、「仮の橋」かもしれないとする。『新潮日本古典集成』は、長良川支流の鳥羽川にそって木田《きだ》、さらに上流に城田《きたじ》寺がある、とする。ここは東山道筋にあたり生津からも遠くないし、恐らく鳥羽川にかけられていた橋であろうとして、固有名詞とする。
(10) 従者に見えないのは、女が物の怪（霊）であるからである。近世の『牡丹燈籠』などによく描かれている。
(11) 原文「壺屋《つぼや》立《だ》ちたる所」。壺屋は、三方を壁でかこんで、他から仕切られた部屋。ものおきなどに用いた。
(12) 原文「閇《まら》」。男根。「閇」は、「閉」の俗字。「開」は、女陰。
(13) 霊のはたらくところ禁忌がある。霊との交流では、禁忌をおかせば、死を招くにいたると考える。
(14) 原文「非分《ひぶん》に命をなむ失ひてけり」。「非分」は、その分にあわないこと、道理にあわないことをいうが、特に死について、事故死をいうことが多い。

猟師《りようし》の母、鬼となりて子を噉《くら》わむとする語《こと》、第二十二

今は昔、□①国□②郡に、鹿や猪をとるのを仕事とする二人の兄弟がいた。いつも山に入って鹿を射ているので、この日も兄弟つれだって山に入っていった。二人は、「待ち③」ということをした。それは、高い木のまたに横に木を結びつけ、そこにいて、鹿がその木の下にやってくるのを待って射るのであった。そこで、兄弟は四、五段（約四、五十メートル）の距離をおいて木の上に向きあっていた。九月下旬④の暗夜のころであるから、あたり一面まっくらで、なにも見えない。ただ鹿のやってくる足音に聞き耳をたてて待っているうち、夜はしだいにふけていくのに、鹿はこない。

そのうち、兄の腰かけている木の上の方から、何か怪しいものが手をさし下ろして、兄のもとどり⑤をつかみ、上の方に引っぱりあげる。兄は、ぎょっとして、もとどりをつかんでいる手をさぐってみると、ひからびてやせさらばえた人の手であった。「これは、鬼がおれを食おうとして、つかんで引っぱりあげるのにちがいあるまい」と思って、向かいにいる弟に知らせようとして呼びかけると返事があった。そこで、兄は、「今もしおれのもとどりをつかんで上に引っぱりあげるものがいたとしたら、どうしたらよかろう」と声をかけると、弟は、「そのときは、見当をつけて射てやりますよ」とこたえる。「じつは、いまおれのもとどりをつかんで、上⑥へ引っぱりあげているやつがいるんだ」と言うと、弟は、「では、兄さんの声に見当つけて射てみましょう」と言う。「では、射てみろ」というままに、弟は雁胯《かりまた》⑦の

矢をとって放ったところ、兄の頭上をかすめたと思うや、矢じりの手ごたえ⑻もあったので、弟は、「確実に、命中したようだ」とさけぶ。兄は、もとどりの上を手でさぐってみると、つかんだ手が腕首から射切られて、ぶらぶらさがっていたので、兄は、それをつかんで、弟に、「もとどりをつかんだ手は、たしかに射切られているぞ。ここにもっている。さあ、今夜はもう帰ろう」と弟によびかけると、弟も、「それがいい」と言って、二人とも木からおりてつれだって家にかえった。夜なかすぎてから、家に帰りついたのであった。

ところで、家には、年老いて立居《たちい》も思うようにいかない母親がおり、ひと部屋⑼に住まわせ、兄弟二人は、両側から母親の部屋をかこむようにして別々に住んでいたのだが、二人が山から帰ってみると、あやしいことに母親のうめき声が聞こえる。兄弟は、「どうして、うめきなさるのか」とたずねるけれども、返事がない。そこで、あかりをともして、射切られた手を二人で仔細に検分すると、自分たちの母親の手に似ている。なんとも不思議に思って、よくよく見ると、まさしく母の手にまちがいなかったので、兄弟は、母の部屋の引戸をあけてみると、母親はむくっとおきあがって、「お前らは、よくも、よくも」と言って、つかみかかろうとしたので、兄弟は、「これは、母上の手ですか」と言って、投げこんで戸をしめるやいなや、逃げ去っていった。

その後、その母親は、まもなく死んだ。兄弟がそばへ寄ってみると、母親の片手は、腕首から射切られてなくなっている。やはり、あの手は、母の手であるということが判明した。

これは、母親がひどく老いぼれて、鬼になって、子を食おうとして⑽、子のあとをつけ山にのぼったのであった。されば、人の親で、ひどく年老いたものは、かならず鬼になって、このように子をも食おうとするのである。さて、この母親を兄弟は葬ってやった。このことを思うと、じつに恐ろしい話である、とこう語り伝えているということである。

典拠未詳。
（1）国名の明記を予定した意識的欠字。
（2）郡名の明記を予定した意識的欠字。
（3）以下に説明がある。高い木の股に横に木をわたして、鹿がその下にやってくるのを待って射る狩猟の一方法。
（4）二十日過ぎであるから、月の出もおそく、しだいに欠けていくので、闇は深くなる。
（5）頭上に束ねた髪。たぶさ。
（6）闇のなかの「待ち」になれているから、音だけで獲物の位置を知ってあやまたず射ることができる。
（7）先が蛙の股を開いたような形をし、その内側に刃がある。
（8）原文「尻答ふる心地」。命中したとき、矢じりが手ごたえのあるひびきを発することをいう。
（9）原文「壺屋《つぼや》」。本巻第二十一話、注（11）参照。この独立した部屋をかこんで、家の半分あてに兄弟が住んでいたもの。
（10）いわゆる鬼婆が人をとって食う話で、とくにわが子を食うというところに、恐怖感がにじみ出ている。

播磨国《はりまのくに》の鬼、人の家に来たりて射らるる語《こと》、第二十三

今は昔、播磨《はりま》国（兵庫県）□(1)郡に住んでいたある人が死んだので、死のけがれのはらい(2)などをさせようとして、陰陽師をよんで、しばらく家にいてもらったが、その陰陽師が、「今度、かくかくの日にこの家に鬼がやってきますぞ。厳重におつつしみください」と言う。家のものたちは、これを聞いてすっかりふるえあがり、陰陽師に、「いったい、どうしたらよいでしょうか」ときくと陰陽師は、「その日は、きびしく物忌みしなければなりません」と言った。はやくも、当日になったので、かたく物忌みして、「その鬼は、どこから、どんな姿でやってくるのですか」と陰陽師にたずねると、「門から人の姿をしてやってくるはずです。こういう鬼は、脇道のような、道でない道は行かぬものです。ただもう、正しい本道を行くものなのです」とこたえたので、門に物忌みの札をたてて、桃の木(3)を切って鬼をふさぎ、□(4)法をおこなった。

　こうして、鬼がくるという時刻を待って門をかたくとじ、もののすきまからのぞいていると、藍ずり(5)の水干袴(6)をつけ、首に笠をかけた男が、門の外に立って中をのぞきこんだ。陰陽師が、「あれが鬼だ」と言うと、家のものたちはふるえあがりあわてふためいた。この鬼の男は、しばらく外に立ってのぞいていたが、どうして入ったのかもわからぬうちに、もう家のなかへ入ってきた。そして、家の内にあがりこんで、かまど(7)の前に立っていたが、これまで全然見たこともない男だった。

　そこで、家のものたちは、「もうあんなところまで来ている。いったい、どうなることだろう」と、みなきもをつぶしているうちに、この家の主人の息子に若い男がいて、「もはや、絶体絶命、この鬼にくわれてしまうにまちがいない。どうせ死ぬのなら、この鬼を射て、後の世にほまれをのこしてやろう」と思って、ものかげから、大きな（鋭《と》）(8)雁矢《がりや》をつがえて、鬼にねらいをつけ、力いっぱいひきしぼって射たところ、鬼のからだのまんなかに命中した。鬼は射られると同時に立ちあがり、おもてへむかって走り出たかと思うと、かき消すように見えなくなってしまった。矢はつき立たずにはねかえってきた。家のものは、みなこれを見て、「とんでもないことをしたものだ」と言うと男は、「どっちみち死ぬのなら、後の世の語りぐさになろうと思ってやってみたのだ」とこたえた。陰陽師もあっけにとられた顔をしていた。その後、その家には別になんという変事も生じなかった。(9)

とすると、陰陽師がたくらんだことではなかったかとも思われるのだが、門から入ってきた様子をはじめ、矢がはねかえってつき立たなかったということを思いあわせると、ただものではなかったと思われるのである。鬼が、はっきり人の姿になってあらわれることは、めったになく恐ろしいことであると、こう語り伝えていることである。

典拠未詳。

（1）郡名の明記を予定した意識的欠字。

（2）原文「後の拈《したため》」。死穢の祓《はらえ》。陰陽師は葬送の日取り・方向などをつかさどった。

（3）桃は中国で、仙木・仙果とし、子どもが生まれると、桃の矢を四方にはなって、悪魔・悪病を祓《はら》う。『本草綱目』に、桃は、西方の木、五木の精なる仙木として邪気を圧伏し、百鬼を制する。門上に桃符を用いるのはこのためとしている。すでに古く『礼記』に「王弔《ちょう》すれば巫祈り、桃茢《とうれつ》を以て前引して以て不祥をさく」とある。従って、桃の枝を切って戸口にたてかけておくと鬼が入ってこないといい、桃の節句は、子どもの無病息災を願うためのものであった。東方に指しのびた桃の枝を切ってこれを「鬼門之札」

とし、同じく、東方へのびた桃の枝を念珠で引きまわして行う修験の「呼識之大事」（家出人をかえすための法）などにも用いられる。

（4）除災法の名の明記を予定した意識的欠字。

（5）山藍の葉で模様をすりつけた衣服。

（6）水干を着るときの袴。水干は、のりを使わず水張りにして干した絹で作り、狩衣を簡素化した男子の平服。菊綴《きくとじ》という飾りと胸ひもをつけた。色は白が多く、袴は、直垂《ひたたれ》の衣に似たものを用いた。

（7）食物は人間の生命を養うものであるため、調理する火所が神聖視されかまど神がまつられる。のち陰陽師のつかさどるところとなり、近世に至ると修験者の山伏が火の神をまつり、荒神祓・かまど祓に従った。

（8）底本は「とがりや」（疾雁矢・鋭雁矢）の「と」の漢字表記を予定した意識的欠字。先が鋭くとがった矢じりに四立《よつだて》の羽をつけた矢。

（9）鬼を射ても、なんのたたりもなかったとするのは、人間の果敢な意志と行動のなせるわざの勝利ということになる。密教的権威の優をとく説話のなかで、人間――それも青年の判断を高く評価した注目すべき話である。

人の妻、死にて後、本《もと》の形となりて旧夫に会う語《こと》、第二十四

今は昔、京に身分の低い侍(1)が住んでいた。長年の貧乏ぐらしで、職にありつく手立てがなかったが、ちょうどそのとき、□(2)という人が□(3)国の守《かみ》になった。この侍は、以前からこの守と知り合いだったので、さっそく守の屋敷をおとずれたところ、守は、「そのように、

京で就職口がなくてぶらぶらしているよりは、わたしが任国へつれていって、なんとか面倒を見てやろう。いままでも、気の毒だとは思っていたが、わたし自身どうにもならず過ごしてきた(4)からな。こんどは、任国へくだることになったから、つれていこうと思うが、どうかな」と言う。侍は、「まことにありがたいことでございます(5)」と言って、すぐにくだることになった。ところで、この侍には、長年つれそった妻がいた。常日ごろの貧乏ぐらしは耐えられなかったが、この妻はとしが若く、容姿もととのい、気持もやさしかったので、身の貧しさにもかかわらず、たがいにはなれがたい思いをいだいてくらしてきた。ところが、男は、遠国へくだろうとするに際して、この妻と離別し、急に他の裕福な家の女を妻にむかえた。新しい妻は、あれやこれや旅じたくをととのえて、出発できるようにしてくれたので、その妻をつれて任国にくだっていった。任国にいるあいだも、すべて好都合にことが運んだ。

　こうして、何かにつけて満ち足りた生活をおくっているうちに、京に捨ててきたもとの妻のことがむしょうに恋しくなり、どうしても会いたいとの思いがつのって、「はやく上京して、顔を見たいな。いまごろ、どうしているだろう」と、いても立ってもいられない気持になって、(6)それからというものは、さびしさだけが身にしみて日をおくるうちに、いつしか年月もながれて、守の任期もおわったので、守が上京するのについて、この侍も上《のぼ》っていった。「おれは、これといった理由もなく、あの女を捨ててしまった。京に帰りついたら、その足で妻のもとへいっていっしょに住もう」と、心にきめていたので、京に到着するやいなや、今の妻を実家にやり、男は旅装束のままもとの妻のところへかけつけた。

　家の門はあいていたので、中に入ってみると、以前とはすっかり様子がかわり、家もおどろくほどあれはて、人の住んでいる気配もない。これを見るにつけ、いっそう気の毒で、心細いことこの上ない。九月二十日ばかりのこととて、月がたいそう明るい。夜気が冷え冷えとして身にしみ、胸にせまるほどのあわれさである。家の中に入ってみると、昔いた場所に妻が一人ですわっている。(7)他には人影も見えない。妻は、男と目を合わせて、いっこうにうらむ様子もなく、うれしそうに、「これは、また、どうしてお出でなさったのですか。いつおつきなされましたか」と聞く。男は、任国で長い間思いつめていたことをいろいろと話し、「これからは、こうして二人で暮らそう。国から持ってきた荷物は、明日にでも取り寄せよう。前の従者などもよび出そう。今夜は、これだけのことを話しておこうと思ってやって来たのだ」と言うと、妻は、ほんとうに嬉しそうで、つもる話をしているうちに、しだいに夜もふけてきたので、「さあ、もう寝よう」と言って、南面《みなみおもて》の方《かた》(8)にいって、二人はだきあってよこになった。男が、「ここには、だれもいないのか」とたずねると、女は、「こんなにひどい暮らしですもの。召使いの来手《きて》もありませんわ」と言って、秋の夜長を語りあかしたが、これまでになく、しみじみとあわれに思えた。こうしているうちに、明けがたになったので、二人とも寝入った。

　夜の明けるのも知らないで寝ているうちに、すっかり明るくなって日ものぼってきた。昨夜は、召使いもいなかったので、蔀《しとみ》の下戸だけ立てて、(9)上戸はおろさなかったから、日の光が明るくきらきらとさしこんできた。男は、はっと目をさましてみると、自分がだいてともに寝ていた女は、からからにひからびて骨と皮ばかりになった死人(10)であった。これはどうしたことかと思って、おどろくとともに、身ぶるいするほど恐ろしくなったので、自分のきものをかかえてはねおきるや、走って庭にとびおり、もしや、自分の見まちがいでもあるかと、見直してみたが、やはり間違いなく死人であった。

そこで、大いそぎで水干袴[11]をつけて外へ走り出て、となりにある民家にかけこみ、たったいま、はじめておとずれたようなふりをして、「このとなりに住んでいた人は、いまどこにおいでか、御存知ありませんか。となりには、だれも住んでいないのでしょうか」とたずねたところ、その家の人は、「あの方は、長年つれそった夫が見すてて遠国にくだっていってしまったので、それを深く悲しみなげいているうちに、とうとう病気になってしまいましたが、だれも看病する人もなく、この夏とうとうなくなってしまいました。野べのおくりをする人とてなく、いまも、そのままにしてありますが、こわがって近よる人もなく、家はあきやになっております」と言う。それを聞くと、いよいよ恐怖に身がふるえる思いであった。男は、すべてをあきらめて帰っていった。

ほんとうに、どんなに恐ろしかったことだろう。なき妻の魂がとどまって、夫と会ったものであろう。きっと、長年の思いにたえかねて、夫と枕をかわしたのであろう[12]。こんなに不思議なこともあるものだ。されば、このような不可解なこともあるのだから、よく前後の事情をたしかめてからたずねていくのがよいことである[13]、とこう語り伝えているということである。

典拠未詳。

(1) 原文「生侍《なまさぶらひ》」。若く身分の低い侍。青侍。「侍」は、主官に仕え、警固・雑役に従うもの。
(2) 姓名の明記を予定した意識的欠字。
(3) 国名の明記を予定した意識的欠字。
(4) 清少納言が『枕草子』の「すさまじきもの」のなかでリアルに描いているように、国司になることは、少なくともその任期中、社会的・経済的安定を保証されたことであるから、縁者・知己などがたよってむらがることにもなる。
(5) 原文「年来棲《す》みける」。男が女のもとに通い夫婦生活をいとなむこと。
(6) 原文「肝身《きもみ》を剝《は》ぐごとくなりければ」。体内から内臓がはぎとられるような悲痛な感情をいい表わしたもの。
(7) 季節は晩秋、荒廃した家のなかで、いつもいたその座にそのますわっていたのである。月光は、青白く部屋のなかまでさしこむ。
(8) 南側の部屋。
(9) 下戸は、固定させてあり、上戸をつりあげた。とすれば、原文「蔀の本をば立てて」は、荒廃しはずれていたものをなんとかはめこんだとも解せる。
(10) この夏死んで、そのままに放っておかれたのが、ミイラとなったというのは理くつに合わないが、怪異の描写としては適切である。
(11) 日常の平服、水干を着たときにつける袴。
(12) この世のものが、幽霊となった女性と交わる話は、明《みん》の瞿佑《くゆう》作の『剪燈新話』の牡丹燈記、翻案した浅井了意の『御伽婢子《おとぎぼうこ》』の牡丹燈籠で広く知られる。
(13) 『日本古典文学全集』は、「そういう希有のことがあるから、やはり長い間御無沙汰した所でも尋ねていくのがよい」と訳し、密教的・道義的な教訓以上に、猟奇的精神があるとしているのに対し、『新潮日本古典集成』では、以前妻であった女性の所を訪れるような場合は、その後の有様・事情をよく確かめてからにすべきであるという現実的教訓であると見る。

女、死せる夫の来たるを見る語《こと》、第二十五

今は昔、大和国（奈良県）□①郡に住んでいる人がいた。一人の娘がいたが、容姿美しく、気持もやさしかったので、父母はたいせつに育てていた。また、河内国（大阪府）□②郡に住んでいる人がいた。その人には、一人の男の子がいた。年も若くなかなかの男ぶりだったので、京へ上《のぼ》って宮仕えをし、笛を上手に吹いた。それに、気立てもよかったので、父母からもたいへんかわいがられた。

そのうち、この若ものは、かの大和国の人の娘が美人だといううわさを伝え聞いて、恋文をおくり、熱心に求婚した。娘の両親は、しばらくの間は聞き入れないでいたが、あまりの熱意にまけて、ついに父母はこれを許した。その後、おたがいに深く愛し合ってくらしていたが、三年ばかりして、この夫は、ふとしたことから病気にかかり、数日床についていたが、とうとう亡くなってしまった。

女は、これをなげき悲しんで、恋しさに心も狂わんばかりであった。その国の若ものたちが、さかんに恋文をとどけて言い寄ったけれど、女は聞き入れようともしないで、なおも死んだ夫だけを恋いしたって泣きくらすうち、年月がうつりかわってちょうど三年目にあたる秋、女がいつもよりも涙におぼれて泣きふしていると、真夜なかごろ、笛の音が遠く聞こえてきた。「ああ、むかしの夫の笛の音になんと似ていることよ」と、いっそうもの悲しい思

いにかられて聞いていると、笛の音はしだいに近づいてきて、女のいる蔀戸《しとみど》のそばに寄り立って、「ここをおあけ」という声は、まさしく亡き夫の声だったので、びっくりしてなつかしく思うものの、また、恐ろしくもあり、そっと立ちあがって、蔀のすき間からのぞいてみると、まちがいなく夫が立っている。そして泣き泣きこう言った。

(3)死出の山越えぬる人のわびしきは
恋ひしき人にあはぬなりけり

死出の山を越えて、今冥土にいるわたしが、こんなに悲しいのは、恋しいそなたに会えないからなのだ。

こう言って立っている姿は、生前とかわらないが、やはり恐ろしかった。夫は下ひもを解いていた(4)。その身体からは煙が立ちのぼっている(5)ので、女は恐ろしくなってものも言わずにいると、夫は、「無理もない。わたしのことを一途《いちず》にしたってくれるのがあわれなので、無理やりいとまをもらってやってきたのだが、ひどく恐ろしがっているようだから、わたしは帰ることにしよう。わたしは日に三度、焦熱の苦しみを受けている(6)のだ」と言って、かき消すように見えなくなってしまった。

そこで、女は、これは夢かと思ったけれども、夢でもなかったので、ただ不可解なことと思うしかなかった。思うに、人が死んでも、このようにはっきり姿を見せることがあるものだ、とこう語り伝えているということである。

典拠未詳。
(1) 郡名の明記を予定した意識的欠字。
(2) (1) に同じ。
(3) 閻魔王の住んでいる地獄道の世界を冥界といい、衆生が死後いく世界で、冥途(冥土)という。死後初めて七日目に冥途の十王の第一の秦広王の庁舎に至る。その間に死出の山を越えなければならぬ。その山はけわしく獄卒に棒でうたれる。平安末期から鎌倉初期にかけて日本で作られた偽経『地蔵十王経』に説かれる。
(4) 妻への慕情をとどめる姿。
(5) 焦熱の苦を受けて身を焼かれる姿である。
(6) 熱気に苦しめられる八熱地獄の焦熱・大焦熱地獄の責苦《せめく》。愛への執着は、死後、焦熱の責苦を受けると考えられていた。地獄は、閻魔王のつかさどるところ、その配下の冥官や牛頭・馬頭などの獄卒が種々の苦具(苦しみを生じさせるもの)によって苦痛を与えるのである。

河内禅師《かわちのぜんじ》の牛、霊《りよう》の為に借らるる語《こと》、第二十六

今は昔、播磨守佐伯公行(1)という人がいた。その子に佐大夫(2)□(3)といって四条高倉(4)に住んでいたものは、現在も生きている顕宗《あきむね》(5)というものの父である。その佐大夫は、阿波守藤原定成朝臣(6)のともをして、阿波に下《くだ》った途中、船がしずみ守《かみ》とともに海中に投げ出されて死んでし

まった。その佐大夫は河内禅師⑺という人の親類である。

そのころ、その河内禅師の家に黄まだらの牛がいた。その牛を知りあいの人が借りにきたので、淀⑻へやったところ（樋《ひ》⑼）集橋《づめばし》の上で牛飼が車を下手《へた》にあつかって、車の片輪を橋から落とし、そのはずみで車も橋から落ちかかったのを、「車が落ちる」と思ったのであろうか、牛は、しっかりふんばって、すこしも動かないで立っていたので、むながい⑽が切れ、車は落ちてこわれてしまった。牛だけは橋の上にとどまっていた。だれものっていない車だったので、人にけがはなかった。つまらない牛であったら、車に引かれて落ち、牛もけがをしたことであろう。だから、その付近の人も、なんと力の強い牛だろうとほめたたえた。

その後、この牛を大切に飼っていたが、どういうわけでいなくなったのか、だれにもわからぬまま、牛は姿を消してしまった。河内禅師は、「いったい、どうしたことか」と、方々さがしてまわったけれど見つからなかった。逃げ出してしまったのかと思って、近くから遠くまでさがさせたけれど、どうしても見つからないので、さがしあぐねているうちに、河内禅師の夢⑾のなかに死んでしまった佐大夫があらわれた。「この男は海に落ちて死んだと聞いていたが、どうしてやってきたのだろう」と、夢心地にも、おそろしく思いながら、行って会ってみると、「わたしは、死んでからのち、この家の東北⑿のすみの方におりますが、あれからは、日に一度（樋《ひ》⒀）集《づめ》の橋のたもとに行って苦しみを受けているのです⒁。ところが、わたしの罪がふかくて、身体がとても重いものですから、とても乗りものにはのりきれませんで、あるいて参るため、苦しくてなりません。この黄まだらの御車牛は力がつよく、わたしがのっても大丈夫ですので、しばらくお借りしてのせていただいておりますが、あなたが、たいそうおさがしなさっていらっしゃいますので、これから五日ののち、六日目の巳《み》の刻（午前十時）ごろ、おかえし申しあげるつもりです。あまり大さわぎしておさがしなさいますな」と言う。こう夢に見て、夢がさめた。河内禅師は、「わたしは、こんな不思議な夢を見ました」と人に語って、こののち牛をさがすことをやめた。

その後、その夢を見てから六日目の巳の刻ごろ、この牛がとつぜんどこからともなく姿をあらわして門のなかに入ってきた。なにかたいへんな大仕事をしてきた様子でかえってきた。されば、あの（樋）集の橋⑮で車が落ちて牛だけがふみとどまったときに、かの佐大夫の霊が、そのときたまたま行き合わせて、なんと力づよい牛かと見てとって、借りてのりまわしていたのであろうか⑯。

これは、河内禅師が直接語ったことである。これは、じつに恐ろしいことであると、こう語り伝えているということである。

典拠未詳。『宇治拾遺物語』に同文的同話があり、原拠はおなじものと認められる。

（1）能登権守・遠江守・信濃守・伊予守などをつとめる。寛弘六年（一〇〇九）二月、妻高階《たかしな》光子ら（藤原伊周《これちか》に近い）が、中宮彰子・敦成親王を呪咀《じゅそ》したとがで捕縛され、翌年三月、公行は出家した。

（2）「佐」は佐伯、「大夫」は五位。未詳。

（3）佐大夫の姓名の明記を予定した意識的欠字。

（4）四条大路と高倉小路とが交差する付近。

（5）未詳。

（6）伝未詳。底本「阿波守ニ藤原定成」。『宇治拾遺物語』では「さとなり」。土佐守季随の子に「定成」

がいるが、阿波守になっていないし、水没の記録も残っていない。
(7) 未詳。『宇治拾遺物語』では、「河内前司」とする。禅師は、遊女かもしれない。
(8) 巨椋池《おぐらのいけ》が淀川に流れ出すあたり。京都市伏見区淀。
(9) 底本は「樋」を入れることを予定した意識的欠字。淀の北、桂川西南、現在の京都市伏見区淀樋爪町にあった。『宇治拾遺物語』では、「ひづめの橋」とする。
(10) 牛や馬の胸から鞍・背へかける強く丈夫な緒《お》。これで荷を引く。
(11) 河内禅師が遊女であれば、夢での死霊の示現も納得できる。佐大夫は、事故死のため、怨霊となっている。
(12) 原文「丑寅《うしとら》」。死霊のとどまる方角。丑寅は鬼門である。鬼星のある方角で諸鬼が出入りし、陰気の集まる所という。『神異経』は、「東北に鬼星あり石室三百戸其一門に題して鬼門という」とする。『山海経』にも、「東海の度朔山に大きな桃樹があり、蟠屈すること三千里におよび、東北に門あり、名づけて鬼門といい万鬼の出入する所」とする。
(13) 注(9)に同じ。
(14) 一般に、死者の霊は、水辺に集まる。川施餓鬼(水死人のために水上あるいは岸辺で行う)や精霊ながしが行われ、お盆の供物などは、川にながす習慣がある。
(15) 注(9)に同じ。
(16) 牛に対する信仰は、牛を農耕用・運搬用に使用すると同時におこったものであろう。お盆の精霊の供物として、なすで牛をつくるのは、冥途へ往復する乗りものとしたものか。

白井君《しらいのきみ》、銀《しろかね》の提《ひさげ》を井《い》に入れて取らるる語《こと》、第二十七

今は昔、世間で白井君とよんでいる僧がいた。つい最近なくなった人である。もとは、高辻東洞院[1]に住んでいたのだが、後には、烏丸小路[2]の東、六角小路[3]の北、烏丸小路に面して、六角堂[4]とは背なかあわせのところに住んでいた。

あるとき僧房[5]に井戸を掘ったが、その土を投げあげたのが、石にあたって金属性の音をたてたのを聞きつけて、白井君は不審に思って、近づいてみると、銀の鋺《かなまり》[6]であったので、とりのけておいた。その後、それに別の銀を加えて小さな提《ひさげ》[7]に作らせてもっていた。

さて、備後守藤原良貞[8]という人は、この白井君となんらかの縁があって親しくしていたが、ある日その備後守の娘たちが白井君の房をおとずれて、髪を洗ったり湯あみなどをした。そのおり、備後守の下女が、この銀の提をもって、例の鋺を掘り出した井戸に行き、提を井《い》桁《げた》[9]の上において、水くみ女に水を入れさせているうち、もちそこなって、この提を井戸のなかに落としてしまった。ちょうど白井君も落とす様子を見ていたので、さっそく人をよんで、「あの提をとりあげよ」と命じて、井戸におろして見せたけれども、どこにも見当らないので、これは底に沈んでしまったのにちがいないと思って、こんどは、たくさんの人を井戸におろしてさがさせたけれども、どうしても見つけることができなかった。白井君は、おどろきあやしんで、いそいで人をあつめて、水をくんで井戸を干しあげてみたけれども、それでも見つからない。ついになくなってしまったのである。

このことについて、人々は評判して、「もとの鋺の持主が霊となって、とりかえしにきたのだろう」と言いあった。とすれば、つまらぬ鋺などを見つけて、別の銀まで加えた上でとりかえされたとは、たいへんな損をしたものだ。思うに、きっと霊がとりかえしにきたにちがいないと思うが、なんとも恐ろしいことだ、とこう語り伝えているということである。

典拠未詳。

(1) 高辻小路と東洞院大路が交差するあたり。
(2) 東洞院大路の西を南北にとおる。
(3) 三条大路の南を東西にとおる。
(4) 頂法寺。本堂が六角の堂であることからいう。聖徳太子の草創と伝える。本尊は、聖徳太子の守本尊と伝える如意輪観音。嵯峨天皇勅願所。しばしば火災にあっている。西国三十三所第十八番札所。境内の池坊は華道をつたえる。天台宗。京都市中京区六角通東洞院西入堂之前町。
(5) 房はもと、僧侶が日常起居する小部屋を意味したが、のち、大寺院に附属する小寺院の坊と混同し、広く殿舎楼閣をもいうようになった。
(6) 金属性の椀。
(7) 酒や水を注ぐのに用いたつると口のついた容器。
(8) 藤原隆家の三男の良員（良真）をさすか。
(9) 原文「井の筒《つつ》」。井戸の筒形のかこい。

京極殿《きようごくどの》にして古歌を詠《なが》むる音《こえ》ある語《こと》、第二十八

今は昔、上東門院(1)(藤原彰子)が京極殿(2)に住んでいらっしゃったとき、三月二十日すぎの花ざかりのころ、南面の桜が満開で、なんともいえないほど美しく咲き乱れていたが、上東門院が寝殿(3)でお聞きなさっていると、南面の階隠《はしがく》しの間《ま》(4)のあたりで、たいそう気高く、神さびたこえで、

こぼれてにほふ花ざくらかな

咲きこぼれている桜の美しいことよ

と詠ずる声がしたので、その声を院がお聞きなさって、あれはだれがいるのだろうとお思いになり、ちょうど御障子(5)があけられていたので、御簾《みす》のうちから御覧なさったが、まったく人のいる気配もない。「これは、どうしたことだろう。だれが詠じたのか」と、多くの人を召して調べさせたけれども、「近くにも遠くにもだれもおりません」と申しあげる。これを聞かれて院はたいへんびっくりなさって、「これは、どうしたことか、鬼神などが詠じたものであろうか」と恐怖心をおもちなさって、当時、(宇治)(6)殿にいらっしゃった関白殿(藤原頼通)(7)に、「いま、このようなことがございましたよ」と、いそいでお知らせなさったと

ころ、殿からは、「それは、そこの京極殿の（くせ）[8]で、いつもそのように歌を詠じるのです」と御返事があった。

そこで院は、ますます、こわがりなさって、「『あれは、だれかが花を見て感興のあまり、あのように詠じたのを、こちらがきびしくたずね求めたので、恐れをなして逃げ去ってしまったのだろう』と思っていたが、この屋敷の（くせ）[9]であったとすれば、なんとも恐ろしいことであるよ」とおおせられた。それからのちは、いよいよおじ恐れなさって、そのあたりにも近よりもなさらなかった。

思うに、これは狐などが言ったものではあるまい。なにかの霊などが、あの歌をいい歌だなと思っていて、桜の花を見るたびに、いつもこのように詠じたのではあるまいかと人々は想像した。だが、そのような霊は、夜などにあらわれるものであるのに、真昼間に声をあげて詠じたということは、まことに恐ろしいことではあるまいか。どのような霊であったかは、最後までわからなかったと、こう語り伝えているということである。

『俊頼髄脳』が出典である。

（1）藤原道長の一女。一条天皇の中宮。後一条・後朱雀天皇を生む。万寿三年（一〇二六）出家。道長の土御門邸――土御門大路に上東門があったのによる。紫式部を初め多くの女房が仕え、その周辺に文学サロンをかたちづくっていた。

（2）土御門殿。土御門南、京極西の南北二町・東西一町にわたっていた。

（3）寝殿造の中央正殿。

（4）寝殿中央の階段口にある屋根がかけられている車寄せ。行幸などにそなえて設けられていたもの。
（5）部屋の仕切りに立てる建具。ついたて障子・ふすま障子・明かり障子など。
（6）底本は欠字。『俊頼髄脳』には、「宇治殿」とある。もと、左大臣源融の別荘。道長をへて頼通に伝えられ、永承七年（一〇五二）末法の年、仏寺とし、翌年本堂である鳳凰堂（阿弥陀堂）を供養した。本尊は、定朝作の阿弥陀座像。壁には浄土変相図が描かれ、天井まわりの小壁には、諸菩薩が楽を奏して来迎する木彫がある。
（7）道長の長男。五十年にわたって摂政・関白・太政大臣をつとめ、その間、文化を育て、また説話をまもり育てるのに力をつくした。散佚した『宇治大納言物語』の著者、源隆国と親しかった。
（8）底本は「クセ」の漢字表記を予定した意識的欠字。『俊頼髄脳』には、「そこのくせに常にながめはべるぞ」と、頼通は京極殿に鬼神が住むと肯定している。
（9）（8）に同じ。

雅通《まさみちの》中将の家に同じ形の乳母《めのと》二人在る語《こと》、第二十九

今は昔、源雅通中将（1）という人がいた。この人は、丹波中将といわれていた。その家は、四条大路の南、室町小路の西にあった。この中将がその家に住んでいたときのこと、二歳ぐらいの幼児を乳母《めのと》がだき、南面（2）にいて人気のないところでただ一人、子どもをあそばせていたが、とつぜん子どもが火のついたように泣き出し、乳母のさけび声が聞こえたので、中将は北面（3）にいたが、これを聞いて、なにごとがおこったかと太刀をひっさげかけつけてみると、おなじかっこうの乳母がいて、そのなかにこの子をおいて、左右の手足をとって引っぱり合

っている。中将は、びっくりしてじっと見守っていたが、よくよく見ると、瓜《うり》二つで見わけがつかない。どちらが、ほんとうの乳母であるのか、さっぱり見当もつかない。そこで、一人は、きっと狐などの変化《へんげ》であるにちがいないと思い、太刀をきらめかせて走りかかると、一人の乳母の姿は、かき消すように見えなくなってしまった。(4)

そのとき、子どもも乳母も、まるで死んだように倒れたので、中将は人をよび、効験(5)あらたかな僧などを呼びよせて祈禱(6)させたりすると、しばらくして乳母は息をふきかえしおきあがった。中将は、「いったい、なにがおこったのか」とたずねると、乳母は、「若君をあそばせておりましたところ、奥の方から、まったく見知らぬ女房が、だしぬけに出てきて、『これは、わたしの子です』と言って、うばいとろうとしましたので、うばわれてはならぬと引っぱりおりますところに、殿がおいでになり、太刀をひらめかせて走りかかりなさいました。そのとたん、その女房は、若君をうちすてて奥の方へ逃げ去りました」と言ったので中将は、たいへん恐ろしく思った。

そこで人々は、人気のないようなところでは、幼児をあそばせてはならぬものだと言いあった。狐が（ばけ）(7)たのだろうか。それとも、なにかの霊だったのだろうか、ついにわからずじまいであった、とこう語り伝えているということである。

典拠未詳。

(1)　宇多源氏。時通の子。近衛権中将で丹波守をかねた。『法華験記』『拾遺往生伝』『今昔物語集』巻第十五などに往生人として記されている。『法華験記』によれば、若いときは、世塵にひかれて多く悪業を作ったが、のち改悔して、『法華経』の持経者となり、特に提婆品を深く心にきざんで、毎日、十〜二十返を誦《ず》した、とし、往生のさまが語られている。
(2) 寝殿の正面。南むきの部屋。
(3) 寝殿の北むきの部屋。
(4) 太刀は、不動明王の利剣になぞらえられ、すべての魔障を断つのである。
(5) 原文「験《しるし》」。信仰や祈禱などによって、現実の具体的な事実の上にもたらされる不思議な力のあらわれ。
(6) 原文「加持《かぢ》」。仏・菩薩が不思議な力をもって衆生を守ることをいうが、さらに、密教では三密加持として、仏が大悲と大智とをたたえて衆生にこたえるのを加、衆生が、それを受持するのを持という。仏の三密（仏の身体と言語と心によって行われる行為）と衆生の三密が相互に融合して、すぐれた結果を成就させると説く。ここでは、加持を祈禱と同じ意味に用いている。
(7) 底本は「バケ」の漢字表記を予定した意識的欠字。

幼き児《ちご》を護《まも》らむが為に枕上《まくらがみ》に蒔《ま》く米に血付《つ》く語《こと》、第三十

今は昔、ある人が、方違え(1)のために、下京(2)あたりのある家に、幼児をともなって行っていたが、その家には、むかしから霊が住みついているのも知らず、みな寝こんでしまった。その子の枕もと近くに燈をともして、そばに二、三人ほど寝ていたが、乳母がひとり目をさまして、子どもに乳をふくませ、寝たふりをしていると、真夜なかごろ、塗籠(4)の戸を細目にあけて、そこから身のたけ、五寸（約十五センチ）ぐらい(3)のおおぜいの束帯姿の五位があらわ

れ、十人ほどつづいて枕もとをとおっていく。この乳母は、恐ろしく思いながらも、打ちまき(5)の米をたっぷりつかんで投げつけたところ、このとおっていくものがさっと散って見えなくなってしまった。

その後、いっそう恐ろしくなってきたが、そのうちに夜が明けたので、その枕もとを見ると、夜なかに投げつけた打ちまきの米の一つぶ一つぶに、みな血がついていた。はじめは、数日その家にいようと思っていたが、このことに恐れをなして、すぐに自宅へ引きあげた。

こういうわけで、この話を聞いた人はみな、「幼児のまわりには、かならず打ちまきをしなければならぬことである」と言いあった。また、「乳母がかしこい人だったので打ちまきをしたのだ」と言って乳母のことをほめたたえた。思うに、様子もよくわからないところには、気をゆるして宿をとってはならぬものだ。世のなかには、このように恐ろしいところもあるものだと、こう語り伝えているということである。

典拠未詳。

(1) 陰陽道による俗信で、外出に際し、忌避しなければならない方角をさけて、一時、他にうつり住むこと。

(2) 京の四条坊門小路あたりから南の地。南へさがるほど低湿地となるため、ことに南端地は、しだいに荒廃していくことになる。

(3) 小人の怪異は、しばしば語られる。小人が霊力を有する話も多い。

(4) 原文「日の装束」。本巻第二話、注(8)参照。

(5) 散米。祓のときに散ずる米。天孫降臨のとき、雲霧のためまったくあたりが見えなかった。その折、稲穂を抜いてこれを四方に散じたところ、たちまちにして晴れわたったというのを起源とする。のち、神饌を供えるときの方法の一つとなった。米に霊力があるとする信仰から、魔よけとしてまきちらすことが行われた。

三善清行宰相《みよしのきよつらさいしょう》の家渡《いえわたり》の語《こと》、第三十一

今は昔、宰相(1)三善清行(2)という人がいた。世に善宰相というのはこの人のことである。浄《じょう》蔵《ぞう》(3)大徳(4)の父にあたり、万事に通じてりっぱな人で、陰陽道(5)の方面まで深くきわめていた。そのころ、五条堀川(6)のあたりに、荒れはてた古家があった。怪異の出る家だといって、長いことだれも住む人がいなかった。善宰相は、自分の家がなかったので、この家を買いとって、吉日(7)をえらんで引っ越しをしようとしたが、親戚のものがこのことを聞いて、「わざわざ怪異の出る家に引っ越すなんて、まことにばかげたことだ」と言ってとめたけれども、善宰相は聞き入れず、十月二十日ごろ、吉日をえらんで移っていった。しかし、世間で普通行う移転(8)とはことかわって、酉の時(午後六時)ごろ、車にのり、薄べり一枚だけを従者にもたせてその家に行ったのであった。

その家に行きついてみると、五間四面(9)の寝殿がある。いつ建てたかもわからぬ古家である。庭には、大きな松・楓・桜、そのほか数々の常緑樹などが生えている。どの木も老木になって樹神《こだま》(10)でも宿っていそうに見え、紅葉したつたがまつわりついている。庭は、苔むしていていつ掃いたともわからぬほどである。宰相は寝殿に上って、中央の階隠《はしがくし》の間《ま》の蔀《しとみ》をあげさせてなかをみると、ふすま⑪はやぶれてぼろぼろになっている。放出《はなちいで》の方の板敷を掃除させて、持たせてきた薄べりを中央の一間《ひとま》に敷いて、あかりをともさせ、宰相は、その薄べりに南向き⑫にすわった。車は、車宿りに引き入れさせ、ついてきた雑色⑬や牛飼いなどには、「明朝はやくやってこい」と言って帰してしまった。

　宰相は、ただ一人南向きにすわってまどろんでいたが、真夜なかにもなろうとするころ、天井の格子⑭の上で何やらごそごそ音がする。見上げると、格子の一ますごとに顔が見えた。その顔は、それぞれ別の顔である。宰相は、これを見てさわぐけしきもなく平然としていると、その顔がいちどにみな消えてなくなった。また、しばらくして見ると、南の庇の間の板敷を、身のたけ一尺⑮(約三〇センチ)ぐらいのものが、四、五十人ほど、馬にのって西から東へとおっていく。宰相は、これを見ても、いっこうにおどろく様子もなく、じっとすわっていた。

　また、しばらくして見ると、塗籠の戸を三尺(約九〇センチ)ほど引きあけて、女がいざり出てきた。すわった高さが三尺くらいで檜《ひ》わだ⑯色の着ものを着ている。髪の毛が肩にかかった様子は、まことに上品で美しい。香のかおりは、なんともいえず芳《かんば》しく、あたりは麝香⑰のかおりにつつまれている。赤い色の扇を開いて、顔をかくした上から見える額の様子は白くて美しい。額髪が曲線をえがいている⑱風情、切れ長の目で流し目にこちらを見ている⑲目つきは、気味わるいほどに気品がある。扇にかくれている鼻や口なども、どんなにか美しいだろうと思われる。宰相が視線をそらさず⑳、じっと見つめていると、しばらくしていざりもどろうとして扇を取りのけた。見ると、鼻は高々として色赤く、口の両わきには、四、五寸

（約一二センチ〜一五センチ）ほどの銀でつくったようなきばがくいちがっている。奇怪なやつだなと思っていると、塗籠に入って戸をしめた。

　宰相は、それにもさわがずすわっていると、こんどは明るい有明の光に、こんもり茂って暗がりになっている庭のあたりから、浅黄色㉑の上下を着た老翁が、平らに□㉒かいた文《ふ》ばさみ㉓に文をさして目の上にささげもち、平伏して階の下に近づき、ひざまずいてすわった。それを見て宰相は、大きな声で、「そこの翁、何ごとを申したいのか」とたずねると、翁は、□㉔しわがれた小さな声で、「わたくしめが、長年住んでおりますこの家は、あなたさまがこうしておいでになられますので、たいそう困ったことと存じ、そのことをお願い申しあげようと参ったものでございます」と言う。そのときに宰相は、「おまえのうったえには、なんの理由もないぞ。そのわけは、人が家を手に入れるということは、正当な手つづきをふんですることなのだ。それを、人が受け伝えて住むはずのところを、反対におどかして住ませないようにし、強引に居すわっているではないか。これは、まったく道理に合わないことだ。まことの鬼神というものは、道理を知ってまがったことをしないからこそ恐ろしいのだ。おまえは、きっと天のとがめをこうむるぞ。これはほかでもない、老狐が住みついていて人をおびやかしているのだな。鷹狩の犬の一ぴきでもいたら、みな食い殺させてやるはずだが。言い分があればはっきり申せ」と責めた。

　そのとき、翁は「おおせのしだい、一言の弁解の余地もありません。ただ、昔から住みついております所ですから、その事情を申しあげたまででございます。人をおどかしましたのは、このわたしめのしわざではございません。一人、二人おります子どもが、わたしの制止もきかず、勝手にしたことでございましょう。ですが、こうしてあなたさまがおいでになったいま、わたしどもは、いったいどこに住んだらよろしいでしょうか。世間にはあいた土地もございませんので、参るあてもございません。ただ、大学寮[25]の南門の東のわきに空地があります。[26]お許しをいただいて、そこへ移ろうと存じますが、いかがなものでございましょうか」と言う。そこで宰相も、「それは、たいへんよい思いつきだ。さっそく一族を引きつれて、そこへ移るのがよかろう」とこたえた。そのとき、翁が、大声で返答するのに応じて、四、五十人ばかりの声がいっせいにこたえた。

夜が明けて宰相の家のものどもがむかえにきたので、宰相は家にかえり、その後、この家を改築し、ふつうの状態にもどして移転した。そうして、ずっと住んでいたが、少しも恐ろしいことはおこらなかった。

されば、賢明で知恵のある人には、たとえ鬼でもわるいことができないのである。思慮なくおろかな人が、鬼のために□[27]されるものだ、とこう語り伝えているということである。

典拠未詳。

(1) 参議（太政官に属し、大・中納言につぐ重職）の唐名。

(2) 文章博士。大学頭。参議・宮内卿などをつとめた。著作に、怪異説話集『善家秘記』『善家異記』などがある。

(3) 清行の八男。母は嵯峨天皇の孫娘。幼くして宇多法皇の室に入り、のち叡山に登り玄昭から台密を受け、十九歳の折、横川で行法を修した。ついで、大峰・葛城・那智・白山などに久修練行。天慶三年（九四〇）、横川首楞厳院《しゆりようごんいん》に大威徳法を修し平将門を調伏した。法力高く、諸説話に魅力ある人物として登場する。

（4）大なる徳行をそなえたものの意。中国では高僧の敬称の他、訳経に従事するものをいい、また、僧尼を統監する職名にも用いた。日本では、高僧の敬称の他、僧侶に対する二人称、三人称として用いた。『梁塵秘抄』に「峰の花折る小大徳」とある。

（5）陰陽五行説に、民間信仰を加えたもの。天文暦法を中心としたが、のち、天文地相による吉凶禍福の卜占・攘災招福の呪術となっていった。

（6）五条大路と堀川小路との交差するあたり。低湿地帯で、しだいに荒廃していった。

（7）転宅に当って、吉日を卜することは、もっとも重要であった。

（8）原文「家渡《いへわたり》」。「家わたり」の儀式は、やかましく、こまごまと定められていた。『二中歴』などにくわしい。

（9）当時、もっとも一般的な寝殿の大きさ。

（10）古木に神宿るとする樹木信仰。

（11）原文「障子」。部屋を仕切る建具。

（12）主人の座である。

（13）雑役に従事する身分の低い男。

（14）原文「組入《くみいれ》」。天井に作りつけた格子《こうし》組み。

（15）前話に、身のたけ五寸ほどの五位が登場した。小人の怪異である。

（16）黒みがかった蘇芳《すおう》色（紫赤色・暗紅色）。尼僧の衣の色で、若い女の色目としては不可解である。

（17）麝香鹿（中央アジアから中国・朝鮮にすむ）の雄の下腹部にある分泌腺から作った香料。古代から日本に輸入され、香料・薬用として用いられた。

（18）髪をひねって波形にでもウエーブしたものか。

(19) 原文「尻目に見遣《おこ》せたる」。女性が男性に対するときのまなざし。真正面から直視するのはつつしみある態度ではなかった。
(20) 魔性、怪異に対して、目をはなさず凝視することによって、相手が退散し、身を危険から守ることができる。
(21) 薄青色。あわい青色で、藍より薄く、水色よりは濃い。六位の袍《ほう》の色。
(22) 欠字未詳。
(23) 一メートルほどの白木の杖のさきに金具をつけ、それに書状をはさんで貴人の前にさし出した。
(24) 欠字未詳。
(25) 原文「大学」。大学寮。令制による官吏養成の最高の学府。朱雀東・二条南・神泉苑の西に四町の地をしめていた。
(26) 清行は、大学頭であったことから、この東に地を求めたものであろう。
(27) 漢字表記を予定した意識的欠字。「オビヤカサル」「バカサル」「スカサル」などが考えられる。

民部大夫《みんぶのたいふ》頼清《よりきよ》の家の女子の語《こと》、第三十二

今は昔、民部大夫(1)□頼清(2)というものがいた。斎院(3)の年預《ねんよ》(4)をしていたが、斎院の勘当をこうむったので、その間、木幡《こはた》(5)というところに自分の荘園があったので、そこに行って謹慎していた。

ところで、頼清が下女として使っている女がいた。参川《みかわ》の御許《おもと》(6)とよばれ、長年仕えていたが、その女は、京に実家があった。主人の頼清が斎院の勘当をうけて木幡に謹慎しているの

で、その女も暇になり、ながらく実家に帰っていたが、頼清のところから舎人男《とねりおとこ》がつかいに来て、「急用ができたので、すぐに参上[7]せよ。日頃木幡にお住みだった殿さまは、とくべつの御用があって昨日出立なさり、山城に人の家をかりてお移りなさった。そちらの方へ、すぐ行ってくれ」と言って来たので、女は、五歳ほどの子どもをもっていたが、その子をだきあげて急いで出かけた。

行きついてみると、頼清の妻は、いつもより愛想よくむかえ入れ、いろいろともてなして、食事などをさせてくれた。いかにもせわしそうで、なにやかや衣などを染めたり洗い張りをしたり、あわただしく立ち働いているので、女もいっしょに手伝ってあわただしく立ち働くうちに四、五日もたってしまった。すると女主人は、この女に、「前にいた木幡の屋敷には、留守番[8]に雑色を一人おいてある。そこへ行って、それとなく言ってやらなければならぬ用事がある。行っておくれでないか」と言った。女は、「承知いたしました」とこたえて、自分の子を同僚の女にあずけて出かけていったのであった。

木幡に行きついて家のなかに入ったが、「きっと、人気もなくひっそりしているだろう」と思っていたところ、たいそうにぎやかで、これまでいた家でついさっき会っていた同僚たちもみないる。不思議な思いにかられて、おくに入ってみると、主人もいる。夢ではないかと、□[9]と立っていると、人々が「あらおめずらしい。なんと参《み》河《かわ》の御《お》許《もと》がおいでよ。どうして、ちっともお顔をお見せなさらなかったの。殿には院の御勘当が許されなさったので、あなたにもお知らせしようと、お使いをやったところ、『この二、三日は、ご主人さまのもとへ行くと言ってお留守です、と隣の人が言っていました』と帰ってきて言いましたが、いったいどちらへ行っていらっしゃったのかしら」と口々に言うので、女はびっくり仰天して、恐ろしくなってきて、ありのままに、じつはこれこれ、こういうことがありましたと、しどろもどろにふるえながら言うのを聞き、家のものたちは、主人をはじめとしてみな恐ろしがっていたが、中には笑うものもいた。

女は、自分の子どもを、むこうにおいてきたので、いまごろはもう殺されているにちがいないと思うと、気もすっかり動転して、「それでは、すぐに人をやって、子どもがどうしているか、見させてください」と言うので、おおぜいの人をつけてやった。女は行って、例の家のあったあたりを見ると、はるばると広い野に、草が高くおい茂っている。[10]あたりには人の気配もない。胸がいっぱいになって、いそいで、子どもをさがし求めたところ、その子はたった一人で、荻やすすきの茂ったそのなかにすわって泣いていたので、母は喜びながら子どもをだきあげ、もとの木幡にもどって、これこれでしたと報告した。主人は、これを聞いて、「おまえの作り話だろう」と言った。同僚たちも、本当かしらと納得しなかった。しかし、母親たるもの、幼いわが子を野原のなかにつれていっておき去りにしたりするものだろうか。

思うに、これは、きっと狐[11]などのしわざにちがいない。狐だからこそ、子どもが無事もどったのだと、人々はみなで、この女に仔細をたずねてうわさし合った。このように、不思議なことがあったと、こう語り伝えているということである。

典拠未詳。

(1) 民部省（一般民政を統括し、戸籍・賦役・田地などをつかさどる）の丞（六位相当）で五位であるもの。
(2) 未詳。
(3) 賀茂神社に奉仕した未婚の皇女。天皇の氏神である伊勢の斎宮に対して、天皇の産土神《うぶすな》と考えられることから設けられたもの。
(4) 斎院の雑務にしたがった職。一般に、院庁・摂関家・大社寺などで雑務に従う役をいった。
(5) 宇治市木幡。京から宇治にいく途中。
(6) 女性の名や、身分の下につける敬称。「参川」は、実家に関係する名であろう。
(7) これを「山科」のあやまりとする説、本来のやましろ（相楽・綴喜郡）であろうとする説がある。
(8) 原文「木守《こもり》」。もと、庭の樹木を守るものの意で、庭番。ここでは留守番の意で用いている。
(9) 漢字表記を予定した意識的欠字。「スクミ」「アキ」などが考えられる。
(10) 怪異の世界から、現実の世界にもどると、そこは、荻・すすきなどのおい茂った秋の野らであったとする話は、一つのパターンとしてよく用いられる。
(11) 狐は感覚が鋭く、行動がすばやいので、魔性のものとして考え、稲荷の神使とし、仏教では、吒幾爾《だきに》天《てん》をもって、その本体を狐の精とする。

西の京の人、応天門《おうてんもん》の上に光る物を見る語《こと》、第三十三

今は昔、西の京(1)のあたりに住むものがいた。父はなくなり、年老いた母だけが一人いた。男の子が二人いたが、兄はさる屋敷に侍として仕え、弟は比叡山(2)の僧になっていた。ところが、この母が重病にかかって、ながらくわずらっていたので、二人の子はともに母親につき

そい、西の京の家で看病していた。その甲斐あって、母の病は小康をえたので、弟の僧は、三条京極(3)のあたりに住む師僧のところへ外出していった。

ところが、母親の病は悪化して、今にも死にそうに思われたので、そばにつきそっている兄に、「わたしは、もうおわりのようだ。あの子の顔を一回見て死にたい」と言う。こうは聞いても、すでに夜もふけていたし、供のものとていない。それに、三条京極のあたりははるか遠い。どうにも方法がなかったので、「明朝きっとよびにやりますから」と言ってなだめたが、母は、「わたしは、朝までは、とてももちそうにない。あの子を見ないで死ぬなんて、どんなに心残りであることか」と言って、弱々しくせつなげに泣く。兄は、「それほどお思いならば、なんでもありません。たとえ、夜なかであろうとも、命かまわず、よびに参りましょう」と言って、矢を三筋ほど持って、たった一人で、内野(4)をとおっていったが、夜ふけではあり、しかも、ちょうど季節は冬のころなので、木枯しがふきすさび、なんともいいようのない恐ろしさであった。また、あいにく月のない時分のこととて、一寸さきは闇で、なにも見えない。応天門と会昌門との間(5)をとおりぬけるときは、とりわけ恐ろしかったけれど、恐ろしさをこらえてとおりすぎた。

さて、かの師僧の房にたどりついて、弟の僧を尋ねると、今朝比叡山へ登っていった(6)というので、また、すぐさま走って引きかえしたが、往路とおなじく応天門と会昌門との間をとおった。今度は、前にもまして、いっそう恐ろしかったので、大いそぎでかけぬけながら、応天門の二階を見あげたところ、なにか、真っ青に光るものがある。暗いのでなにものとも見わけがつかないでいると、ちゅっ、ちゅっとねずみがなくような音をたてていたかと思うと、「ハッ、ハッ、ハッ」と笑った。髪の毛が太くなって死にそうな気持であったが、「なに、狐のしわざにちがいない」と、むりに心を静めてとおり過ぎ、西にむかって走っていくと、豊《ぶ》楽《らく》院(7)の北の野になにかまるいものが光っている。かぶら矢(8)をとり、それをめがけて射ると、あたったと見る間に消えうせてしまった。こうして、西の京の家に、真夜なかごろ、やっとたどりついたのであった。だが、その恐怖のためか、高熱を出して数日寝こんでしまった。

思うに、どんなにか気味わるく、恐ろしかったことだろう。だが、それはきっと狐のしわざなのだろうと、人々は言いあった、とこう語り伝えているということである。

典拠未詳。

(1) 平安京の右京で、初めの都市計画どおりいかず、草深い郊外となっていた。『梁塵秘抄』に、「西の京行けば、雀・つばくろめ・筒鳥《つつどり》や、さこそ聞け、色好みの多かる世なれば、人はとよむとも麿《まろ》だにとよまずは」とあるのは、このあたりに群れをなしていた怪しげな女たちを歌ったものと解せる。

(2) 延暦寺。三塔十六谷にわかれ、円密戒禅の他、浄土教もおこり、一大仏教総合大学をなしていた。

(3) 三条大路と京極大路の交わる付近。里の坊であったものか。

(4) もと、宴の松原をいったものが、大内裏が焼けてできた野原をさすようになった。『梁塵秘抄』に、「いづれか法輪へ参る道　内野通りの西の京　それ過ぎて　や　常盤林」とある。これを見ると、本文とは逆に、内野通り—常盤林（太秦北方）といったことがわかる。

西の京といっても近衛大路と宇多小路の交わるあたりのわずかに人家があるところを指すとも考えられる。つまり廃墟の中を行くことになる。

(5) 応天門は、大内裏八省院（朝堂院）の南正門。会昌門は、八省院の南内門。応天門の北側。ちょうど、この二つの門位をのこして建物は存在しないで、空地になっていたものであろう。
(6) 雲母《きらら》坂を上っていったものである。『梁塵秘抄』に、「根本中堂へ参る道、賀茂川は川ひろし、観音院の下り松」以下、地名を列挙している歌謡がある。一乗寺の下り松を通り、今の修学院離宮のあたりから登り、東塔西谷に出る。古く「ひえ道」ともいった。無動寺を通るとするのはあやまりである。

(7) 八省院の西にあった。節会《せちえ》・儀式などを行ったところ。正堂を豊楽殿という。天喜六年（一〇五八）の焼亡により豊楽殿もなくなった。
(8) 原文「鳴る箭《や》」。鏑《かぶら》（中を空洞にして数個の穴をあけた蕪形《かぶら》のもの）をつけた矢で、高いひびきを発する。魔障を封じる力を持った。のち、武士が合戦の合図などにも用いた。

姓名《しょうみょう》を呼ばれて野猪《くさいなぎ》を射顕《いあら》わす語《こと》、第三十四

今は昔、□(1)国□(2)郡に兄弟二人の男が住んでいた。兄は郷里に住んで、朝夕狩を仕事にしており、弟は京にのぼり宮仕えをしながらときどき郷里に帰ってくるのであった。

ところが九月下旬の月のない闇夜の頃、その兄が「燈《ともし》(3)」ということをして、大きな林のあたりをとおっていると、林のなかから異様なしわがれ声がして、自分の名前を呼ぶものがいる。あやしく思って、馬をおしかえし、その声を左側にして、(4)火を火串(5)にはさんでいくと、そのときには声がしないのであった。前のように呼ぶ声を右側にして(6)火をそちらの手にもっていくときには、かならず呼びかける。そこで、何とかして、射《い》てやりたいと思ったけれども、音が右側の方なので射ることもできずに、このような状態で幾夜かをすごしたが、この

ことはだれにも話さなかった。

そのうち、弟が京から下《くだ》ってきたので、兄は、「じつは、こういうことがあるのだが」と話したところ、弟は、「それは、なんともはや、不思議なことですね。わたしが行って試してみましょう」と言って、燈にでかけていった。例の林のあたりをとおりすぎると、弟の名を呼ばないで、もとのように兄の名を呼ぶ。そこで、弟は、その夜は、その声を聞いただけで帰ってしまった。兄は、「どうだ、お聞きかな」とたずねたところ、弟は、「本当でした。だが、あれはまやかしもの[7]でございます。そのわけは、本当の鬼神でしたら、わたしの名前を呼ぶはずですのに、兄さんの名を呼ぶのです。わたしと、兄さんの区別もつかない程度のやつですから、明日の夜行って、かならず、正体を射あらわしてお目にかけましょう」と言ってやすみ、その夜は明けた。

つぎの夜、前夜とおなじように、また、出かけていって、火をともして、そこをとおると、右側にしたときは呼び、左側にしたときには呼ばない。そこで、馬からおりて、鞍をはずし、鞍を前後さかさまにしてのせ、うしろ向きにのって、呼びかけてくるものには右側と思わせ、そのじつ、自分からは相手を左側にあたるようにして、火を火串にはさみ、右手に前もって矢をつがえておいて、とおりすぎていくと、相手は右側だと思ったのか、いつものように兄の名をよぶ。その声にねらいをつけて射ると、手応えがあった[8]。その後、鞍をもとどおりに置き直して、馬にのり声の方を右側にしてとおり過ぎたが、今度は声もしないので、そのまま帰宅した。

兄が、「どうしたか」とたずねるので、弟は、「声にねらいをつけて射ましたところ、手応えがあったように思われました。夜が明けたら、さっそく、命中したかどうか、行って調べてみましょう」と言って、夜が明けるやいなや、兄弟つれ立って行ってみると、林の中に大きな野猪《くさいなぎ》(9)が、木に射つけられて死んでいた。こういう奴が、人を化《ば》かそうとするから、あたら命を失ってしまうのである。これは、弟が思慮ぶかく、これを射とめて正体をあらわしたのだと言って、人々はほめたたえた、とこう語り伝えているということである。

典拠未詳。

(1)　国名の明記を予定した意識的欠字。
(2)　郡名の明記を予定した意識的欠字。
(3)　夏の暗夜に、山野を松明《たいまつ》をともしてあるきまわり、その火につられて出てくる鹿を射るという狩の方法。
(4)　原文「弓手様《ゆんでざま》になして」。「弓手」は弓をとる手。左手。声を弓をとる左手にあわせ、声の主を射るのに都合のよい姿勢をとったこと。
(5)　照射《ともし》のための松明をはさむ木。
(6)　原文「女手《めて》になして」。「女手」は馬手。馬の手綱をとる手で、右手のこと。
(7)　原文「えせ者」。見かけは似ているが、実際はちがうという意で、ここは、怪異としてもだめなやつという気持。
(8)　原文「尻答《しりこた》へつ」。本巻第二十二話、注（8）参照。
(9)　単に猪の古称ではない。『八雲御抄』に、狸として、「くさゐなき」と記している。たぬき、むじなの類の古称かともいわれる。いわゆる狐狸のたぐいで、怪異譚に登場する化身である。

光《ひかり》ありて死人の傍《かたわら》に来たれる野猪《くさいなぎ》の殺さるる語《こと》、第三十五

今は昔、□①国□②郡に、兄弟の二人の男がいた。ともに勇敢で、思慮もあった。

ところが、その親が死んだので、棺③に入れてふたをし、はなれた一間に安置し④、葬送の日までかなりの間《ま》があったので、数日のあいだ、そのままにしておいたところ、なんだかこんなふうなものを見たという人がやってきて、「あの遺骸をおいてあるところに、真夜なかごろ何か光るものが見えます。あやしげなことです」と告げた。兄弟は、これを聞いて、「これは、もしかしたら死人が鬼か何かになって光るのかもしれない。それとも死人のところに他の鬼などがやってくるのだろうか。もしそうなら、なんとかして、正体を見定めてやろうじゃないか」と相談して、弟が兄に、「わたしの声がしたら、そのときに火をともして、かならず、すぐに持ってきてください」と約束した。夜になって、弟は、そっと棺のそばにいき、棺のふたをとってひっくりがえしにおき、その上に、はだかになって、もとどりをといて髪をざんばらにして⑤、あおむけざまに寝て、刀を身体にぴたりと引きつけてかくし持っていた。夜なかになったと思われるころ、そっと細目をあけて見ると、天井のあたりで何やら光った。二度ほど光ってから、天井板をこじあけて、おりてくるものがいる。目を見開いて見ているわけではないから、何ものかは、はっきりとは見えない。なにやら大きそうなものが、板敷にどしんとおりたようであった。こうする間も、ずっと真っ青に光っている。これが、弟の寝ている棺のふたをとってそばにおこうとする。その機をうかがって、弟は、ぴっ

たりとだきつき、大声をあげて、「おう、やったぞ」と呼んで、脇腹と思われるあたりに、刀をつばもとまでつき立てた。とたんに、光は消えうせてしまった。兄は、これを待ちかまえていたことだから、間髪を入れず、火をともしてかけつけてきた。弟はだきついたまま相手を見ると、毛もおちてしまった大きな野猪《くさいなぎ》が、脇腹に刀をつき立てられて死んでいた。これを見ると、あきれてものもいえないほどであった。

思うに、棺の上に寝た弟の気持は、ほんとうに気味のわるいほどである。死人のところには、かならず鬼がいるもの(6)だというが、あのようにして寝るとは、とてもふつうにできることではない。野猪だとわかったときには、きっとほっとしたことであろうが、その前は、ただもう鬼だとばかり思ったことであろう。火をともして、すぐにかけつけるぐらいの人は、どこにでもいることであろう。また、野猪は、つまらぬ死にかたをするものよ、と語り伝えているということである。

典拠未詳。
(1) 国名の明記を予定した意識的欠字。
(2) 郡名の明記を予定した意識的欠字。
(3) 遺骸を直接、おさめる箱。また、墓所にはこぶ運搬用具ともなる。
(4) 死者を忌み、死穢として扱うのは、死を超自然の力によっておこることとし、霊が生者に害をなすものとし、死者を異常な状態にあるものとして取り扱うことによる。従って、死者を隔離し、別屋・別火・忌小屋などを設け、死忌を嫌うのである。
(5) 死者の姿である。『平家物語』巻十一の「能登殿最期」に、教経の奮戦を描き、「鎧の草摺かなぐりすて、胴ばかり着て大童になり、大手を広げて立たれたり」とあるのは、幽明世界を異にした死者の出立《いでたち》と見てよい。

(6) 仏教では、地獄や餓鬼道の亡者を鬼とする見方がある。また、死の訪れを、無常の殺鬼という。

播磨国印南野《はりまのくにいなみの》にして野猪《くさいなぎ》を殺す語《こと》、第三十六

今は昔、西国から飛脚(1)として京へのぼる男がいた。昼夜兼行で、ただ一人道中をのぼってくるうち播磨国（兵庫県）の印南野(2)をとおりかかるころ、日が暮れてしまったので、どこかにとまれそうなところがないかと、あたりを見まわしたが、人里はなれた野原のなかなので、宿をかりる家もない。ただ、山田の番をする粗末な小屋(3)があるのを見つけたので、今夜だけは、この小屋で夜を明かそうと思って、はいりこんで腰をおろした。

この男は、勇気があり、□(4)な男であり、まったくの軽装で、身には太刀だけを帯びていた。このような田んぼの真んなかなので、夜ではあるが衣服をぬがず、ねむりもしないで、物音もたてずにひっそりとしていたが、夜もふけわたるころ、西の方(5)からかね(6)をたたき、念仏(7)をとなえながらやってくるおおぜいの人の声がかすかに聞こえてきた。男は、たいそうあやしげに思って、そのやってくる方角を見ると、おおぜいの人が松明《たいまつ》をともし、つれだってこちらへやってくる。おおぜいの坊さんがかねをうち、念仏をとなえ、多数の人といっしょに近づいてくるのだった。しだいにそばにくるのを見ると、なんだ、これは葬式の行列(8)だったのかと思って、見ていると、一行は、この男のいる小屋のわきにどんどんやってきたの

で、気味のわるいことこの上ない。

こうして、この小屋から二、三段(9)（二、三十メートル）ほどはなれたところに、死者の棺をもってきて葬った。そこで、小屋の男は、いよいよ物音もたてず、身動きもせず息をひそめていた。もし、だれかに見つけられてとがめられたら、ありのままに、「西国から京にのぼるもので、日が暮れてしまったので、この小屋に宿をとった旨を話そう」と思ったが、また一方では、「人を葬る場所は、前もって、その準備がしてあるから、すぐわかるものなのに、これは、昼間見たときには、そんな様子はまったく見られなかった、どうも合点がいかぬことだ」と思ってすわっていた。そのうちに、おおぜいの人が集まり、立ちならんで、葬式はすっかりおわった。その後、また、鋤や鍬などをもった下人たちが、数知れずどこからともなくあらわれてきて、見る見るうちに墓を築いて(10)、その上に卒都婆(11)を運んできて立てた。まもなく、すっかり作りおわって、おおぜいの人は、みな帰っていったのであった。

小屋の男は、すべておわってしまってからあとで、かえって、言い知れぬ恐怖におそわれた。はやく夜が明けてくれればよいと、待ち遠しく思いながら、恐ろしいのでこの墓の方をじっと見つめていた。すると、この墓の上の方が動いているように見える。見まちがいかと思って、よくよく見ると、たしかに動いている。「どうして動くのか。不思議なこともあるものだ」と思っていると、動いている(12)ところから、むくむくと出てくるものがある。見るとはだかの人間が土から出てきて、手足に火がついているのを吹き払いながら、走り出して、この男のかくれている小屋の方へ、まっしぐらにむかってくるではないか。真っくらなので、なにものかはわからないが、おそろしく大きなものである。そのとき、男は考えた。

「葬送の場所には、かならず鬼がいるという。その鬼が、このおれを食おうとしてやってくるのにちがいない。どのみち、自分の命は、これが最後だ」と思うと、「どうせ死ぬのなら、この小屋はせまいから、入りこまれてはどうしようもない。入らぬさきにこっちからとび出して、あの鬼に切りつけてやろう」と心にきめ、太刀を抜いて小屋のなかからとび出し、鬼に走りむかい、ずばりと切りつけると、鬼は切られてもんどりうってたおれた。

それを見て、男は、人里に近い方へと、あとをふりむきもせず一目散に逃げていった。はるか遠くまで走り逃げて、やっと人里のあるところにかけこんだ。そして、一軒の家にそっと近よって、門の脇にしゃがみこんで、不安なままに夜の明けるのを待った。ようやく夜が明けてから、男は、その里の人たちにあって、「これこれのことがあって、このようにして逃げてきたのです」と話すと、里人たちは、この話を聞いて、不審に思って、「では、いってみようじゃないか」と相談して、血気にはやる若ものたちがおおぜい、この男といっしょに行ってみると、昨夜葬送のあった場所には、墓も、卒都婆も見えない。火のもえた様子もない。ただ、大きな野猪が切り殺されておいてあった。一同は、これを見ておどろきあきれるばかりであった。

思うに、野猪が、この男が小屋に入ったのを見て、おどかしてやろうと思って、たぶらかしたことなのだろう。「つまらないことをしでかして、死んだものだ」と人々は、さわぎあった。されば、人気のない野中[13]などには、少人数で宿ったりしてはならないことである。さて、男は京にのぼって、この事実を語ったのだが、それを聞きついで、こう語り伝えているということである。

典拠未詳。

(1)　原文「脚力《かくりき》」。通信または物資の運搬に当った人夫。古代に調・庸を運搬した脚夫と関係がある語。飛脚のように必ずしも速さは要求されなかったといわれる。

(2)　兵庫県の加古郡から、明石郡にまたがる原野。加古川を中心とする。

(3)　山の田の間にあり、田を守る小屋。『梁塵秘抄』に、「秋は山田の庵ごとに鹿おどろかすてふ引板《ひた》の声」、『夫木和歌抄』に、「寝たるまに露やおきつつしほるらん引板うちはへて守る山田を」、『源氏物語』「夕霧」に、「鹿はただまがきのもとにたたずみつつ、山田の引板にもおどろかず」とある。

(4)　漢字表記を予定した意識的欠字。該当語は不明だが、「用心深い」「注意深い」というような意味の語が入るか。

(5)　西方極楽浄土。弥陀の浄土を予想させる。

(6)　金鼓《こんく》（金属性のつづみ）の意で、鉦鼓のこと。皿形のたたきがね、または、ふせがね。たたきながら念仏を唱えたりする。

(7)　ここは、浄土教であると思われるから、阿弥陀の名を口にとなえる称名の念仏のこと（弥陀の姿を心に思いうかべるのを観想の念仏という。浄土教では、称名を重視する）。

(8)　いわゆる野辺のおくりである。葬式の行列。葬送は、夜行われるのがふつうであった。

(9)　『徒然草』に、「からは、けうとき山の中にをさめて、さるべき日ばかり詣でつつ見れば、ほどなく卒都婆も苔むし、木の葉降りうづみて、夕の嵐、夜の月のみぞ、事問ふよすがなりける」（第三十段）とある。

(10)　墓は、広く、遺体隔離の考えから、住居とはなれた山、野辺、海辺などに設け、ノベ・ヤマとよばれた。墳は、丘のように小高く盛り土したもの、塚は、土を盛り、木を植えたもの（『徒然草』第三十段では「つか」)。墓は、土を盛るかわりに石碑などをたてたもの。

(11) サンスクリット語、ストゥーパの音訳。古代インドでは、土饅頭型に盛りあげた墓。中国・日本では、重要な建造物となり、仏舎利を奉納し、寺院の象徴となった。五重塔・三重塔などの建造物は塔といい、死者追善のために用いるのが塔婆である。平安中期から墓の上に塔婆をたてるようになった。ここは、石を用いた石塔であろう。五大（地輪・水輪・火輪・風輪・空輪）をかたどった五輪塔がもっとも広く行われるようになった。『徒然草』第三十段も、「卒都婆も苔むし」とあるから石塔である。のち、板塔婆が一般的になった。

(12) 密教では、土砂《どしゃ》加持といって、光明真言で土砂を加持し、これを亡者の遺体、また、墓の上などに散布して滅罪生善、転凡得聖の利益を得させる。これを行えば、死霊はしずまる。

(13) この当時は、しばしば、旅中に、やむを得ず、このような小屋などで過さねばならぬことが多かったものであろう。とくに、印南野は、畿内に近く西国街道にそっていたが、水利の便がわるく、荒野となっていた。開発は、近世に入ってからのことである。

狐、大なる椙《すぎ》の木に変じて射殺さるる語《こと》、第三十七

今は昔、□①のころ、春日神社②の宮司③で中臣□④というものがいたが、その甥に中大夫⑤□⑥というものがいた。その中大夫の馬が草を食っているうちにとつぜん姿を消したので、それをさがそうとして、中大夫は従者一人をつれ、自分は胡簶《やなぐい》を背負って出発した。かれの住まいは、奈良の京の南で、三橋⑦というところであった。中大夫は、その三橋を出て、東の山の方にむかって、二、三十町（約二二〇〇メートルから三三〇〇メートル）ぐらいいくう

ちに、日もとっぷりくれて、夜になってしまった。ちょうど、おぼろ月夜であった。

もしやどこかにその馬が草を食いながら立っていはしないかとさがしていると、根元の大きさ二間（約三・六メートル）四方ぐらいの家ほどもあろうかと見える、高さ二十丈（約六〇メートル）ばかりの杉の木が、一段（約一〇メートル）ほどはなれてそびえ立っていた。中大夫は、それを見つけて身をかがめ、この従者の男をよびよせて、「もしかしたら、わしの見まちがいか、それとも、なにかに化《ば》かされて、思いがけぬ方にやってきてしまったのか。あそこに立っている杉の木は、おまえの目に見えるか」とたずねてみた。すると、「わたしの目にも、そのように見えます」とこたえる。中大夫は、「さては、わしの見まちがいではなく、まどわし神[8]にあって、思いもかけないところにつれてこられたらしい。この国に、これほどの杉[9]の大木があるのを、どこかで見たことがあるか」ときくと、従者は、「いっこうに存じません。どこそこに杉の木が一本ありますが、それは小さいものです」とこたえた。中大夫は、「やっぱりそうだ。われわれはまどわされたのだ。どうしたらよかろう。じつに恐ろしいことだ。さあ、もう帰ろう。家から何町ほどきてしまっているのだろうか。気味のわるいことよ」と言って、もどろうとした、ちょうどそのやさき、従者が、「これほどの目にあって、むざむざ引きさがってしまったのでは、まことに、残念なことになるでしょう。この杉の木に矢を射《い》立てておいて、夜が明けてから、すぐに様子を御覧なさったらいかがなものでしょうか」とすすめた。中大夫も、「なるほど、おまえの言うのはもっともだ。それでは、二人で射てみよう」と言って、主人も従者も、ともに弓に矢をつがえた。従者の男は、「それでは、もうすこし杉の木にあゆみよってから、射てごらんなさいませ」と言うので、いっしょに近づいていって、二人同時に射たところ、手ごたえがあったと思うやいなや、その大きな杉の木が、ぱっと消えうせてしまった。それを見て中大夫は、「それ見ろ、やっぱり化けものだった。恐ろしや。さあ、もどろう」と言って、まるで逃げるように帰っていった。

　さて、夜が明けたので、中大夫は朝早く従者をよんで、「さあ、昨夜の場所にいって、様子を見てこよう」と言って従者と二人で行ってみると、毛もない年老いた狐が杉の枝を一本くわえて、その腹に矢を二本射立てられたまま、死んでたおれていた。これを見て、「やっぱり、昨夜は、こいつがまよわせたのだった」と言って、矢を抜いて帰っていった。

　この話は、つい、二、三年の間のできごとのようだ。いまの世(10)にも、こんなに不思議なことがあるものだ。されば、道をまちがえて、知らない方へいったような場合には、あやしく思ってよく注意しなければならないことである、とこう語り伝えているということである。

典拠未詳。

（1）年号・年次の明記を予定した意識的欠字。

（2）神護景雲二年（七六八）春日御蓋《みかさ》山麓に創建。藤原氏の氏神である鹿島神が常陸から白鹿にのって上洛、春日御蓋山の山頂浮雲峯（本宮峯）に天降りしたとされる。平城京の鎮護神としての性格もあった。

（3）中臣氏が神宮預（正預）として参仕したが、のち、あらたに大中臣氏を神主として、両惣官とした。社をはさみ、神主方を北郷、正預方を南郷といい、のち、南郷から若宮神主が分かれ三惣官となった。

（4）春日宮司、中臣某の名の明記を予定した意識的欠字。

（5）中臣の「中」（住居による分けかた）の家のもので五位に叙せられたもの。

(6)　中大夫の名の明記を予定した意識的欠字。
(7)　大和郡山市《こおりやま》の東部の三橋あたり。三橋は、興福寺領であったため、ここに春日社の末社があり、社家が居住していたことは推定し得る。ここから東へ、山辺道をとおり、円照寺にいたるが、二、三十町いってもまだ山中には入らない。
(8)　人の気持を乱して、道にまよわせる神。
(9)　神官であるため、神杉に化けたものか。『古今集』に「わが庵は三輪の山もと恋しくはとぶらひ来ませ杉立てる門」とあり、『梁塵秘抄』ほかに伝承歌謡がある。
(10)　原文「世の末」。いわゆる仏説の「末法」(仏陀の滅後千年、千五百年、あるいは二千年たつと仏陀の教えどおりに悟るものがいなくなり、それから一万年間は、教えだけがのこる)ではなく、合理的な現実の社会をいっている。

狐《きつね》、女の形《かたち》に変《へん》じて播磨安高《はりまのやすたか》に値《あ》う語《こと》、第三十八

今は昔、播磨安高(1)という近衛舎人(2)がいた。右近将監(3)貞正(4)の子である。法興院(5)(藤原兼家)の御随身《みずいじん》(6)であったが、この安高がまだ若かったころ、殿が内裏におでましになっている間、安高も内裏でひかえていたが、自分の家が西の京にあったので、そこへ、行ってこようと思った。だが、従者(7)が見あたらなかったので、ただ一人、内野通りを通っていった。ちょうど九月二十日ころのことなので、月がたいそう明るい。夜がふけて、宴の松原あたりまでくると、前の方に、濃い紫でよくうってつやを出した衵《あこめ》(8)に紫苑色《しおにいろ》(9)の綾織(10)の袙を重ねて着た少女があるいている。月の光に(はえ)(11)て、その姿といい、髪の様子といい、いいようもなくすば

らしい。安高は、長い沓をはいていたが、こっそりあとをつけていって、ならぶようにして歩きながら見ると、絵をかいた扇で顔をかくしており、顔をはっきり見せない。ひたいやほおのあたりに、髪が曲線をえがいてかかっているようすは、まことに魅力的である。安高が近づいて、からだに触れようとすると、衣にたきしめた香がさっとかおってくる。「こんな夜ふけに、あなたはどちらのおかたで、どこへいらっしゃるのですか」と安高がたずねると、女は、「西の京まで人によばれていくところです」とこたえる。安高は、「その人のところへおいでなさるよりは、このわたしの家へおいでなさい」と言うと、女は笑い声で、「だって、あなたがどなたかもわからないのに」とこたえる、その様子がいかにも魅力的だ[12]。

　こうして、おたがいに話しあっていくうちに、近衛御門[13]のなかにあゆみ入った。安高が考えるには、「豊楽院のなかには、人を化《ば》かす狐がいると聞いている。もしや、こやつがそうかもしれない。こやつをおどしてためしてみよう。顔をはっきり見せないのがおかしい」とそう思って、女の袖をつかまえて、「ちょっと、ここに立ちどまってください。申しあげたいことがあります」と言うと、女は、扇で顔をかくして恥ずかしそうにする。それを、安高が、「じつは、このおれさまは、おいはぎなのだ。その着ているものをぬげ」と言うやいなや、狩衣のひもをとき、片肌をぬいで、八寸（約二十四センチ）ほどの刀で、氷の刃のようなのを抜いて、女につきつけ、「のど笛をかき切ってしまうぞ。さあ着物をよこせ」と言って、髪をつかんで柱におしつけておいて、刀をくびにつきつけた。そのとき、女は、なんともいいようのないほどくさい小便を、前にさっと引っかけた。安高が、はっとおどろいて手を放したとたん、女は、たちまち狐の姿となって、門から走り出て、コンコンと鳴きながら、大宮大路[14]を北にむかって逃げ去った。安高はこれを見て、「ひょっとしたら人間であってはたいへんだと思って、とくに殺しはしなかったのだが、こうと知ったら、きっと殺してやったのに」と腹立たしくも悔やしくも思ったけれども、今さらどうにもならなかった。

その後、安高は、夜なかといわず、夜明けがたといわず、何度となく内野通りを通ったが、狐はこりてしまったものか、いっこうに姿をあらわさなかった。この狐は、美しい女に化けて、安高を□[15]そうとしたために、あやうく命をとられるところであった。されば、人は、人里はなれた野原のようなところで、一人でいるときは、美しい女が姿をあらわしても、うっかり好き心をおこして、手出しなどしてはならぬものである。この話も、安高に思慮があって、いたずらに女にのぼせあがらなかったからこそ、□されなかったのだ、とこう語り伝えているということである。

典拠未詳。
(1) 未詳。
(2) 近衛府（皇居の守護・行幸の供奉などをつかさどる）の随身。将曹（六等官）以下の下級職。
(3) 右近衛府の三等官。
(4) 天元～永観（九七八～九八五）ごろの人。
(5) 原文「法建院《ほふこんゐん》」。正しくは、法興院で、二条北・京極東にあった南北二町にわたる邸。藤原兼家のこと。摂政・関白で道長の父。兼家は晩年、この邸を仏寺とし積善寺《しやくぜん》と号した。
(6) 大臣外出のおり、警備のために従った近衛府の武官。

(7)「九月二十日の頃、ある人にさそはれ奉りて、明くるまで月見ありくこと侍りしに」(『徒然草』第三十二段)。
(8) 原文「打ちたる衵《あこめ》」。砧《きぬた》でうってつやを出した衵(婦人・童女が肌近く着るもの)で、とくに童女は表衣とすることもあった。これを衵姿という。
(9) ふつう、表が薄紫、裏が青(黄緑)の色目で秋(九月九日以前)に用いる。
(10) 模様を織り出した絹織物。
(11) 底本は漢字表記を予定した意識的欠字。「ハエ」などの語が想定される。
(12) 原文「愛敬付《あいぎやうづ》きたり」。密教で、相互に慈愛の心を生じさせるために修す敬愛法を、愛敬法ともいう。また、人間の煩悩のなかでとくに貪欲を愛行といい、情意的なものをさす。
(13) 殷富門。この門内に右近衛府がある。宴の松原は、豊楽院の北にあり、西へ行くと武徳殿をへて殷富門にいたる。『神楽歌』―早歌に、「近衛の御門に 巾子《こじ》落つと 髪の根のなければ」とある。
(14) 殷富門の西は、大宮大路にあたる。
(15) 漢字表記を予定した意識的欠字。「スカ(ス)」「バカ(ス)」などが想定される。次の□も同じ。

狐、人の妻《め》の形に変じて家に来たる語《こと》、第三十九

今は昔、京に住んでいたある雑色男(1)の妻が、夕方、くらくなるころ、用事ができて、大路に出かけていったが、いつまでたってもなかなか帰ってこないので、夫は、「どうしてこんなにおそいのだろう」と不審に思っているうちに、やがて、妻が家に入ってきた。ところが、しばらくたつうちに、また同じ顔で、姿・かたちがなにひとつ、まったくくちがわない妻

が、もう一人やってきた。

夫は、これを見て、びっくり仰天した。「いずれにせよ、一人は、きっと狐にちがいない」と思ったが、どちらが本当の妻であるかがわからないので、思案をめぐらして、「あとから入ってきたのが、きっと狐にまちがいあるまい」と考えついて、男は、太刀を抜いて、あとからやってきた妻にむかってとびかかって切ろうとすると、その妻は、「これはまた、なにをなさるの。なんでわたしに、こんなことをなさいますの」と言って泣くので、それで、今度は、さきに入ってきた妻を切ろうとしてとびかかると、それもまた、手をすり合わせて泣きまどう。男は、どうしてよいか、わからず、あれやこれやさわいでいるうちに、どうしても、前に入ってきた妻がおかしいと思って、それをつかまえて首ねっこをおさえていると、その妻がたいへんな悪臭をはなつ小便を、さっと引っかけたので、夫は、そのくささにとてもがまんできず、手をゆるめたすきに、その妻は、たちまち狐の姿になって、戸があいているところから大路に走り出して、コンコンと鳴きながら、逃げ去ってしまった。そのとき、男は、腹立たしく、くやしくてしようがなかったが、今さらどうしようもなかった。

思うに、この男は、まったく思慮のない男であることよ。しばらく思案して、二人の妻をつかまえて、しばりつけておいたなら、最後には、化《ば》けの皮がはがれ(2)ただろうに。とり逃がしたとは、なんと残念なことよ。近所の人も集まってきて、この様子を見て大さわぎした。狐の方も、つまらぬことをしたものだ。よくも命が助かって逃げのびたものだ。雑色男の妻が大路に立っているのを見た狐が、妻の姿に化けてだまそうとしたのであった。されば、こういうことがおこった場合は、よくよく心を静めて思案しなければならないことである。

「本当の妻を殺さなかったのは、もっけの幸いであった」と人々は言いあった、とこう語り伝えているということである。

典拠未詳。
（1）雑役に従う身分の低い男。
（2）原文「顕《あら》はれ」。正体をあらわすこと。

狐、人に託《つ》きて、取《と》られし玉《たま》を乞《こ》い返して恩を報ずる語《こと》、第四十

今は昔、物《もの》の怪《け》にとりつかれて病気になった人の家があった。そこで、巫女[1]に物の怪がついて、「おれは狐だ。たたりをするためにこの家にあらわれたのではないぞよ。ただ、こんな場所には、いつも食べものが散らばっているものだと思って、そっとのぞいていたところをこのようにとつぜん閉じこめられてしまったのだ」と言って、ふところから白い小さなみかんぐらい[2]の玉をとり出したかと思うとお手玉にとってあそんで見せた。これを見ていた人々は、「きれいな玉だな。あれは、この巫女が初めからふところにもっていて、人をだまそうとしているのではないか」と疑わしく思っていると、そのうちに、そばにいた元気のよい若侍が、巫女がなげた玉を、さっと手を出して横どりし、自分のふところにそのままねじこんでしまった。

すると、この女についていた狐が、「ひどいことをする。その玉を返してくれ」としきり

に頼んだが、男は、聞き入れようともしないので、狐は、泣く泣く男にむかって、「そなたは、その玉を手に入れたとしても、その使い方を知らないのだから、そなたにはなんの役にも立つまい。おれは、その玉をとられてしまうと、とんでもない損をこうむるのだ。だから、その玉を返してくれないのなら、おれは、末長く、そなたとは敵となるつもりだ。もし、すぐにも返してくれたなら、おれは、そなたの守り神となって、いつまでもそなたについていて守ってあげよう」と言う。そのとき、この男は、これをもっていても意味がないと気がついて、「それでは、きっと、このわしを守ってくださるか」と言うと、狐は、「言うまでもないことよ。きっと守り神となろう。われわれのようなものは、人間とちがってうそはつかぬ。また、受けた恩を忘れることなどぜったいにない」とこたえた。この男は、「このように、あなたをおしばりなさっている護法も、(3)その証人になってくださるか」と言うと、狐は、「どうぞ護法もお聞きください。玉を返してくれたなら、かならずこの人を守ってさしあげます」と言ったので、男はふところから玉をとり出して、巫女にわたした。狐はたいへん喜んで、その玉を受けとった。その後、狐は験者(4)におわれて、巫女から出ていった。そこで、人々が、その巫女をその場に引きすえて、座を立たせずふところをさぐってみたが、玉はかげも形もなかった。それで、人々は、あのついていた狐がもっていったのだとわかった。

その後、この玉をとりあげた男が、太秦《うずまさ》(5)に参詣してのかえり道、暗くなって御堂を出たので、途中で夜になって、内野を通りかかったところ、応天門のあたりにさしかかると、ひどく恐怖におそわれたので、どうしたことかと不思議に思ううちに、「そうそう、わたしを守ってくれると言った狐がいたぞ」と思い出して、まっくらやみのなかに、ただ一人立って、「狐、狐」とよんだところ、コンコンと鳴きながら姿をあらわした。見ると、たしかに、あの狐ではないか。「やはり、本当だった」と思い、狐にむかって、「おい狐よ。ほんとうにうそをつかなかったな。感心なものよ。ここを通っていこうと思うが、とてもこわくてたまらないから、わしをおくってくれ」というと、狐は、心得たという顔つきをして、ふりかえりふりかえり先に立っていく。男は、そのあとからついていくと、いつもの道とはちがった道をどんどんあるいていく。ふと、狐が立ちどまり、背なかをまげて抜き足になり、男の方をふりかえって見せる場所がある。男もそのとおりに抜き足であるいていくと、人の気配がする。そっとうかがうと、弓矢や刀などを持ったものどもがおおぜい立って、なにやら相談している。垣根越しにそっと立ち聞きすると、なんと盗人がこれから押し入ろうとする家について打ちあわせているのであった。この盗人どもは、かれらだけ知る秘密の通路(6)に立っていたのだ。だから、狐は、その道を通り、ものかげから案内して通りぬけたのであった。「狐は、このことを前から知っていて、あの盗人どもの立っている道をわざわざ通ったというわけだ」と、初めてわかった。その道を通りぬけてしまうと、狐は、とつぜん姿を消した。男は、無事家にかえりつくことができた。狐は、このときばかりではなく、いつもこの男につきそって、いろいろと助けてくれた。本当に「守ろう」と言った、そのことばにそむくことはなかったから、男は、心のそこから、狐の気持に感激したのであった。もし、あのとき、例の玉を惜しんで返してやらなかったら、男には、よくないことが起こったに相違ない。そう思うと、よくも返したことだと思えるのであった。

思うに、このような異類は、与えられた恩[7]を知り、うそはつかぬものなのである。だから、もしなにかの機会があって、助けてやれそうなことがあったときには、かような異類をかならず助けてやるのがよい。ただし、人間は、思慮分別があって、ものごとの因果を知っているはずであるとはいうものの、かえって異類よりは恩を知らず、不実な心もあるものだ、とこう語り伝えているということだ。

典拠未詳。
(1) 原文「物託《ものつき》の女」。憑坐《よりまし》。他人の霊を自らの身にうつして、霊の意志願望などを告げるもの。主として巫子性の女性。現在でも、恐山のいたこ、沖縄ののろなど、神がかりになる女性は多く存在する。
(2) 原文「小柑子《せうかうじ》」。こうじみかんのこと。古くからわが国にあるみかん。常緑性灌木で、耐寒性が強い。高さ二～三メートル。果実は小さく、皮はうすい。十二月下旬に熟した実は、神聖なものとして尊重された。京都近郊でも栽培されていたことは、『徒然草』に、「神無月のころ栗栖野《くるすの》といふ所を過ぎて、ある山里にたづね入ること侍りしに……かなたの庭に大きなる柑子《かうじ》の木の、枝もたわわになりたるが回りをきびしく囲ひたりしこそ」（第十一段）と記されていることでもわかる。
(3) 梵天・帝釈天など、仏法を守る護法善神をさすのではなく、もののけなどを調伏するために祈禱して法力が人についたとき、護法がついたという。従って、その法力そのものをさす。
(4) ここは、修験の修行をする験者ではなく、霊験を得ようとして加持祈禱を修する人をいう。
(5) 太秦の広隆寺のこと。太秦は、古く帰化人の秦族が住んだ土地。秦河勝《はたのかわかつ》が推古天皇十一年（六〇三）に聖徳太子から賜った仏像を安置したと伝える。平安京造立以前から栄えた古寺。弥勒菩薩半跏像（飛鳥仏）はじめ、不空羂索観音立像（天平末期）・千手観音立像（平安初期）他、藤原期の仏像が多く見られる。別名、秦公《はたのきみ》寺、葛野《かどの》寺、太秦寺、川勝寺という。

(6) 原文「道理の道」。「鬼神にとって道理」ということからふつうの人の知らない道のことで、ここでは、盗賊だけしか知らない道をさしている。これを正道として解することもできるが、そうすると意味がとおらなくなる。
(7) いわゆる動物の報恩譚。末尾で、盗賊たちの危険にわざとさらしたのは、そこから、何らかの幸福を得たという結果につながることを予期してのことであろう。

高陽川《こうやがわ》の狐、女と変じて馬の尻に乗る語《こと》、第四十一

今は昔、仁和寺(1)の東に高陽川《こうやがわ》(2)という川があった。その川のほとりに、夕暮れ方になると、若く美しい少女が立って、馬にのって京の方へ行く人があると、「もし、あなたの馬のうしろにのせて京へつれていってください」と言うので、馬にのった人が、「のりなさい」と言ってのせると、四、五町(約四、五百メートル)ぐらいは、馬の尻にのっていくが、とつぜん馬からとびおりて逃げていってしまう。追いかけていくと、狐になって、コンコンと鳴いてはしり去ってしまうのであった。

こんなことがもう何度となく重なったと評判になったが、ある日、宮中の滝口の詰所(3)に、滝口の武士がおおぜい集まって雑談しているうちに、この高陽川の少女が馬の尻にのるということをだれかが言い出したところ、勇気も思慮もある一人の若い滝口の男が、「このおれなら、かならずその女をひっとらえてみせるぞ。むざむざ逃がすなんて下手《へた》くそのやることだ」と言う。血気さかんな□(4)の滝口たちが、このことばを聞いて、「なんだと、つかまえ

られるものか」と言った。すると、このひっとらえてみせると言った滝口は、「それでは、明日の夜、きっとひっとらえて、ここへ引きずってきて見せてやる」と言った。他の滝口たちは、一度言い出したことなので、「とても、つかまえることなどできまいよ」と一歩も引かないで、おたがいに張り合っていた。さて、その翌晩のこと、（だれも）(5)つれずに、ただ一人すばらしい逸物の駿馬にのって、高陽川へ出かけた(6)。川を渡ってみたが、少女の姿は見えない。そのまま引きかえして京の方へもどってくると、こんどは少女が立っている。少女は滝口が通りすぎるのを見て、「そのお馬のうしろにのせてくださいな」と笑みをうかべてかわいらしく言う様子は、いかにも魅力的である。滝口は、「はやくおのり。どちらへ行きたいの」とたずねると、少女は、「京へ参るのですが、日が暮れてしまいましたので、お馬のうしろにのせていただけたらと思いまして」と言う。滝口は、すぐにのせた。のせるやいなや、滝口は、かねて用意をしていたこととて、馬の口なわ(7)で少女の腰をくらにゆわえつけた。少女は、「どうして、こんなことをなさるの」と言うので、「今ばん、あなたをつれていってだいて寝ようと思っているので、逃げられてはたいへんだからね」と言って連れていくうちに、日もとっぷりと暮れてしまった。

一条大路を東に行って、西大宮大路《にしおおみや》を過ぎるころ(8)、ふと前方を見ると、東の方から松明《たいまつ》をおびただしくともしつらねて、何台かの車の行列が、大声で先払いしながらやってくる。滝口は、しかるべき高貴な方のお通りだろうと思って、西大宮大路を南に下って二条大路まで行き(9)、そこから二条大路を東に進んで東大宮大路(10)から土御門(11)まで行った。あらかじめ、従者に、「土御門の門で待っておれ」と指図しておいたので、「家来たちは、来ているか」と声をかけると、「みな、参上しております」と口々に答えて十人ばかり出てきた。その時に、少女を結びつけたなわをといて引きずりおろし、そやつの腕をひっぱりかかえて門から入り、前に火をともさせて、滝口の詰所につれていったところ、滝口の連中はみな居並んで待ちかねていたので、声を聞くやいなや、「どうだった」と口々にたずねる。「ここにひっとらえてきた」とこたえる。少女は泣いて、「もう、おゆるしください。おおぜいの方がおいでではありませんか」とせつなげに身もだえしたが、かまわずつれていったところ、滝口たちがみな出てきて、まわりをぐるっととりかこんで、松明を明るくともし、「このなかに放せ」と言う。とらえた滝口は、「逃げたらたいへんなことになる。放すわけにはいかない」と言ったが、みなは弓に矢をつがえて、「とにかく放してみろ。おもしろいことになるぞ。逃げたら、こやつの腰を射ちすえてやる。一人では射はずすこともあろうが、これだけいたら失敗はない」と言って、十人ばかりが矢をつがえてねらいをつけているので、この滝口は、「それなら」と言って放してやった。すると、少女は、狐に早がわりし、コンコンと鳴いて逃げ去っていった。とたんに、そこに立ちならんでいた滝口たちも、みなかき消すように見えなくなってしまった。火もすべて消えてしまったので、あたりは、まっくらやみになってしまった。

　滝口は、あわてて従者をよんだが、だれ一人として姿がない、見まわすと、どこともわからぬ野中であった。ぞっとしてふるえあがり、生きた心地もしなかったが、じっとがまんして、しばらくあたりを見まわしていると、山の姿、土地の形からして、どうやら鳥部野[12]のなかにいるのであった。土御門でたしかに馬からおりたと思ったが、その馬がいるはずもない。「さては、西大宮大路をまわったと思ったが、ここへやってきていたのか。あの一条大路で松明をともした行列に出会ったのも、狐が（だまし）(13)たのだな」と気がついたが、いつまでもここにいるわけにもいかないので、とぼとぼと遠い道をあるいて、夜なかごろ家にたどりついた。つぎの日は、気分がわるくてどうにもならず、死んだようになって寝こんでしまった。

滝口たちは、その夜、いまか、いまかと待っていたが、例の滝口が姿をあらわさなかったので、「あの御仁、高陽川で狐をつかまえてくると(14)言っていたが、どうなったものやら」と口々にひやかして使者を出しよび出したところ、三日目の夕方に、まるで大病をわずらったもののようなかっこうで滝口の詰所にあらわれた。滝口たちは、「あの晩の狐はどうなった」などと聞くと、この滝口は、「あの晩は、どうにもがまんできない病気にかかって、どうしても行くことができなかった。じつは、今夜出かけていってためすつもりだ」と答えた。滝口たちは、「今度は、二ひきつかまえてこいよ」とひやかしたけれども、この滝口は、ことば少なに出発していった。そこで滝口は考えた。「この間は、狐がだまされたのだから、今夜は、まさか、狐の方からはやってこないだろう。もし、姿を見せでもしたら、今度は、一晩中でもしばりつけておくぞ。放せば逃げていくにきまっている。もし、出てこなかったなら、今後、決して詰所には顔を出さず、家に引きこもっていよう」と決心して、今夜は、えりすぐりの多くの従者を引きつれて馬にのって高陽川に出かけていった。「つまらない意地のため、わが身をほろぼすことになるかもわからぬな」と心に思ったけれども、自分から言い出したことであるから、こうするよりほか仕方がなかったのだろう。

高陽川を渡ったが少女の姿は見えない。また、引きかえしたとき、川のほとりに立っていた。先夜の少女とは顔つきがちがう。この前のとおり、「馬のうしろにのりたい」と言ったのでのせた。前のようになわで強くゆわえつけて、京にむかって一条大路をかえっていく[15]と、暗くなってきたので、おおぜいの従者どもを、あるものには、前に松明をともさせ、あるものには、馬のわきにつかせなどして、あわてることなく、先払いの声を高くはりあげ、すすんでいったが、今度はだれにも出会わなかった。土御門で馬からおり、少女の髪をつかみ、滝口の詰所につれて行こうとすると、少女は泣く泣くいやがったが、とうとう詰所まで引っぱりこんでいった。

滝口連中が、「どうだった、どうだった」と言うので、「それ、連れてきたぞ」と言って、今度は強くしばっておさえつけたから、しばらくの間は人間の姿であったけれども、さんざんに責めつけると、とうとう本性を現わし狐の姿になった。それを松明[16]の火でもって、毛もなくなるほど焼き立てて、（蟇目《ひきめ》の矢[17]）で何度も射て、「おのれ、今後二度とこんなまねをするなよ」と言って、殺さずに逃がしてやると、歩くこともできないほどであったが、やっとの思いで逃げていった。このあと、この滝口は、先夜、だまされて鳥部野に行った話をくわしく語った。

その後、十日あまりして、この滝口は、もう一度ためしてみようと考えて、馬にのって高陽川に行ってみると、前の少女が大病をわずらったもののような様子で川のほとりに立っていた。滝口は、この前と同じように、「この馬のうしろにおのり。娘さん[18]」と声をかけると、少女は、「のりたいとは思うけれど、焼かれるのはつらいの」と言って、ぱっと姿を消した。人を化《ば》かそうとして、ひどい目にあった狐ではある。このできごとは最近のことらしい。珍らしい話なので語り伝えたのである。

思うに、狐が人の姿に化けるのは、昔からよくあることである。しかし、これは、実にうまく化かしたもので、とおく鳥部野までもつれていったのである。それにしては、二回目のときには、車も出現せず、道も変えなかったのであろうか。狐は、相手の人間の心の持ちようで、さまざまに行動するらしいと人々はうたがった、とこう語り伝えているということである。⒆

典拠未詳。

（1）京都市右京区御室大内にある。光孝天皇の勅願をついで宇多天皇が仁和四年（八八八）建立、のち出家して移り住み、御室御所といわれ、代々法親王が入る門跡寺院の第一である。当時の寺域は、東は紙屋川、西は嵯峨朝日山、南は下立売、北は宇多野山の奥中河道路に接する広大なものであった。

（2）紙屋《かみや》川。荒見川・西堀川ともいわれる。鷹峰の山中から発して、北野神社と平野神社の間をへて、右京に入って西堀川といい、吉祥院で桂川に流れこむ。むかし、紙屋院の管理下で、宿紙（うすずみ色のすきかえしの紙で、蔵人所の文書や、宮中の雑用に多く用いられた）をすいたので紙屋川という。紙屋《かみや》から高陽《こうや》に転じてよばれるようになったものか。

（3）滝口の武士（蔵人所に属し宮中警護にあたった）の詰所で、清涼殿の北、黒戸の東、御溝水《みかわみず》の落ち口にあった。

（4）漢字表記を予定した意識的欠字。該当語不明。

（5）底本、「□具スシテ」。脱文があるか。「その滝口の武士はともつれず」とか、「夜中を待ってとももつれず」とかの意になるものか。
(6) あとに、「一条大路を東に」とあることからすると、おおよそ北野あたりか。
(7) 原文「指縄《さしなは》」。馬の口につけて引く綱。
(8) 一条大路（大内裏の北を通る）を西大宮大路（大内裏の西側）より、さらに東へいったところ。
(9) 二条大路は、大内裏の南側を通る。
(10) 東大宮大路は、大内裏の東側を通る。ここを北上したのである。
(11) 上東門。大内裏東側の最北の門。つまり、一条大路をそのまま東にいって、東大宮大路をまがれば最短距離であったため、ここにあらかじめ従者を待機させていたが、思わぬ遠まわりをしたことになったのである。
(12) 広くは、鳥部郷（清水寺以南泉涌寺以北、鴨川の西、東は阿弥陀峰）をいったものであろうが、葬送の地としては、およそ、五条坂あたりから、西大谷の近く、六道珍皇寺の前、六道の辻の東南あたりを含む地域である。古来の風葬場がもととなって、火葬・土葬によって死者を葬るところとなった。
(13) 底本は漢字表記を予定した意識的欠字。「スカシ」か。
(14) このあたりに狐が出没したことは、中世のものであるが『徒然草』（第二百十八段）のつぎの記述でわかる。「狐は人にくひつくものなり。堀川殿にて舎人が寝たる足を狐にくはる。仁和寺にて、夜、本寺の前をとほる下法師に、狐三つとびかかりて、くひつきければ、刀を抜きて是をふせぐ間、狐二匹を突く。ひとつは突き殺しぬ。二つは逃げぬ。法師はあまた所くはれながら、ことゆゑなかりけり」。
(15) 一条大路を大内裏北側にそって東に進んでいく。
(16) 原文「続松《ついまつ》」。たいまつのこと。和文では、普通「ついまつ」と書く。松のやにの多い部分や竹・葦《あし》などをたばねて火をつけて照明としたもの。「たいまつ」は、「たきまつ」の音便。
(17) 底本は漢字表記を予定した意識的欠字。「蟇目」か。高いひびきを発し、魔障を封じる力があると信ぜられていた。

(18) 原文「和児《わこ》」。少女に化けた狐に対する親しみのあるよびかけ。
(19) この話が文字に記録された時点を意味する。説話は文字による記録と、説話集編集の時点とは異なることに留意すべきである。

左京属邦利延《さきようのさかんくにのとしのぶ》、迷《まど》わし神《かみ》に値《あ》う語《こと》、第四十二

今は昔、三条天皇(1)の御代に、石清水《いわしみず》(2)の行幸(3)があったとき、左京属邦利延(4)(5)というものが供奉して行幸にお仕え申しあげたが、供奉は九条でとどまるはずのところ(6)、何と思ったのか、長岡の寺戸(7)というところまで行ってしまった。そこを通っていくとき、いっしょにいた人々が、「このあたりに、まどわし神がいるということだぞ」と言うので利延も、「わたしも、そう聞いている」と言って通っていくうちに、日も暮れて、もう山崎(8)のわたしに到着してもよさそうなのに、不思議にも、また同じ長岡のあたりをすぎて、乙訓川(9)のほとりを通っていると思うと、また、寺戸の岸をのぼる。寺戸を通りすぎて、どんどん進んでいくうちに、ふたたび乙訓川のところに出て川をわたったと思うと、また、さきほど通りすぎたはずの桂川(10)をわたっている。しだいに日も暮れ方になってしまった。前後を見ると、人はだれ一人見えなくなっている。おおぜい行列していた人も、すっかり姿を消してしまっていた。

そのうち、夜になってしまったので、寺戸の西にある板葺きのお堂(11)の軒先に、馬からおりて腰をおろして夜を明かした。朝になってよくよく考えてみると、「自分は左京職の役人である、とっくに九条でとどまるはずであったのに、ここまで来てしまったとは、まったくわ

けがわからない。その上、同じ場所をぐるぐるまわりあるいたのは、九条のあたりから、まどわし神がついて、正気を失わせて、引っぱりあるかせたらしい」と思って、そこから、西の京[12]の自宅にかえっていった。

されば、まどわし神にあうのは、じつに恐ろしいことである。このように人の心も□[13]かし、道をもまよわしてだますのである。狐などのしわざであろうか。これは、利延が自分自身で語ったことである。世にも不思議なことなので、このように語り伝えているということである。

典拠未詳。ただし、『宇治拾遺物語』には、同文的同話があり、原拠は同じと認められる。
(1) 第六十七代。寛弘八年（一〇一一）より、長和五年（一〇一六）まで在位。
(2) 石清水八幡宮。京都府八幡市の男山に鎮座。貞観元年（八五九）奈良大安寺の僧行教が奏請し、宇佐八幡宮に準じて宝殿六宇をつくり、同二年勧請して鎮護国家をいのったことに始まる。当初より皇室の尊崇あつく伊勢についだ。平将門らの平定の奉賽に始まる三月の臨時祭、また、放生会は有名である。平安朝以後、しだいに密教化した。
(3) 長和二年（一〇一三）十一月二十八日のこと。
(4) 左京職（朱雀大路より東の戸籍・土地・租税・道路・警察をつかさどる）の四等官。
(5) 『除目大成抄』にある「左官少属従七位上国宿禰利述」か。『宇治拾遺物語』には、「俊宣」とする。
(6) 石清水への行幸は、朱雀大路の南端羅城門から鳥羽の作り道をくだるのであるが、ここから先は、山城国司の管轄下に入る。
(7) 京都府向日市寺戸町。

(8) 乙訓郡大山崎町。桂川と淀川との合流地点、男山と天王山の中間を流れるあたりにあった交通の要衝。淀の津は北になる。浮橋を作って行幸の列をわたした。古く行基のわたした山崎橋があった。
(9) 西京区の大枝山から発して、大原野の東を流れ、向日市の西をとおって桂川にそそぐ。小畑川。
(10) 上流は保津川・大堰川。淀川にそそぐ。
(11) 辻堂であろうか。
(12) 朱雀大路の西。右京。
(13) 漢字表記を予定した意識的欠字。「タブラ」が想定される。

頼光《よりみつ》の郎等《ろうどう》、平季武《たいらのすえたけ》、産女《うぶめ》に値《あ》う語《こと》、第四十三

今は昔、源頼光朝臣(1)が美濃守(2)であったとき、□(3)郡に出向いたことがあったが、ある夜、侍部屋(4)に多くの武士たちが集まって、雑談などをしていた。そのうちに、「この国に渡《わたり》というところがあり、産女(5)がいるそうだ。夜になって、そこの川をわたろうとするものがあると、その産女が赤ん坊を泣かせて、『これを抱け、これを抱け』と言うそうだ」などということを話題にしたときに、一人のものが、「どうだ、だれか、今すぐその渡に行ってわたってみるものはいないか」と言う。すると、平季武(6)というものがいて、「おれなら、今すぐなりとも行ってわたってやる」と言ったところ、他のものたちが、「たとえ千人の敵軍にたった一人で立ちむかって(7)射合いなさることはできようとも、今すぐにあの渡を、わたることなどぜったいおできになれまいよ」と言う。季武が、「なあに、行ってわたるなんて、かんた

んなことよ」と言い張るので、他のものたちが、「どんなに大剛の貴殿でもわたることはおできなされまい」と、こちらもまけずに言い張った。季武も、これほど言い張ったからには、後へは引けず、負けまいと言い争っているうちに、わたれないとがんばった連中は十人ばかりいたが、「ただ、口先だけで争っていてもつまらない」と言って、鎧《よろい》・甲《かぶと》・弓・胡籙《やなぐい》、さらによい鞍をおいた駿馬、新作の太刀(8)などをめいめいが用意して、「これを出そう」とかけをした。また、季武も、「もし、わたれなかったら、当方も、それに見合うものを出そう」と約束した。さらに、季武は、「では、まちがいあるまいな」と念をおすと、他の連中も、「もちろんのことよ。さあはやく」とけしかけたので、季武は、鎧かぶとに身をかため、弓を持ち胡籙を背負って、従者も［　　］、「［　　］(9)どうして証明できるか」と言う。季武は、「ここに背負っている胡籙の上差しの矢(10)を一本、川の向う岸にわたって、そこの地面に立てて帰ろう。明朝行ってたしかめて見るがよい」と言いおいて出発していった。

　その後、この言い争った連中のなかに、血の気の多い若ものが三人ほど、季武がほんとうに川をわたったかどうかを見定めようと思い、ひそかに走り出た。季武の馬におくれまいとして走っていくうちに、季武は、はやくもその渡に行きついた。九月の下旬で、あいにく月のないころで、あたり一面、まっくらやみだったが、季武の川をざぶりざぶりとわたっていく音が聞こえる。やがて、向う岸にわたりついた。三人の男たちは、川のこちら側のすすきのなかにかくれてじっと耳をすましていると、季武は、向う岸にわたりついて行縢《むかばき》(11)をうちたたき、矢をぬいて地面にさしているのであろうか、しばらくたって、ふたたび引きかえして川をわたってくるらしい。そのとき、川のまんなかあたりで、季武にむかって女の声で、

「これを抱け、これを抱け」と、はっきり言うのが聞こえる。また、赤子の声で、「おぎゃあ、おぎゃあ」と泣く声が聞こえる。そのあいだに、生ぐさいにおいが、川からこちらにまでにおってくる。三人でいてさえ、頭の毛が太くなるようで、身ぶるいするほど恐ろしい。まして、いまわたっている人のことを思うと、人ごとながらわが身さえ半分死んでいるような気持がする。

そのとき、季武が、「よし、抱いてやろう、こいつめ」と言う。すると、女が、「これだよ、それ」といって赤子をわたしたようである。季武は、袖の上に子どもを受けとると、こんどは、女が追いかけてきて、「さあ、その子をかえしておくれ」と叫んでいるようだ。季武は、「もう、かえしてはやらないぞ。やい」と言い、川からこちらの岸にあがった。

こうして、館にかえってくると、三人の男もあとについて走りかえった。季武は、馬からおりて、家のなかに入り、例の言い争った連中にむかって、「おまえたちは、なんのかのと言いおったが、このとおり、□[12]の渡に行って川をわたり、赤子までとってきたぞ」と言って、右の袖をあけてみたところ、そこには、木の葉が少々あるだけであった。その後、このこっそりあとをつけていった三人のものたちが、渡でおこったありさまをくわしく話して聞かせたので、行かなかった連中も、なかば死ぬほどの心地であった。そこで、約束どおりに、かけものをみなとり出したけれども、季武は、それを受けとらず、「ああ言ってみただけのことだ。これしきのことができぬものがあろうか」と言って、そのかけものはみなかえしてやった。

この産女というのは、狐が人をだまそうとして化《ば》けたのだ、と言う人もおり、また、女がお産で死んで霊になったのだと言う人もいると、こう語り伝えているということである。

典拠未詳。

（1） 満仲の長男。左馬権守・春宮大進・同亮・内蔵頭。備前・但馬・美濃・伊予・摂津の守などをつとめた。藤原道長の家人として忠実に仕え、中央官僚として活躍した。和歌をよくし、大江山の酒呑童子、鬼童丸退治の英雄として伝えられる。

（2） 長保三年（一〇〇一）一月、春宮大進で美濃守を兼任。長和二年（一〇一三）ごろに再任。

（3） 郡名の明記を予定した意識的欠字。美濃の国府は、不破郡垂井町にあった。

（4） 原文「侍《さぶらひ》」。侍所。侍の詰所。

（5） 産で死んだ女の亡霊が化した妖怪を、とくに「産女」という。

（6） 渡辺綱・平貞道・坂田公時らとならぶ頼光四天王の一人。

（7） 『大般涅槃経』―「寿命品」に、「たとえば人王に大力士あらん。その力千に当り更に能く之を降伏する者あることなし。故にこの人を一人当千と称す……千人に当ると称することを得るゆゑんは、是の人いまだ必ずしも力千に敵せず、但種々の技芸技能の、能く千に勝るを以ての故に、故に当千と称するがごとし」とある。

（8） 原文「打《う》ち出《いで》の大刀《たち》」。直刀に対して、新作の腰ぞりのある太刀。

（9） 底本に欠字はないが、このままでは意味不通である。長文の欠文が予想される。従者をひとりもつれないで出かけるとすると、他の者が、確実に川をわたったことをどうやって証明できるかと言うのであろう。

（10） 胡籙に入れた征矢《そや》の他に、その上に差しておく二本の矢。装飾的な意味もあるが、矢合せに際してまずこの雁股の矢を射るのがルールであった。

(11) 馬にのるとき、腰から脚部の前面をおおって活動しやすいようにしたもの。虎や熊の皮を用いた。
(12)「渡」の名の明記を予定した意識的欠字。

中国では、産女を姑獲鳥《こかくちょう》といい、夜中飛んで赤児のなき声を発し小児を害すという。産女伝説では、産女が道ばたに立って、通る人に赤子を抱くことをたのむ。抱くと、赤子がだんだん重くなる。がまんしていると、産女があらわれお礼に財産をくれるというのがパターンである。要するに、産は女にとってもっとも生命の危険を伴うもので死に至ることが多く、助かった子を人に託すが、愛着はつきないという女性本能に根ざした説話であろう。

鈴鹿山《すずかのやま》を通る三人、知らざる堂《どう》に入りて宿《やど》る語《こと》、第四十四

今は昔、伊勢国（三重県）から近江国（滋賀県）へ越えようとする(1)三人の若ものがいた。身分の低いものであったが、三人とも豪胆で思慮も深かった。鈴鹿山(2)をとおりかかったが、この山のなかに、昔から、どうしてそう言いはじめたのかわからないが、鬼がいるといって、だれも決して宿らない古い堂(3)があった。たいへん難儀な山越えの途中にある堂だが、このように言い伝えて、だれ一人立ちよるものとてない。

さて、この三人の男が山をとおっているうち、ちょうど夏の頃であったので、一天にわかにかきくもり夕立が降ってきたので、「もうやむか、いまやむか」とこんもりしげった木々の下に入りこんで待っていたが、いっこうにやむ気配がないままに、日もとっぷり暮れてしまった。一人の男が、「どうだ、あのお堂にとまろうじゃないか」と言ったが、あとの二人

は、「あのお堂は、むかしから鬼がいるというので、だれ一人近よらないお堂なのに、とんでもないこと」と言うと、はじめとまろうと言った男が、「こんなついでに、ほんとうに鬼がいるかどうか、はっきりたしかめてみよう。もし鬼にくわれたら、どうせ一度は死ぬからだ、むだ死にするまでのことだ。しかし、狐・野猪《くさいなぎ》などが人をたぶらかそうとしているのを、鬼のしわざにして言い伝えているのかもしれないぞ」と言うので、二人の男も、いやいやながら、「それじゃ、そうするか」と言ううち、日もとっぷり暮れてくらくなったので、この堂に入ってとまった。

　こんないわくつきのところなので、三人ともねむらないで、雑談しているうちに、一人の男が、「昼間とおったとき、山のなかに死んだ男がそのままになっていたな。[4]それを今すぐ行ってとってこられるかな。どうだ」と言うと、まっさきにお堂にとまろうと言い出した男が、「なんで、とってこられぬことがあるものか」と言ったので、もう二人の男が、「こんな夜なかに、ぜったいとりに行けはすまいよ」とけしかけた。すると、この男は、「よし、それじゃあ、これから行ってとってこよう」と言って、すぐさま着ものをかなぐりすてて、はだかになりとび出していった。

　雨はやまずに降りつづき、あたり一面はまっくらやみである。そのなかを、もう一人の男が、これも着ものをぬぎすてて、前に出ていった男の、すぐ後を追って出かけて行った。この男は、さきの男のそばをそっと走りぬけて、男の死がいのおいてあるところにたどりついた。そして、死人をとって谷に投げすて、そのあとに自分が横になった。そこへ、前の男がやってきて、死人のかわりに寝ていた男をかつごうとしたとたん、負われた男が相手の肩にがぶりとかみついた。かついだ男は、「そんなにかみつきなさるな、死人さんよ」と言っ⑤て、かついだまま走っていって、お堂の戸のそばにうちおろした。「お主たち、このとおりかついできたぞ」と言って、お堂のなかに入った。外にいる負われてきた男は逃げ出していってしまった。前の男が、外へ出てみると、死人がいないので、「これは、なんと、逃げて行きおったぞ」と言ってあっけにとられている。そのとき、今までかつがれてきた男が、とつぜんわきから姿をあらわし、笑いながら今までの一部始終を話したところ、「とんでもないばかものだなあ」と言って、いっしょにお堂のなかに入っていった。

　この二人の男の肝っ玉は、いずれも劣らないとはいうものの、やはり、かついできた男の方がまさっている。死人のまねをするほどのものは他にもいるかもしれないが、行って死人をかついでくるものは、ほかにはいそうにもない。また、その二人の男が出ていった間に、お堂の天井の格子目ごとに⑥、さまざまな奇怪な顔があらわれ出た。それを見て、この残された一人の男は、太刀をぬいて⑦きらめかしたところ、怪しげな顔・顔・顔は、いちどに笑ってさっと消えうせてしまった。男は、それでもびくともしなかった。だから、この男の肝っ玉も、他の二人に決して劣っているものではない。三人とも、なんと大したものではないか。さて、夜が明けたので、三人はここを出て、近江路の方に越えていった。

　思うに、あの天井で顔をさし出したというのは、きっと狐がたぶらかそうとしたのであろう。それを、人々が鬼が出ると言い伝えたのではなかろうか。この三人の男が、無事にそのお堂にとまって出ていってからは、なんのたたりもなかった。もし、これがほんとうの鬼であったら、その場でも⑧、また、後日でも、無事にいられるはずもあるまい。こう語り伝えているということである。

典拠未詳。

（1）伊勢国府（亀山）から古厩《ふるまや》（関町の南）・多津加美坂へ出、鈴鹿峠をこえ、近江国の土山・水口・石部をへて草津に出る。

（2）伊勢国鈴鹿郡と近江国甲賀郡の国境一帯の山をいう。昔は、加太《かぶと》峠をこえ伊賀に入ったので伊勢路の加太の方だけを鈴鹿山といったが、後、鈴鹿峠の称は坂下《さかのした》にうつったといわれる。きわめてけわしく道中難儀が多かったことで、盗賊にまつわる話が多い。

（3）路傍に建てた仏堂。特に山中に神仏をまつるのは古来の信仰に基くもの。特に地蔵堂などが多く見られる。このあたりにも、鈴鹿御前社・関地蔵堂などがあった。

（4）この当時の旅は、生命の危険限りないものであった。群盗のみならず、突然の病で急死するものも少なくなかった。峠に、地蔵などを祀《まつ》るのは、道中安全を願うのみならず、死者供養の意味も大きかった。

（5）死体は、もっとも忌避すべきものであり、山中の死はただごとならぬものであるから、当然怨霊と化しているものである。従って、死人がかみつくことは予想すべきことであり、このことではいささかも驚いてはいない。

（6）原文「組入《くみいれ》の子毎《こごと》に」。「組入」は格天井の一種。木を枡形に組んで板をはった天井のこと。

（7）太刀をぬいて魔障を払うのである。

（8）原文「その庭にも」。「庭」は現場。一般に、神事・狩猟・農作・合戦などが行われる場所についていう。

近衛舎人《こんえのとねり》、常陸国《ひたちのくに》の山中《やまなか》にして歌を詠《うた》いて死ぬる語《こと》、第四十五

今は昔、□①のころ、□②という近衛舎人③がいた。神楽舎人④などであったろうか、歌をすばらしく上手に歌った。この男が相撲の使い⑤として東国へ下《くだ》ったが、陸奥国（東北地方）から常陸国（茨城県）へ越える山道を焼山《たけやま》の関⑥といって、たいそう深い山中になる。そこをかの□がとおっているうち、たいくつなまま馬上でいねむりを始めたが、不意に目をさまして、「ここは常陸国か。ずいぶん遠くまで来てしまったものだなあ」と思うと心細くなって、泥障《あおり》⑦をたたいて拍子をとり、常陸歌⑧という歌を歌い出し、それを二、三遍ほどくりかえして歌った。すると、はるかかなたの深い山の奥で恐ろしげな声で、「ああ面白い」と言って手をはたとうつものがある。□が馬を引きとめて、「あれは、だれが言ったのか」と従者どもにたずねたが、「だれが言ったかどうか、なにも聞こえません」とこたえた。そこで、頭の毛が太くなるほど恐ろしくなって、そこをとおりすぎた。さて、□はその後、気分がわるくなって、病気になったように思えた。従者どもが不思議に思っていると、その夜のこと、宿で寝たまま死んでしまった。

　だから、そんな歌などは、深い山中などでは歌ってはならないのである。山の神がこれを聞きつけて歌に感動して引きとめるのである⑨。思うに、常陸歌は、もともとこの国の歌であったものだから、その国の神が聞いて面白がって引きとどめたと思われる。つまらぬことをしたものだ。従者どもは、あきれはててなげいたが、どうやら事を終えて、京に上《のぼ》ってこの

ことを語ったのを聞きついで、こう語り伝えているということである。

典拠未詳。

（1）年代、または年時の明記を予定した意識的欠字。

（2）近衛舎人の姓名の明記を予定した意識的欠字。このあとの□も同じ。

（3）近衛府の下級職。

（4）十二月に行われる内侍所《ないしどころ》（神宝御鏡と剣と契とを奉安し内侍が奉仕する）の神楽（ほぼ隔年、のち毎年）に召人として奉仕した近衛舎人。神楽は、神前で奏される音楽・舞。神をむかえて行う鎮魂《たましずめ》の神事から発展したもの。

（5）相撲の節会（七月下旬）のために、全国から相撲人を集め都に引率してくる役。部領使《ことりづかい》。

（6）現在の茨城県久慈郡大子《だいご》町。袋田の西北、久慈川をはさむあたり。陸奥への入口にあたる。

（7）馬の左右の腹にたらし、泥よけとした皮製の馬具。

（8）もともと新鮮な地方民謡であったものが、のち貴族社会に摂取されたもの。現在つぎの二首が知られる。

「筑波嶺のこのもかのもに蔭はあれど、や、君がみかげに増すかげはなし」「常陸にも田をこそ作れあだ心、や、かぬとや君が山を越え雨夜来ませる」（『楽章類語鈔』『古今集』――「大歌所御歌」）

（9）神霊と歌の交渉をする話は多いが、ここでは、この舎人が神楽舎人として、神事に奉仕する役割を果たしていたこと、また、常陸歌と常陸の山神との密着度など、条件はさらに広がる。山中で歌えば、こだまとなって、山中他界を呼びおこすことが知られる。

巻第二十八　本朝　付世俗

近衛舎人《こんえのとねり》どもの稲荷詣《いなりもうで》に、重方《しげかた》、女に値《あ》う語《こと》、第一

今は昔、二月の初午《はつうま》の日(1)は、昔から京中の上中下の人々が、稲荷詣(2)でだと言って、こぞって伏見の稲荷社に参詣する日である。ところで、例年よりは参詣人が多く出た年があった。その日近衛府の舎人たちも参詣した。(尾張《おわり》)(3)兼時《かねとき》・下野公助《しもつけのきんすけ》(4)・茨田重方《まつたのしげかた》(5)・秦武員《はだのたけかず》(6)・茨田為《ため》国《くに》(7)・軽部公友《かるべのきんとも》(8)などという世に知られた舎人たちが、餌袋(9)・破子《わりご》(10)・酒などを従者に持たせ、つれ立って参詣したところ、中の御社(11)の近くまでくると、参る人、帰る人がさまざま行きかうなかに、なんともいえず美しく着かざった女に出会った。濃紫のうちぎぬの上衣(12)に、紅梅色や萌黄色など(13)の衣を重ね着して、なまめかしい姿であるいてくる。

女は、この舎人たちがやってきたのを見て、脇によって木のかげにかくれるようにして立っているのを、この舎人たちは、通りすがりに、ふざけた冗談を言いかけてみたり、あるいは、下から女の顔をのぞきこんだりする。なかでも重方は、もともと好き好きしい心の男で、いつも妻がやきもちをやくのを、けっしてそんな覚えはないといって、言い争いばかりしているような男であるから、とくに女のそばに立ちより、目をはなさずについてまわり、からだをすりよせていろいろとくどき始めた。女は「おくさまをお持ちの方が、ゆきずりのでき心でおっしゃることなど、それこそ聞く方がおかしいわ」と言う。その声はなんとも魅力的だ。そこで重方が、「いや、まあ、あなた。つまらない女房がいることはいますが、そいつの顔は猿のようで、心は物売り女同然のやつで、離縁してやれと思っていますが、すぐ

にもほころびをぬってくれる人もいないようではこまるので、気に入ったお方に出会ったら、そちらにのりかえようと思っているので、こう申しあげるのです」と言うと、女は、「それは、まことのことですか、御冗談をおっしゃるのですか」とたずねる。重方は、「この神社の神も、御照覧あれ。長年思っていたことを、こうして参詣した甲斐があって神さまがかなえてくださったと思うと嬉しくてなりません。それで、あなたはひとり身でおいでですか。どこにお住まいの方ですか」とたずねると、女は、「わたしも、これといった男もございませんで、宮仕えをいたしておりましたが、やめるように言ってくれた男がおりましたので、宮仕えにも出なくなりました。しかし、その男が地方へくだったまま亡くなってしまいましたので、ここ三年ほどは、だれか頼みにするお方があればよいと思い、このお社《やしろ》にもお参りしていたのです。ほんとうにわたしに好意をお持ちくださるなら、住まいもお知らせ申しましょう。いえ、いえ、ほんのゆきずりの人のおっしゃるようなことを真《ま》に受けるなんて、なんてばかなことでしょう。さあ、はやくお帰りください。わたしも失礼します」と言って、さっと行きすぎようとするので、重方は、手をすりあわせてひたいにあて、女の胸のあたりに烏帽子をくっつけ、「神さま、お助けください。そんなつれないことをお聞かせくださるな。ここからすぐにもお供して、家には二度と足を踏み入れますまい」と言って頭をさげておがみこむ、そのもとどりを烏帽子の上からむずとつかんだこの女は、重方のほおを⒁山もひびくほどにひっぱたいた。

　とたんに、重方は、びっくり仰天し、「これは、なんとなさる」と言って、女の顔をあおぎ見ると、なんと、自分の妻がだましているのであった。重方は、あきれはてて、「おまえさん、(16)正気なのか」と言うと、妻女は、「あなたは、どうしてこんなに恥しらずのことをするの。お友だちのかたが、『あなたのご亭主は、どうにも油断のならぬ浮気ものだ』とやってくるたびに告げ口なさるのを、わたしにやきもちをやかせるためにわざと言うのだろうと思って信じなかったけれど、やはりほんとうのことを知らせてくれたのだったのね。あなたは、さっき言ってたように、今日からわたしのところに来ようものなら、このお社の神罰(17)を受けることになるのよ。さあ、なんであんなことを言ったの。その横っつらをぶちわって、往来の人に見せて笑わせてやりたいわ。この人ったら」とわめく。重方は、「とにかく気を静めてくれ。もっとも、もっとも」と作り笑いをしてなだめすかしたが、どうして、許すものではない。

一方、他の舎人たちは、こんなことがあったとはつゆ知らず、上の方のがけの上に立って、「田府生《でんふしょう》(18)は、なんでおくれたのか」と言いながらふりかえると、女ととっ組みあっている。舎人たちは、「いったい、なにごとが始まったのか」と走りかえって、近づいて見ると、妻に打ち（ひしが(19)）れて立っていた。そのとき、舎人たちは、「よくぞなさった。だから、いつも申しあげていたでしょう」としきりにほめそやすと、女はこう言われて、「この方々が御覧のとおり、あなたの性根をすっかり見破ってやったわ」と言ってもとどりを放したので、重方は、烏帽子のくしゃくしゃになったのを直しながら上の方に参詣にいった。女は、重方に、「あなたは、その思いをかけた女のところに行けばいいの。わたしのところへなんか来たら、その足をかならずぶち折ってやるからね」と言って下の方へおりていった。

さて、その後、妻があれほどぼろくそに言ったにもかかわらず、重方が家に帰ってごきげんをとり結んだので、妻も腹の虫がおさまった。そこで、重方が、「おまえさんは、やはり、この重方の妻だから、あんな大した芝居がうてたのだね」と言うと、「やかましい。このうつけもの。自分の妻の気配も見わけられず、声も聞きわけられないで、おろかさかげんを人前にさらして笑われるなんて、話にもなにもならないしれものじゃないの」と言って妻にも笑われた。その後、このことが世間の評判になり、若い公達[20]などにもいい笑いものとして扱われたので、若い公達の見えるところでは、重方はこそこそとかくれてしまうのであった。

その妻は、重方がなくなって後には、女盛りになり、他人の妻になっていた、とこう語り伝えているということである。

典拠未詳。

（1）和銅四年（七一一）二月七日の初午の日に、稲荷山三ケ峯に三座の稲荷大神が鎮座したと伝える。『梁塵秘抄』に「最初の如月の初午に富くばる」とある。

（2）稲荷神は山城の渡来豪族秦氏と関係深く、五穀を初め食物や蚕桑のことをつかさどる神。農耕神がもと。平安時代に入り教王護国寺（東寺）の草創に東密と習合して鎮守となり、大いに栄えた。

（3）底本は「尾張」を予定した欠字。長徳四年（九九八）左近衛将監。

（4）長和二年（一〇一三）右近衛将監。

（5）長保（九九九～一〇〇四）の頃、左近衛将監。

（6）伝未詳。

（7）伝未詳。

(8) 長和の頃、左近衛将監。
(9) 食糧を入れてもちあるく袋。
(10) 檜などで作った折り箱。
(11) 稲荷社は、上社（猿田彦命）・中社（本社、倉稲魂命）・下社（大宮女命）をまつる。稲荷神三座。のち、田中大神と四大神がまつられて五社となる。
(12) 表が薄紫、裏が青の色目《しきもく》で、九月九日以後に着用する。
(13) 紅梅（下を濃い紅梅、上にいくに従ってうすい色に重ねたもの）は五節から二月頃まで、萌黄（青と黄との中間色）は、時を限らず襲《かさね》の色目として用いられた。
(14) 稲荷社が、古くから民衆の信仰を得たのは、衣食住という日常生活を守ることに発している。二月の初午の日に参詣し、杉の葉をいただいて帰り、それに根がつくと幸福をもたらすと信ぜられた。『梁塵秘抄』―「二句神歌」には、稲荷十首がのる。なかに、「稲荷なる三群《みつむ》れがらすあはれなり、昼はむつれて夜は一人寝」「稲荷山社《やしろ》の数を人問はば、つれなき人をみつと答へよ」「春霞たち交りつつ稲荷山、越ゆる思ひの人知れぬかな」などとあり、恋に関するものが多く見られる。
(15) 稲荷山をさす。
(16) 原文「和御《わお》もと」。「和」は接頭語で、親しみの気持。「御もと」は、女性に対する敬称。
(17) 原文「御箭《や》目」。矢を受けた傷。現実に神矢を受けることになるという意。
(18) 「田」は、「茨田」の唐風の略称。府生は、近衛府の下級職。
(19) 底本は漢字表記を予定した意識的欠字。「ヒシガレ」などが想定される。
(20) 若い貴公子のことで、摂関・大臣・上達部《かんだちめ》などの子弟をいう。

頼光《よりみつ》の郎等《ろうどう》ども、紫野に物見たる語《こと》、第二

今は昔、摂津守源頼光朝臣(1)の郎等に、平貞道(2)・平季武(3)・□(4)公時という三人の武士がいた。いずれも堂々たる容姿で武芸にすぐれ、剛胆で思慮深く、どこにも難のつけようがない武者だった。そこで、東国でもしばしばすばらしいはたらきをたてて人に恐れられた武者どもだったので、主人の摂津守もこの三人を大切にあつかい、いつも身近において重く用いていた。

さて、賀茂祭(5)の翌日のこと、この三人の武者が話し合い、「なんとかして、今日の行列を見物したいものだなあ」と相談していたが、「馬をつらねて、紫野(6)へ行くのはいかにも見苦しいにちがいない。徒歩で顔をかくして歩いていくわけにもいかぬ。だが、なんとしても見物したいが、さて、どうしたものか」となげいているうち、一人が、「よし、なにがし大徳(7)の牛車をかりて、それにのって見物にいこう」と言うと、もう一人が、「のりなれない車にのって、殿上人に出会い、車から引きおとされてけられでもして、つまらぬ死にざまをさらすかもしれないぞ」と心配する。もう一人が、「下すだれ(8)をおろし、女車のようにして見物してはどうかな」と言うと、ほかの二人が、「なるほど、それは名案だ」と言って、さっき言った大徳の牛車をさっそく借り出してきた。下すだれをおろし、三人の武者は粗末な紺の水干(9)の袴などを着たままでのって、はきものはすべて車のなかにとりこんで、三人は袖も外へ出すことなくのったので、奥ゆかしい女車に仕立てあがってしまったのであった。

　こうして、紫野にむけて車をすすませていったが、三人とも、いままで牛車なんかにのったことのない連中だから、まるで箱のふたに何かを入れてふったように三人ごちゃまぜにふりまわされ、あるいは車の横板[10]に頭をぶつけ、あるいはおたがい同士ほおをぶつけ合って、あおむけにひっくりかえり、うつ伏せになりなどして目をまわしながらいくので、とてもたまったものではない。こうしてゆられていくうちに、三人とも車に酔って、踏板[11]にへどをはき散らし、烏帽子もおとしてしまった。牛は名代の逸物で、ぐいぐい引っぱっていくので、三人は田舎なまりを丸出しにして、「そんなにはやくやるな、はやくやるな」とさけびつづけて行ったから、同じ道をあとからつづいてくる車や、これについてくる徒歩の下人ども も、この声を聞いてあやしみ、「この女房車には、いったいどんな方がのっているのだろうか。東国の雁がなきわたるように[12]よく□[13]たのは、なんとも合点がいかぬことよ。東国の田舎むすめどもが見物にきたのだろうか」などと考えても、声の調子は、大声でまったく男の声である。まるっきりなんだかわけがわからない。こうしてやっと紫野に到着して、牛をはずして車を立てたが[14]、あんまりはやくついてしまったので、行列のとおるのを待つことになったが、この三人は、車の酔いでひどく気分がわるくなり、目がまわってなにもかもすべてがさかさまに見えるという具合である[15]。ひどく酔ってしまったので、三人とも尻を高くしてそのまま寝こんでしまった。

　そのうち時間がきて行列がとおりかかったが、連中はまるで死んだも同然に寝こんでいたので、まったく気がつかないでしまった。祭がおわり、あちこちで物見車に牛をつけ帰り仕度をしているさわぎでやっとのこと気がついた。だが、気分はわるいし、寝こんでいてせっかくの行列も見ずじまいということで、なにからなにまで腹が立ちくやしくてたまらない。「また、帰りの車をやたらとばされたら、おれたちはとても生きてはおられまい。千人の敵軍のなかに馬を走らせてつっこむのは、それは武者のならいゆえ、恐ろしくもなんともないが、こんな貧乏たらしい牛飼童⑯のやっこ一人に身をまかせ、あんなにひどい目にあわせられたのでは、たまったものではない。この車でもう一度帰ったりしたら、とてもわれらの命はあるまい。だから、しばらくここにこのままいることにしよう。その上で、大路に人の気配がなくなってから歩いて帰るのがよい」と相談して、あたりに人気がなくなってから三人とも車からおりてしまい、車はさきにかえしてやった。その後、みな□⑰をはき、烏帽子を鼻先までずらし、扇で顔をかくして、摂津守の一条の⑱家に帰ってきたのだった。

これは、季武が後になって語ったことである。「どんなに勇敢な武者とは申せ、牛車の戦いはまことに無調法でござる。あれ以後というものは、すっかりこりて、車のそばにも近よることはありません」と言った。されば、勇敢で思慮のあるものたちではあるが、まだ一度ものったことのない牛車にのったりして、こんなひどい目にあって酔い死にをしたとは、まことにばかばかしいことだ、とこう語り伝えているということである。

典拠未詳。

（1）巻第二十七第四十三話参照。

（2）良文の二男。村岡二（五）郎大夫。相模大掾。巻第二十五第十話参照。

（3）巻第二十七第四十三話参照。

(4) 「公時」の姓の明記を予定した意識的欠字。「坂田」があてられる。金太郎伝説の主人公となる。

(5) 京都の上・下賀茂神社の例祭。みあれ祭。石清水八幡宮の南祭に対して北祭ともいう。欽明天皇の時代、気候不順・天下凶作を占わせたところ、賀茂神のたたりとわかり、神託によって馬に鈴をつけ、人には猪頭をかぶらせて走らせたのが起源と伝える。大同元年（八〇六）四月、中酉の日、官祭となった。嵯峨天皇の弘仁元年（八一〇）初めて皇女有智子《うちこ》内親王を斎王として奉仕させた。当日、斎院の行列は、下社から上社へ向かう。勅使・東宮・中宮の使いも加わり華麗であるため、多くの群衆で雑踏した。この翌日は、斎院が上社から帰館するため、また、その大規模な行列の見物に人が集まった。供奉の車・奉幣使以下の服装華美なること、最高の行列とされた。

(6) いまの、京都市北区大徳寺付近。紫野の有栖川に斎院の御所があった。

(7) 大なる徳行あるものの意。中国では、高僧の意に用い、隋唐の時代には訳経に従うものを大徳として勅補した。また、僧尼を統監する職名にも用いた。日本では、高僧の敬称の他、僧に対する二人称、三人称としても用いた。

(8) 牛車の前と後のすだれの内側にかけ、外へ長くたらす絹。女車の場合、下すだれから、衣服の袖や裾を外へのぞかせる。

(9) 武者の好んだ色。「水干」は、無位の官人が着用したもの。

(10) 原文「立板」。車のなかの左右の物見窓の下にある黒ぬりの板。ここにゆれを防ぐためにつかまる「手形」がある。

(11) 車の前方にある広い板。

(12) 東国武士の方言をあざけっていうことば。

(13) 底本「吉ク□タルハ」。「シタダミ」（舌ダミ）、また、「吉ク」は、「舌タ」の誤写で、□は、「ミ」とする説もある。

(14) 牛を軛《くびき》（轅《ながえ》の先についていて牛の首にかける横木）からはずし、轅を榻《しじ》（机形の台）におくこと。

(15) 牛車になれない武士の姿の描写は、木曾義仲について『平家物語』巻八の「猫間」に見られる。
(16) 大徳の召使いの少年をののしったことば。武者として一人当千のものが、こんな貧相なやつに自在にされてしまったという気持から出たののしりのことば。
(17) 漢字表記を予定した意識的欠字。すでにくつをどこかになくしてしまったので、「タビ」をはいての意であろう。
(18) 堀川東・一条南一町の屋敷であったらしい。

円融院《えんゆうのいん》の御子《おんね》の日《び》に、曾禰吉忠《そねのよしただ》参る語《こと》、第三

今は昔、円融天皇(1)が退位なさって後、御子《おんね》の日(2)の野あそびのために、船岡(3)というところにお出ましなさった。堀川院(4)から御出発なさって、二条大路を西へ大宮大路に出て、そこから大宮大路を北へ上《のぼ》っておいでなさったが、この御幸を見物する物見車がすきまなく立ち並び、おともに従う上達部《かんだちめ》(5)、殿上人《てんじょうびと》(6)の装束は、とても筆にすることもできないほどはなやかで、それはそれは豪華なものであった。院は、雲林院(7)の南の大門の前で御馬にのりかえられて紫野にご到着なさった。船岡の北面に、ところどころに小松が群がりはえているなかに、遣り水(8)をながし、石をたて砂をしいて、唐錦(9)の幕屋をしつらえ、それにすだれをかけ、板敷をしき、欄干をつけたりして、すばらしいことは、この上ない。上皇はそこへお入りなさると、そのまわりに同じく錦の幕を引きめぐらしてある。御前近くに上達部、つぎに殿上人の座がある。殿上人の席の末の方に、幕にそって横に歌人たちの席が作られていた。院が着座

されると、上達部・殿上人もおおせによって座についた。歌人たちは前もって召されていたので、みな参ってひかえている。「座につくように」とのおおせがくだると、おおせのままに順序どおりに着座した。その歌人は、大中臣能宣《おおなかとみのよしのぶ》(10)・源兼盛《かねもり》(11)・清原元輔《もとすけ》(12)・源滋之《しげゆき》(13)・紀時文《ときふみ》(14)などである。この五人はかねて院からの回状(15)で、参上するようにとのおおせがあったので、いずれも衣冠(16)に身を正して参上したのであった。

すっかり着席しおわってからしばらくたってして、この歌人たちの末席に、烏帽子をかぶり丁子染の粗末な狩衣袴(17)をつけた一人の老人がやってきて着座した。一座の人々は、「いったいこれはなにものか」と思ってよくよく見ると曾禰好忠《そねのよしただ》(18)であった。殿上人たちは、「そこに参っているのは曾丹か」と声をひそめてたずねると、こうたずねられて曾丹は憤然とした面持で、「さようでござる」と答える。それを聞いて、殿上人たちは、この日の行事の判官代(19)に、「あの曾丹がやってきているが、あれは、いったいお召しがあったものか」とたずねると、判官代は、「さようなことはありません」という。「それではだれかほかの人が、おおせを承って申し伝えたのか」とたずねてまわったが、だれ一人として、「自分がおおせをうけた」というものがいない。そこで、判官代は曾丹がすわっている後に近づいて、「いったいどうしたわけだ。お召しもないのに参上したりして」と詰問すると、曾丹は、「歌人たちに参上するようにとのおおせがあったとお聞きしたので参ったのでござる。どうして参上せずにいられようか。われは、こちらに参上しておる御仁たちにけっしておとるものではござらぬぞ」と答えた。判官代は、これを聞いて、「こやつは何と、召しもないのに勝手に参上したのだな」と気がついて、「なにゆえ、召しもないのに参上したのか。とっとと退出せよ」と追い出したが、それでもまだ席から動かない。

そのときに、法建院大臣（藤原兼家）[20]・閑院の大将（藤原朝光[21]）などが、これをお聞きなさって、「そやつのえり首をつかんで外につまみ出せ」と下知なさると、若くて元気のいい地下《じげ》[22]の貴族や殿上人たちが何人も曾丹の後にまわって、幕の下から手をさし入れて、曾丹の狩衣のえり首をひっつかみ、あおむけざまに引きたおして、幕の外に引きずり出したのを、殿上人たちが一足ずつ踏みつけたので、曾丹は、七、八度ばかり、踏みにじられてしまったのであった。

そのときに、曾丹はとびおきて、なりふりかまわず逃げ出したので、殿上人の若い随身《ずいじん》ど[23]もや小舎人童《こどねりわらわ》ども[24]は、曾丹が逃げていく後を追って、手をたたいて大笑した。まるで放れ馬を追うように大声をあげて追っていく。これを見た多くの人々は、老いも若きも、声をかぎりに笑いあった。そのときに曾丹は、小高い丘の上に走りあがって、後をふりかえり、笑いながら追いかけてくるものどもに大声で、「お前らは、いったいなにを笑うのか。わたしは老いの身で恥などなんにもないぞ。だから言ってやる。よく聞けよ。太上天皇が子の日にお出ましなさる。そのおり、歌人たちをお召しなさると聞いて好忠が参上して座についたのだ。そして、搔栗《かいくり》[25]をぼりぼりと食ったかと思うとすぐ追い立てられる。そして、蹴とばされる。これがなんで恥だ」とさけぶ。これを聞いて上中下の人々の笑う声は、あたり一面をおおうほどであった。その後、曾丹はその場から逃げ去ってしまった。その当時、人々は、このことを語り合ってみな笑いの種にしたという。

されば、素姓のいやしいものは、やはり愚かなところがあるものだ。好忠は、和歌はたしかに上手であったが、[26]思慮が足りず、歌人どもを召すと聞いて、お召しもないのに勝手に参上し、こんな恥をかいた。そして、おおぜいの人の笑いものになって、末代までの語り草になってしまった、とこう語り伝えているということである。

典拠未詳。ただし、ここに記されている当時のことは、『小右記』にくわしく、『古事談』にものる。『大鏡』にも所出。

(1) 第六十四代。村上天皇の御子。安和二年(九六九)~永観二年(九八四)まで在位。

(2) 永観三年(九八五)二月十三日のこと。子の日―根延《ねのび》にちなみ野辺に出て小松を引き息災延命を願った行事。この日、丘にのぼって四方を望み陰陽の気を受ける。

(3) 朱雀大路の北、紫野の西。初め聖地として見られていたが、のち、火葬場となった。

(4) 二条の南、堀川の東の南北二町にわたった藤原基経の旧邸で、この当時円融院が居住していた。

(5) 三位以上の公卿、及び四位の参議。

(6) 清涼殿殿上の間に昇殿を許された人、五位および、六位の蔵人。

(7) 大徳寺の南、船岡の東にあった。もと淳和天皇の離宮であったのを仁明天皇の第七子常康親王に賜わり、親王出家後、僧正遍昭が附嘱をうけて寺院とした。元慶八年(八八四)これを元慶寺の別院とし千手観音を安置。天台宗に属した。遍昭の後、その子素性法師が住し、空也上人も住した。紫の雲の林として和歌に広くよまれた。菩提講で有名になり、『大鏡』の舞台ともなっている。

(8) まわりの山や川から邸内に引いた流れ。

(9) 中国から輸入した錦の天幕で、天井が平らになるように張るもの。

(10) 三十六歌仙の一人。父子三代にわたり祭主で歌人。梨壺の五人の一人として『後撰集』を撰し、『万葉集』を読み解いた。朱雀・村上・冷泉・円融・花山の五代の天皇に歌を召された。

(11) 平兼盛の誤り。三十六歌仙の一人。光孝天皇の曾孫篤行王の子で臣籍に下り平氏を称した。駿河守をつとめ、天暦時代の有数の歌人として知られる。
(12) 清原深養父《ふかやぶ》の孫。周防守・肥後守などをつとめた。天暦五年（九五一）和歌所に召され『万葉集』の訓点、『後撰集』の編集にあたった。三十六歌仙の一人。清少納言は、その娘。
(13) 正しくは重之。三十六歌仙の一人。清和天皇の皇子貞元親王の孫。相模権守など東国在任が多く、陸奥で没している。旅の歌人として著名。
(14) 紀貫之の子。『後撰集』の編者、梨壺の五人の一人。父の名で重用されたに過ぎないといわれる。
(15) 原文「廻文《めぐらしぶみ》」。召集にさいして回しよみさせる書状。
(16) 束帯につぐ正装。
(17) 黒みがかっただいだい色の略装。
(18) 平安中期の歌人。丹後掾であったところから、「曾丹後」「曾丹」とよばれた。この日の事件で一躍有名になった。好忠の歌は、歌材が新鮮で伝統的な歌語にとらわれず自由な詠法を特色としたので、初め歌壇に受け入れられなかったが、『後拾遺集』以後の革新のなかで高く評価されるにいたった。
(19) この日の行事の担当官で、六位蔵人が任じられた院司である。
(20) 巻第二十七第三十八話参照。
(21) 兼通の四男。この当時権大納言。三十五歳。閑院は、朝光の邸で、二条南・西洞院西にあった。
(22) 原文「下﨟《げらふ》」。ここでは、殿上人より身分の低い地下《じげ》の貴族。
(23) 貴族を護衛する近衛府の武官。
(24) 近衛府の中・少将に仕える少年。
(25) 饗宴に供される干菓子《ひがし》の一つ。かち栗のこと。歌人たちの座に盛っておかれていたもの。
(26) 『続本朝往生伝』の「一条院」の項に、「和歌には、則ち、道信・実信・実方・長能・輔親・式部・衛門・曾禰好忠」とあげられている。逆に好忠の自由な人間性を語っている点に注意。

尾張守《おわりのかみ》□の五節所《ごせちどころ》の語《こと》、第四

今は昔、□①天皇の御代に、□②というものがいた。長いあいだ、うだつのあがらぬ受領③で、任官もできずに不遇でいたが、やっとのことで尾張守④に任じられたので、喜んで任国へくだった。ところが、行ってみると、国はすっかり荒廃して田畑を作ることすらまったくない。この守《かみ》はもともと正直で行政能力もすぐれていたので、以前の任国でも行政効果をあげており、この国にくだってすぐに国政に努力した結果、まるで見ちがえるように国を豊かにし、⑤隣国の百姓が雲のように集まってきて、岡といわず山といわず、開墾して田畑に作りあげたので、二年の間にすばらしい国になった。そこで、天皇もこれをお聞きなさって、「尾張国（愛知県西部）は、前の国司に滅ぼされて⑥、すっかり疲弊しきっていると聞いていたが、今度の国司は着任後、わずか二年ばかりで、よくぞ富ましてくれたものよ」とおおせなさったので、上達部も世の人も、口をそろえて、「尾張はよい国になった」とほめたたえた。

さて、任期三年目に、尾張国は五節⑦の担当国となった。尾張は、絹・糸・綿などの産地であるから、なに一つ乏しいものはない。まして、守《かみ》はもともと諸事に明るい人物であったから、衣装の色、打ち方、縫い方など、ことごとくりっぱに調《ととの》えて奉った。五節の舞姫の控所は、常寧殿⑧の西北のすみにあてられていたが、すだれの色、几帳《きちょう》のたれ布、すだれの下から出した女房の衣など、すべてすばらしい仕立てで、これはと非の打ちどころのない色合いである。そこで、「尾張守はなんとすばらしい手腕家であろう」とだれかれとなくほめそやした。舞姫の介添えや、童女(9)なども、ほかの五節所よりすぐれていたので、殿上人や蔵人なども、いつもこの五節所に立ちよっては、気を引くような様子をしてみせたが、この五節所の内では、守をはじめ、子どもや親戚のものなど、みな屏風の後にあつまっていた。

ところで、この守は、身分いやしからぬ人の子孫ではあったけれども、どういう事情があったものか、守の父も、守も、蔵人にもなれず、昇殿も許されなかったので、宮中のしきたりについては伝え聞いたこともなく、まして、じっさいに見たこともなかった。そこで、子どもたちも、まったくなに一つ知らなかった。そこで、彼らは、五節所にかたまって、御殿の建てかた、つくり方、各宮さまに仕える女官たちの唐衣(10)、ちはや(11)を着てあるく姿、殿上人や蔵人が出だし袿《うちき》(12)をして絹織物の指貫をつけ、さまざまに着かざってとおる様子などといったものを、ただ好奇の目で追いもとめ、先を争ってすだれのそばに出、重なるようにしてながめる。殿上人がそばにやってくると、また、屏風の後に逃げかくれるので、前に逃げたものが、後から逃げてくるものに指貫をふまれてたおれると、あとのものはまた、それにけつまずいてたおれるといった具合である。あるものは冠をおとし、あるものは、われさきにかくれようとして、大さわぎでとびこむ。入ったなら、そのまましゃがんでいればよいものを、また、ちょっとしたものでもとおると、先を争って追いかけていって見る。だから、すだれのなかの混乱はこの上ない。若い殿上人や蔵人などは、これを見て笑い興じたことであった。

そのうち、若い殿上人たちが、宿直所《とのいどころ》(13)に□(14)いて、みなで相談したことには、「この尾張の五節所は、さまざまな色どりで、すばらしく飾り立てたものだなあ、つきそいも童女も、ことしの五節では、ここがいちばんすぐれているぞ。しかし、あの守の一家は、宮中の作法を聞いたこともなければ、見たこともないとみえて、なんでもないことでも、みな知りたがって、われ先に出て見ようとしている。その上、我々を恐れて、近づいていくとかくれさわぐ。なんともばかげたものたちよ。どうだ、あの連中をはかりごとに引っかけて、もっとおどろかしてあわてさせようじゃないか。なにか名案はないかな」。すると、一人の殿上人が、「　　　」(15)、また、もう一人の殿上人が、「うまい方法があるぞ」と言う。「いったい、どうしようというのだ」と聞くと、「あの五節所にいって、いかにも親しいような知り合いのような顔をして、こう言ってやるのだ。『この五節所を殿上人たちが、たいへん笑っておりますぞ。お気をつけてください。この五節所を笑いものにしようと、殿上人たちがこんなことをたくらんでおります。それは、ありとあらゆる殿上人がこの五節所をおどかそうとして、みなひもを解いて、直衣《のうし》の表衣《うえのきぬ》の肩を脱いで(16)、ここの前に立ちならんで歌を作って歌おうというのです。その作った歌というのは、

(17)鬢《びん》たたらはあゆかせばこそ　をかせばこそ　愛敬付《あいぎやうづ》きたれ

舞姫たちの鬢たたらの髪は、ゆり動かせば、歩めば、なんと美しく
魅力的なことであろうか。

という歌です。この〝鬢たたら〟というのは、尾張守さんの毛がうすくて鬢がぬけおちているのに、こんな鬢たたらで、五節所の若い女のなかにまじっておられるのを歌うのです。〝あゆかせばこそ愛敬づきたれ〟(あで)[18](歩めば、その姿は、いっそう魅力的だ)というのは、守がうしろ向きで歩かれるお姿が(あで)やかなのを歌っているのです、こうお教え申しあげるのをほんとうのこととはお信じになれますまい。だが、あすの未申《ひつじさる》の時(午後三時)ごろ、殿上人・蔵人がみな肩脱ぎし、直衣の上衣を腰にまきつけて、老若を問わず、この歌を歌って近づいてきたら、いま申しあげていることがほんとうだったと信じてください』とこう言ってやろうと思うのだ」と言うと、他の殿上人は、「では、貴殿がいって言葉たくみに言いきかせてやれ」と約束して別れた。この案を考え出した殿上人は、寅《とら》の日のまだ明けやらぬ朝[19]、かの五節所に出かけた。そして、守の子という若ものに会って、いかにも好意をもっているかのように見せかけ、この計画したことをくわしく語って聞かせると、ひどく恐れた様子で聞き入っている。すべて語りおえると、「長居は無用だ。公達にでも見つかったらたいへんだ。そっとだれにも知られぬように帰ろう、こんなことを教えたと、他の連中にはけっしておもらしくださいますな」と言って帰っていった。

この守の子は、父親のところにいって、「新源少将さまが[20]、いまいらっしゃって、こんなことを教えてくださいました」と言うと、父親の守はこれを聞いて、「なんと、さて」と言ったかと思うと、体がふるえ出してとまらなくなり、頭をわななかせながら、「昨夜、公達がその歌を歌っていたのを、なにを歌うのかと不審なことに思っていたが、さては、この翁のことを歌っていたのか。わたしの身になんのつみとががあって、この老人のことを歌に作って歌うというのか。尾張国が、代々の国司の悪政ですっかり荒廃していたのを、天皇がそのまま捨てておくわけにはいかないとお思いなさったことゆえ、わたしもなんとかしなければと考え、あらゆる手段をつくして、豊かな国に復興したことがわるいとでもいうのか。また、この五節をお引きうけしたのは、わたしが好きこのんで奉仕したことではないのだ。天皇がむりに割当てなさったので、万事苦しいなかを奉仕しているのだ。また、鬢の毛がないのも、若くて盛りのとしごろに鬢がなくなっているのなら、こっけいでおかしくもあろうが、よわい七十にもなっているのに、鬢がなくなっていて、いったいどこがおかしいというのか。なんで鬢たたらなどと歌ってよいはずがあろうか。また、わたしのことが、そんなににくいのなら、うち殺しでも、蹴とばしでもして踏みつけたらよかろう。それを、なんで帝王のおわします王宮のなかで、直衣のひもをとき、肩脱ぎして歌わなければならないのか[21]。いやいや、ぜったいそんなことはあるはずがない。その少将の君が、お前が外に出てつきあいもせずにこもってばかりいるから、おどそうとしてでたらめを言っておられるのだ。近ごろの若い人は、思いやりもなく、平気ででたらめを言うのだ。ほかのものなら、そんな具合におどしたりだますこともできようが、身分が低いとはいえ、和漢のことにはすべて通じているこの身だ。そうとも御存知あるまい。若い公達が、口から出まかせに言っておどそうとなさったのだ。他のものはだまされても、このわしはぜったいにだまされるものではない。もし、おどしたように、じっさいに、そのように直衣のひもを解き、腰にからめておどり回っては、その自分のしたことで、この方々は、重いつみにとわれるにちがいあるまい。まことに気の毒千万」と言って、糸筋のように細いはぎを、もものところまでまくりあげ、扇であおぎ散らしておこっていた。

　こう腹を立ててみたものの、「昨夜、東面の道[22]にきて、この公達がふざけていた様子から察すると、それくらいのことはやりかねない」と思いついたので、やがて未の時（午後二時）なる頃には、いったいこれからどうなることかと胸がつぶれる思いでびくついていると、未の時をやや過ぎたころ、紫宸殿の方から、歌いさわぎながらやってくる声がする。「そら、そら、やってきたぞ」と寄り集まり、恐怖に舌をまるめ[23]、顔をふるわせて恐ろしがっていると、南東から[24]、この五節所の方にむかって、一団となっておしよせてきた。見ると、一人として、まともなかっこうをしたものはいない。みな直衣の上衣を尻のあたりまで、ずりさげている。それらがみな、手を組み合っておしよせ、のしかかるようにして中をのぞく。五節所の前のうすべりのあたりに、あるいはくつをぬいですわり、あるいは横になり、あるいは腰をおろし、あるいは、すだれによりかかって中をのぞく。また、庭[25]に立っているものもいて、それらのものが、すべて声をそろえて、あの「鬢たたら」の歌を歌う。このようにおどす計画を知っている若い殿上人四、五人は、すだれのなかにいるものがみな、恐れまどう様子を見て面白がっていたが、事情を知らない年配の殿上人たちは、この五節所のすべてのものが、恐怖にふるえているのを、たいへん不審に思った。

　さて、守は、あれほど、「まさかこんなことはあるまい」と、道理を立てて言いはっていたのだが、ありとあらゆる殿上人や蔵人が、みな肩を脱いで、この歌を歌いながら近よってくるのを見ると、「あの少将の君は、年はわかいが、信用できるお方でいらっしゃるから、ほんとうのことを教えてくださったのだ。このように教えてくださらなかったら、自分のことを歌っているとも知らず、ぼんやりしていたことだろう。なんと思いやりの深いお心であるか。千年万年、おさかえくだされ」と言って手をすり合わせていのっていたが、このおしかけてきた公達の一人としてまともなものはなく、みな、ぐでんぐでんに酔っぱらっていて、肩をぬいだ姿ですだれのなかをのぞく。守は、「今にも、自分は引き出されて、老い腰をふみおられるにちがいない」と思っていたので、あわてて屏風のうしろにもぐりこんで、壁代[26]の間でぶるぶるふるえていた。子どもや、親戚のものなどは、みな、重なるようになって、逃げかくれてふるえていた。

　そのうち、殿上人は、みな殿上の間[27]にかえった。守は、その後もまだ、「公達は、まだいるか、どうか」と人をやって見させて、「一人のこらず、行ってしまわれました」といわれて、そのとき、はじめてふるえふるえはい出してきて、ふるえ声で、「いったい、どうしてこの老人をお笑いなさるのか。帝王のおんためにも、このように無礼をいたすとは、まことにあきれはてたことだ。この方々には、きっとおとがめがあろうぞ。いいかお前たち、よく見ていよ。天地日月明らかに照らしたもう神の御代よりこのかた、このような不祥事は一度もない[28]。国史を見ても、こんな記録はない。まことに、あさましい末世となりさがったものだ」と天をあおいでなげくばかりであった。

　となりの五節所[29]の人たちがのぞいて、おかしく思ったままに、後に関白殿の蔵人所[30]に参ってこの話をしたのを、つぎつぎに聞き伝え、やがて、貴族・皇族の方々にもすっかり知れわたって、さんざん笑われることとなった。当時は、人が二、三人集まるところでは、この話をしては笑い合った、とこう語り伝えているということである。

典拠未詳。
(1) 天皇の諡号の明記を予定した意識的欠字。
(2) 姓名の明記を予定した意識的欠字。
(3) 原文「旧受領《ふるずりやう》」。いわゆる受領階級に属していた経験のある人をいう。
(4) 尾張の国は広大な濃尾平野の東半分をしめ、土地も豊かであり、上国であった。
(5) 原文「国ただ国にし、福《と》まして」。「只（ただ）」を単に副詞として考えてもよく、また、「吉」の誤写と見ることもできる。
(6) 行政能力がおちれば、人口はへり、従って租税収入もなくなる。ここに記すように、国勢は国司の人間性と、その事務能力、また、下級職員の管理能力にかかっていたことがわかる。いわゆる行政手腕である。
(7) 五節は、大嘗会および毎年行われる新嘗会（十一月、中の丑《うし》の日から辰の日までの四日間）の前後に五人（新嘗会では四人）の舞姫によって行われる舞楽。公卿、国司らの未婚の乙女がえらばれた。五節の役をつとめることは、たいへんな名誉であるがその費用負担も大きかった。試演が行われ、最後の日、紫宸殿南庇で、大歌所の楽人の演奏する大歌にあわせて舞い、おわってにぎやかな賜宴（豊明節会《とよのあかりのせちえ》）が行われた。
(8) 貞観殿の南、承香殿の北にある殿舎。皇后・女御などが住む。后町・五節殿ともいわれた。
(9) 原文「傅《かしづき》・童《わらは》」。舞姫には、傅八人、童女二人、下仕《しもづかえ》四人、樋洗《ひすまし》一人、上雑仕二人がつき従った。
(10) 平安時代の女性の正装の上衣。錦・綾などの織物で作られている。
(11) 藍で模様をおした童女の着る白衣。
(12) 下着の袙《あこめ》（ふつう、表も裏も紅。壮年は、萌黄薄色、老年は白）の裾を少し出すこと。晴れのときの服装。

(13) 夜警のための宿泊所。

(14) 該当語不明。

(15) 底本は欠字。一人の殿上人が言ったことば。

(16) この五節には、殿上人たちが直衣のひもを解き肩ぬぎをして歌舞するという無礼講が許されていた。尾張守は、それを知らない。

(17) 『綾小路俊量卿記』の「五節間郢《えい》曲事」に、丑の日の后町の廊の乱舞《らんぶ》に、大歌（正式の宮廷歌謡）についで、「鬢多々良」が歌われたとし、寅の日（公卿・殿上人の宴遊が行われる）にも、物云舞・水猿曲・白薄様などが歌われたことを記す。底本「ヱカセハコソ」、「アユ」の一本があることを記している。『平家物語』巻一「殿上闇討」によれば、「五節には、『白薄様、こぜむじの紙、巻上の筆、鞆絵書いたる筆の軸』なんど、さまざまおもしろきことをのみこそ歌ひ舞はるるに」とある。これは紙・筆を列挙した「ものづくし」の今様と思われる。前記『俊量卿記』では、「びんたたらを、あゆかせばこそ、あいぎやうづきたれ、やれことうとう」と記す。「やれことうとう」は、はやしことばで、『梁塵秘抄』に、「滝は多かれど、嬉しやとぞ思ふ、鳴る滝の水、日は照るとも絶えでとうたへ、やれことつとう」と用いられている。これは、延年舞の歌謡である。

(18) 底本は漢字表記を予定した意識的欠字。「アテ」か。

(19) 寅の日には、殿上の淵酔（公卿・殿上人の宴遊）と御前の試《こころみ》（清涼殿で天皇が練習をみる）とがある。おわって、殿上人たちが露台（紫宸殿と仁寿殿の間）で直衣のひもをとき、肩ぬぎをして歌舞する乱舞が行われた。午後三時ごろおしかけてくるというのは、寅の日の夜の行事とは別に、守をからかうために特別にしくんだのである。

『平家物語』巻一「殿上闇討」は、五節豊明の節会の夜、忠盛が舞った折、殿上人が拍子をかえて、「伊勢平氏はすがめなりけり」とはやしたと記し、また、以前の例として、大宰権帥季仲が色が黒かったため蔵人頭のとき、「あなくろぐ〵、くろき頭かな。いかなる人のうるしぬりけむ」とはやしたこと、中御門藤中納言家成が同じく「播磨よねはとくさか、むくの葉か、人のきらをみがくは」とはやされたことをあげる。いずれも、五節には歌にかこつけて人を嘲笑することが盛行したさまを表わしている。
(20) 新任である源姓の近衛府の少将。少将は、左右近衛府に各二人いたので、新任者をよぶときの通称。
(21) 守は乱舞について何もしらないし「鬢たたら」の古語についての知識もないので、自分に対する嘲笑としてうけとっている。
(22) 守の五節所は、常寧殿の北西のすみにあたる。丑の日の乱舞が、馬道（殿舎のなかを貫通している板敷の廊下）からおしよせたものであろう。
(23) 恐怖のため舌が思うように動かないさま。
(24) 紫宸殿を北上してくるのだから、守の五節所から南東の方向になる。
(25) 守の五節所からすぐ北の貞観殿へかかっている渡殿（建物をつなぐ屋根のある廊下）の庭。
(26) 寝殿造の殿舎の室内の間じきりをするため、臨時に壁のかわりにかける布帛の帳《とばり》・蒲《がま》製のむしろの類。一般の邸宅に用いられたのは帳である。
(27) 清涼殿の殿上の間。
(28) 下の「国史」とともに、守の和漢にわたる知識が示されているくだり。
(29) 公卿側の五節所である。
(30) この蔵人所は、宮中にならって、事務処理のためおかれたもの。ふつう、関白殿といえば、藤原道長、あるいはその子頼通をさす。

越前守為盛《えちぜんのかみためもり》、六衛府官人《ろくえふのかんにん》に付く語《こと》、第五

今は昔、藤原為盛朝臣(1)という人がいた。越前守であったとき、六衛府(2)の下級役人に支給することになっている大粮米《だいろうのよね》(3)を納めなかったので、六衛府の役人らはその下人までもが大挙して、天幕(4)の道具などをもって、為盛朝臣の屋敷に押しかけ、その門前に天幕をはり、その下に腰かけをならべて、全員が腰をおろし、屋敷のものの出入りをとめ、強硬に進納を求めた。

ちょうど六月のころ、ひどくあついさかりで日も長いおり、夜明け前から未《ひつじ》の時（午後二時）ごろまですわりこんでいたので、この押しかけ役人連中は、日に照りつけられてあつさ耐えがたかったけれども、「徴収するまでは、ぜったいかえるわけにはいかぬ」となおもがんばりつづけていた。すると、屋敷の門を細目にあけて年配の侍が顔をさし出して、「守の殿のおおせでございます。『ぜひとも、はやく対面いたしたいところなれど、あまりにも、ぎょうぎょうしく責め立てられますので、女子どもなどが、こわがって泣き出している始末、まだ対面して当方の事情も申しあげませんが、こんな猛暑のなかで、いつまでも照りつけられておられては、さだめしのどもおかわきでしょう。なお、物越しにでも対面して、いろいろと事情も申しあげたいと存じますので、ついては、まずは軽く一献さしあげたいと存じますがどんなものでございましょう。おさしつかえなければ、まず、左右近衛府のお役人方、舎人の方々からお入りくだされ、兵衛・衛門府のお役人方は、近衛府の方々がおすみに

なってから、御案内いたしましょう。一度に御招待申しあげるはずですが、たいへんむさくるしく、いたって手ぜまでございますから、みなさん御一同でおすわりいただける場所もございません。どうぞ、しばらくお待ちください。では、近衛府のお役人方からお入りいただきたい』とこのように申しております」と言った。日にやかれ、さんざんのどもかわいているおり、このような申し出があったので、こちらの事情も聞いてもらおうと考えて、礼を言って、「それは、まことに嬉しいおおせです。さっそくなかに入らせていただいて、こうして参上したわけをも申しあげましょう」と答えると、侍はそれを聞いて、「それでは、どうぞ、こちらへ」と門をあけたので、左右近衛府の役人や舎人はみななかに入った。

中門(5)の北の廊に、長むしろを東西むかい合わせに、三間ほどしかせ、中机(6)を二、三十ほどむき合わせてならべてある。それにのせてあるものを見ると、塩からい干鯛《ひだい》が切ってもられてある。また、塩引きのさけのいかにも塩からそうなのが、これもまた切り身にしておいてある。それにあじの塩から、鯛のひしお(7)など、すべて塩からいものばかりである。くだものでは、十分に熟して紫色になったすももを大きな春日盆(8)に十ばかりずつもってある。それらを全部ならべおわったのち、「では、まず、近衛府のお役人だけ、こちらへお入りください」と言う。そこで、尾張兼時(9)・下野敦行(10)という舎人から、身分のある年老いた役人まで、むらがって入ってきた。そこで、「他の衛府のお役人方が入っては困るから」と言って、門をしめ錠をかけ、かぎをとって行ってしまった。

役人たちが中門にならんでいると、「さあ、さあ、はやくおあがりください」と言うので、みな廊にあがって、左右近衛府の役人たちが、東西に向かい合って着座した。その後、侍が、「まず、おさかずきをはやくさしあげよ」と命じたが、なかなか持ってこない。そのうちに役人たちは、空腹のことではあり、まず急いではしをとり、さけ、鯛の塩から、ひしおなどの塩からいものをつまみはじめた。侍が、「おさかずきがおそい、おそい」と催促するが、なかなか持ってこない。守は、「じつは対面してごあいさつ申しあげなければならないはずですが、目下、夏かぜをわずらっておりまして、すぐには、こちらへ出向けません。しばらくおさかずきを重ねていただいてから、参るつもりです」と侍に言わせておいて、姿をあらわさない。

さて、やっと酒がでてきた。中のくぼんだ大きなさかずきを二つ、それぞれ折敷《おしき》(11)にすえて、若い侍が二人でささげて持ってきて、兼時・敦行が向かい合わせにすわっているその前においた。つぎに、大きなひさげ(12)に酒をなみなみとたたえて持ってきた。兼時・敦行は、おのおのさかずきをとり、こぼれるばかりに受けて飲む。酒は、すこし濁っていてすっぱいようではあったが、日にてりつけられて、のどがすっかりかわききっていたので、ぐいぐいと立てつづけに三ばいをすっかり飲みほした。つづく舎人たちも、みな待ちかねて、二、三ばい、四、五はいと飲みほした。すももをさかなにして飲むのだが、つぎからつぎへとさかんにさかずきをすすめるので、みな、四、五度、五、六度ずつ飲んだ。その後、守がすだれ越しにいざり出てきて、「わたしが、自らのもの惜しみのために、あなたがたにこのように責められて、恥をさらそうなどとまさか思うはずもありません。じつは、わが任国におきましては、去年、ひどい日照りがあって、租税として徴収する米がまったくなかったのです。ほんの少しばかり徴収した米は、尊いお上の御用向にせめられて、ある限りさし出してしまいましたので、何一つ残っていませんので、わが家の飯米にもさしつかえるしまつで、召使いの女どもも、空腹をかかえている状態で、その上、こういう恥をさらすのも、因縁とあきらめております。何よりも、あなた方の御食膳に、ありあわせのご飯しかさしあげられぬことを、お察しください。前生《ぜんしょう》の宿報《しゅくほう》(13)がつたなくて、長年官途につけず、たまたま国司になれば、このようにつらい目にあうというのも、人をおうらみ申すはずのことではありません。みなこれ、自らの恥を見なければならぬ宿報でござろう」と言って、ひたすら泣く。声もおしまず泣くので、兼時・敦行が、「おっしゃられることは、至極ごもっともに存じます。われらみな御心中を察し申しあげております。しかしながら、(14)ことは、わたしども一人のことではありません。近頃は、役所に米一粒とてなく、舎人どもはみな困りはてた結果、このように押しかけました次第、これもみなおたがいさまのことゆえ、お気の毒とは存じながら、かく参上つかまつったしだい、なんともご同情にたえません」と言っているうちに、この兼時・敦行は守の近くにいたので、しきりに腹のなる音が聞こえる。ごろごろとなるのを、しばらくの間は、笏《しゃく》で机をたたいてまぎらわした。あるいは、また、にぎりこぶしでもって、□に彫りこむようにする。(15)守がすだれごしに見わたすと、末座のものにいたるまで、みな腹をならして、体をぴくぴくさせている。

　しばらくして兼時が、「ちょっと失礼」と言って、急いで走るようにして座を立った。それを見て、他の舎人連中も、兼時が立ちあがる(17)のを見るやいなや、先をあらそって座を立って、板敷(16)からかけおりたり、あるいは、なげしからとびおりたりしたところで、びちびちと音をたててたれ流した。あるいは、車よせ(18)にかけこみ、着物をぬぐひまもなく、ひりかけるものもある。あるいは、あわててぬいで尻をまくり、たらい[19]の水を流すようにひり出すものもある。あるいは、かくれ場所も見つからず、ひりながらうろうろしている。こういうありさまではあったが、おたがいに笑いあい、「どうせ、こんなことになろうかと思っていたよ。このじいめ、ろくなことはすまい、なにかをやらかすだろうと、内心思っていたとおりだった。いずれにしても守の殿はにくくもない。わしらが酒をほしがって飲んだ結果というものだ」と言いながら、みな笑いながら腹をこわしてそこいらじゅう一面にひりかけていたのであった。

それから、また、門をあけ、「それでは、どうぞお出なさってください。こんどは、つぎつぎの衛府のお役人方をお入れしましょう」と言うと、「それは結構なこと。はやくなかへ入れて、また、われら同様ひらせてやれ」と言って、袴などいたるところにひりかけたのをぬぐいもできず、われさきに出ていくと、他の四衛府の役人たちは、それを見て、笑いながら逃げ去ってしまった。

実は、この為盛朝臣がたくらんだことは、「この炎天下に、天幕のなかで七、八時間うだらせてから呼び入れ、のどがかわいているときに、すももや塩からい魚などをさかなに出して、すきっ腹に食わせておき、にごってすっぱくなった酒に、朝顔[20]の種を濃くすり入れて飲ませてしまえば、連中は下痢せぬわけにはゆくまい」として実行したことであった。この為盛朝臣は、たいへん奇抜なことを考え出す人物で、おかしなことを言っては人を笑わせるしたたかものであったから、こんなことをしくんだのであった。とんでもないもののところに行って、舎人どもは、ひどい目に会ったことよと当時の人は笑いあったことだ。

それから後は、すっかりこりてしまったものか、大粮米を納めない国司のところには、六衛府のものが押しかけていくことはしなくなったのであった。為盛朝臣は、人の意表をつくのが上手なので、官人たちは追い返そうにも帰りそうもない連中だったから、こんなおかしなことを考え出したのだ、とこう語り伝えているということである。

典拠未詳。

(1) 参議安親の子。蔵人。加賀守。万寿五年(一〇二八)四月越前守任官。翌長元二年(一〇二九)閏二月在任中没。とすれば、万寿五年(長元元年)六月のことか。
(2) 左右の近衛、衛門、兵衛の六衛府。
(3) 諸衛から太政官に申請し民部省をとおして支給を受けた糧米。衛士・仕丁・采女などに支給する食米。越前国からの拠出分を為盛が滞納していたのである。
(4) 原文「平張《ひらはり》」。天井を平らにした天幕。太陽の直射や風などをさけるために用いた。
(5) 寝殿造で、東西の長廊の中ほどに作られた門で、来客が出入りする。この中門から北の対までの廊を「北の廊」という。
(6) 長むしろを東西から向き合うように敷きならべ、その中間においた机。
(7) 塩づけにした魚や肉の類をいう。
(8) 表は朱で、裏は黒ぬりで青貝などをちりばめた容器。奈良の特産。
(9) 本巻第一話、注(3)参照。長徳四年(九九八)左近衛将監。この事件前に没していたものと思われる。
(10) 兼時より、さらに年長。右近衛将監。巻第二十三の第二十六話に、兼時とともに馬で競走した話がある。このためか、代表的な近衛官人として対で語られるようになったものであろう。

(11) 薄板をおりまげて作った四角い盆。
(12) つるのついた口つきの容器。
(13) 「宿」は、久旧で古い意味。過去世からの報い。過去世の業（善悪・苦楽の結果をもたらす行為）によって得られる現世の果報。
(14) 原文「陣の格勤《かくごん》」。「格勤」は、精励する意で、衛府につとめるもの、舎人。「陣」は、衛府の詰所。
(15) 底本「奉ヲス尔□」。「奉」に「拳カ」、「ス」に「イ似」とある。こぶしをふりまわして何かをきざみこむようなかっこうをするのであろうか。つまり、腹のたつのをおさえるためか、なにか体をこじらして、腹のなる音をごまかそうとするのであろう。
(16) 建ものの外側にある板張りの縁。
(17) 廊の母屋と庇《ひさし》の境に柱の上下にわたした幅広い横木。
(18) 中門の外にある車寄せ。
(19) 原文「楾《はんざふ》」。湯や水を他の容器にそそぐ容器。
(20) 原文「牽牛子《けにごし》」。「あさがお」の中国名。遣唐使により薬用として輸入されたといわれ、はじめ「けにごし」と呼ばれた。種子を乾燥して粉末にし峻下剤、緩下剤、利尿剤として使用した。花を観賞に用いたのは、江戸時代からといわれる。

歌読元輔《うたよみのもとすけ》、賀茂祭《かものまつり》に一条大路《いちじょうのおおじ》を渡る語《こと》、第六

今は昔、清原元輔[1]という歌人がいた。それが内蔵助[2]になって、賀茂の祭りの奉幣使[3]をつとめたが、一条大路をとおっているときに、□[4]の若い殿上人の車がたくさん立ち並んでいて、見物をしている前にさしかかったとき、元輔がのっているかざり馬が、ひどくつまずいて、

元輔は頭をまっさかさまにして落ちてしまった。年寄りが馬から落ちたので、見物していた公達が気の毒に思ってみていると、元輔はすばやくおきあがった。だが、冠が落ちてしまって、もとどりもまったく見えない。まるで、お盆をかぶったようなかっこうである。馬の口取り(5)があわてうろたえ、冠をひろって手わたしたが、元輔は、冠をつけようともせず、後へ手をふって制し、「さて、さて、あわてるな。(6)しばらく待て、公達がたに申しあげたいことがある」と言って、殿上人の車のかたわらへあゆみよる。ちょうど、夕日がさしていたので、頭はきらきらとかがやき、見苦しいといったらこの上もない。大路のものは、黒山のようになってかけまわり大さわぎする。車や桟敷《さじき》にいるものも、みなのびあがって笑いさわいでいる。

さて、元輔はやおら公達の車のそばへあゆみよって、「そこもとたちは、元輔がこの馬から落ちて、冠を落としたのを、たわけたこととお思いなさるか。それは、お心得ちがいというものでござる。そのゆえは、どんな思慮深い方でさえ、ものにつまずいてたおれることは、あたりまえのこと。まして、馬には思慮などあるはずのものではござらぬ。それに、この大路は石がごろごろころがっている。また、手綱をつよく引いているので、馬のあるこうとする方向にもあるかせられず、あちこちと引きまわすことになる。そこで、どうしようもなくてたおれた馬をにくむわけにもいかないのだ。唐鞍は、どうも不安定なものじゃ。(7)とてもつなぎとめておけるものではない。その上に、馬がひどくつまずいたからわしは落ちてしまうのだ。これもまた、わるいとはいえない。また、冠が落ちたのは、ひもかなにかでゆわえつけてあるものではない。(8)冠は巾子《こじ》のなかにすっかりかき入れた髪で固定されているのじや。だが、わしの髪は、すっかりなくなってなにもない。だから、落ちた冠をうらむわけにもいかない。また、その例がないわけではない。□(9)大臣は、大嘗会《だいじょうえ》(10)の御禊《ごけい》(11)のときに落とされた。また、□(12)中納言は、鷹狩の行幸(13)のおりに落とされた。□(14)の中将は、賀茂祭の翌日のこと、紫野で落とされた。このような先例は、とても数え切れたものではない。されば、事情も御存知ない、近ごろの若公達は、このわたしをお笑いなさってはなりませぬ。お笑いなさる若公達の方が、かえっておろかしいといわなければならないのでござる」、こう言いながら、車ひとつひとつに向かって指を折ってかぞえあげ、言ってきかせる。こう言いおわって、遠くに立ちのき、大路のまんなかにつっ立って、大声で、「冠をもって参れ」と命じて、冠をとってかぶった。その時、これを見ていたものは、いっせいに爆笑した。

また、冠を拾って渡そうとして近づいた馬の口取りのものが、「馬からお落ちなさって、すぐさま、御冠をおつけなさらず、どうして長々とつまらないことをおおせなされましたか」とたずねると、元輔は、「ばかなことを言うな、おまえ。このようにものの道理を言い聞かせてやってこそ、以後もの笑いにもされずにすむというものじゃ。さもなくば、口さがない公達のこととて、いつまでも笑われるにきまっていることよ」と言って行列に加わった。

この元輔は、世なれた人で、おかしなことを言って人を笑わせるのが得意な老人であったので、このように臆面もなくしゃべり立てたのだ、とこう語り伝えているということである。

典拠未詳。ただし、『宇治拾遺物語』に同文的同話があり、原拠は同じと認められる。

(1) 内蔵允清原深養父《くらのじようふかやぶ》の孫。下総守春光の子。清少納言の父。『後撰集』の歌人でその撰者。梨壺の五人の一人。大中臣能宣らと和歌所寄人《よりうど》となる。三十六歌仙の一人。周防守・肥後守などをつとめた。歌人としての名声を伝える説話が多い。

(2) 中務省内蔵寮（天皇の装束や祭祀のおりの幣物、その他宮中の御用品の調達を司《つかさど》る）の次官。

(3) 奉幣使としての内蔵使《くらつかい》には、助《すけ》が当った。

(4) この欠字の理由はよくわからない。

(5) 原文「馬副《うまぞひ》」。馬の口とり男。蔵人所の武士―滝口が白装束で奉仕した。

(6) 『枕草子』にも、かっこうのつかないものとして「翁の、髻放ちたる」とあるとおり、冠をおとした姿は、まことに、無作法で、みっともなく、哄笑の対象とされた。

(7) 原文「唐鞍《からくら》はいとさらなり」。大和鞍に対し、装飾の多いりっぱな鞍をいう。鞍橋が広く平たい状態、さらに、そのあぶみも足をしっかりとめる台がなく、輪であったことなどから、不安定な状態であったことをいうか。

(8) 冠は、うしろの頂上にあたる所に高く立っている巾子《こじ》に髻《もとどり》を入れる。

(9) 人名の明記を予定した意識的欠字。

(10) 天皇が即位して初めての新嘗会を大嘗会という。

(11) 大嘗会に先立って、十月下旬、天皇が賀茂川でみそぎ（けがれや罪をきよめる儀式）を行うこと。

(12) 人名の明記を予定した意識的欠字。

(13) 原文「野の行幸」。鷹狩。皇室の御猟場を禁野《きんや》といい、大和国都介《つげ》野・蜻蛉野・葛城山、和泉国日根野、山城国嵯峨野・大原野・栗栖野・木幡野・田原野、播磨国印南《いなみ》野などが知られる。『梁塵秘抄』に、「嵯峨野の興宴は、野口うち出でて岩崎に、禁野の鷹飼敦友が、野鳥合せしこそ見まほしき」とある。

(14) 姓名の明記を予定した意識的欠字。

近江国《おうみのくに》矢馳《やばせ》の郡司の堂供養《どうくよう》の田楽《でんがく》の語《こと》、第七

今は昔、比叡山[1]の西塔[2]に住んでいた教円《きょうえん》座主[3]という学僧[4]がいた。話し上手で、人を笑わせる説経・教化[5]をした僧であった。

この人がまだ若くて、供奉《ぐぶ》[6]の役で西塔にいたころ、近江国（栗太[7]）郡矢馳《やばせ》[8]というところに住む郡司[9]の男が、長年この人に帰依し、常に訪れては山住まいの不如意を援助してくれたので、教円も若いころのことで貧しい身のことと、嬉しく思ってすごしているうちに、ある日、その郡司がわざわざ訪ねてきた。「なにごとがあって、お出でになったのですか」ときくと、郡司は、「長年の願いで、このたび仏堂を建立いたしましたが、これを心をこめて供養し奉りたいと願っております。長い間のおつきあいのよしみで、いらっしゃっていただけませんか。いかがでしょう。また、用意いたさなければならないことがあれば、なんでも準備いたす所存でございます。わたしも、すっかり年をとっておりますので、ただただ、後《ご》世《せ》[10]のためと思ってのことでございます」と言う。教円は、「うかがうのはかんたんでございます。当日の朝早く、三津の浜[11]あたりに、むかえの船をよこしてください。また、矢馳の津は、馬二、三頭に鞍を置いてむかえに出しておいてください。ところで、功徳をねんごろにするには、舞楽[12]の供養がいちばんです、これは、すべて、極楽や天上界のすがたをそのまま、うつしたもの[13]です。ただし、楽人などを山から呼ぶということになれば、たいへんですから、お呼びにならなくて結構です」と言う。郡司は、「楽人は、わたしが住んでおります

津にそろっておりますので、楽をいたすことはかんたんでございます。お安いことでございます。それでは楽をいたすことにいたしましょう」と言う。教円供奉は、「そうしてくださるなら、この上ない功徳になるでしょう。さっそく、お立ちかえりの上、当日の夜明けに三津の浜のあたりに行って船を待っていてください」と言うと、郡司は、たいへん喜んで、「承知いたしました。当日は、お船をはやくおむかえにさしあげましょう」と言って帰っていった。

さて、その当日になり、教円は、まだ暗いうちに、西塔からいそいで下山し[14]、三津の浜のあたりについたのは、ちょうど夜も白々とあけていくころであった。船は、すでに用意されていたので、それにのっていった。矢馳までは、二時間ばかりの航程なので、巳の時（午前十時）ごろ向うの津に到着した。見ると、先日は、鞍を置いた馬三頭といったのに、十余頭も引っぱってきている。また、白装束の男が十余人ほどずらりと立ちならんでいる。そのほか、およそさまざまのかっこうをした下人どもが四、五十人、あっちこっちに群をなして立っている。教円供奉は、「この連中は、何か見物にでもやってきたのかなあ。いったい何を見るのだろう」と思ってあたりを見まわしたが、なにもこれといったものは見えない。船を岸によせたので、船をおりて引きよせた馬にのった。供の法師も同じように馬にのせて、供奉が先にたって馬をすすめると、残る十余頭の馬に、この白装束をした男どもがぱらぱらとのった。「この男どもは、郡司が自分をむかえによこしたのであったか」と、そのときに初めて教円は気づいた。日が高くなったので、[15]馬をはやめていそいで行くと、この白装束で馬にのった男どもは、あるものは、真っ黒の田楽鼓をはらに結びつけ、両そでから腕をつき出して左右の手にばちを持っている。あるものは、笛をふいて高拍子[16]をうち、□[17]をつき、えぶり[18]をさし、さまざまの田楽を、二段もの、三段もの[19]に仕くんで大さわぎをし、吹きつらねてやたらと飛びまわる。供奉は、これを見て、いったいどうしたことかと思ったが、□[20]て聞くこともできないでいる。

　こうして、田楽の連中は、あるものは教円の馬の前に立ち、あるものは馬の後につき、あるものはわきに立ってあるいていく。教円は、「今日は、この里の御霊会[21]かも知れぬ」と考えたので、「これは、とんでもないときに来合わせてしまったことだ。こんな連中にとりかこまれて行くとは、正気のさたとも思えない。だれか知人にでもあったら面倒だ」と思ったので、袖で顔をすっかりかくしていくうちに、郡司の家がやっと見えてきた。家の門の前には、幾百千の群衆がまるで黒山のように集まって見物している。急いで行こうとすると、この田楽の連中は、教円にむかいあって鼓をうち、（編木《びんざさら》）[22]を笠の縁につきかけ、えぶりをささげて頭の上でふりまわし、こんなことをして前へすすませもしない。腹が立つことこの上ない。

　やっと郡司の家の門のところに到着して、馬から下りようとすると、郡司親子が姿をあらわして、左右の馬の口をとり、馬にのせたまま、屋敷のなかへ丁重にむかえ入れたので、教円は、「それには及ばない。もうここでおろしてくれ」というが、「ああ、もったいない」と言って、聞き入れようともしない。この田楽の連中は、馬の左右にならんで、つぎつぎと舞いながら入ってきた。郡司は、「上手にいたせよ、お前たち」と言うと、鼓うつもの三人が、馬の前にきて、そりかえるようにして舞い、むやみに鼓をうちつづける。教円は、すっかり弱り切って、はやくおろしてくれればよいのにと思うが、このようにまわりをとり囲み、憑かれたようにおどりながらやってくるので、馬をすすめることもできず、ただ、のろのろと行くより仕方がなかった。屋敷のなかは見物人でまるで黒山のようなさわぎである。やっとのことで廊のはしに馬をおしつけたので、ほっとして馬からおりた。すると□㉓した部屋に案内された。

教円は、いったいなにがどうなっているやら、さっぱりわからないので、郡司に、「郡司殿、教えてくだされ。この田楽は、なんのためになさったのですか」とたずねると、郡司は、「西塔におうかがいしたおり、ねんごろな功徳㉔をするのには楽をたむけるのがいちばんとおっしゃられましたので、用意したのでございます。それに、ある人も講師㉕を楽《がく》でおむかえ申しあげねばならないと申しましたので、そのようにいたしたしだいです」とこたえた。教円は、そのとき、「こやつは、田楽を舞楽だと考えていたのだな」と初めて一部始終が理解できて、おかしく思ったが、語る相手もいなかったから、そのまま供養㉖をすませ、山に帰ってから、元気のよい小僧たちに、この田楽の一件を語ると、みなどっと笑いくずれた。

教円は、もともと話し上手の人であったから、どんなにおもしろく、その場のようすを語ったことだろう。この話を聞いた人は、「どんなにいやしい田舎ものでも、それくらいのことは知っているのに、この郡司は、まったく話にもならぬやつよ」とみな、あざけり笑った、とこう語り伝えているということである。

典拠未詳。

（1）叡山は、近江・山城の両国にまたがり、東塔・西塔・横川の三塔十六谷とする。東塔を止観院、西塔を宝幢院《ほうとう》、横川を首楞厳院といい、台密の上からは、東塔を金剛界、西塔を胎蔵界、横川を蘇悉地という。また、東塔を金剛界智拳の峰とし、法華本門顕遠の峰、西塔を胎蔵界理拳の峰として法華迹門、横川を法華観心の峰とする。東塔―西塔―横川という順で開け、十六院の別当三綱がきめられているがすべては建立されなかった。

（2）転法輪堂（釈迦堂）を中堂として、北谷・東谷・南谷・北尾谷・南尾谷の五谷があり、黒谷を別所とする。法華堂・常行堂・相輪樸・西塔院（宝幢院）・勧学堂・慧亮堂・大日院・大乗院・勝蓮華院・弥勒堂などが中心部にあった。

（3）二十八世天台座主。治山九年。東谷の堂住金剛院（堂住院・東尾門跡）に住した。伊勢守藤原孝忠の子。花山法皇、二十一世陽生座主、実因僧都（巻第二十三第十九話参照）の弟子。長暦三年（一〇三九）六十一歳で座主。長久元年（一〇四〇）法印を兼務、永承二年（一〇四七）没。六十九歳。この座主のとき、日吉社は二十二社の内に列せられた。

（4）原文「学生《がくしやう》」。もと大学寮に学ぶ生徒、転じて諸大寺で仏典を学ぶもの。学問を学ぶ僧を学侶・学匠といい、学生の字をあてて用いた。

（5）ここは、教導化益で、教を説いて衆生を導き、恵みを与えること。

（6）内供奉（内供、供奉）。御斎会などのときに宮中の内道場に奉仕する職。十禅師（戒をたもち看病などの功績の高いものの中から任ぜられる十人の僧で護国の修法にしたがった）の兼職。

（7）底本は郡名の明記を予定した意識的欠字。「栗太」が考えられる。

（8）草津市にあった渡し。琵琶湖南東岸にある。

（9）国司の下で、郡内の行政をつかさどる。多くその地の豪族が任じられた。

（10）来世、のちの世であるが、主として浄土教で用いる。

（11）琵琶湖の西南。坂本の唐崎から比叡辻にかけての浜。

(12) 雅楽を伴奏として舞うもので、古く東大寺大仏開眼供養に用いられ、唄・散華・梵音・錫杖の四箇法要に結びついて行われた。法勝寺塔供養会、天王寺の舞楽大法要などが知られる。

(13) 音楽成仏観からきたもので、とくに極楽浄土と天界のさまの象徴とされた。『仏説阿弥陀経』には、「彼の仏土には微妙の声を出す。たとえば百千種の楽を同時にともになすがごとし」とある。また、「かの仏国土は常に天楽をなし」とある。

(14) 西塔からは山王院を下っており、千手井（弁慶水）を右にして、東塔にいたり、東谷から下る。老松の間琵琶湖をのぞみながら、山門の大道表坂を下る。五智院をへて「要の宿り」に達する。唐崎の松を要にして湖上が扇形に見える。ここに花摘社があって伝教大師の母をまつる。さらに栗坂（垢離坂）を下って五十二段の峻嶮を下り坂本に出る。

(15) 田楽は、職業的な芸能者である田楽法師が座を結成して社寺の祭礼などに演じた田楽躍《おどり》を中心とした芸能である。

十三人位の一団が編木《びんざさら》・腰太鼓をつけて二列になり、鼓・銅拍子《どびょうし》を加えて笛をはやして、軽快なリズムにのって、軽妙にして急激な動作の変化を躍動的に演じる。

また、田植のはやしに用いる腰鼓を田楽と称する場合もあり、また、風流田楽といって、田楽法師の田楽躍に芸能化した田植のはやしが入ったものが行われた。

(16) 打楽器の拍子板をうつこと。

(17) 打楽器の名の明記を予定した意識的欠字。「編木《びんざさら》」であろう。数十枚の短冊型の板の一端をひもで綴り合わせ、両端の板を両手で持って打ち合わせるもの。

(18) 土をならし、草をかき集めるのに用いた農具が楽器化したもの。

(19) 原文「二つ物・三つ物」。二回くりかえし、三回くりかえすもの。

(20) 漢字表記を予定した意識的欠字。「アキレ」か。

(21) 怨霊をなぐさめしずめる祭。貞観五年（八六三）非業の死をとげた崇道天皇・伊予親王の怨霊をまつったのが京都の上・下御霊神社の起源とされる。この他、天神信仰にもとづく北野神社、また、祇園御霊会（祇園会）は、貞観十一年（八六九）六月、全国に疫病が流行した際、卜部日良麻呂は、これは牛頭天王の祟りによるとして、勅を奉じて六十六本の矛を立てて祭り、消除を祈ったことに始まると伝える。古くは、馬長や田楽・獅子他の芸能の奉納があり馬長のあとに国流拍子ものが従った。

(22) 底本は打楽器の名の明記を予定した意識的欠字。「編木《びんざさら》」が想定される。

(23) 「シツラヒ」の漢字表記を予定した意識的欠字。

(24) すぐれた結果をまねく能力が善の行為に徳として具わっていること。また善行の結果として報いられる果報。

(25) 経論を講義する人をさし、とくに北京の三会（円宗寺の法華会・最勝会・法勝寺の大乗会）、南京の三会（興福寺の維摩会・薬師寺の最勝会・大極殿の御斎会）の勅会に任命される三会講師をいい、また、古く国分寺におかれた。さらに、学階としても用いられた。ここでは堂供養の導師ぐらいの意に用いたものか。

(26) 仏法僧の三宝・父母・師長・亡者などに食物や衣服を供給すること。ここは開眼供養・経供養・鏡供養と同じで、堂供養という仏教行事をさしていったもの。

木寺《きでら》の基増《きぞう》、物咎《ものとがめ》に依《よ》りて異名《いみよう》の付く語《こと》、第八

今は昔、一条摂政殿（藤原伊尹）(1)の住んでおられた桃薗(2)はいまの世尊寺である。そこで摂政殿が季の御読経(3)をもよおしなさったとき、比叡山・三井寺(4)および奈良(5)の寺々のすぐれた学僧をえらんで招かれたので、みな参上したが夕方の講座をまつ間、僧たちが居ならんで、あるものは経をよみ、あるものは雑談などをしていた。

寝殿の南面を御読経所に（用意してい⑹）たので、そこに居ならんでいたのだが、そこからは、南面の庭の築山や池などがたいそう趣深くのぞまれる。それを見て、山階寺⑺の僧の中《ちゆう》算《ざん》⑻が、「なんとうつくしいことか。このお屋敷の木立《きだち》はほかのものとはくらべものにならない」と言ったのを、そばに木寺《きでら》の基増《きぞう》⑼という僧がいて、この言葉を聞くやいなや、「奈良の法師というものは、まったく無知なものですな。なんといやしい言葉づかいであることよ。コダチとはいうが、キダチといっているようですよ。なんと頼りない言葉づかいですな」と言って、つめをぱちぱちはじいた⑽。中算は、「これは言いそこなった。では、あなたは、小寺の小僧と申さねばなりませんな」と言ったので、その場にいあわせた僧はすべて、これを聞いて大声をあげてどっと笑った。

そのときに、摂政殿は、この笑い声を聞きつけて、「なにを笑っているのか」とおたずねなさったので、僧たちがありのままに申しあげると、殿は、「これは、中算が初めから、こう言ってやろうとして、基増の前でことさら言い出したのを、まったく気づかないで、基増が計略にまんまと引っかかってしまったのだ。まことにおろかなことよ」とおっしゃったので、僧たちはいよいよ笑った。それから後、小寺の小僧というあだながついてしまったことである。「へたにとがめだてして、あだ名をつけられた」といって、基増はくやしがった。

この基増は、□⑾の僧である。木寺に住んでいたので木寺の基増というのであった。中算は、りっぱな学僧であったが、このように機知にとんだ言葉づかいをする人であった、とこう語り伝えているということである。

典拠未詳。

(1) 藤原師輔の子。摂政・太政大臣。梨壺の五人とともに『後撰集』の撰に加わった。

(2) 一条の北・大宮大路の西。清和天皇の第六皇子貞純親王の邸があって桃薗と称した。伊尹の邸となり、長保三年（一〇〇一）孫行成のとき寺（世尊寺）とした。

(3) 宮中で春秋（二月・八月）に各四日間、ふつう百人の僧を召して『大般若経』を転読させた、国家の安泰と天皇の安楽を祈願する大法会。もとは、四季に行われた。これにならって、貴族の家でも行うようになった。

(4) 三井寺は園城寺。初代天台座主義真の系統と、最澄の直弟子の系統との争いがもとで、義真系の円珍（智証）門徒が山を下って独立した。山門寺門の確執は宿命的対立として持続した。

(5) 主として興福寺をさす。『平家物語』でも、「南都」といえば、興福寺のことになる。

(6) 底本は「シツラヒ」の漢字表記を予定した意識的欠字。

(7) 藤原鎌足が山城の山階村陶原の私邸に草創せんとしたが果さず、妻の鏡女王が建立した。興福寺の前身。のち飛鳥に移って厩坂《うまやさか》寺といい平城京造営とともに現地に移った。

(8) 松室先徳・貞松房先徳。興福寺喜多院の空晴僧都に得度受戒、長じて論義にすぐれた。僧官を受けず興福寺内松室にこもった。応和三年（九六三）比叡山の良源と問答して賞をうけ、法相宗は南都六宗の長となった。安和二年（九六九）熊野那智滝の下で『般若心経』を講じた。貞元元年（九七六）四十二歳で没。著書が多い。

(9) 二十一世天台座主陽生、二十二世暹賀の師。已講（三会の講師を命ぜられてつとめおわったもの）。

(10) 軽蔑・嫌悪などの感情の表現。

(11) 寺名の明記を予定した意識的欠字。

(12) 仁和寺の木寺は、神広寺・小松寺の傍ら、喜寺ともいい、経範法師の住したところである。経範は、東大寺別当、興福寺別当から東寺長者法務となり、長治元年（一一〇四）没。基増より後の人である。基増の住所として仁和寺の木寺は否定さるべきであろう。南都と北嶺の抗争のなかで創作された話と理解すべきか。

禅林寺《ぜんりんじ》の上座《じょうざ》の助泥《じょでい》、破子《わりご》を欠《か》く語《こと》、第九

今は昔、禅林寺①の僧正②と申しあげる方がいらっしゃった。名を深禅③と申しあげる。この方は、九条殿（藤原師輔④）の御子で、まことに尊い行者であった。

この方の弟子に、徳大寺⑤の賢尋僧都⑥という人がいた。この人がまだ若いころ、東寺⑦の入寺⑧僧になって拝堂⑨の儀式をとりおこなうことになったが、大きな破子⑩がたくさん必要になったので、師の僧正が破子を三十荷⑪ほど用意してやろうとお思いなさった。そのころ禅林寺の上座⑫に助泥《じょでい》⑬という僧がいた。僧正は助泥を召して、「これこれのことで破子三十荷を準備しなければならないので、人々に言いつけて集めよ」と命じたところ、助泥は、十五人の名を書き出して各人に一荷ずつあて集めさせるようにした。僧正が、「あと十五荷の破子は、だれにわりあてるつもりか」とおっしゃると、助泥は、「この助泥がひとりおりますからには、もはや破子が全部集まったと同じですよ。わたしひとりで全部用意することもできますが、人に言いつけよとのことでございますから、半分は人から集め、あとの半分は、この助泥が用意しようとの所存でございます」とこたえる。僧正は、これを聞いて、「それはありがたい。では、さっそく用意してもってくるように」とおっしゃった。助泥は、「なんの、それくらいできぬ貧乏人がどこにおりましょうか。めっそうもない」と言って立ち去った。

その当日になって、人々から集めた十五荷の破子はみなもってきた。ところが助泥の破子だけまだこない。僧正は、「おかしいな。助泥の破子はおそいな」とお思いなさっていると、助泥は、はかまのくくりひもを高く結んで、ぱたぱた扇を使いながら得意顔で出てきた。僧正は、これをごらんなさって、「破子の主がやってきた。なんと得意顔であらわれたではないか」とおっしゃると、助泥は僧正の御前に参って、首筋をまっすぐ立てて[14]すわった。僧正が、「いったい、どうしたのか」とおたずねなさると、助泥は、「じつは、そのことでございます。破子五荷を借りることができないのです」とぬけぬけとこたえた。僧正は、「それで」と重ねておたずねなさると、声を低くして、「もう五荷は入れてあるものがないのです」と申しあげる。僧正が、「では、残りの五荷はどうなっているのか」とおたずねになると、助泥は、声をいっそう小さくして、ふるえ声で、「それは、すっかり忘れて頭の中から消えておりました」とおこたえした。僧正は、「たわけものが。人々に言いつけて集めれば、四十荷でも五十荷でも用意できただろう。こやつは、どういうわけで、こんな大事をおろそかにしたのか」と、理由をただそうとして、「呼べ」とおいかりなさったが、あとをくらまして逃げ去った。

　この助泥は、いつも冗談ごとばかり言う男であった。このことから、「助泥の破子」という言葉ができたのである。これは、なんともばかばかしい話である、とこう語り伝えているということである。

典拠未詳。

(1) 斉衡二年（八五五）空海の弟子真紹が鎮護国家の道場として建立。仁和寺別院。勅願寺となった。のち、永観（東大寺別当）が入り浄土信仰をすすめた。（のち浄土宗となり、現在、浄土宗西山禅林寺派総本山）

(2) 諸寺を管理するための僧官。僧正・僧都・律師の三階とし、大・少、正・権にわけた。

(3) 深覚が正しい。勧修寺長吏、東寺長者。天暦九年（九五五）出生。常に苦修を怠らず、悉地を得、呪験に長ずる。東大寺別当をつとめ、神泉苑に雨を祈って霊験を表わし、後一条天皇・皇太后彰子・道長などの病を加持して法顕顕著。晩年、高野山で西方往生を願った。長久四年（一〇四三）八十九歳で没。（『伝燈広録』）

(4) 忠平の二男。道長の祖父にあたる。

(5) 仁和寺の院家。寛朝大僧正の開基。

(6) 左近中将実方の子。済信大僧正の付法。円融寺別当。天喜三年（一〇五五）没。

(7) 左京、東国の鎮護として弘仁十四年（八二三）空海に賜わって東密道場とした。

(8) 高野山、東寺における学僧階級の一。定額寺の供僧に交入する意。衆分から四十歳前後で昇進する。さらに、阿闍梨・検校とすすむ。

(9) 伽藍の諸堂を巡拝する。

(10) ふたつきの折り箱の大きなもの。拝堂の儀に用いるのである。

(11) 荷は、天秤棒一本で前後にになえる量。

(12) 寺内の僧をとりしきる役職。三綱（寺主・都維那《ついな》とともに）の一。

(13) 伝未詳。

(14) 首筋をのばし、胸をそらして昂然とした様子を示すこと。

近衛舎人《こんえのとねり》秦武員《はだのたけかず》、物を鳴らす語《こと》、第十

今は昔、左近衛の将曹《さかん》[1]である秦武員[2]という近衛舎人がいた。あるとき、この男が、禅林寺の僧正[3]の御壇所[4]にうかがったところ、僧正は、壺庭にまねき入れてお話しなどなさっていらっしゃったが、武員は、僧正の御前に長いことうずくまっているうちに、あやまって、大きな音で一発ならしてしまった。僧正も、これを聞き、御前に伺候していた多くの僧もみな、これを聞いたが、物□[5]いことなので僧正も無言、僧たちもじっと顔を見合わせていた。そのうちに武員は、とつぜん左右の手を広げて顔をおおい、「ああ、死んでしまいたい」と言ったので、その声を聞くと同時に、御前にならんでいた僧たちは、みな一度にどっと笑った。その笑いにまぎれて、武員は逃げていってしまった。その後、長いあいだ武員は僧正の前に姿を見せなかった。

このようなことは、やはり、聞いたそのときに、笑ってしまうのがよいのだ。時間がたつとかえって（恥ずかし）[6]いことであるのだ。ものを言うことのおもしろい近衛舎人の武員であるからこそ、あんなふうに、「死にたい」などと言えたので、そうでない人ならば、たいへん苦しい思いをして、なんとも言うことができないでそのままにしていたら、どんなに気の毒なことだろうと人々は言いあった、とこう語り伝えているということである。

典拠未詳。

(1) 左近衛府の四等官。
(2) 本巻第一話、注(6)参照。
(3) 前話に出た深覚をさす。その他禅林寺僧正を名のる僧には、真紹・宗叡・深観がいる。
(4) 底本「檀」。仏僧を図絵にしてこれを安置し、また、仏・菩薩をまつり、供物や供具をおく修法のための壇。木壇・土壇・水壇などの種類があり、修法の種類によって形も異なる。
(5) 漢字表記を予定した意識的欠字。「ハユ」か。
(6) 底本は漢字表記を予定した意識的欠字。「ハユ」か。

祇園《ぎおん》の別当《べっとう》戒秀《かいしゅう》、誦経《ずきょう》に行わるる語《こと》、第十一

今は昔、ある世慣れた年配の受領(1)の妻のところに、祇園(2)の別当(3)で戒秀(4)という定額僧(5)がしのんで通っていた。守は、このことをうすうす感づいてはいたが、そしらぬ顔をしてすごしているうちに、守が外出したすきに、戒秀が入れかわりにはいりこんで、わがもの顔にふるまっていた、そこへ守が帰ってきたので、妻も侍女たちも妙にそわそわした様子である。守は、「これは、奴さんが、来ているのだな」と思って、奥の方に行ってみると、そこにある唐《から》びつ(6)に珍らしくかぎがかけてある。「きっと、このなかに入れてかぎをかけたに相違あるまい」と見てとって、年配の侍女一人をよんで人夫二人をつれてこさせ、「この唐びつをこれからすぐ祇園に運んでいって、誦経料(7)にさしあげてこい」と言いつけ、立文《たてぶみ》(8)を持たせ、唐びつをかつぎ出して侍に渡すと、侍は、人夫にかつがせて出ていった。そこで、妻も、侍女たちも困りはてた様子であったが、(呆然《ぼうぜん》とし)(9)てなにも言えない。

　さて、侍がこの唐びつを祇園に持っていくと、僧たちが出てきて、「これは、たいへんな財物だろう」と思って、「別当にはやくお知らせせよ。それまではあけるわけにはいかぬ」と言いながら、別当のところに、人をやって報告させ、その命を待っていた。だいぶたってから、「どこにいらっしゃるのか、お姿が見あたりません」といって、使いがもどってきた。一方、唐びつを持ってきた使いの侍が、「いつまでも長々と待っているわけにはいきません。このわたしが見ておりますので、御心配は無用でしょう。さっさとおあけください。わたしは忙しい身ですから」と言うので、僧たちは、「さあ、どうしたものか」と決しかねていると、唐びつのなかから、かぼそくなさけない声で、「別当に言わなくてもよいぞ。役僧にことわってあけてくれ[10]」という声がもれてくる。僧たちも誦経料の使いをしてきた侍も、これを聞いてわが耳をうたがい、びっくり仰天した。といって、そのまま放っておけるはずのことでもないので、こわごわあけてみた。見ると、別当が唐びつから頭をさし出した。僧たちはこれを見て、目も口も（あけっぱなしにし[11]）て、みなそこから立ち去ってしまった。誦経料の使いの侍も逃げかえってしまった。その間に、別当は唐びつから出て、いそいで身をかくした。

　思うに、守が、「戒秀を引きずり出して踏んだり蹴ったりするのも外聞がわるかろう。ただ、恥をかかせてやろう」と考えたのは、まことに賢明なことである。戒秀は、もともと冗談を言うのが得意な男だったから、唐びつのなかでも、あんなおかしいことを言ったのだ。この話が世に知れて、ともにおもしろいことをしたものだ[12]と人々がほめたたえた、とこう語り伝えているということである。

典拠未詳。

(1) 原文「長受領《おとなずりやう》」。年をとって、分別もあり思慮もある受領。世のなかのことを知りつくしているという意味。

(2) 貞観年中（八五九〜八七七）藤原基経が、インドの祇園精舎にならって精舎を建て牛頭天王《ごずてんのう》をまつるようになって、祇園社、祇園感神院といわれ、いまの八坂神社の起源とされる。疫病の恐怖から防疫神としての牛頭天王信仰に御霊信仰が加わって発展した。はじめ興福寺の末寺、のち延暦寺の別院、日吉社の末社となった。

(3) 検校の下、勾当の上。社僧の階位。

(4)『天台霞標』によれば、天元三年（九八〇）九月三日、延暦寺根本中堂を慶して、暹賀・戒秀・源信らに紫衣を許すとある。一条天皇の時代、季の御読経に導師をつとめている。長和四年（一〇一五）没。

(5) 国分寺・大寺・定額寺（一定数を限って官寺に准じさせた寺）・勅願寺に住み、朝廷から供料を賜わる一定数の僧侶。

(6) 白木づくりの長櫃。前後左右に外ぞりの四脚がついたもの。衣服や道具類を入れた。

(7) 原文「誦経にして」。誦経は、読経に同じ。もとは、経典の意味内容を理解し、実践するために読んだものか。のち、読経が修行法の一つとなり、仏徒をたたえて祈願し、回向のために行われるようになった。

(8) 正式の書状。

(9) 底本は漢字表記を予定した意識的欠字。「アキレ」か。

(10) 原文「ただ所司開《しよしびらき》にせよ」。所司は、僧の職名としては、上座・寺主・都維那など寺院で諸僧を統《す》べて事務をつかさどる三綱の別名だが、ここでは、寺院でそれぞれの事務をつかさどる下級の役僧ぐらいの意。

(11) 底本は漢字表記を予定した意識的欠字。「ハダカリ」か。

(12) 守の処置、ならびに戒秀の物言い（「ただ所司開にせよ」）に対しての讃辞であろう。

或る殿上人《てんじょうびと》の家に、忍《しの》びて名僧《みょうそう》の通う語《こと》、第十二

今は昔、だれとは聞こえがわるいので書かないが、ある殿上人の妻に、身分の高い名僧[1]がしのんで通っていた。夫は、そうとも知らないですごしているうち、三月二十日あまりのころ、夫が参内したすきに、名僧がその家へ入りこみ、僧衣をぬいで、わがもの顔にふるまっていたが、侍女が、そのぬいだ僧衣をとって、夫の衣装をかけておく衣桁にいっしょにかけてしまった。

そのうち、内裏から夫が使いをよこして、「内裏から人々とともにあそびに出ることになったから、烏帽子と狩衣とをとどけてくれ」と言ってきたので、侍女は、さおにかけてあった（なよ）[2]やかな狩衣をとり、烏帽子とともに袋に入れて、持たせてやった。ところが主人は、そのあそび場所に公達といっしょに出かけていたので、使いはそこに持っていった。あけて見ると烏帽子はあるが狩衣がなく、墨色[3]の僧衣がたたんで入っている。「いったい、これはどうしたことか」と、あきれるとともに、「考えてみると、さては、そういうことだったのか」と気づいた。殿上人たちが居ならんであそんでいるところなので、他の公達もこれを見ていた。恥ずかしくも情けなくも思ったけれども、どうにもしようがなく、衣をたたん

だまま袋に入れて、こう書いて返してやった。

こはいかに今日は卯月のひとひかは(4)
まだきもしつる衣更へかな

いったい今日はいつだったのかな。四月一日でもないのに、
なんともはやく衣更えをしたことよなあ。

そのまま妻の家へもいかず、夫婦の縁は切れてしまった。(5)
実は、侍女がおろかもので、狩衣をとって袋に入れたと思ったのに、くらやみのなかで、僧衣を同じ衣桁にかけておいたため、あわててとりはずしたとき、なんと同じように（なよ）(6)やかな僧衣ととりちがえて入れてしまったのであった。妻は、夫の手紙を見てどんなにかおどろいたことであろう。しかし、もはやどうすることもできなかった。このことをかくそうとしたけれども、このことが世間に伝わって、この夫のことを「思慮のあるりっぱな人だ」とほめたたえた、とこう語り伝えているということである。

典拠未詳。
（1）世間的な評判が高く、はなやかにふるまう僧。『徒然草』第一段でいう、「勢まうにののしりたる」（高い僧官に上って羽ぶりがよく世の人がほめそやす）僧である。

(2) 底本は「ナヨ」の漢字表記を予定した意識的欠字。
(3) 原文「椎鈍《しひにぶ》」。椎の樹皮からとった染料で染めた色。墨色。底本「推鈍」。
(4) ここは、四月一日の衣更え。冬ものの装束を夏ものの装束に改めるのである。
(5) 原文「家にも行かずして絶えにけり」。当時、結婚すれば、妻の親と同居することになるから、「家にも行かず」とは、離婚を意味する。
(6) 底本は「ナヨ」の漢字表記を予定した意識的欠字。

銀《しろかね》の鍛冶《かじ》延正《のぶまさ》、花山院《かさんのいん》の勘当《かんどう》を蒙《こうぶ》る語《こと》、第十三

今は昔、銀の鍛冶師に(1)□(2)延正(3)というものがいた。延利の父、惟明の祖父である。

あるとき、(花山院が)(4)延正を召喚して、検非違使庁に下して拘禁なさった。だが、それでもなお腹にすえかねられたので、「きびしく仕おきせよ」とおおせになって、庁にあった大きなつぼに水をいっぱいに入れて、そのなかに延正を入れて首を出すだけにしておかれた。十一月のことであるから、身も心もすっかりふるえあがってしまった。夜もしだいにふけていくころ、延正があらんかぎりの声を出して叫び出した。庁は、院のいらっしゃる御所のすぐ近く(6)なので、こやつの叫ぶ声がはっきり聞こえる。延正が散々に叫んで言うことには、「世の方々よ、よくお聞きくだされや。大ばか(7)法皇のそばに参るなよ。なんとも恐ろしくがまんできない目にあうぞ。下衆は、ただの下衆でいるのがよいのだぞ。このことをよくおぼえておけよ。いいな」と言うのを院がお聞きなさって、「こやつ、勝手放題を申しおっ

たな。へらず口をたたく口達者なやつめ」とおっしゃって、さっそく召し出して、ほうびをたまわってただちに許された。

そこで、人々は、延正は、もともと口達者な男なので、その余徳にありついたものよと言いあった。「鍛冶のおかげでひどい目を見、口達者なおかげで許されたやつだな」と上下の人々の評判になったと、こう語り伝えているということである。

典拠未詳。

（1）銀細工をする鍛冶師。

（2）延正の姓の明記を予定した意識的欠字。

（3）『小右記』の永観三年（九八五）二月七日の記事に「銀鍛冶延正を召し銀器を打たしむ」とある。当時名立たる鍛冶師であったものであろう。

（4）召したのは第六十五代花山天皇。十七歳で即位したが、女御忯子《しし》に先立たれ、十九歳の折り、花山寺（元慶寺）で出家・退位した。

（5）令外の官の一。京の非法・非違をとりしまり、秩序の維持、風俗の粛正にあたった官職。

（6）花山院の御所は、近衛南・東洞院東にあり、庁は近衛大路、堀川西、猪熊東にあった。その間約二・五キロメートル。

（7）原文「大汶《だいもん》」。道理にくらいこと。大ばか。

御導師《おんどうじ》仁浄《にんじょう》、半物《はしたもの》に云い合いて返さるる語《こと》、第十四

今は昔、朱雀天皇(1)の御代に仁浄(2)という御導師(3)がいた。たいへんな説教上手であった。また、機知にとんだ口上手で、多くの殿上人や公達などと冗談を言いあって、口争いの好敵手であった。

この僧が御仏名(4)に参内したところ、藤壺の口(5)に八重という召使いの女(6)が立っていた。檜扇《ひおうぎ》(7)をかざして顔をかくしているのを見て、仁浄が「かわやに檜垣をめぐらしたりして(8)、いやしいものだって越えやしないのに(9)」と言いながらとおり過ぎようとするのを、その召使いの女は、とっさに、「しっぽをそった犬を入れさせまいとして(10)」とやり返したのだ。仁浄は、殿上の間にのぼって、殿上人たちに会い、「また、手きびしいことで、このように八重にやりこめられましたよ」と語ったので、殿上人たちは、これを聞いて、八重のことをたいへんほめたたえた。仁浄もおもしろがって感心した。それから後は、八重に対する人々の評判がぐっと高くなって、宮さま方も、たいそうおほめなさった。

仁浄は、もともとたいへんな口達者であったが、八重がこのように言い返したとは、まことに心にくいほどあっぱれなことであった。昔は、女であっても、このように機知にとむやりとりができるものどもがいたから、世間の人もおもしろがっていた、と語り伝えているということである。

典拠未詳。

（1）第六十一代。醍醐天皇の皇子。三十歳で天暦六年（九五二）崩御。

（2）伝未詳。叡山西塔院主内供奉仁照ともいわれる。東密にも、仁証、仁性などがいるが時代が合わない。

（3）法会のおり、願文・表白などをのべて儀式を主導する僧。

（4）仏名会。『三千仏名経』の説くところに従って、毎年、十二月十九日から、一夜、また、三夜、清涼殿において、過・現・未の三千仏の御名をとなえ、年内の罪悪を懺悔し消滅させるために行われる法会。淳和天皇の天長七年（八三〇）初めて宮中で修し、仁明天皇の承和二年（八三五）恒例となった。

（5）藤壺（飛香舎）から清涼殿に通じる口。

（6）原文「半物《はしたもの》」。はしため。召使いの下女。

（7）檜の薄板をつづり合わせた扇。

（8）カハヤとカホは音が似ている。檜垣に檜扇を見立て、女が、顔に檜扇をさしてかくしているのを、「廁に檜垣差して」といってしゃれたのである。

（9）女に対するからかいで、「扇でさしかくしても、おまえさんのところに通っていくものはいないよ」の意。

（10）「しっぽをそりおとした犬」と、相手の仁浄を見立てた。あたしのような不器量なものにでもあなたのような坊さんが通ってくるかもしれないからそれを防ぐためです、という痛烈なしかえしである。

豊後《ぶんご》の講師《こうじ》、謀《はか》りて鎮西より上《のぼ》る語《こと》、第十五

今は昔、豊後国（大分県）の講師[1]に□[2]という僧がいた。講師になってその国にくだって

いたが、任期がおわったので、さらに任期をのばしてもらおうと、そのために必要な財物を船につんで京へのぼろうとした。知人たちが、「最近、海には海賊が多いそうです。それなのに、しかるべき兵士もつれないで、多くの荷もつを船につんで上京されるのは、考えがあさはかです。やはり、相当な人々をたのんで、つれておいでなさい」と忠告した。講師は、「なに、万一海賊のものを、このわたしがとるとしても、わたしのものを海賊がとれましょうや」と言って船に胡籙《やなぐい》を三つほど用意して、腕の達者な武士らしいものは一人もつれないで上京した。

諸国をとおりすぎていくうち、□[3]のあたりで、不審な船が二、三艘、あとさきからあらわれた。前をよこ切り、また、後にもまわって講師の船をとりかこんだ。船中のものどもは、「海賊がやってきた」と言って、ひどく恐れおののいた。しかし、講師は、身動き一つせず、すこしも動揺する気配とてなかった。やがて、海賊船が一艘おしよせてきた。しだいに近づいてくるのを見るや、講師は緑色の織物の直垂[4]に、柑子色のつむぎの帽子[5]をかぶり、□[6]の方にすこしいざり出て、すだれをすこし巻きあげ、海賊にむかって、「このように近よってこられたのは、どなたの船でございますか」と呼ばわる。すると海賊は、「その日の糧《かて》に困り、食糧を少々いただきたくてまかりこしたもの」とこたえる。すると講師は、「この船には、食糧もすこしはある。絹のたぐいも必要な程度はそなえてある。なんなりと、貴殿がたの心しだいだ。その日の糧にも困っていると聞けば、気の毒ゆえ少しでもさしあげたいとは思うが、筑紫の人が聞いて、『伊佐入道[7]は、どこそこで海賊に出会って、しばられて船荷をみなうばわれた』ときっと言うにちがいない。だから、こちらからすすんでさしあげるわけには参らぬ。この能観(8)は、よわいすでに八十になろうとしている。この年まで生きてこられたのは、思いもよらなかったことだ。東国でのいくたびかの合戦に生きながらえて、いま、八十におよんで貴殿たちに殺されるのも、なにかの報いがあったのだろう。このようなことは、かねて覚悟の上のことじゃ。いまさら改めて驚くほどのことではない。されば、貴殿たち、さっさとこの船にのりうつって、この老法師の首をかっきれ。この船の男ども、よいか、あの方々に手むかいするな。もはや、出家したわが身のこと、いまさらいくさをするつもりは毛頭ない。この船をいそいで、むこうにこぎよせて、あの方々をおのせ申しあげよ」と言う。海賊は、これを聞いて、「伊佐の平新発意《しんぼち》(9)がのっておられるのか。さあ、はやく逃げろ、ものども」と言うや、たちまち船をこぎ連《つら》ねて逃げていった。海賊船は、船あしがはやいようにつくられているから、まるで鳥がとぶように去っていった。

それを見て、講師は従者たちに、「それ見ろ、お前たち。言ったとおり、このわしが海賊にものをとられたか」と言って、無事に財物を京にもってのぼり、ふたたび、その国の講師に任命されて(10)、豊後国にくだるときには、それ相当な人がくだるのにつき従って筑紫にくだって、上京の途中でおこった事件を人に語ったので、「なんという、したたかな老法師であろうか(11)」と、聞く人はみなほめたたえた。「伊佐の新発意と名のろうと思いついたその心のほどは、まさに伊佐の新発意にもまさったたいしたやつだ」と言って、人はみな笑いあった。

この講師は、まことにたいへんな口達者であったから、あんなことが言えたのだと、こう語り伝えているということである。

典拠未詳。

（1） 諸国の国分寺におかれ国司とともに僧尼を監督し、かねて経論を講ずる僧官。大宝二年（七〇二）諸国におかれた国師（大上国には大国師一人小国師一人、中下国には国師一人をおく）に始まり、延暦十四年（七九五）講師と改められた。同二十四年（八〇五）講師の任期を六年に改定、のち、延喜の頃（九〇一～九二三）講師は年齢四十五歳以上のものから選ぶように定められた。

（2） 講師某の名の明記を予定した意識的欠字。

（3） 地名の明記を予定した意識的欠字。

（4） 原文「青色の織物の直垂《ひたたれ》」。「青色」は、天皇、公卿以下身分の高いものの着用した衣服の色。直垂は武者の装束。

（5） 帽子は、僧尼が首にかけまたかぶりものとしたのである。ここは、武士の入道と見せるためのものか。ふつう、「誌公帽子」をさす。これは、中国伝来の三布帽で、天台・東密に広く用いられた。「紬」は、真綿からつむいだ絹布。

（6） 船中の位置を示す語の明記を予定した意識的欠字。

（7） 肥前国の藤津総追捕使伊佐平兼元ともいうが明確でない。この付近に伊佐早氏も住んだ。薩摩伊作郡に住んだ「伊佐平四郎」の記録はあるが、本領主伊作《いさく》氏は、鎮西平氏の流れである。なお、「伊佐郡」はあるが、「伊佐」の名は、『和名類聚抄』他、古書には見えないとされる。入道は、「出家して在俗生活をするもの」の意で敬称として用いることも多い。

（8） 伊佐入道の法号。以下の東国での合戦についても、具体的に実証することはできない。自らの誇示と創作か。

（9） 新しく発心して仏門に入った人。

(10) 講師になるためには、試業・複・維摩竪義《りゅうぎ》・夏講・供講《くこう》の五段階にわたる公試に合格する必要があった。多くの財物を必要としたのは、それぞれの試験官に対するお礼、また、任命にさいしての謝礼などであろう。必ずしも、試験の結果のみではなかった実情がよくわかる。

(11) 原文「いみじき盗人の老法師なりや」。「盗人」はしたたかさ、肝っ玉のふとさなどをいったことば。

阿《あ》蘇史《そのさかん》、盗人《ぬすびと》に値《あ》いて謀《はか》りて遁《のが》るる語《こと》、第十六

今は昔、阿蘇□(1)という史《さかん》(2)がいた。背は低かったが、気持はたいへんなしたたかものであった。家は西の京にあったが、あるとき公務のため参内し、夜がふけてから家に帰ろうと、待賢門(3)を出て、牛車にのって大宮大路を南に進ませていったが、車のなかで、着ている装束(4)をみんなぬぎすて、それをみなかたはしからたたんで、車の敷物の下にきちんとおいて、その上に敷物をしいて、当人は冠をつけ足袋だけをはいて、はだかのまま車のなかにすわっていた。

さて、二条大路から西へ(5)むかって車をはしらせていくうちに、美福門(6)のあたりをすぎるころ、盗賊が、ものかげからばらばらと姿をあらわした。車のながえにとりついて、牛飼童をなぐりつけたので、童は牛をすてて逃げ出した。車の後ろに二、三人ついていた下男もみな逃げ去ってしまった。そこへ盗人が近よってきて、車のすだれを引きあけてみると、史がはだかですわっている。盗賊は、これを見て、「あきれたことよ」と思って、「これは、いったいどうしたことか」とたずねると、史は、「東大宮大路でこんなことになりました。みなさ

んのような公達(7)がよってきて、わたしの装束をみなおとりあげになりました」と笏(8)をとって、高貴な人に申しあげるようにかしこまってこたえたので、盗賊は、大笑いしてそのまま行ってしまった。その後、史は、大声で牛飼童をよぶと、みなもどってきた。そこで、その場から家に帰っていった。

家にもどって、このことを妻に語ったところ、妻は、「あなたは盗人以上のお気持をおもちでいらっしゃること」と言って笑った。まことに恐れ入った心がけである。装束をみなぬいでかくしておいて、あのように言ってやろうと思った心の用意は、とてもなみの人に思いつけることではないのだ。

この史は、とくべつ機転のきく口達者なものであったので、こんなことも言えたのだ、とこう語り伝えているということである。

典拠未詳。

(1) 阿蘇某の名前の明記を予定した意識的欠字。

(2) 太政官の四等官。主として文書をあつかう。大史・少史があった。

(3) 原文「東の中御門《なかのみかど》」。参内門である待賢門。左京の大宮大路に東面している。

(4) いわゆる衣冠束帯の正装。

(5) 東大宮大路を下り、二条大路(大内裏の南側)を西へいく。東から、美福・朱雀・皇嘉の三門がある。

(6) 美福門は壬生大路に直通する。

(7) 牛車の軸につけて長く前にさし出た二本の棒。

(8) 盗人に対して、わざと言ったもの。

（8）木、または象牙製の短冊状の板。束帯を着けたとき右手にもった。長さ約三十七センチ、幅約六センチ。

左大臣《さだいじん》の御読経所《みどきょうしょ》の僧《そう》、茸《たけ》に酔《え》いて死ぬる語《こと》、第十七

今は昔、御堂(1)(藤原道長)がまだ左大臣(2)で枇杷殿(3)にお住まいのころ、御読経(4)をつとめる僧がいた。名を□(5)といい、□(6)の僧である。この僧は、枇杷殿の南にあった小家を僧房(7)にして住んでいたのだが、ある年の秋のころ、そばにつかえる童子(8)が、小一条の社《やしろ》(9)にある藤の木に平たけ(10)がたくさん生えていたのを、師の（ところへ）(11)とってきて、「こんなものを見つけました」と言うと、師僧は、「これは、たいへんなごちそうを持ってきてくれた」と言って喜び、さっそく汁物に作らせ、弟子の僧と童子と三人いっしょになって腹いっぱい食べた。その後、しばらくたって、三人ともとつぜんのけぞりかえって苦しみもだえ、ものをはき、七転八倒に苦しんで、師と童子の二人はそのまま死んでしまった。弟子の僧は、死ぬほど苦しんだが、なんとかおちついて死なずに助かった。すぐにこのことが左大臣の耳に入り、なんとかわいそうなことを、とたいそうおなげきなさった。この僧は、たいへん貧しかったので、「後の処理がたいへんだろうから」と心配なさって、葬儀料として絹・布・米などをたくさんくださったので、この房にきていなかった弟子や童子たちも、おおぜい集まって、車にのせて葬ったことであった。

ところで、東大寺(12)にいる□(13)という僧が、同じように御読経のために参上していたが、こ

の僧も御殿の近いところに、他の僧と同じ房にとまっていた。あるとき、その同宿⑭の僧が見ていると、□⑮が弟子の下法師⑯をよんで、そっと耳うちして使いに出した。「用事でもあって、どこかへ使いにやったのだろう」と思っていると、すぐに、その下法師はかえってきたらしい。下法師は、そでに何やらものを入れて、おおいかくすようにして持ってきた。置いたのを見ると、平たけを袖いっぱいに入れて持ってきたのであった。この同宿の僧は、「これは、どういう平たけなのだろう。つい最近、あんなに恐ろしい食中毒があった折りに、この平たけは、どういう⑰種類の平たけなのだろうか」と心配しながら見ていると、しばらくして、これをつけやきにして持ってきた。□⑱は、飯といっしょに食べるのではなく、ただ、この平たけだけをみな食べてしまった。

同宿の僧はこれを見て、「どうして、また急に、どんな平たけを⑲食べなさるのか」とたずねると、□⑳が言うことには、「これは、□㉑が食べて死んだ、あの平たけをとりにやって食べているのです」とこたえる。同宿の僧は、「これは、また、なんということですか。血迷ったのですか」と言うと、□㉒は、「いや、食べてみたかったまでで」とこたえて、平気な顔をして食べつづける。同宿の僧がとめるひまもなく、あっというまのできごとなので、この様子を見終わるやいなや、すぐに御殿に参上して、「また、一大事がおこりそうでございます。じつは、これこれしかじかでございます」と申し入れると、殿は、これをお聞きなさって、「なんと、あきれはてたことよ」などとおっしゃっているうちに、□㉓が、「御読経の交替㉔の時刻になりました」といってやってきた。

殿は、「なんと思って、こんな危い平たけなどを食べたのか」とおたずねなさると、□㉕

が申すには、「□[26]が葬儀料をいただいて、恥をかかずに葬られましたのが、うらやましく存じてのことでございます。この□[27]もこのまま死ぬことになれば、大路に捨てられる[28]ことになりますでしょう。それゆえ、□[29]もきのこを食べて死にますならば、□[30]のように葬儀料をいただくことができるであろうと存じまして、食べましたのです。ところが、結局のところ、死ぬことはできませんでした」と申しあげたところ、殿は、「この坊主め、とんでもないことをする」とおおせられて、お笑いなさったことであった。

　こんなわけで、実は、□[31]は毒きのこを食べても中毒しない体質であったのだが、人をおどろかそうと思って、こんなことを言っていたのだった。その当時、世間では、このことを話して笑い草にしたものであった。だから、同じきのこを食べて、毒にあたって急死するものもいるし、また、このように死なない人もいるからには、きっと食べかたというものがあるのだろう、と語り伝えているということである。

典拠未詳。

（1）藤原道長が方二町におよぶ法成寺阿弥陀堂（無量寿院）に住んだことによる称。

（2）長徳二年（九九六）七月から長和五年（一〇一六）十一月まで左大臣。

（3）鷹司南・東洞院西にあった伝来の旧邸。枇杷の木を多く植えたことからの称。ただし、この話のとき住んでいたのは土御門殿。

（4）ここは、季の御読経で、秋季のもの。『小右記』によれば、寛弘二年（一〇〇五）四月八日のこと。

（5）僧の名の明記を予定した意識的欠字。『小右記』によれば雅敬。

（6）寺名の明記を予定した意識的欠字。『小右記』によれば興福寺。

（7）房はもと部屋の意であるが、坊と混同されて用いられた。ここも独立家屋。
（8）高僧に給仕し、また、法会・庭儀の折り、諸役に従う少年。
（9）近衛南・烏丸東にあった、冬嗣の旧邸。そこにまつられていた宗像社。
（10）マツタケ科のきのこ。潤葉樹の老木や朽木に重なって自生する。かさは半円形白色。
（11）底本に欠字はないが、このままでは意味が通じない。「モトニ」などを入れて考える。
（12）『華厳経』に説く蓮華蔵世界の実現をはかるために、金銅盧遮那仏を中心にして大伽藍が作られた。四聖建立（本願聖武天皇・開基良弁・勧進行基・導師菩提僊那）。総国分寺・金光明四天王護国之寺・大華厳寺。興福寺とならぶ。
（13）僧名の明記を予定した意識的欠字。
（14）「滝口入道同宿の僧にあひて申しけるは」（『平家物語』巻十「横笛」）。
（15）僧名の明記を予定した意識的欠字。
（16）雑役に従う下級法師。
（17）原文「焼漬《やきつけ》」。調味料の液をつけてやいたもの。
（18）（13）に同じ。
（19）平たけには、いろいろな種類があるものと考えられていた。
（20）（13）に同じ。
（21）枇杷殿の近くに住んで平たけを食べて中毒死した僧。（5）と同じ。
（22）（13）に同じ。
（23）（13）に同じ。
（24）いわゆる経の繰り読みをするので、時間交替である。たとえば、『大般若経』は六百巻もある。真読といって全部を通読するのであるから、たいへんな時間を要する。
（25）（13）に同じ。

(26) (5) に同じ。
(27) (13) に同じ。
(28) 当時、死体が遺棄されることがあったのは、羅城門の上に死体がつみ重ねられていたことなどでわかる。
(29) (13) に同じ。
(30) (5) に同じ。
(31) (13) に同じ。

金峯山《みたけ》の別当《べっとう》、毒茸《どくたけ》を食《く》いて酔《え》わざる語《こと》、第十八

今は昔、金峰山(1)の別当(2)をしていた老僧がいた。むかしは、金峰山の別当はその山の一﨟(3)のものを用いたが、最近はそうではなくなった。ところで、長い間一﨟であった老僧が別当についていたころ、つぎの二﨟の僧がいて、「あの別当がはやく死ねばいい。そうしたら、このわしが別当になれる」とひたすら願っていたが、別当は、ひどく元気そのもので、とても死ぬような気配がなかったので、この二﨟の僧は、いろいろと思いあぐねて、こんなことを考えるようになった。「あの別当は、年は八十を過ぎたにもかかわらず、七十でもまれなほどぴんぴんしている。ところが、自分も、とっくに七十になってしまった。もしかすると、自分は別当にもなれず、あの別当よりもさきに死んでしまうかもしれない。だから、あの別当をなんとかして打ち殺してしまいたいが、そうすると、きっと評判が立つにちがいない。

よし、毒を食わせて殺してやろう」と心にきめた。
「仏様[4]がなんとおぼしめされることか、それがこわいけれども、といってほかに方法もない」と思って、その毒をあれこれ考えめぐらすうちに、「人がかならず死ぬという毒は、きのこのなかの和太利《わたり》[5]というものがいちばんだ。人がこれを食えば、中毒してぜったい死ぬのだ。これをとってきて、うまそうに調理して、平たけですといつわって、この別当に食べさせれば、かならずや死ぬにちがいない。こうして、わしが別当職につこう」とたくらんで、秋の頃だったので、だれもつれずに山に入って、和太利をたくさんとってきた。夕ぐれ近くに坊にかえり、だれにも見せず、みななべに切って入れ、見るからにおいしそうに料理した。

さて、翌朝早々、別当のところに人をやって、「すぐおいでください」と言わせたところ、別当は、まもなく杖をついてやってきた。この坊の主は、別当に向き合ってすわり、「きのう、ある人がおいしそうな平たけをくださったので、それをいりもの[6]にして、さしあげたいと思っておよびしたしだいです。年をとってまいりますと、このようなうまいものがなによりでございます」などと話すと、別当は、よろこんでうなずいている。米飯[7]に、この和太利《わたり》のいりものをあたためて吸いものにして食べさせると、別当は腹いっぱい食べた。坊の主は、ふつうの平たけを別に料理して食べたのであった。すっかり食べおえて、湯などをのんだので、坊の主は、「うまくいったぞ」と思って、「いまにも、吐き散らかし、あまりの頭痛で正気ではいられないだろう」と、いまか、いまかと待ちかねていたが、ぜんぜんなんの気配もない。「なんとも、おかしなことだな」と思っていると、別当は、歯もない口元をすこし、にやにやさせて、「この老法師は、生まれてこのかた、こんなにみごとに料理された和太利を食べたことはございませんでした」と言う。坊の主は、「それでは、和太利と知ってのことか」と思うと、びっくり仰天どころのさたではない。恥ずかしくて、もの一つ言うこともできず、奥に引っこんでしまったので、別当も自分の坊へ帰っていった。
なんと、この別当は、ながい間、和太利ばかりを食べていたが、すこしも毒にあたらない僧だったのを、まったく知らないで計画したことで、当てがはずれてしまったということであった。こういうわけで、毒きのこを食べても、まったくあたらぬ人もいるものなのだ。このことは、その山に住んでいる僧が語ったのを聞き伝えて、こう語り伝えているということである。

典拠未詳。
(1) 古くからの山岳道場で、朝廷に鮎・栗・菌《きのこ》などの物産を献上し、水源地として聖域視された。さらに、邪気を払う金の埋蔵地として神秘化された。また、神仙思想から浄土観が生まれた。のち、醍醐の聖宝が開発し、金色如意輪観音、毘沙門天・金剛蔵王菩薩をまつり、さらに道賢によって金峰山浄土信仰が盛行し、道長に代表されるミタケ詣《もうで》となって一世を風靡するに至ったのである。『金峰山草創記』などがある。
(2) 大寺で法務をとりしきる最高の地位にある僧。
(3) 臈とは、僧侶の受戒後の年数をかぞえる単位。夏安居の終わる七月十五日を一年の終りとし、十六日から新歳とする。上臈・中臈・下臈などといい、最上位のものを一臈という。
(4) 原文「三宝」。三宝は、仏・法・僧をいうが、しばしば、仏の意に用いられる。

(5) 毒きのこの一つ。月夜茸のことか。猛毒を含有していた。
(6) 調理の一方法としての油いためをさす。汁を少なめにいりつけた料理。あとで十分に汁を入れて煮こむことがあっても、いりつければ、いりものといったらしい。
(7) 原文「糄《ひめ》」。いまの米飯と同じ。

比叡山の横《よ》川《かわ》の僧、茸《たけ》に酔《え》いて誦経《じゅきょう》する語《こと》、第十九

今は昔、比叡山の横川(1)に住んでいた僧がいた。秋のころ、山に木を切りにいった房の法師が、平たけがあったので持ちかえった。これを見て、「これは平たけではないぞ」などと言う人もいたが、またある僧が、「これはまぎれもない平たけだ」と言ったので、汁ものにつくり、栢《かえ》(2)の油があったのを入れ、房主は腹いっぱい食べた。その後、しばらくして、頭をそりかえらせて苦しみ、へどを吐いてのたうちまわる。そこで、どうしようもなく、僧衣をとり出し、横川の中堂(3)へ持っていって誦経料として納めることにした。

ところで、そのさい、□(4)という僧を導師として病気がなおるように申しあげさせた。導師の祈禱がしだいにすすみ、最後に教化《きょうげ》(5)のことばをのべた。「一乗の本山である比叡山には住んでおられるが、六根(6)・五臓(7)の□(8)の位を習っておられないので、舌のところに耳（茸）を用いたため、病となられたのであった。もし、霊鷲山(9)に住んでおられたとしたら、枝折《しお》りをたどりながらみごと登りつかれたことでしょう。きっと、知らぬ茸（岳）と思われたご様子で、一人お迷いなさったのである。回《え》向《こう》大《だい》菩《ぼ》提《だい》(10)」ととなえられたので、導師についてとな

える(11)僧たちは、腹のかわがよじれ切れるほど笑いさわいだことであった。かの僧は、死ぬほど苦しんだすえ、やっとのことで助かったと、こう語り伝えているということである。

典拠未詳。

(1) 円仁（慈覚大師）が首楞厳院をおいたところで、総堂分のほか、兜卒谷・飯室谷・解脱谷・般若谷・樺尾谷・戒心谷の六谷に分れる。三塔中もっとも深かったためか、隠遁的性格をもち、浄土教的色彩が強い。

(2) カヤの古名。秋にとれる種子から食用油をとった。

(3) 円仁が入唐帰朝の折り、船中で大風にあって祈禱して霊感があったので、帰朝後、鎮護国家のために建立したと伝える。堂形は、唐船を模したという。本尊聖観音、脇侍不動明王・毘沙門天。

(4) 僧名の明記を予定した意識的欠字。

(5) 「説法教化」の意で、法会に用いられた導師が朗唱する仏教歌謡。声明の節調による和文の讃文で、仏名・教化と次第し、導師がその法会に応じて字句表現をこらし工夫したもの。詩的表現で美しい旋律をもつ。花山・一条天皇の頃に成立し、藤原時代の法会の盛行のなかで開花した。四句一章を片句《かたぐ》といって基本形式とし、四句二連（八句）以上を諸句《もろく》という。和讃とならんでわが国仏教歌謡中主流をなすもの。仏教文学作品として評価し得るものが多い。

(6) 眼・耳・鼻・舌・身・意で、外界の対象をとらえ心内に認識作用をおこすから根という。

(7) 心・肝・肺・腎・脾の五臓。

(8) 漢字の明記を予定した意識的欠字。「清浄」か。

(9) 釈尊が『法華経』を説いたマガダ国王舎城外の霊鷲山《りょうじゅせん》。ここは、「法華一乗」の開顕である。

(10) 「善行の結果をして、他をさとりに向かわしめよ」という常用句。

（11）　原文「次第取る」。導師が一句うたい、多数の助音（合唱者）がその後をおって同じ句をうたうもの。

池尾《いけのお》の禅珍内供《ぜんちんないぐ》の鼻の語《こと》、第二十

今は昔、池の尾(1)というところに禅珍(2)内供(3)という僧が住んでいた。戒律を守ること厳しく、真言(4)などをよく習い、行法を熱心におさめていたので、池尾の堂塔・僧坊などは少しも荒れたところがなく、常夜燈(5)やお供物(6)などもたえることなく、その折々の僧供や寺での講説(7)なども欠かすことなく、寺内には僧坊が立ちならび、多くの僧が住みついてにぎわっていた。浴室(8)には、寺の僧たちが湯をわかさぬ日はなく、さわがしく入浴して、いかにもにぎやかに見えた。このように栄えている寺であったから、その付近には民家も多くたって里もにぎわっていた。

さて、この内供は、鼻のながいこと、じつに五、六寸（約十五センチ〜十八センチ）ぐらいであったので、下あごよりもさがって見えた。色は赤紫色で大きな柑子の皮のようにつぶつぶしてふくれていた。それがひどくかゆくてがまんできないほどである。そこで、ひさげ(9)に湯をあつくわかして、折敷《おしき》(10)に、その鼻がとおるだけの穴をあけ、熱気で顔がやけどをするので、その折敷の穴に鼻をさしこんで、その鼻をひさげにつけてゆでる。そして、紫色によくゆだったところで横むきにねて、鼻の下にものをあてがって人にふませる。すると、黒くぶつぶつになった穴ごとに、煙のようなものが出てくる。それをいっそう強くふませると、白い小虫(11)が顔を出すので、毛ぬきでもってぬくと四分（約一センチ強）ぐらいの白い虫がどの穴からも出てくる。出たあとは穴があいたようになって見える。それをまた、同じ湯のなかにさしこんで、初めのように、さらさらっとゆでると鼻がたいそう小さくちぢんで、ふつうの人のように小さい鼻になる。それがまた、二、三日たつとかゆくなって、ふたたびふくれて伸び、もとのようにはれあがり大きくなってしまう。このようにくりかえしているが、結局ははれあがった日の方が多くなってしまうのである。

そこで、ものを食べ、ことにかゆ⑫などを食べるときには、ある弟子の法師をむこうがわにすわらせ、長さ一尺（約三十センチ）幅一寸（約三センチ）ぐらいのたいらな板を鼻の下にさしこんで、上の方に持ちあげさせ、食事がおわるまでそうさせておいて、食事がすんでしまうと、板をおろして立ちさらせた。ところが、他人に持ちあげさせるときには、持ちあげかたが下手《へた》なので、きげんがわるくて食べようともしない。それで、この法師をそれときめて持ちあげさせていた。ところが、その法師が気分がわるくて出てこられなかったときに、内供は朝がゆ⑬を食べようとしたが、鼻を持ちあげる人がいなかったので、「どうしたらよかろうか」と困っていると、一人の童⑭がいて、「わたしなら、きっと上手《じょうず》に持ちあげてさしあげて見せますよ。ぜったい、あの小僧にまけません」と言ったのを他の弟子の法師が聞いて、内供に、「この童がこのように申しております」と言った。この童は、中童子⑮でようすもわるくなく、上座敷にも召しあげてつかっている者なので、「では、その童をよべ。そういうのならこの鼻を持ちあげさせてみよう」と承知したので、そこで、その童をよんでつれてきた。

童は、鼻持ちあげの板を手にとって、内供にきちんとさしむかって、ちょうどほどよい高さに持ちあげてかゆを飲ませる。内供は、「この童は、なかなかどうして、上手ではないか。いつもの法師よりうまいぞ」と言って、かゆを飲んでいるうち、とつぜん、童が顔を横にむけて大きなくしゃみをした。そのときに、童の手がふるえて、鼻持ちの板が動いたので、鼻が、かゆのおわんのなかに、ぽちゃっとおちてしまった。とたんにかゆが内供の顔にも、童の顔にも、とびちった。

内供は、たいへんいかって、(16)紙をとって頭や顔にかかったかゆをぬぐいながら、「おまえは、とんでもない間抜けのろくでなしだ。もし、このわしでなく高貴な方のお鼻を持ちあげているときに、こんなばかなことをしでかしてみよ。うっかりもののばかめ。とっとと出ていけ、こいつめ」とどなって追い立てたところ、童はものかげに立っていって、「世のなかには、こんな鼻をした人が、ほかにもおいでなら、よそに行って鼻を持ちあげることもあるだろうが。理不尽なことをおっしゃられるお坊さまよ」と言ったので、弟子どもは、このことばを聞いて外へ逃げ出してから大笑いした。

思うに、じっさいは、どんな鼻だったのだろうか。まことにあきれかえった鼻である。童が、じつに痛烈に言ったことばを聞く人はみなほめたたえた、とこう語り伝えているということである。

典拠未詳。ただし、『宇治拾遺物語』には、同文的同話があり原拠は同じと認められる。

(1) 現在の京都府宇治市池尾。醍醐寺系の寺院を想定する。名門貴族の出身である洛西の御室(仁和寺)に対し、醍醐は、聖宝、観賢など法験家を中心として、俗権を否定し、自由な宗教的世界を形成した。洛東派の東密教団として小野流を形成し、広沢流と対立するようになる。
(2)『二十五三昧根本結縁過去帳』記載の「禅珍」は、天台の人であり、東密寺院とすると合致しない。
(3)内供奉。御斎会のとき宮中の内道場（真言院）に奉仕する職。
(4)陀羅尼。
(5)仏前の常夜燈。智恵の光。
(6)原文「仏聖《ぶつしやう》」。仏前への供えもの。三つ具足・五具足を安置し燈明と時花と薫香を献じ、仏供台・精進供膳・料具膳を供え、餅・菓子・果実とともに飯食茶湯を献ずる。
(7)経典の講義、説法。
(8)原文「湯屋」。湯殿。ここは僧のためのもの。
(9)つぎ口のある金属性の容器。
(10)うすく削った板を折りまげてふちをつくった四角形の盆。
(11)脂肪分を白い小虫と見たもの。
(12)ここは汁がゆで現在のかゆに同じ。固がゆは、現在の飯のこと。
(13)八時頃食べるもの。正式の朝食は、十一時ごろ。
(14)法会、ないし庭儀の折り童子をともなって種々の用をさせた。南都の勅会には、堂童子（花籠をはこび綱所に使いし探題をむかえる）・大童子（法会の前に出仕者の装束を点検する）・仲間（上座のつきそい）・退紅（上﨟のつきそい）・小結（衆僧のつきそい）・上童（貴僧に従う貴族の子息）・中童子（沓《くつ》の世話役）・大童子（五師・三綱に従い行列到着の折り主僧の名をとなえる）・御童子（夜間高張提燈をもつ）がいた。北京の勅会・灌頂・曼荼羅供・落慶庭儀などにも堂童子・上童・持幡童・小童子・中童子・大童子などが用をつとめた。
(15)年齢による分類ではなく、その用務によるものである。『顕密威儀便覧』などによると、庭儀などの折り、二人あるいは四人を随伴するとし、すべら髪にし、その中程を金紙で結び、つくり花をさし、水干あるいは狩衣をつけ、奴袴をはいたものという。

(16) 僧にとって、「いかり」はもっとも忌むべきもの。それを戒律遵守の真言僧が、すぐ色をなしてののしるところが、人間的である。『徒然草』にえがかれた、良覚僧正・高野の証空上人などもこの類であるが、そこに人間性に根ざす「いかり」の強さを叙して余すところがない。

左京大夫《さきょうのだいぶ》□、異名《いみょう》の付《つ》く語《こと》、第二十一

今は昔、村上天皇(1)の御代に、宮さま(2)の子であまりぱっとしない左京大夫(3)□(4)という人がいた。背はすこし細高で、たいそう上品な様子はしているが、動作や姿は間が抜けていた。頭はさいずちあたま(5)だったので、冠の纓《えい》(6)が背なかにつかず、はなれて揺れていた。顔色はつゆ草(7)の花をぬったように青白く、まぶたは黒く、鼻はきわ立って高く、色がすこし赤かった。そのくちびるは、うすくて色もなく、笑うと出っ歯で、歯ぐきが赤く見えるのであった。その上、声は鼻声でかん高く、なにかしゃべると、家のなかにひびきわたる始末だった。あるくときは、せなかをふり尻をふってあるくという具合だった。この人が殿上人であったとき、とくべつに色が青かったので、□(8)の殿上人は、みなこの人に青経《あおつね》(9)の君というあだ名をつけて笑っていた。

なかでも、若い殿上人で、元気のよい、得意顔の連中は、この青経の君を立ち居につけて、なにかとからかい、ひどくあざけったので、天皇は、このことをそのままにすることができず、「殿上の男どもが、この人のことを、こんなに笑うのは、まことに不都合なこと

だ。父親の親王が聞いたならば、わたしがこのようにとめていることなど知らないで、わたしのことをきっとうらむであろう」とおっしゃって、ご本心からごきげんをそこねなさった。

そこで殿上人たちは、みな舌うちをして、これからのちは、笑うのをやめようと約束しあった。そうして、こう誓い合った。「天皇のごきげんがおよろしくないので、今後、永久に青経とよぶのをやめる。このように起請してから、ふたたび青経とよんだとしたら、その人には酒・肴・くだものなどを提供させて罪をつぐなわせよう」と。

その後、ほどもなく、当時中将でおられた堀川兼通[10]大臣が、この起請をふとわすれ、この人があるいていくうしろ姿を見て、「あの青経丸はどこへ行くのかな」とおっしゃった。殿上人たちは、これを聞いて、「このように起請を破ったのは、ほんとうにけしからん話だ。されば、約束したとおり、今すぐ酒・肴・くだものをとりにやって、そのあがないをさせよ」とわいわい責めたてると、堀川中将は、笑って、「そんなことはしないぞ」とことわろうとなさったけれど、みながいっせいに真剣な顔で責めたてたので、中将は、「それでは、あさって、この青経とよんだことのつぐないをしよう。その日、殿上人も蔵人も、いる限りすべて集まってくだされよ」と言って、屋敷へお帰りなさった。

さて、その当日になって、「堀川の中将が青経の君とよんだつみをつぐなうらしい」というので、殿上人は参内しない人とてなく、すべて参上した。殿上の間[11]に、ずらりと並んで待っていると、やがて堀川の中将が直衣[12]姿で参内してこられた。光るような美男があふれるような魅力をただよわせ、なんともいいようもない香をたきしめている。なよやかで美しい直衣のすそから青い出だしぎぬ[13]をして、指貫[14]も青い色のものをつけている。

お供の随身[15]四人には、みな青い狩衣袴・袙《あこめ》[16]を着せている。そして一人には青く色どった折敷の上に青磁の皿をのせ、コクワ[17]を□[18]盛ったものをささげ持たせている。一人には、青磁のかめに酒を入れ、青い薄様[19]の紙でかめの口をつつんで持たせている。もう一人には、青い竹の枝に、青い小鳥を五、六羽ほどしばりつけて持たせている。これらを殿上の間の口[20]からつぎつぎと持ってきて、殿上の間の正面に参上したので、殿上人たちは、このありさまを見て、みなどっとばかり笑いはやしてざわめいたのであった。

そのとき、天皇は、この声をお聞きなさって、「いったい、何事で笑っているのじゃ」とおたずねなさったところ、侍女が、「じつは、兼通が青経とよびましたので、そのことで殿上の男どもに責められて、その罪のあがないをいたしましたのを、大笑いしてさわいでいるのでございます」と申しあげると、天皇は、「どのようにしてつぐなっておるのか」と言って、日の御座《おまし》[21]にお出なさって、小蔀[22]からのぞいてごらんなさると、兼通中将が、自分の装束をはじめ、随身まですべて青一色の装束をして、青い食べものばかりを持たせてきているので、「これを笑っていたのか」とお察しなさり、ご自分もおかしくお思いなさったので、腹も立てられず、天皇もたいそうお笑いなさった。

その後は、本気になってごきげんをそこなわれることもなくなったので、殿上人たちもますます調子にのって笑いはやした。そこで、青経の君というあだ名がついたままになってしまった、とこう語り伝えているということである。

典拠未詳。ただし、『宇治拾遺物語』に同文的同話があり、原拠は同じと認められる。

(1) 第六十二代。醍醐天皇の皇子。

(2) 原文「旧宮《ふるみや》」。ここは、醍醐天皇の第四皇子重明親王。二品(三品)。上野大守・弾正尹・大宰帥・中務卿・式部卿などをつとめた。

(3) 左京職(戸籍・租税などの市政・司法・警察をつかさどる)の長官。

(4) 左京大夫の姓名の明記を予定した意識的欠字。重明親王の長男源邦正。侍従。青侍従といわれた。

(5) 原文「鐙頭《あぶみがしら》」。後頭部の出っぱった頭。

(6) 冠の後にたらすうす絹で作られたかざり。

(7) ツユクサ科。全株やわらかく高さ三十センチくらい。夏、藍色で左右相称の花を短総状につける。古くから染料とした。

(8) 漢字表記を予定した意識的欠字。該当語不明。

(9) 「経」は未詳。『宇治拾遺物語』では、「青常」とする。

(10) 藤原兼通。師輔の二男。関白・太政大臣。氏長者《うじのちょうじゃ》。貞元二年(九七七)五十三歳で没。近衛中将についたことはない。

(11) 清涼殿の南庇《ひさし》にある殿上人の詰所。

(12) 殿上人の平服であるが、勅許によって参内できた。冠または、烏帽子をかぶり、指貫をつける。

(13) 直衣のすそから下着の下のはしをのぞかせる。しゃれた装束である。

(14) すそをひもでくくるようにした袴。

(15) 中将には、衛府長一人、小随身四人(または二人)がつく。

(16) 小袖・束帯・直衣をつけるとき下襲《したがさね》と単衣《ひとえ》の間に着る。ふつうは紅。壮年は萌黄薄色、老人は白色を例とした。

(17) 黄緑色で酸味のある木の実。サルナシ。コクワ。

(18) 漢字表記を予定した意識的欠字。「モギヘ」か。
(19) 薄手の鳥の子紙。
(20) 殿上の間のクツヌギの前あたり。
(21) 清涼殿の中央。昼間、天皇の居住するところ。東西二間、南北五間に広がる。
(22) 昼の御座と殿上の間との間の壁の上方にある小室。天皇が殿上の間《ま》をのぞき見るのに用いる。

忠輔《ただすけの》中納言、異名《いみょう》の付《つ》く語《こと》、第二十二

今は昔、中納言藤原忠輔(1)という人がいた。この人はいつも上をむき、空をあおぎ見るような様子をしていたので、世間の人は、この人に仰ぎ中納言(2)というあだ名をつけた。

ところで、この人が右中弁(3)で、殿上人であったとき、小一条左大将済時(4)という人が参内なさったところ、この右中弁に出会った。大将は右中弁が空をあおいでいる様子を見て、じょうだんに、「いま、天には、なにごとがありますか」とおっしゃった。右中弁は、こう言われてすこしむっとして、「ただ今、天には、大将をおかす星(5)が出現いたしました」とこたえたところ、大将は、引っこみがつかなくなったけれど、もともとじょうだんごとではあり、おこるわけにもいかず、その場はにが笑いしておすませなさった。その後、大将は、まもなく亡くなられた。そこで、右中弁は、あのじょうだんのせいではあるまいかと思い合わせたのであった。

人が命を失うことは、みな前世からの報いとはいうものの、つまらぬじょうだんごとなど

言うものではない。このように思い合わされることもあるからである。右中弁は、その後、長生きをして、中納言にまでなった[6]が、やはり、そのあだ名はなくならないで、世間の人は、仰ぎ中納言とあだ名をつけて笑った、とこう語り伝えているということである。

出典としては、『江談抄』の記事が考えられる。
（1）治部卿国光の二男。大学頭・右大弁・兵部卿をつとめた。寛弘二年（一〇〇五）権中納言となる。
（2）このあだ名は、『栄花物語』にも記されている。
（3）太政官弁官局の三等官。忠輔は、権左中弁から左中弁をつとめたが、右中弁にはなっていない。
（4）左大臣師尹《もろただ》の二男。大納言・右大将・左大将・皇后宮大夫・按察使をつとめた。父師尹から小一条院（近衛南・烏丸東）を伝領し、小一条大将といわれている。
（5）暦の吉凶をつかさどる八将軍の一つ。三年ごとに四方をめぐり、この神のいる方角を三年ふさがりといって万事に忌む。「大しやう立つといふ河原には大将軍こそ降り給へ、あつらひめくりもろともに、降り遊《あそ》う給へ大将軍」（『梁塵秘抄』）。
（6）寛弘二年（一〇〇五）六月、権中納言となる。六十二歳。

三条《さんじょうの》中納言、水飯《すいはん》を食う語《こと》、第二十三

今は昔、三条中納言[1]という人がいた。名を（朝成）[2]といった。三条右大臣（藤原定方）[3]と申しあげる方の御子である。学才すぐれ、唐土のことも、本朝のことも、すべてに通じていて、思慮もふかく、剛胆で人を威圧するような性格であった。また、笙《しょう》[4]をふくことがきわめ

て上手《じょうず》であった。その上、蓄財の才などもあったので、家の財力も豊かであった。たけが高くて、ひどく太っていて、たいへんな肥満体であったので、医師和気(5)(重秀(6))をよんで、「こんなにひどく太ってしまったが、どうにかならないかな。立ち居につけ体が重くて、苦しくてどうにもたまらない」とおっしゃると、(重秀(7))が、「冬は湯づけ(8)、夏は水づけ(9)の御飯をあがるのがよろしかろうと存じます」とおこたえした。

そのときは、ちょうど六月ごろのことだったので、中納言は、(重秀(10))にむかって、「それでは、しばらくの間そこにいて見ていてくれ。水飯を食べるところを見せよう」とおっしゃったので、(重秀(11))は、おおせのままに、その場にひかえていると、中納言が侍をよんだところ、一人の侍がやってきた。中納言は、「いつも食べるようにして水飯をもってこい」(12)とおっしゃると、侍(13)は立っていった。しばらくして御台盤(14)の片方をもってきて御前にすえた。台盤にははしの台だけがのっている。つづいて侍が皿をささげて持参する。(給仕(15))の侍が台盤にすえたのを見ると、中ぐらいの盆(16)に白い干瓜《ほしうり》(17)の三寸(約九センチ)ぐらいなのを、切らずに十ばかり盛ってある。また、別の中ぐらいの皿に、大きく巾広いすしあゆ(18)を尾頭のまま押して三十ばかり盛ってある。また、一人の侍が、大きな銀のひさげに大きな銀のしゃくしをたてて重そうにもってきて前にすえた。すると中納言はおわんをとって侍にわたし、「これに盛れ」と命ずると、侍は、しゃくしで飯をすくいすくいしてうずたかく盛りあげ、わきに水をすこし入れてさしあげると、中納言は、台盤を手もとに引きよせ、おわんをとりあげなさった。なんと大きなおわんだろうと見えたのに、えらく大きな手にとってすっぽりおさまると、すこしも不似合ではないくらいの大きさである。まず、干瓜を三切れほどに食いきって三つほど食べる。つぎに、すしあゆを二切れほどに食いきって、五つ六つぺろりとたいらげてしまった。つぎに、水飯を引きよせて、二度ほどはしでかきまわしなさったとみるや、たちまち飯はなくなってしまったので、もう一膳盛れといって、おわんをさし出しなされる。

そのときに、(重秀)[19]は、「水飯だけをおあがりになるからといって、そんなやり方で召しあがられたのでは、ぜったいご肥満のおさまるはずはございません」と言って、逃げ出し、のちにこのことを人に語って大笑いした。されば、この中納言はますます太って相撲とりのようであった、とこう語り伝えているということである。

典拠未詳。ただし、『宇治拾遺物語』に同文的同話があり、原拠は同じと認められる。
(1)　藤原朝成。定方の六男。皇太后宮大夫・右中将・蔵人頭・権中納言などをつとめた。天延二年(九七四)没。五十七(五十八)歳。
(2)　底本は三条中納言の名の明記を予定した意識的欠字。
(3)　内大臣高藤の二男。定方。右大臣。承平二年(九三二)没。五十八(六十)歳。
(4)　長短十七本の竹管からなる管楽器。朝成は笙の名人といわれた。
(5)　和気氏は丹波氏とともに典薬頭を世襲した代表的医師。
(6)　原文は欠字。底本「重秀一本」とする。ただし、和気氏に、重秀なる人物はいない。『宇治拾遺物語』には、「しげひで」とある。茨田滋秀とすると、長徳四年(九九八)に没した医師があてられる。
(7)　(6)に同じ。
(8)　こわめしに湯をかけたもの。

(9)　こわめしに水をかけたもの。
(10)　（6）に同じ。
(11)　（6）に同じ。
(12)　『宇治拾遺物語』には「御台かたがたよそひもてきて」とある。台は、四脚の台盤で、食器をのせる長方形の机。
(13)　はしをおく皿。
(14)　原文「盤《ばん》」。食器などをのせてはこぶ盆。
(15)　底本は漢字表記を予定した意識的欠字。「マカナヒ」か。
(16)　原文「甕《もたひ》」。大皿のようなもの。
(17)　「清太が作りし御園生に、苦瓜（つるれいし）甘瓜（まくわうり）の熟《な》れるかな、紅南瓜《あこだうり》（きんとうが）……」（『梁塵秘抄』）。
(18)　鮎を開いて中に飯・塩をまぜて詰め、押しつけて、自然に酸味が出るようにしたもの。
(19)　（6）に同じ。

穀断《こくだち》の聖人《しようにん》、米《よね》を持ちて咲《わら》わるる語《こと》、第二十四

今は昔、文徳天皇(1)の御代に、波太岐《はたき》(2)の山というところに一人の聖人がいた。穀類の食を断(3)って何年もすごしていた。天皇は、このことをお聞きなさり、召し出して神泉苑(4)に住まわせ、深く帰依なさることこの上なかった。この聖人は、生涯穀類を断っており、木の葉を食料としていた。

ところが、若く元気のよい殿上人で、いたずらずきの殿上人が、おおぜいして、「どうだ、あの穀断ちの聖人とやらを見にいこう」と言って、その聖人の住まいに出かけた。聖人がいかにも尊い様子ですわっているのを見て、殿上人たちが礼拝してからたずねた。「ご聖人は、穀を断ってから何年になられますか。また、お年はいくつになられますか」。聖人は、「年はもはや七十になりましたが、若いころから穀類を断っておりますので、かれこれ五十余年にはなります」とこたえた。これを聞いて一人の殿上人が声をひそめ、「穀断ちをした人の糞はどんなものだろうか。ふつうの人のものとはきっとちがっているよ。ひとつ、いって見てみようじゃないか」と相談して、二、三人ほどかわやにいって見ると、米の糞をいっぱい□⑤置いてある。

これを見て、穀断ちのものが、どうしてこんなものをするはずがあろうかと、これを不審に思ってうたがい、聖人のいるところへもどってみて、聖人がちょっと座をはずしたすきに、今までいた敷ものを引っくりかえして見たところ、板敷に穴があって、下の土がすこし掘りかえしてある。これはあやしいと思ってよくよく見ると、布の袋に白米をつつんで置いてあった。殿上人たちは、これを見て、やはりそうだったのかと思って、敷ものをもとどおりにしいて、知らん顔をしていると、聖人がもどってきた。そのときに殿上人どもが笑いながら、「米《よね》くその聖《ひじり》、米くその聖」と大声でさんざんに笑うと、聖人は恥じ入ってそのまま逃げ去った。その後、行方《ゆくえ》知れずのまま終わってしまった。

実は、この聖人は、人をだまして、尊く思われようと思って⑥、こっそり米をかくしてもっていたのだった。それを知らないで、穀断ちの聖《ひじり》と信じこんで天皇も帰依なさり、世の人も尊んでいたのだった、とこう語り伝えているということである。

典拠未詳。ただし、『宇治拾遺物語』に同文的同話があり、原拠は同じと認められる。もととなった史実は『文徳実録』斉衡元年秋七月乙巳の条にある。
（1） 斉衡元年（八五四）七月のこと。
（2） 備前国の地名が推定できる。
（3） 苦修練行の一つ。身をきよめ心を堅固にする行とされる。中国では道家が長生の術として行った。真言行者は、尊法によっては忌む食物があるため、必ずしも木食が清浄だとはいえない。
（4） 二条南・大宮西。平安京大内裏造営に際して設けた禁苑。林泉殿閣をつくり天皇の遊覧所であった。天長元年（八二四）空海が勅を奉じて、泉池にのぞんで善女龍王を勧請、請雨法を修して霊験があった。これから大旱ごとに東密の徒に命じて苑内で修法を命じた。また、ここで大般若経読誦の勅会を修せしめるのを恒例とした。
（5） 底本「□量たり」。欠字は「ヒリ」が想定される。
（6） 人々をたばかる宗教者への痛烈な批判である。一見聖にして、内心俗なるものが人をだますのは、もっとも悪質である。俗なるものが俗なるものをだますのは、いわば人間社会の常態であるが。

弾正弼《だんじょうのひつ》 源顕定《みなもとのあきさだ》、閉《まら》を出だして咲《わら》わるる語《こと》、第二十五

今は昔、藤原範国（1）という人がいた。五位の蔵人であったとき、小野宮の実資の右大臣（2）という方が、陣（3）の御座について、上卿《しょうけい》（4）としてその日の公務をとりしきっておいでになったとこ

ろ、この範国は五位の職事《しきじ》(5)で申し文をいただくために、陣の御座にむかって上卿のおおせをうけたまわっていた。すると、弾正弼源顕定(6)という人は殿上人だったが、紫宸殿の東のはしのところにすわって、まらをまる出しにしていた。上卿は奥の方にいらっしゃるので、お目に入らないが、範国は、陣の御座の南のところでこれを見て、おかしさにたえず吹き出してしまった。上卿は、範国が笑うのを見て、事情がおわかりにならず、「おまえは、朝廷の宣旨をくだすときに、どうしてそのように笑うのか」とつよくとがめられて、すぐにこのことを奏上なされたので、範国は、苦境に追いこまれ、ただただ恐縮するばかりであった。しかしながら、範国は、「このように顕定朝臣がまらをまる出しにしておりましたので」とは、どうしても言い出せずにおわってしまった。顕定朝臣は、「どうにもおかしくてたまらない」と一人笑いをかみしめていた。

　されば、人は、時と場合をわきまえぬ罪ないたずらはしてはならないものだ、とこう語り伝えているということである。

典拠は、『江談抄』。

（1）桓武平氏。武蔵守行義の子。甲斐・美作守などをつとめた。長元九年（一〇三六）三月から、長暦二年（一〇三八）一月まで五位の蔵人をつとめた。頼通の関白時代のこと。

（2）藤原実頼の養子。蔵人頭・右大将をつとめた。右大臣をつとめたのは、治安元年（一〇二一）七月から寛徳三年（一〇四六）没するまで。

（3）紫宸殿の左右にある左右近衛の陣。ここは、左近の陣。諸儀式の折り公卿の着座する席。「陣の定め」という評議が行われる。

（4）評定を決裁する、議長役の上席公卿。
（5）その日の公務の事務担当官であるが、蔵人の別称として用いられた。
（6）村上源氏。一品式部卿為平親王の子。侍従の民部大輔をつとめた。大弼に任じられたのは、長和五年（一〇一六）二月のこと。治安三年（一〇二三）没。大弼は、弾正台（非違の糾弾、風俗の厳正にあたる）の次官（二等官）。

安房守文室清忠《あわのかみぶんやのきよただ》、冠《かむり》を落して咲《わら》わるる語《こと》、第二十六

今は昔、安房守文室清忠《ぶんやのきよただ》(1)というものがいた。長年、外記(2)をつとめた功労によって安房守になったのである。それが外記でいたころ、得意然として、苦虫《にがむし》をかみつぶしたような顔をしており、背もたかくふんぞりかえっていた。また、出羽守大江時棟《おおえのときむね》(3)というものがいた。それも同じときに外記をつとめていたが、この方は腰がまがって、いっこうに風采があがらなかった。

ところがある年の除目(4)のとき、陣の会議にあたり陣の御座に召され、清忠と時棟がならんで箱文(5)をいただくおり、時棟が笏《しゃく》をあげて手をさし出したところ、清忠の冠にあたってうちおとしてしまった。上達部たちは、これを見て、どっと声をあげて大笑いした。そのとき清忠はあわてて地面におちた冠をひろいあげて頭にさし入れ、箱文をもいただかないで逃げ出してしまった。時棟はあきれ顔をして立ったままでいた。

当時、世間ではこのことを笑い草にした。思うに、じっさいどんなに見苦しいことであっ

たろうか。清忠も、時棟も、ずっと老年になるまで存命していたので、このように語り伝えているということである。

典拠未詳。ただし、この事件のあらましは、『御堂関白記』寛弘四年正月二十八日の条に記されている。
（1）寛弘四年（一〇〇七）大外記となっているほかは未詳。
（2）太政官少納言局の四等官で、詔勅・奏文など、公事・儀式の執行などを担当する。
（3）大江匡衡の養子。幼時道長に拾われ、その賢相によって匡衡に預けた。そのもとで学問に励み宏才博覧の士となった（『十訓抄』）。寛弘四年（一〇〇七）大外記。そのほか、出雲・河内・安房守をつとめた。『新撰朗詠集』ほかに作品がある。
（4）官職任命の儀式。春は県召《あがためし》（地方官）、秋は司召《つかさめし》（宮中・京の官吏）とわかれるが、ここは不明。
（5）ふつうは、硯箱のふたに入れた天皇への申し文。ここは、議定された成文の清書を箱に入れたもの。
（6）「陣の定め」に列席していた、三位以上の大臣、大・中納言、四位の参議。

伊豆守《いずのかみ》小野五友《おののいつとも》の目代《もくだい》の語《こと》、第二十七

今は昔、小野五友《おののいつとも》(1)というものがいた。長い間、外記をつとめた功労で(2)伊豆守になった。このものが伊豆守として任国にくだっていたときのこと、目代(3)がいなかったので、「目代として使えそうなものはいないか」とあちこちさがさせたところ、ある人が、「駿河国（静岡県）に頭もよく、行政事務にも堪能で、文字も上手に書けるものがおります」と報告してきたので、守は、これを聞いて、「それは、よさそうな話だ」と言って、わざわざ使いを出し

てつれてきた。守が見ると、年は六十ぐらいの男で、でっぷりしていていかにもかっぷくがよい[4]。にこりともせず、しかめっつらをしているので、守はこれを見て、「心はわからぬが、まず見た目は、目代としてもってこいのようだ。人物といい言葉づかいといいなかなか頼もしそうな様子をしている」と思って、「字の方はどうだろう」と言って、書かせてみると、達筆というほどではないが、さらさらと書いて目代の筆としては十分である。「事務の能力はどうだろうか」と思って、こみ入った租税の書類[5]をとり出して、「どのくらい収入があるか計算してみよ」と命ずると、この男は、その文書を手にとり、算木[6]をとり出していとも簡単におきならべて、まもなく、「これだけでございました」とこたえたので、守は、「心まではわからぬが、事務能力は相当なものだ」とよろこんで、その後、国の目代として、万事をまかせ、身辺からはなさず使っていた。二、三年ほどたったが、守のきげんをそこねる様子も見えない。なにごともまちがいなく、きちんと処理していた。ほかのものが処理できなくておくれていたことなども、たちどころに素早く処理して、いつも余裕さえも持っていた。このように万事に有能だったので、守は、この目代にすこしでも経済的なゆとりができるようにと、任国内の適当な地を何ヵ所かあずけておさめさせてやったが、これといって財産をふやしたとも思われない。そこで、館のなかまたちにも、国人たちにもひどく信用され、大切な人物として用いられていた。そんなわけで隣国にまで有能な男として評判が高かった。

　ところが、あるときこの目代が、守の前にすわって、たくさんの文書を広げ、守が何通かの通知書を書かせ、それに印をおさせていた。ちょうどそのとき、傀儡子《くぐつ》[7]のものどもがやってきて、おおぜい守の前に立ちならび、歌をうたい笛を吹いておもしろく舞いおどったが、守もこれを聞くと、われながらなんとなく心がうきうきしてきたが、この目代が印をおしている手もとを見ると、それまでは、きちんとおしていたのに、この傀儡子どもが笛を吹き歌をうたう拍子にあわせて、三拍子に印をおしている。守が、この様子を不審に思ってじっと見ていると、目代は太ってかっぷくのいい肩まで、三拍子に上下させているではないか。傀儡子どもは、その様子を見ると、いちだんとはげしくうたい、吹き、たたき、急テンポでうたいはやすのである。そのときに、この目代は、太くしわがれた声をはりあげて、傀儡子の歌に合わせてうたい始めた。守は、びっくりし、「これは、いったいどうしたことか」と思ううちに、目代は、印をおしながら、「むかしのことが忘れられずに」と言うやいなや、にわかにその場に立ちあがって、走り出しておどり始めた。傀儡子たちは、ますますうたいはやした。

　館のものどもは、この様子を見てますます笑い興じたので、目代は、恥じ入って印をなげすててとび出して逃げていった。守は不思議に思って、傀儡子たちに、「これは、どうしたことか」とたずねると、「あの人は、むかし若かったころ、傀儡子をいたしておりました。それが、文字なども書け、書物を読んで、いまは傀儡子もいたしませんで、このように出世して、この国の目代になっているとのうわさを聞きまして、『もしや、むかしの心が消え失せているのではないか』と思いまして、じつは、このように御前にまかり出てはやしてみたしだいでございます」と言ったところ、守は、「あの印をおす様子といい、肩をゆすっている様子といい、まことにそのように見えたぞ」とこたえた。館のものたちは、この目代が立ちあがってはげしく舞いはじめたのを見たとき、「傀儡子どもが、このように笛を吹きうたい舞ったりするのがおもしろくてたまらなくなって、急に立ちあがっておどり出したのにちがいない。それにしても、こんなものをおもしろがるような気配もなかった人なのになあ」と話し合っていたが、傀儡子たちがこういうのを聞いて、はじめて、「そうか、この人は、もとは傀儡子であったのか」とその事情がわかったのであった。

その後は、館の人も国の人も、「傀儡子目代」とあだなをつけて笑った。目代の評判は、前よりはすこしおちたが、守は、気の毒に思って、同じように使ってやった。されば、一国の目代にもなり、むかしのことは、すっかり忘れていたようなことであっても、やはりもとの心が消えずに、このようなことをしたのであろう。これは傀儡子神[8]というものが我を忘れさせたものであろうと、こう語り伝えているということである。

典拠未詳。

（1）小野五倫のこと。長保三年（一〇〇一）権少外記。同五年、少外記。同六年一月、大外記。

（2）原文「外記の巡《じゅん》にて」。大外記に昇任したが、欠員がないため転出したのである。「巡」は巡爵。

（3）国司を補佐し、代行ともなるもので、在地のものを私的に任用した。

（4）原文「宿徳気《しゅくとくげ》なり」。前世に徳のあることをいうが、ここは、外面的にどっしりしていて、押し出しがいいこと。

（5）原文「沙汰文《さたぶみ》」。広く下知の文書であるが、つぎに計算させている点から考えると、何らかの税金の計算書のようなものか。

（6）木製・竹製の角棒二百七十一本を、方眼に作った盤上で操作して計算するもの。

（7）　八世紀末の『新訳華厳経音義私記』に初出する。人形劇ないしその集団をいうが、古く中国から伝来した。日本でも古くからある神人形（神のより代《しろ》）が漂泊芸となって、港や宿駅、地方都市を流浪し、その女は、貴族の宴にはべって今様を歌うことなどがあったが、本来は、人形劇を中心とした雑芸の芸能集団と見ることができる。大江匡房が新鮮な感動をもって記した『傀儡子記』が知られる。『梁塵秘抄』に、「よくよくめでたく舞ふものは、……手傀儡《てくぐつ》」とあり、さらに、「上馬の多かる御館かな、武者の館とぞ覚えたる、呪師《じゆし》の小呪師の肩をどり、巫《きね》は博多の男巫《をとこみこ》」とあるなど、やはり傀儡子芸と関係するところが大きいと思われる。

（8）　いわゆる傀儡子がまつる芸能神百神（百大夫）などでなく、傀儡子の魂のなかにやどりつづけている、いわば、傀儡子の魂ともいうべきものをさしていっている。

尼ども、山に入り茸《たけ》を食いて舞う語《こと》、第二十八

今は昔、京に住む木こりどもが数人で北山(1)に出かけていったときに、道に迷ってしまって(2)、どっちへいったらいいか、わからなくなり、四、五人ほどのものが、すわりこんで困っていたところ、山の奥の方から、人が数人やってきた。「おかしいぞ。なにものがきたのかな」と思っているうちに、尼さん(3)たちが数人、さかんに舞いおどり(4)ながら姿をあらわしたので、木こりたちは、これを見て恐怖心にかられ、「この尼さんたちが、こんなふうに舞いおどりながらやってきたのは、まさか人間ではあるまい。天狗(5)であろうか、それとも鬼神(6)だろうか」と思って見ていたが、この舞っている尼たちは、ここにいる木こりたちを見つけて、どんどん近よってきたので、木こりたちは、ひどく恐ろしい気がしたけれども、「尼さんた

ちは、どうしてこんなに舞いおどりながら深い山のなかから出ていらっしゃったのですか」とたずねると、尼たちは、「わたしたちが、このように舞いおどりながら出てきたりして、あなた方はきっと恐ろしく思っておいででしょう。でも、わたしたちは、どこそこに住む尼です。花をつんで仏さまにお供えしようと思って、つれ立って山に入りましたが、道をまちがえてしまって、どのように出たらよいのかわからなくなってしまいました。そのとき、たまたまきのこが生えているのを見て、空腹のあまり、『これをとって食べたとしたら、あたるかもしれない』とは思ったものの、『いや、うえて死ぬよりは、いっそ、これをとって食べよう』と思って、そのきのこをとって焼いて食べたところ、とてもおいしかったので、『これは、ありがたい』と思って食べたときから、その気もないのに、ひとりでに舞わずにはいられなくなってきたのです。自分でも、おかしなことだと思うのですが、なんとも不思議でなりません」とこたえた。木こりたちは、このことばを聞いて、まったくあきれはててしまったのであった。

さて、この木（こり）[7]たちも空腹でたまらなかったので、尼たちが食べのこしたきのこをたくさん持っているのを見つけ、「うえ死にするよりは、いっそこのきのこをもらって食べた方がましだ」と思って、もらいうけて食べた。とたんに、この木こりたちも、その気がないのにひとりでに舞い出した。さて、こうして尼たちも、木こりたちも、たがいに舞いながら笑うのであった。さて、しばらくこうしているうちに、まるで酔いがさめたようになって、どの道をどう通ったのかもわからないままに、めいめいの家にかえりついた。それ以来、このきのこのことを舞いたけ[8]というようになった。

思うに、これはじつに奇怪な話である。このごろでも舞いたけというのはあるけれども、これを食べる人が必ずしも舞うとはかぎらないのである。これは、まことに合点のいかぬことである、とこう語り伝えているということである。

典拠未詳。

(1) 西山に対して、京都市北方の山々をひろくいう。船岡山・衣笠山・鷹ケ峰から岩倉山におよび、さらに、雲ケ畑・周山・小塩・花背・広河原などまでを含めていう。『源氏物語』の「若紫」に出てくる北山の所在がよく問題となっている。
(2) 北山は、深く、道も発達していなかった。方向を見失って迷ったものである。
(3) 女の出家者。サンスクリットのビクシュニーを音写した比丘尼の語尾「ニ」の訓読。ふつうは、髪をそり出家者としての戒を守るものをさすが、日本には、有髪のままのものが認められ、さげ尼といった。
(4) 「舞ひ」は、スローな旋回運動を中心とし、「踊り」は、足が瞬間的に地からはなれるものをも含む。
(5) 山中他界観念から考え出されたものだが、神通力をもち修験者の化身となって霊威をあらわすとされる。愛宕の天狗・鞍馬の天狗などが著名。山に天狗をまつることは多い。
(6) これも、山中他界観念からの予想。霊力をそなえた鬼である。(5) と同じく、恐怖感の表現である。
(7) 底本は「伐」が想定される欠字。
(8) 担子菌類。朽木などに生え、分岐した多数の扁平な菌体が重なり合って大きなかたまりとなり、舞っているかっこうに見える。灰白色・淡褐色。食用となる。ここでは、マツタケ目の有毒菌ワライタケのこと。

中納言紀長谷雄《ちゅうなごんきのはせお》の家に狗《いぬ》を顕《あら》わす語《こと》、第二十九

今は昔、中納言紀長谷雄《きのはせお》(1)という学者(2)がいた。学才ゆたかで、世にくらべもののないすぐれた学者であったけれども、陰陽道(3)の方面はなにも知らなかった。ところで、あるとき、犬がどこからともなくやってきて、土べい(4)を越えて入ってきて小便をした。そこで、これをあやしみ□(5)という陰陽師(6)に、このことの吉凶をたずねたところ、「某月の某日に、家のなかに鬼があらわれるでしょう。ただし、人に害を与えたり、たたりをするようなことはありません」とうらなったので、「その当日は、物忌(7)みにこもった方がよさそうだ」と言って、そのときは、それきりになった。

さて、物忌みの当日になったが、そのことを忘れて物忌みをしなかった。そして、学生たちを集めて漢詩文を作って(8)いたが、作品を朗誦している最中、かたわらの物置にしていたぬりごめ(9)の中で、なんとも恐ろしそうなうなり声をあげてほえるものがある。そこに居並んでいた学生たちが、この声を聞いて、「これは、なんの声だ。□(10)だ」と言いながら、こわがってうろうろしているとき、そのぬりごめの戸をすこし引きあけてあったすき間から、ごそごそと体を動かして戸を押しあけながら出てくるものがある。見ると、たけ二尺（約六十センチ）ぐらいのもので、からだは白く、頬は黒く、頭に黒いつのが一本はえ、足は四本あって白い。これを見て、一同みな恐れてふるえあがった。

ところが、そのなかに一人、思慮深く剛胆な男がいて、立ちあがって走っていくや、この

鬼の頭の方をぽんと蹴とばしたところ、頭の方の黒いものを蹴抜いてしまった。そのときに見ると、白い犬が「きゃん」(11)と鳴いて立っている。なんと、犬が半挿したらい(12)に頭をつっこんでいた、その半挿したらいを蹴抜いたのであった。夜のうちにぬりごめのなかに入っていた犬が、半挿したらいに頭をさしこんでしまい、抜けないままにあやしい声で鳴いたのであった。それが走り出たのをものおじしない思慮のあるものが、それと見抜き、蹴とばして正体をあらわしたのであった。こうわかって、人々は気持もおちついてほっとした。それから、集まって笑いあった。

だから、ほんとうの鬼ではないが、人の目にははっきり鬼と見えるほどであったから、陰陽師は鬼とうらなったのである。人々は、「人に危害を加え、たたりをするはずのものではないとうらなったのは、じつにたいしたものだ」と言って、このうらないをほめたたえたのであった(13)。だが、このことを聞いた人々は、「中納言は、あれほど学問のある博士ではありながら、物忌みの日を忘れたとは、まったく失態もいいところだ」と言って非難した。当時は、この話を世間でいろいろ取り沙汰して笑った、とこう語り伝えているということである。

典拠未詳。

（1）貞範の子。大学頭・左大弁・式部大輔をつとめ延喜十年（九一〇）権中納言、翌年中納言。寛平・延喜時代の菅原道真・三善清行《きよつら》とならぶ漢学者で漢詩文に長じた。延喜十二年（九一二）二月十日没。六十八歳。

（2）広く学者をさす。また、文章博士。寛平二年（八九〇）長谷雄は、図書頭から文章博士となった。

（3）古代中国に発生し日本に伝わったもので、陰陽五行説に基づいて吉凶の判断を行い、時日方位について禁忌を設けて祭祓を行った。陰陽道に基づく禁忌は、宮廷・貴族の有職として重んぜられた。

（4）原文「築垣《ついがき》」。泥土でかためたへい。

（5）陰陽師の姓名の明記を予定した意識的欠字。

（6）陰陽寮所属のもの、また民間のもの。

（7）門をとじ家にこもって精進潔斎して身をつつしむこと。

（8）原文「作文《さくもん》して」。漢詩文を作ること。

（9）かべでまわりをぬりこめた部屋。物置、また寝室にも用いた。

（10）欠字は不明。「何の音《こゑ》ぞ」のくりかえしか。

（11）原文「行《ぎやう》」。擬声語。犬の鳴き声。

（12）原文「楾《はんざふ》」。湯や水をそそぐ道具で、注ぎ口の長い筒が、なかば桶のなかにさしこまれている（そこで、半挿《はんざし》という）。外に出ている筒先が角《つの》のように見えたのであろう。

（13）この長谷雄の時代は、宮廷における陰陽道が確立し、貴族社会は、繁雑な物忌み、方違えなどに禁忌の毎日をおくるようになった。陰陽家は、さまざまの呪術や禁忌をふやして権力を確立した。賀茂・安倍両氏の支配体制ができた時代であり、日常生活は、束縛され閉鎖的となった。ここで、陰陽師の占いをほめたたえているのは、そのような時代の反映であるが、現代から見れば、長谷雄のあり方、学生の一人のとりくみ方に、陋習をやぶる革新的思考と行動が表われていると考えられる。

左京《さきようの》属《さかん》紀茂経《きのもちつね》、鯛《たい》の荒巻《あらまき》を大夫《だいぶ》に進《たてまつ》る語《こと》、第三十

今は昔、左京大夫(1)□(2)という古公達(3)がいた。年をとってひどく老いぼれてしまったので、どこといって出あるきもせず、下京(4)あたりの家にひっそりとくらしていた。一方、同じ左京職の属《さかん》(5)に紀茂経《きのもちつね》(6)というものがいて、長岡(7)に住んでいたが、その職の属なので、かの大夫の家にときどきいっては、ごきげんをうかがっていた。

さて、宇治殿(8)(藤原頼通)の全盛時代のある日、茂経がお屋敷に参上して贄殿《にえどの》(9)にいると、淡路守源頼親朝臣(10)のところから鯛の荒巻(11)をたくさん献上してきた。それを大部分贄殿におさめておいたが、茂経は、贄殿の主任(12)□(13)義澄というものにたのんで、その荒巻を三巻もらいうけ、「わしの上司、職《しき》の大夫《だいぶ》殿にこれをさしあげてごきげんをうかがおう」と言って、この荒巻三巻を間木(14)の上にのせておいて、「この荒巻三巻、使いのものをとりによこした折りにわたしてくだされよ」と言いおいて贄殿を出て、左京大夫の家にいってみると、大夫は庇《ひさし》の間《ま》(15)にいて、客が二、三人きていた。

大夫は、客にごちそうしようとして、九月下旬のころなので、いろり(16)に火を(おこし)(17)などし、食事の用意をはじめたものの、これといった魚もない。鯉や鳥(18)などでもあればよいがと思っている様子である。ちょうど、そこへ茂経が顔を出して、「この茂経のところへ摂津国(19)(大阪府・兵庫県の一部)におります下人が、鯛の荒巻を四、五巻ばかり、今朝がた持ってきておりました。一巻、二巻は家の子どもたちといっしょに試食いたしましたが、それはそれは新鮮でございましたので、あとの三巻は手をつけずそのままとっておきました。いそいで出て参りましたので、あいにく下人もおりませず、持参いたしませんでしたが、今すぐとりにやりましょう。いかがなもので」と大声をはりあげ、得意げに胸をはり、口のはしをさげ、袖づくろいをしながらのびあがって[20]言うと、左京大夫は、「ちょうどいま、適当な材料がなかった折り、それは、まことに都合がよい。では、早速とりにやってくれ」と言う。来客たちも、「この季節は、うまいもののないはざかい期なのに、新鮮な鯛とは、最近にはめずらしい珍味ですよ。鳥の味はいたってよくない時節であるし、まして鯉は、まだ出てきておりません。だから、新鮮な鯛は最高ですよ」と言い合っていた。

　そこで、茂経は馬の口取りをしている少年をわきへよびよせて、「その馬を御門につないでおき、ただちにお屋敷の贄殿に走って行って、『さきほど、預けておいた荒巻を三巻、すぐにおわたしください』と言って、受けとってこい」と耳うちして、「走れ、走れ」と手をふっておくり出した。そうしておいて、茂経は、もとのところにひきかえし、「まないたを洗ってもってこい」と声をはりあげて、「これから、今日の料理はこのわたしがいたしますから」と言って、魚《まな》ばしをけずり[21]、さやから包丁をとり出して十分にとぎ、「まだか、まだか」と言っているうちに、使いにやった少年が、木の枝に荒巻を三巻ゆわえつけて、ささげもって、息せききって走りこんできた。茂経は、これを見て、「よくやつた、おまえ、とぶようにかえってきたな」と言って、まないたの上に荒巻をおき、まるで大鯉でも料理するかのように[22]、左右の袖をたくしあげ、かたひざを立て、もう一方のひざをつき、いかにも料理人らしく、きちんと姿勢をととのえ、すこしわきによって、荒巻の縄をぶつぶつと刀で押し切り、刀でわらを押しひらくと、なんだか、こぼれおちたものがある。よく見ると、かけた下駄、すりきれた古ぞうり、ぼろぼろになった古わらぐつ、こういったものがぽろぽろとこぼれおちてきた。茂経はこれを見るなり、魚ばしも包丁も放り出してくつもはかずに屋敷から逃げ出した。左京大夫も来客たちも、あきれて、目も口もあけたまま茫然としていた。御前にいた侍どもも（あきれ(23)）て、口もきけない。ものを食べ酒をのんでいた遊宴も興ざめがしてしまい、すっかりしらけて、一人立ち二人立ちして、いつのまにかみないなくなってしまった。

左京大夫は、「あの男(24)は、もともと、こうしたことをしでかすとんでもない輩《やから》とはわかっていたが、わしを上司とたてていつも親しげに出入りしていたものだから、歓迎はしなかったが、追い払うわけにもいかぬので、来れば来たでそのままにしておいたのだ。それなのに、こんな不始末をしでかして、わしをだましおって、どうしてくれよう。わしのように運のわるいものは、ちょっとしたことにでも、こんな目にあうのだ。どんなにか世間の人が聞き伝えて、笑いの種にし、末代までの語り草にするのにちがいない」と愚痴をならべて天をあおぎ、「老いの末に、ひどい目にあったものだ(25)」となげくことひととおりではない。

一方、茂経は、大夫の家から一目散に走り出て馬にのり、やたらに馬をとばして、宇治殿の屋敷にむかっていった。そして、御殿の贄殿の主任の義澄にあって、「あの荒巻が惜しいとお思いならば、あのとき、あっさりとことわってくだされればよかったものを。こんなひどいことをなさるとは、まったく情けない」と泣かんばかりにうらみごとを申しのべた。義澄は、これを聞いて、「なにをおっしゃるのか。この義澄は、荒巻をあなたにさしあげてから、用事ができて、ちょっと家へかえることになったので、従者の男にこのように申しつけておきました。『左京の属殿《さかんどの》のところから、この荒巻をとりに使いがきたら、とり出してたしかにその使いのものにわたせ』。わたしは、いまここへもどってきたところですぞ」と、茂経の身におこった一切のことをまったく知らないでこたえた。そこで、茂経は、「では、あなたが預けられたという男がいいかげんであったにちがいない。その男をよびつけて委細を聞いてくだされよ」と言う。義澄が「その男をよびつけて問いただそう」と男をさがしているうちに、一人の料理番の男がこのことを聞きつけて、「そのことでしたら、わたしが聞いてくわしく知っております。わたしが壺屋㉖に入って聞いておりますと、このお屋敷のわかい元気な侍の方々が贄殿においでになって、間木にのせられている荒巻を見て、『この荒巻はどうするのだ』とおたずねなさったので、だれが申したのでしょうか、『これは、左京の属殿《さかんどの》の御荒巻をおいておかれているのでございます』とこたえますと、侍の方々は、『それでは、よいことがあるぞ』と言って荒巻をとりおろし、なかから鯛をとり出して切って食べてしまい、そのかわりに欠けた下駄の片方や、すりきれた古ぞうりや、ぼろぼろの古わらぐつをどこからかさがし出してきて、なかに入れておかれたということでございます」と語ったので、茂経は、これを聞いて、かんかんになってわめきたてた。そのわめく声を聞いて、このいたずらをした侍たちが出てきて、さんざんに笑いころげた。そこで、義澄は、「わたしは、すこしもまちがったことはいたしておりません」と言った。こうなっては、茂経は、どうすることもできず、すごすごと帰るばかりであった。

その後、茂経は、すっかりまいってしまい、人々がこのように笑いさわぐうちは、外へ出まいと思い、長岡の家にこもっていた。このことは、いつとはなしに世間に広がったので、当時、世間話には、このことを話題として人々は笑い合った。茂経は、その後すっかり恥じいって左京大夫の家には行けなくなってしまった。たしかに、出むいて行けるものではあるまい、とこう語り伝えているということである。

典拠未詳。ただし、『宇治拾遺物語』に同文的同話があり、原拠は同じと認められる。

(1) 左京職の長官。
(2) 左京大夫の姓名の明記を予定した意識的欠字。
(3) 公達の家がらのもので、今はあまりぱっとしないものの意。
(4) 原文「下辺《しもわたり》」。下京。あまりよい環境とはいえない状態であることを漠然と示唆する。
(5) 左京職の四等官。
(6) 未詳。『宇治拾遺物語』には、「紀用経」とある。
(7) いまの長岡京市。
(8) 道長の子、頼通。後一条・後朱雀・後冷泉三帝の関白をつとめた時期であろう。寛仁三年（一〇一九）から治暦三年（一〇六七）の間。晩年宇治に隠棲した。
(9) くだものや魚鳥をしまっておくところで、調理もした。
(10) 多田（源）満仲の二男。大和・周防・淡路・信濃守などをつとめた。瀬戸内の鯛はつとに知られる。
(11) 臓物をとりさって塩をし、葦や、竹皮・わら・縄などでまいて保存用にしたもの。
(12) 原文「預《あづかり》」。管理責任者。
(13) 義澄の姓の明記を予定した意識的欠字。
(14) 長押《なげし》の上にわたした横木で、棚として使用する。
(15) 『宇治拾遺物語』では「出居」とする。寝殿造の母屋の庇の間にあり、客を応接するのに用いる。
(16) 原文「地火炉《ぢくわろ》」。室内に設けられた料理用のいろり。
(17) 底本は漢字表記を予定した意識的欠字。『宇治拾遺物語』には、「火おこし」とある。

(18) 雉《きじ》などをさすか。
(19) 瀬戸内の鯛を予想した言い方。
(20) 乱れなどを正すのであるが、ここは、いわゆる「かっこうをつけて」の意。
(21) 魚料理に用いる木のはしで、そのつど新しく削って用いた。
(22) 当時、京都では、海の魚は珍重され、川魚が主として賞美された。とくに鯉はその代表で、その包丁さばきが貴族の好む見物《みもの》となっていたのである。『徒然草』第二百三十一段には、包丁者園《その》の別当入道にまつわる鯉の話が記されている。
(23) 底本は漢字の明記を予定した意識的欠字。「アキレ」が該当する。
(24) 原文「尊《みこと》」。ここでは侮蔑の意に用いている。
(25) 原文「老《おい》の浪にいみじき態《わざ》かな」。老齢を重ねることを、波にたとえていう。「老いの波磯額にぞよりにける」(『梁塵秘抄』)とあるのは、顔のしわへの連想。
(26) 建物の側面や、後方にあって、他の部屋から独立している部屋。ここは、母屋からはなれている料理番の部屋であろう。

この話の滑稽のおくそこには、下級役人のさがに生きなければならなかった茂経の傷心がひそんでいる。関白家の侍は、虎の威をかるものであるが、逆に、巨大な権力にかかえこまれたはかなさを示していると思われる。

大蔵大夫藤原清廉《おおくらのたいふふじわらのきよかど》、猫《ねこ》を怖《おそ》るる語《こと》、第三十一

今は昔、大蔵丞(1)から従五位下に昇進した(2)藤原清廉《きよかど》(3)というものがいた。大蔵大夫(4)とよばれていた。その前世がねずみでもあったものか、猫をひどくこわがった。それで、この清廉が出かけていく先々では、いたずら好きの若ものどもは、清廉を見つけると、猫をもち出して見せる。清廉は、猫さえ見ればどんな大切な用事でいったところでも、顔をかくして逃げ出した。それで、世間の人は、この清廉に猫怖《ねこお》じの大夫とあだ名をつけた。

ところで、この清廉は、山城（京都府）・大和（奈良県）・伊賀（三重県）の三国に田をたくさんもっていて、たいへんな財産家(5)であったが、藤原輔公《すけきみ》朝臣(6)が大和守のとき、清廉は、その国の租税を全然納めなかったので、守《かみ》は、「どのようにして、これを徴収しようか」と考えたが、清廉は、「まったくの田舎ものでもなく、京でながい間官途についていた功労で五位をたまわり、京でもりっぱに世間をわたっているものだから、検非違使庁(7)につき出すわけにもいかず、そうかといってこちらが寛大にあつかっていると、なかなかのしたたかもので、なんのかのと言って全然納めようとはしない。どうしてくれよう」と考えめぐらしているうちに、いいことを思いついたところへ、清廉がやってきた。

守は一計を案じて、侍の宿直する、四方を完全に壁でかこまれた二間ほどの壺屋に一人で入ってすわった。そして、「さあ、大蔵大夫よ。ここにお入りください。内密にお話ししたいことがござる」と召使いを通じてよばせると、清廉は、いつもしかめっつらをしている守が、このようにきげんよく宿直の壺屋へよび入れてくださったので、お礼を言って、たれ布(8)を引きあけ、なにげなくそのなかへ入った。すると、後から侍が出てきて、彼が入った引き戸をしめてしまった。守は奥の方にいて、「どうぞ、こちらへ」とまねく。清廉が恐縮しながらいざりよると、守が言うには、「このわたしの大和守の任期も、いよいよ終りをむかえた。もう今年が最後だ。それなのに、どうしていままで租税を納めないでいるのか。いったいどういう所存か」と言う。清廉はこたえて、「そのことでございます。じつは、この国一国だけのことではございません。山城と伊賀両国分の納付のことも手配いたしておりますうち、どの国も手配いたしかねまして滞納分がかさみまして、なかなか納めきれずにおりましたが、今年の秋には全部完納しようと思っております。他の方の場合でしたら、うやむやにすごすことがあるかもしれませんが、あなたさまの御在任中には、なんでいいかげんのことができましょうか、これまで延引つかまつりましたこと自体、心中はなはだ恐縮に存じておりますしだいでございます。いまは、いかようにもおおせのとおりの数をととのえてお納めいたそうと存じております。めっそうもございません。たとえ千万石であろうとも、滞納分をそのままにするなど、あろうはずはございません。なが年の間、それ相応のたくわえはいたしておりますので、これほどまでおうたがいなさって、そのようにおおせなさるとは、まことに心外でございます」と言いながら、内心では、「なにをぬかすか、この貧乏国司め。屁でもひっかけてやろうか。国にかえって東大寺の荘園[9]のなかにもぐりこんでしまえば、ど[10]んなにえらい国司さまでも責めたてることなどできまいよ。いったい、どんなおかしなやつが、大和国の租税など納めたりしたのか。これまでだって天のとり分だとか、地のとり分だとかいって言いくるめて終りにしてやったのだ。この国司は、したり顔できちんととり立ててみせるなんてのたもう。ばかも休み休みいえ。大和守なんかに任命されていることで、お上《かみ》のおぼえの程度がわかるわ。笑止千万なことよ」と思ったが、表面は、ひどく恐縮して、手をすりながらいいわけをした。すると守は、「強欲なくせに、そんなきれいごとを言うな。そうは言っても、家に帰ったら、当方の使いにも会わず、納入などしないにきまっている。それゆえ納入期限を今日に切ろうと思うのだ。おぬし、納めぬかぎりは、帰れぬぞ」と言うので、清廉は、「守殿、家へ帰って、この月じゅうに完納いたします」とこたえるのを、守はいっこうに信用せず、「このわしは、おぬしと見知って、もう数年になった。おぬしもこの輔公と知り合って久しくなったであろう。だから、おたがいに不人情なことはできないのだ。しかし、今日のところは、よく分別して納入をすますがよいぞ[11]」と言った。清廉は、「ここにいては、納入などできましょうか。家に帰り文書どおりにきっちり納めましょう」と言う。そのとき守は、声をはりあげ、立ちあがらんばかりにして左右の腹をゆすりあげて、顔色にいかりをみなぎらせて、「おぬし。では、今日は納めぬというのだな。今日という日は、この輔公、おぬしとさしちがえて死ぬ覚悟をきめているのだ。命などいっこうに惜しくない」と言って、「おい、みな出てこい」と大声でさけぶ。二声ほど呼びかけたが、清廉は、すこしも身動きせず、にこやかに、ただ、守の顔を見つめていた。

　そこへ、侍がこたえて出てきた。守は、「その用意しておいたものをとってまいれ」と言うと、清廉は、このことばを聞いて、「このおれを、いかになんでも、恥ずかしめることなどできないはずだ。だが、いったいなにをどうしようとして、こんなことを言うのだろうか」と思っていると、侍どもの五、六人ばかりの足音がしてきて、引き戸のそとで、「つれてまいりました」という。守が、「その戸をあけて[12]、こちらへ入れよ」と言うと、引き戸をあける。清廉がひょいと見ると、灰毛まだらの身のたけ一尺あまり（約三十センチ）ぐらいもある大猫がいて、それも、琥珀をみがき入れたような赤い目玉をして、声をはりあげて鳴く。しかも、まったく同じような猫が五ひき、つぎつぎと入ってきた。そのとき、清廉は、目から大つぶの涙をおとして、守にむかって手をすりあわせてあわてふためいた。そのうちにも、この五ひきの猫は、壺屋のなかに放たれて、清廉の袖をかいだり、こっちのすみ、あっちのすみと走りまわる。そのうちに、清廉は、見る見るうちに真っ青になって、いまにも気を失いそうになった。

守は、この様子をじっと見ていて、かわいそうになり、猫をみな引き出させ、引き戸のわきに短い縄でつながせた。そのときは、五ひきの猫の鳴きあう声は、耳をつんざくばかりであった。清廉は、ひやあせでびっしょりになり、目をしばたたいて、生きた心地もない様子なので、守は、「どうだ、これでも租税を納めないというのか。いいか、期限は今日きりだぞ」と言うと、清廉は、声がすっかりかわりはてて、おびえてふるえながら、「ただもう、おっしゃるとおりにいたします。命あっての物種、生きていてこそ納入もできるというものでございます」と言う。そのとき守は、侍をよんで、「では、硯と紙をもってまいれ」と命じると、侍はすぐにもってきた。守は、それを清廉にわたして、「納入すべき米の数量は、まさに五百七十余石[13]である。そのうち、七十余石は、家にもどってから算をおき再計算して納めるがよい。五百石については、たしかに下達書[14]を作成せよ。その下達書は、伊賀国の納所[15]におくってはならない。おぬしのような心がけでは、にせの下達書を作るかもわからぬ。されば、大和国宇陀郡[16]の家にある稲や米を納付するように書きしるせ。その下達書を書かぬかぎりは、先ほどのように猫を放ち入れて、この輔公は外へ出ようぞ。そして、壺屋の戸をしめて封じこめてやろうぞ」と言うと、清廉は、「おとのさま、おとのさま、そんなことをされては、しばらくの間も、とても生きてはいられません」と言って、手を合わせ、宇陀郡の家にたくわえてある稲・米・もみ三種類のものをもって、合計五百石になるようにとの下達書を書いて守に手わたした。そのときに、守は、下達書をうけとると、清廉を壺屋から出してやった。そして、下達書を郎等にもたせ、清廉をいっしょにつれて宇陀郡の家にやり、下達書どおりにすべてとり出させ、まちがいなく受領した。

　されば、清廉が猫におびえたのは、ばかげたことに見えたが、大和守輔公朝臣にとっては、たいへん大事なことであった[17]と、当時の人はみなうわさしあい、世をあげて笑いあった、とこう語り伝えているということである。

典拠未詳。

（1）大蔵省（諸国から納入される租税――調・庸の出納、銭・金銀・珠玉の度量・売買の値段などをつかさどった）の三等官。大丞（正六位下）と少丞（従六位上）があった。

（2）原文「冠《かうぶり》給はり」。初めて五位に叙せられたことで、位田・位禄をうけることになる。

（3）山城・大和・伊賀に広大な荘園をもっていた大蔵官僚。東大寺領の田地を領し、子から孫へと伝領した。七十七歳で没。

（4）六位相当官で、従五位下に叙せられたものが大夫《たいふ》である。

（5）原文「器量《きりやう》の徳人《とくにん》」。たいへんな金持ち。

（6）備中守清通の子。蔵人・三河守・右衛門佐・右馬守などをつとめた。大和守在任のことは未詳。ただし、寛弘六年（一〇〇九）から、寛仁元年（一〇一七）まで大和守をつとめた藤原輔尹とする説がある。

（7）令外の官の一つ。京中の非法・非違をとりしまり、秩序の維持・風俗の粛正などに当った官職で、のち諸国にもおかれた。
（8）出入口にたらした一枚の大布。
（9）東大寺は、板蠅杣《そま》を中心として名張郡一帯に荘園をもっていて、これがのちに東大寺黒田庄と総称されるようになる。長暦二年（一〇三八）杣内の見作田六町余の領有が認められ、黒田本荘の基となった。東大寺は、ここを中心として荘の拡大を計り、荘民は雑役免除の特権によって公領に出作地を広げ、公領に住む農民も雑役免田堵——寄人になるものが増加していった。伊賀国の私営田主藤原実遠は、これに影響されて名張郡に属する土地は、ついに東大寺領の黒田出作地となり、国司との間に長期におよぶ抗争が生じた。
（10）原文「狛《こま》の者」。高麗人で、この大和国など知らないものという意。
（11）通知書どおりに、正確に納付するという意。
（12）灰まだらの毛の猫。
（13）当時、一石を十斗（百升）として、五千七百余斗。
（14）清廉の荘園への通達書である。
（15）納入所か。
（16）伊賀国に近接する大和国の東部。そこに清廉の館があったものか。そこにいた清廉の代官への命令書を書かせるのである。
（17）この当時、私領田のために、いかに国司が徴税に苦労したかがわかる。

山城介三善春家《やましろのすけみよしのはるいえ》、蛇《へみ》を恐《お》ずる語《こと》、第三十二

今は昔、山城介(1)で三善春家《みよしのはるいえ》(2)というものがいた。前世がかえるででもあったのか、ひどく蛇をこわがった。およそこの世では、蛇を見てこわがらない人はいないけれども、この春家は、蛇を見ると、まるで我を失ってしまうのであった。

最近では、夏のころのこと、染殿《そめどの》(3)の東南のすみの山(4)のかげに、殿上人や公達二、三人が行って、涼みがてら雑談などをしていたが、そこに、この春家もいあわせた。ところが、人のそばといっても、ちょうどこの春家がすわっている、そのそばから、三尺（約九十センチ）ほどの烏蛇《からすへみ》(5)がはい出した。春家には見えなかったが、公達が、「それ見ろ、春家」と言ったので、春家がひょいと目をやると、袖からわずか一尺（約三十センチ）ばかりのところを烏蛇がはっていくのを見つけて、春家は、顔色が朽ち藍《あい》(6)のように真っ青になり、なんともいいようのない悲鳴を一声あげたまま、立つことができない。立とうとするうちに、二度もぶっ倒れてしまった。やっと立ちあがるや、くつもはかず、（たび）(7)のまま逃げ出して、染殿の東の門から走り出して(8)北むけに走り、一条大路を西に西洞院大路まで走り、そこから西洞院大路を南へ走った。家は土御門・西洞院(9)にあったので、そのまま息せききってかけこんだ。妻や子が、「いったい、なにごとがあったのですか」とたずねたけれども、ひとことも言わず、装束もぬがず、着のみ着のままうつぶせに倒れこんでしまった。

人がそばに近づいてたずねてみても、なにもこたえない。装束は、みながよりあつまってあっちにころばし、こっちにころばししてやっとのことでぬがせた。気を失ったようにして倒れているので、湯を口に入れてやるが、歯をひしとばかりに食いしばってうけつけない。からだをさぐると、火のようにあつくなっている。妻や子は、この様子を見て肝をつぶし、大ごとになったと思っていた。一方、春家の従者は、こんなできごとはなんにも知らず、あたりのものかげにひかえていたが、ある宮家の雑色が一人、これを見て滑稽だとは思ったが、とにかく春家のあとを追って走ってきて、家にかけこんできた。妻と子は、「いったいなにごとがおこって、主はあんなに走ってきて倒れたのですか」とたずねると、宮家の雑色は、「蛇をごらんなさって、走ってお逃げなさったのです。おともの人も、みな涼もうとしてものかげにおりまして、まったく気づきませんでしたので、わたしがおくれ申すまいと追いかけて走ってきたのですが、とても追いつくことができませんでした」と言うと、妻子はこれを聞いて、「じつは、以前にもそういうことがあったのです。いつものばかばかしいもの恐じをなさったのでしょう」と言って笑い出した。また、家の従者たちも笑った。そのあとで、春家のおともについていった従者たちもかえってきた。

まったく、どんなにおかしかったことだろうか。五位⑩ほどのものが、昼日なかに都大路をものにものらず、（はだし）⑪で指貫の股立ちをとって⑫息せききって七、八町（約七六〇メートル〜八七〇メートル）も走りつづけたとは。道行く人は、これを見てどんなに笑ったことだろう。その後、一月ばかりして、春家はまた染殿に参上したのだが、おちついて伺候することもなく、あわてた様子で早々に退出していったので、人々はこれを見て、めくばせしながら笑い合ったのであった。

されば、春家の蛇に対する恐れかたは、世間一般の人のそれとは、まったくちがっていたのである。蛇は、即座に人に危害を加えることはないのだが、不意に見つけると、気味わるく不快な思いがするのは、蛇の（本性⑬）なので、だれにもそう思われるのである。それにしても、春家は常軌を逸していた、とこう語り伝えているということである。

典拠未詳。

(1)　山城国（京都府東南部）の次官。
(2)　伝未詳。
(3)　藤原良房の旧邸。桜の名所として知られ、盛大な観桜の会が開かれた。正親町北・富小路東とされる。この南一町には、文徳天皇の女御明子（良房の娘）とともに住んだ清和院があり、現在の御苑石薬師門の南にあたるという。のち寺となり、感応寺と称し、河崎堂ともいわれた。
(4)　池・築山をしつらえた庭園の一部であった。
(5)　しま蛇の変種かという。色が黒いことからいう。
(6)　藍色のさめたものか。また藍だめが古くなって茶色がかった緑色になったものか。
(7)　底本は漢字の明記を予定した意識的欠字。「タビ」「シタウヅ」が想定される。
(8)　左京の京極大路に出たのである。
(9)　一条大路を東洞院大路をへて西洞院大路まで走り、そこを南へ正親町をへて土御門大路に至ったのである。
(10)　五位は昇殿をゆるされたものであり、身分の差の決定的ちがいとなる。『平家物語』巻一の「殿上闇討」には、清盛の父忠盛の昇殿をめぐる殿上人たちの暗殺計画が語られている。
(11)　(7)に同じ。
(12)　原文「喬《そば》取りて」。股立ち（袴の左右上部の腹の側面にある開いた部分）をつまんで持つか、帯または袴のひもにはさみこむこと。
(13)　底本は漢字の明記を予定した意識的欠字。「サガ」が想定される。

大蔵大夫紀助延《おおくらのたいふきのすけのぶ》の郎等《ろうどう》、唇《くちびる》を亀《かめ》に咋《く》わるる語《こと》、第三十三

今は昔、内舎人《うどねり》(1)から大蔵丞(2)になり、後には従五位下に叙せられて(3)大蔵大夫(4)とよばれた紀助《きのすけ》延《のぶ》(5)というものがいた。若いときから米を人に貸して利息をとってかえさせたので、年月がたつにつれて、その量がつもりにつもって、四、五万石になった。そこで世間の人は、この助延のことを「万石の大夫」とあだ名をつけていた。

その助延が備後国（広島県）にいき、用事があってしばらく滞在していたときのこと、浜に出て網を引かせたところ、甲の高さ一尺（約三十センチ）ばかりの亀を引きあげた。助延の郎等がそれをいじめてもてあそんでいたところ、なかに年五十歳ぐらいになった薄馬鹿ものがいた。いつもたいそう見苦しい（悪ふざけ(6)）を好んでする男であったが、そのためであったろうか、この男は、亀を見つけるや、「これは、おれのところから逃げていったもとの女房だ。こんなところにいたのか」と言って、亀の甲らの左右のはしをつかんでさしあげると、亀は手足を甲らの下に引き入れ、首もすっぽりと引っこませたので、細い口先だけがわずかに甲らの下に見えるばかりである。この男は、ささげもって、幼児に、「高い、高い」をするようにして、「『亀こい、亀こい』と川岸で言った(7)ときに、どうして出てこなかったのだ。長いこと、お前さんが恋しくてならなかったのに。ひとつ口を吸おうな(8)」と言って、細くつき出た亀の口に自分の口をくっつけて、わずかに見える亀の口を吸おうとしたところ、亀は、とつぜん、首をさっとのばして、男の上下のくちびるを深くかみ合わせてしま

った。引きはなそうとしたけれども、亀は上下の歯をくいちがうようにしてかみついているので、ますます、深くぐいぐいとくいこむばかりで、どうして放すものではない。そのときに、男は、手をひらいて、くぐもり声でさけぶが、どうにもいたしかたなく、目からなみだをこぼしてうろたえるばかりである。そこで、他の連中がよってたかって、刀の峰で亀の甲らをたたくと、亀はますます強くかみつく。男は、やたら手をばたばたさせてもがいて苦しむ。他のものたちは、この様子を見て気の毒がったが、そっぽをむいて笑うものもいた。

　すると、一人の男がいて、亀のくびをすぱっと切ったので、亀のからだは下におちた。首は、あいかわらずくいついたままになっている。それにものを押しあて、亀の口のわきから刀をさしこんであごをはずし、それから亀の上あごと下あごとを引きはなしたところ、まるできりの先のような亀の歯がくいちがってつきささっているので、それをそうっとだますようにしてぬきとる。と同時に、上下のくちびるから黒い血がさっととめどなくほとばしり出た。血が出つくしたあとで、蓮の葉[9]を煮て、その汁できず口をひたしてやると、きず口は大きくはれあがってしまった。その後、そこがたいへんうんで、ながい間病みついていたのであった。これを見聞く人は、主人を初めみな気の毒だとは言わず、あざけり笑った。もともと薄馬鹿な男で、（悪ふざけ）[10]を好んでいたから、こんなばかなことをしでかして病みくるしみ、人にも嘲笑されることになったのである。その後は、（悪ふざけ）[11]も好んですることもなくなったけれども、それにつけても同僚のものどもはまた笑った。

　思うに、亀の首は、四、五寸（約十二センチ～十五センチ）は突き出るものなのに、それに口をちかづけて吸おうとすれば、くいつかれないはずがあろうか。こういうわけで、世間の人は、身分の上下を問わず、つまらぬ（悪ふざけ[12]）をして、じょうだんにせよ[13]、このような危険なたわむれをするのはやめたほうがよい。こんな馬鹿なことをしでかして嘲笑された男があった、とこう語り伝えているということである。

典拠未詳。

（1）中務省の大舎人寮に属して、宮中の宿直・雑役・供奉《ぐぶ》などにあたった。

（2）大蔵省の三等官。

（3）原文「冠《かうぶり》給はりて」。五位の位に叙せられること。

（4）六位相当官で、とくに従五位に叙せられたものの称。

（5）『二中歴』は、紀助信という財産官をあげている。同一人か。

（6）原文「虚《そら》□」。漢字表記を予定した意識的欠字。「サレ」が想定される。

（7）亀とたわむれる代表的な話には浦島説話がある。

（8）口づけする。

（9）春、最初に出る葉は、ぜにば（銭葉）とよばれ、つぎに出るのは、みずば（水葉）とよばれた。そののち、新しい地下茎がのびて、その節から一枚ずつ出るのが立葉で、長い葉柄があって水面上に高く伸長している。この葉は、口・鼻の止血によくきくとされている。

（10）（11）（12）（6）に同じ。

（13）原文「猿楽《さるがく》に」。いわゆる滑稽な所作を即興的に演ずる猿楽芸をいうのでなく、たわむれごと、じょうだんごとという意味に用いられている。

筑前守《ちくぜんのかみ》藤原章家《ふじわらのあきいえ》の侍、錯《あやまち》する語《こと》、第三十四

今は昔、筑前の前司藤原章家《あきいえ》(1)という人がいた。この人の父親は、定任《さだとう》(2)といった。これも筑前守であったが、この章家朝臣はまだ若年で、任官もできず、四郎の君といって、部屋住み(3)の身であった。そのころ、見るからにものものしくて、ひげが長く、威風堂々とし、武勇を自慢する恐ろしげな侍が仕えていた。名を頼方《よりかた》(4)といった。

この男が、章家の部屋で、おおぜいの侍たちと同席し、しかるべきことなどしていっしょに食事をしていた。その折り、章家は、すでに食事を終えていたが、そのおさがり(5)を、食べ終わった侍たちがとりおろしてわけあい、上席から順々に、下へとまわしていくうちに、頼方のところまできた。かれの皿にはまだすこし食物がのこっていたが、おさがりがまわってきたので、「ほかのものがするように、自分の食器に受けてから食べるだろう」と、侍たちが見ていると、この頼方は、うっかりして、主人の食器をとって、自分の食器にはうつさないで、主人の食器のままで、さらさらとかきこんでしまった。ほかのものたちは、これを見て、「あれはどうしたことか。御主人の食器のままで食べてしまったぞ」と言ったので、そのとき、頼方は、はっと気がついて、「ほんとうにそうであった、とんでもないまちがいをしてしまった」と思ったとたん、すっかり気が動転してしまい、口のなかにほおばりこんでいた飯を、主人の食器のなかに吐きもどしてしまった。主人の食器のままで食べたことでさえ、侍たちも主人も、「ああ、きたならしい」と思って見ていたのに、いったん口に入れ

て、つばのまじった飯を食器に吐き入れたのであったから、飯つぶが長いひげにひっかかりなどしていたので、それをぬぐいわずらったりしている様子は、まことに醜態のかぎりであった。ほかの侍たちは、この様子を見ていて、立ちあがり外に出て大笑いをしたことであった。

実際、頼方はどうしてこんなうかつなことをしでかしたのであろうか。もとは、たいへんしっかりした武者であって、主人に重んじられていたのに、このことがあって後は、武勇の士という評判までおちこんで、うつけものという評判をとるようになった。思うに、武勇の士ではあったが、頭がにぶく、おろかものであったにちがいない。されば、人は、なにごとにおいても、とっさに頭を回転させてことに当たらなければならない、とこう語り伝えているということである。

典拠未詳。
（1）越前守為盛の孫。春宮少進。延久四年（一〇七二）筑前守。従五位下。
（2）筑前・肥前・伊賀・大和の守をつとめた。上東門院（彰子）に仕えた。
（3）まだ独立できずに、邸内に一部屋をもらって住んでいる身分。
（4）伝未詳。
（5）神仏の供物のおさがりや貴人の食べのこしをいう。『平家物語』巻八「猫間」に、「猫殿は小食におはしけるや、きこゆる猫おろしし給ひたり」とある。

右近《うこん》の馬場《ばば》の殿上人《てんじようびと》の種合《くさあわせ》の語《こと》、第三十五

今は昔、後一条天皇の御代(1)に、殿上人や蔵人たちのあらんかぎりをあつめ、左右両方にわかれて種合《くさあわせ》(2)が催されたことがあった。二人の蔵人頭(3)を左右の長として名簿を書きわけてあった。そのときの蔵人頭は、左方が頭弁藤原重尹《しげただ》(4)、右方が頭中将源顕基《あきもと》朝臣(5)である。こうして、名を左右に書きわけてのちは、双方、力をつくして対抗した。日をきめて北野の右近馬場(6)できそい合うことを約束した。

さて、それぞれ双方に属するものたちは、世のなかにめったにない珍品を求めて、諸宮・諸院・寺々・国々、京といわず、田舎といわず、精根をすりへらし、血まなこになってさがしまわり、さわぎあうさまは、なみ一とおりのことではない。殿上人・蔵人だけではなく、蔵人所の衆(7)・出納(8)・小舎人(9)にいたるまで、左右にその名を書きわけたから、それらのものもみな前世からの敵同士のように、どこかで行き合っても、口もきかないという状態であった。まして、殿上人や蔵人は、たとえ兄弟であれ、前からの親しい知人であれ、左右にわかれたからには、おたがいに張りあうさまは、まことにすさまじいものがあった。

こうしているうちに、いよいよその当日になったので、双方、右近馬場の大臣屋《おとどや》(10)に出かけていった。殿上人は、りっぱな直衣(11)姿で牛車をのりつらねて、集合所から出かけていく。その集合場所は前もってきめてあったので、めいめい宵のうちにあつまった。そこから大臣屋へ出かけていく様子といったら、とてもいいようがないほどすばらしい。大臣屋の前は、馬

場の柵[12]から東に、南北にむかい合って、東西にながく平張[13]を立て、おなじように錦の幔幕を引きめぐらし、その内に、種合《くさあわせ》の品々をすっかりとりそろえてある。出納や小舎人などが平張のなかで、すべてこれらを管理していた。殿上人は、大臣屋のまんなかに仕切りをつくって[14]、そこから南は左方、北は右方とわかれて、全員着座した。蔵人所の衆・滝口[15]の侍もみな左右にわかれて着座した。柵から西には、これも南と北からむかい合わせに、勝負の舞いをするための錦の平張を立てて、そのなかに楽器を用意し、舞人や楽人たちがおのおの着座している。そのあたり近くには、京中の上中下の人々が、黒山のようにあつまっている。もはや、女車は立てることもできず、その場所もない。そのなかには、関白殿[16](藤原頼通)がおしのびで、車を女車のようによそおって、柵の東の、左方の人々のひかえ屋の西のわき[17]に立ててごらんなさっておられた。

やがて、いつしか、その時刻になると、大臣屋の前に順々に座をしき、弁舌さわやかで、口達者なものを双方がつれてきて、その座にむかい合わせにすわらせた。一番ごとの勝負を数える道具[18]の細工には、財をつくして金銀でかざってある。さて、勝負係りが着座すると、さっそく左右の品ものを合わせたが、たがいに勝ったり負けたりするが、その間、ことばをつくしてさまざまに論争する。半分ほど勝負がすすんだとき、左方から、そのころ御随身としてもっともはなやかであった近衛舎人下野公忠《しもつけのきんただ》[19]に、左方の競馬《くらべうま》[20]のすばらしい装束を着せて、みごとな駿馬に、これまたみごとな平文[21]の移し鞍[22]をおいて、それにのせて、左方のひかえ屋の南から馬場へうって出させた。案の定、人々は、これを見て、たいへん感嘆した。これが柵のうちを一まわりし、むちをとりなおして立っているところに、右方のひかえ屋からうって出たものがいる。見ると、ひどく貧相な老法師に（ねじけ(23)）た冠をつけさせ、犬の耳のたれたような老懸《おいかけ》(24)をさせ、右方の競馬の装束の古くてぼろぼろになったのを着させ、乾鮭(25)を太刀にはかせ、その装束もゆがめて、腰のあたりにずりおろしてつけさせ、袴は足先きまでずりおとしてふくらませて、悒悒《もこう》(26)も猿楽同然のもの(27)をつけさせ、さらに、牝牛に結鞍(28)というものをおいて、それにのせて出したのであった。公忠は、これを見て、たいへん腹を立てて、「つまらぬ殿ばらのおっしゃることばに従って、とんでもない恥をかいた」と言って、自分のつとめを放り出して、その場から引っこんでしまった。そのとき右方では、公忠がいかって退場するのを見て、手をたたいて大声で笑いあった。まるで、節会の折り、相撲の負力士が退場するのを笑うときのようなさわぎであった。笑うと同時に、右方では乱声(29)を発して、落蹲《らくそん》の楽(30)を奏し、落蹲の舞いを出した。

もともと、勝負の終わった後で、舞いが行われる予定で、左方でも陵王の舞い(31)を用意していたのであったが、まだ、種合《くさあわせ》の勝負がつかないうちに、このように落蹲を出すものだから、左方では、「いったい、これはどうしたことだ」などと言いあっていると、関白殿は、おしのびで女車のようにしつらえてごらんなさっておられたのだが、このように落蹲が出てきたのを、けしからんことだとお思いなさって、即座に、「あの落蹲の舞人、かならずひっとらえよ」と大声でお命じなさった。その声を聞くや、落蹲の舞人はおどるようになかにとびこんだ。そうして、そのまま、装束もぬがずに逃げ出し、あわてふためいて馬にのり、西の大宮大路(32)を南にむけて一目散に走らせていった。その舞人は、多好茂《おおのよしもち》(33)であった。「仮面をとったら、人に知られるかもしれない」と思ったので、面をつけたまま走らせていった。ちょうど時刻は、四時ごろのまだ明るいころであったので、道行く人は、「おい見ろよ。鬼が昼日なか、馬にのっていくぞ」とさわぎ立てた。おさない子どもなどは、これを見てふるえあがり、ほんとうの鬼だと思ったからだろうか、恐怖のあまり病気になったものもあった。ところで、関白殿としては、まだ勝負もきまらないうちに、落蹲が出たのを制止しようとお考えなさって、「とらえよ」とおおせなさったのである。ほんとうのところは、とらえられないのだが、関白殿の「とらえよ」とおっしゃるお声を聞いて、好茂が逃げ出したのも無理からぬことである。その後、好茂はご不興をこうむって、ながらく朝廷には出仕しなかった。また、関白殿は、頭中将をはじめ、右方の人々をこころよくお思いなさらなかった。そこで、右方の人々は、関白殿を、「左方をひいきなさっていらっしゃる」と言っておうらみ申しあげた。これは、公忠が関白殿の御随身だったからではあるまいかと世間の人はうたがった。さて、種合《くさあわせ》も意外な結果に終わってしまったので、左右双方どちらの側の人も、にがにがしくなって勝負はとりやめになってしまった。そのなかでも、世間の人は、落蹲の舞人が仮面をつけたままで、馬をとばして逃げていったことを笑いあった。

されば、このような勝負のいざこざは、むかしからかならずおこるものである、とこう語り伝えているということである。

典拠未詳。

（1）長和五年（一〇一六）一月末から長元九年（一〇三六）四月中旬までの間。

（2）物合わせの一種。たがいにいろいろの草を出して、その種類・色合い・形状などを競った行事。これに関連して、種々の出しものなどを競った。
（3）蔵人所の長官で定員二人。一人は弁官（文官）、一人は近衛司（武官）から任じられた。頭の弁と頭の中将である。
（4）大納言懐忠の子。権中納言。万寿三年（一〇二六）十月から、長元二年（一〇二九）一月まで蔵人頭。
（5）民部卿俊賢の子。治安三年（一〇二三）十二月から長元二年（一〇二九）一月まで蔵人頭。権中納言の折り、後一条天皇の崩御にあって出家。大原に住む。『徒然草』第五段に「不幸に愁へにしづめる人の、頭《かしら》おろしなど、ふつつかに思ひとりたるにはあらで、あるかなきかに門さしこめて、待つこともなく明かし暮らしたる、さるかたにあらまほし。顕基の中納言のいひけん、配所の月、罪なくて見んこと、さも覚えぬべし」と見える。
（6）北野神社の東南に跡《あと》がある。大内裏の東北、一条大路に接していた。
（7）蔵人所の雑事に従う五・六位の侍。定員二十名。
（8）蔵人所の出納に従う職員。定員四（三）名。
（9）殿上の雑用に従う。定員六名。
（10）競馬や騎射を見るために臨時につくられる殿舎。
（11）平服である。
（12）原文「埒《らち》」。馬場のまわりにめぐらした柵。
（13）錦の幕を使用して、天井を平たく張りわたした仮屋。
（14）中央の柱の間を二つにわける。殿舎を二つにわけるのである。
（15）宮中を警護する蔵人所帯刀の官。定員二十名。
（16）頼通は、寛仁三年（一〇一九）から関白。重尹・顕基が蔵人頭の時代である。
（17）底本「面ノ喬」。「面」は「西」であろう。

(18) 底本「員ヲ可着キ」、「差カ」とある。くしなどをさして、その数で判定したもの。
(19) 右近将監敦行の孫。道長・頼通の随身をつとめた。
(20) 左右近衛府の対抗。左右から一人ずつ、二人の騎手が出て、何組かで技を競う。
(21) うるしに、金銀や貝などをはめこんでみがき出したもの。
(22) 蔵人所などで、官馬につけて公用に用いた鞍。
(23) 底本は漢字表記を予定した意識的欠字。「ネジケ」が想定される。
(24) 武官が冠の両脇につけた半菊花状のはねあがったかざり。
(25) 臓物をとって塩を用いずそのままに乾燥させた鮭。
(26) 冠の一種で、鉢巻風のもの。
(27) 滑稽な物真似芸にふさわしいおどけたつけ方をしているのである。
(28) 二本の木を結びつけて作製した簡単な鞍。
(29) ここは、舞楽・相撲・競馬の勝方で、笛・鉦・鼓などをさかんに合奏することをいう。雅楽では、主として舞人の出に奏する笛の曲をいう。
(30) 雅楽の一つ。高麗楽壱越《いちこつ》調の曲。ふつうは二人舞い。金青色の仮面をつけ、銀色のばちをもつ活潑な動きの曲。一人舞いのときを落蹲といい、緑青色の仮面をかぶる。
(31) 雅楽の一つ。林邑楽沙《さ》陀《だ》調の曲。金色の龍面をつけ、金色のばちを持ってはなやかに舞うもの。一人で演ずる走舞である。
(32) 大内裏の西端をとおる。
(33) 伯耆守公用の子。兵衛佐。舞楽にすぐれていた。しかし、長和四年（一〇一五）に没しており、万寿年間の話に登場するのは不審である。いわゆる説話の伝承性に根ざすものであろう。

比叡山《ひえのやま》の無動寺《むどうじ》の義清阿闍梨《ぎしようあじやり》の嗚呼絵《おこえ》の語《こと》、第三十六

今は昔、比叡山の無動寺(1)に義清阿闍梨(2)という僧がいた。若い時から無動寺にこもって、真言(3)などをふかく学び、京に出ることもなかった(4)が、年がたつにつれ、僧房の外にさえも出ることがなく、まことに尊い様子であったので、比叡山きっての高僧四、五人のなかにもかぞえられるほどであった。そこでだれもが、「祈禱は、ぜひこの僧にたのんでしてもらうにかぎる」と言っていた。

その上、この阿闍梨は、おこ絵(5)の名人であった。おこ絵というものは、筆つきは、たんに(おもしろくおかしげ)(6)にかいただけでは、おこ絵の妙はない。この阿闍梨のかいたものは、無造作に筆を走らせたように見えるが、その一筆がきの画面に、気持が生き生きと表現されているのは、すばらしいことこの上ない。だが、けっして(いいかげん)(7)にはかかない。わざわざなん枚もの紙をつぎたしてかかせる人がいると、たったひとつのものだけをかいて見せた。もう一度かかせると、紙のはしに弓を射ている人の姿をかき、つぎ紙の最後のところに的《まと》をかき、なかの紙には、矢がとんでいくところと思われるような墨の線をほそく引っぱってかいてやった。そこで、絵を注文した人は、「かかないのなら、初めからことわってくれたらよいのに、そう言わないで、紙に墨(8)の線を引っぱってかかれたのでは、ほかのものはかくことができなくなってしまった」といって、ひどく腹を立てた。だが、阿闍梨は、まったく気にしてもいなかった。もともと、すこしつむじまがりの人だったので、世間

からは、受け入れられないでいた。ただ、ならびないおこ絵の名人という評判を得て、真言によく通じた僧だということは、人に知られないでいた。かれのことをよく知っている人だけが、高僧であることを認めていたが、そうでない人は、ただ、おこ絵の名人だとしか知っていなかったのであった。

　ある年のこと、無動寺で修正会(9)をいとなんで、七日間の法会が終わって、供物のもちを、寺中の僧にわけ与えるとき、この義清阿闍梨はなかでも上臈僧(10)ということで分配にあたったが、そこに慶命《きょうみょう》(11)座主のまな弟子で、慶範《きょうはん》(12)という、下野守藤原公政《きんまさ》(13)の子の僧がいた。年も若く美男子なので、座主は、とくべつに寵愛(14)した。そこで、慶範は、傍若無人にふるまっていたが、このもちを慶範にはわけ前を少なくくばったため、慶範はたいへん腹を立てて、「あの阿闍梨は、どうして、このわたしにもちを少ししかくれないのか。わけのわからないことをする阿闍梨だなあ。年をとるだけとって、死に場所も考えない狐とは、こんなやつのことをいうのだ。おろかな坊主めが。こいつにわび状をかかせてやろう。こういう老いぼれは、こんな方法でこらしめてやるのがいちばんよい。他のもののためにも、いい見せしめだ」と言った。これを、義清阿闍梨の親しい知人で、弟子になっていたものが聞いて、おそれをなし、「あなたさまは、老いのはてに、たいへんな恥をおかきなさりそうですよ」と、あわててとんでいって、阿闍梨に知らせた。義清阿闍梨はこれを聞いて、ひどくおどろいた様子をして、おそれかしこまり、「これは、どうしたらよかろう。ほんとうに困ったことになったものよ。それでは、まず、先方からとやかく言われない前にわび状を書いてさしあげよう」と言って、さっそく手箱をひらいて、上質の紙四枚をとり出して、どのように書いたのか、ともかくも書きあげた。それを巻いて、かけ紙でつつみ、立て文⑮にして、上書きに、「なにがし房の御房に大法師⑯義清がたてまつる」と書き、苅萱⑰につけておくった。

一方、座主の房では、人々が集まって二月の行事⑱について相談していたが、そこに使者がやってきて、この文をささげて、「義清阿闍梨がなにがし御房にたてまつるお手紙でございます」とものものしく言ったので、慶範は、「自分（以下欠文⑲）

典拠未詳。

（1）東塔五谷の一つ。相応が、貞観四年（八六二）金峰山安居《あんご》の翌年、等身の不動明王を刻し、比叡の南端無動寺を創始しここに安置したと伝える。回峰行は、相応の門下遍斅によって大成されたとする。

（2）伝未詳。阿闍梨は、密教では、真言の秘法を伝授する職僧をさし、伝法阿闍梨という。

（3）伝教大師入寂後、台密の興隆時代をむかえ、顕密一致を中心思想とした教相大成時代、それ以後、事相伝持時代をむかえる。ともに安然の力が大きい。教相書としては、『菩提心義』『教時問答』、事相書としては、『対受記』がある。

（4）弘仁九年（八一八）、伝教大師は、六条の学生式を制定し、籠山十二年の制を定めた。この籠山中に遮那・止観の両方面を専修させ、さらに、八条式を定めて、遮那・止観両方面の詳細なる規定、生活上の心得などを定めた。

（5）ざれ絵。風刺画。

（6）底本は漢字の明記を予定した意識的欠字。「おもしろく上手にはかくけれど」という意でつづく文脈か。

（7）底本は漢字の明記を予定した意識的欠字。「オボロケ」などが想定される。

（8）底本「黒」。

(9) 無動寺谷は、明王堂を中心堂舎として、建立大師堂・法華堂・如法堂・南山坊・法曼院・大乗院・円頓坊・最乗坊などがあった。
修正会は、毎年正月に、旧年の悪習を正し、その年の吉祥を祈る法会。諸大寺で行われ、通例七日間であった。
(10) 「﨟」は、臘《ろう》。年末の祭の意から、転じて、僧侶の受戒以後の年数を数えるのに用いる。具体的には、具足戒を受けて完全な出家僧となってからの年数のこと。
(11) 二十七世座主。大宰少弐藤原孝友の息。万寿五年(一〇二八)六月十九日座主、六十四歳。無動寺検校・法性寺座主をつとめた。無動寺の出身で治山十年に及んだ。大僧正。長暦二年(一〇三八)九月入寂。七十四歳。
(12) 慶命の弟子。僧正。無動寺検校。積善寺別当。法性寺座主。平等院別当検校などをつとめた。康平四年(一〇六一)五月一日入寂。六十五歳。越前守安隆の子。本文「公政の子」は誤りか。
(13) 陸奥守貞仲の子。下野守。
(14) 原文「最愛にして寵《ちょう》ずる」。単に弟子として愛する以上の関係においていうことば。
(15) 手紙をかけ紙(礼紙)でつつみ、その上をさらに白紙でまき、上下を折りまげた(または、ひねった)もの。公式の書状の形。
(16) 僧位。伝燈大法師位(威儀師位)。智徳・年﨟によって叙せられるもの。法橋上人位(律師位)の下。
(17) 秋の七草の一つ。多年生草本で、高さ七十センチ~一メートル。すすきに似て、花期は九~十月。『枕草子』に、「草の花は」のなかに挙げられている。手紙を紅梅や小松に結ぶことが多いが、かるかやに結んだ意味は不明。
(18) 二月は、涅槃会などがある。
(19) 解説参照。

東《あずま》の人《ひと》、花山院《かさんのいん》の御門《みかど》を通る語《こと》、第三十七

今は昔、東国の人がそれとも知らずに、花山院(1)の御門を馬にのったままとおりすぎ(2)ようとした。そのとき、院の内から人々がとび出してきて、これを見て走りよって、馬の口綱をとり、あぶみをおさえて、御門のなかにいやおうなしに引き入れた。中門(3)のところで馬にのせたまま、がやがやさわぎ立てていると、(4)院がこれをお聞きなさって、「いったいなにをさわいでいるのか」とおたずねなさった。そこで、「御門の前を馬にのったままでとおりすぎるものがおりましたので、それをのせたまま引き入れたのでございます」とおこたえすると、院はこれをお聞きなさって、おいかりになり、「わが門前をのりうちするとはなにごとであるか。そやつを馬にのせたまま南おもて(5)につれてこい」とおおせられたので、二人がかりで馬の左右のくつわをとり、同じく二人がかりであぶみをおさえて南おもてにつれていった。

院は、寝殿の南おもての御簾《みす》のなかからごらんなさると、年のころあいは三十あまり、ひげは黒々としており、びんのはえぎわもみごとで、すこしおもながで色白く、いかにもりっぱな顔つきの男である。あやい笠(6)をかぶったままであったが、笠の下から（のぞい(7)）て見える顔は、見るからにしっかりものと見えて、度胸も十分あると思われた。紺色の水干(8)に白い単衣を着、夏毛のむかばき(9)の、赤地に白い星のついたものをはいている。そして、新身《あらみ》(10)の太刀をはき、雁胯《かりまた》(11)二本をそえ、征矢《そや》(12)四十本ばかりをさした節黒のやなぐい(13)を背おっている。えびら(14)は、ぬりえびららしく黒く（つや(15)）めいて見える。猪の皮のかたもも(16)をはき、ところど

ころに皮をまいた太い弓をもっている。馬はたてがみをそった真鹿毛[17]の、たけ四尺五寸[18](約一三六センチ)ほどのもので、足はかたくしまって、七、八歳ぐらいである。「たいした逸もつ[19]だ。すばらしい乗馬よ」と思われる。それが、左右の口綱をとられ、さかんにとびはねている。弓は、馬にのせたまま御門から引き入れたときに、院の下部[20]がとりあげてもっていた。

院は、馬がさかんにとびはねるのをごらんなさって感心され、庭を何度も引きまわさせたが、馬はこおどりしながらしきりにはねあがるので、「あぶみをおさえているものもはなれよ。口綱も放してやれ」とおっしゃって、みなとりのけられたところ、馬はますますはやりにはやるが、男は手綱をゆるめて、馬をかき(なで)[21]ると、馬はおとなしくなって、ひざをおりまげてかがみこむ。院は、「みごとにのったぞ」とかえすがえす感心されて、「弓をもたせよ」とおおせになったので、弓をとらせると、男は弓をとり小わきにはさんで馬をのりまわす。その間、中門[22]には、黒山のように人がたかって、大声でほめそやした。

そのうち、男は庭をまわりながら、中門の方に馬を押しむけ、にわかにかきやって馬を出すや、馬はとぶように門から走り出た。それを見て中門にあつまっていたものたちは、とっさに身をかわすこともできず、先をあらそって逃げ出し、あるいは馬に蹴られまいと走るものもあり、あるいは馬に蹴られてたおれるものもあった。その間に、男は、御門を走りぬけ、東洞院大路[23]を南へむかってとぶようにして逃げさった。院の下部どもがあとを追ったけれども、あの逸もつをとばして逃げたからには、どうして追いつくことができようか。とうとういずこことも知れず消え失せてしまった。

院は、「こやつは、たいへんなしたたかものよ(24)」とだけおっしゃって、かくべつ立腹されることもなくおさまったので、それ以上、その男をさがし出すこともなく終わってしまった。男が一散に馬を走らせて逃げてしまおうと思いついたその度胸は、これはまたたいしたものであるが、逃げてしまったので、たわいのないお笑い草にとどまったと、こう語り伝えているということである。

典拠未詳。
(1) 近衛南・東洞院東にあった邸宅。貞保親王から忠平・師輔・伊尹と伝領され、伊尹の娘へ通った花山上皇に伝わり、出家から入寂までの御所であった。
(2) 皇族の邸前では、いちど下馬して一礼してとおるのが習慣であった。
(3) 寝殿造で東西の廊の中間に作られた門。
(4) 原文「潗渚《しふぢふ》」。底本は「ヒシメク」と訓をつけている。
(5) 寝殿の南庇、南庭に面したあたり。
(6) 藺草を綾模様に編んだ笠。中央部がとがり、裏に絹をはったもの。武士が狩・遠出などに用いた。
(7) 底本は漢字の明記を予定した意識的欠字。「ノゾキ」が想定される。
(8) 水干は狩衣をさらに簡素化したもので、多く白色だが、ここは紺色で、武士が好んだ色。
(9) 夏毛は、鹿の夏毛。黄ばんで白い斑点があざやかになる。行縢《むかばき》は、乗馬の際、腰の前面を覆って活動に便利なようにするもの。
(10) 原文「打《う》ち出《いで》」。新しくきたえた太刀。
(11) 蛙のまたのように開いた矢じりのついた矢。
(12) 通常、戦いに用いる四枚羽の矢。

(13) 矢柄の節を黒漆でぬった矢を入れた矢立て。

(14) 矢をさし入れて背に負う道具。古くは、胡籙《やなぐい》と同じであったが、後、武具として用いるものをさし、儀式・神事に用いるものを胡籙といった。

(15) 底本は漢字の明記を予定した意識的欠字。「ツヤ」が想定される。

(16) 原文「片股《かたまた》」。よく判らないが、片足だけにはく裾の広いズボン状のはきものとする説、また左手にはめる籠手《こて》のようなものとする説がある。

(17) 原文「法師髪」。たてがみをそってあること。

(18) 体毛は茶褐色で、たてがみ・尾・四肢の先が黒い。

(19) 馬丈四尺を基準とし、その上を一寸《き》、二寸《き》という。四尺五寸の馬。すぐれた名馬のこと。

(20) 底本は漢字の明記を予定した意識的欠字。「ナデ」が想定される。

(21) 西の中門。

(22) 原文「洞院下《とうゐんくだり》に」。東洞院大路。

(23) 「武者の好むもの、紺《こん》よ 紅《くれなゐ》 山吹濃《こ》き蘇芳《すはう》茜《あかね》 寄生木《ほや》の摺り、良き弓胡籙《やなぐひ》馬鞍太刀腰刀、鎧《よろひ》冑《かぶと》に脇楯《わきだて》籠手《こて》具して」(『梁塵秘抄』)とあるとおり、りりしい武者への関心と興味は、おどろきの世界でもあった。

信濃守藤原陳忠《しなののかみふじわらののぶただ》、御坂《みさか》より落ち入る語《こと》、第三十八

今は昔、信濃守藤原陳忠《のぶただ》(1)という人がいた。任国にくだって国をおさめ、任期が終わって上京する途中、御坂峠(2)にさしかかった。多くの馬に荷物をつみこみ、人ののった馬も数知れず連《つら》ねてやっていくうち、人もあろうに守《かみ》ののった馬が、懸け橋(3)のはしの木を後足でふみ折

り、守は馬にのったまま、まっさかさまに転落した。谷底は、どのくらいあるか、はかり知れぬ深さなので、守は生きていようとも思われない。高さ二十尋《ひろ》もある檜や杉が下からおいしげり、そのこずえがはるか谷底にながめられるほどだから、谷の深さはおのずからわかろうというものである。そこに、守がこのように転落したのであったから、守の身が無事であるとはいささかも考えられない。

そこで、おおぜいの郎等どもは、みな馬からおりて懸け橋のはしにいならんで、下を見おろすが、どうしてよいか、手のほどこしようもない。「おりられそうなところでもありさえすれば、なんとかおりて守のご様子を見とどけたいが。もう一日でも先へ進んでからなら、谷の浅い方からまわってさがすこともできようが、このままでは、谷へくだれそうな方法はまったくない。どうしたものか」など、大さわぎしていると、はるか遠く谷底から呼び声がかすかに聞こえる。「守の殿は、生きておいでだぞ」などと言って、こちらからも呼びかけると、むこうからも守がこちらへ呼びかけて、なにか言う声がはるか遠くから聞こえてきた。「守の殿がなにかおっしゃっているようだぞ。静かにしろ。なにをおっしゃっているのか、よく聞けよ」と言うと、「『旅籠《はたご》(4)に縄をつけておろせ』とおっしゃっておられる」らしい。

それでは、「守は、無事でなにかにつかまっていらっしゃるのだ」と気がついて、さっそくおおぜいの人の差し縄をとり集め、それを結びつないで長くし、「それおろせ、それおろせ」とおろしていった。縄じりが手もとに残らないほどおろしたところ、縄がとまって動かなくなったので、「もう下にとどいたのだろう」と思っていると、底の方から、「さあ、ひっぱりあげよ」という声が聞こえた。「それ、『引け』とおっしゃっているぞ」と言ってたぐりあげると、いやに軽くあがってくる。「この旅籠は、いやに軽いぞ。守の殿がのっていらっしゃれば、もっと重いはずだが」と言うと、ほかのものが、「きっと、木の枝などにとりすがってあがってこられるから、こんなに軽いのだろう」などと言いあいながら、集まって引っぱっているうちに、旅籠があがってきた。見ると平たけ[5]ばかりがかごいっぱいに入っている。一同わけがわからず、たがいに顔と顔を見あわせて、「これは、どうしたことか」と言っていると、また、谷底から、「そのまま、もう一度おろせ」とさけぶ声が聞こえてきた。これを聞いて、「では、もう一度おろしてみろ」と言って、ふたたび旅籠をおろした。するとまた、「引っぱれ」とさけぶ声がしたので、声にしたがって引きあげると、今度は、たいへん重い。おおぜいのものが縄にとりすがってたぐりあげたのを見ると、守がみずから旅籠にのってたぐりあげられてきたのだった。守は、片手に縄をつかんでいらっしゃる。そして、もう一方の手には、平たけを三ふさほどもってあがってこられた。

引きあげ終わると懸け橋の上において、郎等どもは無事をよろこび合って、「いったいこの平たけはどういうわけのものでございますか」とたずねる。すると、守が、「谷底へおちたとき、馬の方は、わしより先におちていったが、わしは、それにおくれてくるくるとまわりながらおちていくうちに、木の枝がびっしりと茂って入り組んだ上にはからずもおちかかったので、その木の枝をつかんでぶらさがったところ、下に大きな木の枝があって受けとめてくれたので、それをふまえて二またになった枝にとりついて、それをだきかかえて一息ついていたところ、その木に平たけがいっぱい生えていたので、そのままにしておくのは、もったいない気がして、ともあれ手のとどくかぎりをとって、旅籠に入れて引きあげさせたのだ。まだ、残りがあるやも知れぬ。言いようもないたくさんの平たけだったからなあ。ひどい損をしたような気がしてならぬわい」と言うと、郎等どもは、これを聞いて、「なるほど、たいへんな御損をなされましたなあ」などと言って、このときやっと、どっと笑った。

守は、「心得ちがいのことを言うな、おまえたち。宝の山に入って手を空しくしてかえってきた[6]ような気持がするぞ。[7]『受領たるものは、倒れたところの土をつかめ』というではないか」と言うと、年配の目代が内心では、ひどくにくにくしく思いながらも、「まことに、ごもっともでございます。手近にあるものをおとりなさるのに、なんのさしつかえがございましょうか。だれでありましょうとも、とらずにはおられません。もともと賢明でいらっしゃるかたは、このような生死の境にも、心さわがず、万事にわたって、いつもとかわらぬように処理なさることでございますから、あわてずさわがず、こうして平たけをおとりなさったのでございます。それゆえ、任国をも平穏におさめ、[8]租税をもきちんと収納なさって、おのぞみのとおり上京なさいますからには、国の民は、守の殿を父母のようにおしたいし、わかれを惜しみ申しあげております。されば行く末も、千秋万歳うたがいございません」などと調子を合わせたものの、かげでは、仲間同士でこっそり笑い合ったことであった。

思うに、あれほどあぶない目に会って、心をまどわさず、平たけをとってあがってきたという心は、まことに強欲きわまりないことである。まして、在任中は、どんなにしっかりととりこんだことであろうかと想像にあまりある。この話を聞いた人は、どんなにかにくみ笑ったことだろう、とこう語り伝えているということである。

典拠未詳。

(1) 大納言民部卿元方の子。天元五年(九八二)には信濃守であった。

(2) 神坂峠。岐阜県中津川市神坂と長野県下伊那郡阿智村の境で、恵那山に近く、難路として著名。海抜一五六九メートル。

(3) がけなどに丸太を柵棚状にかけわたして作った橋。

(4) 旅行にさいして、食料や携帯品などを入れる籠。

(5) 本巻第十七話参照。『平家物語』巻八の「猫間」に、都の守護義仲が、猫間中納言に自分の精進合子《しょうじんごうし》で食事をすすめるところで、「何も新らしきものを無塩といふと心得て、『ここに無塩の平たけあり、とうとう』と急がす。……御菜三種して、平たけの汁で参らせたり」とある。木曾より輸送させてきた平たけであろう。

(6) 天台三大部の一つ『摩訶止観』にある句で、「宝の山に入りて手を空しくして帰るが如し」からの引用。当時広く使用されていた表現。

(7) 国司の私的代官。在地のものが任命された。

(8) 『梁塵秘抄』に、「黄金の中山に、鶴と亀とはもの語り、仙人童のみそかに立ち聞けば　殿は受領になり給ふ」とあり、受領へのあこがれを示している。

寸白《すばく》、信濃守《しなののかみ》に任《にん》じて解《と》け失《う》する語《こと》、第三十九

今は昔、腹のなかに寸白(1)をもった女がいた。それが□(2)という人の妻になって、懐妊して男の子を生んだ。その子を□(3)といった。しだいに成長して、元服(4)もすみ、官途につい

て、ついに信濃守になった。

守《かみ》が、はじめて任国へくだったとき、国境で歓迎の饗宴(5)がもよおされた。守がその宴席についていると、守の多くの郎等も着座した。その国の人々もおおぜい集まっていたが、守が宴席について一座を見わたすと、守の前の机をはじめ、末席の机にいたるまで、くるみ一式をいろいろに料理した食べ物が盛ってある。守は、これを見てどうしようもなく、つらい気持になって、ただもう自分のからだの水分がしぼりとられるようにもだえ苦しみ出した。そこで苦しみのあまり、「いったい、どういうわけで、この宴席には、こんなにくるみばかりをたくさん盛りつけてあるのか。これは、どういうことだ」と問いただすと、国のものが、「この国には、いたるところに、くるみの木が多く生えております。それで守の殿のおさかなにも、また御館の上下の方々にも、すべてこのくるみをさまざまに調理してお出ししたのでございます」とこたえる。守は、ますますやりきれなくなって、つらい思いにひたり、ただからだをしぼりとられるような気分になった。

　このようにあな□(6)まどい、弱りきった守の様子を、この国の介《すけ》(7)で、年老いて万事に経験がゆたかで判断力もある男がいたのが、じっと見て、あやしく思って思案をめぐらすうちに、「もしかすると、この守は、まさしく寸白が人に生まれかわったのが、この国の守となって赴任してきたのではあるまいか。あの様子を見ると、どうもただごとではない。ここは、ひとつ試してやろう」と思って、古い酒にくるみを濃くすり入れて(8)、ひさげ(9)に入れ、あつくわかし、国のものにもたせて、自分はさかずきを折敷《おしき》(10)にのせて目の上にささげて、かしこまった様子で守の御前に持参した。すると、守がさかずきをとったので、介は、ひさげをとりあげ、守のもっているさかずきに酒をついだ。酒にはくるみが濃くすり入れてあるので、酒の色は白くにごっているのであった。

守は、これを見て、ひどく気分がわるくなって、酒をさかずきに入れたまま、「この酒の色は、ふつうの酒とはちがって、白くにごっているのは、どういうわけか」とたずねる。介は、「この信濃国ではむかしからの習慣といたしまして、新任の守の殿がおくだりなさったときの歓迎の宴には、三年すぎた古酒にくるみを濃くすって入れ、国の庁の役人がお銚子をもって守の御前に参っておしゃくいたしますと、守の殿がその酒を召されるのがしきたりでございます」ともったいをつけて申しのべると、守はこれを聞いて、顔色が見る見る真っ青になり、がたがたとふるえ出した。だが、介が、「これを召されるのが定めでございます」とせめ立てるので、守は、ふるえふるえさかずきを引きよせたかと思うと、「わしは、じつは寸白男《すばくおとこ》だ。もうがまんできぬ」と言うやいなや、さっと水になって流れてしまった。そして、遺体さえとどめなかった。

そのときに、守の郎等どもはこれを見て、おどろきさわぎ、「これはどうしたことか」とあやしがって大さわぎになった。そのときに、この介が言った。「あなたがたは、こういうことをご存知なかったのか。守の殿は、寸白が人になって生まれてこられたのです。くるみがたくさん盛られているのをごらんなさって、ひどくつらそうに思っておられる守の様子を拝見して、わたしはかねがね聞きおぼえたことがございますので、試してみようと存じまして、あのようにいたしましたところ、がまんできずにとけておしまいなさったのです」。こう言って、国のものをみな引きつれて、その場はそのままにして国に帰っていった。守のともののたちは、いまさらどうしようもないことなので、全員京に引きかえした。そして、ことの一部始終を語ったところ、守の妻子や親族のもののたちは、みなこれを聞いて、「なんと、あのかたは、寸白の生まれかわりであったのか」と、このとき初めて知ったのである。思うに、寸白も、このように人に生まれかわるものなのだ。人々はこれを聞いてみな笑った。まことに珍しいことなので、このように語り伝えているということである。

典拠未詳。

(1) サナダムシなどの寄生虫。消化器官内に寄生し、長さは、数ミリから数メートルにおよぶ。
(2) 人名の明記を予定した意識的欠字。
(3) 子の名の明記を予定した意識的欠字。
(4) 原文「冠《かうぶり》」。童髪を結いあげて冠をつけ、成人の衣服に改める。男子十二歳〜十六歳に行われた。
(5) 原文「坂向《さかむかへ》の饗《あるじ》」。「坂」は国境。新任の国司が任国に到着したとき、国府の役人が歓迎のため国境に出てむかえ、饗応した。
(6) どのような欠字かよくわからないが、相当長文の内容が入ったものであろう。
(7) 次官。
(8) くるみの種子は、薬用・食用に用い、また油をしぼった。寸白を殺す作用がある。寸白の治療には、他に柚《ゆ》・檳榔樹・胡椒・榧実《かやのみ》・はじかみなどが挙げられている。
(9) 酒・水などをそそぐのに用いる注ぎ口のついた器。
(10) 縁を折りまげた薄板で作った方形の盆。

外術《げじゅつ》を以て瓜を盗み食わるる語《こと》、第四十

今は昔、七月ごろ、大和国からおおぜいの百姓どもが多くの馬に瓜[1]をつみ、つらなって京にのぼってきていた。その途中、宇治[2]の北に「ならぬ柿の木[3]」という木があるが、その木の下の木かげに、この百姓どもがみなすわりこんで、瓜の籠もすっかり馬からおろしなどして、休んで涼んでいるうちに、自分たちの食べ料としてもってきていた瓜があったので、それを少しとり出して切って食ったりしていた。すると、そのあたりに住んでいる人でもあろうか、ひどく年老いた翁が、単衣[4]の腰のあたりをひもでからげ、下駄[5]をはき、杖をついて出てきて、この瓜を食べている百姓どものそばにすわって、いかにも弱々しそうに扇をつかいながら、瓜を食べる様子をじっと見つめていた。

翁は、しばらく見ていて、「その瓜を一つわたしに食べさせてくだされ。のどがかわいてしようがないのでな」とたのむ。瓜を食べていた百姓どもは、「この瓜は、みんなおれたちのものではないのだ。気の毒だから一つくらい進上したいのだが、さる人が京につかわすものだから、食べさせるわけにはいかないんだ」とことわった。翁は、つけ加えて、「ほんとうになさけしらずのお人たちよなあ。こんな年寄りには、『かわいそうに』とことばをかけるのがよいものじゃ。とはいえ、このわしにくださる気はないようだな。では、自分でつくって食べるとしようかの」と言ったので、百姓どもは、じょうだんを言っているのだろうと、なにを馬鹿なことをと思って笑っていると、翁は、かたわらにあった木切れをとって、

いま、すわっていた地面を掘りおこして畑のようにした。そこで、百姓どもが、「これは、なにをするつもりか」と見ていると、この食べ散らかした瓜のたねをひろい集めて、いまならした地面にうえた。するとまもなく、その種から瓜が双葉となって生えてきた。百姓たちは、あきれかえって見ていると、この双葉が見る見るうちに成長し、ただ一面に這いひろがった。そして、葉がどんどん茂っていって花が咲いて瓜がなった。また、その瓜は、どんどん大きくなって、みなみごとな瓜に熟していった[6]。

　そのときに、この百姓たちは、このありさまを見て、「この翁は、神さまかなにかじゃなかろうか」とおそろしくなってきたが、翁は、この瓜をとって食べ、百姓たちにむかって、「おまえさんがたが食べさせてくれなかった瓜は、こうしてつくり出して食べますのじゃ」と言って、百姓たちにみな食べさせた。たいへんな量の瓜がなっていたので、道中の人々をもよびとめて食べさせると、みなよろこんで食べた。すべて食べ終わってしまうと、翁は、「さあ、帰るとしよう」と言って立ち去ったが、その行方《ゆくえ》はまったくわからなかった。その後、百姓たちは、「瓜を馬につんで出かけよう」として、あたりを見ると、籠はあるがそのなかの瓜は一つもない。百姓たちは、手をうっておどろきあきれるばかりであった。「なんと、あの翁は、籠の瓜をとり出したのだが、われわれの目をくらまして、そうとは見せなかったのだな」といま初めて気がついて、くやしがったけれども、翁の行方はしれず、すべてあとのまつりで、みな大和へ帰っていった。道行くものは、この様子を見て、あやしがったり笑ったりした。

　百姓たちが瓜を惜しまないで、そのうち二つでも三つでも翁に食べさせたならば、全部まではとられなかっただろうに。瓜を惜しんだのを翁もにくく思って、こんな目にも会わせたのだろう。また、翁は、変化《へんげ》(7)のものなどでもあったのだろうか。その後、この翁がだれであったのか、とうとうわからないままに終わってしまった、とこう語り伝えているということである。

典拠未詳。ただし、『捜神記』所収の呉の徐光の話の翻案と認められる。

(1) 古来、大和の瓜は有名。瓜類は生食に適し、その清冷にしてよく暑さを消し、渇をいやす効果があるため、夏期高温期の最高の食品として珍重された。『梁塵秘抄』には、苦瓜《にがうり》(蔓茘枝《つるれいし》)・甘瓜(黄色で甘い瓜。『江家次第《ごうけしだい》』に見える)・紅南瓜《あこだ》(実の形長く、光沢ある赤褐色)などがあげられており、当時親しみ深い食品であったことが知られる。

(2) 現在の宇治市。

(3) 実のならない木という意であるが、五条西洞院の天神社にあったものや、一条下り松をこえて西坂本にあったもの(『梁塵秘抄』にもよまれているもの)などが知られた。ここは、宇治の北とあるので木幡あたりか。なにか、寺社と関係があるところと推定できる。

(4) 原文「帷《かたびら》」。裏地のついていない一重の着もの。腰のあたりを帯やひもで結んでいるといういでたち。

(5) 歯の高い高足駄に対して、ふつうの下駄。これに杖をつく。化身の老翁といった雰囲気である。

(6) 仏教から考えて、外道の術――外術であることの描写。

(7) いろいろと形をかえて姿をあらわすことだが、とくに、仏が凡夫などのために、鬼・畜生などの身にかえるのを変化身という。また、俗に妖怪・ばけものの類をもいうが、ここは、外術としているので、いわゆる仙術・幻術によって出現した超現実のものをいう。

近衛御《こんえのみ》門《かど》に人を倒す蝦蟆《がま》の語《こと》、第四十一

今は昔、□(1)天皇の御代に、近衛御門(2)に人を倒すがま(3)がいた。どういうわけか、近衛御門のうちに大きながまがあらわれ、夕暮方になりかかる(4)と、姿をあらわして、ちょうど平たい石のようになっているので、参内し、また、退屈する上下の人は、これをふみつけて転倒しない人はなかった。人が倒れると、すぐにかくれて姿を消して見えなくなってしまった。後々には、だれもこうとわけを知ったが、なぜだろうか、同じものがまたこれをふんでなんどもひっくりかえるのであった。

さて、ここに一人の大学寮(5)の学生がいた。人一倍の大馬鹿もので、なにかにつけてやたら笑ったり、他人のわる口を言ったりする男であった。それが、このがまが人を倒す話を聞いて、「一度ならあやまって倒れもしようが、こうとわけを知ったからには、たとえ押し倒されたって、倒れるものだろうかな」などと言って、暗くなる頃大学寮を出て、内裏にいるなじみの女房にあってこようと思って、出かけていくと、近衛の御門のうちに、例のがまが平たくなっていた。この大学寮の学生は、「やあ、そんなかっこうで他の人はだませても、このおれさまをだますわけにはいかぬぞよ」と言って、平たくなっているがまをとびこえた。とたんに、ただ、押し入れただけの冠であったから、冠がおちたのに気がつかなかったが、その冠がくつに当たったのを、「こいつが人を倒すか。こいつめ、こいつめ」と言って、踏み□(6)が、冠の巾子《こじ》(7)は強くてびくとも□(8)なかったので、「がまのしたたかものめ、なんて

強いやつだ」と言って、ありもしない力をふりしぼって、やたらふんづけまわっていると、内裏から火をともして先払いさせて上達部が出てこられたので、大学寮の学生はひざまずいた。

先払いのものどもが、たいまつをふりかざしながら見ると、□[9]に上衣[10]をつけた男が、もとどりをまる出しにして平伏しているので、「こいつは、なんだ、なんだ」と言ってさわぐ。すると、大学寮の学生は、「おのずから音にもお聞きでございましょう。紀伝道[11]の学生藤原のなにがし、かねては近衛の御門で人を倒すがまの追捕使[12]」と名のりをあげた。「いったい、なにをほざいているのか」などと言って笑いざわめき、「こやつを引っぱり出せ、つらを見てやろう」と言って、雑色[13]どもがよってたかって引っぱるうち、上着も引きやぶられ、ずたずたになってしまったので、学生はよわりきって、頭に手をやってみると冠もない。「この雑色どもがとったのだな」と思って、「その冠をどうしてとったのか、かえせ、かえせ」と言って、追いかけて走っていくうちに、近衛大路にうつぶせになって倒れてしまった。顔をぶっつけて血がふき出してきた。

そこで、顔を袖でおおっていくうちに、道にまよい、どこともわからずまよいあるくうちに、やっとともしびを見つけた。小さな人家があったので、立ちよって戸をたたいてみたが、この夜なかにどうしてあけてくれようか。夜がすっかりふけてしまったので、思いあぐねて、あたりのみぞのわきにうつぶせになって夜を明かした。夜が明けてのち、そのあたりの家々の人々が起きてみると、上着をきたざんばらがみの男が、顔にけがをし血まみれになつたまま、大路のみぞのわきに横たわっている。「これは、いったいなんだ」と言って、見物しながらさわぎたてたので、そのときになって学生は起きあがって、道をたずねたずね帰っていった。

むかしは、このような大馬鹿ものがいたのだ。それでも、学生として学んでいる以上、れっきとした大学の学生なのだ。といって、こうもたよりないことでは、学問(14)をしたというのは、まったくもって不可解なことである。だから、人は、技能のいかんによるものではない。ただ、心のはたらきが重要なのである。この話は、広く世間に知れるはずはなかったのに、当の学生が自分でしゃべったので、それを聞きついで、このように語り伝えているということである。

典拠未詳。

(1)　天皇の諡号の明記を予定した意識的欠字。

(2)　大内裏東北部にある陽明門。内裏に近く人の出入りがはげしい。

(3)　ひきがえる。背は黒褐色、または黄褐色。腹は灰白色。体は肥大し背にいぼがあり、白い有毒液を分泌する。

(4)　原文「生夕暮《なまゆふぐれ》」。「生」は、なんとなくの意。夕暮になりかけたころ。

(5)　原文「大学」。大学寮。中国の紀伝・明経・明法・算・音・書などの諸道を教授し、それらに関する事務と釈奠（孔子をまつる儀式）をとりあつかった。平安中期から衰亡消滅した。

(6)　漢字の明記を予定した意識的欠字。「ふみつぶそうとした」というような意味の語が入るものと推定される。

(7)　冠の後方に高くなっている部分で、もとどりを入れ、かんざしでさして固定する。

（8）（6）に同じ。
（9）この空欄部はよくわからない。
（10）原文「表衣《うへのきぬ》」。大学寮の制服である衣冠の上衣。袍。
（11）大学寮で、『史記』『漢書』『後漢書』などの中国の歴史や『文選』などの漢詩文を研究する学科（紀伝道）であり、初め文章道に含まれ、またのちおなじく吸収された。教授として紀伝博士がおかれた。
（12）戦乱がおこった折り、賊徒の追捕鎮圧のため中央の武官が任ぜられた。諸国にも、その地方の豪族が任命される諸国追捕使がおかれた。がまと対決するためにやって来た学生である自分を面白く強調するためにいったもの。
（13）院・蔵人所・貴族の家で雑役に従ったもの。一定の色の衣服を着用しなかったことからいう。
（14）漢籍。

兵《つわもの》立《だ》つ者、我が影《かげ》を見て怖《おそれ》をなす語《こと》、第四十二

今は昔、ある受領に郎等（として従っ）(1)て、人から勇ましく見られたいと思ってやたら勇者ぶってふるまうものがいた。夜明け方に家を出て、どこかへ行くつもりだったので、男がまだ寝ているうちに、妻が起き出して朝食の用意をしようとしていると、有明の月の光が板間をもれて家のなかにさしこんできた。その月の光で、妻は自分の影がうつったのを見て「髪ぼうぼうの大がらの子どもの盗人(2)が、ものとりに入っているんだわ」と思ったので、あわてふためいて夫の寝ているところにとんでいって、耳に口をあてて、ひそかに、「あそこに大がらの子どもの盗人で髪をふりみだしたのが、ものとりに入って立っていますよ」と告

げた。夫は、それを聞き、「そいつめを、なんとしてくれよう。こりゃ一大事だ」と言い、枕もとにおいてあった長太刀[3]をさぐりとって、「そやつの素っ首うちおとしてくれよう」と言って、起きるやいなや、はだかのままでもとどりもざんばらのまま、太刀を持って出ていったが、またおのれの影がうつっているのを見て、「なんと、子どもではなくて、りっぱに太刀をぬいたものではないか」と思って、「これでは、おれの頭がうちわられるやもしれぬぞ」と感じたので、それほど高くはない声で「おう」とさけんで妻のいるところにもどっていった。妻にむかって、「おまえはりっぱな武士の妻だと思っていたが、目はたいへんなふし穴だぞ。なにが、子どもの盗人だ。ざんばら髪の男が太刀をぬいて持っているやつだったぞ。しかしな、あいつは、とんでもない臆病ものだぞ。このおれが、出てきたのを見てとって、持った太刀もおとさんばかりにふるえおったわ」と言う。これは、自分のふるえている影がうつったのを見て言ったものにちがいない。

　そうして、妻に、「あいつは、おまえがいって追い出してこい。このおれを見てふるえていたのは、よっぽど恐ろしかったのであろう。わしは、これから出かけようとする門出のときだ。ちょっとした傷でも負ったらたいへんなことになる。まさか女を切りつけはすまい」と言って、夜着をひっかぶって寝てしまった。妻は、「なんてだらしないこと。いったい弓矢をもって月でも見てあるくつもりですか」と言って、しかたなく、もう一度様子を見てこようと出ていったとたん、夫のかたわらにあった障子[4]がとつぜん倒れて、夫の上に倒れかかった。夫は、「これは、さっきの盗人が、おそいかかってきたのだな」と気がついて、大声で悲鳴をあげた。妻は、腹が立つやらおかしいやらで、「もし、あなた、盗人は、もうとっくに出ていってしまいましたよ。あなたの上には、障子が倒れかかったのよ」と言うので、やっとのことで起きあがってみると、なるほど盗人もいない。「障子がなにかのはずみで、倒れかかったのだったか」とわかると、ゆっくりと起きあがり、はだかのわきを掻き、手につばをつけて、「そいつは、おれさまの家に入って、そうかんたんに物をうばって逃げられるはずはなかったのだ。障子をふみ倒すだけで、逃げていきおった。もうあとしばらくでもいたら、かならずひっとらえてやったものを。おまえがぐずぐずしていて、盗人をむざむざと逃がしてしまったんだぞ」と言ったので、妻は、ばかばかしくなって、ただ笑うだけであった。

世間には、こんな馬鹿ものもいるものなのだ。いみじくも、妻が言ったように、(5)あんなに臆病では、どうして刀や弓矢をたずさえて、人に仕えて警護する武者の役目をつとめることができようか。この話を聞くものは、みなその男をあざけって笑った。これは、妻が人に語ったのを聞きついで、こう語り伝えているということである。

典拠未詳。

(1) 原文「□して」。漢字の明記を予定した意識的欠字。「付」が想定される。

(2) 原文「髪おぼとれたる大きなる童盗人《わらはぬすびと》」。童髪は、肩のあたりで切りそろえたもので、いわゆるおかっぱ。このことから、髪がとけてざんばらになり、童の髪のようになった乱れ髪を大童《おおわらわ》という。

(3) 刀身の長い大ぶりの太刀。

(4) 原文「紙障子《かみしやうじ》」。方形のわくに紙をはったもので、現在の障子と同じ。ここは、衝立てにしたもの。「障子」は、現在の襖《ふすま》をさす。

（5）　原文では「云ふかひなし。かくてや弓箭《きゅうせん》を捧げて月見行《ある》く」と言った妻のことばをさす。

傅大納言《ふのだいなごん》の烏帽子を得たる侍の語《こと》、第四十三

今は昔、傅大納言(1)という人がいらっしゃった。名を道綱と申しあげる。屋敷(2)は一条にあった。その屋敷に評判の（すき）(3)者で、おかしなことばかり言って人を笑わせる侍がいた。通称を内藤(4)といっていた。

この男が夜、その屋敷で寝ていると、ねずみが烏帽子をくわえて持っていき、さんざんに食い破ってしまった。とりかえの烏帽子もなかったので、烏帽子もつけず宿直部屋(5)に入り、袖で顔をおおってこもっていたところ、主人の大納言がこれをお聞きなさって、「それは、かわいそうだ」と言って、自分の烏帽子を出し、「これを与えてやれ」と言ってくださった。内藤は、その烏帽子をいただいて、さっそくそれをつけて、部屋から出て、ほかの侍たちにむかって、「おのおのがた、これを見られよ。寺冠や社冠(6)など手に入れても、かぶるものじゃないぞ。どうせなら、一の大納言(7)の御古《おふる》烏帽子をいただいてかぶるものだ」と言って、あごをしゃくりあげ、いかにも得意顔に袖を合わせているのを見て、人々はみな大笑いした。

世間には、ちょっとしたことにつけても、このようにおかしく口をきくものがいるものだ。大納言もこれをお聞きなさってお笑いになった、とこう語り伝えているということである。

典拠未詳。

(1) 藤原道綱のこと。太政大臣兼家の二男。母は『蜻蛉日記』の作者藤原倫寧《ともやす》の娘。道隆・道長と異母兄弟。参議・右大将をへて、長徳三年(九九七)七月大納言・春宮大夫。寛弘四年(一〇〇七)正月より同八年六月まで東宮傅。以後、傅大納言とよばれた。寛仁四年(一〇二〇)十月没。六十六歳。

(2) 源頼光の邸であったものを、道綱が女婿となって伝領したもの。

(3) 底本は「スキ」の漢字明記を予定した意識的欠字。

(4) 伝未詳。

(5) 原文「宿直壺屋《とのゐつぼや》」。宿直用に独立した部屋で、主人の寝室の近くに設けられていた。

(6) 寺社に仕える下人たちがつけた烏帽子。もみ烏帽子か。『梁塵秘抄』に、「このごろ京《みやこ》にはやるもの」として、「錆烏帽子《さびえぼうし》」(しわしわの烏帽子)をあげている。

(7) 道綱は、長保三年(一〇〇一)から没するまで、首席の大納言であった。大納言は、太政官の次官で、大臣についで政治の中枢に参与し、宣旨の伝達をつかさどった。

近江国《おうみのくに》の篠原《しのはら》の墓穴《つかあな》に入る男の語《こと》、第四十四

今は昔、美濃国(1)(岐阜県)の方に行こうとした身分のいやしい男が、近江国(滋賀県)の篠原(2)という所を通りかかると、にわかに空が暗くなって雨が降ってきたので、「雨宿りのできそうなところはないか」とあたりを見まわすと、人里遠くはなれた野原で、立ち寄れそうなところもなかった。たまたま、墓穴(3)を見つけたので、そこにもぐりこんで、しばらくいる

うちに、日も暮れてしだいに暗くなってきた。

雨は、いっこうにやまず降っているので、「今夜一晩は、この墓穴で夜を明かそう」と思って、奥の方をのぞきこむと、かなり広いようなので、そこですっかりくつろいで、ものに寄りかかってうとうとしていると、夜がふけたころ、なにものかが入ってくる音がする。真っ暗なのでなにものかわからない。ただ、もの音が聞こえるだけなので、「これは、きっと鬼にちがいない。なんと鬼の住む墓穴であるのを、それとも知らず入りこんで、今夜ここで命をおとすことになるのか」と、心中なげきかなしんでいると、この入ってきたものが、どんどんこちらへ近づいてせまってくるので、男は、おそれおののいてしまった。しかし、逃げようにも逃げることもできず、そっとかたすみに身をひそめて、音もたてず小さくなっていると、そのものは、男の近くまでやってきて、まず、なにかをどさっとおろしたようである。つぎに、さらさらと鳴るものをおく。それから腰をおろす音がした。これは、どうやら、人の気配である。

この男は、身分のいやしいものだが、思慮深く分別もある男だったので、いろいろと思案し、「これは、だれかがどこかへ行く途中、雨も降るし、日も暮れたので、おれがもぐりこんだのと同じように、この墓穴に入ってきて、さっきおいたのは、持ちものをどかっとおいた音だろう。そのつぎにみのをぬいでおく音がさらさらと聞こえたのだろう」と思ったが、それでもなお、「これは、この墓に住む鬼かもしれない」と思いかえし、音もたてず、聞き耳をたててじっとしていた。すると、この入りこんできたものは、男であろうか、法師であろうか、子どもであろうか、それはわからないが、ともかく、人間の声で、「この墓穴には、もしや、ここに住んでいらっしゃる神さまなどがおいででしょうか。おいででしたら、これをおあがりください。わたしは、さるところへ参るものですが、ここを通りがかりましたところ、雨がひどく降る上、夜もふけて参りますので、今夜だけと思って、この墓穴に入れていただいたものでございます」と言って、お供えものをするようになにかをおいた。前に入っていた男は、これを聞いてすこし安心し、「（それで）[4]わかった」と合点がいったのであった。

　さて、そのおいたものは、すぐ手近にあることなので、そっと、「なんだろう」と思い、手をのばしてさぐってみると、小さなもちが三枚おいてある。前の男は、「これは、まさしく旅をしているほんとうの人間が持っていたものをそのままお供えにしたものだな」と判断し、自分もあるきつかれて、おなかがすっかりすいていたので、このもちをとってこっそり食べてしまった。

　あとから入ってきた男が、しばらくしてから、さきほど自分がおいたもちを手さぐりしてみたところ、まったくなくなっている。そうと知るや、「ほんとうに鬼がいたのだ。そいつが食ったのだ」と思ったのか、にわかに立ちあがってとび出し、荷物ももたず、みの笠をも捨てて、そのまま逃げていった。なりふりかまわず逃げ去ったので、前に入っていた男は、「やはりそうだったのか。人間が入りこんできていたのだが、おれがもちを食べてしまったから、恐怖におびえて逃げ出したのだ。うまい具合に食べたもんだ」と思って、そこに捨てていったものをさぐってみると、なにかをいっぱいに入れた袋を鹿の皮でつつんである。また、みの笠がおいてある。男をそれを見て、「美濃[5]あたりからのぼってきたやつだったのか」と思って、「もし、どこかで様子でもうかがっているとまずいことになるぞ」[6]と思ったので、真っ暗ななかを、その袋をせおって、そのみの笠をきて、墓穴をぬけ出したが、「もしかして、さきほどの男が、人里に行ってこのことを話し、村人などをつれて、ここへもどってくるかもしれぬ」と思ったので、遠く人里はなれた山のなかに逃げこんで、しばらくひそんでいるうちに、しだいに夜も明けてきた。

そこで、その袋をあけて見ると、絹・布・綿などがいっぱい入っていた。思いもかけないことであったから、「これはわけあって天がさずけてくださったのだ」と思い、よろこんで、それから目的地へとむかった。思わぬもうけものをした男である。あとから入りこんできた男が逃げ出していったのも、これまた無理からぬことである。じっさい、だれでも逃げ出すことだろう。前からいた男の心はなんと剛胆でまた抜け目ないことであろうか。このことは、前の男が年老いてから、妻子の前で語ったのを聞き伝えたものである。あとの男は、いったいだれであったのか、ついにわからずじまいであった。

されば、心のかしこい男は、たとえ身分が低いものであっても、こんなに恐ろしいときでも、万事をよく見はからって対処し、思いがけないもうけものをするものだ。それにしても、初めの男は、自分はもちを食べて、あとの男が逃げ出したのを、どんなにかおかしく思ったことだろう。珍しいできごとなので、このように語り伝えているということである。

典拠未詳。

（1）国府は、不破郡垂井にあった。

(2) 滋賀県野洲郡にあった東山道美濃路の古駅。
(3) 死骸を葬る横穴式のものであろう。
(4) 原文「□ればこそ」。欠字は「サ」が入る。
(5) 「蓑笠」の「みの」と、国の「美濃」とを結びつけた洒落。小篠原までは野道で、大篠原までは鏡山の北麓を通る。
(6) 悪い事態を推測し、そうなったら困るという危惧の気持をあらわす。

心かしこく、現実への対処が適確なものが、自らの判断と行動によって、たいへんな幸福を得た話であり、宿報、因縁が語られていない点に特色がある。墓穴という恐怖の暗黒の世界は、まさに、この時代の姿でもあるが、生きる知慧の貴さがこの巻尾に語られている点に注目したい。

巻第二十九　本朝　付悪行

西《にし》の市《いち》の蔵《くら》に入る盗人《ぬすびと》の語《こと》、第一

今は昔、□(1)天皇の御代に、西の市(2)の土蔵に盗人が押し入った。盗人が土蔵のなかにこもっているとの知らせを聞いて、検非違使《けんびいし》(3)どもがみなでまわりをとりかこみ捕えようとしたが、そのなかに上《うえ》の判官《ほうがん》(4)□という人がいて、冠をつけ、青色の袍(5)を着、弓矢を背負って指揮をとっていたが、鉾を手にした放免《ほうめん》(6)が土蔵の戸の近くに立っていると、盗人が、戸のすき間からこの放免をまねきよせる。

放免が近づいて聞くと、盗人は、「上の判官にこう申しあげてくれ。『御馬からおり、この戸口にお立ち寄りくだされ。御耳を拝借して、内々にお話し申しあげたいことがございます』とな」と言う。放免が上の判官のそばに寄り、「盗人がかように申しておりますが」と告げると、上の判官はこれを聞き、戸のそばに近づこうとした。ほかの検非違使どもは、「そんなことをなさっては、不都合この上ないことになりますぞ」といって制止した。だが、上の判官は、「これには、なにかわけがあることだろう」と思い、馬からおりて土蔵のそばに近づいた。そのとき盗人は、土蔵の戸をあけ、上の判官に、「こちらにお入りください」と言ったので、上の判官は、戸のなかに入っていった。盗人は、戸の内側から錠をかける。検非違使どもはこれを見て、「あきれはてた話だ。土蔵のなかに盗人をとじこめ、とりかこんで、いざつかまえようというときに、上の判官が盗人によばれて土蔵のなかに入り、内側から錠をかけてとじこもり盗人とお話しあいになる。こんな話は聞いたこともない」と言って、さんざんに腹を立ててそしりあった。

やがて、しばらくたってから土蔵の戸があいた。上の判官は、土蔵から出てきて馬に乗り、検非違使どものいるところに近づいて、「これは、わけがあることであった。しばらく逮捕(7)はひかえておこう。天皇に申しあげなければならぬことがある」と言ってすぐ参内した。その間、検非違使どもは、まわりをとりかこんでいたが、しばらくして上の判官がもどってきて、「この男の逮捕は中止だ。『急いで引きあげよ』との天皇の御命令だ」と言ったので、検非違使どもは、これを聞いて引きあげていった。上の判官は、一人現場にとどまったまま、日の暮れるのを待って(8)土蔵の戸に近づいて、天皇のおことばを盗人に伝えた。そのとき、盗人は大声をあげて泣きくずれた。

その後、上の判官は宮中にもどった。盗人は、土蔵から出て、いずこともなく姿を消した。この盗人がだれであったか知るよしもなく、また、この事のわけについても、だれ一人として知る人がなかった、と語り伝えたということである。

典拠未詳。

(1) 天皇の謚号の明記を予定した意識的欠字。

(2) 西の京の市。南北を七条坊門と七条、東西を堀川と大宮によって区切った四町とその周囲八町を市として東西両京に対称的に設置した。市司《いちのつかさ》が管理し、市日(東は月の前半、西は後半)・時間(正午から日没まで)・店の数(東は五十一、西は三十三)・品目(一店一品)・価格などをきめた。西の京の衰退に伴って西の市も九世紀末にはその機能を停止した。

（3）令外の官。京の司法・警察を統括した。
（4）検非違使の尉（三等官）で、あわせて六位の蔵人に任ぜられたもの。次の□は、姓名の明記を予定した意識的欠字。
（5）宮中の正装である束帯の折りに着る上衣。袍。黄に青みを帯びた色で、天皇の用いる色。とくに六位の蔵人に許され、名誉あるものとされた。
（6）刑の一部を免除されて、検非違使庁の下人となり、実際の犯人捕縛にあたったもの。
（7）原文「追捕《ついぶ》」。官命によって犯人を逮捕すること。この叙述から、当然宣旨（天皇の命令書）によっていることがわかる。
（8）原文「日の暮れて」。このままでは単に日が暮れてからとなるが、諸本のように「日ヲ暮シテ」とする方が、上の判官の意志的行動として意味があるように思われる。

多《た》衰丸《すいまろ》・調伏丸《ちょうぶくまろ》、二人の盗人《ぬすびと》の語《こと》、第二

今は昔、世に二人の盗人がいた。多衰丸（1）・調伏丸（2）といった。

多衰丸は、正体をあらわし人に知られた盗人で、土蔵破りの常習犯として、何度も捕えられては、獄につながれていた。一方、調伏丸は、どういうわけがあったのだろうか、まったく正体不明の盗人であった。多衰丸もかれとともに盗みをはたらいていたのであるが（3）、このことを不思議に思った（4）。調伏丸は、名前だけはよく知られているものの、ついに、それが、いったいだれであるか、わからずじまいだった。世間でもこのことをみんな不思議に思っていた。

思うに、調伏丸はじつにかしこいやつである。多衰丸と組んで盗みあるいていたのに、彼の方だけが最後まで、だれとも知らずに終わったとは、めったにあり得ないことだと世の人はうわさし合った、と語り伝えているということである。

典拠未詳。

（1）『二中歴』一能歴「窃盗」の項に、「襷丸狛氏」とあるのが想定される。「タスイ」は、「タスキ」の音便かとも、また、本名の「タスイ」が「タスキ」と伝えられたとも考えられる。

（2）同じく『二中歴』に、「調服丸」とある。『宇津保物語』に、こっそりと逃げ出そうとした仲忠にむかって、源涼《すずし》が、「起きふし昔語りも行先の契もせんとする所に、てうふくまろがやうにて」とあり、その神出鬼没のさまが広く知られていたことがわかる。

「調伏」は、密教の修法として、敵意のあるものを教化し悪心を捨てさせ障碍をもたらすものを撃破することをいい、広く怨敵悪魔などを信服させることに用いる。

（3）この前に、かなり長文の空格を予想し、具体的に、多衰丸と調伏丸との共働きの様子が記されていたものとする見方もあるが、ここでは、本文どおりに解しておいた。

（4）前記（3）の解釈に従えば、ここは、それを受けて多衰丸が不思議に思ったとなるが、ここも、本文どおりに解しておいた。

人に知られざる女盗人《おんなぬすびと》の語《こと》、第三

今は昔、いつごろのことであっただろうか、侍ほどの身分のもので、だれとは知らぬが、年は三十ぐらい、背はすらりと高く、すこし赤ひげの男がいた。夕暮れがた、□(1)と□(2)とのあたりをとおりすぎると、ある家の半蔀《はじとみ》(3)のかげから、チュッ、チュッと口をならして(4)、手をさし出し招くものがあったので、男は近づき、「およびでしょうか」と言うと、女の声で、「申しあげたいことがございます。そこの戸はしまっているようですが、押せばあきます、それを押しあけてお入りくださいませ」と言う。男は、思いがけないことだとは思いながらも、戸を押しあけて入った。

　すると、その女が出てきて、「あの戸に錠をおろしていらっしゃい」と言ったので、戸に錠をかけてそばにいくと、女は、「おあがりになってね」と言うので、男はあがった。すだれの内によび入れるので、入ってみると、たいそう、きれいに（しつらえ）(5)たところに、魅力あふれるほどに、美しさをまきちらした二十歳あまりの女がたった一人ですわっていて、ほほえみながら（うなずい）(6)たので、男はそばに身を寄せていった。これほどまでに女が気を引く以上、男たるもの、このまま、引きさがれようはずもなく、ついに二人はとも寝した。その家には、ほかにだれひとりいないので、「これは、いったいどういう家だろう」とあやしく思ったが、いったん契《ちぎり》を結んでしまうと、男は、この女に、すっかりまいってしまって、日の暮れるのも知らずに寝所に入ったままでいたが、日がすっかり暮れてしまうと、門をたたくものがいる。ほかにだれもいないから、男がおき出していって門をあけてみると、侍ふうの男二人、女房ふうの女が一人、下女をつれて入ってきた。そして、蔀《しとみ》をおろし、あかりをともして、たいそうおいしそうな食物を銀のうつわに盛って、女にも、男にも食べさせるのであった。

男は、ここで考えた。「おれは、この家に入るとき錠をかけておいた。その後、女はだれにもなんの指図もしなかったのに、どうして、おれの食物まで持ってきたのだろう。ひょっとすると、おれのほかに男でもいるのかも知れぬ」と思ったけれども、ともかく腹がすいていたので、みんなたいらげてしまった。女も、男になんの遠慮もせず、じつによく食べるさまは、まことに自然であった[7]。食べ終わると、女房ふうの女があとかたづけをし、そして出ていった。それから、女は男をやって戸に錠をさせ、すぐ、また二人で寝た。夜が明けると、また、戸をたたくので、男がいって戸をあけたところ、昨夜おとずれたものたちでなく、別のものが入ってきて、蔀をあげ、あちらこちらを掃除して、しばらく待っていると、かゆや強飯《こわいい》[8]を持ってきて食べさせ、つづいて昼の食事[9]を持ってきて、それらを食べさせ終わってから、また、みんな引きあげていった。

このようにして二、三日過ごすうち、女が男に、「どこぞ、お出かけなさりたいところでもありますか」とたずねる。男が、「ちょっと、知人のところへ行って話したいことがあります」とこたえると、女は、「では、すぐにでも行っていらっしゃい」と言って、しばらくして、りっぱな馬に、世間なみの鞍をおいて、水干装束[10]の雑色男[11]三人ほどが舎人[12]をつれて引いてきた。そして、男のすわっている後の壺屋[13]めいた部屋から、ぱりっとした装束を出してきて着せてくれたので、男は、身づくろいをし、その馬にいそぎ乗って、その従者どもをつれて出かけたが、その従者どもは、すべて意にかない、じつに使いやすいことといったら、この上ない。こうして帰ってくると、馬も従者どもも、女がなんの指示もしないのに、どこかへ姿を消してしまった。食事などについても、女がなにひとつ命じるわけでもないのに、どこからともなく持ってきて、まったく前と同じように用意して、終わると帰っていった。

このようにして過ごすうちに、なにひとつ不自由ない状態で二十日ばかりたったころ、女は男に、「思いがけずこのような間柄になりましたのも、かりそめの前世からの因縁⑭でしょうが、これもしかるべきめぐりあわせというものでございましょう。こうなったからには、生きるのも死ぬのも、このわたしが言うことをまさかいやとはおっしゃいますまいね」と言う。男が、「真実いまは生かすも殺すも、ただあなたのお心しだいです」と答えると、女は、「ほんに、うれしいお気持ちですこと」と言って、食事をすませ、昼はいつものことでだれもいない。すると、女が男に、「さあ、こちらへ」と男をさそって、奥の別棟につれていき、この男の髪になわをつけて張付け柱⑮にしばりつけ、背なかを出させ、足を曲げてしっかり結びつけておいてから、女は、烏帽子をつけ水干袴⑯を着、肩をぬいで、鞭をとり、男の背なかを、力をこめて八十回打った。そして、「どう、ご気分は」と男にたずねたところ、男は、「なあに、たいしたことはない」と答えると、女は、「思ったとおり、たのもしいおかたね」と言い、かまどの土⑰を湯にといて飲ませ、さらに、よい酢を飲ませ⑱、土をきれいに払って⑲横にしたのであった。その後、二時間ほどたってから、ひきおこし、もとのからだに回復すると、それからは、いつもよりいちだんとよい食物をはこんできた。その後、よくよく介抱して、三日ばかりたって、鞭のあとがどうやらなおってきたころ、また、先日のところへつれていって、また前と同じように張付け柱にしばって、前の鞭のあとを打ったので、その鞭のあとにそって血がしたたり肉がさけるのを、八十回打ちつづけた。そして、「がまんできますか」とたずねると、男は顔色ひとつ変えず、「大丈夫、できるとも」と答えたので、こんどは、前のときよりもいっそう感心してほめ、心をこめて介抱する。また、四、五日すると、同じように打ったが、それにもやはり「平気だ」と言ったところ、今度は体をひっくりかえして腹を打ちたたく。それでもやはり、「たいしたことはない」と言ったので、ひどく感心してほめ、それから数日のあいだ、十分に介抱して、鞭のあとがすっかりなおって後、ある夕暮れがた、黒い水干袴と真新しい弓・胡簶《やなぐい》(20)・脚絆《きゃはん》(21)・藁沓《わらぐつ》などをとり出して、きちんと身支度をととのえさせた。そして、教えていうには、「ここから蓼中《たでなか》の御門(22)に行き、そっと弦打《つるう》(23)ちをなさい。すると、だれかが、また弦打ちをすることになっています。それから、口笛をふくと、また、口笛をふくものがいるはずです。そこにあゆみ寄らせて、『だれだ』とたずねるでしょう。そしたら、ただ『参りました』と答えなされ。そして、つれていくところについていって、言われるとおり立てと命じられたところに立って、人が出てきて仕事の邪魔をしたら、よく防ぎなさい。それから船岳(24)のふもとにいって獲物を処分するはずです。けれど、そこでくれようとするものを決してうけとってはなりません」と、よくよく教えて男を出ていかせた。

男は、教えられたとおりに出かけていったところ、女が言ったとおりによび寄せられた。見ると、まったく同じ(25)ような姿のものが二十人ほどならんで立っている。それとすこしはなれて、色白で小がらな男が立っている。この小男に、みな服従している様子であった。そのほかに下っぱのものが、二、三十人ほどいた。その場でめいめいの分担を話し合ってから、一団となって京の町なかに入る(26)。やがて大きな家に押し入ろうとして、二十人ばかりのものを、あちこちのうるさそう(27)な家の門に二、三人ずつ見張りに立てて、のこりのものは、みな目的の家になだれこんだ。この男は、腕だめしということで、とりわけ手ごわそうな家の門に立つ人数のなかに加えた。すると、その家から人々が出てこようとして防ぎ矢をいかけてきたのであったが、男は、りっぱに応戦して、相手を射殺し、また、諸方で戦っている仲間の働きにも十分に目をくばっていた。こうして、略奪し終わってから、船岳山の麓に引きあげてのち、獲物の分配をした。この男にもわけ与えたが、男は、「わたしは、なにもいりません。ただ、仕事を見習うつもりでやってきたまでです」と言って受けとらないでいると、首領と思われる、すこしはなれて立っているものが、よくやったとうなずいている様子であった。そこで、全員解散して、いずこともなく姿を消していった。この男が、例の家にもどってみると、女が、湯をわかしてあり、食事など用意して待っていたので、入浴や食事などをみなすましてから、二人で寝についた。男は、この女のそばをはなれることができないほど愛していたので、男は、この仕事をいやだと思うこともなかった。このような仕事につくのが、すでに七、八回にもなった。あるときは、太刀[28]を持たせておそう家のなかにも入りこませ、また、あるときには、弓矢を持たせ、家の外に立たせた。そのたびごとにみなうまくやりとげたので、このような生活がつづいていたが、さて、あるとき、女が鍵を一つとり出してきて、男に、「これを六角通り[29]の北、□[30]通りの□[31]にある、これこれというところに持っていき、そこに蔵がいくつかありますが、そのなかのしかじかの蔵をあけて、目ぼしい品物をしっかり荷づくりさせて、その近くに運送屋[32]がたくさんいますから、それを呼ばせて積んでおいでなさい」と言って出してやった。男が、教えられたとおりに行ってみると、本当にいくつもの蔵があるなかで、教えられた蔵をあけて見ると、欲しいものが蔵中につまっていた。「なんと、あきれたものよ」と思って、言いつけられたとおりに車に積んで持ちかえり、自分の好き勝手に使った。こうして過ごすうちに、早いもので、一、二年の年月がながれてしまった。

ところが、ある日この妻が、いつもとちがってなんとなく心細げな様子をして泣くのであった。男は、いつもは、こんなことなどなかったのに、と不審に思って、「いったい、どうなさったのですか」とたずねると、女は、ただ、「こころならずもお別れするようなこともあろうかと思いますと、かなしくなって」と言う。男は、「どうして、いまさらそんなことを考えるのですか」と言うと、女は「はかないこの世のなかには、よくあることですもの」と答えた。男は、それほど深いわけもなく言っているだけのことと思って、「ちょっと用事があって出かけてきます」と言うと、これまで同様、支度をととのえて出してくれた。「従者たちも、乗馬も、いつもと同じように自分が帰るまで待っているだろう」と思い、二、三日は滞在する用のあるところだったので、とものものや乗ってきた馬なども、その夜はそこにとめておいた。ところが、次の日の夕暮れに、従者たちは、ついちょっと外出するというようなかっこうで馬を引っぱり出していって、そのままもどってこないので、男は、「明日帰ろうというのに、これはどうしたことか」と思って、さがし求めたが、とうとう見つけ出すこともできないまま、驚きあやしみ、人に馬を借りて急いでもどってみると、その家はあと形もなく消え失せていた。「これは、なんと」とびっくり仰天して、例の蔵のあった場所に行ってみたが、これもまたあと形もない。また、その事情をたずねる人もいないので、どうにもいたしかたがなく、そのときに、女の言った言葉が思い合わされたことであった。

さて、こうなっては、男は、どうしたらよいのか思案にくれて、前からの知り合いのところにいって暮らしているうちに、この年ごろ身につけたことなので、自分から盗みをはたらくようになり、二度三度と重ねていった。そのうちに、ついに捕えられ、訊問されて、これまでのことをありのままに一部始終白状したのであった。

これは、じつに奇怪しごくな話ではないか。あの女は、なにか妖怪変化(33)のたぐいであったのだろうか。一、二日のうちに、家も蔵もあと形なくこわし、すべて消え失せてしまったとは、なんとも考えのおよばないことだ。また、あまたの財宝・多くの従者を引きつれて行方をくらましたというのに、その後、なんのうわさも聞こえずに終わってしまったとは、これまた、不思議この上ないことであることよ。また、あの女は、家にいたままなに一つ指図もしなかったのに、思うままに、従者たちが時をたがえずやってきては立ち働いたというのも、考えてみれば理解に苦しむことである。男は、あの家に、二、三年、ともに暮しておりながら、「こういうことか」とは、最後まで納得することなく終わってしまった。また、盗みに加わっている間中も、集まってきて、顔を合わせるものたちが、まったくわからずじまいであった。たった一回、仲間たちが集合したところに、すこしはなれて立っていたものを、ほかのものたちがおそれうやまうようにしていたが、松明《たいまつ》の火影にすかしてみると、男の顔色とも思われないほど、色白で美しかったが、「その目鼻だちや、面ざしが自分の妻とよく似ているものだなあ」と見えたことだけが、あるいはそうではないかと思われたことであった。だが、それも、たしかだとは言い切れず、不審に思いながらも、そのままに終わってしまった。これは、世にも不思議なことなので、こう語り伝えているということである。

典拠未詳。
(1)(2)京の縦と横の通りの名の明記を予定した意識的欠字。
(3)格子に組んだ戸の裏に板をはったのが蔀で、その上半部だけを上に釣りあげて開閉できるようにしたもの。
(4)原文「鼠鳴《ねずなき》」。「ねずみなき」の転。ねずみの鳴き声をまねて口を鳴らすこと。人をこっそり呼ぶ折りなどに用いる。
(5)底本は「シツラヒ」が想定できる欠字。
(6)底本は「ウナヅキ」が想定される欠字。
(7)原文「つきなからず」。二人がたがいに食事をしている様子を、ふさわしい、似つかわしい、よく気分があっていると言ったもの。
(8)朝おきて身づくろいをし、午前八時ごろに食べるおきぬけのかゆ、これに強飯(こしきでむした飯――おこわ)をつけたのである。体力増強のためか。
(9)原文「昼の食物」。実質的な朝食で、およそ午前十一時ごろからとり始める。
(10)底本「水旱装束タル」。「水旱」は、水干で狩衣を簡略にした当時の庶民男子の平服。
(11)雑役に従う下人。
(12)牛車の牛や馬の口取りをする男。
(13)三方を壁でかこい一方に遣戸《やりど》をつけた部屋で、物置・納戸として使用した。
(14)原文「宿世《すくせ》」。本書上巻の解説「十六　宿報ということ」参照のこと。恩愛(親子・夫婦のあいだのたがいに執着する情愛)をもたらすものとして使用された。内容的には、仏教語から生活語へ転換したことが知られる。

(15) 原文「幡物《はたもの》」。はりつけに用いた台木。

(16) いわゆる男装の麗人。ここに、男性の集団を統率する女賊の頭目の姿がある。一人の女からの変化身である。

(17) 「伏龍肝《ぶくりゅうかん》」（かまどのなかの赤くやけた土――カマツチ・カマノウチノツチ・ヤケタルツチ）をいい、主として止血に用いられた。

(18) ここでは、身体をやわらかにするために内服させたもの。外傷のぬりぐすりとしても用いる。

(19) 体熱をさまし、体をひやすため。

(20) 弓を入れて背負うための道具。

(21) 原文「脛巾《はばき》」。すねに巻きつける布。身軽に活動できるようにするためのもの。

(22) 巻貝「にし」を「蓼螺子」と書くところから、「西の中御門」をさすといわれ、また、愛宕《おたぎ》郡に蓼倉《たでくら》里《がり》があることから、下鴨から松ヶ崎あたりに所在した寺社の門かともいわれる。群盗の集結地として予想される場所。

(23) 弓弦をはじいて合図にするのである。

(24) 朱雀大路の北、紫野の西にある小山。葬送場として用いられていたため、群盗の引揚げ地としては適切であった。

(25) 色白く、小柄であることに注意。

(26) 近郊に集結して、そこから京に入ったもの。

(27) 妨害や抵抗が予想されることについて言ったもの。

(28) 原文「打物《うちもの》」。刀剣類の総称。

(29) 六角小路。三条大路の南、四条坊門小路の北を東西に通る小路。

(30) 南北の通りの名の表記を予定した意識的欠字。

(31) 東、または、西が入ることを予定した意識的欠字。
(32) 原文「車借《くるまかし》」。牛車をつかって荷物を運んだ運搬業者。このあたりは交通の要衝に近く、蔵が集中している町であるから、当然、業者も集中していたものであろう。
(33) 原文「変化《へんぐゑ》の者」。もと、種々に形をかえて姿をあらわすことで、仏が凡夫などのために、仏形・鬼・畜生などの身になってあらわれるのを変化身、化身という。さらに、一般に広く、妖怪・化けものの類をいう。

女性美あふれ魅力こぼれる女賊のとりことなって群盗の仲間にひきこまれた男のスリルとサスペンスの物語。このような女性を集団の長とすることは、さまざまに見られるが、とくに、群盗に育てていく過程と、フィナーレがみごとに描かれている。女ゆえに悪の道におちこむ姿はまさに煩悩のるつぼを思わせる。

世に隠れたる人の聟《むこ》となる□語《こと》、第四

今は昔、□(1)という人がいた。父母にも先立たれ、どうして世間をわたっていこうかと思いあぐねていたが、妻もなかったので、財力のある妻を持ちたいとさがしているうちに、「親もなく身一つで裕福に過ごしている女がいる」とある人が教えてくれたので、手づるを求めて結婚を申し入れたところ、女が承諾したので、男は女の家に出かけていって契りをむすんだ。

男が、女の家の様子を見ると、まことに結構この上なくつくられた家に住んでいて、とて

も裕福そうである。侍女は、年配のものと若いものとをあわせて七、八人ほどいた。みな、着ものなども見苦しくないのを着ている。召使いの女なども若々しくぴちぴちして、てきぱきと働くのがおおぜいいる。また、どこから持ってきたのかわからないが、自分の装束やつれてきた小舎人童などの着ものなど、たいへんりっぱなものをあてがってくれた。牛車なども思いのままで、なに一つ不自由させないので、男は、これはまさしく神仏のお助けにちがいないとよろこんでいた。妻は、年二十あまりで、顔かたちも美しく髪も長い。「あちらこちらの宮仕え人を見てもこれほどの女はいないなあ」と、なにかにつけて嬉しく思い、一夜もかかさず通《かよ》いつづけているうちに、およそ四、五ヵ月になるころ、妻も懐妊して、なやましい様子(2)で三ヵ月になった。そんなある日の昼のこと、年配の侍女が二人つきそって腹をさすったりしていたが、自分でも、「妻が出産のときには、もしものことでもありはしないか」などと、とり越し苦労をして心配しながら横になっていると、そのうち、そばにいた侍女が一人ずつ立っていって、だれもいなくなった。男は、「自分がここで横になっているので、気をきかせて立っていったのだろう」と理解して、そのまま横になっていると、北面《きたおもて》(3)から人が入ってくる足音が聞こえて、そのところのふすまをしめた。

　すると、思いもかけない方角のふすまを引きあけるものがいるので、「だれがあけるのだろう」と考えるひまもなく、そちらをながめると、紅色の衣に蘇芳(4)染めの水干を重ねた袖口が見えたので、「これはどうしたことか、いったいだれがきたのか」と思い□(5)ているところへ、さしのぞいた顔を見ると、髪をうしろざまに結い、烏帽子もつけず(6)、まるで落蹲《らくそん》という舞(7)の面のようにまことにひどい顔なので、ぎょっとして恐ろしくなり、「さては、昼盗人が入ったのだな」と思って、枕もとの太刀をとるや、「お前は、いったい何者だ。だれかいないか」と大声で叫ぶと、妻は、頭から衣をひっかぶって汗びっしょりになってうっぷして(8)いる。

こう言うのを聞いて、この落蹲に似たものは、すっと近寄ってきて、「どうかお静かに。このわたしは、あなたさまが恐ろしくお思いになるようなものではございません。このわたしの姿をごらんになって、こわがりなさるのはもっともなことではございますが、わたしの申しのべることをしかとお聞きくだされば、あわれとお思いなさることもございましょう。ですから、まずお聞きくださってから、恐ろしいと思うなら思ってくださいませ」と言いつづけて、涙をながしてさめざめと泣くばかりである。それとともに、この妻も泣き出した様子なので、男は、あれやこれやわけがわからず、きちんと居ずまいを正して気を静めてから、「これは、いったいどうしたというのだ。何者が入ってきて、こんなことを言うのか」と言いながら、心のなかでは、「盗人が盗みに入ったのだろうか、それとも殺しにやってきたものか」などと思っていたが、その気配もなく、さめざめと泣くのを「不思議なことよ」と思っていると、このものが、「これから申しあげますことも、まことに申しあげにくく、またなんとも言いにくいことですけれども、そうはいってもあなた様に知られずにすますというわけにもまいりませんので」と言い、さらに、「じつは、あなた様が妻となさっておりましたこの人は、わたしのただ一人の娘でございます。母もおりませんので、ほんとうにこの子をいとしいと思ってくださるかたをと存じまして、こうしてわたしの身近においておりましたが、しばらくは、『お通いつづけなさることはあるまい』と思いまして、わたしのことはお知らせ申しあげずにおりました。でも、この子がただならぬからだとなりました上は、お気持ちもひととおりではないとうけたまわりましたので、『いずれは、お知りなさることですから、いつまでもかくれているわけにもいかない』と思いまして、こうして出て参ったのでございます。いまとなっては、このようにお目にかかれましたことで安心いたしております。『こんなものの娘だったのか』とおきらいになって、もしお通いがとだえなさるようなことならば、この世に生きておられるものとは、お思いなされますな。きっとおうらみ申しあげますよ。もしまた、かように申しあげますにつけて、お気持ちが変わらずにおいでくだされば、なに不自由なくお過ごしなされましょう。ただし、こういうものの娘だということは、だれひとり夢にも知りますまい。わたしは、今日以後、二度とお目にかかりません。また、このようなもののさしあげるものだから、ほかに持ち主でもあるのだろうとお考えになって、決して御遠慮なさいますな。思いのままに、自由にお使いくださいませ」と言って、蔵のかぎを五つ、六つとり出して、[9]前に置いた。また、「これは、近江国に持っております土地の証文[10]でございます」と言って、結びたばねた書類を三束置いた。「今後は、お目にかかることもございませんでしょう。もし娘からお身を遠ざけなさるようなことでもあれば、その時にはきっとお目にかかりますぞ。そうでない限り、影のようにお身にそってお守りいたしましょう」と言ってその場から立ち去った。

男は、これを聞いて□[11]て、「どうしたらよかろうか」と思いあぐねている様子を妻が見てさめざめと泣く。男はそれをなだめながら、心中、「なにごとも、命あってのものだねだ。もし女を捨てたら、きっと殺されてしまうにちがいない。だれにも知られず隠れて行動するものが、深く思いこんでつきまとってきた日には、まずはのがれられまい。されば、命も惜しいし、また、妻ともわかれることもできないから、『これもすべて前世からの約束ごとであろう』とは思ってみたものの、また、出先で、人がこっそり話し合うのを見ても、『この秘密を聞いてうわさしているのだ』と、思いこむことはまちがいない。これは、とんでもないことになったものだ」と思って、あれこれ考えなやんだが、とにかく命が惜しいので、「ぜったいにここを立ち去らないぞ」と決意をかためた。

そこで、そのもらった蔵のかぎで、言われたとおりにその蔵をあけてみたところ、さまざまの財宝が天井にとどくほど積みあげてあった。それを思いのままにとって使った。また、⑫近江の領地をもすっかり自分のものにして、裕福に日々を過ごしていたが、ある夕暮れちかく、たいへんきれいな紙に、上申書⑬のようなものを書いたのをある人が持ってきて、置いていった。なんの書状だろうと思い、手にとってなかをあけてみると、仮名まじり⑭にこう書いてあった。

あやしい姿をお見せしたのちも、わが娘をおきらいにもなされず、また、蔵のものもお使いくだされ、近江の領地も遠慮なく所有なされ、ほんとうにお礼の申しあげようもございません。たとえ死にましても、あなたさまをお守りいたす覚悟でございます。わたしは、近江国のこれこれと申しましたものでございます。ところが、はからずも人にだまされ、その人にたよりがいのあるところを見せようと、やとわれて参りましたところ、それが、じつは盗人でありましたのも、まったく知りませんで、ただ、かたき討ちをするのだとばかり思っておりましたところを、捕えられてしまいました。だが、それをどうにか逃げ出して、命ばかりは助かりましたものの、世間には顔むけのできないような、そんなはずかしめを受けましたので、こういう経歴のものだとは人さまにかくし、とっくに死んだものと世間に思わせ、このようにかくれ住んでいるのでございます。ところで、わたしが世間をわたっておりましたころは、京にこの家もつくっておき、蔵には財宝をたくわえておきましたので、娘をここに住まわせておきましたが、このように娘の聟になってくださる方にさしあげようと、いままでかぎをずっと持っていたのでございます。近江の領地も、わたしの先祖代々の領地でございます(15)から、文句を言う人もまったくおりません。こうして、わたしの願いどおりになさってくださいますので、ありがたいことでございます。

などと、こまごま書いてあるのを見て、初めて、そういう事情のものであったのかと知ったのであった。

その後は、蔵のものもとって使い、近江の領地も支配して、万事不自由ない日々を過ごした。それにしても、いっしょに住むのには、少々気味のわるい妻であった。後には、このことが世間に知れてしまったのであろうか、このように語り伝えているということである。

典拠未詳。

(1) 姓名の明記を予定した意識的欠字。題の欠字も同じ。

(2) 原文「悩む気色《けしき》」。つわり。

(3) 台所や使用人のすまいなどがある裏手の部分。表座敷のある南面に対する北面である。

(4) 蘇芳（マメ科の小灌木）の木の皮・木質を染料に用いた、紫がかった紅色。
(5) 漢字表記を予定した意識的欠字。「不思議に思って」のようなことばが入るか。
(6) ふつう髪を結いあげ、烏帽子をかぶる（貴族の略装・一般人の常装）のがしきたりであったから、このかっこうは、まことに異様なものと受けとられる。
(7) 舞楽「落蹲」に用いる鬼面。眼はくぼみ、口は大きく、上下にともに二本の銀色の大牙があり、つりあご。青あるいは藍色。
(8) 妻は、この怪人の正体を知っているため、どうしてよいかわからないのである。
(9) いわゆる御倉町を所有していたことを意味する。
(10) 原文「券」。土地の権利書。
(11) 漢字表記を予定した意識的欠字であるが、意味内容不明。
(12) 原文「生夕暮《なまゆふぐれ》」。「生」は未熟、不十分の意味をあらわす接頭語。
(13) 個人から上位のもの、役所へ提出する上申書。とくに、叙位・任官を申請する上申書をいう。原文では、「中文《まうしぶみ》の様なる物」と言っており、外形から判断している点、箱入りのものかも知れない。
(14) 男性の間で用いられる書簡は、ふつう漢文体であったが、ここは、仮名まじり文であり、発信者の教養の度合いがよくあらわれていると解される。
(15) 近江の豪族であったが、財力を背景に中央貴族に近づきたい一心で京に出入りしていたものであろう。しかし、まんまとわなにはまり、はからずも盗人の集団に入ってしまったという事情が察せられる。

平貞盛朝臣《たいらのさだもりのあそん》、法師《ほうし》の家にして盗人《ぬすびと》を射取《いと》る語《こと》、第五

今は昔、下京(1)のあたりに、ちょっとした物持ち(2)の法師がいた。家はゆたかでなに一つ不自

由なく暮らしていたが、あるとき、その家に不思議な予兆があったので、賀茂忠行[3]という陰陽師[4]のところに、その予兆の吉凶をたずねにやらせたところ、「かくかくの日、かたく物忌みをしなさい。そうしないと盗人におそわれて命を失うかもしれない」と占ったので、法師はすっかりふるえあがっていた。やがて、その当日になったので、門を閉じて人も入れず、たいそう厳重に物忌みしているうちに、この物忌みが何度も重なっていったのち、この物忌みの日の夕暮れがたに門をたたくものがいる。おそろしさのあまり返事もしないでいると、なおも強くたたくので、人を出して、「これは、どなたさまのお越しでしょうか。いま、かたい物忌みの最中でございます」と言わせたところ、「平貞盛[5]が、ただ今、陸奥国から上京いたしました」という。

この貞盛は、この法師とは昔からのたいへん親しい間柄であり、懇意につきあっている関係だったので、貞盛は重ねて、とりつぎのものに、「ただ今、陸奥国から到着いたしましたが、さて、夜にはなってしまったし、『今夜は、家へはわけがあって帰るまい』と思っているのだが、どこへ行ったらよいか。それにしても、なんの物忌みですか」とたずねさせた。すると内から、「『盗人におそわれて命を失うであろう』と占いがあったので厳重に物忌みしているのです」と言わせる。そこで、貞盛がまた、「そういうことであるなら、わざわざでも、この貞盛を呼んで内に入れておかれるのがよろしい。この貞盛を追いかえすなんてわけがあるはずはありません」と言い入れさせる。これを聞いて法師はなるほどと思い当ったのだろうか、「それでは、殿さまだけどうぞお入りください。ご家来衆やお供の人々は帰してください。なんといっても厳重な物忌みでございますから」と答えてきたので、貞盛は、

「それは、ごもっとも」と言って、自分だけ内へ入り、馬も、家来どももみな帰してやった。そして、法師には、「厳重な物忌みをなさっていらっしゃるのですから、決して、出てこられてはなりませんぞ。わたしは、今夜だけ、この放出《はなちで》(6)の間にとめていただきましょう。今日は、家へは帰らぬことになっている日ですからなあ。では、明朝ゆっくりお目にかかりましょう」と言って、放出の間に席をとり食事をして寝た。

さて、夜半も過ぎたと思われるころ、門を押しあける音がしたので、貞盛は、「さては、盗人であろうか」と思って、弓矢をかきおい、車宿り(7)の方にいって、そっと姿をかくした。案の定盗人であったので、太刀で門をこじあけ、ばらばらとなかへ走りこんできて、南面《みなみおもて》(8)の方にまわりこんできた。貞盛は、盗人のなかに入りこんで、物のおいてある方にはいかせず、なにもない方をさして、「ここだ。ここに獲物があるぞ。ここをふみ破って押しこめ」と指図すると、盗人は、貞盛が言っているとはつゆ知らず、松明《たいまつ》の火をかき立ててまさに押し入ろうとするときに、貞盛は、ふと気がついた。「もし、盗人が家のなかに入りこんでしまえば、法師も不意をつかれて殺されてしまうかも知れない。となれば、中に入りこまぬさきに射殺してしまおう」とは思ったが、弓矢を背おった□(9)げなやつが、すぐそばに立っているので、危いとは思ったが、「そうかといって、ぼんやりしている場合ではない」と考えて、そいつのうしろから征矢《そや》(10)で胸先かけて射とおした。

そうしておいて、貞盛は、「うしろから射るやつがいるぞ」と叫んで、この射倒されたやつに、「逃げろ」と言って、射倒されたやつを奥の方へひっぱりこんだ。それを見て、ほかのやつが、「だれか射てきたぞ。かまうことはない。なかへふみこめ」とひるまず指図するやつを、また、そばから走り寄って、体のどまんなかにむかって射とおした。そして、また、「射てくるやつがいるぞ。さあ、逃げろ、ものども」と言って、それもまた、奥の方へひっぱりこんだので、二人とも奥の方に倒れ伏した。そのあと、貞盛は、奥の方から鏑矢《かぶらや》(1)をつぎからつぎと射かけたので、のこりの盗人たちは、先を争って門の方へ逃げ出していった。その背中にむかって、びしびしと射つづけていくと、たちどころに門の前で三人を射殺した。もともと、十人ほどの盗人だったので、のこりのやつらは、仲間のことなど見向きもしないで走って逃げ出した。そこで、そのうちの四人は、たちまちその場で射殺した。もう一人は、四、五町(約四〇〇〜五〇〇メートル)ほど逃げたところで、腰を射られて逃げきることができず、あたりの溝のなかに倒れこんでいった。夜が明けてから、そいつを問いただして、その自供によって他の仲間を捕えたのであった。

されば、幸運にも、貞盛朝臣が来あわせたおかげで、命びろいをした法師であったことだ。もし、あまりにも厳重に物忌みをして中に入れなかったならば、この法師は、きっと殺されたにちがいないと、語り伝えたということである。

典拠未詳。

(1) 京の四条坊門小路から南のあたり。上京に比べ低湿地であったが、とくに七条あたりは市でにぎわった。「いざれ独楽《こまつぶり》、鳥羽の城南寺の祭見に、われはまからじ恐ろしや、懲りはてぬ、作り道や四塚《よつづか》に、焦《あせ》る上馬《あがりうま》の多かるに」(『梁塵秘抄』)などは下京あたりを予想するわらべ歌である。

(2) 原文「生徳《なまとく》」。ちょっとした財産・富。

(3) 朱雀・村上天皇時代の陰陽師。慶滋保胤《よししげのやすたね》は、その子。
(4) 広くは、陰陽寮に属する職員。とくに、定員六人の陰陽師をさす。
(5) 桓武平氏。国香の子。藤原秀郷《ひでさと》と連合し、将門を討った（巻第二十五第一話参照）。代表的武人として評価された。
(6) 寝殿造の建物の母屋につけて、外側にさし出して造った庇《ひさし》の間。
(7) 牛をはずした牛車を収納するところ。ふつう、総門の内、中門の外にある。
(8) 屋敷の正面の部分。
(9) 盗人の人相や図体を形容することばが入る。その漢字表記を予定した意識的欠字。
(10) 細くとがった矢じりをつけたふつうの矢。
(11) 原文「鳴箭《なるや》」。中空にして、先端のほかに数箇の穴をあけた蕪形《かぶらがた》の矢じりをつけた矢。高い音を発するため、逃げていく盗人をおどすのに用いたのである。

このような寝殿造の私宅を持った富裕な僧侶は、諸大寺に属して、主として行政・財政面を担当した執《しゅ》行《ぎょう》などの上級管理者でもあろうか。ごく特殊の限られた法師であったがゆえに盗人の対象となったものであろう。また、朝廷・貴族の修法をこととした護持僧であったため、武士との接触もあったのかも知れない。

放免《ほうめん》ども、強盗《ごうとう》せむとして人の家に入りて捕《とら》えらるる語《こと》、第六

今は昔、□(1)というものがいた。家は上京(2)あたりにあった。若いときから、受領について、地方に下っていくのを仕事にしてい(3)たので、しだいに貯えもできて、万事に不自由な

く、家も豊かで従者も多く、自分の領地なども手に入れていた。

ところが、家が東の獄舎(4)のすぐ近いところにあったので、この獄舎の近くに住む放免(5)どもが多数集まって相談し、その□(6)の家に強盗に押しこもうということになったが、この家の様子がよくわからない。そこで、「なんとかして、この家にいるものを一人仲間に抱きこんでやろう」と計画したが、うまいことに、□(7)が摂津国に領地を持っていたが、そこから宿直に上京している下衆男がいたので、放免どもは、「あいつは、田舎ものだから、きっと（だませ(8)）るだろう。なにか物でもくれてやりさえすれば、よもやいやとは言うまい」と話し合い、だまして、その宿直男を放免の家におびきよせた。そして、いろいろ御馳走して、酒などのませ、「聞けば、お前さん(9)は、田舎の人というから、京では、何かと物の欲しいときもあるだろう。また、じっさいに必要なこともあるだろう。なんとも気の毒なことだ。じつは、わけがあって、とくにお前さんのことを気の毒に、わしらは思っているのだ。お前さんは、若いからわかるまい。それで、今後、京にいる間は、いつでも、こうしておいでくだされ。御馳走してさしあげよう。また、なにか用事があるときは、そう言ってくだされ」などと、親切に言ってやると、男は、うれしいとは思いながら、なにか変だなと思ったけれども、「これには、なにかわけでもあるのだろう」と思って家に帰った。

このように歓待することが四、五度におよんだので、放免どもは、もう、（だますことが(10)）できたと思って、いまさらいやだと言えないくらいよく手なずけたのち、こう言った。「じつは、折りいって頼みがある。あなたが宿直している家にわしらを手引きしてはくれまいか。そうしてくれれば、いくらでもお礼をしよう。今後とも一生あなたが食べていくらいのことは、させてもらいますよ。このことは、だれも人に知られる気づかいはない。世に生きるものはすべて、身分の上下を問わず、その気になればこわいものなんぞありはしないさ」などとうまく（だまそうとし）[11]た。この男は、下賤なものではあったが、思慮のある賢いやつで、内心、「あきれた話だ。こんなたくらみにのったらたいへんだ」とは思ったけれども、「ここで、すぐことわったら、とんでもないことになろう」と思って、「お安い御用です」と承知した。放免どもは喜んで、当座の礼だと言って絹や布などをよこしたが、男は、「今すぐ、急ぐことはない。首尾よくいってからでよい」と言って受けとらずに帰ろうとすると、放免どもは、「では、明日の夜、決行しようと思うが、夜半ごろ、門前に行き門を押したら、待ちうけて門をあけてくれ」と言う。男は、「おまかせください」と言って帰った。放免どもは、その家が武士の家ではないので、気安く思って、押しこみ強盗の心得のあるもの十人ほどが心を合わせて、明日の夜、集合することを約束して散会した。

　この男は主人の家に帰り、「なんとかしてこのことを、そっと主人に知らせたい」と思って機会をうかがっていると、そのうち主人が縁側に出てきた。男は、地面にひざまずいて、あたりにだれもいないのを見とどけたところで、なにか言いたい様子である。主人は、「お前は、なにか言いたいのか。暇をもらって郷里に帰りたいのか」ときくと、男は、「そうではございません。ひそかに申しあげたいことがございます」と言うので、主人は、いったいなにごとだろうと不審に思い、人目につかぬところへよんで、わけをきくと、男は、「こう申しあげますのも、ひどくお恥ずかしいことでございますが、『申しあげないでは、とてもいられない』と思いまして。じつは、これこれのことがありました」と言う。主人は、「ほんとうに、よくぞ話してくれた。下賤のものは、とかく欲に目がくらみ、こういう殊勝な考えはおこさぬものだが。感心なことだ」と言って、「それでは、お前は、とにかく門をあけて盗人を入れよ」とだけ言って、心中、「門の外で追いかえしたのでは、とらえることもできず、正体もわからずじまいになるだろう。それではまずい」と思って、あわてて、年来、親しくつき合っている□[12]という武士の家に走っていって、ひそかにこのことを話した。□は、それを聞いてたいへんおどろき、真に心のつながりがある人だったので、「郎等といわず、下男といわず、武術のたしかなもの五十人ばかりを、明日の夕刻にこっそりつかわそう」と言ったので、□[13]は喜んで帰っていった。

つぎの夜になって、その武士は、弓矢や太刀・刀の類をものにつつんだり、長ひつに入れたりして、なに気ない様子でさきに持っていかせ、夜になってから、武士たちは、ふつうの人をよそおって丸腰のまま、一人ずつその家にいって身をひそませていた。やがて予定の時刻が近づいてくると、あるいは弓矢を背負い、あるいは太刀を手にして、みな甲冑に身をかため、手につばして待ちかまえた。また、外へ逃げ出すやつもあろうかと、少々は、外の辻にも立てていた。

放免どもは、こんなこととはつゆ知らず、ただただ、手引きの男をたよりにして、夜がすっかりふけたころ、その家にいって門を押す。男は、かねて待ちかまえていたことであるから、出ていって門をあけるやいなや、すぐ走りもどってきて、縁[14]の下ふかくもぐりこんでしまった。同時に放免どもがおおぜいばらばらと入りこんできた。それらを、すっかり入れておいて、武士たちは、用意万端、すっかり準備しておいたことだから、手抜かりのあろうはずはない。一人ずつ片はしからひっとらえてしまった。盗人は、十人ほどいたが、腕におぼえのある武士たち四、五十人が、手ぐすね引いて、待っていたからには、すこしもじたばたさせず、全員ひっとらえて車宿りの柱にしばりつけた。その夜はそのままにして、夜が明けてから見ると、みな目をしばたたいてしばりつけられている。こんなやつらは、牢にぶちこんだところで、後日出獄すれば、きっとまた悪心をおこすにちがいないと思われたから、そしらぬ顔をして、人にも知らせず、夜になってからこっそり外につれ出して、みな射殺させてしまった。

だから、その家に強盗に入って、打ち殺されたということになって、終わってしまった。つまらぬ欲心を出して命をおとしたやつらである。□⑮は賢い男のおかげで命拾いした、とこう語り伝えているということである。

典拠未詳。

（1）姓名の明記を予定した意識的欠字。
（2）下京に対し、京の北部（とくに左京）の地域で、上流階級の貴族の邸宅・由緒ある寺社が多かった。
（3）国司に従って、実務を担当したため莫大な職権を持ち、収入も公私にわたって多かったものであろう。
（4）左京の近衛大路の南、西洞院大路の西にあった獄舎。
（5）本巻第一話、注（6）参照。
（6）（1）に同じ。
（7）（1）に同じ。

（8）底本は漢字表記を予定した意識的欠字。「スカサ」が想定される。
（9）原文「和主《わぬし》」。同輩や目下のものに対して用いる。
（10）底本は漢字表記を予定した意識的欠字。「スカシ」が想定される。
（11）底本は漢字表記を予定した意識的欠字。「スカシ」が想定される。
（12）武士の姓名の漢字表記を予定した意識的欠字。次の□も同じ。
（13）（1）に同じ。
（14）原文「板敷《いたじき》」。ここでは建物の外側の板張りの縁。
（15）（1）に同じ。

藤大夫《とうだゆう》□の家に入りし強盗《ごうとう》の捕えらるる語《こと》、第七

今は昔、猪熊綾小路（1）に藤太夫（2）□（3）というものが住んでいた。受領のお供（4）としてであったのだろうか、田舎に行って京へもどってきたが、たくさんの品物を持ちかえって、整理していたのを、となりに住む盗み心のあるものが見て、同じようなどろぼう仲間を多数一味に引きいれて、その家に強盗に押しこんだ。家のなかにいたものは、あるいはものかげにかくれ、あるいは縁の下にもぐりこんだ。待ち受けて戦うものは一人もいなかったので、盗人どもは、ゆうゆうと家のなかのあらゆるものをさがしまわって、なに一つ残さず、あるものすべてうばいとって行ってしまった。

ところが、縁の下に逃げこんで、うつぶせになってじっとしていた小男がいた。盗人がものをとりおわって引きあげていくときに、この縁の下にかくれていた小男が、その縁から走

り下りてくる盗人の足に抱きついて引っぱると、盗人は、そのまま、うつぶせになって倒れた。この上に、小男は、おそいかかって、刀を抜き盗人の□[5]を二突き三突き、突くと、盗人は足をとられてしたたかにころんだので、胸をぶっつけて意識を失っていたところに、こう何度も□を突かれたので、なんの手むかいもできず、そのまま死んでしまった。そこで、この小男は、盗人の両足首をつかんで、縁の下の奥の方に引きずりこんだ。

そうしておいて、この小男は、なにもなかったような顔つきで出てくると、逃げかくれていたほかのものたちは、盗人どもが立ち去ったものだから、みんな出てきて大さわぎし合っていた。着ものをはがれたものは、はだかのままでふるえている。家のなかのものは、すべてふみ破られ、なに一つ残さず打ちこわされていた。盗人は、仕事を終わって猪熊小路を南に走り逃げようとすると、[6]となりの家のものがおき出して矢を射かけたので、てんでんばらばらに逃げていった。ところが、仲間の一人が突き殺されたことには気づかなかったのである。

盗人が入ったのは夜半すぎてからだったので、その後まもなく夜が明けた。となりの家の人も集まってきて見舞い、たいへんなさわぎである。西洞院[7]□[8]に住んでいる藤判官[9]□[10]という検非違使も、この藤太夫と親しかったので、使いのものをよこして見舞わせたが、この盗人を突き殺した小男が、かの藤判官のところへ行って、「これこれのことをいたしました」と述べた。これを聞いた藤判官はたいへんおどろき、放免をよんで、その藤太夫へやってくわしくしらべさせた。放免がその家に入って、突き殺された盗人を引きずり出してみると、これはびっくり、じつは、隣の某殿の家の雑色であった。なんと、となりの家にたくさんの品物がはこばれているのを見て、盗みに入ったのであった。

放免がこのことを藤判官に報告したので、藤判官は即座に、その雑色の家に人をやり、妻を逮捕させた。「妻は、きっとすべてを知っているだろう」ということで詰問すると、かくしきれずに、「昨夜、何丸・何丸が家にやってきて密談いたしておりました。そのものたちの家は、どこそこでございます」と白状したので、ただちに検非違使の別当[11]に報告し、その女を前に立てて、その家々に行って逮捕しようとすると、そいつらは、昨夜の強盗のつかれから寝入っていたが、みな一網打尽にひっ捕えた。言いのがれもできぬことであるから、片っぱしから、全員牢につながれてしまった。また、その盗みとったものも、一つ残らずすべてとりかえすことができた。さて、この盗人を突き殺した小男は、それから後は、りっぱな武士にとりたてられたのであった。

されば、家では、たくさんの物をとり広げて、やたらな人に見せるものではない。このように悪心をおこすものもあるのだ。たとえ、心のおける従者にでも心は許してはならない、まして、見知らぬものに対しては、そんな悪心があるのかも知れぬとうたがってかからねばならない、とこう語り伝えているということである。

典拠未詳。

（1）猪熊小路（大宮の東、堀川の西の南北の通り）と綾小路（四条の南、五条坊門の北）の交わる付近。現在の四条大宮に近い。

（2）藤原氏で五位である人物をいう。

(3)姓名の明記を予定した意識的欠字。題の欠字も同じ。
(4)受領に直属する行政担当者。
(5)盗人の肉体のある部分の漢字表記を予定した意識的欠字。次の□も同じ。心臓のある部分であろう。
(6)原文「下《くだり》に出でて走りけるに」。「下に」は、南北の大路を南に向っていくこと。
(7)油小路の東。朱雀大路と東端の京極大路との中間。
(8)東西に走る通りの名の漢字表記を予定した意識的欠字。
(9)藤原氏で検非違使庁の尉（三等官）である人物の通称。
(10)「藤判官」の名の漢字表記を予定した意識的欠字。
(11)検非違使庁の長官。

下野守《しもつけのかみ》為元《ためもと》の家に入りし強盗《ごうとう》の語《こと》、第八

今は昔、下野守藤原為元(1)という人がいた。家は、三条大路の南、西洞院大路の西にあった。十二月のつごもりのころに(2)、その家に強盗が押し入った。となりの家の人が大さわぎしたので、盗人はたいしたものもとらず、「とりかこまれた」と思ってしまって、この家におられた身分の高い女房(3)を人質にとって、横かかえにして逃げ出した。三条大路を西にむかって逃げていったが、この人質を馬に乗せ、大宮大路の辻(4)まできたところで、「追手がやってきた」と思い、この女房の御衣をはぎとって、女房を捨てて逃げ去った。

女房は、生まれて初めてこんな目にあって、はだかで恐怖にふるえているうちに、大宮川(5)におちこんでしまった。水もすっかりこおりついていて、その上、風は、身を切るようにつ

めたい。水からはいあがり、近くの人家に立ち寄って門をたたいたが、おそろしがってだれ一人として応じてくれるものがいない。そこで、この女房は、とうとう（こごえ）(6)死んで、犬に食われてしまった。翌朝見ると、たいそう長い髪と、まっ赤な頭と、紅の袴とがきれぎれになって氷のなかにのこっていた。

その後、宣旨がくだり、「もし、この盗人をつかまえて突き出したものには、莫大な報賞を与えよう」というので、それがたいへんな評判をよんだ。この事件については、荒三位《あらさんみ》(7)といわれた、藤原（道雅）(8)というものがその犯人に擬せられた。そのわけは、「この荒三位は、あの犬に食われた姫君に日ごろ思いをかけていたのに、振られていたからだ」というのが、世間の評判であった。

ところが、検非違使左衛門尉平時道(9)が、宣旨をうけたまわって探索していたが、大和国に下る途中、山城国の柞《ははそ》(10)の森というところのあたりで、一人の男に出会った。検非違使を見てひざまずいて平伏しているその姿が、いかにも不審なので、この男を捕えて奈良坂(11)へつれていって、「きさまは、なにか悪事をおかしたであろう」と言って、問いつめたところ、男は、「絶対に、なにもいたしておりません」と否認したが、なおも責め立てて訊問したところ、ついに、「じつは、一昨年十二月のつごもりころ、人にさそわれて、三条西洞院にありますお屋敷に押し入りましたものの、ものをとることができず、高貴な女房を人質にとって、大宮の辻に投げ捨てて逃げました。その後うけたまわりますと、（こごえ）(12)死んで犬に食われなされたとかでございます」と白状した。これを聞いた時道は、よろこんで、この男を京に連行し、ことの次第を申しあげると、「時道は、大夫尉(13)に昇進するにちがいない」と世間でたいへんな評判であったけれど、その賞もなく終わった。いったい、どういう事情があったのだろうか。「かならず恩賞があろう」とおおせくだされたのに、結局、時道は、五位に叙せられ、左衛門大夫⑭となっていた。世間の人が、こぞって非難したからであろう。思うに、たとえ女であっても、やはり寝所などは、厳重に用心していなければならない。油断して寝ていたから、このように人質にもとられたのだと人々は言った、とこう語り伝えているということである。

典拠未詳。

(1) 武智麿流。尾張守連真の子。長保元年（九九九）花山院判官代。長保三年（一〇〇一）～長保六年（一〇〇四）下野守。

(2) 後一条天皇の万寿元年（一〇二四）十二月六日の事件（『小右記』）。

(3) 退位後の花山院とその乳母子《めのとご》中務との間に生まれた花山院女王。道長の娘上東門院彰子に女房として仕えていた。

(4) 三条大路と東大宮大路が交わるところ。

(5) 東大宮大路にそって流れ、九条まで南流していた。陽明門あたりから宮中に入って御溝水《みかわみず》となり、郁芳門の南で外に出ていた。

(6) 底本は「コゴエ」の漢字表記を予定した意識的欠字。

(7) 藤原道雅の異名。伊周の子。この折り、左中将、三十三歳。天喜二年（一〇五四）没、六十三歳。歌人としても名高い。「荒三位」は、性質が粗暴な三位の意。万寿二年（一〇二五）三月十六日になって、真犯人法師隆範を捕えたところ、道雅にそそのかされたことを白状したという（『小右記』）。
(8) 底本は「道雅」の漢字表記を予定した意識的欠字。
(9) 三条・後一条天皇時代の近衛官人。
(10) 京都府相楽郡精華町祝園《ほうその》。古社祝園神社があり、古くからの葬所という。京・奈良間の交通の要地。
(11) 平城京の北西部から歌姫をへて、小谷・吐師《はぜ》・祝園から宇治橋をわたる奈良坂越。
(12) （6）に同じ。
(13) 「大夫」は、五位の通称。検非違使の尉（六位）で、とくに五位に叙されたもの。
(14) 五位になって、左衛門（検非違使は衛門府も兼ねる）を退いたものをいう。有能な時道に対する処置を人々が非難したものである。

阿弥陀《あみだ》の聖《ひじり》、人を殺してその家に宿り、殺さるる語《こと》、第九

今は昔、□(1)国□(2)郡に□(3)寺という寺があった。その寺に阿弥陀の聖(4)ということをしてあるきまわる法師がいた。先には鹿の角(5)をつけ、末端に二股の金具をつけた杖(6)をつき、鉦《かね》(7)をたたいて、あちらこちらと阿弥陀念仏をすすめてあるいていたが、ある山のなかをとおりかかったとき、荷物をになった一人の男に出会った。法師は、その男と道づれになってあるいているうち、男は道のはたに立ちどまり、腰をおろして、昼の弁当をとり出して食べはじめた。法師は、そのまま行きすぎようとしたが、男がよびとめるので、そのそばに近寄った。「これをおあがりください」と言って飯をわけてくれたので、法師は腹いっぱいたべた。食事も終わったので、男が前ににになっていた荷物をとりあげかつごうとするとき、法師はふと

考えた。「ここは、めったに人がやってくるところではない。この男を打ち殺し、荷物と着ものをうばったところでだれにも知れる気づかいはあるまい」こう思って、いま荷物を持ちあげようとして、なんの心配もしていないのを、法師はとつぜん持っている金具のついた杖で首をつきおさえた。男は、「なにをなされます」とさけんで、手をすり合わせてうろたえたが、この法師は、もともと力の強い男で、聞き入れもせず、そのまま打ち殺してしまった。そして、男の持っていた荷物と着ものとをうばいとるや、飛ぶようにして逃げ去っていった。

はるか遠く山をへだてて現場をはなれ、人里のあるところまで逃げてきたので、「ここまでくれば、もう知るものもあるまい」と思って、とある人家に立ち寄って、「わたしは、阿弥陀仏をすすめてあるく法師です。すっかり日も暮れてしまいました。今夜一晩だけとめていただけませんか」とたのみこんだところ、この家の主婦の女が出てきて、「夫は出かけておりますけれども、それでは今夜だけならどうぞおとまりください」と言って中に入れた。卑しい身分のものの住む小屋(8)のこととて、女のいるすぐそばのかまどの前に案内した。そこで、主婦がこの法師とむかい合って見ているうちに、法師の着ている着ものの袖口がちらっと目に入った(9)。それは、自分の夫が着ていったふだん着(10)の、染皮をぬい合わせた袖(11)によく似ている。女は、まったく思いがけないことなので、まさかそんなことがあったとは気がつかなかったが、どうもその袖口が気になってしようがないので、なに気ない様子でうかがうと、まさに夫のものである。

そこで、女は、おどろきあやしみ、となりの家に行って、こっそりと、「こういうことがあります。いったいどうしたことでしょう」と耳うちすると、となりの人は、「それはじつにあやしいことだ。盗んだのかも知れません。なんともあやしいことだ。ほんとうに間違いなく、ご主人の着ものだとごらんになったのなら、その聖を捕えて問いただすのが当然でしょう」と言う。女が、「盗んだか、盗まないかは、はっきりしませんが、とにかく着ものの袖はたしかに主人のものです」と言うと、となりの人は、「では、法師が逃げ出さぬうちに、はやくたずねてみることだ」と言って、その村の屈強な若者四、五人ばかりにこのことを話し、その夜、その家に呼び寄せて、法師が、食事を終え、こんなことがあるとは夢にも知らず、のんびりと横になっているのを、にわかに近寄ってとりおさえたのであった。法師が、「これは、なんのつもりだ」と言うのもかまわず、がんじがらめにしばりあげて引きずり出し、足をしめつけて拷問したけれども、「ぜったいになにもしていない」と言ってなかなか白状しないので、つぎに別のものが、「その法師の持っている袋をあけて見ろ。この家の主人の持っていたものが入っているかも知れない」と言ったので、「なるほど、そのとおりだ」と、袋をあけて見ると、夫の持って出かけたものがそっくりそのままある。「思ったとおりだ」と言い、こんどは、法師の頭のてっぺんに、火を入れた皿をのせて、拷問すると、ついに、法師は熱さにたえきれず、「じつは、どこそこの山中で、しかじかの男がおりましたが、それを殺してうばったものです。それにしても、いったいどういう方がおたずねなのですか」と言うので、「これは、お前の殺したその人の家だ」と言うと、法師は、「それでは、わしは天罰をこうむったのだ」と答えた。

さて、夜が明けて、その法師を前に立てて、村のものどもが集まって、その場所に行ってみると、ほんとうに、その主人が殺されていた。まだ、鳥やけものにも食い散らされず、そのままの姿であったので、妻子はこれを見て泣き悲しんだ。そこで、この法師を、「つれてかえってもどうしようもない」と言って、そのまま犯行の場所で張りつけにして射殺してしまったのであった。

これを聞く人は、みなこの法師をにくんだ。男に慈悲の心があって、わざわざ呼び寄せてまで飯をわけてくれたのに、その恩も思わず、法師の身でありながら邪心[12]ふかく、物を盗みうばおうとして殺したのを、天がにくみなさって、そのため他の家へ行かずまっすぐ当人の家に行って、まさしくこのように殺されてしまったとは、まことに感慨深いものがある、とこの話を聞く人々は言い合った、とこう語り伝えているということである。

典拠未詳。

(1)(2)(3) それぞれ、国名・郡名・寺名の明記を予定した意識的欠字。

(4) 阿弥陀仏号を唱えて教化伝道する僧。空也は市聖《いちのひじり》といわれ、念仏行を庶民の間に伝道し「阿弥陀聖」と呼ばれていた。遊行《ゆぎょう》と口称《くしょう》呪術的な念仏と呪術舞踊とを一体化した。その後、皮聖《かわひじり》行円が出て広く尊崇された。中世の遊行僧や踊念仏も同じように呼ばれた。葬送に加わることがおおい。
また、和讃なども伝道教化に用いたらしい。『阿弥陀和讃』『空也和讃』の類が知られている。

(5) 「聖の好む物、木の節・鹿角《わさづの》・鹿の皮」(『梁塵秘抄』)とある。「鹿角」は、早生角・若角。杖の頭部につける。「鹿の皮」は、なめして僧衣としたもの。

(6) 原文「尻には金を杁《えぶり》にしたる」。「杁」は「マタブリ」(杈)の誤り。末端が二股にわかれた杖。

(7) 原文「金鼓《こんく》」。胸の前に下げた銅製の打楽器。平たい正円形。丁字形の撞木でたたく。念仏の伴奏楽器として広く用いるが、後世には、伏鉦といい、台座の上に三箇の突起でささえてたたく。
(8) 原文「小家《こいへ》」。一般庶民の家。
(9) 家の中心の「かまど」の火のあかりがてらしたもの。
(10) 原文「布衣《ほい》」。布製の庶民の平常服。
(11) 袖口がすれていたむために、染めた皮をぬいつけたもの。
(12) 原文「邪見」。五つのわるい見解、誤った考えの一つ。因果の道理を否定する見解。

伯耆《ほうき》の国府《こくふ》の蔵《くら》に入りし盗人《ぬすびと》の殺さるる語《こと》、第十

今は昔、伯耆守(1)橘経国(2)という人がいた。この人が伯耆守であった当時、世の中がひどい凶作で、食べものがまったくない年があった。

ところで、国府(3)のそばに□(4)院(5)という蔵があった。その蔵のものは、すべてとり出して使ってしまい、なに一つ残っていなかったが、ある人が蔵のそばをとおりかかると、蔵の内から戸をたたくものがいる。なにものがたたいているのかと聞いたところ、蔵の中で、「盗人でございます。このことをはやく申しあげてください。この蔵に乾飯(6)がありましたのを、『少々、いただいて命をつなぎたい』と思って、蔵の上にのぼり屋根に穴をあけ、乾飯のある上にとびおりようと手を放してとびおりたところ、乾飯もなく空っぽでしたので、この四、五日、はいあがろうにも、はいあがれず、もはや餓死寸前の状態です。どうせ死ぬなら、外へ出て死にたいのです」と言う。外の人は、これを聞いてびっくりし、守にこの旨を

知らせると、すぐに国府の役人をよび、蔵をあけさせて調べた。すると年のころ四十ばかりで、容姿堂々とし、水干装束をきちんと身につけ、真っ青な顔色をした男を引っぱり出した。集まってきた人々はこれを見て、「とるに足りぬ微罪です。すみやかに追放になさいませ」と言ったが、守は、「そういうわけにはいかぬ。後々の聞えもある」と言って、蔵のそばにはりつけ台を作ってはりつけに処してしまった。(7)

それにしても、自分から進んで白状したやつであるから、ゆるして追放してやればよいものを、むごいことをしたものだと、人々は非難した。この男の顔を見知った人は、ついに一人もなかった、とこう語り伝えているということである。

典拠未詳。

(1)「伯耆」は、現在の鳥取県中西部。
(2) 伝未詳。
(3) 久米郡久米郷にあった。現在の鳥取県倉吉市の北方に国府・国分寺の地名がのこる。
(4) 院の名の明記を予定した意識的欠字。
(5) 一区画をなした家屋の称であるが、とくに官設の倉庫の名に用いた。のち、所在地の地名となり、住人の姓名となったものがある。
(6) 原文「餉《かれいひ》」。一度たいた米飯を乾燥させたもの。保存食として用いる。
(7) 本巻第三話、注(15)参照。

幼児《ようじ》、瓜《うり》を盗みて父の不孝《ふきよう》を蒙《こうぶ》る語《こと》、第十一

今は昔、□(1)というものがいた。ある夏のころ、すばらしい瓜を手に入れたので、「これはめずらしいものだから、夕方帰ってきてからおくりものにしよう」と言って、十ほど厨子(2)にしまって家を出るとき、「決して、この瓜をとってはならぬぞ」と言いおいて出ていった。ところが、その後に、七、八歳ぐらいになった男の子が、この厨子をあけて瓜を一つだけとって食べてしまった。

夕方、父親がもどってきて厨子をあけて見ると、一つなくなっている。そこで、父が、「この瓜が一つなくなっているぞ。これは、だれがとったのか」と言うと、家のものたちは、「わたしはとりません」「わたしもです」と口々に言い立てた。「これは、たしかにこの家のもののしわざだ。外から人が入ってきて盗むはずはない」と言って、容赦なく問いつめると、おくづとめの女(3)が、「昼間わたしが見ておりますと、お坊ちゃん(4)が御厨子をあけて、瓜を一つとり出しておあがりになりました」と言う。父はこれを聞くと、なにひとつ言わず、すぐさまその町に住む主立ったものたち何人か(5)をよび集めた。家の中の上下の男女は、これを見て、「これは、なんのためにこのようにおよびなさるのだろうか」と思っていたが、その人たちはよばれるままにみな集まってきた。そのときに、父親は、この瓜をとった子をながく勘当するということで、この人々の連判をとろうとしたのであった。すると、連判をする人たちは、「これは、いったいどういうことですか」とたずねると、「ただ、すこし

考えるところあってのことです」と言って、みなの連判をとった。家のものたちは、これを見て、「こんな瓜を一つとったぐらいのことで、子どもを勘当なさる道理はありません。正気の沙汰ではないですよ」と言ったが、他人がどうするわけにもいかない。母親はもちろんのこと、うらみごとを散々にならべたてたが、父は、「つまらぬ口出しをするな」と言ったきり、耳をかそうともせず、とうとう勘当してしまった。

その後、年月がたち、勘当されたこの子もいつしか成長し、元服などして一人前に世間に出て暮らしていたが、父は勘当してこのかた、まったく子の顔を見ようとはしなかった。ところが、この若者がしかるべき家に奉公していたが、盗みを働いた。そこで、捕えられて訊問されたとき、「これこれのものの子です」と白状したので、検非違使の別当[6]にこの旨を報告すると、別当は、「たしかに親のあるもののようだ。親ともども処分すべきである」と言う。そこで、検非違使の下人[7]どもが、この若者を前に立てて、親の家について、この旨を伝え、逮捕しようとした。父親は、「これは、ぜったいにわが子ではない。なぜかというと、この子を勘当してから一度も顔を見たこともなく、すでに数十年もたっているからだ」と言ったが、庁の下人どもは、この言いわけを信用せず、大声でしかりつけると、親は、「あなたがたが、もし、わたしの申し述べたことをうそと思うのなら、さあ、これを見てくれ」と言って、かの在所[8]の主立ったものから連判をとった証文をとり出して、庁の下人どもに見せた。そして、その判をした人々をよびこのことを話すと、その人々も、「まちがいなく、先年そういうことがありました」と言うので、下人の一人がもどって、このことを検非違使[9]を通じて別当に報告した。別当は、「なるほど、親の関知しないことだ」と認めたので、下人ども文句のつけようがなく、その若者だけをつれてかえった。その罪は、かくれもなかったので、若者は牢につながれた。だが、親は、一切罪に問われることなく終わった。こんなわけで、昔、「勘当までることはあるまい」と考えた人たちも、「じつに賢い人だ」と言って、その親をほめたたえたことであった。

されば、親が子をかわいがることは、ほかにたとえることもできないほどではあるが、賢いものは、あらかじめ子の性格を知って、このように勘当して、後日のとがめをこうむらずにすむのである。これを見聞きした人は、この親をたいした賢人だといってほめたたえた、とこう語り伝えているということである。

典拠未詳。

(1) 姓名の明記を予定した意識的欠字。

(2) 二枚扉のついた置き戸棚で、食物を入れるのに用いる。

(3) 原文「上《うへ》に仕《つか》ひける」。「上」は、主人たちが起居している母屋。

(4) 原文「阿字丸《あじまろ》」。「丸」は、年少男子につけて親愛の情を示す。「いなごまろ賞で拍子つく」(『梁塵秘抄』)。「阿字」を諸本により、「阿子」(あこ)とすれば、「吾子」で、自分の子どもを愛情をこめて言う語となる。「阿字」とすれば、密教で説く、「阿字本不生《ほんぶしょう》」の意で、阿字は、すべての根本で不生の実在を意味するものとなる。

(5) 平安京で、大路・小路にかこまれた宅地の一区域をいう。四〇丈(約一二〇メートル)四方。「郷」も、「町」と同じ。

(6) 本巻第七話、注(11)参照。

（7）一般に、放免をさす。放免については本巻第一話、注（6）参照。
（8）地元。ここは、親が居住している土地。
（9）ここは、直接追捕にしたがう現場の責任者として「少尉」が考えられる。

筑後前司《ちくごのぜんじ》源《みなもとの》忠理《ただまさ》の家に入る盗人《ぬすびと》の語《こと》、第十二

今は昔、大和守藤原親任《ちかとう》（1）という人がいた。その人の舅に筑後前司源忠理（2）という人がいたが、この人は賢い人で（3）、万事に心得がふかく、すぐれた才能の持ち主であった。

この人が方違えをしようとして、わが家の近くの小家に行って、ひっそりと寝ていたところ、その家は、大路に面した檜垣（4）にそって寝所がもうけられていたので、そこで寝ていたのだが、雨がひどく降って小やみになった夜半にもなったと思われるころ、人の足音がして、自分が寝ているそばの檜垣にそって立ちどまったような気配がした。「はて、なにごとだろうか。自分の命をねらうような敵も思いあたらないから、してみると、この家の主人をどうにかしようとするものなのか」と思うと、おそろしくてねむることもできない。「だれかいるか」と呼べば、すぐにこたえてくれるような頼みにできるような従者もつれてこなかったので、目をさまして聞き耳をたてていると、また人の足音がして、大路の真んなかをとおっていく、そのとき、前に檜垣のそばに立っていたものが、口笛を吹くと、大路をとおっていくものは、急に立ちどまって、声を殺して、「だれそれ殿でいらっしゃるか」と言う。「そうだ」と答えると、近寄ってくる足音がした。

こうと知って、筑後前司は、「いまにも、戸をけやぶって入ってきはしないか」と恐れてちぢこまって寝ていると、すぐに入ってこようという気配もなくて、なにやらひそひそ話をしている。檜垣に耳を寄せて耳をすますと、どこかの家に押し入って盗みをはたらこうという相談をしているのであった。「どこの家に押し入ろうとする盗人であろうか」と聞いていると、「筑後前司」などと言っている。まさしくわが家に押し入ろうとする盗人であったのだ。「さては、わが家で信頼して召し使っている侍が手引きしているのだな」としっかり聞きとどけた。相談し終わると、「では、明後日、だれそれ殿をつれて、かならずお出会いなされよ」などと約束して、別れあゆみ去った様子である。「うまく、ここに寝ていて、こんな大事を聞くことができた」と思い、やっと夜が明けるのを待って、明けがた家にかえった。

　近ごろの人ならば、夜が明けるのを待ちかねて、宿直のものをおおぜい集め(5)、あの手引きするぞといった、あの侍をつかまえておいて、押しこむ手はずになっていた盗人のことを聞き出し、検非違使の別当にも、（検非違使の）役人(6)にも、知らせるところだが、そのころまでは人の気持ちも古風であった(7)というその上に、この筑後前司が、とくべつにそつのない人物であったからであろうか、この手引きする侍を、なにくわぬ顔で外に使いに出し、それが留守の間に、ひそかに家のなかの道具の、よいものも、わるいものも、すべてのこらず、こっそり外にはこび出し、妻や娘なども、あらかじめ他の（用事）(8)にかこつけて、よその家にうつしておいた。こうして、その約束の日がきて、その夕暮れのころ、かの手引きの侍がやってきたが、こうした無人の気配などは、いっさい見せず、気づかせず、自分も家にいるようにふるまって、夜がふけたころこっそりと抜け出して、近所の家に行って寝ていた。その間に盗人がやってきて、まず門をたたく。手引きの侍が門をあけてなかに入れたので、およそ、十人から二十人ばかりの盗人が入ってきた。手あたりしだいに、家のなかをさがしたが、とるようなものは、みじんもない。盗人は、さがしあぐねて出て行こうとして、この手引きの侍をつかまえて、「よくも、われらをだまして、無一文のところに入れおったな」と言って、寄ってたかって、けったりふんだり、さんざんにはずかしめ、あげくの果ては、しばって車宿りの柱に、ちょっとやそっとではほどけないほど厳重にしばりつけて出ていった。夜があけてから、筑後前司が自宅に帰り、一晩中、在宅していたかのような顔をして、この手引きの侍をよんだが、いっこうに姿をあらわさない。すると、車宿りの方でなにかうめき声がする。なにかと思って行って見ると、この侍が車宿りの柱にしばりつけられている。筑後前司は、「これは、手引きしそこなって、盗人にしばりつけられたのだろう」と思うと、おかしくなったが、「お前は、どうして、こんな目にあったのか」とたずねたところ、侍は、「昨夜、盗人が入り、いかってこのようにしばりつけていったのでございます」と答えた。筑後前司は、「こんなに、なに一つないところと知りながら、その方々がおいでなさったとは、こっけいなことよ」と笑ってそのままに終わった。その後、なにもない家だという評判が広がって、盗人も入らなくなった。こんなわけで、近ごろ[9]の人の気風とは、やはりちがっている。その手引きした侍は、これといった理由もなく、その家から姿を消してしまった。

その後、新しく侍が二人召しかかえられた。だが、家財は、よそにはこんだままにしておいた。そこは、信用のおけるところだったので、自宅に取りもどすこともせず、必要になったものだけを、そのつど取り寄せて使っていた。ところが、あるとき、家の近くで火事がおきた。「火がうつるとたいへんだ」といって、家財道具を取り出そうとしたが、もともと目ぼしいものは、よそにおいてあるので、これといって取り出すはずのものも見あたらない。そこで、なにも入ってない大きなからびつ⑩が一つおいてあったのを、この新参の侍二人でかつぎ出したところ、延焼もしないで鎮火したので、筑後前司が、そっと家財道具を取り出したところに行って立っていると、侍二人は、そうとも知らず、この大からびつの錠をねじきり、なかをあけてみたところ、なにも入っていなかったので、二人は顔を見あわせて、「なんとも、この家は無一文の家だな。このからびつだけをあてにしていたのだが、これも、すっからかんだ。おれたちも、こんなところに仕えていても、あの主人からは、なにももらえないぞ。なんのたのみにもならぬわ。これがわかれのしおどきというものだ」と言って肩をならべて逃げ去ってしまった。そこで、このからびつは、女がかついで家に持ちかえった。

さて、筑後前司は、こう言った。「家財道具を、よそにはこんでおくのも、よいことと、わるいことがある。盗人にとられずにすんだこと、これは、たいへんよいことだ。二人の侍を逃がしたこと、これは、まったくわるいことだ」。賢い人間だから、こういうことをしたのだとは思うが、これは、そんなに、すばらしいこととは思えない。そのつど、ものを取り寄せて使ったというのも、まことに不便なことにちがいないだろうに。昔は、こんな古風で、ものに無頓着な気持ちの人がいたのだ⑪、とこう語り伝えているということである。

典拠未詳。
(1) 出雲守相如の子。大和守・民部大丞・伊勢守。
(2) 光孝源氏。内匠助助理《すけまさ》の子。筑後守。
(3) 外出の折り、天一神《なかがみ》の巡行にあたる方角をさけて、一泊し、そこから出発する。陰陽道の説。
(4) 檜の薄板を網代《あじろ》にあんだ垣根。小家に用いる。
(5) 原文「宿直《とのゐ》をもあまた儲《まう》け」。宿直警備にあたるものの人数をふやしての意。
(6) この「検非違使」は直接、現場の指揮をとる尉以下のもの。
(7) 原文「古代なりける」。前の「近ごろの人」に対する。昔風。
(8) 原文「異□につけて」。「事」が想定される。
(9) 前出の「近ごろの人ならば」と対応する。機知あるおおらかな態度をよしとしているのである。
(10) 六本足の長方形のもの、四本足の正方形のものがある。衣服・文書・甲冑などを入れるのに用いた。
(11) 無頓着で、おうような心ばえは、現代では通用しないという、昔時に対する認識がある。

民部大夫則助《みんぶのたゆうのりすけ》の家に来たる盗人《ぬすびと》、殺害人《さつがいのひと》を告ぐる語《こと》、第十三

今は昔、民部大夫[1]□[2]則助[3]というものがいた。ある日、一日中外出して、夕方、家にもどってくると、車宿りのかたすみから一人の男があらわれた。則助は、これを見て、「お前はいったいなにものだ」とたずねたところ、男は、「内密に申しあげなければならぬことがございます」と言うので、「はやく言え」と言ったが、男は、「ごくごく、内密に申しあげたいのです」と言うので、則助が、人をみな遠ざけた。

すると、近く寄ってささやくように言う、「わたしは、盗人でございます。『あなたさまの乗っていらっしゃる栗毛④の御馬は、すばらしい名馬だ』と拝見いたし、明日は、受領のおとも⑤をして、東国の方へ下ることになっておりますが、『なんとか、この馬に乗って行きたい』と思いまして、なんとかして盗もうと思い、さいわい御門があいておりましたので、なかへ入りこみまして、かくれて様子をうかがっておりますと、奥さまらしい女の方が出てこられて、そこに待ち合わせていた男としめし合わせて、男に長い鉾を持たせて、屋根の上にのぼらせたのでございます。きっと、なにやら、よからぬことをたくらんでのことと見受けました。見ておりますと、あなたさまに、だまっていては、心がいたむことでございますので、とても、だまっている気にはならずに、『ともかく、このことをお知らせしたうえで、逃げ出そう』と思ったしだいでございます」。これを聞いた則助は、「しばらくかくれて待っていてくれ」と言って、従者をよび、何やら耳打ちをして行かせた。男は、「おれをしばるのだろうか」と思ったが、逃げられないでいるうちに、屈強な男を二、三人つれてきた。則助は、すぐに松明をともさせて屋根の上にのぼらせ、縁の下⑥を□⑦させる。しばらくすると、天井から、水干装束⑧の侍程度のものを捕えて引きずり出してきた。つづいて鉾もとって持ってきた。天井には穴があけてあった。そこでこの男を訊問すると、「わたしは、これこれの人の従者でございます。もはや、かくし立てはいたしません、『ここの殿がぐっすり寝入られたら、天井から鉾をさしおろせ。下で、その先を殿さまの身体《からだ》にさしあてたら、思いきり突きさせ』とおっしゃったので」と白状したので、この男の身柄を検非違使にひきわたした。このことを告げ知らせた盗人は、召し出して、その欲しがっていた栗毛の馬に鞍⑨をおいて、屋敷のなかで馬に乗せ、そのまま追い出した。その後、この盗人がどうなったかは、まったくわからずじまいになってしまったのであった。

このできごとは、妻に、間男があってたくらんだことであろうか。だが、夫は、この妻とその後もながくつれそったことであった。どうも合点がいかぬことである。「たとえ夫婦のちぎりが深く、なみなみならぬ相愛のなかであったとしても、それが命には代えられようか。また、不思議にも乗馬のおかげで、なんともたいした命びろいをした男である。また、この盗人の心ざまも殊勝なものであった」とこの話を聞く人は言い合ったことである、とこう語り伝えているということである。

典拠未詳。

(1) 民部省（戸籍・租税などをつかさどる）の丞（三等官・六位相当）から、とくに五位に叙せられ、職を退いたもの。
(2) 姓の漢字表記を予定した意識的欠字。
(3) 伝不詳。
(4) たてがみと尾が赤茶色、地色が黒茶の馬。
(5) 原文「受領付《ずりやうづき》して」。受領直属の役人として任国へ下るのである。
(6) 縁側から、板間《ゆか》までの間。
(7) 底本は欠字。「さがしもとめる」意の語が想定できる。
(8) 狩衣を簡単にした平常服。
(9) 恩賞として与えるのである。

九条堀河《くじょうほりかわ》に住む女、夫を殺して哭《な》く語《こと》、第十四

今は昔、醍醐天皇(1)の御代のとき、天皇が夜、清涼殿(2)の御寝所(3)においでになったが、にわかに蔵人(4)をお召しになったので、蔵人が一人参上すると、天皇が、「ここから、東南の方角に女の声で泣くものがいる。さっそくさがして参れ」とおおせになった。蔵人は、おおせをうけたまわって、内裏警固の詰所(5)にいる吉上《きちじょう》(6)を召して、松明をつけさせ、内裏の内をさがさせた(7)が、どこにも泣いている女などいない。夜もふけて、人の気配さえないので、帰ってその旨を奏上すると、天皇は、「もっとよくさがせ」とおおせになる。そこで今度は、大内裏のうち(8)を、清涼殿の東南にあたる諸庁舎の一つ一つの内をさがしまわったが、どこもひっそり静まっている。また帰ってきて、八省の内には見当らない旨を奏上すると、「しからば、八省の外をさらにさがせ」とおおせになる。蔵人は、さっそく馬寮《うまのりょう》(9)の御馬をめしてそれにまたがり、吉上に松明をともさせて前に立て、とものものをおおぜい引きつれて、内裏の東南にあたる京の町中をさがしあるいたが、京中みな静まりかえって、どこにも人の声はしない。まして、女の泣き声など聞こえない。ついに、九条堀河(10)のあたりまでやってきた。すると、一軒の小家があって、そのなかから女の泣く声が聞こえた。

蔵人は、「もしや、この声をお聞きになったのでは」といぶかしく思って、蔵人は、その小家の前に馬をとめたまま、吉上を内裏へ走らせ、「京中は、すべて寝しずまり、女の泣く声はありません。しかし、九条堀河にある小家に、泣いている女が一人おります」と奏上さ

せた。すると、さっそく吉上がもどってきて、「『その女をしかと捕えてつれて参れ。その女は、心中、たくらみがあって泣くのだ』とのお言葉がございました」と言うので、蔵人が女を捕えさせると、女は、「わたしの家は、死人でけがれております。(11)今夜盗人が入り、夫が殺されてしまったのでございます。夫のなきがらは、まだ家のなかにおいてあります」と言って、大声をあげて泣きさけぶ。しかし、天皇のおおせごとにそむくわけにもいかないので、女は捕えて内裏までつれていった。そして、この旨を奏上すると、ただちに検非違使を召して内裏の外で女をわたし、「この女は大罪をおかしている。ところが、本心をかくして表面だけ泣き悲しんで見せている。即刻、法律にのっとって、罪状をしらべ、処罰せよ」とおおせられたので、検非違使は、女を受けとって退出していった。

夜が明けてから、この女を訊問したところ、しばらくは白状しなかったが、拷問を加えるとついに罪をみとめて、ありのままを申し立てた。おどろいたことに、この女は、間男と心をあわせて、実の夫を殺害したのであった。殺しておいて、夫の死をなげき悲しんでいるように人に聞かせようとして、うそ泣きをしていたのだが、女は、ついにかくし切れず白状したので、検非違使は、こうと聞いて参内し、この旨を奏上すると、天皇は、これをお聞きになって、「思ったとおりであった。その女の泣いていた声は、どうも本心とはちがっていると聞いたので、『どうしてもさがし出せ』と命じたのだ。その間男は、しかとさがし出して逮捕せよ」とおおせられた。そこで、間男をも捕えて、女とともに牢獄に入れた。(12)

されば、「よからぬ心を持っているような妻に対しては、心をゆるしてはならぬ」と、これを見聞く人は、みな言い合った。また、天皇に対しては、「やはり、ただの人ではいらっしゃらない」と、人々は尊敬申しあげた、とこう語り伝えているということである。

典拠未詳。

(1) 原文「延喜《えんぎ》」。第六十代醍醐天皇の治世の年号。したがって醍醐天皇をさしていう。
(2) 天皇の常の御殿で、紫宸殿の西、校書殿の北にある九間四面の殿舎。
(3) 原文「夜大臣《よるのおとど》」。清涼殿の北中央にある。四方は妻戸。帳台のほかに寝所がある。
(4) 天皇に近侍し、身辺のこと、殿上の雑事に従った。別当・頭・五位蔵人・六位蔵人（以上を職事《しきじ》という）と、非蔵人以下の役人がいた。
(5) 原文「陣」。衛府の詰所。
(6) 六衛府の下役で、諸門・禁中を警固する。
(7) 清涼殿の東南にある殿舎としては、紫宸殿・宜陽《ぎよう》殿・春興殿・朱器殿などがある。
(8) 太政官に属する八つの行政官庁。中務・式部・治部・民部・兵部・刑部・大蔵・宮内の八省、およびそれらに付属する官衙の一切。東西八町（約八七〇メートル）、南北十町。内裏を含む大内裏の全体（神祇官の庁舎も含む）。
(9) 原文「馬司《うまつかさ》」。馬寮。官馬のことをつかさどる。
(10) 九条大路が堀川と交わるところ。九条大路は、平安京の最南端を東西に走る。堀川は、大内裏の東端から二町ほど東を南北に流れ、堀川小路が沿う。
(11) 原文「穢気なり《きたなげ》」。死をけがれとする。けがれは、不浄なもので、悪霊によるしわざであり、これを隔離し排除する。
(12) 正式な法による罪が決定するまでの未決囚である。

検非違使は、旧来の官制や法規にしばられることなく天皇の直接の指示によって行動する。犯人の追捕のほか贓贖物の徴集まで行なうようになったが、貞観十二年（八七〇）には、強窃二盗・殺害・闘乱・博戯・強姦などに対象を限定した。

検非違使《けんびいし》、糸を盗みて見顕《みあら》わさるる語《こと》、第十五

今は昔、夏のころ、検非違使がおおぜい下京[1]あたりにいって盗人の逮捕にあたったが、盗人を捕えてなわをつけたので、もはや帰るべきであるのに、□[2]という検非違使が一人、「まだ、うたがわしい事実がある」と言って、馬をおりてその家に入っていった。しばらくして、検非違使が出てきた様子を見ると、さきほどはそうも見えなかったのに、袴の裾が前よりもふくらんでいたので、他の検非違使どもは、みな、それに目をつけてあやしがっていた。そういえば、はじめこの検非違使がまだこの家へ入らないとき、その調度懸け[3]の男がこの家から出てきて、主人の検非違使となにやらひそひそ話をしていたのもあやしいと思っていたのに、その上、このように検非違使の袴がふくらんでいるので、他の検非違使たちはたがいに相談して、「どうも納得がいかないことだ。このことをはっきりさせなければ、われわれの恥になる。このままにしてはおけまい。なんとかしてこの検非違使の衣服を脱がせてみよう」と一計を案じ、「この捕えた盗人を賀茂の川原へつれていって訊問してみよう」と言い合わせ、屛風浦[4]というところにつれていった。

そこで盗人を訊問してから、本来ならそのまま帰るはずのところを、川原で、検非違使の

一人が、「どうだ、あつくてたまらぬ、水浴びでもしよう」と言うと、ほかの検非違使どもも、「そうだ、それがよい」と言ってみな馬からおりて、衣服をどんどん脱ぎはじめた。すると、この袴をふくらませている検非違使は、これを見て、「そんなこと、とんでもないことだ。不都合千万だ。軽々しく川原で水浴びなどする検非違使など、どこにいるか。馬飼いの童の振舞だ。なんとも見苦しいざまだ」と言って、それが、自分の衣服を脱がせるための策略とは知らず、やたらにそわそわして腹を立てる。その様子を他の検非違使どもは、横目で見ながらたがいに目くばせをして、自分らの衣服をどんどん脱ぎすてていった。そして、この検非違使が腹を立てて衣服を脱がないのを、わざと意地わるく責め立てるようにして、むりやり脱がせてしまった。

そうしておいて、□(5)看《かど》の長《おさ》(6)をよび、「この方々の衣服を一着ずつ、きれいな場所においておけ」と命じると、看の長が近寄り、まっさきにこの袴をふくらませた検非違使の衣服をとって芝の上におこうとすると、袴のくくりから先の方を紙でつつんだ白い糸が、二、三十ほどぱらぱらと下におちた。検非違使どもがこれを見て、「あれは何だ、あれは何だ」と集まって、目くばせしながら大声でたずねると、この袴をふくらませた検非違使は、まるで朽ちた藍(7)のような顔色になって、茫然とした様子で立ったままである。ほかの検非違使どもは、前にはあれほど意地わるくふるまったものの、このありさまを見るとかわいそうになり、めいめい衣服をとって、大急ぎで身につけ、馬に乗って思い思いに一目散に逃げていってしまった。そのあと、とりのこされた、この袴をふくらませた検非違使一人、まるで胸を病んでいるもののような顔つきをして(8)、ぼんやりとしたまま衣服を身につけ馬に乗って、馬のあゆみに身をまかせていずこともなく立ち去っていった。そこで、□(9)看の長一人で、その糸を拾いとって、この検非違使の従者にわたしてやった。従者も、どうしたらよいかわからぬというふうに、それを受けとった。放免どもはこれを見て、仲間同士で(10)こっそりささやき合い、「おれたちが、盗みを働いて一生を台なしにし、今、こんな放免の身となっている(11)のも、すこしも恥ではなかったぞ。こんなこともあるんだからな」と言って、こっそり笑い合った。

思うに、この検非違使は、たいへんなおろかものである。いくら欲しいからといって、犯人を逮捕に行ったその先で、みずから糸を盗んで見破られたとは、どうにもあきれた話だ。されば、この件については、他の検非違使どもも、(さすが)(12)に気の毒に思い、内聞にしようとしたが、いつしか世間に知れわたって、こう語り伝えているということである。

典拠未詳。

(1) このころは、しだいに衰微し、スラム化していったため、犯罪も増加の一途をたどっていた。
(2) 検非違使の姓名の明記を予定した意識的欠字。
(3) 主人が外出する折り、弓矢や武具を持ってともをするもの。「調度持ち」「調度」ともいう。
(4) 原文「屏風裏《びやうぶのうら》」。未詳。ただし、賀茂の川原にあったとすれば、「裏」は、「浦」と見ることができる。武蔵金沢、あるいは、讃岐善通寺などの地名をうつしたものかも知れない。後者とすれば、弘法大師信仰と関係があるかも知れない。
(5) 該当語不明。
(6) 検非違使庁の下級職員。もと、牢獄の管理に当ったが、のち、追捕・拷訊《ごうじん》などに従った。放免が直属する。

(7) 真っ青になった様子。藍だめの状態を言ったものか。

(8) 結核をわずらっているもののように、げっそりとして。

(9) (5)に同じ。

(10) 原文「已れ等《ら》がどち」。「どち」は同類のものをまとめていう接尾語。

(11) 前科ものになってしまったという気持ち。

(12) 底本は「サスガ」が想定される欠字。

或《あ》る所の女房《にょうぼう》、盗《ぬすみ》を以《もっ》て業《わざ》となし、見顕《みあら》わさるる語《こと》、第十六

表題のみで本文欠話。

摂津国《つのくに》の小屋寺《こやでら》に来たりて鐘《かね》を盗む語《こと》、第十七

今は昔、摂津国、□(1)郡に小屋寺(2)という寺があった。この寺に年八十ばかりにもなろうかと見える法師がやってきて、寺の住持の法師に会って、「わたしは西国から上って参りまして、京の方へ行こうと思っていますが、年寄りで、とてもつかれてしまい、この先歩けそうにもありません。このお寺のどこぞに、しばらくおいていただきとう存じます。どこか適当なところにおいてくださいませぬか」とたのんだ。住持は、「いますぐおとめできるところとてありません。かこいもない御堂の廊などにおられたのでは、風にふかれて、からだをい

ためられるでしょう」と言うと、この老法師は、「では、鐘つき堂(3)の下でしたらおいていただけるでしょう。まわりがすっかりかこってあるところですから、そこにおらせてはいただけますまいか」と言う。住持は、「それはいい場所に気がつきました。では、そこにおいでになっておとまりなさい。そうして、鐘でもついてくだされば、たいへん好都合です」と言ったので、老法師はたいへんな喜びようである。そこで、住持は、この法師を鐘つき堂の下へつれていって、「鐘つき法師が使っていたむしろやこもなどがあります。それをそのまま使っておとまりなさい」と言っておいてやった。それから、鐘つき法師に会って、「ここに宿なしの老法師がやってきて、『鐘つき堂の下にとめてほしい』と言うので、とめてやることにした。『鐘もつく』と言うから、『とまっている間はつけ』と言っておいた。その間、貴僧(4)は休んでいてよい」と言うと、鐘つき法師は、「それはありがたいことで」と言って引きさがった。

　さて、その後、二晩ほどは、この老法師が鐘をついた。そのつぎの日の巳の時（午前十時）ごろ、鐘つき法師がやってきて、「このように□(5)に鐘をつく法師は、どういうものか」その姿を見てやろうと思い、鐘つき堂の下で、「御房はおいでかな」と言って、戸を押しあけてなかに入って見ると、年八十ほどの、ひどく老いぼれた背の高い老法師が、みすぼらしい布衣《ほい》(6)を身にまとって、まるくなったまま死んでいる。鐘つき法師は、これを見てすぐに走りかえって、御堂にいる住職のところにとんでいき、「なんと、あの老法師が死んでおります。どうしたらよいものでしょうか」とあわてふためいて告げると、住職はびっくりして、鐘つき法師をつれて、鐘つき堂にいき、戸を細目にあけてのぞいてみると、たしかに老法師が死んで横たわっている。そこで、戸を閉じ、住職が寺の僧どもにこのことを知らせると、僧たちは、「得体の知れない老いぼれ法師をとめたりなんかして、寺にけがれを持ちこんだ[7]大和尚さん[8]だよ」と言って、みなやたらと腹を立てた。「だが、いまさら、どうしようもない。村のものをあつめて、しかばねをとりすてさせよ」と言うので、村人をよびあつめたが、「お社《やしろ》のまつりが近づいているのに、けがれるわけにはいかない」と言って、死人に手をふれようというものは一人もいない。「かといって、このままにしておけることか」とさわぎ合っているうちに、いつしか午未（午後一時）ごろになった。

そこへ、年のころ三十ばかり、薄ねずみ色の水干[9]に裾が濃紫[10]の袴をはいた男が二人、袴の股立ちを高々ととり、腰に大刀をこれみよがしにさし、綾藺笠[11]を首にかけ、下賤のもの[12]ながら見苦しくはなく、軽装の男があらわれた。そして、僧房に僧たちがよりあつまっているところにいき、僧たちに言うには、「もしや、このお寺の近くに年老いた法師が参りませんでしたでしょうか」とたずねると、僧たちが、「先日来、鐘つき堂の下に、八十ばかりの背の高い老法師がいました。それが、今朝見ると、死んで横たわっていたとのことです」と言うと、この二人は、「これは、とんでもないことになってしまったなあ」と言うやいなや、大声で泣き出した。僧たちは、「これは、どういうお方か。どうしてそのように泣いてたずねるのですか」とたずねると、二人の男は、「じつは、その老法師は、わたしたちの父親でございます。それが老いの一徹で、つまらぬことも、自分の思いどおりにならないと、いつでも、このように家出して、身をかくしているのです。播磨国の明石郡[13]に住んでおりますが、先日また姿を消してしまいましたので、手わけをして、ここ数日来、諸方をさがしていたのです。わたしたちは、さほど貧しいものでもございません。四十余町はわれわれの名義になっています。[14]このとなりの郡にも配下の郎等がたくさんおります。それはともかくとして、そこに行ってみまして、ほんとうの父でございましたら、夕方には葬[15]りたいと思います」と言って、鐘つき堂の下に入っていった。住職も、ついていって外に立って見ていると、二人の男は、内に入ってこの老法師の顔を見るやいなや、「父上は、ここにいらっしゃいましたか」と言って、その場に身をなげ出して、声も惜しまずに泣きさけんだ。住職も、これを見ると、同情して、おもわずもらい泣きをした。二人の男は、「年をとって、頑固になられて、ともすればかくれて出あるきになって、とうとう、こんな見ず知らずのところでお亡くなりになったとは。悲しい死に目にもお目にかかれなかったことの無念なことよ」と言いつづけて、ただ泣くばかりであった。それからしばらくして、「こうなっては、葬いの用意をしよう」と言って、戸をぴったりしめて出ていった。住職は、この二人の男の泣いていたことなどを寺中の僧たちに話して、しきりに悲しがった。僧たちもこのことを聞いてもらい泣きをするものもあった。

　その後、戌の時（午後八時）ごろになって、四、五十人ほどの人がやってきて、がやがやさわぎながら、この法師のなきがらをかつぎ出したが、武装したものどももおおぜいまじっていた。僧房は、鐘つき堂からはなれていたので、法師をかつぎ出すのを外に出て見る人はいなかった。みな、死穢にふれるのをおそれて、房の戸にすべて錠をおろして、内にこもって聞き耳をたてていると、後の山のふもとの、寺から十余町（約一〇〇〇メートル余[16]）ほどはなれた松原へなきがらをはこんでいって、一晩中、念仏をとなえ、かねをたたいて、夜が明けるまで葬儀をいとなんでから、全員立ち去った。

寺の僧たちは、それからというもの、この法師の死んだ鐘つき堂のあたりに、だれ一人として立ち寄るものはなかった。だから、死穢のある三十日間は[17]、鐘つき法師も寄りつかなかった。三十日が過ぎてから、鐘つき法師が、鐘つき堂の下を掃除しようと思って行って見ると、大鐘が消え失せていた。「これは、なんとしたこと」というので、寺の僧たちにふれまわると、僧たちがみな集まってきて見たが、盗まれたのだから、いまさらあるわけがない。「あの老法師の葬儀は、なんとこの鐘を盗もうとしてたくらんだ大芝居だったのだ」と思って、「葬ったところは、どうなっているか」と言って、寺の僧たちが、おおぜいの村人といっしょに、例の松原に行って見ると、大きな松の木を切り、鐘に寄せかけて焼いたと見え、鐘の破片が方々に散らばっていた[18]。「じつにうまく、はかりおったなあ」と言って、大さわぎになったが、だれのしわざともわからないので、どうすることもできずに終わってしまった。さて、それからというもの、この寺には鐘がない[19]のである。

思うに、計画的に盗みをはたらこうとするものはいるだろう。しかし、どうして、あんなふうに死んだふりをして、身動きもせず長時間いることができようか。それに、涙は、あんなに意のままにこぼせるわけがない。じっさい、見ていると、なんのかかわりもないものまで、みな悲しかったのだ。「いやはや、なんとも、とんでもない大芝居をうったものだ」と、見聞く人は、この話でもちきりであった。

されば、万事にわたって、もっともだと思われることでも、見知らぬもののすることは、なお、よく思案して、うたがってかかるのがよい、とこう語り伝えているということである。

典拠未詳。

（1）郡名の明記を予定した意識的欠字。ただし、同話は、『十訓抄』に見える。「武庫」が想定される。

（2）兵庫県伊丹市にある（もと、川辺郡稲野村字寺本）。高野山真言宗に属する。崑崙山と号し畿内四十九院の一。天平五年（七三三）行基の開基と伝える。本尊は薬師如来。十一面観音、梵天、帝釈天は、いずれも行基作と伝える。主水堂は、行基修法の霊水と伝える。天正の兵火以後、一千五百石の寺領は没収され、一山焦土と化したが、その後旧址により本堂・開山堂・大日堂・観音堂・主水堂・護摩堂などが復興した。『古今著聞集』に、縁起が載る。

（3）『摂津名所図会』によると、本堂の右手の池の南にある。天平二十一年（七四九）行基の没後、弟子たちが銘をつくって鋳造した鐘。

梵鐘をつるした建物を鐘楼、または鐘堂といい、一般には、鐘つき堂とか釣鐘《つりがね》堂とかよばれた。寺院生活の時報や儀式の始終を知らせるのに用いる。古くは、重層で上層に鐘をつるし、中世に入ってからは、袴腰といって台形上の下層をそなえるようになった。この法師が目をつけたのも当然である。

（4）原文「和院《わゐん》」。「院」は、僧院のこと。「和」は、相手に親愛の情を示す接頭語。

（5）該当語不明。漢字表記を予定した意識的欠字。

（6）庶民常用の狩衣。麻・葛《かずら》などで作った。

（7）底本「寺ヲ出シツル」。諸本によって「穢」をおぎなう。寺が死者葬送を主務とするようになったのは近世のこと。寺は、修道場であり、仏教学を学ぶところであったことがわかる。とくに、本寺は大寺でもあった。

（8）原文「大徳」。大いなる徳行あるもの。比丘の中の長老、また仏菩薩に対する敬称として用いた。わが国では高僧の敬称として用い、また、平安朝以後は、僧侶に対する二人称・三人称として広く用いられた。

(9) 原文「椎鈍色《しひにぶいろ》」。墨色。「水干」は、狩衣を簡略にしたもので、ここは、下の記述とあわせて旅装と考えられる。

(10) 原文「裾濃《すそご》」。上の方をうすく、下を濃く染めたものをいう。

(11) 藺草《いぐさ》であみ、裏に絹をはった笠で、中央が突出しており、髻を入れる。上級武士が狩や旅行に用いた。「君が愛せし綾藺笠、落ちにけり落ちにけり、賀茂川に川中に、それを求むと尋ぬとせし程に、明けにけり明けにけり、さらさらさやけの秋の夜は」(『梁塵秘抄』)。

(12) 官位を持たない在地の豪族なども含まれる。

(13) 今の兵庫県の南部。

(14) 原文「名に負ひ侍り」。名田のこと。多くの私有田と下人を持っている在地豪族であろう。

(15) 古くは、葬送は、夜に入ってから行なわれた。

(16) いわゆる、おくり念仏の形。葬送は、念仏を唱え、鉦《かね》(銅製の正円形のもの、丁字形の撞木でたたく)をうち死者をおくる儀礼。僧が直接関与しない民間念仏的なもの。また、葬儀を山麓で営むのも当時の一般方式。

(17) 死穢を三十日とする考えがあった。

(18) 「跡に鐘の摧《くだ》け残りたりけり」(『十訓抄』)。

(19) 二度目の鐘は、嘉暦元年(一三二六)に鋳造されている。

古来、名鐘というのは、銘文と音色についていう。銘文では、神護寺鐘・建仁寺鐘などが知られ、音色では、大阪四天王寺六時堂の鐘(現存せず)・浄金剛院の鐘(現、妙心寺)(『徒然草』に出る)が知られる。したがって、梵鐘は、貴重なものが多く、大がかりな盗みの対象ともなったのであろう。

羅城門《らせいもん》の上層《うわこし》に登《のぼ》りて死人を見たる盗人《ぬすびと》の語《こと》、第十八

今は昔、摂津国のあたりから、盗みをはたらこうとして、京に上ってきた男が、まだ日が暮れていないので、羅城門(1)下にかくれて立っていたが、朱雀大路(2)の方は、まだ人の往来がはげしい。人どおりが静まるまでと思って、門の下に立って時がたつのを待っていると、山城(3)の方からおおぜいの人がやってくる声がしたので、かれらに見られまいと思って、門の二階にそっとよじのぼった。よく見るとともしびが小さくともしてある。

盗人は、おかしなことだと思って連子窓(4)からのぞいてみると、若い女が死んで横たわっている。その枕もとに灯をともし、ひどく年老いた白髪の老婆が、その死人の枕もとにすわって、死人の髪の毛を、手あらく抜きとっているのであった。

盗人は、これを見ると、合点がいかず、「これは、もしや鬼ではあるまいか(5)」と思っておそろしかったけれど、「もしかすると、死人が生きかえったのかも知れぬ。おどしてためしてみよう」と思って、そっと戸をあけて刀を抜き、「こいつめ」とさけんで走り寄ったところ、老婆はあわてふためき、手をすり合わせてうろたえる。盗人は、「このばばあ、お前はいったいなにものだ。なにをしているんだ」ときくと、老婆は、「じつは、わたしの主人でいらっしゃる人が、お亡くなりになって、あと始末をしてくれる人もなく、ここにお置きしているのです。そのおぐしがたけに余るほど長いものゆえ、それを抜きとってかつらにしようとして抜いておりました。お助けくだされ」と言う。そこで、盗人は、死人が着ていた

着物と老婆の着衣、それに抜きとってあった髪の毛までうばいとって、かけおりて逃げ去っていった。

ところで、この門の二階には、死人の骸骨(6)がごろごろころがっていた。葬式などできない死人をこの門の上に捨てておいたのであった。このことは、その盗人が人に語ったのを聞きついで、こう語り伝えているということである。

典拠未詳。

(1) 朱雀大路の南端にあった平安京外郭の正門で、二重閣七間（あるいは九間ともいう）の瓦屋づくり。羅城（実際は、南面だけに城壁に類するものがあった）が予定されていたことからの称。天元三年（九八〇）暴風で倒れ、以後再建されていない。上層に王城鎮護をいのって兜跋《とばつ》毘沙門天がまつられていた。

(2) 羅城門から、朱雀門まで通ずる。

(3) 山城は京の南とされていた。南山城をさす。

(4) 何本もの細木を、たてまた横にうちつけた窓。

(5) 羅城門の上層で、鬼が琵琶の名器玄象を弾じていたとする説話が見られる（巻第二十四第二十四話）ほか、楼上に鬼が住むという伝承は多い。

(6) 荒廃した羅城門は、当時の政治・経済・社会の象徴である。野外葬の風習による死体遺棄かも知れぬが、わざわざ楼上にあげるというのは、毘沙門天とあわせて一つの供養ということにもなろう。

袴垂《はかまだれ》、関山《せきやま》にして虚死《そらじに》して人を殺す語《こと》、第十九

今は昔、袴垂[1]という盗人がいた。盗みを仕事としていたから、捕えられて牢獄につながれていたが、大赦[2]に浴して出獄したものの、身を寄せられそうなところとてなく、これといった身のふりかたも考えつかない。そこで、逢坂山[3]に行き、なに一つ身につけず、はだかのまま死人のふりをして、道ばたに横たわっていると、往来のものがこれを見て、「この男は、どうして死んだのかな。きず一つないのにな」と、もの見高くわいわい言っていると、そこへりっぱな馬にまたがり、弓矢を負うた武士が、おおぜいの一族郎党を引きつれて、京の方面からやってきたが、人がおおぜいたかって、なにやら見物しているのを目にとめて、さっと馬をとめ従者を呼び寄せて、「あれは、なにを見ているのか」と様子を見させると、従者は走り寄ってのぞきこみ、「きずを受けてもいない死人がいるのでございます」と言う。主人は、これを聞くとすぐに、さっと隊伍をととのえ、弓を持ちなおして馬をすすめ、死人のいる方へ目をつけてとおりすぎたので、これを見ている人は手をたたいて笑った。「あれほどの郎等や家来をつれた武士が、死人に出会ってびくびくするとは、いやはや、まったくたいした武士であることよ」とあざけり笑ったが、武士は、そのままとおりすぎていった。

その後、見物人などもみな散っていき、死人のあたりには、だれもいなくなった。すると、また、武士がとおりかかった。この武士は、郎等や家来などつれていない。ただ、弓矢を持っているだけで、この死人にどんどん馬を寄せて、「かわいそうなやつよ。どうして死んだのか。きずも見当らないのに」と言って、弓で死人を突いたり引いたりする。そのときであった。この死人は、とつぜん、男の弓にとりすがって、はねおき、はしりかかって馬[4]から引きおろし、「親のかたきは、こうするものよ」と言うやいなや、武士の腰にさした刀を引きぬいて、そのままさし殺してしまった。そうしておいて、その水干袴(5)をうばって身につけ、弓、やなぐいをうばって背に負うと、その馬にまたがり、飛ぶように東にむかって走らせる。同じように牢から出たばかりのはだか同然のもの、十人、二十人ほどが、かねて約束してあったので、あとから追いついてきたものを、手下として従え、道々とおりかかったものの水干袴や、馬などをかたっぱしからうばいとって、そのはだかの手下どもに着せ、弓矢の武具などもととのえて馬に乗せ、郎等二、三十人を引きつれたものの体《てい》で下ったので、向うところ敵なしのいきおいをふるったのであった。

このようなものは、少しでもすきがあると、こんな素早いことをするのである。それを知らずに近づいて、手のとどくところにいようものなら、まるでおそってくれといわんばかりではあるまいか。はじめ用心して、とおりすぎていった騎馬武者を、「いったいだれだろう、かしこいものだな」と思って問いたずねたところ、村岡五郎平貞道(6)といったものであった。その名前を聞いて人々は、「なるほど、あの武士なら、もっともなことだ」と言い合った。おおくの郎等・家来を引きつれながら、このことを心得て、油断することなく、とおりすぎたとはかしこいことである。それに引きかえ、従者もつれぬ武士が、注意を払わず近づいて殺されたのは、まことに浅はかなことである。これを聞く人はほめたり、そしったり、あれこれ批評がたえなかった、とこう語り伝えているということである。

典拠未詳。

（1） 巻第二十五第七話参照。

(2) 国や皇室の慶事・凶事によって、死罪以下、故殺・謀殺などの罪をゆるすこと。
(3) 原文「関山」。逢坂山。現在、大津市に属す。
(4) 腰刀。あいくちの小さな刀。護身用のもので、刃の長さは、ふつう一尺（約三〇センチ）以下。
(5) 狩衣を簡略にしたもの。
(6) 良文の二男。相模大掾。坂東平氏諸流の祖。巻第二十五第十話参照。

明法博士《みょうほうはかせ》善澄《よしずみ》、強盗《ごうとう》に殺さるる語《こと》、第二十

今は昔、明法博士(1)で大学寮の助教(2)をつとめる清原善澄(3)というものがいた。学才はならぶものなく、昔の有名な博士にもおとらぬものであった。年は、七十(4)にあまり、世間でも重んじられていたが、家はきわめてまずしく、日々の生活にこと欠くことが多かった。

ところが、その家に強盗が入った。うまく気がついて、善澄は、逃げ出すや、縁の下にもぐりこんだので、盗人に見つからずにすんだ。盗人は、侵入するや、手あたりしだいにものをうばいとり、ものをこわし、家中どたばたとふみやぶって、大声をあげながら出て行った。そのときに、善澄は縁の下からいそいではい出し、盗人が出ていった後から門のところまで走り出ていって、声をはりあげ、「やい、きさまら、ばかづらをみんな見とどけたぞ。夜が明けたらすぐに、検非違使の別当に申しあげて、かたっぱしから、つかまえさせてやるぞ」と、やたら腹立ちまぎれにさけんで、門をたたきながら、よびかけた。盗人はこれを聞いて、「お前らよくきけよ。引きかえして、やつを打ち殺してくれよう」と言って、ばらば

らとはしりもどってきた。善澄はあわてて家のなかに逃げこみ、縁の下に急いでもぐりこもうとしたが、その拍子にひたいを縁にぶつけて、とっさにもぐりこめないでいたところへ、盗人がかけてきて、手足をとって引きずり出し、太刀でその頭をさんざんに打ちわり、殺してしまった。盗人は、そのまま逃げていってしまったので、どうしようもないままに終わってしまった。

善澄は、学才はすばらしかったが、思慮分別(5)のまるでない男で、そのためこんな幼稚なことを口にして、最後は死ぬはめになったと、これを聞く人々すべてにそしられた、とこう語り伝えているということである。

典拠未詳。

(1) 大学寮において、明法道（法律学）を教授する職。定員二名。正七位下相当。

(2) 大学寮において明経道（経書学）を教授し、明経博士を補佐する職。定員二名。正七位下相当。

(3) 元の姓は、海宿禰《あまのすくね》。吉柯の子。広澄の弟。学生から直講（助教の下）をへて、助教となった。一条天皇時代の代表的な明経家。ただし、「明法博士」ではなかった。広く「明経博士」とよばれたものか。

(4) 善澄の没年は、寛弘七年（一〇一〇）七月。六十八歳。

(5) 原文「和魂《やまとだましひ》」。理性的な学問的知識才能をいう「漢才」に対して、繊細な精神、日常的な心がまえ、ことに処しての冷静な態度などをいうのに用いられた。

紀伊国《きいのくに》の晴澄《はるずみ》、盗人《ぬすびと》に値《あ》う語《こと》、第二十一

今は昔、紀伊国の伊都郡[1]に坂上晴澄[2]というものがいた。武道にかけては一分のすきもなかった。前司平惟時朝臣[3]の郎等である。あるとき、京に用事があって上ったことがあったが、自分にはかたきがあるので、油断なく、自分も弓矢を持ち、郎等どもにも弓矢を持たせて、人におそわれるすきもないほどに身をかため、夜がふけるころに用事のため出かけたが、下京あたりで、はなやかに先払いをして馬を乗りつらねた一行に出会った。

声高く先払いしてくるので、晴澄は馬から下りていると、「弓のつるを（はずし）[4]て平伏しておれ、いいか」と言うので、大あわてに弓のつるをすべて（はずし）[5]た。みな顔に土がつくほど平伏していると、この公達がとおりすぎていかれたと思ったそのとき、晴澄をはじめ、郎等・家来にいたるまで、みんな首ねっこのところをだれかにおさえつけられ、押したおされた。「これは、いったいどうするつもりか」と思って顔をあおむけて見ると、公達とばかり思っていたのに、馬に乗ったものが五、六騎、いずれも甲冑を着、弓矢をせおって、ひどくおそろしげなものどもが矢をつがえて、「きさま、すこしでも動いたら射殺すぞ」と言う。なんと、公達ではなく、強盗がはかったのであった。こうと知って、じつに残念無念でいたしかたがない。少しでも身動きすれば射殺されそうなので、ただこいつらのするのにまかせて、打ちころがされたり、引きずりおこされたりした。盗賊どもは思うがままに、一人残らず着ものをはぎとり、弓・胡簶《やなぐい》といわず、馬・鞍・太刀・刀・はきものにいたるまで、ことごとくうばって行ってしまった。

こんな目にあって晴澄は、「気をゆるしてさえいなければ、相手がどんな盗人であろうと生きてむざむざこんなはずかしめにあおうか。力のかぎり戦ってひっとらえてやったものを。ところが、大声で先払いをしてきたので、かしこまって平伏しているところをこうされたのでは、「どうする手だてもない。これでは、おれの武士としての運もここにきわまったというものだ」と言って、それから後は一人前の武士らしい振舞いをやめ、人の侍者(6)として過ごすようになった。されば、先払いして来る人に出会っても、十分に警戒すべきことだ、とこう語り伝えているということである。

典拠未詳。
(1) 紀ノ川流域。現、和歌山県の北東部。郡の南部に高野山がある。
(2) 寛治三年（一〇八九）五月三日、散位坂上経澄解案は、先祖相伝の領地を家人に押領されたことを訴えている。
(3) 平維将の子。祖父貞盛の養子となり、検非違使・上総介・肥前守・右兵衛尉・常陸介などを歴任した。一条天皇から後一条天皇時代の高名な武人。前司とは、上総介の後か、肥前守の後か不明。紀伊守に任ぜられたことはない。
(4)（5） 底本は「ハズス」が想定される欠字。
(6) 原文「脇乗《わきのり》」。騎馬で、主人の脇について警固するもの。

鳥部寺《とりべでら》に詣《もう》でし女、盗人《ぬすびと》に値《あ》う語《こと》、第二十二

今は昔、やたらと物詣で(1)の好きな人妻がいた。だれそれの妻とはあえて言わないことにする。年は三十ばかりで、姿・形も美しかった。それが、「鳥部寺(2)の賓頭盧《びんずる》(3)さまは、じつに霊

験あらたかでいらっしゃるそうだ」と言って、おともに召使いの少女一人だけをつれて、十月二十日ごろの午の時（正午）ごろ、たいへん美しく着かざって参詣したが、寺へついてお参りしていると、すこしおくれて、屈強な雑色《ぞうしき》[4]男が一人、つづいてお参りにきた。

　ところが、この雑色男が、寺のなかで、とつぜんともをしてきた少女の手をつかんで引っぱり寄せた。少女は、おびえて泣き出した。近くに人家もない野中のこととて、主人の女も、これを見ておそろしさにふるえあがってしまった。男は、少女をつかまえて、「さあ、突き殺してくれよう」と言って、刀を抜いて押しつけた。少女は、声を出すこともできず、着ていた着ものをつぎつぎに脱ぎすてた。男は、それをうばって、今度は、主人の女を引っぱり寄せる。女は、いいようもなくおそろしく思ったが、どうすることもできない。男は、女を仏像のうしろに引っぱっていって、抱いて横になった。女は、まったく、抵抗することもできず、男の言うままにするほか仕方がなかった。そのあと、男はおきあがり、女の着ものをはぎとって、「かわいそうだから、下着だけは許してやる」と言って、主従二人の着ていた着ものを引っさげて東の山[5]の方に走り入ってしまった。

　そこで、主人の女も少女も、ともに泣いていたが、いまさらどうなるものでもない。といって、いつまでもこうしているわけにもいかず、少女は、清水寺[6]の師僧[7]のところに行き、「じつは、これこれしかじかでございます。鳥部寺へお参りに行きましたところ、追いはぎにあいまして、主人はいま、はだかのままその寺におります」と言って、僧のねずみ色[8]の衣一枚を借り、少女は、僧の紬[9]の衣を借りて身につけ、法師一人をつけてくれたので、それをつれて鳥部寺へ引きかえした。そして、主人に、その借りてきた衣を着せて京に帰った。途中、賀茂の川原(10)でむかえの車に出会ったので、それに乗って無事家へもどった。

されば、分別のあさい、女の出あるきはやめなければならない。こんなにおそろしいこともあるのだ。その男も、主人の女とからだの関係ができたのなら、着ものだけはとらずに行けばよいものを、なんとも不人情なやつだ。男は、もとは、侍だったが、盗みをはたらいたため入牢し、その後、放免(11)になったものであった。このことは、かくそうとしたけれど、いつのまにか世間に広がってしまったのであろうか、このように語り伝えているということである。

典拠未詳。

(1) 寺社への参詣。

(2) 宝皇寺。鳥部野寺ともいう。東山の阿弥陀峰の西麓にあった古寺。いわゆる愛宕寺とよばれる珍皇寺とは別寺であろう（珍皇寺の前身とする説がある）。天安二年（八五八）二月には、金堂・礼堂などが焼失、のち復興。いわゆる葬送地の鳥部野にあったため、きわめてものさびしく人跡たえた光景が予想される。

(3) 仏弟子で、十六羅漢の一。優塡王の臣であったが出家して神通に達した。小乗寺院では上座におき、中国では、食堂に安置した。日本では、堂の前面において除病の撫仏《なでぼとけ》となった。白頭・長眉の座像。

(4) 雑役に従う男。

(5) 宝皇寺の位置からすると、阿弥陀峰（鳥部山）ということになる。ここの西麓から南北一帯に広がるのが、いわゆる鳥部野である。

(6) 阿弥陀峰の北方、音羽山の西にある。現在、京都市東山区清水。平安時代を通じ観音霊場として上下の尊崇をあつめた。とくに、女性の信仰が深かったことは、清水霊験説話に示されている。
(7)　信者と師檀の関係を結んだ僧。
(8)　原文「鈍色《にぶいろ》」。濃いねずみ色。墨色。
(9)　くずまゆ、または真綿を手でつむぎ、よりをかけた糸で織った絹布。
(10)　「いづれか清水へ参る道、京極くだりに五条まで、石橋よ」(『梁塵秘抄』)。五条（現在の松原）の川原か。
(11)　刑期を終えて検非違使庁の下人としてつとめたもの。

妻《つま》を具《ぐ》して丹波国《たんばのくに》に行きし男、大江山《おおえやま》にして縛《しば》らるる語《こと》、第二十三

今は昔、京に住む男が、妻は丹波国(1)のものだったので、その妻をつれて丹波国に出かけたが、妻を馬に乗せ、自分は矢を十本ほどさした箙《えびら》(2)を負い、弓を持って馬の後からあるいて行くうちに、大江山(3)のあたりで、太刀だけを帯びたものすごく強そうな若い男と道づれになった。

そこで、つれ立ってあるいて行ったが、たがいに話し合いながら、「あなたは、どちらまで」などと話していくうちに、いま道づれになった太刀を帯びたこの男が、「わたしの帯びているこの太刀は、陸奥国(4)から伝わって手に入れた有名な太刀です。これをごらんなさい」と言って、抜いて見せる。見ると、まことにすばらしい太刀であった。女づれの男は、これを見て欲しくてたまらなくなった。若い男は、その顔色を見てとって、「この太刀が御所望でしたら、あなたのお持ちの弓ととりかえなさるがよい」と言う。この弓をもっている方の

男は、自分の持っている弓は、それほどよい弓ではないし、相手の太刀は、まことにすばらしい逸品であったので、太刀が欲しくてたまらなかった上に、「交換すれば、たいしたもうけになるぞ」と思って、一も二もなく交換してしまった。こうして、さらに行くうちに、この若い男が、「わたしが、弓しか持っていないのでは、人目がわるい。この山をこえる間だけ、その矢を二本借してください。こうして、あなたのおともをしているのだから、同じことじゃありませんか」と言う。女づれの男は、これを聞いて、それもそうだと思うとともに、つまらない弓と交換した嬉しさも手伝って、言われるままに矢を二本抜いて与えた。そこで、若い男は、弓と矢二本を手に持って[5]、後からついていく。女づれの男の方は、箙だけを背負い、太刀を帯びてあるいていった。

そのうち、昼食をとろうとして、あたりの茂み[6]のなかに入っていったところ、若い男は、「人のとおる道の近くでは、みっともないですよ。もうちょっとなかへ入りましょう」と言ったので、言われるままに奥に入っていった。そこで、女を馬から抱きおろしなどしていた、そのとき、この弓を持った男は、とつぜん弓に矢をつがえ、夫の男にねらいをつけて十分に引きしぼり、「きさま、動くと射殺してしまうぞ」と言う。夫の男は、まったく思いもかけずにいたところなので、不意をくらって茫然と立ちすくんでいる。そのときに、「山の奥へ入れ」とおどすので、命惜しさに、妻ともども、七、八町（約七、八百メートル）ほど、山の奥へ入った。そこで、「太刀・小刀を捨てよ」と命じるので、大小を投げ捨てて立っていると、男は近づいてきておさえつけ、馬の手綱で木に強くしばりつけた。こうしておいて、女のそばに近寄ってきた。見ると、年は、二十あまりで、身分は低いが魅力的でたいそう美しい。男は、これを見て、すっかり心をうばわれ、なにもかも忘れて、女の着ものを脱がせにかかった。女は、抵抗しようもないので、言われるままに着ものを脱ぐよりほかなかった。そこで、男も着ものを脱ぎ、女を抱きよせて二人は横になった。女は、どうにもしようがなく若い男の言いなりになったのを、夫は木にしばりつけられながら見ていたのであったが、いったい、どんな思いでいたのであろうか。

その後、男はおきあがり、もとのように着ものをつけ、箙を背負い、太刀をとりあげて帯び、弓を持って馬に乗り、女にむかって、「気の毒だとは思うが、ほかにどうしようもないから、このままいくぞ。また、そなたに免じて、夫は、とくに殺さないでおくのだ。馬は、はやく逃げるのに必要だからもらっていくぞ」と言って、一散にはせていったので、その行方は、まったくわからなかった。そのあとで女は、夫のそばに近づいてなわをといてやると、男は、茫然自失の顔つきをしていたので、女は、「お前さんは、なんとたよりないこと。これからも、こんなことでは、ろくなことはありはしない」と言ったので、夫は、これにこたえる一言もなく、そこから女をつれて丹波へとむかっていった。

若い男は、なかなかよいところがある。(7) よくも、女の着ものをうばいとらなかったことだ。それにくらべて、女づれの男は、ほんとうに情けない。(8) 山中で、これまで一度も会ったこともない男に、弓矢をわたすなんて、じつにはや、おろかきわまることだ。その若い男がなにものであるかは、一切わからぬままになってしまった、とこう語り伝えているということである。

典拠未詳。
(1) 京都府の中央山岳部を中心として、一部兵庫県の東方山岳部を含む地域。
(2) 竹製の矢を入れて背負う武具。
(3) 山陰道の沓掛（山城国）と篠村（丹波国）との境にある山。大枝山。この峠道を、老の坂・大江の坂という。源頼光の鬼退治で有名な大江山は、千丈ヶ岳といい福知山にある。
(4) 陸奥国は、鉄鉱石の産地であり、多くの刀鍛冶がおり、すぐれた刀剣の生産地であった。
(5) いつでも矢をつがえることができる状態。
(6) 原文「藪《やぶ》」。雑木や雑草が茂っているところ。その中に、適当に腰をおろせる場所を見つけに入ったのである。
(7) 原文「いと恥《はづ》かし」。続く「女の着物を奪ひ取らざりける」ことを、よい心がけとしてほめる。
(8) 旅行中における油断がたいへんな不覚をとるにいたったことをせめる。しかし、「悪行」に入っているからには、若い男の行動を肯定しているわけではあるまい。

近江国《おうみのくに》の主《あるじ》の女を美濃国《みののくに》に将《い》て行きて売る男の語《こと》、第二十四

今は昔、近江国の□(1)郡に住むものがいた。まだ、年老いもしないのに死んでしまったので、その妻も、まだ年は三十くらいであった。子は、一人も生んだことがなく、生まれは京の人であった。

女は、亡くなった夫をいつまでも恋いしたい、悲しみにくれていたが、どうなるものでもなく、いっそのこと京に上ろうと思ったが、京にもたのみにできる人とて思いあたらず、あ

れこれと思いなやんでいるうちに、長年、そばをはなさずに使っていた男が、何かにつけてかげひなたなく働くので、夫が亡くなってから後は、この男だけをたよりにして、すべてなにくれとなく相談して過ごしてきた。あるとき、この男が、「こうして、一人さびしくおいでになるよりは、この近くに山寺がございますから、そこへいらっしゃって、しばらくの間、御湯治[2]などなさって、あちらこちらへのんびりと散策などなさったらいかがでしょうか」などと言ってすすめるので、女は、「ほんに、それも、そうだ」と思って、「そんなに近いところなら行ってみましょうか」と言うと、男は、「近いところでございます。決していいかげんなことなど申しあげません」と答えた。女は、「京に上りたいとは考えたが、京に行ったところで両親もこの世になく、また、親類もないので、そのような山寺へ行って、いっそのこと、尼にでもなろうと思うよ」と言うと、男は、「山寺にいらっしゃる間のことは、このわたしが、すべておとりはからいいたしますから」と言うので、女は、その気持ちになって、出立したのであった。

さて、女を馬に乗せ、男は、そのあとからあるいて行ったが、近いところだと言ったのに、たいへん遠くへつれていくので、女が、「どうして、こんなに遠いの」ときくと、「気にかけずにおいでください。決してわるいようにはいたしません」と言って、三日ばかりの旅をつづけた。やがて、ある家の門の前で、女を馬からおろして、男は、そのまま家のなかに入っていった。女は、「いったい、どうするつもりだろう」と、納得がいかなかったが、そのまま立って待っていると、男がもどってきて、女を内へつれていった。そして、薄べり[3]を敷いた板敷[4]に女をすわらせたが、女は、まったくわけがわからずに見ていると、この男に、この家のものが絹や布などを与えている。「いったい、なんで、そんな高価なものを与えるのだろう」と思っていると、男は、これらのものを受けとるやいなや、逃げるようにして姿をくらましてしまった。

あとで聞くと、なんと、この男は、この主人の女をたぶらかして、美濃国へつれていって、売りとばしたのであった。そして、目の前で代価を受けとって行くのであった。女は、こうと知っておどろきあきれて、「これはまた、いったいなんとしたこと。わたしを、あんなふうに言って山寺へ行くなどとつれてきたのではありませんか。どうしてこんなことになったのかしら」と泣く泣くうったえたが、男は耳にも入れず、代価を手に入れて、馬にとび乗って走り去ってしまった。そこで、女は一人で泣いていたが、この家の主人は、「女をたしかに手に入れた」と思って、女に事情をたずねた。女は、「じつは、これこれしかじか」と最初からの事情を話し、なみだを流して泣いてうったえたが、家の主人もまったく聞きとどけようともしない。女は、たった一人で相談できる人もなく、逃げ出す手段もなかったので、泣き悲しんで、「このわたしをお買いとりになっても、なんの得にもなりますまい。わたしをどんなひどい目にあわしてお殺しになっても結構です。どうせ、この世に生きながらえる気はございませんから」と言って、泣き伏してしまった。

その後、食べものなどを持ってきて食べさせたけれども、まるっきり起き上がろうともしなかった。そして、なに一つ口をつけようともしなかったから、その家の主人もすっかり持て余してしまった。また、使用人どもは、「なに、しばらくの間は、なげき伏しているでしょうが、いずれは起き上がって、食べるようになりますよ。そのままにしておきなさい」

などと口々に言ったが、いく日たっても、まったく起き上がる様子もなかったので、「とんでもないやつに、(だまさ)(5)れたものよ」などと、こぼしているうちに、この女は、つれてこられた日から数えて七日目に、とうとう思いつめたあげくに死んでしまった。そこで、家の主人も、まる損に終わってしまった。

思うに、口先でどんなにうまいことを言おうと、やはり下賤なものの言うことをそのまま信用するものではない。この話は、この家の主人が上京して語ったのを聞き伝えて、なんともあわれな話ではないかと思って、こう語り伝えているということである。

典拠未詳。
(1)　郡名の明記を予定した意識的欠字。
(2)　巻第二十六の第十七話に、東山あたりの仏寺で行なっていた施浴のことが載り、巻第二十七の第二十七話にも、娘たちが知り合いの僧房に湯浴みに出かけることが載っている。入浴は、精神的な信仰と密着した肉体的療治として用いられていた。
(3)　原文「畳《たたみ》」。竹むしろ、皮だたみなどの敷物の総称。
(4)　ここは、部屋の板の間。
(5)　底本は漢字表記を予定した意識的欠字。「スカサ」が想定される。

丹波守《たんばのかみ》平　貞盛《たいらのさだもり》、児干《じかん》を取る語《こと》、第二十五

今は昔、平貞盛朝臣(1)という武士がいた。丹波守として任国にいたとき、悪性の瘡《かさ》(2)をわずら

ったことで、□(3)という名医(4)を京からむかえて診察させたところ、医師は、「これは、命にかかわる瘡です。これは、胎児の肝で作った児干《じかん》(5)という薬を手に入れて治療しなければなりません。これは、人には聞かせられない薬です。それも、日がたてば、この薬でも効き目がなくなるでしょう。すぐにお求めください」と言って席を退出した。

そこで、守は、わが子の左衛門尉(6)□(7)というものをよんで、「わしの瘡(8)を矢傷によるものと、あの医師は見抜きおった。これはえらいことになったぞ。こんな薬をさがし求めれば、すっかり世間に知れわたってしまうことになる。そこでだ、お前の妻は、懐妊しているそうな、その胎児をわしにくれぬか」と言う。これを聞くと、目もくらみ茫然と立ちつくすばかりであった。といって、惜しんでことわることもできず、「すぐ、おとりください」と答えると、貞盛は、「たいへんありがたい。お前は、しばらく外にいて葬いの用意をせよ」と言いつけた。

そこで、□(9)は、この医師のところへ行って、「こんなことになりました」と泣く泣く語ると、医師もこれを聞いて涙を流した。しばらくして、「お話をうかがって、たいへんびっくりいたしました。わたしがなんとか考えてみましょう」と言って、館に行き、「いかがですか。薬はありましたか」と守にたずねると、守は、「それが、なかなかむずかしいのだ。そこで、左衛門尉の妻が懐妊しているのをもらうことにしたぞ」と答える。医師は、「それはこまりました。自分の血をうけついだ胎児では薬として用いることはできません。はやく、別のものとおとりかえください」と言う。守は、こまりはてて、「はて、いったいどうしたものか。みなで、すぐにさがせ」と命令した。すると、あるものが、「炊事女が懐妊して、六ヵ月になっております」と申し出たので、「では、すぐにその胎児をとらせよ」と言って、腹をわってみると、胎児は女の子であったので捨ててしまった。そこで、また、ほかにさがしもとめ、守は一命をとりとめたのであった。

その後、医師に、りっぱな馬や装束や米など、数知れぬほど与えて、京にかえすことになった。その時、わが子の左衛門尉をよんでひそかに、「『わしの瘡は、矢傷がもとだったので胎児の肝をつけたのだ』と、世間に知れわたってしまうかも知れぬ。朝廷でも、このわしをたのもしいものとおぼしめされ、夷[10]が反乱をおこしたというので、わしを陸奥国へつかわそうとなされておる。それなのに、だれそれに射られて傷を受けたという評判がたっては、武士の名誉にかかわる一大事ではないか。されば、『この医師をなんとかして殺してしまおう』と思うのだ。今日、京へかえすから、途中で待ちぶせて射殺してしまえ」と命じた。左衛門尉は、「たやすいことでございます。京へかえる途中を山で待ちぶせして、強盗のふりをして射殺しましょう。それでは、夕暮れがたに、医師を出発させてください」と答えると、守は、「それが、よかろう」と言ったので、左衛門尉は、「その用意をいたしましょう」と言って、急いで退出した。

さて、それから左衛門尉は、こっそり医師をたずねて、「守が、これこれしかじかのことをおっしゃっています。なんとしたものでしょう」と言うと、医師は、ふるえあがって、「ただ、なんとしてでも、あなたさまのお考えでたすけてくださいませ[11]」とたのむ。左衛門尉は、「上京なさる途中、山までは見おくりにつけられる[12]はずの判官代を馬に乗せ、あなたは徒歩で山をこえてください。先日の御恩は、生々世々忘れがたくうれしく存じておりますので、このようにお知らせ申しあげるしだいです」と言う。医師は、手をすりあわせて感謝した。さて、守は、なにくわぬ顔で出発させる。医師は、酉の時（午後六時）ごろ出発した。

左衛門尉が教えたとおりに、山にさしかかると医師は、馬からおりて、従者のようになってすすむ。そこへ、盗人があらわれた。盗人は、かねての打ち合わせどおりに、馬に乗っている判官代を主人だと見あやまったふりをして射殺した。従者どもは、みな逃げ散ってしまったので、医師は無事京に上りついた。左衛門尉は、館にもどり、射殺したことを守に報告すると守は喜んだ。しかし、やがて、医師は無事京におり、射殺されたのは判官代であることがわかった。そこで守は、「これは、どうしたことか」ときくと、左衛門尉は、「医師が徒歩で従者のようにしていたのに気づかず、判官代が馬に乗っておったのを、主人だとかんちがいして射殺してしまったのです」と言ったので、守は、「そうか、やむをえぬ」と考え、その後は、追及することなく終わったのであった。

されば、左衛門尉は、たちどころに、医師に恩がえしをしたのであった。貞盛朝臣が、わが子の妻の懐妊している腹をさいて、児干をとろうと考えたのは、じつに恥知らずの心である。この話は、貞盛の第一の郎等館諸忠《たてのもろただ》(14)の娘が語ったのを聞きついで、このように語り伝えたということである。

典拠未詳。

（1）本巻第五話参照。天禄三年（九七二）正月丹波守、天延二年（九七四）陸奥守となる。

(2) できもの。はれもの。
(3) 名医の姓名の明記を予定した意識的欠字。
(4) 原文「止むことなき医師」。宮内省典薬寮に属する。定員十名。当時、医薬のことは、和気・丹波氏などがつかさどった。
(5) 胎児の生肝《いきぎも》が、瘡の特効薬と伝えられていたが、医書には見えない。
(6) 主として大内裏の警固をつかさどる左衛門府の判官。貞盛の子のだれをさすかは明確でない。実子の維衡・維叙、養子の維時などがいる。
(7) 左衛門尉の姓名の明記を予定した意識的欠字。
(8) 貞盛の瘡が矢傷であることは、秘密にしておくべきことであったことがわかる。私闘か、また、武士として恥ずべき傷かであろう。
(9) 左衛門尉の姓名の明記を予定した意識的欠字。(7) に同じ。
(10) 広く東方の賊をいう。貞盛は、任期なかばにして陸奥守に転じているが、具体的な反乱の事実はない。
(11) 在庁の役人の称。その土地の豪族がつとめることが多く、世襲となり、勢力も増大していった。
(12) 原文「世々にも」。生々世々のこと。六道に輪廻して多くの生涯をへること。生まれるたびごとに、の意。
(13) 原文「慚《はぢ》なき」。自ら罪をつくりながら、自ら反省して恥じるところのないこと。また、「無慚」は、功徳と有徳の者を尊敬しない心もいう。
(14) 未詳。ただし、『平治物語』『吾妻鏡』『源平盛衰記』などに、平家方の武士として、館太郎貞康(保)が見える。

日向守《ひゅうがのかみ》□、書生《しょしょう》を殺す語《こと》、第二十六

今は昔、日向守□(1)というものがいた。任国にいるうち、国司の任期(2)が終わったので、新任の国司が下ってくるのを待っている間、事務引きつぎの書類(3)をととのえ、書かせていたが、書記(4)のなかでとくに事務能力にすぐれ字もすぐれたもの一人を一部屋に呼んでとじこめ、古い記録を都合よく書き改めさせていたが、この書記は、「『このように虚偽の文書を書かせたからには、わたしが、新任の国司に言いつけるかも知れぬ』と、守は、疑って自分を見るにちがいない。この守は、よからぬ心の持ち主だから、かならずや、わたしに危害を加えるにちがいない」と思ったから、「なんとかして逃げ出そう」という気になったが、強そうな男、四、五人をつけて昼夜見はらせているので、まったく逃げ出せそうな機会はなかった。

そこで、こうして書きつづけているうちに、二十日ほどにもなったので、書類をみな書きあげてしまった。それを見て、守は、「たった一人で、たくさんの文書を書いてくれて、ほんとうにありがたい。京に上っても、わしのことをたよりにして忘れずにいてほしい」などと言い、絹四疋(5)を褒美として与えた。だが、書記にしてみれば褒美をもらうどころではなく、恐ろしさに胸がどきどきするばかりである。褒美をもらって退出しようとすると、守は腹心の郎等を呼び、長いこと密談をつづけている。これを見た書記は、胸が(どきどきとし)(6)て、気が気ではない。郎等は、密談を終えて出て行こうとして、「そこにおいでの書記殿。おいでくだされ。ないしょでお話ししたいことがござる」と呼びとめる。書記は、しぶしぶそばに近づいていくと、たちまち、二人の男にひっとらえられた。郎等は、胡簶《やなぐい》を背負い、矢をつがえて立っている。書記は、「なんとなさるおつもりか」とたずねたけれども、郎等は、「お気の毒とは存ずるが、主人のおおせであるから、これをことわるわけにもいかぬからのう」と言う。書記は、「やはり、そういうことだろうと思っておりました。しかし、いったいどこで殺しなさるおつもりか」とたずねる。郎等は、「しかるべき人目につかぬところにつれて行ってこっそりとやるのだ」と答えた。そこで、書記が、「御主人の命令でなさるについては、わたしから申すべきことはありません。ただ、長年、親しくつき合った仲ですから、最後に、わたしが申しあげることを聞いてはくださいませんか」と言うと、郎等は、「どういうことか」と聞くので、書記は、「じつは、八十になる老母を家において、長年養っております。また、十歳ほどの子どもが一人おります。これらの顔をもう一度だけ見たいと存じますが、その家の前をつれてとおっていただけませんか。そうしていただけたら、呼び出して顔を見ようと思います」と言う。郎等は、「簡単なことだ。それくらいのことは、かなえてやれるぞ」と言って、家の方へつれていく。書記を馬に乗せて、二人の男が馬の口をとり、まるで病人でもつれていくように見せかけて、さりげなくつれていくのであった。郎等は、そのうしろから胡簶を背負い、馬に乗ってついていった。

さて、家の前をつれてとおりかかったとき、書記は、人をなかに入れ、母に、「これこれしかじか(7)」と言ってやると、母は、人によりすがって門の前に出てきた。見ると、髪は、まるで燈心をのせたような白髪で、よぼよぼの老婆である。子どもは、十歳ぐらいで妻が抱くようにして出てきた。書記は馬をとめ、母を呼び寄せて言った。「わたしは、すこしもまちがったことをしていませんが、前世からの宿命[8]で、命を召されることになりました。どうか、あまりおなげきにならないでください。この子のことは、捨てておいてもなんとか生きていけるでしょう[9]。ただ、わたしの亡きあと、母上がいかがなさるかと思いますと、殺されるつらさよりも、なおいっそう悲しい思いがいたします。さあ、もう家にお入りください。もう一度だけお顔を拝見したいと思ってやってきたのです」と言う。これを聞いて、この郎等は泣いてしまった。馬の口をとっていたものども泣くのであった。母親は、これを聞いて悲しみのあまり、気を失ってしまった。しかし、郎等は、いつまでもこのままでいられるはずもなく、「あまり長く話すな」と言って、引っ立てていった。そして、栗林のなかにつれこんで射殺し、首をとって帰っていった。

思うに、日向守は、どのような罪をこうむったことであろうか。公文書偽造だけでも罪がふかいのに、まして、それを書いたものをなんの罪もないのに殺すなど、罪のふかさが思いやられることだ。これは重い盗犯も同様の大罪だと、聞く人はみなにくんだ、とこう語り伝えているということである。

典拠未詳。

(1) 日向守の姓名の明記を予定した意識的欠字。題の欠字も同じ。

(2) 国司の任期は、承和二年（八三五）に四年となる（大宝律令では六年）。ただし、陸奥・出羽・大宰府管内諸国は、遠隔地のため五年と定めた。

(3) 新任国司は、着任後、百二十日以内に、諸帳簿・文書類の点検をして、過失のないことの確認書（解《げ》由状《ゆじよう》）を作るのである。
(4) 原文「書生《しよしやう》」。国府に仕える現地採用の下級職員。
(5) 「疋」は、反物二反をいう。十二メートル程度。
(6) 底本は「ツブレ」の漢字表記を予定した意識的欠字。
(7) 燈油をもやすための芯。細藺《ほそい》のなかごの髄や、白い木綿糸を油にひたして火皿でもやした。
(8) 原文「前《さき》の世の宿世《すくせ》」。前世からの因縁。「宿世」も、前世、過去世の意だが、ここでは、宿世の因縁の意味に用いられている。
(9) 原文「おのづから人の子になりてもありなむ」。妻が再婚して、他人の子となっても、と解する説がある。

主殿頭《とのもりのかみ》源《みなもとの》章家《あきいえ》、罪《つみ》を造《つく》る語《こと》、第二十七

今は昔、主殿頭(1)源章家(2)という人がいた。武士の家がらではなかったが、気性が、たいへん荒っぽく、明けても暮れても、生きものを殺すのを仕事のようにしていた。およそ、この章家の性格は、人間とは思えないようなことが多かった。

この章家が肥後守として任国にいたときのこと、非常にかわいがっていた□(3)歳ぐらいの男の子がいたが、その子が何日も重病をわずらっていたので、みなでなげきながら看病して(5)いる折りも折り、小鷹狩(4)に出かけたのさえ、郎等や従者たちは、とんでもない情けないことだと思って非難していたが、その子がとうとう亡くなってしまったので、その母親は気を失

ったようになって、その子のなきがらのそばをはなれず、泣きしずんでひれ臥していた。女房や侍たちも、長年、この子に親しんで、気立てのよいかわいい若さまだったと思い出しては、しのびがたく涙にくれているというのに、章家は、わが子が死んだと見ると、その日のうちにもう狩りに出ていったので、これを見るものは、みな、なんという無情な人だろう[6]と思った。徳の高い清らかな僧なども、これを見て、章家をせめて、なんとかよい方にとりなしてやろうと思って、「これは、正気の人のなさることではない。なにかつきものがしておられるのだろう」と言った。およそ、何事につけても、つゆほどの慈悲心[7]もなく、ただ、生きているものは、殺すものだとばかり思いこんで、あわれみの心などさらさらなかった。

　また、この章家が正月の十八日[8]に、観音の霊験あらたかな寺へ参詣したことがあったが、途中、野原のなかに焼きのこした草がすこしあったのを見て、章家は、「この草のなかには、きっと兎がかくれているにちがいない」と言って、下人を入れて追わせると、兎の子が六匹走り出たので、下人どもが寄ってたかってそれをつかまえた。章家は、「どうだ、やっぱりここに兎がいただろう」と言って、その草に火をつけようとするのを、ともをしていた郎等どもが、「年の初めの十八日に、お寺参りをなさるというのに、こんなことをなさってはいけません。せめて、おかえりの折りになさっては」などと言ってとめたけれども、章家は、まったく聞き入れず、馬からおりて、自分自身で、あたりの草に火をつけたところ、兎は、たくさんはいず、ただ、さきの子兎の親と思われる兎が一匹走り出ただけであったのを、下人が打ち殺して主人にわたした。子兎の方は、侍たちが、自分の子にやって飼わせようとして、一匹ずつ持ちかえった。

さて、かえってきて、館(9)に入ったが、侍所の上り口には、平たい大きな石がおいてあって、それをふみ台にして縁側にあがるようになっている。守は、その石の上に立って、「さきほどの兎の子はどうした」と聞く。持っていったものたちが、めいめい小舎人童《こどねりわらわ》(10)などに抱かせて持ってきたのを、守は、「ここで、ちょっとはわせて見よう」と言ってとりあげた。そして、両手で六匹の子兎を一度に抱きかかえて、母親がおさない子をあやすように、「いい子だ、いい子だ」と言って□(11)たので、郎等どもは、「ただ、あそんでいるだけだろう」と思って、庭に居ならんで見ているうちに、守は、「年の初めの四つ足のものを、そのまま生かしておいて食わぬ(12)というのは、まことに残念なことだ」と言うやいなや、その平たい石に六匹の子兎を一度に打ちつけたのであった。主人が鹿や鳥を殺すのをたいへんおもしろがって、いつもは、さかんにはやしたてていた郎等どもも、さすがに今日のような日に、このありさまを見ては、あわれさにとてもがまんができず、一度に席をたって逃げ去ってしまった。章家は、その日のうちに、焼きものなどにして食べてしまったのであった。

また、この国に、飽田《あきた》(13)というところがあり、そこは狩場であった。その狩場は、いまは、りっぱになっているが、もとは倒木が高く重なり、大小の石がごろごろしていて、馬が十分に走れず、十頭出てきた鹿も、六、七頭は、かならず逃げ去ってしまう。それを、この章家が国の民を徴用して、三千人ばかりで、その石をすべて拾いのけさせ、くぼんだところに、その石をうずめて、その上に土を平らにならし、高くなったところは、馬がつまずかない程度に土をけずらせたりした。それから後は、多くの人を集めて、他の山々の鹿をこの狩場に追いこんだところ、十頭出てきた鹿のうち、一頭たりとも逃げることはなかった。そこで、章家は、たいへんよろこんで、たいへんな数の鹿をつかまえた。そして、その鹿の皮は、国のものどもに、「きちんとなめして献上せよ」と言ってあずけ、鹿の肉だけを国府にはこばせ、館の南面の、広々として木もないところに、すき間なくならべおかせたが、そこにもおききれず、ついに、東西の庭にまでおくほどであった。このように、明けても、暮れても、休むときとてなく、罪つくりの業をかさねていたのであった。

その飽田の狩場の原は、(14)今でも石一つなく平らだというのであるから、もとは、ほかのものが狩りをしても、以前は、十頭出てくる鹿のうち、六、七頭は逃げられたのに、この章家が石を拾わせてからは、一頭としてのがれることができなかったので、それ以来、いまにいたるまでの殺生の罪まで、章家一人が背負っているにちがいない。されば、章家は、いまわのきわにも、「飽田の石拾いの罪をどうしたらよいであろうか」となげきながら死んでいったと、その家のものが語った、とこう語り伝えているということである。

典拠未詳。

(1) 宮内省に属し、宮内の清掃・輦輿《れんよ》・節会の燈火のことなどをつかさどる主殿寮の長官。
(2) 醍醐源氏。有明親王流。章任の子。筑前・肥後守をつとめた。
(3) 年齢の明記を予定した意識的欠字。
(4) 冬の鷹狩に対し、秋に行なわれるもの。
(5) 殺生は、十悪の第一にあげられる。生物の生命をたつことである。この罪によって、死後は、地獄・餓鬼・畜生の三悪道に生まれ、そこから人間に生まれても多病短命であるとする。従って、この章家の行動は、原文「世に知らず疎き事」である。

(6) さらに、わが子の死後、すぐ狩りに出ることを、原文「云ふかひなきこと」としている。
(7) 衆生を愛しいつくしみ楽を与えるのを慈、衆生をあわれんで苦を抜くのを悲という。広大な慈悲を、大慈大悲、大慈悲という。
(8) 観音の縁日を十八日とするのは、承和元年（八三四）宮中の仁寿殿で毎月十八日、観音供（天皇の五体安穏を祈って東寺長者が修する。天皇の御座所の次の間に、聖観音を安置することから二間《ふたま》観音供といった）を行なったのを初めとする。巻第十四の第七話に、「今日は十八日、観音の御縁日なり」とあるように、当時の観音信仰のなかに定着化したものと考えられる。いわゆる観音講も多く十八日に行なわれた。
(9) 国府の所在地については、異説があるが、時代による移転とも考えられる。①現、熊本市南区城南町陳内。②現、熊本市中央区国府本町。③現、熊本市西区二本木。
(10) 国司の雑役をつとめる少年。
(11) 幼児を抱いて、あやす動作をいう語が想定される欠字。
(12) 原文「走者《はしりもの》を生《い》けて食はざらむは」。「走者」は、四つ足の動物をさす。いわゆる、季節のはしりものではない。
(13) 現在、熊本市に含まれている。十二郷にわかれていた。
(14) 飽田郡は、肥後随一の上郡であり、白川下流の北岸地域の交通の要衝地として重要な地位をしめた。

清水《きよみず》の南の辺《ほとり》に住む乞食《こつじき》、女を以《もっ》て人を謀《はか》り入れて殺す語《こと》、第二十八

今は昔、名前はわからないが、高貴な家の公達で年若く、美しい人がいた。近衛中将(1)などであったのだろうか。その人が、おしのびで清水寺に詣で(2)たところ、途中で、美しくはなや

かに着かざった女があるいてお参りにくるのに出会った。中将は、これを見て、「これは、身分あるお方が、人目をしのんで徒歩でお参りにきたのにちがいない」と思って、なに気なくあおむいた女の顔を見ると、年は二十歳ばかりである。その顔つきの美しくかわいらしい[3]ことはたとえようもなくすばらしかったので、「これは、いったいなにものであろうか。なにはさておき、この人に言い寄らずにはいられない」と思うと、すっかり心をうばわれて、女がお堂を出てくるのを見て、中将はさっそく小舎人童[4]をよんで、「あの帰っていく先を、しかと見とどけてこい」と命じてあとをつけさせた。

さて、中将が家にかえって待っていると、小舎人童がもどってきて、「たしかに見とどけて参りました。京にはおいでにはなりませんでした。清水の南にあたる阿弥陀峰の北[5]のところにある家でございます。たいそう裕福そうな住まいでした。ともをしておりました年配の女が、わたしがあとをつけて参りますのを見て、『おかしいですね。なぜ、おとものまねなどなさるの』とたずねますので、『かの清水の御堂で、お見かけなさったわが殿が、しかと、お帰りなさる家を見て参れとのおおせでございましたので』と答えましたところ、『今後、もし、おいでになることがあったら、このわたしをたずねてくださいませ』と申しました」と語った。そこで、中将は、たいへんよろこんで、さっそく手紙をやると、女は、すばらしい筆跡の返事をかえしてよこした。

このようにして、何度も手紙のやりとりをしているうち、女からの返事に、「わたしは、山家育ちのものでございますから、京へ出ることはとてもできません。ですから、こちらにお出かけください。もの越しにでも[6]お話しいたしましょう」と言ってきた。中将は女に会いたい一心で、よろこびながら、侍二人ほどと例の小舎人童、それに馬の口とりの男、それだけをつれて馬に乗り、京を暗くなるころ出発し、人目にふれぬように出かけていった。その家に到着して、童をやって、「このように参上しました」と来意をつげさせると、例の女が出てきて、「こちらへお入りください」と言う。そのあとについて入っていき、あたりを見ると、屋敷の周囲の土べいは、たいそう厳重に作ってあり、門は高く、庭には、深い堀(7)をほって、そこに橋がかけてある。それをわたって入ろうとすると、とものものや、馬などは、堀の外側の建物にとめられてしまった。中将一人だけ入ってみると、たくさんの建物がある。そして、なかに客間(8)と思われるところがあった。そこの妻戸(9)から入ってみると、たいへんきちん（ととのっ(10)）ており、屏風や几帳(11)などを立て、清らかな敷もの(12)などを敷き、母《も》屋《や》(13)にはすだれをかけてある。中将は、こんな山里であるのに、いかにも風雅な住まいをかまえているので、奥ゆかしく思っていると、やがて夜もふけていって、主の女が姿をあらわした。そこで、ともに几帳のなかに入って二人で寝た。こうしてちぎりを結んで近しい関係ができてみると、なお、いっそう美しくこの上なくかわいらしい。

さて、日ごろの恋しさなどを、語りつづけ、行く末までの深いちぎりなどをちかい合いながら臥していたが、この女は、なにかひどく物思いに沈んだ様子で、しのび泣きをしているような様子である。中将は、不審に思って、「どうして、そんなに悲しそうにしているのですか」とたずねると、女は、「ただ、なんとなく悲しい思いがするのです」と言うので、中将は、ますます、そのわけがわからなくなってしまった。「いままでは、こんなに深い仲になったのですから、どんなことでも、つつみかくしせずにおっしゃってください。それにしても、いったいどういうことがあるのですか。あなたの様子は、どうもふつうではありません」と、なおも重ねて問いただすと、女は、「申すまいとは思ってはおりませんが、申しあげますことが、あまりにもつらいことですので」と泣く泣く言う。中将は、「かまわずになんでもおっしゃってください。もしや、わたしの命にかかわることでもあるのですか」と言うと、女は、「じつは、おかくし申すべきことではございません。わたくしは、京におりました、これこれというものの娘でございます。ところが、両親に先立たれてみなしごでおりましたのを、この家の主は、乞食(14)ではございますが、たいへん裕福になって、長年、ここにこうして住んでおりました。そのものが、うまくだまして、京におりましたわたくしを盗みとり、養い育てておいて、きれいにかざり立て、ときどき清水さまに参詣させますと、途中で出会いました殿方がわたくしを見て、あなたのように言い寄りますと、あなたさまがおいでになったように、ここにおびきよせては、寝ている間に天井から鉾をさしおろしますので、その切っ先をわたくしが殿方の胸にあてますと、さし殺して着ものをはぎとり、とものものは、堀の外にある家のなかでみな殺しにして、着ものをはぎ、乗りものをうばいます。こんなことが、もう二度もありました。これから後も、またこんなことがつづくことでしょう。ですから、このたびは、わたくしがあなたさまにかわって鉾にあたり死のうと思っています。はやくお逃げください。おともののかたがたは、みな殺されたことでしょう。ただ、二度とお目にかかることがあるまいと存じますと、それが悲しうございます」と言って、さめざめと泣くばかりであった。

中将は、これを聞くと、ただもう茫然とするばかりであった。だが、なんとか心をはげまして、「いや、まったく驚いたことです。わたしの身にかわってくださるというのは、まことに有難いことですが、あなたを見捨てて、わたし一人逃げることなどできません。いっしょに逃げましょう」と言うと、女は、「わたくしも、何度かそうも考えましたが、鉾に手応えがなかったときには、きっと天井からおりて様子をたしかめることでしょう。二人とも、いなかったなら、かならず追われて、二人とも殺されてしまいましょう。今となっては、あなたさま一人だけでも命を全うして、わたしのために功徳をつんでください。今後は、どうしてこのような浅ましい罪つくりができましょう」と言う。中将は、「あなたがわたしの身代りになってくれるというのに、どうして功徳をつんでご恩をかえさずにいられましょうか。それにしても、どのようにして逃げたらよかろうか」と聞くと、「堀の橋は、おわたりになったあと、すぐはずしたことでしょう。ですから、これから、そこにあります引き戸から出て、堀のむこうのせまい岸をわたり、土べいにせまい水門がありますから、そこから、なんとかしてはい出してください。もはや、その時分になりました。鉾をさしおろしましたら、わが手でわが胸にあて、さされて死にましょう」と言うと同時に、奥の方に人の足音がするので、恐ろしいともなんとも言いようがない。

中将は、泣く泣くおきあがり、着もの一枚を着ただけ、裾をはしょり、ひそかに、その教えられた引き戸を出て、教えられた岸をわたって、水門からなんとか外へはい出した。出たまではよかったが、どっちに行ったらよいか、見当もつかず、足のむくままにやみくもに走っていくと、後からだれかが走ってくる。「追手がきたぞ」と思ったが、無我夢中でふりかえってみると、それは、じつは、自分のともの小舎人童であった。「どうした」とたずねると、童は、「お入りになりますとすぐに、堀の橋をはずしたので、どうもおかしいと思いまして、そっと土べいを乗りこえて外に出ましたが、のこったものたちは、すでにみな殺された気配ですので、『殿もいかがなされたことであろうか』と悲しく思いまして、そのまま帰ることもできませずに、やぶのなかにかくれて、とかくの御様子を見とどけたいと存じておりましたところ、だれかが走っていきますので、『もしや、わが殿ではあるまいか』と存じまして、走って参ったのでございます」と言う。中将は、「じつは、しかじかのことがあったのを知らずにいたのだ。まったく、おどろいたことだ」と言って、つれ立って京の方に走っていったが、五条河原⑮のあたりでふりかえってみると、さっきの家のあたりに猛烈な火の手があがっていた。これは、じつは、鉾をさしおろして突き殺したと思ったところ、いつもとちがって、女の声もしなかったので、あやしんで急いで下におりてみると、男はおらずに、女をさし殺していたので、「男を逃がしたとすれば、すぐにでも役人がやってきて捕えられるだろう」と考えて、すぐに、その家々に火をかけて逃げ出したものであった。

中将は、わが家にかえって、童にもかたく口止めし、自分も、この出来ごとについては、一切口外しなかった。だが、だれのためとも言わず、毎年きまって盛大な仏事をもよおし、その日は功徳⑯をおさめたのであった。きっと、あの女のためであったろう。このことは、のちに世間に知れ、ある人が、例の家のあとに寺を建立した。□⑰寺といって今もある。

思うに、女の心は、まことに尊いものである。また、小舎人童も、じつにかしこかった。されば、美しい女などを見て、ふらふらと不案内なところにさそわれていくことは、この話を聞いて、やめた方がよいと人々は言った、とこう語り伝えているということである。

典拠未詳。

(1) 皇居を警衛した近衛府の次官。

(2) 清水参詣は、観音信仰の盛行のなかに、清水霊験譚を生み、また、霊験は、あらたな霊験をよんで、人々を参詣にいざなったのである。

(3) 原文「愛敬《あいぎやう》づきたる」。仏教語としては、うるわしいこと、愛しうやまうことをいうが、物の言い方や容姿・動作などが、優美で魅力的なことをいい、のち、さらに、こびを含んだなまめかしさにまでいうようになった。

(4) 近衛の中・少将が召しつれる侍童をいうが、ここは一般的に広く用い使う少年か。

(5) 清水寺の南、阿弥陀峰の北麓をめぐり、山科に通ずる久久目路《くくめじ》がとおっている。苦集滅道《くずめじ》ともいい、また、澀谷《しるたに》越と称する。

(6) 几帳などをへだてての意であるが、初対面の男性に、すだれ越しに会うのは、礼儀である。この言い方は、男を誘う気持ちの表現である。

(7) 原文「塹《ほりき》」。敵をふせぐため、建物のまわりにほりめぐらした堀。

(8) 原文「客人居《まらうどゐ》」。寝殿造の母屋の南庇《ひさし》の間が客間として用いられた。

(9) 寝殿造の殿舎の四隅に設けられた両開きの板戸。

(10) 底本は「シツラ」の漢字表記を予定した意識的欠字。

(11) 台に高さ一メートルほどの二本の柱を立て横木に幕をかけ、室内の仕切りなどに用いた。

(12) 原文「畳」。うすべり。ござの類。

(13) 寝殿造の中央の間。

(14) 仏教語としては、出家僧団の生活手段として、一定の規律にもとづいて在家の信者から食を乞うこと。のち、道心を失って、ただ食・金品などを乞うのを言うようになった。当時、寺院周辺には、一般社会から疎外された人たちが集まり、群をなしていた。とくに、清水寺は、いわゆる鳥部野の地であり、世をかくれ住むのには恰好の地であった。人集まるところ、かならず悪の支配者が生まれる。

(15) 五条大路と賀茂川の交わるあたり。阿弥陀峰の北麓から鳥部野寺を右に、六道辻から愛宕寺（珍皇寺）前をとおって下ったのであろう。

(16) すぐれた結果を導く能力が善行為に徳として具わっていること。宗教的に純粋な善行為を真実功徳とする。また、善行の結果として報いられる果報。

(17) 寺名の明記を予定した意識的欠字。

女、乞丐《こつがい》に捕《とら》えられて子を棄《す》てて逃ぐる語《こと》、第二十九

今は昔、□(1)国□(2)郡にある山を、乞食(3)が二人づれでとおっていったが、その前を子を背負った若い女があるいていた。女は、この乞食どもが、すぐあとについてくるのを見て、わきに寄り、やり過ごそうとしたところ、乞食どもも立ちどまって、「さっさと行け」と言って、先に立とうとしないので、女がそのまま先に立ってあるいていこうとすると、乞食の一人が走り寄って女をとらえた。女は、だれもいない山中のこととて、こばみようがなく、「なにをなさるのですか」と言うと、乞食は、「さあ、あっちへ行け。話したいことがあるのよ」と言って、山の奥へむりやり引っぱりこむと、もう一人の乞食は、そばで見張りに立っていた。

女が、「そんな手荒なことはやめてください。言うことは聞きますから」と言うと、乞食

は「よし、よかろう。それでは、さあ」と言う。女は、「いくら山のなかでも、どうしてこんなところでできますか。[4] 柴など立ててまわりをかくしてください」と言うと、乞食も、「なるほど」と思って、木の枝の茂ったのを切りおろしはじめた。もう一人の乞食は、「女が逃げはしまいか」と思って、前に立って見張っていた。

　女は、「決して逃げたりしません。けれど、わたしは、今朝からおなかをこわしていて、どうしようもないので、ちょっとあそこに用足しに行ってきたいのです。[5] ちょっと待ってくださいませんか」と言うと、乞食は、「いや、だめだ、だめだ」と言ってゆるさない。女は、「では、この子を人質におきましょう。この子は、わが身以上にかわいく思っているものです。この世に生を受けたものは、身分の上下の区別はなく、わが子のいとしさを知らないものはありません。ですから、この子を捨てて逃げるようなことは、ぜったいにありません。けれども、ただ、おなかをこわして、どうにもがまんができないほどなので、さっきのところでも用を足そうと思い、あなたがたをやりすごそうとしたのです」と言ったので、乞食はその子を抱きとって、「よもや、子どもを捨てて逃げることはあるまい」と思ったので、「それなら、はやく行ってこい」と言う。女は、「遠くへ行って、用足しをするように見せかけて、そのまま、子を見捨てて逃げてしまおう」と思って、走りに走って逃げていくうちに、やっと道に走り出た。

　そのときに、弓矢を背負って馬に乗った武士、四、五人が一団となってやってきた。女が、息もたえだえに走ってくるのを見て、「お前は、なぜ、そんなに走るのか」とたずねたところ、女は、「じつは、しかじかのことがあって、逃げてきたところです」と答えると、武士たちは、「よし、そいつらはどこにいるのか」と言って、女の教えたとおりに、山の奥へ馬を走らせた。すると、最前のところに柴が立ててあり、子どもを、二つ、三つに引きさいて、乞食は、逃げていってしまっていた。すべては、あとの祭りでどうしようもなかった。

女は、「子どもはかわいいにちがいないが、乞食には、ぜったいに身をまかせまい」と思い、子を捨てて逃げたことを、武士たちはほめたたえたことであった。(6) されば、下賤なもののなかにも、このように恥を知るものがいるものである、とこう語り伝えているということである。

典拠未詳。
(1) 国名の明記を予定した意識的欠字。
(2) 郡名の明記を予定した意識的欠字。
(3) 原文「乞丐《こつがい》」。ものごい。「乞丐」は、もともと、仏教語から派生している。
(4) 原文「物をば云はむ」。「物云ふ」は、男女が交わることを意味する。
(5) 原文「かしこに罷《まか》りて返りて来む」。用便にいくことを遠まわしに言ったもの。
(6) わが子を捨ててまで、操を守りつづけたことに対する武士の倫理感のあらわれであり、当時の武士の思想を知るにふさわしい話といえる。

上総守維時《かずさのかみこれとき》の郎等《ろうどう》、双六《すごろく》を打ちて突き殺さるる語《こと》、第三十

今は昔、上総守[1]平維時朝臣[2]というものがいた。これは、□[3]の子であるから、名うての武士である。だから、公私にわたって、すこしも不安に思われる点がなかった。ところで、その郎等に、名ははっきりしないが、通称大紀二[4]というものがいた。この維時のもとにいた多くの郎等のなかでも、この大紀二は、ならぶもののない武士であった。背が高く、容姿堂々として、力が強く足が早く、度胸あって思慮深く、うでききのものであった。だから、維時も、これを第一の家来として使っていたが、その間、塵ほどの不覚をとったこともなかった。

あるとき、維時の家で、この大紀二が同僚と双六[5]を打っていたところ、みすぼらしい様子の、鬢の毛をぼさぼさにふくらませた小男の侍が、盤のそばにすわって見ていた。さて、大紀二が相手によい目を打たれて、大紀二が考えあぐねていると、この小男が、「こう引いたらどうだ」とそばから口出しをした。大紀二は、ひどく怒って、「おろかもののさし出口は、こうしてやる」と言って、筒の尻[6]で、小男の目のふちを力いっぱい突きとばした。小男は、突かれて涙を流しながら、立つと見るや、突然、大紀二の顔をあおのけざまにつきあげた。大紀二は強力の男であるが、思いもかけないこととて、あおむけに倒れたところを、小男は自分で刀を持っていなかったので、大紀二が腰にさしていた刀を引きぬき、大紀二をおさえつけるやいなや、その乳の上をおそるおそる一寸ばかり突きさした。小男は、そのまくらもとから、刀を手にさげたまま、とび出して逃げていくのを、当然目撃した双六の相手も、どうすることもできなかったので、そのまま逃げ去った。大紀二は、急所を突かれたので、二度とおきあがれず、そりかえったまま死んでしまった。その時になって、家中のものは大さわぎして、この小男をさがしまわったが、ぐずぐずしているはずもない。あとをくらまして失踪してしまったので、どうすることもできなかった。

されば、この小男は、力をはじめ、すべて大紀二の爪の一片にもかなわなかったけれども、それをあなどったために、大紀二は、こうもだらしなく、ただ一刀のもとに、声をあげるひまもなく突き殺されてしまったのである。そこで、主人をはじめ家中のものはみな、この意外さにおどろきさわいだが、この小男の行方《ゆくえ》は、まったくわからずじまいだった。主人の維時は、ひどく残念がってなげいた。

大紀二は、名うての武士であったが、油断したのが、まことに大失敗であった。「あのように、目のふちをひどく突かれては、男たるもの、当然、耐えがたい恥辱と思うだろう」というふうにうたがっても見ず、それを考えずに突き殺されたのだから、やはり、人をあなどるのはよくないことだ、と聞く人は言い合って大紀二を非難した、とこう語り伝えているということである。

典拠未詳。

(1) 上総国は親王任国であるが、遥任であり、事実上は、介がその任に当たったが、冷泉朝(九六七〜九六九)にその形式も終わり、介が守とよばれることが多かった。

(2) 本巻第二十一話、注(3)参照。長元二年(一〇二九)二月二十二日上総介に任命され、同四年六月二十七日、老年、病気を理由に辞任している。

(3) 実父維将、または、養父(祖父)貞盛が想定される。

（4）紀氏の二男の意。「大」は、年長者か、また、身体、行動のさまから言ったものか。
（5）二個の采《さい》を筒から盤の上に振り出して、黒白十五個の駒石を、采の目によって相手の陣へすすめて勝敗を決する競技。
（6）采を入れる竹製の筒の底の部分。

武士としての生活態度について、よく要点をついた教訓となっている。しかも、双六という遊戯のまねいた失敗であることも重要であろう。大紀二と小男との対照も、より話をきわ立たせている。「『囲碁・双六好みてあかしくらす人は、四重五逆にもまされる悪事とぞ思ふ』と、ある聖の申ししこと、耳にとどまりて、いみじく覚えはべる」（『徒然草』第百十一段）。

鎮西《ちんぜい》の人、新羅《しらぎ》に渡りて虎《とら》に値《あ》う語《こと》、第三十一

今は昔、九州(1)の□国(2)□郡(3)に住んでいた人が、商売のために、一そうの船におおぜいで乗りこんで新羅(4)にわたった。商売を終えてのかえりに、新羅の山の断崖にそってこいで行くうちに、船に水などをくみいれようとして、水の流れ出ているところに船をとめ、人をおろして水をくませたことがあった。その時、船に乗っているものが一人、舷《ふなばた》に出て海面を見おろしていると、山の影が水にうつっている。見れば、三、四丈（約一〇メートル前後）ほどもある高い断崖の上に、一頭の虎がうずくまって、なにかをねらっている姿(5)がうつって見えた。そこで、そばにいるものにこのことを知らせ、水をくみにいったものどもを急ぎ呼び寄せて船に乗せ、手に手に櫓をとって、大いそぎで船を出した、ちょうどそのとき、その虎

が船にとびこもうとした。船は、一瞬はやくこぎ出し、虎はおちてくるまでに多少の時間がかかったので、いま一丈（約三メートル）ほどのところで、とびつけず、虎は海のなかにおちこんだ。

船に乗っているものどもは、これを見て恐れおののき、船をこいで逃げていきながら、一同集まってきてこの虎を見つめていると、虎は海におちこんで、しばらくすると姿をあらわし、およいで陸にあがった。見ていると、水ぎわにある平らな石の上にのぼっていく。何をするのだろうと思って見ていると、虎の左の前足が、ひざから切れてなくなっており、血が流れ出ている。海におちこんだとき、わに⑥が食い切ったのだと思って見ていると、虎はそのくいちぎられた足を海水にひたしてうずくまっている。

そのうち、沖の方から、わにが、この虎のいる方をめがけて突進してきた。わにが近づき、虎におそいかかると見た瞬間、虎は、右の前足で、わにの頭につめを立て、岸の方に投げ出した。一丈ほど浜に投げあげられ、わにが、あおむけになって、砂の上でのたうっているのを、虎は走り寄って、⑦わにのあごの下を目がけておどりかかって食いつき、二、三度ほどゆさぶって、わにが、□る間に、虎は、かたにひっかけて、切り立った高さ、五、六丈ばかりある岩を、のこった三本の足で、下り坂を走りくだるように、かけ登っていったので、船内にいるものどもはこれを見て、ほとんど生きた心地もしなかった。

だから、「この虎のしわざを見ると、もし船にとびこまれていたならば、われらは一人のこらずみな食い殺され、家にかえりついて妻子の顔を見ることもできずに死んだことだろう。たとえ、すばらしい弓矢や武器を持って、千人の軍勢が防いだとしても、とうていかないはすまい。まして、このせまい船のなかでは、太刀や刀を抜いて立ち向かっていっても、あの虎があれほど力が強く足が早いときては、とうていどうなるものでもない」とたがいに言い合って、肝をつぶし、船をこぐのもうわの空で(8)九州の地にかえってきたのであった。一同は、おのおの妻子にこのことを語って、あやうく生きのびてかえってきたことをよろこび合った。他の人々も、これを聞いてふるえあがったことであった。

思うに、わにも海中では、強くかしこいものであるから、虎が海におちこんだのを見て、その足を食いちぎったのである。それなのに、陸にあがった虎をなお食おうとして、陸地に近づいたから命を失ったのである。されば、万事はみなこのようなものである。人々は、この話を聞いて、「あまり、身のほどを知らぬふるまいはやめた方がよい、すべてほどほどにしておくべきだ」と人々は語り伝えたということである。

典拠未詳。ただし、『宇治拾遺物語』に同文的同話があり、原拠は同じと認められる。
（1）原文「鎮西」。九州の総称。大宰府を鎮西府とよんだことからおこった。
（2）（3）国名・郡名の明記を予定した意識的欠字。
（4）広く、朝鮮半島のことを言う。
（5）原文「虎の縮《つづ》まり居て物を伺ふ」。「虎、つづまりゐて物をうかがふ」（『宇治拾遺物語』）。
（6）原文「鰐《わに》」は、巻第二十三第二十三話にも見える。わにざめ。猛悪なさめを言う。
（7）「ナユ」が想定される。わにの弱っていくさまの形容。「なよなよとなして」（『宇治拾遺物語』）。
（8）大変な、畜生あいはむ恐怖を目の前にして、わが心を失った状態。

陸奥国《むつのくに》の狗山《いぬやま》の狗《いぬ》、大蛇を咋《く》い殺す語《こと》、第三十二

今は昔、陸奥国□(1)郡に一人のいやしい男が住んでいた。家にたくさんの犬をかっておき、いつもその犬をつれてふかい山に入り、猪や鹿を食い殺させてとることを、明けても暮れても仕事としていた。だから、犬どもも、もっぱら猪や鹿にかみつくようにかいならされ、主人が山に入ると、みなよろこんで前後にしたがっていくのであった。このようなことをするのを、世の人は、「犬山(2)」と言った。

ある日のこと、この男は、いつものことで、犬どもをつれて山に入っていった。これまでも、食物などを持って、二、三日山に入っていることは、いつものことなので、このときも山にとまっていた。夜になって、一本の大木の空洞の中に入り、そばに粗末な、弓・胡簶・刀などをおいて、前には火をたいていた。犬どもは、みな、そのまわりで寝ていた。ところで、多くの犬のなかで、いちだんとすぐれた犬を、長年かいならしていたのだが、その夜もふけるころ、ほかの犬どもはみな寝静まっていたのに、この犬一匹が突然とびおきて走りまわって、木の空洞のなかで寄りかかって寝ている主人の方にむかい、けたたましくほえはじめた。主人は、「これは、いったい、何にむかってほえているのだろう」とあやしんで、左右を見まわしたけれど、べつにほえるようなものもない。だが、犬は、なおもほえやまず、しまいには、主人にむかってとびかかりながらほえついていたので、主人はおどろき、「この犬がほえつくような相手も見当らないのに、自分にむかってこのようにとびかかってほえ

るのは、けものは、主人の見境もつかないものだから、きっとおれを、このような人気もない山のなかで、食い殺そうとするのだろう。こやつ、切り殺してくれよう」と思って、太刀を抜いておどかしたが、犬は、いっこうにやめようとせず、とびかかってはほえつく。主人は、「こんなにせまい空洞のなかで、こやつに食いつかれたのでは、勝手がわるかろう」と思って、空洞から外にとび出したとたん、犬は、自分のいた空洞の方にとびあがって、なにかに食いついた。

そのときに主人は、「おれにかみつこうとして、ほえたのではなかったのだ」と気がつき、「こやつは、なにに食いついたのだろう」と見るうちに、空洞の上からものすごいものがおちてきた。犬が放そうとせもせず、食いついたのを見ると、太さ六、七寸（約二十センチ）ほどで、長さ二丈（約六メートル）あまりの大蛇であった。蛇は、頭を犬にしたたかに食われて、たまらずにおちてきたのだった。主人は、これを見てぞっとしてふるえあがったものの、犬の心に感じ入って、太刀をもって蛇を切りころした。そこで、はじめて犬は蛇からはなれた。

おどろいたことに、梢はるかに高い大木の空洞のなかに、大蛇が住んでいるのを知らずに仮寝していたのを、蛇がのもうと思っておりてきたところ、この犬が、その頭を見つけてとびかかり、ほえたのであった。主人は、それを知らないで、上を見あげなかったので、ただ、「犬が自分にかみつこうとするのだ」と思いこんで、太刀を抜いて犬を殺そうとしたのであった。「犬を殺しでもしていたら、どんなにくやんだことだろう」と思って、おちおち寝てもいられなかったうちに、夜が明けて、蛇の大きさ、長さを見たとたん、ほんとうに気がとおくなるばかりであった。「寝入っているとき、この蛇がおりてきて、巻きつきでもしたら、どうすることもできなかったろう。この犬は、なんともすばらしい、おれにとっては、この世に得られない宝だ」と思い、犬をつれて家へかえった。

思うに、まことに、あのとき犬を殺していたら、犬も死に、主人もその後で大蛇にのまれてしまったことだろう。されば、このようなときは、よくよく心を静めてから、なにごとによらず行動しなければならない。このようなめずらしいことがあったと、こう語り伝えているということである。

典拠未詳。
（1）郡名の明記を予定した意識的欠字。
（2）かいならした犬を使って、猪を対象として行なう狩り。

肥後国《ひごのくに》の鷲《わし》、虵《へみ》を咋《く》い殺す語《こと》、第三十三

今は昔、肥後国□[1]郡に住むものがいた。家の前に、枝が茂っておおいかぶさるようになった榎[2]の大木があったが、その下に鷲の小屋をつくって、そこに鷲をおいてかっていた。あるとき、おおぜいの人が見ている前で、長さ、七、八尺（約二メートルあまり）ばかりもある大蛇が、その榎の下枝をつたわって鷲小屋の上におりてきた。「あの蛇がどうするか見ていよう」と言って集まって見ていると、蛇は、下枝づたいにおりてきて、鷲小屋の上に

とぐろをまき、首をのばして鷲小屋の内を上からのぞきこんだ。そのとき、鷲はよく寝こんでいたので、蛇は、これを見て鷲小屋の柱をつたってそろりそろりとおりていき、かま首をもたげて寝入っている鷲の腹あたりに口をあてた。そして、口をあけ、鷲のくちばしをつけ根までのみこみ、しっぽの方で鷲の首をはじめとして、からだを五つ巻き、六つ巻きほどまいて、なおあまった尾で、鷲の片足を三巻きほどまいて、しばりつけるようにするので、鷲の毛はさか立ち、蛇は鷲のからだにふかく食いこんで、鷲が細くなるほどにしめつけた。そのとき、鷲は、目をあけて見ていたが、くちばしをのまれているので、また目を閉じて寝入ったようになった。

これを見た人は、「あの鷲は、蛇に魅入られてしまったに相違ない。鷲はきっと死ぬぞ、さあ、たたいて放してやろう」と言うものもいたが、また、「たとえ、どんなことがあっても、この鷲が蛇に魅入られてしまうということはあるまい。いいから、そのままどうするか見ていろ」と言う人もいたので、手出しもせずに見ていると、鷲はまた目を開けて、今度は顔を左右にふり動かした。蛇は、くちばしをつけ根までのみこみ、下の方に引きさげるようにしたとたん、鷲がまかれていない方の足を持ちあげ、首から肩のあたりまでまいている蛇を、わしづめでつかみ、ぐいと引っぱってふみつけると、くちばしをのんでいた蛇の頭もぬけはなれてしまった。ついで、まかれている方の片足を持ちあげて、つばさぐるみにまきついているのをつかんで、前のように引っぱってふみつけた。そうしておいて、前につかんだところを持ちあげて、ぷっつりと食い切った。それで、蛇は、頭の方一尺ばかりがちぎれてしまった。その上で、こんどは、あとでつかんだ方を、足を持ちあげてまた食い切った。こうして、三切れに食いきって、くちばしでくわえて前に投げ出して、身ぶるいをして、つばさをととのえ、尾などをふって、すこしも「何かした」ような様子も見せないので、これを見ていた人々は、あの、「よもや、鷲が蛇に魅入られるようなことはあるまい」と言ったものは、「それみろ、たとえどんなことがあったとしても、鷲が魅入られるはずがない。鷲は鳥類の王さまだから、やはり、魂がほかの畜生よりは、いちだんとちがっているのだ」などと言って、しきりにほめたたえたことであった。

思うに、蛇の気持ちは、じつに身のほどを知らないものである。もともと蛇は自分より大きなものをのめるとはいうものの、鷲(3)をねらうとは、まさに愚の骨頂である。されば、人もこのことからおして知らなければならない。自分よりまさったものを、ほろぼしおかすような気持ちは、決しておこしてはならない。このように反対に、自分の命を失うことがあるのだ、とこう語り伝えているということである。

典拠未詳。

(1) 郡名の明記を予定した意識的欠字。

(2) わが国原産。落葉性高木。自生のほか庭園樹・風致木として栽培される。高さ二十メートル、直径一メートルに達する巨木もある。幹は、直立し枝を分岐して夏季繁茂する。花期は四月で淡黄色。「公世の二位のせうとに、良覚僧正と聞えしは、極めて腹あしき人なりけり。坊の傍に大きなる榎の木の有りければ、人『榎の木の僧正』とぞいひける」(『徒然草』第四十五段)。

(3) 「鷲のすむ深山《みやま》にはなべての鳥は棲《す》むものか、同じき源氏と申せども、八幡太郎は恐ろしや」(『梁塵秘抄』)。

民部卿忠文《みんぶのきょうただふみ》の鷹《たか》、本《もと》の主《あるじ》を知れる語《こと》、第三十四

今は昔、民部卿(1)藤原忠文(2)という人がいた。この人は、宇治(3)に住んでいるので、宇治民部卿と世間の人は言っていた。たいそう鷹を好んでいたが、その頃、式部卿(4)重明《しげあきら》親王(5)というかたがいらっしゃった。その宮も、また、鷹をとても好んでいらっしゃったので、「忠文民部卿のところに、よい鷹(6)がたくさんいる」と聞いて、それをゆずり受けようと思って、忠文の宇治の家にお出かけになった。

忠文は、たいへんおどろいて、あわてて出むかえ、「思いもかけず、これは、いったいなにごとで、おいでくださったのでしょうか」とたずねると、親王は、「鷹をたくさんお持ちだと聞き、一羽いただこうと思ってうかがったのです」とおっしゃった。そこで忠文は、「使いのものにでも、そう言ってよこしてくだされればよいのに、このようにわざわざおいでいただきましたからには、さしあげないわけにはいきません」と言って、鷹を与えようとしたが、たくさん持っている鷹のなかで、第一のものとしている鷹は、世にまたとないかしこい鷹であって、雉の飛び立つのに合わせて放つと、かならず五十丈(約百五十メートル)も飛ばぬうちに、とらえてくる鷹であるから、それをおしんで、第二にすぐれた鷹をとり出して与えたのであった。それも、よい鷹であったが、あの第一の鷹とくらべると、とても比較にならなかった。

さて、親王は鷹をもらい、よろこんで、みずから手首の甲にとまらせて京へおかえりにな

ったが、途中、雉が野にふしているのを見て、親王がこの鷹を放ったところ、その鷹は、とても下手で、鳥をとることができなかった。そこで、親王は、「こんな、くだらない鷹をくれおって」と腹を立てて、忠文の家に引きかえして、この鷹をかえすと、忠文は、鷹を手にして、「これは、よい鷹だと思ってさしあげたのです。それでは、他の鷹をさしあげましょう」と言って、「こうして、わざわざおいでになったのだから」と思って、例の第一の鷹をさし出した。親王は、また、その鷹を手首の甲にとまらせたまま、おかえりになったが、木幡[7]のあたりでためしてみようと思って、野に犬を入れて雉を狩らせたところ、雉が飛び立ったので、それに合わせてその鷹を放つと、それもまた雉をとらず、そのまま、はるかに飛んで雲に入って見えなくなってしまった。だが、親王は、今度は、なにもおっしゃらないで、京へおかえりになったのであった。

　思うに、この鷹は、忠文のもとでは、またとなくかしこかったが、親王の手によるとこのようにだらしなく飛びうせてしまったということは、つまり、鷹も主人のいかんを知っているのだ。されば、心なき鳥獣といえども、もとの主人を知ることはこのとおりである。まして、心ある人は、これらのことに思いをいたして、もっぱら、自分を知ってくれる人のためには、よくつくさなければならない、とこう語り伝えているということである。

出典は、『江談抄』。

（1）民部省（戸籍・租税・賦役などの民事をつかさどる）の長官。

（2）宇合《うまかい》流。参議枝良の子。参議・民部卿。将門の乱には、征東大将軍、純友の乱には、征西大将軍に任命されている。天暦元年（九四七）六月二十六日没、七十五歳。
（3）宇治は、貴族の別荘地。忠文の別荘は、宇治橋より北、西岸にあったらしい。
（4）式部省（朝廷の儀式・文官の人事・位記などをつかさどる）の長官。四品以上の親王が任命された。
（5）醍醐天皇の第四皇子。弾正尹・大宰帥・中務卿などを歴任。『李部王記』を著した。音楽にすぐれた才能があった。
（6）「すぐれて速きもの、はいたか・はやぶさ・手なる鷹……」「嵯峨野の興宴は、野口うち出でて岩崎に、禁野の鷹飼敦友《あつとも》が、野鳥合はせしこそ見まほしき」（『梁塵秘抄』）。
（7）宇治市北端。東に、五雲峰の連丘、西に宇治川の清流をのぞむ景勝の地。奈良街道は、城陽のあたりから宇治へ出て、北東の宇治川をわたり、木幡へ出た。大和と山城を結ぶ交通の要衝。木幡寺は、藤原道長によって三昧堂として建立された浄妙寺のことである。

鎮西《ちんぜい》の猿《さる》、鷲《わし》を打ち殺して報恩の為《ため》に女に与うる語《こと》、第三十五

今は昔、九州[1]の□[2]国□[3]郡に、身分の低いものがいた。海岸近くに住んでいたので、その妻は、いつも浜に出て磯□[4]をしていた。ある日のこと、となりの女と二人づれで海岸に出て、貝を拾っていた。女の一人は、背負っていた二歳ぐらいの女の子を平らな岩の上におろし、他の幼児をつけて、いっしょにあそばせておいた。さて、女は、貝を拾ってあるいていくうちに、山すそに近い浜だったので、猿が海岸におりてきているのを、この女たちが見つけて、「あれごらんよ。あそこで魚をねらっているのかしら、猿がいるよ。ちょっといってみよう」と言って、この女が二人いっしょにあゆみよっていくと、猿は、「きっと逃げてい

くだろう」と思っていたのに、こわがる様子は見せるものの、なんだか苦しそうで、動くこともできずにきいきい鳴きさけんでいる。「どうしたのだろう」と思って、女たちが遠まきにして見ていると、大きな溝貝(5)という貝が口をあけていたところを、この猿がとって食おうと手をさし入れたとたん、貝がふたをしめたので、猿は手をはさまれ、引き出せなくなり、潮はどんどんみちてくるので、貝は砂の底へもぐりこんでいく。

もうしばらくすれば、潮があがってきて、猿は海のなかへ引きこまれるというとき、女たちは、この様子を見て、大声で笑ったが、そのうち一人の女が、この猿を打ち殺そうとして大きな石をとりあげた。もう一人の子どもを背負ってきた女が、「とんでもないよ、お前さん。かわいそうに」と言って、なぐりつけようとする石をうばいとった。打とうとした女は、「いい折りだから、こいつを打ち殺して、家に持ってかえって、焼いて食おうと思うのさ」と言ったが、一方の女は、むりやりに、もらいうけて、木を貝の口にさしこんで(ねじこん(6))だところ、すこし口を広げたので、猿の手は、やっとのことで引きぬくことができた。そして、「猿を助けようとして貝を殺すわけにはいかない」と言って、もともと貝を拾うつもりできたのだが、その貝をそっと引きぬいて砂のなかにうめてやった。

さて、猿は手を引きぬいて走りさり、この女にむかって、うれしそうな顔をして□(7)いた。女は、「お猿さん、人が打ち殺そうとしていたのを、無理にもらいうけてゆるしてやったのは、(いいかげん(8))の好意ではないよ。たとえ畜生でも、そのくらいの恩は知っておくものだよ」と言うと、猿は、その言葉の意味がわかったという顔で、山の方へ走っていったが、この女が子どもをおいていた石の方へむかって走っていくので、女が不審に思っているうちに、猿は、その子を抱きとって、山の方へ逃げていった。子守りにつけておいた幼い子どもがこれを見ておびえて泣き出した。母親が、これを聞きつけてよく見ると、猿がわが子を抱いて山の方へと走っていくので、女は、「ああ、あの猿が、わたしの子をさらっていく。なんと恩知らずのやつよなあ」と言うと、もう一方の猿を打ち殺そうとした女は、「それごらんよ、お前さん。顔に毛のあるやつが、なんで恩なんぞ知るものかね。打ち殺していたなら、わたしは、もうけものをした上、お前さんの子だってとられずにすんだのにね。それにしても、なんてにくらしいやつめか」などと言って、二人とも走って、そのあとを追いかけていった。猿は、逃げるには逃げるが、□[9]に遠くへ逃げ去ってはしまわずに山に入った。女たちが、必死になって追いかけていくと、それにあわせて猿も、また走る。女たちがゆっくりあるくと、猿もゆっくりとあるいて逃げる。一町（約一〇九メートル）ほどの間隔をたもって山奥に入っていくので、しまいには女たちも走るのをやめ、猿にむかって、「お前も、まったく恩知らずの猿だねえ。死にかかっていた命を助けてやったのに、それをありがたいと思うことは、無理だとしても、わたしのかわいい子どもをうばっていくとは、どういうつもりなの。たとい、その子を食いたいとは思っても、命を助けてやったかわりに、わたしにその子をかえしておくれ」と言っているうちに、猿は山の奥深く入って子どもを抱いたまま、大きな木のはるか上の方にのぼっていった。

　母親は、その木の根もとに近寄って、「たいへんなことになったものだ」と思って木を見あげて立っていると、猿は、梢のところで、大きな枝が二またになった上に、子を抱いてすわっている。もう一人の女は、「家にかえって、あんたの御亭主に知らせてくるよ」と言って走りかえっていった。母親は、木の根もとにのこって、梢を見上げたまま泣いていると、猿は、大きな木の枝を引きたわめて持ち、子をわきにはさんでゆすぶると、子は、大声をあげて泣く。泣きやめると、また泣かせたりしているうちに、その声を鷲がききつけて、子どもをとろうとして矢のように飛んできた。母親は、これを見て、「どの道、わが子は食われてしまうにちがいない。猿が食わなくても、この鷲にきっととられるにちがいない」と思って、泣いているうちに、猿は、この引きたわめた枝を、さらにもう少し引きたわめて、鷲の飛んでくるのにはずみを合わせて放つと、鷲の頭に命中して、まっさかさまに打ちおとした。その後、猿は、同じように枝を引きためて子を泣かせると、また鷲が飛んできたので、前と同じ方法で打ちおとした。そのときに、母親は、はっと気がついた。「なんとまあ、この猿は、子どもをとろうというのではなかった。わたしに恩をかえそうと思って、鷲を打ち殺してわたしにくれようとしたのだ」と思って、「お猿さん、お猿さん。お前の気持ちのほどは、よくわかった。もうそれくらいにして、もういいから、わが子を無事にかえしておくれ」と泣く泣くたのんでいるうちに、同じようにして鷲を五羽打ち殺してしまった。

それから、猿は、他の木をつたわっておりてきた。そして、子どもを根もとにそっとおくと、また、木に走りのぼって、からだをかいていた。母親が泣く泣く喜んで子を抱きとり、乳をのませているところに、子の父親が息せききって走ってきた。すると猿は、大木の枝づたいに姿を消した。木の下には鷲が五羽打ちおとされていた。妻は、その[10]わけを夫に話したが、夫はどんなに胸をうたれたことだろう。そこで夫は、五羽の鷲の尾羽を切りとり、母親は子どもを抱いて家にかえった。そして、その鷲の尾羽を売っては、生活のかてとしたのであった。猿が恩がえしをしたとはいうものの、そうと知るまでの母親の気持ちは、どんなにつらかったことだろう。

思うに、獣でも恩を知ることはこのとおりである。まして、心ある人は、かならず恩を知らなければならない。それにしても、「猿のやり方は、じつにかしこいものだ」と人々は言い合った、とこう語り伝えているということである。

典拠未詳。

(1) 原文「鎮西」。九州の総称。

(2)(3) 国名・郡名の明記を予定した意識的欠字。

(4) 底本にはないが、諸本により欠字を補う。「セセリ」(魚貝や海藻などをさがし求める)の語が想定される。

(5) マテガイ科の貝。長楕円形で紫褐色。形が大きく肉質も厚いものを、とくにオオミゾガイというとする説があるが、これに対し、オオハマグリをさすともいう。

(6) 底本は「ネヂ」が想定される欠字。

(7) 漢字表記を予定した意識的欠字。感謝の気持ちをあらわすような動作が入るか。

(8) 底本は「オボロケ」の漢字表記を予定した意識的欠字。

(9) 「ヒタスラ」が想定される。

(10) 鷲の尾の羽は、鷲羽といって、鷹羽とならび、貴重なものであった。矢羽、また、装飾用に用いられたものである。

鈴鹿山《すずかやま》にして蜂《はち》、盗人《ぬすびと》を螫《さ》し殺す語《こと》、第三十六

今は昔、京に水銀(1)をあつかうものがいた。長年の間、もっぱら商売にはげんだので、おおいに富を得て、財産をたくわえて裕福な暮しをするようになった。長年伊勢国との間を行き来していたが、馬百頭あまりに、絹・糸・綿・米などをになわせて、いつも上り下りしていたが、ただ少年を使って馬を追わせていくだけだった。

このようにしているうちに、彼もだんだんと年老いていった。だが、こんな道中をしていても、盗人に紙一枚とられることがなかった。だから、ますます富みさかえていって、財産を失うことなく、また、火難・水難にあうこととてなかった。とりわけ、この伊勢国(2)というのは、父母のものでもうばいとり、親疎をとわず、貴賤をえらばず、たがいにすきをうかがい、相手をだまし、弱いものの持ち物は、平気でうばいとって、自分のものにしてしまうとんでもないところである。ところが、この水銀商は、昼夜の区別なく行ったり来たりしているのに、どういうわけか、かれの持ち物だけは、一向にとられることがなかったのである。

ところで、いったいどういう盗人だったのか、八十余人のものが心をあわせ、鈴鹿山(3)で諸国からやってきた往来の人々のものをうばい、公私の財物をとり、それらの人々をみな殺しにして年月をおくっていたが、朝廷も、国司も、これを逮捕することができなかった。そのときに、この水銀商は、伊勢国から馬百余頭にさまざまの財物をになわせ、いつもと同様、少年に馬を追わせ、女たちをひきつれて、食事のしたくなどさせながら京に上っていった。

この八十余人の盗人は、これを見つけ、「なんと、えらいばかものだ。こいつらの持ち物をまるごとうばってやろう」と思って、鈴鹿の山中で、一行の前後にたちふさがっておどかしたところ、少年たちは、みな逃げ散っていった。財物をになわせた馬は、すべて追いかけてうばいとり、女どもの着ている着ものをすべてはぎとって追い払った。水銀商は、浅黄色の打衣《うちぎぬ》(4)に、青黒色の打狩袴(5)をつけ、薄黄色(6)の綿のあつい着物を三枚ほど重ね(7)、菅笠(8)をかぶって、牝馬に乗っていたが、かろうじて逃げて小高い丘の上に逃げのぼった。盗人も、それを見ていたが、「どうせ、たいした抵抗のできる男ではあるまい」と高をくくってみな谷に入っていった。そうして、そこで、この八十余人のものどもは、めいめい自分のほしいままに、先をあらそって分けあった。

　うばっても、それをこばむものとていないので、のんびりしていると、水銀商は、高い峰につつ立って、まったく平気な顔をして、大空を見上げながら大声で、「どこだ、どこだ。おそいぞ、おそいぞ」とさけんでいる。すると、一時間ほどたって、大きさ三寸（約九センチ）ほどもある恐ろしげな蜂(9)が一匹、空からあらわれ、「ぶーん」とうなって、そばの高い木の枝にとまった。水銀商は、これを見て、いよいよ一心に、「おそいぞ、おそいぞ」と言っているうちに、にわかに大空に二丈（約六メートル）ほどのはばではるか長くつらなった赤い雲があらわれた。道行く人々も、「あれは、いったい、どういう雲だろう」と見上げていた。一方、盗人どもは、谷間でうばいとった品物を荷造りしている最中であったが、その雲がしだいにおりてきて、盗人のいる谷に入っていった。木にとまっていた蜂も飛びたって、そちらへむかった。なんと、雲と見えたのは、多くの蜂がむれをつくって飛んできたのであった。

こうして、無数の蜂が、盗人一人一人にみなとりついて、一人のこらずさし殺してしまった。一人に、百匹、二百匹の蜂がとりつこうものなら、無事でいられる人間がいるであろうか。それなのに、一人に、二、三石[10]もの蜂がとりついたのだから、少々は、打ち殺したものの、結局は、盗人全員がさし殺されてしまった。その後、蜂が、みな飛び去ってしまうと、まるで雲が晴れたように見えたことであった。そこで、水銀商は、その谷におりていって、盗人が長年もの間、うばいとってたくわえていたものを初めとして、多くの弓・胡簶・馬・鞍・着ものなどにいたるまで、みなとりあげて京にかえってきた。こうして、水銀商は、ますます、金持ちになっていった。

この水銀商は、自宅に酒をつくっておいて、他のことに使わず、もっぱら蜂にのませて、たいせつにかっていた。だから、かれの持ち物だけは盗人もとらなかったのであるが、事情を知らぬ盗人がうばいとって、このようにさし殺されたというわけであった。

されば、蜂さえも、ものの恩は知っていたのである。心ある人は、人から恩をうけたならば、かならず恩がえしをしなければならない。また、大きな蜂があらわれたら、決して打ち殺したりしてはいけない。このように、多くの蜂をつれてきて、かならずうらみをかえすものである。これは、いつのころのことであったろうか、このように語り伝えているということである。

典拠未詳。

（1）伊勢国は、古く和銅六年（七一三）に水銀を献じ、供進物として著名であった。平安時代には郡司が百姓を徴用して採掘し貢納した。巻第十七の第十三話には、伊勢の飯高郡で水銀掘りが落盤事故のため生き埋めになるという話を載せる。伊勢国は、古くからの水銀産地であった。飯高郡丹生《にゅう》の丹生神社所在地（多気郡多気町）は、水銀鉱山の中心であり、丹生神社と空海は関係がふかい。これも、一般的山林修行からくる、斗擻者《とそう》の鉱脈発見とつながる話であろう。

（2）伊勢人について後世、心底は欲ふかく、親は子をだまし、子は親をあざむくという世評が行なわれるが、根源は、すでにこの時代にさかのぼることがわかる。

（3）伊勢国鈴鹿郡と近江国甲賀郡との国境一帯の山の総称（三重県亀山市）。東海道の難所として盗賊が横行した。巻第二十七の第四十四話に、鈴鹿山中での怪異譚が語られているのは、恐怖の場所として知られていたからであろう。

（4）黄味がかった薄い青色の、地絹を砧《きぬた》で打って光沢を出したもの。

（5）光沢のある絹の狩袴（狩衣用の袴）。

（6）原文「練色《ねりいろ》」。黄味がかった白。

（7）冬の季節であることがわかる。

（8）菅の葉であんだ笠。

（9）雀ばちの類か。ふつうは、体長約四センチ。翅は淡褐色で透明。胸部は黒褐色、腹部は黄褐色で横じまがあり、腹部に毒針がある。

（10）一石は、百升、約一八〇リットル。蜂が群がりたかっている様子をいったもの。

蜂《はち》、蜘蛛《くも》の怨《あだ》を報ぜむとする語《こと》、第三十七

今は昔、法成寺[1]の阿弥陀堂[2]ののきに、くもがあみをはっていた。その□[3]は長くのびて、東の池[4]にある蓮[5]の葉に通じていた。これを見る人は、「このくもの□[6]は、ずいぶん長く引っぱったものだなあ」と言っていたが、大きな蜂が一匹飛んできて、そのあみの近くを飛びまわっているうち、そのあみにかかってしまった。そのとき、どこから出てきたのか、くもが□[7]をつたわって、とつぜん姿をあらわし、この蜂をぐるぐるまきにしたので、蜂はまかれて逃げることもできずにいた。

そのとき、その御堂の住持である法師[8]がこれを見て、蜂の死ぬのをあわれんで、木切れでかきおとしてやると、蜂は土の上におちたが、羽をすっかりまきこめられて、飛べなくなっていたので、法師は、木切れで蜂をおさえ、□[9]をかきのけてやると、蜂は、やっとのことで飛び去っていった。

その後、一両日たって、大きな蜂が一匹飛んできて、御堂のわきに、ぶんぶんと飛びまわる。それにつづいて、どこからともなく同じ種類の蜂が、二、三百匹も飛んできた。それらは、みな、先日のくもがあみを張っていたあたりを飛びまわって、のきやたる木[10]の間などをさがしていたが、そのとき、目ざすくもは見えなかった。蜂は、しばらくそうしてから、引いてある糸について東の池までいき、その□[11]がかかっている蓮の葉の上にたかって、ぶんぶんやっていたが、くもは、そこにも見当らなかったので、一時間[12]ばかりしてみな飛び去って

いった。

そのとき、御堂の住持の僧は、これを見て不思議に思ったが、「これは、くものあみにかかってまかれた先日の蜂が、多くの蜂をさそってきて、かたきをうとうと、そのくもをさがしたのだな。だから、くもはそれを知ってかくれてしまったのにちがいない」と気がつき、蜂がみな飛び去ってから、法師がそのあみのあたりにいって、のきをのぞいて見た。しかし、くもは、いっこうに見つからなかったので、池に行き、糸のかかっている蓮の葉を見ると、その蓮の葉が針でさしたようにすき間もなくさされてあった。さて、くもはと言えば、その蓮の葉の下の方にかくれていたが、蓮の葉にも密着せず、□⑬にぶらさがって、さされないほどに水面近くにおりているのであった。蓮の葉は、うらがえってたれさがり、ほかのさまざまの水草が池に茂っていたので、くもは、その中にかくれ、蜂は見つけることができなかったのであろう。住持の僧は、このように見とどけ、かえってきて語り伝えたのであった。

思うに、知恵ある人でさえ、なかなかこのくものようには思いつかぬものだ。蜂が多くの仲間をさそいあつめて、かたきをうとうとするのは、ありそうなことである。畜生は、みながたがいにかたきをうつのがその習いである。だが、くもが、「蜂が自分をうちにくるだろう」と察し、「こうしなくては殺されるだろう」と思いついて、やっとのことで、このように身をかくして、命が助かったというのは、とても考えつくことではない。つまり、くもは、蜂よりもはるかに知恵がまさっている。住職の法師がまさしく語り伝えたということである。

典拠未詳。

（1）京都の近衛北・京極東にあった道長建立の寺。通称、京極御堂・御堂。治安二年（一〇二二）金堂落成。方二町。金堂を初め、五大堂・薬師堂・釈迦堂・東北院・八角円堂・阿弥陀堂・観音堂・東西の塔・講堂・法華堂など、顕密を統合した一大寺院で、造営は、子の頼通にうけつがれた。康平元年（一〇五八）に全焼、その後復興されたが、永久五年（一一一七）に塔と門が焼け、承久元年（一二一九）全焼、金堂・薬師堂などが再建された。「大門・金堂など近くまでありしかど正和の頃南門はやけぬ。金堂は、その後倒れ伏したるままにてとり立つるわざもなし。無量寿院ばかりぞその形とて残りたる。……法華堂などもいまだ侍るめり」（『徒然草』第二十五段）。

（2）寛仁四年（一〇二〇）完成。東正面の南北十一間。丈六九体阿弥陀を本尊とする。万寿三年（一〇二六）やや西南に改築。

（3）「イ」（くもの糸）の漢字表記を予定した意識的欠字。

（4）堂前の池。本尊を、ちょうど西に安置する形になるのがふつう。

（5）池や沼に生ずるヒツジグサ科の宿根多年草。仏典のなかに出る蓮華は、楕円形をなす睡蓮のことかといわれる。夏季咲く花は、色光にすぐれ、インドでは古代から尊崇された。とくに仏教では、清浄なるもののたとえとし、浄土教では極楽浄土の荘厳に用いられた。「池の中に蓮華あり、大きな車輪のごとし、青色には青光あり、黄色には黄光あり、赤色には赤光あり、白色には白光ありて微妙香潔なり」（『阿弥陀経』）。

（6）（7）（3）に同じ。

（8）原文「預《あづかり》なりける法師《ほふし》」。阿弥陀堂を管理する責任者としての僧。

（9）（3）に同じ。

（10）屋根をささえるために、棟木《むなぎ》からのきへわたした角材。
（11）（3）に同じ。
（12）原文「半時《はんとき》」。一時は、二時間。
（13）（3）に同じ。

母牛《ははうし》、狼《おおかみ》を突き殺す語《こと》、第三十八

今は昔、奈良の西の京(1)あたりに住む身分の低い男が、農耕用に、家で子牛を一頭持った牝牛をかっていたが、秋のころ、田に放っておいたところ、夕方になるといつも、小童(2)が行って、牛を追い入れることになっていたのを、その日は、家の主人も小童も、すっかり忘れて追い入れなかったので、その牛は、子牛をつれて草をはみながら田をあるきまわっていた。すると、夕暮れがたになって、大きなおおかみ(3)が一匹あらわれ、この牛の子を食おうとねらって、牛のまわりをまわりあるきはじめた。母牛は、子牛かわいさに、おおかみがまわるのにあわせて、子牛を食わせまいと思って、ふせぐようにまわっているうちに、おおかみが、土べい(4)のようにがけになっているところを、ちょうど背にしてまわったとき、母牛は、おおかみにむかって突如どうと突っかけた。おおかみは、腹をつかれて、がけに、あおのけざまに押しつけられてしまったので、どうすることもできない。母牛は、「もし、角を放しでもすれば、自分は、食い殺されてしまう」と思ったからか、全力をふりしぼって、後ろ足をつよくふんばり、ぎゅっと押しつけているうち、おおかみは、牛の力にがまんできず死んでしまった。牛は、それとも知らず、おおかみがまだ生きているとでも思ったのか、突きつけたまま、秋の夜長を一晩中、ふんばって立っていたので、子牛は、そのそばに立って鳴いていた。

ところで、この牛の飼主の隣家の小童が、これも、自分の家の牛を追い入れようとして、田んぼへ出かけていって、おおかみが牛のまわりをあるいているところまでは見ていたが、そこは、幼い子どものこととて、日が暮れたので牛を追って家にかえってはきたが、なにも言わなかった。夜が明けてから、例の牛の飼主が、「昨夜は、牛を追い入れるのを忘れてしまったが、あの牛は、おおかみにでも食い殺されたかも知れないぞ」とさわぎ出したとき、隣家の小童が、「昨夜、これこれのところで、おとなりの家の牛のまわりを、おおかみがうろついていたよ」と言う。牛の飼主は、これを聞いておどろき、大あわてでかけつけて見ると、牛は、大きなおおかみをがけに突きつけたまま身動きもせずに立っている。子牛が鳴きながらそばでふしていた。母牛は、飼主がやってきたのを見て、やっとおおかみを放したが、おおかみはすでに死んでいて、すっかり［　］(5)ていた。

牛の飼主は、これを見て、たいへんおどろいて、「さては、昨夜おおかみがきて食おうとしたのを、このように突きつけたもので、もし放したら食われると思って、一晩中放さずにいたのだ」とわかり、牛にむかい、「なんとかしこいやつよ」とほめて、つれて家にもどってきた。

されば、けものでも、度胸があり、かしこいやつはこのとおりである。この話は、まさしく、その近辺のものが、つぎつぎと聞きついで、このように語り伝えているということである。

典拠未詳。
(1) 平城京の西の部分。右京。西大寺・唐招提寺・薬師寺などがある。
(2) 原文「小童部《こわらはべ》」。牧童・牛飼としてやとっていた少年。
(3) 山犬のこと。人畜をおそい害を与えるため、とくに牧畜の敵であった。神としてまつられたものを大《おお》口真神《ぐちまかみ》という。
(4) 原文「片岸」。高く切り立ったところをいう。ここでは、一方が田んぼ、一方ががけのようになっている地形。
(5) 底本「皆□チナム」。該当語ははっきりしないが、おおかみの体がぐったりとしてしまった状態をあらわす語かと考えられる。

蛇《へみ》、女陰《にょいん》を見て欲《よく》を発《おこ》し、穴を出《い》でて刀に当《あた》りて死ぬる語《こと》、第三十九

今は昔、ちょうど夏のころ、一人の若い女が、近衛大路(1)を西にあるいていた。ところで、小一条(2)というのは、宗像神社(3)があるところだが、その北側をあるいているとき、どうにもこらえきれなくなり、土べいにむかって南向きにしゃがみこんで小用をたした(4)。ともをしていた召使いの少女が、大路に立っていて、「もうすんで立ちあがるか、もう立ちあがるか」と待っていた。ちょうど辰の時（午前八時）ごろだったが、それがやがて二時間にもなろうというので、召使いの少女は、「どうしたことか」と思って、「もし、もし」と声をかけたが、

ものも言わず、ただ、同じようにしゃがんだままで、やがて、四時間ほどもたち、午の刻（正午）にもなってしまった。少女は、いくら声をかけてもなんにも返事がないので、幼い子どものこととて、ただただ、泣きながらその場につっ立っていた。

そのとき、馬に乗った男が、おおぜいの従者をつれてそこをとおりかかったが、少女が泣きながら立っているのを見つけて、「お前はなぜ泣いているのだ」と従者にたずねさせたところ、「こういうことがございますので」と答えた。男が見ると、ほんとうに腰帯をむすび[5]、市女笠[6]をかぶった女が土べいにむかってうずくまっている。「いつごろから、こうしているのか」とたずねると、少女は、「今朝からしゃがんでいらっしゃるのです。もう四時間にもなります」と言って泣くので、男は、不審に思って、馬からおり、近寄って女の顔を見ると、顔はまるで血がひいたようで、まるで死人同様である。「これは、いったいどうしたことか。病気にでもなったのか。ふだんでもこういうことがあるのか」とたずねるが、女はなにも答えない。少女は、「これまで、こんなことはございませんでした」と答える。男がよく見ると、ひどくいやしい身分のものとも思えないので、気の毒に思い、引きおこそうとしたが、女は身動き一つしない。

そのうち、男が、ふと向かいの土べいの方をなんの気なしに見やると、土べいにある穴のなかから、大きな蛇が、頭をすこし引っこめてこの女を見守っている。「さては、この蛇が、女が小用をたしているその前を見て欲情をおこして、女の正気を失わせてしまったので立てなくなってしまったのだ」とわかって、腰にさしていたわきざし[7]を抜いて、その蛇のいる穴の口へ、奥の方にむけて刀の刃をつよく突き立てた。そうしておいてから従者どもに女のからだを持ちあげるようにして引きおこさせ、その場を立ちのかせた。そのとたん、蛇がとつぜん土べいの穴から鉾を突き出すようにとび出したので、まっ二つにさけてしまった。一尺（約三〇センチ）ばかりさけたので、穴から出きれずに死んでしまった。おどろいたことに、蛇は女を見つめて正気を失わせていたのであったが、急に女が立ちのいたのを見て、刀を立ててあるのも気がつかず、とび出したのにちがいない。されば、蛇の心は、なんともおそろしいものである。往来の人がおおぜい集まって、この蛇を見たのも道理である。

男は、また馬に乗って出かけた。刀は従者がぬきとった。男は、なおも女のことを心配して、従者をつけて安全におくりとどけた。女は重病人のように手をとられて、そろそろかえっていったが、その後のことはいっさいわからない。

されば、この話を聞いた女は、そのような茂み[8]にむかって、用をたすようなことをしてはならない。これは、じっさいにこのありさまを見たものたちが語ったのを聞きついで、こう語り伝えているということである。

典拠未詳。

（1）大内裏の陽明門・殷富門に通ずる東西の大路。

（2）近衛大路の南、東洞院大路の西一町にあった代表的邸宅として有名な小一条院。はじめ良房の邸で、外孫清和天皇が誕生。基経をへて忠平のとき、小一条殿と称すようになった。さらに、忠平の子の師尹から、済時と伝領された。現在の御苑内西側（下立売御門の東北）にあたる。

（3）小一条院邸内の西南のすみにあった。筑前の宗像神社を勧請した鎮守神。清和天皇の守護神として、良房の時代、高い神階を授けられ、朝廷からの奉幣も行なわれ、忠平のときさらに神階が昇叙された。現在は、邸宅跡からはずれ、御苑の堺町御門内西にある。
（4）一条院の北側のへいにむかって用をたしたのである。
（5）裾がじゃまにならないように、衣の腰のあたりを帯で結ぶこと。
（6）女性が外出用にかぶった笠。凸字形。すげで編み漆をぬったもの。
（7）原文「一とひの釼《つるぎ》の様《やう》なる」。短刀の一種で腰刀として用いたものか。
（8）原文「藪」。広く、蛇のいそうな藪といったもので、ここの土べいが邸の北側だといっても、とくに、茂みというものではない。

蛇《へみ》、僧の昼寝せる閛《まら》を見て、婬《いん》を呑《の》み受けて死ぬる語《こと》、第四十

今は昔、ある高僧(1)のもとにつかえている若い僧がいた。この僧は、妻子などを持っていた。

それが、主人のともをして三井寺(2)に行ったが、夏のころで、昼間からねむたくなり、広い僧房だったので、人気のないところに寄って、長押《なげし》(3)をまくらにして横になった。ぐっすり寝こんでしまい、べつにおこす人もいなかったので、長い間ねむっていたが、夢に、「若くして美しい女がそばに近寄ってきた、その女と二人で寝て、よくよく交わって射精した」と見て、ふと目がさめたところ、そばを見ると、五尺（約一メートル五〇センチ）ほどもある蛇がいる。ぎょっとして、がばとはねおきてみると、蛇は死んで口をあけていた。あきれもし、おどろきもし、自分の前を見ると、射精してぬれている。(4)「さては、自分が寝ていて、

きれいな女と交わったと夢に見たのは、この蛇と交わったのであったか」と思うと、言いようもないおそろしさでふるえあがり、蛇のあけた口を見ると、精液を口からはき出している。

これを見るや、「なんと、これは、自分がぐっすりと寝こんでいる間に、まらが勃起したのを蛇が見て、近づいてきてのみこんだのが、女と交わるような感じをおこさせたのだ。そうして射精したときに、蛇が耐えきれないままに、死んでしまったのだ」と気がつくや、なんともいえずおそろしくなって、そこを立ち去り、人目につかぬところへ行って、まらをきれいにあらって、「このことを、だれかに話そうか」と考えたけれども、「つまらぬことを人に話して評判になったら、『あいつは、蛇と交わった僧だ』と言いはやされるかも知れない」と思ったので、話さずにいた。しかし、どう考えても、このことは、あまりにも奇怪なので、ついに、ごくごく親しくしている僧だけに話して聞かせたところ、聞いた僧もたいへんおそろしがった。

されば、人気のないところで、ひとりで昼寝をしてはならない。しかし、この僧は、その後、別になんら変わったことはなかった。畜生は、人間の精液をのむと、耐えきれずに、かならず死ぬというのは、ほんとうである。この僧も、気を病んで、しばらくの間は、病みついていたようになっていた。この話は、話して聞かせた僧が語ったのを聞いたものが、こう語り伝えているということである。

典拠未詳。

（1）原文「やむことなき僧」は、社会的に地位の高いことをさす。したがって、この僧も、門跡寺院ないし由緒寺院で主として行政に従い事務を担当する僧であろう。大寺では、一般庶務のほか、庄園その他を管理し、また、財政経理面など、多くの事務職を必要としたのはいうまでもない。

（2）園城寺。山門（円仁門徒）と対立抗争をつづけた円珍門徒の本拠。台密にすぐれ多くの護持僧を出した。

（3）柱と柱の間に横にわたした材木。ここは、下長押で敷居のこと。

（4）蛇婬の話は、古く、三輪山伝説などに見える蛇体信仰以来、広く伝承される。近世、上田秋成の『雨月物語』には、「蛇性の婬」があって広く知られるところである。

巻第三十　本朝　付雑事

平定文《たいらのさだふみ》、本院《ほんいん》の侍従《じじゆう》に仮借《けそう》する語《こと》、第一

今は昔、兵衛佐《ひようえのすけ》[1]平定文[2]という人がいた。通称を平中[3]といい、人品もいやしからず、容貌も姿も美しかった。また、様子や話しぶりも優雅だったので、当時、この平中にまさる評判のものは一人もいなかった。こういう人であるから、人妻、娘、まして宮仕えの女房などで、この平中に言い寄られない女は一人もいなかった。

ところで、そのころ本院の大臣（藤原時平[4]）という方がいらっしゃったが、その屋敷に侍従の君[5]という若い女房がいた。容貌も姿もたいそうすぐれ、気立てもやさしい女房であった。平中は、いつもかの本院の大臣のお屋敷にうかがっていたので、この侍従の美しいことを聞いて、長い間、すべてをかけて言い寄ったが、侍従は、手紙の返事さえもよこさなかったので、平中は、なげきかなしみ、「せめてこの手紙を『見た』という二文字だけでも結構ですから、ご返事をくださいませんか」と、綿々と泣かんばかりに書きつらねて書いてやったところ、使いのものが、返事を持ってかえってきたので、平中は、よろこびのあまり、とるものもとりあえずにとび出してきて使いに会い、いそいで返事を手にとって見ると、自分が手紙に、「『見た』という二文字だけでもご返事をくださいませんか」と書いてやった、その「見た」という二文字をやぶりとって、薄様[6]の紙にはりつけてよこしたものであった。

平中は、これを見ると、いよいよくやしくて、いても立ってもいられぬ思いにひたった。これは、二月の晦日のことだったので、「しようがない。もうあきらめよう。どんなに思い

をかけてもむだだ」と心にきめ、その後は、手紙もやらず、そのままにしていたが、五月二十日あまりになり、雨が小やみなく降りつづいた真っ暗な夜、「いくらなんでも、今夜たずねたら、どんなに鬼のような心の持ち主でも、心を動かしてくれるだろう」と思って、夜がふけて、雨は音のやむ間もなく降りつづき、目あてにするものとてわからぬ真っ暗がりを、なんとかして内裏から本院に出かけていって、前々からとりついでくれていた召使いの少女を呼び寄せて、「恋いしさのあまり、こうして、たずねて参りました」ととりつがせた。召使いの少女は、すぐもどってきて、「今、殿の御前では、人々がまだおやすみになっておりませんので、さがることができません。主人がさがって参りましたら、そのとき、わたしがこっそりお知らせしましょう」と言ってくれたので、平中はこれを聞いて胸ときめき、「思ったとおりだ。こんな夜にわざわざやってきた人をあわれと思わぬわけがない。きてよかった」と思って、真っ暗な物かげに立ちかくれて待っていたが、まさに、千秋の思いとは、こんな気持ちをいうのにちがいない。

二時間ほどして、人々がみな寝しずまった気配のするころ、やがて奥の方から人の足音がしてきて、引き戸のかけがね⑺をそっとはずす。平中は、うれしくなって、その戸に近づいて引くと、かんたんにあいた。まるで夢心地で、「これは、いったい、どういう風の吹きまわしか」と思うと、ただうれしくてからだがふるえてきた。だが、はやる気持ちをしずめてそっと中へ入ると、空だきもの⑻のかおりが部屋中に満ちている。平中があゆみ寄って、寝所と思われるあたりを手探りすると、女と思われるものが、衣一重を着て横になっている。頭や肩のあたりを手探りすると、頭つきは細やかで、髪を探れば、氷をのばしたように冷たい感触がする。平中は、うれしくて無我夢中になって、体がふるえてきて、何を言っていいのかわからずにいると、女が、「あら、たいせつなことを忘れていました。境のふすまの錠をかけないできてしまいました。ちょっと行って、あれをかけてきましょう」と言う。平中も、もっともだと思い、「では、はやく、行っていらっしゃい」と言うと、女はおきあがり、上にかけていた着もの(9)を脱いで、単衣にはかまだけ(10)つけて出ていった。

そのあと、平中は、装束を脱いで横になっていたが、ふすまの錠をかける音が聞こえたのに、「もうくるだろう」と思って待っていても、足音は、奥の方へ遠ざかるように聞こえて、いっこうにもどってくる足音もせず、だいぶ時がたった。平中は、不審に思い、おきあがってふすまのところに行って手探りすると、たしかに錠はある。しかし、引いて見ると向う側からかけて、女は奥へ入ってしまったのだ。それを知って平中は、どうにも言いようがなくくやしく、地団太をふんで泣きたいほどであった。茫然としてふすまのわきに立っていると、それとなくこぼれてくる涙は、外に降る雨にもおとらなかった。「このように、寝所まで入れておいて、だますなんて、なんとくやしい仕打ちではないか。こうと知っていたら、いっしょにくっついていって、錠をかけさせるのであった。『おれの心をためそう』と思って、こんなことをしたのだ。ああ、どんなに大ばかものと思っていることだろう」と思うと、いっそのこと会わない方がましだったと、くやしさ情けなさでやる方もない。そこで、「こうなったら、夜が明けても、このまま寝ていてやろう(11)。ここに泊ったことを人に知られてしまえ」とくやしまぎれに、そう思ったが、いざ夜明け近くなって、人がみなおき出す音がすると、「人目をはばからず出ていくのもまずい」と思われ、夜の明けぬ前にいそいで出ていった。

さて、それから後は、「なんとかして、この女がいやになるようなことを聞き出して、きっぱりと未練を断ちたい」と思ったが、すこしもそのようなことが聞き出せないので、ますます思いこがれて過ごすうちに、ふと思いついた。「この人が、こんなにすばらしくても、便器(12)にしこんだものは、われらと同じにちがいない。そいつをなんとか手に入れれば、いや気もさすだろう」と思いついて、「□(13)が便器をあらいにいくときをうかがい、便器をうばいとって中身を見てやろう」と思ってさりげなく、局のあたりをうかがっていると、年のころ、十七、八ぐらいの、姿かたちの美しく、髪は、袙《あこめ》のたけに、二、三寸（約六〜九センチ）ばかり足りない召使いの少女が、瞿麦重《なでしこがさね》(14)の薄物の袙(15)を着、濃い紫の袴を無造作に引っぱりあげて、香染(16)の薄物に便器をつつみ、赤い色紙に絵をかいた扇でさしかくしながら、局から出ていく。これを見た平中は、うれしくてたまらず、見えかくれにあとをつけていって、人目のないところで走り寄って便器をうばった。召使いの少女は、泣きながら、とられまいとしたが、情け容赦なく引ったくって、走り去って、だれもいない部屋のなかに入って内から錠をかけると、少女は、外に立って泣いているばかりだった。

平中が、その便器を見ると、金漆(17)がぬってある。そのかざりのすばらしさを見ると、あけるのはどうも気がひけ、中身はともかく便器そのものの見ごとさは、並みの人のものとは似ても似つかぬほどなので、あけて見て愛想をつかすのも気がすすまず、しばらくは、そのまま見とれていたが、「いつまでも、こうしていられない」と思って、おそるおそる便器のふたをあけたところ、丁子《ちょうじ》(18)のかおりがぷんと鼻をうった。わけがわからずどうしたことかと思って、□[19]便器のなかをのぞくと、薄黄色の水が半分ほど入っている。また、親指ほどの大きさの黄黒い色をした二、三寸ばかりのものが、三切ほどまるいかたまりになって入っている。「思ったとおり、多分あれにちがいない」と思って見たが、言うに言われぬ香ばしいかおりがするので、そこにあった木の切れはしに突きさし、鼻にあててかいでみると、この上なく香ばしい黒方《くろぼう》[20]のかおりであった。何ともかとも言いようもない。「並みひととおりの人ではなかったことよ」と思って、これを見るにつけても、「なんとかして、この女をものにしたい」と思う心は、くるわんばかりであった。便器を引き寄せて、すこしすすってみると、丁子の香がいっぱいにしみこんでいる。また、この木の切れはしに突きさしたものの先をすこしなめてみると、にがくてあまい。こうばしいことといったら、まったくくらべるものもないほどだ。

平中は、あたまの回転もはやい男だったから、すぐさま合点した。「あの尿に見せかけて入れたものは、丁子を煮たその汁なのだ。もう一つのものは、ところ[21]と練り香[22]をあまずら[23]で調合して太筆の軸に入れてそこから押し出させたものだ」。こう思うとともに平中は、考えてみれば、こんなことをするものは、ほかにもあるだろう、ただし、相手が便器を手に入れて見るだろうとは、どうして思いっこうか、「なんとすみからすみまで、よく気がつく女だな。とても、この世の人とは思われない。ああ、なんとかして、思いをとげたい」と恋いこがれているうちに、病気になってしまった。そして、なやみつづけたあげく死んでしまった。なんともつまらないことである。男も、女も、なんと罪のふかいことであろうか。

されば、「女には、やたら夢中になるものではない」と、世間の人は非難した、とこう語り伝えているということである。

典拠未詳。ただし、『小世継』に同文的同話があり、原拠は同じと認められる。

（1）兵衛府（内裏の警衛・行幸の供奉にしたがう）の次官。

（2）巻第二十二第八話参照。桓武平氏。茂世王の孫。好風の子。従五位上。業平とならび平安朝の代表的風流人。諸説話に滑稽人として造型される。

（3）なぜ平中と呼ばれたかについては諸説ある。三人の子の中の子であったから、父好風が平中将であったための通称とする説、彼自身が平中将であったから、中はその字《あざな》であったため、などとする。

（4）基経の長男時平。左大臣・正二位・氏長者。本院は、中御門の北、堀川の東にあった時平の邸。

（5）父か兄が侍従であったための呼び名。

（6）薄手の鳥の子紙（中古から用いられた和紙の一種）。

（7）引き戸のかぎ。

（8）来客などがある際、それとなくたいて、客室の方をくゆらせるための香。

（9）夜具として用いていたもの。

（10）「単衣」はうらのない着もの。「はかま」は、下袴。

（11）女のところへ通ってきた男性は、翌朝、白む前に帰るのが常識であった。

（12）原文「筥《はこ》」。便器のこと。清筥《しのはこ》（私筥）・大壺《おおつぼ》（虎子）・樋《ひ》ともいう。円形、また方形で、紫檀などを用いたものもあり、はなやかに装飾をほどこした。

（13）「樋洗《ひすまし》」（便器をあらい清めるのに当った下級の女官）が想定される。

（14）表が紅梅、裏が青の襲《かさね》。

（15）婦女子の下着を言うが、童女の場合は、汗衫《かざみ》（宮廷に仕える女房・童女の上衣）の下につける。また、袙姿と言って、これを上衣として用いる。「薄物」は、うすく織った絹織物。
(16) 丁子の煮汁でそめた黄をおびた薄紅色。
(17) 上質でよく精練された漆。
(18) アジア熱帯地方原産の常緑樹（フトモモ科）の花蕾を乾燥させてつくる香料。
(19) 「裏」が想定できる。
(20) あわせたきものの一種。沈《じん》・丁字・白檀《びゃくだん》・甲香《こうこう》・麝香《じゃこう》・薫陸《くんろく》を調合し、練り合わせたもの。沈や白檀などは、そのままでよい香りを放つが、香りを放たない麝香や甲香も、合せ香の際かならず使用される。目的によって混合したり練り合わせたものか。薫物（練り香）である。
(21) ヤマノイモ科の植物。ここは、その芋（根茎）。
(22) 合せ香。ここは、「黒方」をさす。
(23) 早春に常春藤《なつづた》の幹から液をとり、煮つめてつくった甘味料。この液で合せ香をつくる。その他、蜜・梅肉・塩などで練り合わせる。

平定文《たいらのさだふみ》に会いたる女、出家《しゆつけ》する語《こと》、第二

今は昔、平定文という人がいた。通称を平中といった。たいへんな色好みで、その色好みに夢中になっていたころ、（市）(1)に出かけた。すこし昔は、(2)（市）に出かけていってじかに相手を物色したものである。

その日、后宮《きさいのみや》(3)にお仕えする女房たちが、（市）に出かけていたが、平中は、これを見たとたん、持ちまえの色好みがおこって、思いをかけた。市からもどって、恋文をおくったと

ころ、女房たちは、「車には、おおぜい乗っていましたが、いったいどなたへのお手紙なのですか」と、使いをやってたずねさせた。そこで、平中は、こう書いてやった。

(4)ももしきのたもとのかずは見しかども
なかにおもひ□□□□

美しいたもとの女房がたはおおぜい見ましたが、とりわけ緋色のたもとのかたが、とくに恋しく思われます。

この女は、武蔵守□(5)という人の娘であった。この人は、濃い緋色の練衣《ねりぎぬ》(6)を着ていた。この人に、思いをかけたのであった。そこで、この武蔵が、その後は返事を出して、手紙をかわすようになった。この武蔵は、顔立ちも姿も美しい娘であった。しかるべき身分の男たちが、何人も思いをかけたのだけれども、望みが高くて男を寄せつけないでいたのであった。ところが、平中が、このように熱心に思いを寄せたので、女もその思いに負けて、ついに人目をしのんで会うようになったのであった。

その翌朝、平中は、わかれて帰った後、手紙もやらなかったので(7)、女はつらい思いで、人に気どられぬように夕方まで待っていたけれども、手紙はもちろん本人もやってこない。女は、その夜、なやみ苦しんで一睡もせず過ごしたが、つぎの日になっても手紙もこない。その夜もまたこなかったので、その翌朝になると、使用人たちが、「たいへん浮気ものでいらっしゃるという評判の高いお方に、うかうかと肌をおゆるしなさるなんて。その方ご自身は御用でいらっしゃれないとしても、お手紙さえくださらぬとは」と言うと、女は、みずから思っていたことを他人が言うので、「つらく、はずかしいこと」と思って泣くばかりであった。その夜も、「もしや、おいでか」と思って心待ちにしていたが、やはり男はやってこなかった。つぎの日も、使いのものさえよこさない。こうして、五、六日も過ぎた。

そこで、女は、ただもう泣くばかりで、なにものどをとおらなかった。使用人どももなげいて、「人に知られぬうちに、この関係をうちきりなさって、といっても、一人でいるわけにもいきますまいから、他のご縁でもお見つけなされませ」などと忠告しているうちに、女は、人になにも知らせず、とつぜん、髪を切って⑧尼になってしまった。⑨使用人どもは、これを見て、集まって泣きかなしんだけれども、いまさらどうなるものでもない。「ほんとうに、つらくてたまらない身の上ゆえに、死のうと思ったものの、どうしても死ぬこともできないので、尼になって仏道に入ります。あまり、あれこれ言わないでおくれ。さわがないでほしい」と主人の尼は、こう言った。

このように、平中が長い間、なにも言ってこなかったわけは、女に会って帰ったあの朝のこと、家に帰ってすぐ手紙を出そうとしていたところ、彼は亭子院⑩(宇多天皇)に仕える殿上人⑪であったから、院から、「急いで参上せよ」とのお召しがあったので、とるものもとりあえず参上すると、そのまま、大堰川⑫の御幸のお供としてつれてお出ましになったので、そこに、五、六日お仕えしていたのであった。「あの女のところではどんなにか気をもんでいるだろう」と気にかかってしかたがなかったが、「今日は還御なさる、今日は還御なさる」

と言うので、「今日はかえれる、今日はかえれる」と思っているうちに、このように、五、六日もたってしまって、やっと還御になるやいなや、「あの女のところに飛んでいって、ことの次第の申し開きをしよう」と思っているうちに、使いのものがやってきて、「このお手紙をどうぞ」と言う。だれだろうとのぞいてみると、あの女の乳母子である。それを見たとたん胸が（つぶれる思いがし[13]）て、「こちらへ」と言うなりに、手紙をとって見ると、香りのよい紙に切った髪をまるく曲げて輪にしてつつんである。これはどうしたことかと手紙を見ると、こう書いてあった。

天[14]の川よそなるものと聞きしかど
わがめのまへのなみだなりけり

尼になることなど、あの天の川と同じで、このわたしとは、まったくかかわりのないことだと思っておりましたのに、いまは、涙が天の川のように流れる、かなしい身の上でございます。

平中は、これを見ると目の前が真っ暗になり、動転して、使いのものにわけを聞くと、「もう、髪をお切りになってしまいました。女房たちも、ひどく泣きさわいでおります。わたしさえ、なんと美しかった髪をと思いますと、とても胸がいたみます」と言って使いのものも泣く。平中も、これを聞き、髪を見ると、涙にくれて、つつみを開くこともできない。

そうはいっても、こうしているわけにもいかないので、泣く泣く返事をしたためた。

世をわぶるなみだながれてはやくとも
天の川やはながるべからむ

二人の間をなげく涙がどんなに早く流れたとしても、天の川となって流れることはないでしょうに。そんなに急いで尼になるとは、あまりにもはやまったことではありませんか。

「あまりのことに、ただ茫然としております。さっそく参上いたしまして」と書きそえた。その後、平中は、すぐ訪れたが、尼は塗籠(15)にとじこもって、なに一つ言おうとしないので、平中は、召使いの女房たちに会って泣く泣く、「こんな事情があったことをご存知ないまま、尼などにおなりになって、ほんに情けない」と言って帰っていった。

これも、男に思いやりがなかったためである。どんな事情があるにせよ、「こういう事情ができて」と言ってやることは簡単なのに、そうも言わないままで五、六日が過ぎれば、女がつらく思うのももっともなことである。もっとも、女にも前世からの宿報があって、そのためにこのように出家したのであろう、とこう語り伝えているということである。

典拠未詳。同話のなかで、とくに『大和物語』に見えるものは、本話となんらかの関連があるものと認められる。
(1) 底本は『大和物語』『平中物語』によって、「市」が想定できる欠字。次も同じ。
(2) 原文「中比《なかごろ》」。『今昔』成立の時期から、「ちかごろ」と対して、平安中期をさす。
(3) 七条皇后温子（基経の娘）。したがって、この話は、平中が、二十五歳からおよそ十年間のことと推定できる。
(4) 『大和』では、第四・五句「わきて思ひの色ぞ恋しき」。『平中』では、第二句を「知らねども」とし、以下『大和』に同じ。『続後撰』『古今六帖』では、上の句を「ももしきにあまたの袖は見えしかど」とする。
(5) 武蔵守の姓名の明記を予定した意識的欠字。
(6) やわらかく練った絹の衣。
(7) 後朝《きぬぎぬ》の別れには、男は女に文をおくるのが慣習であった。
(8) 肩のあたりで髪を切る、いわゆる尼削《あまそ》ぎである。
(9) 正式には、髪をそり出家して具足戒を受けた女性をいうが、日本では、有髪のままのものがあり、これをさげ尼といった。また、家庭にあって、仏法を信じ、老後になって剃髪したものを尼入道・尼女房などといった。ここも、正式に得度した尼ではない。自らの意志で、勝手に出家できるものではないことに注意。
(10) 宇多天皇（上皇）のこと。亭子院は退位後の御所で、七条坊門の北、西洞院の西にあった。
(11) 平中が殿上人であった事実はない。『大和』『平中』によれば、右兵衛少尉であった平中が右兵衛の長官の命で供をし、途中から宇多天皇の行幸に加わったとなっている。
(12) 上流は保津川、下流は桂川で淀川にそそぐ。嵐山から松尾あたりまでの称。九世紀末から遊覧の地となったが、その初めは、嵯峨天皇によっていとなまれた嵯峨院があった地で、十世紀中葉に入ると、龍頭《りようとう》鷁首《げきしゆ》の船に、詩・歌・管絃を配して遊ぶ三船祭がおこり、その船遊びの様子は、『梁塵秘抄』などに歌われている。
(13) 底本は「ツブレ」が想定できる欠字。
(14) 『大和』『平中』『十訓抄』では、第二句を「そらなるものと」とする。
(15) 四方を壁でかこまれた寝殿造の廂の間で、一方にだけ妻戸がある。寝室や物置に使用した。

近江守《おうみのかみ》の娘、浄蔵大徳《じょうぞうだいとく》と通《つう》ずる語《こと》、第三

今は昔、近江守□(1)という人がいた。家はゆたかで、たくさんの子どもがいたなかに、娘(2)が一人いた。その娘は、まだ年も若く、顔かたちも美しく、髪も長く、振舞いもすばらしかったので、父母は、たいそうかわいがり、片時も目をはなさず大切に養育していた。これを知って、高貴な身分の皇子や、上達部(3)などが、続々と求婚してきたが、父の守は、身のほどもわきまえず、「天皇に奉ろう(4)」と思って、聟《むこ》取りもせずに大切に育てているうちに、この娘が物《もの》の怪《け》をわずらい、病床にふすことが長くなったので、父母は、一方ならずなげき、さまざまの祈禱をさせたがいっこうに効験がないので思いあぐねていた。ちょうどその頃、浄蔵大徳(5)というすぐれた有験の僧がいた。ほんとうに、その霊験・行徳のあらたかなことは、仏のようであったため、世をあげて、この浄蔵を尊ぶことこの上なかった。そこで、近江守は、「この浄蔵に娘の病気の加持(6)をさせよう」と思って、手だてをつくしてむかえたので、浄蔵は出かけていった。守はよろこんで娘の病気を加持させているうち、即座に、物の怪があらわれて病気はなおったが、「もうしばらく、ここにいらっしゃって祈禱をしてくださ

い」と両親が懇願するので、浄蔵は請われるままにしばらく滞在していたが、そのうち浄蔵は、ふとこの娘をほのかに垣間見てしまった。すると、たちまち愛欲の心がおこり、煩悩のとりこになってしまった。また、娘の方もその気配に感づいたのであろうか。それからしばらくするうちに、どんなすきがあったのだろうか、ついに契りを結んでしまった。その後は、このことをかくそうとしたが、おのずから二人の様子は、人に知られてしまい、世間にもうわさが広まった。そこで、世間の人は、このことをとかく取り沙汰するようになったので、浄蔵は、これを聞いて恥じ入り、その家にも行かなくなった。「こんな評判をとった以上は、もはや、世間にまじわるわけにもいくまい」と言って、いずことなく行方をくらまし姿を消してしまった。自分のしたことが恥ずかしかったのであろう。

その後、鞍馬山(7)というところに深くこもり、ひたすら修行にはげんでいたが、前世からの因縁がふかかったのか、病人であった女の様子が目の前に思い出され、心にかかって恋しく思われたので、自然、修行も上の空という状態であったが、あるとき、横になっていて、ふとおき上ってみると、そばに手紙がおいてある。つきそっていた一人の弟子の法師に、「この手紙は、どこから来たのか」とたずねると、知らないと答えるので、浄蔵がとりあげて開いてみると、いとしく思うあの人の筆跡であった。不思議に思って読んでみると、こう書いてあった。

(8)すみぞめのくらまの山に入る人は
たどるたどるもかへりきななむ

鞍馬山にこもって仏にお仕えなさるお方よ。どうか、暗さの道をたどってでも、わたしのところへ帰ってきてほしいものです。

浄蔵は、これを見ていぶかしく、「だれにたのんで持ってこさせたのだろう。持ってくるようなつてがあるとも思われないのに、妙なことよ」と思い、「もう、女への思いを断って、ひたすら仏道にはげもう」とは思ったが、やはり、愛欲の情に勝てず、その夜、ひそかに京に出て、かの病気の娘の家に行き、人目をしのんで、やってきた由をつげさせると、娘は、ひそかに中に呼び入れて会った。そして、その夜のうちにまた、鞍馬へかえっていった。浄蔵は、それでもなお、恋しさにがまんできず、女のもとに、こっそり、こう言ってやった。

からくして思ひ忘るる恋ひしさを
うたてなきつるうぐひすのこゑ

修行にはげんで、やっとのことで忘れかけていたあなたの恋しさ、それを鶯の鳴く音がよびさますのか、そんなあなたのお手紙です。

女は、この返事に、

さても君わすれけりかしうぐひすの
なくをりのみや思ひいづべき

さては、わたしのことなどすっかりお忘れになったのね。鶯の鳴くのを聞いて思い出すなんて、情けないこと。

そこで、浄蔵がまた言ってやった。

(9)わがためにつらき人をばおきながら
なにのつみなき世をうらむらむ

わたしのためには、つれないあなたをそのままにして、どうして一方的にわたしをおうらみなさるのか、なんの罪もないこのわたしなのに。

このように、手紙のやりとりが重なったので、二人の間は、すっかり世間に知れわたってしまった。そこで、近江守は、この娘をこの上なく大切に養育し、皇子や上達部の求婚をもまったく聞き入れず、なんとかして女御に奉ろうと考えていたのであったが、こううわさが広まっては、親も愛想がつきて面倒を見ることをやめてしまった。

これは、女の心がすべて浅はかなためである。いくら浄蔵が心をつくして言い寄っても、女が聞き入れなければ、どうにもならなかったにちがいない。されば、「自分から自分の一生をだいなしにしてしまったのだ」と世間では取り沙汰した、とこう語り伝えているということである。(10)

典拠未詳。ただし、『大和物語』には、同話があり、なんらかの関係があるものと認められる。
(1)「近江守」の姓名の明記を予定した意識的欠字。『大和』『後撰集』からは、平中興が擬せられる。右大弁季長(桓武平氏、高棟王の子)の子。遠江守・讃岐守・近江守。歌人。ただし、『大和』には、「近江介」となっている。
(2)歌人。元良親王をはじめ、源宗城・源是茂などと通婚したとされる(『大和』『後撰』)。
(3)三位以上の公卿と四位の参議。
(4)女御・更衣などを考えたもの。
(5)三善清行《きよつら》の八男。浄蔵貴所といわれた。幼く宇多天皇の室に入り、のち叡山に登って玄昭から台密を受け、十九歳の折り横川にかくれ行法を修した。ついで、大峰・葛城・金剛諸山に練行し、二十五歳の折り、那智山にかくれ滝下に別行すること三年、行人としての名声を得た。四十九歳、白山にかくれる。のち洛東、雲居寺に住んだ。天慶三年(九四〇)横川首楞厳院《しゆりようごん》に大威徳法を修して平将門を調伏した。康保元年(九六四)十一月寂。七十四歳。
(6)仏が大慈大智をもって衆生にこたえるのを「加」といい、衆生がそれを受けもつのを「持」という。転じて呪禁の作法をもいうが、一般には、祈禱と同じ意味に用いることが多い。たとえば、病を除いたり、死者の罪を滅するため墓・遺体の上へまく土砂を光明真言で加持する土砂加持など。
(7)山城国愛宕郡(京都市左京区)にある。宝亀元年(七七〇)鑑真の弟子鑑禎の草創、延暦十五年(七九六）藤原伊勢人の建立と伝える古くからの修験道場。はじめ、東寺の支配下にあり、天徳三年（九五九）別当運増のとき延暦寺西塔末となったもの。毘沙門天を本尊とする山岳霊場。平安京北方の守護とし、また、軍神・福徳神として朝野の尊崇をあつめた。融通念仏信仰とも結びつき、広く勧進聖によって信仰が流布した。

（8）『後撰』の詞書は、「浄蔵鞍馬の山へなむ入るといへりければ　平中興が女」とある。『古今六帖』には、第三・四句を、「入りし人まどふまどふも」とある。『徒然草』に、「しのぶの浦の蜑《あま》の見るめも所せく、くらぶの山も守る人しげからんに、わりなく通はん心の色こそ、浅からずあはれと思ふ節々の、忘れがたきことも多からめ」（第二百四十段）とある。この「くらぶの山」は、鞍馬山の古名かという。

（9）『大和』『詞花』では、第五句を、「よをやうらみむ」とする。

（10）これ以下は、『大和』には見えない。『今昔』独自の見解。

中務大輔《なかつかさのたゆう》の娘、近江郡司《おうみのぐんじ》の婢《ひ》となる語《こと》、第四

今は昔、中務大輔(1)の□(2)という人がいた。男の子はなく、娘がたった一人だけいた。家はまずしかったが、兵衛佐《ひようえのすけ》(3)の□(4)という人をその娘といっしょにして聟《むこ》とし、年月をおくっていた。その間、あれこれ工面して面倒をみたので、(5)聟もこの娘のそばをはなれがたく思っていたが、そのうち中務大輔が亡くなってしまったので、母親一人となり、なにかと心細く思っていたが、その母親も、父親につづくように病にたおれ、長らく床にふす身となってしまった。娘は、なげき悲しんでいたが、ついに母親も亡くなってしまったので、たった一人とりのこされて、泣き悲しんだが、いまさらどうしようもなかった。

やがて、使用人も、みな出ていってしまい、一人のこらずいなくなってしまったので、娘は、夫の兵衛佐にむかって、「親が生きておりました間は、なんとか仕度をしてお世話もできましたが、こんなによるべがなくなりましては、あなたのお世話もできなくなりました。内裏への御出仕は、見苦しい姿ではすまされません。これからは、どうぞ、あなたのお考えでご自由になさってください」と言う。男はあわれに思って、「どうしてお前を見捨てたりなぞするものか」などと言って、そのままいっしょに暮らしていたが、着ものなどもだんだん見苦しくなっていくばかりなので、妻は、「ほかの人とお暮らしなさっても、いとしいとわたしを思い出しになったときは、おたずねくださいませ。このままでは、どうして内裏への御出仕などかないましょうか。あまりに見苦しうございます」と無理にすすめたので、男は、ついに家を出ていった。こうして、女は、一人となり、いよいよ悲しく、この上なく心細い日々が続いた。家も森閑として仕える人もなく、ただ一人のこっていた召使いの少女も、着るものや食事にさえこと欠くありさまに、これも暇をとって去ってしまった。男も、あんなに「かわいそうだ」などと言っていたが、他の女の聟になってしまうと、手紙さえよこさなくなったから、出ていってからは[6]、まして、たずねてくることなどまったくなかった。そんなわけで、女は、見るにたえないほどこわれた寝殿のかたすみに、忘れられたように一人で暮らしていた。

その寝殿の他のかたすみには、年老いた尼が宿を借りて住んでいたが、この女に同情して、時々、果物や食物があると、持ってきては、めぐんでくれたので、それにすがって年月をおくっているうちに、この尼のもとに、近江国から長宿直[7]にあたってきた郡司の子の若い男が上京してきて宿をとった。そして、この尼に、「相手のいない女の子[8]でもいたら、世話してくれぬか」と言うので、尼が、「わたしは年老いて外出しませんから、そのような女の子がどこにいるかも知りません。ところで、じつは、このお屋敷に、たいそう美しい姫君が、たった一人でさびしそうに住んでいらっしゃいます」と言うと、男は聞き耳を立てて、「その人を、わたしに会わせてくだされ。そんなに心細い状態で暮らしておられるよりは、ほんとうにかわいい方なら、国につれていってわたしの妻にしよう」と言ったので、尼は、「いずれ、お伝えしておきましょう」と引き受けた。

男は、こう言い出してからは、まだかまだかとしきりに返事を責めたてるので、尼は、その女のところに果物などを持っていったついでに、いつものように、「いつまでも、このようにしてお暮らしになるわけにもいきますまい」などと言っておいて、「じつは、わたしのところに近江国から、しかるべき人の子が上京してきてとまっておりますが、『そのように一人でおられるよりも、国におつれしたい』と熱心に申しております。ここは、ひとつ、そのようになさってはいかがでしょうか。ひとりでさびしく過ごされるよりはね」とすすめたが、女は、「どうして、そんなことができましょう」と言うので、尼は引きあげた。しかし、男は、女のことを忘れることができず、弓などを持って、その晩、女の住むあたりをうろついていると、犬がさかんにほえたてる。女は、いつもよりなんとなく恐ろしく思えて、なんとも心細く思っているところへ、夜が明けてから尼がまたおとずれると、女は、「昨夜は、ほんとに恐ろしうございました」と言う。尼は、「だからこそ申しあげたのです。『あのように申し出ているものと、いっしょにお下りなされ』と。このままでは、つらいことばかりがございますよ」と言いくるめたので、女も、「ほんとに、どうしたらよいものか」と思案する。その様子を尼が見て、その夜、こっそりと、男を女のもとへ呼び入れた。

その後は、男は、女に熱を入れあげて、こういう女は、生まれてはじめてのことなので、はなれがたい思いにかられ、近江につれて下ったが、女も「今となっては、しかたがない」とあきらめて、ともに下っていった。ところが、この男は、前々から国に妻を持っていたので、女の親の家に住んでいたのだが、そのもとの妻がひどく嫉妬してわめき散らしたので、男は、この京の女のところに寄りつかなくなってしまった。そこで、京の女は、親の郡司[9]のもとに使われていたが、そのうち、新しい国司が下向されるというので、国中は、大さわぎとなった。

そうこうするうちに、「はや、守殿がおつきになった」と言う声[10]がするや、郡司の家でも大さわぎになって、果物や食物などをりっぱにととのえて国司の館へはこんだ。郡司は、この京の女を「京の[11]」と名づけて、ずっと使っていたが、館へものをはこぶにも、おおぜいの男女を必要としたので、この「京の」にも、持たせて館にやった。

ところが、守は、館で、おおぜいの男女の下人が、品ものを持ちはこぶのを見ていたが、その中で、この「京の」が、他の下人とはちがって、どことなく気品のあるのが目にとまったので、守は、小舎人童を呼び、「あれは、どういう女か。それを聞いて夕方に、つれて参れよ」と命じたので、小舎人童が人にたずねると、「これこれの郡司の使用人である」とわかり、郡司に、「守殿のお目にとまって、かようにおおせになる」と言ったところ、郡司はおどろいて家にかえり、「京の」に、湯をつかわせ、髪を洗わせなどして、入念に世話をやいて、妻にむかって、「これを見よ。『京の』がかざり立てた、その様子の美しいこと」と言った。こうして、その夜着かざらせて、守のもとにさし出したのであった。

じつは、この守は、この「京の」のもとの夫、兵衛佐だった人が出世した姿であったのだ。だから、この「京の」を、そばに呼び寄せてみると、どうもどこかで、見たような気がしてならないので、抱き寝をしたところ、まことになつかしい思いがする。「おまえは、どういう素姓の女か。どうも、昔見たことのあるように思えるのだが」と言うと、女は、これがもとの夫だとはすこしも気がつかず、「わたくしは、この国のものではありません。以前は、京におりました」と言葉すくなにこたえる。守は、「京のものがやってきて、郡司の家に使われているのであろう」とかるく考えていたが、女の美しさにひかれて、毎晩のように召し出していたが、前にもまして、不思議に情がこもって、昔、会ったような思いがしてならない。守は、女にむかって、「それにしても、京ではどのように暮らしていた人か。なにか理由があってのことか。かわいくいとしく思うからこそたずねるのだ。かくさずに言ってくれ」と言うので、女もかくしきれず、「じつは、こうこういうものでございます。もしや、昔の夫のご縁故のお方ででもありはしないかと存じまして、常日ごろは口にはしませんでしたが、あまり熱心におたずねくださいますので、申しあげるのです」と、ありのままに語って泣くのであった。守は、これを聞いて、「だからこそ、どうも不思議に思っていたのだ。さてこそ昔のわたしの妻だったとは」と思うと、胸がいっぱいになって涙がこぼれる。それを、なにげないようによそおっているうちに、[12]湖の波音が聞こえてきた。女はそれを聞いて、「あれは、なんの音でしょう。おそろしいこと[13]」とつぶやく。守は、

これぞこのつひにあふみをいとひつつ
世にはふれども生けるかひなし

これは、近江の波の音です。二人もついには「逢う身」であるのに、たがいにさけて過ごしてきたが、それでは、生きている甲斐もないことだ。

と口ずさみ、「わしは、まぎれもなく、お前の夫ではないか」と言って涙を流したので、女は、「さては、この人は、わたしのもとの夫であったのだ」と気がつくと、あまりのことにがまんできなかったのだろう、一言の口もきけず、どんどんからだが冷えすくんでいった。守は、「これは、どうしたことか」とおどろきさわぐうち、そのまま、女は息を引きとっていった。(14)

思えば、まことにかわいそうな話である。女は、「夫だったのか」と気づくや、わが身の宿世が思いやられて恥ずかしさに耐えきれず死んだのにちがいない。男の考えがいたらなかったのである。事情をはっきり言わず、そのまま面倒をみてやればよかったのに、とくやまれてならない。この話について、女が死んでからのち、男がどうしたかはわからない、とこう語り伝えているということである。

典拠未詳。

(1) 中務省（詔勅・宣旨・位記などの宮中の事務をつかさどる）の次官。正五位上相当。
(2) 中務大輔の姓名の明記を予定した意識的欠字。
(3) 兵衛府（宮中の警衛・行幸の供奉などをつかさどる）の次官。従五位上相当。
(4) 兵衛佐の姓名の明記を予定した意識的欠字。
(5) この当時は、聟の衣装の仕度ほか、その世話をするのは妻の家の負担であった。
(6) 底本には「出テ其レモ」とあるが、どうも意味がはっきりしない。文章の誤脱があるかと思われるが、一応口語訳のように解した。
(7) 長期にわたり、主家の警固にあたるため、荘園から京の領家へ侍として宿直をつとめること。
(8) 原文「徒然《つれづれ》なる女《め》の童部《わらはべ》」。相手の男性がいないで手持ち無沙汰に過ごしている女の子。
(9) 一郡内の司法・行政、とくに、徴税と勧農を中心とする民政一般を担当した。国司の下にある実務担当者であり、国司のきびしい支配と監督を受けた。また、郡司は、その子弟を兵衛に、姉妹子女を采女に貢進したが、この決定権も国司にあった。したがって、この大さわぎの意味も理解できよう。
(10) 国府は勢多（大津市瀬田神領町・瀬田大江町）にあった。
(11) 底本は「京□ト」だが、「京ノト」とする伝本が多い。「京の人」の略称である。
(12) 原文「江」。琵琶湖のこと。
(13) 自分のおかれた境遇から、情けある男の情《じょう》にほだされて、あらためて荒い波音を恐ろしく実感したものか。
(14) 硬直状態となってショック死していたことがわかる。

身《み》貧《まず》しき男の去りし妻《め》、摂津守《つのかみ》の妻《め》となる語《こと》、第五

今は昔、京にたいへん貧しく、身分の高くない[1]男がいた。知り合いの人とてなく、父母の縁者もいなくて、宿所もなかったので、人のもとに身を寄せて使われていたけれど、そこでも、すこしも重んぜられず、「もうすこし、よいところでもありはしないか」と、あちらこちらに変わってみたが、どこへ行っても同じことなので、ついには人に仕えることもせず、どうにもならなくなってしまった。その妻は、年が若くて容姿も美しく、気持ちもやさしかったので、この貧しい夫につきしたがっていたが、夫はいろいろと思いなやんだあげく、妻にむかって、「『この世にあるかぎりはこうしていっしょに暮らしたい』とは思っていたが、『日がたつほどに貧しさがひどくなっていくのは、夫婦いっしょにいるのがわるいのかも知れない。別々になってやってみたらどんなものか』と考えたが、どうかな」と言ったところ、妻は、「わたしは、決して、そうは思いません。『これも、みな、前世からの報いですから、おたがいに餓え死ぬまでその覚悟で、いっしょに』と思っておりましたが、それにしても、こんなにひどいありさまがつづくのですから、ほんとうに、『いっしょにいるのがわるいかどうか』、わかれてためしてごらんなさいまし」と答えたので、男も、「そのとおりだ」と思って、たがいに再会を約束して、泣く泣く離別してしまった。

その後、妻は、年も若く、容姿も美しかったので、□[2]という人のもとに身を寄せ、そこで使われていたが、もともとやさしい心の持ち主だったので、主人にもかわいがられて使わ

れているうちに、主人の妻が死んだ。そこで、主人は、この女に身のまわりの世話などをさせているうちに、添い寝などもさせてみると、いつしか情もうつって、ずっとそのようにして暮らしていたが、のちには、この女をすっかり妻として扱うようになって、家事のすべてをまかせるようになった。

そのうち、この主人が摂津守(3)になった。女は、ますます幸福な日々をおくりながら年月を重ねていった。一方、もとの夫は、妻とわかれてなんとか一旗あげようと思ってはいたものの、その後は、いっそうひどくおちぶれていって、とうとう京にもいられず、摂津国のあたりまで流れていって、まったくの一農夫となって人にやとわれていたが、(さすが(4))に、下人のする田畑の耕作も木こりの仕事も、なれないこととて、とても上手にできない。そこで、やとい主は、この男を難波(5)の浦にあし刈り(6)にやった。行って、あしを刈っていると、かの摂津守が妻をつれて摂津国に下ってきた。難波のあたりに車をとめて野あそびをし、多くの郎等や一族のものたちといっしょに、食事をしたり酒をのんだりしてあそびたわむれていたが、守の北の方は、車のなかで、女房たちと難波の浦のよい景色をながめて楽しんでいた。その浦には、あしを刈っている下人などがおおぜいいた。その中に、姿はいやしいが、どことなく気品があって心ひかれる男が一人いた。

守の北の方は、これを見て、じっと見つめていたが、「なんとまあ、昔の夫に似ているものよ」と思った。ひが目ではないかと□(7)思って、よくよく見ると、「それにちがいない」とたしかめられた。見るかげもない姿であしを刈っているのを、「あいもかわらず、なんと情けない人よ。どんな前世の報いがあってこんなことになったのか」と思うと涙がこぼれてくるが、さりげない顔をして人を呼び、「あのあしを刈っている下人の、こうこういう男を呼んでおいで」と命ずると、使いのものが走っていき、「そこの男、御車の方からのお呼びだ」と言うと、男は思いもかけないことなので、あっけにとられて立っていると、「はやく、参れ」と大声でおどかすので、あしを放り出し、かまを腰にさして、車の前にやってきた。

北の方が、近くからよくよく見ると、まぎれもない昔の夫である。泥だらけの、真っ黒な(8)袖もない麻布のひとえの、それもひざのところまでしかない(9)いみじかいものを着ていた。そして、帽子(10)のような烏帽子をかぶり、顔にも手足にも、いっぱいに泥をつけて、きたならしいことこの上もない。ひざの裏とすねには、蛭(11)という虫が食いついていて血にまみれている。男は北の方は、これを見て情けなく思い、人に命じて物を食わせ、酒などをのませると、男は車車の方にむかって、むさぼり食べている。その顔つきが、なんとも情けない。

やがて、車に乗っている女房に、「あのあし刈りの下人のなかで、この男が、どことなく品がよく、心ひかれるようで、気の毒な気がしたから」と言って、着ものを一枚車のなかからとり出し、「これをあの男に与えなさい」と言って、紙のはしに次のように書いて、着ものにそえてやった。

(12)あしからじと思ひてこそは別れしか
などかなにはの浦にしも住む

さきざきわるくはなるまいと思ってわかれたのに、あなたは、どうしてあし刈りなどして難波の浦に住んでいるのですか。

男は、着ものをいただき、思いがけぬことにびっくりして見ると、紙のはしになにか書きつけたものがある。とって見るとこう書いてあったので、男は、「なんと、これは、自分の昔の妻だったのか」と気がつくにつけても、自分の前世の報いが、たいへん悲しく、恥ずかしく思えて、「お硯をお貸しいただきたく」と申し出た。すると、硯を与えてくれたので、このように書いて奉った。

君なくてあしかりけりと思ふには(13)
いとどなにはの浦ぞ住みうき

あなたとわかれては、やはりよくなかったと思うにつけても、このあしを刈る難波は、さらに住みづらくなります。

北の方は、これを見て、いよいよあわれに悲しく思った。男はそのあと、あしも刈らずに走りかくれてしまった。

その後、北の方は、このことを一言も口外することはなかった。されば、みな前世の報いであるのに、この因果の理を知らず、おろかにも身の不運をなげくのである。これは、この北の方が、年老いてから人に語ったものであろうか。それをつぎつぎに聞きついで、後世このように語り伝えているということである。

典拠未詳。『大和物語』に同話があるが、本文は異なる点が多く出典とは考えられない。
(1) 原文「生者《なまもの》」。ちょっとしたもの。「生」は、名詞の上につけて、新しい、未熟な、中途半端の意をそえるが、とくに、人にそえる場合は、未熟者、若輩の意をあらわす。
(2) 人名の明記を予定した意識的欠字。
(3) 大阪府北西部・兵庫県南東部。国府は、大阪市天王寺区国分町・生野区生野西から、中央区法円坂または、森ノ宮中央へ移転した。
(4) 底本は「サスガ」が想定される欠字。
(5) 現在の大阪市および、その付近の古称。
(6) 沼・川辺などの湿地に群生する、多年生草本。高さ二、三メートルにも達する。幼芽は食用になり、茎はよしすだれの材料となり、花の綿毛は綿の代用として広く利用された。難波のあしはもっとも有名で、いま、大阪府の郷土の花となっている。
(7) 「イブカシク」などが想定される欠字。
(8) 原文「た黒なる」。「ヒタ黒」の「ヒ」の脱落と見て、まっ黒だと解する。
(9) 原文「膕本《よぼろもと》なる」。「膕」は、ひざの裏のすわるとくぼむところ。
(10) 僧侶のかぶる頭巾の一種。仏は、比丘に対して、冬の寒いときに頭をつつむことを許した(『四分律』)。わが国では、これを着用するのを一つの資格とした例が多い。ここでは、烏帽子のよれよれになったさまをいう。
(11) 人畜・魚などについて血を吸う環形動物。

(12)『大和』では、「あしからじとてこそ人のわかれけめ何か難波の浦も住みうき」。『拾遺集』では、第二・三句「よからむとてぞわかれけむ」、第五句「浦は住みうき」とし、ともに、次の「君なくて」に対する女の返歌として収める。

(13)『大和』『拾遺集』では、第三句「思ふにも」。この二人の出会いから見ると、女の方から歌いかけたとするのが素直であろう。

大和国《やまとのくに》の人、人の娘を得《う》る語《こと》、第六

今は昔、□(1)守□(2)(3)という人がいた。この人は、高貴な家の公達であったが、どういうわけか、受領をしていたから、家がゆたかで、万事に不足なく暮らしていた(4)。この人の妻が懐妊したが、一方、しかるべき屋敷に仕えていた女房で、はなれがたく思って長年関係をつづけていた女がいたが、その女も同時に懐妊した。やがて、ともに女の子を生んだ。そこで、守は、女房に生ませた子のことについてなやみつづけたが、どうしようもなく、正妻に、このことをうちあけると、妻も気の毒がって、「では、その生まれた女の子は、こちらにむかえとって養育なさいませ。わたしの生んだ姫君の侍女にいたしましょう」などと、気持ちよく申し出てくれたので、守もうれしく思い、乳母だけつけて、この女の子をむかえとった。そうして、ふすまをへだてて、むこうとこちらの両側の部屋において養っていた。

この継母は、とてもやさしい心の持ち主だったから、この継子をにくいとも思わず、わが子におとらずかわいがって過ごすうちに、この正妻が生んだ子の乳母は、腹黒い女だったのだろう、この継子がにくらしくおもしろくなくて、目のかたきに思い、「なんとかして、この子をなきものにしよう」(と)[5]思っているうちに、大和国に住む女が、用事があって、いつも正妻の方の乳母のところに出入りしていたので、「この継子を、この女にわたしてなきものにしてやろう」と思って、ある夜のこと、この継子の乳母がぐっすり寝入っている間に、すきをうかがって、その子を盗みとった。そうして、その大和からきた女に、「この子をつれていって、どこでもいいから捨てて、犬にでも食わせておくれ。じつは、おもしろくないことがあってね。だけど、このことは心におさめて、決して他人にもらしてはいけないからね。お前とは長年の知り合いである上にいちばんたよりにしているので、こんな秘密の大事を明かすのだから、万事心得ていておくれ」と耳うちして子どもをわたした。女は、子どもを抱いて屋敷を出て、夜を日についで大和へ下ったが、途中、たくさんの従者をつれ馬に乗ってやってくる女に出会った。

　これは、その国の城下郡《しきのしも》[6]というところに住んでいた藤大夫[7]というものの妻であった。藤大夫は、権勢にも、財力にもめぐまれていたが、どうしても子宝にめぐまれず、それをなげいて、長年、長谷[8]に参詣して、「子をさずかりたい」と祈願していた。その妻が、長谷に参詣しての帰り道であった。大和の女は、乳母に教えられたままに、「この子を捨てよう」と思ったが、あまりにもかわいらしいので、捨てるにも捨てられずにあるいているところに、藤大夫の妻が出会ってみると、下衆女が子どもを抱きかかえているので、「きっと、あの女の子どもだろう」と思って、すれちがいざまに目をやると、粗末な着もののなかから、生後百日ほどの女の子の顔が見えたが、じつに美しい。「自分の子ではないのかも知れぬ」と疑問をもって、「その赤ちゃんは、おまえさんの子なの。ほんとにかわいい子だこと」と、子どもが欲しいあまりに、とものものにたずねさせると、女は、「この子は、わたしの子ではありません。ある高貴な方が、お子さまをお生みなさいますと、すぐに、母君が亡くなられたので、さるお方が、子どもの欲しい人にあたえるように、とそのお子さまをくださいました。そこで、さように子どもを欲しがっている人をさがそうと思ってたずねあるいているのでございます」とこたえる。藤大夫の妻は、やれありがたやと思い、「わたしは、子どもにめぐまれず、長年、長谷に参詣しては、どうぞ子どもをと祈願していたのですが、そのお引き合わせで、このように出会ったのです。その子どもをさっそく、わたしにくださいませんか」と言う。女もよろこんで手わたしたので、その子を抱きとって、「それにしても、この子は、どういう方のお子さまですか。同じことなら、はっきり聞いておいた方が将来のためにも都合がよいでしょう。ぜひそっと教えてください。この子のためと思えばこそ聞くので、だれのお子さまと聞いても、決して口外はしませんから」と言って、うれしさのあまり上に着ていた着ものを一枚脱いで与えた。女は、思いもかけない着ものを手に入れて、うれしさのあまり、下衆のあさましさから乳母の教えたこともすっかり忘れてしまって、「決して口外なさらないということでしたら、申しあげましょう。こんなことがうわさになって、主人に聞こえでもしたら困りますので」と言う。そこで、いろいろと誓いごとを立てて口外しないと約束する。

そのときに、女ははじめて、「じつは、これこれとおっしゃるお方のお子さまでいらっしゃいます」とうちあける。これを聞くと、「それでは、下賤の生まれではなかったのか」と思うと、ますますうれしくなって、これも、ひとえに観音様のおめぐみだと信じて、「女がとりかえす気でもおこしたらこまる」と思ったので、逃げるようにその場を立ち去った。こうして、子どもを家につれかえって、夫婦ともども、手塩にかけて育てていった。

一方、かの親の家では、子どもがとつぜんいなくなったので、びっくりして大さわぎとなり、さがし求めたが、ついにその行方はわからず、いつかあきらめてしまった。そこで、前にもまして正妻腹の姫君をこの上なく大事にし、かけがえのない宝ものとばかりに養育していたが、やがて、十五、六歳にもなったので⑨、右近少将⑩□⑪という、若くて美男で気だてもよい人を聟《むこ》にとって、この上なく大切に世話した。姫君も姿といい形といい、すばらしかったので、たがいに思い思われ、片時もそばをはなれることなく暮らしているうちに、姫君は、ふとしたことから病気になって、幾日かわずらっているうちに、やがて重体におちいってしまった。父母は、これをなげいてさまざまの祈禱をしたけれども、姫君は、ついにかえらぬ人となったので、両親は、どんなに恋い悲しんだか、想像を絶するものがある。

その後、少将は、この姫君を恋いしたい、いっそのこと、自分も死んでしまいたいと思いつめ、後添いもめとらず、一途に亡き人を思い、宮仕えにも身が入らず、ただ、「亡き妻に似ている女性に会いたいものだ」と願っていた。ところで、かの大和の姫の方は、その後、長い年月、この上なく大切に育てられていた。その容姿は、亡くなった正妻腹の姫君以上にまさっていた。この姫は、七条⑫のあたりで生まれたから、伏見稲荷⑬は産土神《うぶすながみ》でいらっしゃるというので、二月の初午⑭の日にお参りしようと、大和から京へ上り、その日あるいて稲荷の社に参詣していた。かの少将も気晴らしのため、その日稲荷に参詣したかえり道、この大和の姫に出会った。少将がふと目をとめると、姿ありさまがかわいらしく、(なよ)[15]やかに着かざった女がやってくる。よく見ると、年のころ、十七、八で、気高くきれいで、美しいことこの上ない。何気なく、あおむいた顔を、笠を着たその内に見ると、不思議なことに、かつての妻に、すこし似通っているものの、この女の方がいちだんと魅力的で美しい。

これを見たとたん、少将は、目もくらみ、胸も高なって、小舎人童を呼び出して、「あの人のかえっていく先を、しっかりと見とどけてこい」と命じてあとをつけさせた。童があとをつけていくと、とものものどもが、とがめだてて、「お前はだれだ。おとものもののようについてくるが、あやしいやつだ」と詰問する。童は、にっこりして、「さるところにおいでの少将殿が、『こちらの姫君のかえっていく先を見とどけてこい』とおおせられましたので」と言うと、とものものは、「住んでいらっしゃるところは、見せるわけにはいかない。ただ、『畳の裏』とだけ申しあげよ」と言う。童は、それを聞いてかえり、少将に、「かように申しておりました」と報告したが、少将は、その意味が、さっぱりわからずなげいていた。女は、そのまま立ち去っていったので、たずねるすべもなかったが、その後、少将の家に、りっぱな学者である博士[16]がおとずれた折り、話のついでに、少将が、「『畳の裏』ということは、いったい、どういう意味でしょうか」とたずねると、博士は、「『畳の裏』とは、大和にある城下《しきのしも》[17]というところのことで、昔の言い伝えにそう申しております」と答えた。少将は、このことばを聞いて、内心大いによろこび、「さては、そこに住んでいる人のことなのだろう」と考え、まるで雲をつかむような話ではあったが、かの姫君にすっかり心をうばわれてしまった。

そして、「なんとかして、城下とかいうところへ行ってみたい」と思う心が無性につのり、例の使いをつとめた小舎人童と大和の案内にくわしい侍一人、それに舎人男[18]一人だけをつれて、馬に乗り、人知れぬようにこっそりと出発して、大和へ下っていった。城下というところをたずねていったけれども、どこともわからない。ただ、檜垣[19]を長々とめぐらした大きな家があった。「もしやここではあるまいか」と思い迷いながら、馬からおり、門前に立っていると、小舎人童が、あの稲荷詣での折り、女の供をしていた少女が家のなかから出てきたのを見て（以下欠文）

典拠未詳。
（1）国名の明記を予定した意識的欠字。
（2）守の姓名の明記を予定した意識的欠字。
（3）公卿（上級貴族）であるのに、なんらかの事情によって、中級貴族である受領にとどまっていることがわかる。
（4）他の説話にも、受領の経済的に富裕な様子や財力の豊かなことが語られている。
（5）底本欠字。「卜」か。
（6）奈良県磯城《しき》郡の西北方の地域。近世まで、式（城）下郡があった。天理市南西部から、田原本町・三宅町・川西町のあたり。
（7）藤原氏で五位のものの称。
（8）天武天皇（六七三～六八六）の時代に弘福寺の道明が西谷に宝塔を移し、三重塔と釈迦堂を建てたのを本長谷寺といい、養老四年（七二〇）霊木で十一面観音を刻み、元正天皇の助力を得て東谷に堂舎を建立、行基を導師として開眼供養を行なったのを新長谷寺という。観音信仰の聖地として知られ、とくに女性の長谷詣では平安女流日記などに記され、霊験をもって知られた。

（9）「女の盛りなるは、十四五六歳二十三四とか、三十四五にしなりぬれば、紅葉の下葉に異ならず」（『梁塵秘抄』）。

（10）右近衛府の次官で、公卿の子が若くして任ぜられるエリートコースであった。

（11）右近少将の姓名の明記を予定した意識的欠字。

（12）下京の地域。

（13）稲荷大社は、古くから教王護国寺東寺の鎮守とされ、五月の還幸祭には、五座の神輿は、同寺に入り、神供のことがあって還幸するのを例とした。また七条の地の産土神（五条通りの南側から九条まで）であり、東寺との結びつきからも、深い関係にあった。産土神は、自分の生まれた土地の神で、他に移住しても一生を通じ守護してくれる神と信じられていた。ただし、産神《うぶがみ》とすれば、出産のとき母体と生児を守護する神で、産土神としての産神かどうか明らかでない。

（14）稲荷神が山城国稲荷山三ヶ峰に鎮座したと伝える和銅四年（七一一）二月壬午（七日）は、二月の初めの午の日であったため、この日を初午として、参詣し福をいのる習慣が生まれた。この日、人々は、下社・中社・上社に群参し、福をいのるため神木である験《しるし》の杉の小枝を請い受けて家にもちかえった。『梁塵秘抄』二句神歌のなかの「神社歌」には、稲荷十首があり、当時の人々の信仰の度合いが知れるが、なかに、恋と結びつけたものがあるのが注意される。「最初の如月の初午に富配る」（『梁塵秘抄』霊験所歌）。

（15）底本は「ナヨ」が想定できる欠字。

（16）「博士」は、文章博士・明法博士など大学寮の教官をさすが、ここでは広く学者をさしている。

（17）「畳の裏」とは、「城の下」を「敷の下」とも書くことからいったものか。稲荷詣での日、験《しるし》の杉を請い受けて幸福を願うことが恋の成就を願うことにつながっている。『梁塵秘抄』二句神歌―神社歌―稲荷十首中に、「春霞たち交りつつ稲荷山、越ゆる思ひの人知れぬかな」などと歌われた時代相を考えたい。

(18) 馬の口取り男。

(19) 檜の板を網代にあんだ垣根。

本話に見られる長谷霊験譚・伏見稲荷の利生譚の混交は注目される。

右近少将《うこんのしょうしょう》□、鎮西《ちんぜい》に行く語《こと》、第七

今は昔、右近少将□①という人がいた。容姿端麗で、心持ちもたいへん優雅であった。なかでも、とりわけ、管絃の道を好んでいた。

その人が、九月二十日ごろ、月のたいそうきれいな夜②、ある人の家をおとずれたが、□と□③とのあたりに、ひどく荒れはてた家で、庭の木立など趣のある家があった。そのなかからほのかに箏④の音が聞こえてくる。少将は、この方面に心を寄せることのふかかった人なので、車をおり、「ここは、いったいどういう人が住んでいるところだろう」と心ひかれるままに門から入り、中門⑤の廊のわきにかくれて立って見ていた。すると、西の対屋⑥のすだれをすこしまきあげて、放出《はなちで》⑦の間にむかい、年のころ二十ばかりの、言いようもなく美しい女が、前に箏をおいてひいている。その手つきが、月に□⑧て、すばらしく美しく見えた。少将は、これを見るやすっかり心をうばわれ、前後のことも忘れてしまった。女の前には、召使いの少女が一人いるだけで、他にだれもいなかったので、少将は、「このような機会は、またとあるまい」と思い、なんのことわりもなく入っていった。女は、とっさにかくれるすべもないので、あまりのことに驚きあきれたが、こばむこともできず、肌をゆるしてしまった。少将は、女のものごしといい、姿といい、この世の人とも思われないくらいすばらしかったので、この上なく、かわいくいとしく思ったが、そのままとどまるわけにもいかず、夜明け近くなると、女も人目をはばかり、「もう、夜が明けます」と、つらそうにうながすので、少将は、くれぐれも将来のことを約束してわかれていった。

その後は、たやすく会うこともできなかったので、少将は、なげきながら暮らしていたが、この女は、じつは、□[9]という人の娘であった。ところが、その母親が亡くなると、父は、後妻をもらってこの娘をかまわなくなったので、娘は、母君の亡くなった家に一人とりのこされて住んでいたのであった。そのうちに父は大宰大弐[10]になり、九州[11]の地へ下ることになったとき、ふだんは、この娘のことをかまわなかったが、「京にこのまま、のこしては、暮らしていけるはずもない」と言って、つれて下ろうとした。少将は、これを聞いて、「いままで京にいたればこそ、なかなか会えないのをなげきながらも過ごしてきたが、親とともに九州へ行ってしまっては、どうして会うことができようか」と、かなしく心細く思ったが止める手だてとてなく、ひたすら悲歎の涙にくれていたが、何の甲斐もなく、女は、そのまま下っていってしまった。

それから後というもの、少将は、生きながらえる希望も、すっかりなくして、いつか病の身となって、年月をおくったが、とてもかなしくて耐えがたく、こがれ死にしそうにまでなり、「どうしてでも、もう一度会わないではいられない」と思いつめて、朝廷に休暇を願い出て、父の大納言［　　］という人にも、「ちょっと、物詣でに出てまいります」と言い、人目をしのんで家を出て、九州の地へ下っていった。おともは随身[12]一人、小舎人童[13]一人、それに馬舎人[14]のたった三人で、たどりついたところをその夜の宿として、三人のともに世話されながら旅をつづけるうちに、日数を重ねて大宰府に到着した。どこをたずねてよいかは、わからなかったが、どうにかして、京の家で女の前にすわっていた、あの少女をたずねあてて呼び出すと、少女は、「これは、まあ、いったいどうして、こんなところまで、おいでになったのですか」とおどろいて、主人の女に伝えた。女は、出てきて感無量の面持ちであった。

少将が、「あなたなしには、とても生きていけそうもなく、死んでしまいそうになりましたので、もう一度お目にかかろうと思いまして」と言ったところ、女は、「ほんとうに、これほどまでに思っていただいたとは」と言って、その夜二人は一夜を過ごした。少将は、すぐさま、とやかく言わず、夜明け方、女を馬に乗せて京にかえっていこうとする。女は、「京へなど、とうてい行けそうもありません」とこばんだが、男の真情をことわることもできず、「どうなることか」と先を案じながらついていったが、ちょうど十二月ごろのこととて、雪がひどくふり、吹きつのる風も耐えがたかったが、「一刻もはやく京につきたい」と思って、先をいそいでいったところ、日が暮れるにつれて、雪が降りしきり、しだいに積もっているのもいとわずに、ひたすらにあるきつづけていくうち、すっかり暗くなってしまったので、行きついて宿をかりるところも見つからない。心細い思いで馬からおり、一本の木の根元に腰をおろして、「ここは、いったい、なんというところか」とたずねると、ともの一人が、「ここを山の井⑮と申します」と答えた。そばを流れる山川の水を手にすくってのみ、なんとか食事の用意などもして、女にも食べさせ、自分たちも食べた。こうして、旅がつづけられたのも、とものものたちが、ちょっとした絹布⑯などを持っていたためで、それを食物にかえて、どうやら命をつなぐことができたからであった。しかし、ここはまったく人里をはなれていて、ただもう無性に心細く、思いがこみあげてきて、見わたすかぎりなにもない野中で、たがいに過ぎ去った昔のこと、また、将来どうなるかなど、しみじみと語り合っては、涙にくれたのであった。

そのうち、少将が、「ちょっと、そこまで」と言って、どこぞへ見えなくなったが、なかなかもどってこないので、女は、「どうして、こんなにおそいのかしら」と思って、とものものに告げた。⑰連中が出ていってさがしてみたが、どこにも少将の姿がない。女は、おどろいてみずから田地のつづくはるか奥の方まで行ってみると、垣根のあるそばに少将の狩衣の袖だけがかけてあった⑱。女は、これを見て、「ああ、たいへんだ」という一言さえ出ないほど、目がくらんでしまった。さらに、奥の方を見ると、垣根のうしろの方に、少将のはいていた□⑲の片方だけがころがっていた。とものものが手にとってみると、ただ足のうら⑳だけがのこっていた。かなしいともなんともいいようがなく、女の前にそれを投げ出して、たおれ伏して泣くばかりであった。これを見た女は、どのような思いがしたであろうか。そのまま、その場に泣きくずれてしまった。

こうして、二日ほど、そこにとどまっていたが、女の親の大弐は、娘の失踪を知って、九州からたくさんの人をさがしに出し、また、少将の親の大納言のところからも、「少将は、九州へ行ってしまった」と聞いて、人を出し、両者ともに、この木の根元で行き会った。使いは、少将のとものものがいるのを見つけてよろこび、「少将殿はどうなさいました」とたずねたが、答えるすべもない。やっとのことで、「かくかくのしだいです」と答えたので、使いたちはびっくり仰天し、泣きまどったが、いまさらどうしようもない。九州からの使いは、「もはや、いたしかたありません」と言い、女に、「さあ参りましょう」と九州へつれかえろうとしたが、女は、泣きまどって、うつぶしておきあがりもしなかったので、使いは、

(以下欠文)

典拠未詳。

(1) 右近少将の姓名の明記を予定した意識的欠字。題の欠字も同じ。

(2) このあたりは平安物語風であるが、さらに、『徒然草』の、「九月二十日の比《ころ》、ある人にさそはれ奉りて、明くるまで月見ありくこと侍りしに」(第三十二段)、「春の暮れつかた、のどやかに艶なる空に、いやしからぬ家の、奥深く、木立物ふりて」(第四十三段)などのように展開する、描写のパターンでもある。

(3) 京の東西・南北の大小路名の明記を予定した意識的欠字。

(4) 唐から渡来した十三絃琴。

(5) 寝殿造で、左右の対の屋から、泉殿・釣殿にいく廊。「中門」は、その廊の中間にあり、屋根をのこして切り通しにした門で、南庭に通ずる。

(6) 主人が住む母屋に対して、東・西・北などの対屋には、夫人・子女・女房・家人などが住んだ。

(7) 母屋からつづけて外へ張り出して作った間。

(8)「ハエ」が想定される。
(9) 姓名の明記を予定した意識的欠字。
(10) 大宰府（九州の九国二島をつかさどる）の次官。長官は帥。下に小弐がいる。従四位下相当。
(11) 原文「鎮西」。九州の総称。大宰府を鎮西府と呼んだことによる。
(12) 朝廷から正式につけられた護衛。少将には、ふつう近衛舎人二人がついた。
(13) 近衛の中・少将に与えられた少年の召使い。
(14) 原文「馬の舎人《とねり》」。馬の口取りをつとめるもの。
(15) 底本「此ク八⿱山井トナム申ス」。「ク」に「ヲヵ」とある。「⿱山井」は、長門国（山口県）厚狭《あさ》郡の山野井（現・山陽小野田市）か。一般的には、山の岩間などから清水がもれ出るところをいう。普通名詞が固有名詞化したもの。
(16) 原文「軽物《かるもの》」。目方の軽いもので、絹布・絹織物をいう。当時の貴重品。
(17) 原文「小田《をだ》」。田を優雅にいったことば、また歌語。
(18) 狩衣は、この当時旅装にも用いた。袖だけがかかっていたとは、後の、足の裏のついた履物だけがのこっていたこととともに、鬼にとられたことを意味する。山のはざまに田が奥まってしだいに細くなっていたもので、垣は、山への入り口を示すもの。鬼の出現には、もってこいの舞台である。
(19)「タビ」（足袋）「シタウヅ」（下沓）が想定される。
(20) 原文「足の平《ひら》」。足の裏の平らな部分。

大納言《だいなごん》の娘、内舎人《うどねり》に取らるる語《こと》、第八

今は昔、□(1)天皇の御代に、大納言□(2)という人がいた。たくさんの子どもがいたが、そ

のなかでも、とりわけ容姿の美しい娘が一人いた。父の大納言は、とくべつに、この娘をかわいがり、片時もそばをはなさないで、大切に育て、ゆくゆくは、天皇に奉ろうと考えていた。ところが、その家には、侍として使われている内舎人[3]□[4]という男がいた。さる事情があって、その家に親しく出入りをゆるされていて、ふとした機会にこの姫君をかいま見てしまった。

容姿といいものごしといい、この世のものとは思われないくらい美しいのを見て、この男は、たちまちはげしい愛欲の情にとらわれ、姫に思いをかけるなどゆるされない身分でありながら、その後は、何一つとして手につかず寝てもさめても思うのは姫君のことばかりで、なんとかして姫君に会いたいと耐えがたく思いなやんでいた。とうとう病みついて、食事ものどを通らず死を待つばかりとなっていった。そこで、思案にくれたすえ、この姫君のおそば近くに仕えている女房に会って、「とても、大切な用件で、ぜひ殿に申しあげなければならないことがありますが、まず、姫君のお耳に入れたいと存じます。その由をおとりつぎください」と申し入れた。女房が、「どんなことを申しあげるつもりでしょうか」と言うと、男は、「これは、たいへん重大な内密ごとで、人づてには申しあげられないことです。わたしは、長年、この屋敷にお仕えして、内外の別なく出入りをゆるされた身です。おそれ多いことですが、姫君が縁近くにまでおいでくださったならば、人を介さず、ことこまかに申しあげとう存じます」と言う。女房は、これを聞いて姫君に、「こう申しております」とこっそり伝えた。姫君は、「なにごとでしょうか。その男は、ほんとうに親しく使われているものゆえ、遠慮することはありますまい。わたしが直接聞きましょう」と□[5]答えたので、女房がその旨を男に伝える。□(6)うれしいものの、胸は高鳴り、心のなかで、「もはや、この世に生きている気もないのだから、同じ死ぬなら、姫君をうばいとって、思いをとげた後に、身を投げて死のう」と決心して、あのように言ったのであった。

さて、男は、この世にあるのも、のこり少ないと思うと、すべてに心細く、かなしく思われたが、なんとしても姫君への思いはおさえがたく、姫君に仕える例の女房に会って、「あのことは、どうなりましたか。ぜひとも、いそいで申しあげなければならぬことなのです(7)」とせきたてた。女は、これを姫君に伝えると、姫君は、なにげなく、縁先まで出て、妻戸のところのすだれの内側に立って話を聞こうとした。夜であるからだれもいない。男は、縁のそばに近寄っていったが、とくべつに口に出して言わねばならぬ用件もないので、しばらくうずくまっていた。「われながら、とんでもないことを考えついたものよ。もう、これで、おれもすべては終わりだ」となやみつづけたが、姫への思いは、身を焼くばかりに思われたので、「そうだ。やるだけやって死のう」と思いつめて、立ちあがるや、すだれのなかに飛びこんで、姫君を横抱きにして、飛ぶようにその家から走り出し(8)、どんどん逃げのびて、人もいないところにつれていった。

大納言の家では、「姫君のお姿が見えなくなった」とおおさわぎして、大納言をはじめ、家中の、上・中・下のものどもが、上を下へのさわぎで、あわてふためいた。だが、さがすすべもないので、とうとうそのままになってしまった。ところで、その夜以来、この内舎人は、あとをくらまして、その姿を消してしまったが、この内舎人がうばいとったとは気づかず、「だれか身分のある方に、さそわれて行ったのかも知れない」とうたがい合った。また、かの伝言のとりつぎをした女房も、内舎人が抱いて逃げたのを、はっきり見たけれど、後難をおそれて口に出すことなく、あの内舎人も、身分ある人に、そそのかされたのではないかとうたがうだけで終わった。

さて、かの内舎人は、「このことが知れたら、わが身の破滅だ」と思ったから、「とても、このまま京にいることもできまい。なんとかして、遠くへ逃げていって、たとえ、野のなかでも、山のなかでも、この姫君をつれていって暮らそう」と決心した。そして、この姫君を馬に乗せ、自分も馬に乗り、弓矢を背負い、陸奥国の方へ下っていったのであったが、身近につきそう従者二人だけがついていったのであった。昼夜の区別なく、あるきつづけて、陸奥国の安積《あさか》⑨郡の安積⑩という山中にやってきた。「ここなら、□⑪で、追手もやってこないだろう」と思い、木を切り庵を作って姫をおき、内舎人は、二人の従者をつれて里に出ては、食物を求めて姫君を養った。

こうして年月を重ねたが、夫が里へ出ている間は、女はただ一人で庵にいた。やがて女は懐妊した。あるとき、男は、食物を求めに里に出ていったきりで、四、五日たっても家へかえってこなかったので、女は待ちわびて心細く思われるままに、庵を出てあたりを見あるいているうち、山の北側に浅く掘った井戸⑫があるのを見つけ、ふとのぞいてみると、自分の姿が水にうつっていた。長い間鏡で顔を見たこともないので、どんな顔になっているか、いま水にうつったのを見ると、まことに恐ろしげであった。女は、なんと恥ずかしいことと思って、ひとりごとにこうよんだ。

あさか山かげさへ見ゆる山の井の(13)
あさくは人を思ふものかは

わたしの姿をうつし出してしまったこの安積の山の浅い山の井、そのような底の浅い思いをあなたに対していだいているわたしではありませんのに。

この歌を木に書きつけて、庵にかえって、(14)自分が京の家にいたころは、父母をはじめ、すべての人にかしずかれ、たいそうめぐまれた境遇であったことなどを思い出し、この上なく心細い思いにかられたが、「いったい、どのような前世の報いで、こんな目を見るのか」と思いつづけたが、耐えられなくなったのだろうか、思いつめたあまり、そのまま息をひきとってしまった。その後、男が食物などを手に入れて従者に持たせて帰ってきてみると、すでに死んで横たわっていた。たいそうものがなしくおどろきなげいたが、山の井のかたわらの木に書きつけてあった歌を見て、ますます恋いかなしみ、庵にもどって、死んだ妻のそばに添い臥して、こがれ死にしてしまった。(15)

この話は、従者が、語り伝えたということであろうか、遠い昔の物語として言い伝えられている。されば、女は、たとえ従者であっても、男には、心をゆるしてはならない、とこう語り伝えているということである。

典拠未詳。ただし、『大和物語』には同話があり、影響関係が認められる。

（1）天皇の謚号の明記を予定した意識的欠字。
（2）大納言の姓名の明記を予定した意識的欠字。
（3）中務省に属し、朝廷の宿衛、行幸の折りの供奉・警固にあたった。源・平二氏からえらばれることが多かった。ここは、大納言の随身。
（4）内舎人の姓名の明記を予定した意識的欠字。
（5）（6）この空格がなくても意味は通ずる。
（7）寝殿造で、建物の四隅にあって、外へ両開きにつけられた板戸。そこにかけてある、すだれの内側にいて聞くのである。
（8）原文「掻《か》き抱《いだ》きて、飛ぶがごとくにしてその家を出でて」。「ゆくりもなくかきいだきて馬にのせて」（『大和物語』）。
（9）陸奥国南部にあった郡。現在の郡山市の大部分にあたる地域。養老二年（七一八）五月、陸奥国の白河・石背《いわしろ》・会津・安積・信夫《しのぶ》の五郡で石背国がつくられたが、のち再び陸奥国に属した。この当時の安積郡は、現在の安達《あだち》・田村両郡を含んでいた。延喜六年（九〇六）、北部が独立して安達郡となり、平安後期になると、阿武隈川以東が田村荘として分かれた。安積郡は、入野・佐戸・芳賀・小野・丸子・小川・葦屋・安積の八郷および、猪苗代湖東岸の地も編入された。古くから軍団がおかれ、軍事・交通上の要衝であった。
⑽　山之井・富久山・富田・片平・安子島などを含む。
⑾　「オボロケ」（なみたいていでは）が想定される。
⑿　「山の井」（『大和物語』）。安積山には、山の井の伝承がある。
⒀　『万葉集』には異なる伝承をもって第四・五句が、「浅き心をわが思はなくに」とある。『古今集』序に、「難波津の歌は、帝の御初めなり。安積山の言葉は采女の戯れよりよみて、この二歌は、歌の父母のやうにてぞ、手習ふ人の始めにもしける」とあり、広く流布していたことがわかる。

(14)「木にかきつけて、いほにきて死にけり」(『大和物語』)。
(15)「これをおもひ死にに、傍にふせりて死にけり」(『大和物語』)。

信濃国《しなののくに》の姨母《おば》棄山《すてやま》の語《こと》、第九

今は昔、信濃国更級(1)というところに住むものがいた。年老いたおば(2)を家におき、親のように面倒をみて年月を重ねていたが、嫁は、心中にひどく、このおばをいみきらって、これが姑《しゅうとめ》づらをして老いかがまったさまでいるのが、とても不快に思われたので、いつも夫にむかい、このおばの心が(ひねくれ)ていて、たいへん意地がわるい(3)と言い聞かせていたので、夫は、「わずらわしいことだ」と言いはしたものの、このおばに対して、心ならずも、しだいにおろそかに扱うことが多くなっていった。一方、このおばも、いよいよ老いさらばえていって、腰が二つにまがった姿になった。

妻は、ますます、これをきらい、「いいかげんに、死んでしまえばよいのに」と思い、夫に、「うちのおばさんは、ほんとうに根性悪《わる》だから、どこかふかい山につれていって捨ててきておくれでないか」と言ったが、夫は、あまりにも気の毒に思って捨てにいかなかったが、妻は、しきりに責めたてるので、夫は、責められていたしかたがなく、とうとう捨てようという気になった。八月十五日(4)の月のたいへん明るい夜、おばにむかって、「おばあさん、さあいらっしゃい。寺(5)でたいそう有難い法会があります。つれていってあげましょう」と言うと、「ほんとうに有難いこと。お参りしましょう」と言ったので、男は、背中におぶった。高い山のふもとに住んでいたので、その山のはるかに高い峰にのぼっていって、おばが、とても一人では下りられそうもないところへつくと、そこにおろして、男は逃げかえった。おばは、「おおい、おおい」とさけんだが、男は、返事もせず、わが家に逃げかえった。

さて、家にかえってから、「妻に責めたてられて、このように山に捨ててきたけれど、長年、実の親のように面倒をみて、いっしょに暮らしてきたというのに、それを捨ててしまって、ほんとうに悲しい」と思われ、その上、この山の上から十五夜の月があかあかとさしのぼったので、一晩中、ねむられず、おばのことが恋しくかなしく思われて、ひとりごとにこうよんだ。

[6]わが心なぐさめかねつさらしなや
をばすて山にてる月を見て

自分の心をなぐさめることは、どうにもできない。おばを捨ててきた山の上に照りわたるあの月を見ては。

そこで、また、その山の峰にのぼっていって、おばをむかえ、家につれてかえった。そして、もとのように世話をしたということである。

されば、新しい妻の言いなりになって、つまらぬ心をおこしてはならない。いまでも、こんなことはあるかも知れないのだ。さて、その山を、それからのちは、おばすて山と言うようになった。「心をなぐさめがたい」と言うたとえに、「おばすて山」と言うの(7)は、この故事にもとづくことである。その山は以前には冠山《かぶりやま》(8)といっていた。冠の巾子《こじ》(9)に似ているからである、とこう語り伝えているということである。

典拠は、『大和物語』、または、それと同文の同話を中心として、一部『俊頼髄脳』に収めた異伝などを参考としたものと認められる。

(1) 長野県更級郡。古くからの更級郷の地。長野盆地の西南。ふつう冠着《かむりき》山麓をあてる。

(2) 原文「姨《をば》母」。母の姉妹。

(3) 原文「□く悪しき」。欠字は「サガナ」が想定される。『大和』に、「このをばのみ心さがなく悪しきことを」とある。

(4) 十五日が、弥陀の縁日であることは、『古今著聞集』に見え、すでに平安末期には定着したと思われる。

(5) 冠着山中腹付近の坊の平に、その奥院と推定される礎石が発見されているところから、この寺を、東筑摩郡筑北村坂井の安養院満光寺（もと安養寺）とする説が有力。また、姨捨山とするのは、千曲市八幡の姨捨にある天台宗の長楽寺（放光院）のこととする説がある。ここは、もと八幡神宮寺の属坊であった。眼下に田毎の月を見る。境内に、十三勝あり、冠着山、姨石（老女を捨てた場所）などを含む。

(6) 『古今集』『大和物語』『古今六帖』『和歌色葉』『新撰和歌集』などに広く収められている。人骨の出る古い埋葬地に結びついた伝説かも知れない。だが、日本には、老人を捨てる習慣などまったく存在しない。

(7) 「をばすて山の月」が、「なぐさめかね」の気持ちを含むものとして、また、それへの縁語として用いられたことを示すものか。

（8） 東筑摩郡筑北村坂井・千曲市上山田・千曲市戸倉の境にある冠着山《かむりきやま》。
（9） 冠の頂に高くつき出たところで、髻を入れて冠を固定する。

下野国《しもつけのくに》に住みて妻《め》を去り、後《のち》に返り棲《す》む語《こと》、第十

今は昔、下野国□郡[1]に住む人がいた。長年の間、夫婦がおたがいに愛しあって過ごしていたが、どういう事情があったのか、夫は、その妻を捨てて別の妻をもうけた。そこで、夫は、すっかり心変わりして、もとの妻のところにあった道具など、なに一つのこさず、新しい妻のところへはこんでいってしまった。もとの妻は、「なんと情けないこと」とは思ったが、ただ男のなすがままにまかせていると、ちりほどのものものこさず、あらいざらい、みな持っていってしまった。

わずかにのこったものといえば、馬のかいばおけ一つであった。ところがこの夫の従者に、馬飼いとして使われている少年がいた、その名を真梶丸といった[2]。夫は、この少年を使いにして、そのかいばおけまで、とりによこしたので、もとの妻はこの少年にむかって、「もう二度とは、ここへやってこないでしょうね」とたしかめた。少年は、「どういたしまして、参りますとも。心あさはかなお考えですね」と言って、かいばおけを持っていこうとした。すると、もとの妻は、「お前の主人に申しあげたいことがあるのだが、伝えてくれますか」と言う。少年が、「たしかにお伝えいたしましょう」と答えると、もとの妻は、「お手紙をさしあげたところで、よもやごらんくださるまい。口で、こう申しあげておくれ[3]」と言っ

て、一首の和歌をよんだ。

舟もこじまかぢもこじなけふよりは
うき世の中をいかでわたらむ

馬船（かいばおけ）も、もう二度とはかえってこまい。また、真梶も二度とはこないだろう。船もかじも失ったこのわたしは、今日から、この憂き世をどのようにしてわたっていったらよかろうか。

少年は、これを聞いてかえり、主人に、「このようにおおせられました」と報告した。男は、これを聞いて、つよく心をうたれたからであろうか、はこびとったものをみなもどして、もとの妻のもとへかえっていって、もとのように、他の女に心をうつすことなく暮らすようになった。

(4)されば、風雅の心あるものは、このようなことがあるものだ、と語り伝えているということである。

典拠未詳。
（1）郡名の明記を予定した意識的欠字。
（2）「まかぢといひける童」（『大和物語』）。

（3） 原文「文を奉らむをば、さらに世も見給はじ。ただ事《こと》にかく申せ」。「文はよに見たまはじ。ただ、ことばにて申せよ」（『大和物語』）。
（4） これ以下の批評部分は、『大和』にはない。

品賤《しないや》しからぬ人、妻《め》を去りて後《のち》に返り棲《す》む語《こと》、第十一

今は昔、だれとは名は明かさないが、家がらのいやしくない公達で、受領をしている若者(1)がいた。風雅を解し由緒のありそうな人であった。その人が、長い年月、ともに暮らしてきた妻を捨てて、当世風の女のもとに通《かよ》うようになった。そうして、もとの妻のことをすっかり忘れ、新しい妻のところに住みついてしまったので、もとの妻は情なく思い、心さびしく過ごしていた。

この男は、摂津国に領地があって、そこにあそびに出かけたが、難波のあたりをとおりかかると、浜辺の景色がたいへんすばらしい。そこで、小さな蛤に海松《みる》(2)がふさふさとついているのを見つけた。「これは、まことにおもしろいものだ」と思ってひろいあげ、「これを最愛(3)の妻のところへおくり、見せてよろこばせてやりたい」と考えて、情事について心得ている召使いの少年を呼び寄せて、「この貝を、まちがいなく、京に持っていって、あの方にさしあげて、『これは、たいへんおもしろいものでございますから、お目にかけようと存じまして』と申せよ」と言って使いに出した。少年はこれを持っていったのだが、なにをかんちがいしたのか、新しい妻のところへは持っていかないで、もとの妻のもとへ持参して、「こう

こうでございます」と伝えた。もとの妻は、夫から使いがくることさえ思いがけないことなのにこんなおもしろいものまでとどけて、「わたしがもどってくるまで、これを大切にしてごらんになっていてください」と言ってよこしたので、「殿は、いまどこにおいでなのですか」とたずねる。少年は、「摂津国においでになります。それで、これは難波のあたりでお見つけになりましたものをおおくりなさるのでございます」と答える。もとの妻はこれを聞いて不思議でならず、「持っていく先をとりちがえて、自分のところへ持参したのであろう」と思ったが、さり気なく受けとって、「たしかに、いただきました」とだけ返事をさせると、少年は、すぐに走りかえって、主人に、「まちがいなくおとどけいたしました」と報告したので、主人は、新しい妻の家に持っていったものとばかり承知していた。もとの妻のところでは、この品を見るとまことにおもしろいものなので、たらい[4]に水を入れて前におき、これを入れながめてたのしんでいたのであった。

　やがて、十日ほどしてから、男は、摂津国から帰京して、新しい妻に、「先日さしあげたものは、まだありますか」とほほ笑みをうかべながらたずねると、妻は、「なにか、いただきものがありましたかしら。いったい何でしたかね」と言うので、男は、「はて、はて。海松がふさふさとついている小さなおもしろい蛤を、難波の海辺で見つけたので、なかなかおもしろいものでしたから、さっそく、おとどけしたはずなのですがねえ」と言うと、妻は、「そんなもの、いただいていませんよ。いったい、だれを使いにしておとどけになったのですか。もし、持ってきたなら、蛤は、焼いて食べたでしょうに、海松は、酢のものにして食べたでしょうに」と言う。男は、これを聞いて案に相違し、すこし興ざめの気持ちであった。

そこで、男は、外に出て、使いに出した少年を呼び、「お前は、いつかのものを、いったいどこへ持っていったのか」と問いただすと、少年は、思いちがいをしてもとの妻のところに持っていったとこたえる。主人はたいへんいかり、「さっさと、それをとりかえし、すぐにもどれ」と責め立てたので、少年は、「とんでもないまちがいをしたものだ」とおどろいて、もとの妻のところに走っていってこのことを伝えると、もとの妻は、「思ったとおり、とどけ先のまちがいね」と思い、水に入れてながめていたのを、いそいでとり出し、陸奥紙⑤につつんで返してよこしたが、その紙にこのように書きつけた。

あまのつと思はぬかたにありければ
みるかひなくも返しつるかな

この海からのおみやげものは、おおくり先のまちがいであったそうですね。これを見てたのしむ甲斐もなく、おかえし申しあげることにいたしましたよ。

少年は、これを持ちかえり、このようにとりかえしてきた旨を報告したので、主人が外に出て、これを受けとってみると、もとのままなので、「よかった。よく、いままで持っていてくれた」と奥ゆかしく思い、家のなかに持ちこんで開いてみると、つつみ紙にこのような歌が書いてあった。男は、これを見るとしみじみとかなしい思いがあふれ、新しい妻が、

「貝は焼いて食べましょう、海松は酢のものにして食べましょう」と言ったことと思い合わされ、とたんに気持ちが変わり、「もとの妻のところへもどろう」という気持ちになったので、そのまま、その蛤を持って出かけていった。きっと、新しい妻の言ったことをもとの妻に話し聞かせたことであろう。こうして、新しい妻を見かぎって、もとの妻の家に住むようになったことであった。

風雅を解する人の心は、このようなものである。たしかに、新しい妻の言いぐさには、いや気がさしたことであろう。もとの妻の風雅な心には、夫はかならず帰ってきてともに暮らすようになるのが当然である、とこう語り伝えているということである。

典拠未詳。

（1）原文「君達受領《きんだちずりやう》」。公卿階級に属しながら、受領にとどまっているものをいう。

（2）浅海の岩石につく海藻。濃緑色で、直径三ミリくらいの幹が多数にわかれ、高さ二〇センチぐらいになる。食用。

（3）原文「さ様《やう》の方《かた》に心得て仕《つか》ひける」。情事について心得たもの。

（4）原文「盤《ばん》」。食器類を乗せる盆をいうが、ここでは、盆のように、底が浅くて平らで広い容器をいったもの。

（5）陸奥産の檀《まゆみ》（ニシキギ科の落葉小高木）の皮から繊維をとって作った厚みのある紙。消息文などに多く使われた。

丹波国《たんばのくに》に住む者の妻《め》、和歌《わか》を読む語《こと》、第十二

今は昔、丹波国□(1)郡に住むものがいた。田舎者ではあるが、風雅の心を持ったものであった。それが妻を二人持っていて、家をならべて住まわせていたが、もとの妻はその国のものであった。その妻を不満に思い、新しい妻を京からむかえたのであったが、その妻にふかい愛情をかけているようであったから、もとの妻は、情けないことだと思いながら暮らしていた。

そのうち、ある秋のこと、山里のこととて、北の方のうしろの山の方で、たいそうあわれな声をして鹿が鳴いた(2)ので、ちょうどそのとき、この男は、新しい妻の家にいたときで、妻にむかって、「あの声を聞いて、どう思うかね」とたずねたところ、新しい妻は、「あれは、煎りもの(3)にしてもおいしいし、焼きものにしてもおいしいやつですよ」と答えた。男は、すっかりあてがはずれて、「『この女は、京の出のものだから、こういうことには、興味を持つか』と思っていたが、いささか興ざめがした」と思って、すぐにもとの妻の家に行って、「いま鳴いた鹿の声をお聞きか」と言ったところ、妻は、このように答えた。

(4)われもしかなきてぞ君に恋ひられし
いまこそこゑをよそにのみ聞け

このわたしも、かつては、鹿が鳴くそのように、泣いてあなたさまに恋いされました。だが、それも昔のこと、いまは、あなたの声をよそに聞いているだけです。

男は、これを聞いてたいそうあわれに思い、新しい妻の言ったことばが思い合わせられて、新しい妻への愛情もすっかり消えてしまい、京におくりかえした。そして、もとの妻といっしょに暮らすようになった。

(5)思うに田舎者ではあるが、男も、女の心に感動してこのようにしたのであった。また、女も風雅を解すればこそ、このように和歌をもよんだ、とこう語り伝えているということである。

典拠未詳。『大和物語』に同話があるが内容的に一致しない。

(1) 郡名の明記を予定した意識的欠字。

(2) 「常に恋するは、空には織女流星《たなばたよばひぼし》、野辺には山鳥秋は鹿、流れの君達《きうだち》冬は鴛鴦《をし》」(『梁塵秘抄』)とあり、秋には牡鹿が牝鹿を呼ぶために鳴くことは、『万葉』以来歌にもよまれてきた。『本朝食鑑』に、「鹿性多淫、一牡交《ス》二数牝《ト》一、夜常《ニ》喚《ビ》レ牝《ヲ》而鳴《ク》、入《リテ》レ秋《ニ》最頻」とある。

(3) 広くは、汁少なめに煎りつけた料理をいうが、狭義には煎るという調理の過程をとるものをいう。煮物・焼物・煎物の区別は必ずしも明確でない。煎物の中心は、鳥であった。

(4) 『大和物語』『新古今集』は、第二句「なきてぞ人に」、第四・五句「今こそよそにこゑをのみきけ」として収める。

(5) 以下は、『大和物語』には見えない。『今昔』独自の批評部分。

夫死にたる女人《にょにん》、後《のち》に他《ほか》の夫に嫁《とつ》がざる語《こと》、第十三

今は昔、□(1)国□(2)郡に住む人の親がいて、娘に夫を持たせたところ、その夫が早死にしてしまったので、親がまた、別の夫を持たせようとすると、娘は、これを聞いて母親にむかい、「わたしに、もし夫に長くつれそうだけのさだめがあるのなら、前の夫も死んだりせずにつれそっていたことでしょう。夫とつれそうことのできぬ前世からの報いがあるからこそ、あの人も、亡くなったのでしょう。たとえ、また、夫を持ったところで、この身の報いなら、その人もまた亡くなることでしょう。ですから、この話はやめにしてください」と言った。

母親は、これを聞き、ひどくおどろいて、父親にこのことを相談したところ、父親は娘に、「わしは、もうすっかり年とった。いつどうなるやらわからぬ。そうなったら、お前は、どうやって生きていくつもりなのだ」と言って、なおも縁談をすすめようとする。娘は、父母にむかって、「では、こうしてください。この家に巣を作って子を生んだつばめ(3)がいますが、おすつばめとつがいになっています。そのおすつばめをつかまえて殺し、めすつばめに目印をつけて放してください。あくる年になって、そのめすつばめが、新しいおすつばめをつれてきたなら、それを見とどけた上で、わたしに夫をむかえてください。鳥獣さえ、夫を失うと別の夫は持たぬものなのです。まして、人間には鳥獣よりも心があるはずです」と言った。父母は、「まことに、もっともな考えだ」と言って、その家に巣を作って子

を生んだつばめをつかまえて、そのおすつばめを殺し、めすつばめには、首に赤い糸の目じるしをつけて放した。

こうして翌年の春、つばめが飛んでくるのを待っていると、そのめすつばめは、別のおすつばめをつれることなく、ただ一羽で、首に赤い糸をつけたまま飛んできた。そして、巣は作ったが子を生むことなく、飛び去っていった。(4)父母は、これを見て、「なるほど、娘の言うとおりだ」と言って、娘に夫を持たせようという考えを捨ててしまった。さて、娘はこうよんだ。

(5)かぞいろはあはれと見らむつばめそら
ふたりは人にちぎらぬものを

父母は、とつぐ気のないこのわたしをあわれにお思いなさるでしょう。でも、つばめさえ夫を二人は持とうとはしないのですから。

思うに、昔の女心は、こういうものであった。ちかごろの女の心とは、たいへんなちがいである。(6)つばめも、別のおすを持たなかったから子は生まなかったが、きちんともとの家にもどってきたとは、なんと感動的な話ではあるまいか、とこう語り伝えているということである。

出典は、『俊頼髄脳』。
（1）国名の明記を予定した意識的欠字。
（2）郡名の明記を予定した意識的欠字。
（3）原文「鷰《つばくらめ》」。「小鳥の様がるは、四十雀《しじふからめ》・鶸鳥《ひはどり》つばくらめ」（『梁塵秘抄』）とあるが、ツハクロメ・ツバメともいった。
（4）この一文は、『俊頼髄脳』にはない。
（5）『俊頼髄脳』『奥義抄』では、第三句「つばめすら」、『和歌童蒙抄』では、第二・三句「あはれみつらむつばめすら」などとして収める。「かぞいろは」は、古語で父母を意味し、「かぞいろ」ともいった。歌語としてのこったもの。
（6）『俊頼髄脳』には、「昔の女の心はいまやうの女の心には似ざりけるにや」とある。

人の妻《め》、化《け》して弓となり、後《のち》に鳥となりて飛び失《う》する語《こと》、第十四

今は昔、□（1）国□（2）郡に住む男がいた。その妻は容貌美しく、姿もまた、すばらしかったので、夫は、片時もはなさず、ふかく愛して暮らしていたが、（3）ある夜のこと、夫婦がともに寝ているとき男が夢を見た。この最愛の妻が自分にむかい、「わたしは、あなたとともに暮らしておりましたが、急に遠いところへ行くことになりました。もう、お目にかかることができません。けれど、わたしの形見をのこしておきます。それをわたしと思って大切にしてください」と言ったかと見るうちに、ぱっと目がさめた。

男は、おどろいてかたわらを見ると妻がいない。すぐ、おき出して、あたりをさがしまわ

ったが、姿が見えない。いったいどうしたことかと思っていると、もとはなかったのに、枕もとに弓が一張立てかけてある。これを見て、「夢のなかで形見といったのは、このことだろうか」とうたがいながらも、「妻がもどってきはしまいか」と待ってみたが、とうとう姿を見せなかった。夫は恋いかなしんだが、どうにもいたしかたなかった。「妻は、鬼神などが化けた(4)のではなかろうか」とおそろしくなったが、「今となっては、もはやどうすることもできない」と思い、その弓をそば近くに立てて、明け暮れ、妻恋しさのあまり、手にとってぬぐったりして、身からはなすこともなかった。

こうして、幾月かたったころ、そばに立てておいた、その弓が、にわかに白い鳥(5)となって飛び出し、はるか南をさして飛んでいく。男は、「これは、いったいどうしたことか」と思って外に出て見ると、雲にまぎれて飛んでいく。男が、そのあとを追っていくと、紀伊国に行きついた。すると、その鳥は、また人の姿となった。男は、「案の定、あれは、ただものではなかったのだ」と思い、そこから引きかえしていった。そこで、男は和歌をよんだ。

(6)あさもよい紀の川ゆすりゆく水の
いつさやむさやいるさやむさや

この歌は、近ごろの歌とはまるで似ていない。「あさもよい」とは、朝、食事をする時をいい(7)、「いつさやむさや」とは、狩りをする野をいうのである(8)。この歌は、聞いただけではなんとも意味がわからないので説明を加えておいた(9)。

また、この話は、もっとくわしく知りたいし、また、現実のこととも思われないが、古い書物[10]に書いてあることなので、こう語り伝えているということである。

出典は、『俊頼髄脳』。
（1）（2） 国名・郡名の明記を予定した意識的欠字。
（3） 『髄脳』には、「女を思ひて深くこめて愛しけるほどに」とある。
（4） 原文「鬼神なんどの変化《へんぐゑ》したりける」。「鬼神」は、異類・異形で恐ろしい威力を持った怪物。善悪の二種がある。「変化」は、種々に形を変えて姿をあらわすこと。
（5） この白鳥伝説は、紀伊関・白鳥関（一名雄山関）と関係する。葛城山脈の中山の湯屋谷にある。和泉関から紀伊国へ越える雄山の南の麓。関は、大化二年（六四六）におかれたと伝え、関守の子孫と称する家がのこっているという。ただし、『紀伊続風土記』には、雄山の中ではあるが、その旧跡は定めがたいとしている。また、日本武尊が崩御の折り白鳥となって飛んできた霊をまつると伝える白鳥社をあげ、また、古本『今昔物語』の本文を引いて由来を解説している。
（6） 「あさもよい」は、「朝裳よし」の音便で、「着」「紀」の枕詞ともいう。「紀の川ゆすりゆく水の」は、紀の川が水音をとよませて流れる水の、の意。『俊頼髄脳』には、「あさもよひ紀の関守が手束弓ゆるす時なくまづゑめる君」「手束弓手にとりもちて朝狩に君は立ちきぬ棚倉の野に」とこの歌をあげている。『紀伊続風土記』には、「後に紀伊ノ国に至りぬとあれば初は和泉ノ国□郡にと有ける成べくおもはる」とし、「此故事を夫木抄長明が歌に『思ふには契りも何か朝もよひきの川上のしら鳥の関』とよめり」「栗栖ノ荘栗栖村旛降寺の山号をも白鳥山といひて旧記に日本武尊白鳥と成て此所に止り給ふ時翼大にして白旗二流降ると見えたり（中略）又那賀ノ郡山村にて今も弓をつくる是たつか弓の遺跡ならんといへり日本紀紀姓の人に紀小弓宿禰ありかた〳〵此国によしある事なるへし」とある。

(7) 「あさもよひとはつとめて物くふ折をいふなり」(『髄脳』)。「もよひ」は「催をす」か。
(8) 「いつさやむさやとはかりする野なりとて」(『髄脳』)。
(9) 原文「この歌は、聞く、何とも心得《こころう》まじければなむ」。「聞く」の前に脱文があるか。
(10) 『古事記』をはじめとする、先行文献をさす。

異類婚姻譚は、人間と動物が自由に変態できるとする宗教的体験に発するものであって、異類の種類は、その民族と親しみ深いもので、異類との絶縁を説くのは本来のものではない。

巻第三十一　本朝　付雑事

東山科《ひがしやましな》の藤尾寺《ふじおでら》の尼、八幡《はちまん》の新宮《しんぐう》を遷《うつ》し奉《たてまつ》る語《こと》、第一

今は昔、天暦（村上天皇）の御代[1]に、粟田山[2]の東、山科郷の北の方に寺があり、そのとき、はじめて藤尾寺[3]というようになった。その寺の南に別のお堂があり、その堂に一人の年老いた尼が住んでいた。その尼は、財産もゆたかで、すべてに満足した年月を過ごしていた。

この尼は、若いときから、熱心に八幡[4]に帰依し、参詣をおこたらなかったが、心中、「自分は、長年、大菩薩をおたのみし、朝夕おいのり申しあげている。同じことなら、自分の住んでいる近くに大菩薩をおうつし申しあげて、つねに思いのようにあがめ申しあげたいものだ」と思って、さっそくそのあたりに土地をえらんで、神殿をつくって、りっぱに荘厳《しょうごん》し、大菩薩をおうつしして、あがめ申しあげていた。こうして、長年たつうちに、この尼は、また、願いをおこし、「石清水のお社では、毎年の年中行事として、八月十五日に法会を行ない、放生会[5]といっている。これは、大菩薩の御誓願によるものである。だから、わたしのこのお宮でも、同じ日に、この放生会を行なおう」と思いついて、もともとは諸社が一年の内にそれぞれに行なってきたのだが、本宮のように、八月十五日に放生会をいとなむようになった。その儀式は、本宮の放生会とそっくりそのままであった。そこで、さまざまの高僧をまねき、すばらしい音楽を奏し、歌舞をととのえて法会を行なったが、この尼は、もともと裕福であり、不自由なことは一つもなかったから、招請した僧への布施[6]も、楽人への祝儀な

どもたいしたものであった。そんなわけで、本宮の放生会にまったく見劣りしなかったのであった。

　このように、行事として毎年行なうようになって、幾年か過ごすうちに、本宮の放生会は、新宮にくらべて、しだいに劣っていき、祝儀なども新宮の方がすばらしいので、舞人や楽人などもあらそって、この粟田口(7)の放生会に集まるようになった。そのため、本宮の放生会は、すこしすたれてきた。このことを本宮の僧俗の神官たちは、みなげいて、相談した上で、使いのものを、粟田口の尼のもとにやって、「八月十五日は、これ八幡大菩薩(8)の御誓願によって、昔から今にいたるまで行なわれてきた放生大会《ほうじょうだいえ》であって、人間の発意によってはじまったものではない。しかるに、その当日、本宮とは別にそちらで、放生会を行なうがために、当方、本宮の恒例の放生会は、まさにすたれようとしている。されば、そちらで行なわれる新しい放生会は、八月十五日に行なわず、繰り延べて他の日に行なうのが当然である」と申し入れた。尼は、これに対して、「放生会は、大菩薩の御誓願によって、八月十五日に行なうものです。されば、この尼が執り行なう放生会も、同じく、大菩薩をあがめ申しあげるためのものですから、やはり、八月十五日に行なってしかるべきもので、決して他の日にかえて行なうわけにはいきません」と答えた。

　使いのものはかえって、この尼の返事を伝えると、本宮の僧俗の神官たちは、これを聞いてたいへんいかり、また相談して、「われらは、さっそくかの新宮に行って、神殿をこわし、御神体(9)をとりかえし、本宮に安置し申しあげなければならぬ」と決め、無数の神人《じんにん》(10)たちが雲のように集まって出発し、粟田口の宮に押しかけ、尼が昼夜あがめ申しあげる新宮の神殿を思いのままにすべて破壊し、御神体をうばって本宮におうつしして、護国寺[11]に安置し申しあげた。それゆえ、その御神体は、いまもそのまま護国寺に鎮座なさって、霊験あらたかである。こんなわけで、粟田口の放生会は、それから後、絶えてしまった。

この尼は、もともと朝廷の認可をうけて執り行なっていたことではなかったので、訴え出ることもなかった。ただ、世間では、尼のことをそしったのである。本宮から、「日延べして別の日に行なえ」と言ってきた折り、それにしたがって、別の日に行なっていたならば、今でも、双方ならんで放生会が行なわれたであろう。むりに、自説に固執して、日延べをしなかったのがわるいのだ。しかし、これも、そうなるはずの□[12]ことであったのだろう。大菩薩をあがめ申しあげるといいながら、昔から、尊崇しなければならぬ法会であるのに、その盛大さを争うようにしたのを、大菩薩が、けしからぬとお考えになったのであろうか。

その後、本宮の放生会は、いよいよ盛大で、今にいたるまで少しもおとろえることがない。このように語り伝えているということである。

典拠未詳。

(1)『本朝世紀』には、天慶元年(九三八)、『扶桑略記』『古事談』には、同二年のこととして載せる。ただし、「天慶の御代」とは言わない。

(2)東山の花山《かざん》・清水山《きよみずやま》あたりを広く言ったものか。粟田口は、三条白川橋から九条山のふもとまでをさしたので、このあたりの山か。粟田口神明は、山科日ノ岡にある日向大神宮のこと。

(3)「藤尾」はもと、山城国宇治郡、追分の北。東北は長良山、園城寺の西の境界にあたる。今、大津市に入る。「藤尾寺」については未詳。

(4) 貞観元年(八五九)奈良大安寺の僧行教が奏請し、同二年宇佐八幡宮を勧請し鎮護国家を祈ったのが起源。伊勢につぐ第二の宗廟として皇室の尊崇を得た。八幡ははやくから、習合神となって大自在王菩薩を称し、しだいに密教化していった。もっとも、勧請以前に石清水寺があり、のち護国寺と改めて神宮寺となった。

(5) 毎年八月十五日に行われる勅祭。宇佐より伝来したものとされ、縁起文をよみ最勝妙典を講ずる。本宮放生会は、貞観五年(八六三)を初めとし、天暦二年(九四八)勅祭となり、天延二年(九七四)朝廷の節会に準じて、楽を奏し、延久二年(一〇七〇)より、神幸を行幸に準じて盛大な祭となったものである。

「天暦二年」にひかれて、冒頭「天暦の御代」となったのかも知れない。

「放生」とは、捕えられた魚・鳥を池沼・山野に放すこと。その法会は、不殺生戒の精神から発し、生物に対する生命の尊重と平素の殺生に対する供養を目的とし、旧暦の八月十五日に行なわれる。魚貝を放す池を放生池という。

(6) もと、食物を受けた後、これに報いるために法を説くことをいったが、のち、一般に布施される財物をいうようになった。

(7) 京都七口の一つ。別名三条口・大津口。『和名類聚抄』には、「愛宕郡上粟田・下粟田郷」とある。北は、浄土寺・北白川まで、南は、祇園の八坂郷を境とする広大な地域であった。東国街道の要衝の地。

(8) 菩薩は「さとりを求める人」の意で、もと、釈尊の前生時代の呼び名であったものが、大乗の時代になって、自分たちも仏になれる身であるというので、自分たちの通称として用いたもの。日本では、朝廷から高徳の僧に賜わる称号とし、また、一般に高徳の僧の尊称として用いる。

(9) 石清水の祭神は、誉田別尊《ほんだわけ》・息長帯比売命《おきながたらしひめ》・比咩《ひめ》大神だが、大菩薩の神像をいうか。もともと、わが国の神には像もなく、神殿もなかったが、仏教の影響で形象をとるようになった。

(10) いわゆる石清水神人のこと。神事に奉仕した下級の神官であるが、神事につかえる代償として種々の特権を持っていた。淀のかいそえ・松井の御幡神人・下鳥羽の駒形神人・下奈良の獅子神人・大山崎神人など。神人は、神社側の強訴に際し、神輿を奉じて先兵となり、また、神社側に対して神殿にたてこもって要求をつきつけることもあり、その勢力が知られる。
(11) 石清水八幡宮の神宮寺。本尊薬師如来。
(12) 該当語未詳。

鳥羽郷《とばのさと》の聖人等《しょうにんら》、大橋《おおはし》を造りて供養《くよう》する語《こと》、第二

今は昔、鳥羽(1)の村に大きな橋(2)があった。これは、昔から桂川(3)にわたした橋である。ところが、この橋がこわれて人がわたれなくなった。□(4)のころ、一人の聖人(5)がいて、この橋がこわれて、人がみな川のなかをあるいてわたっているのをなげき、往来の人をたすけようと、広く人々にはたらきかけて寄進をつのり(6)、その橋を修理してわたした。

その後、そこに寄進されたものが多くのこったので、聖人は、それをもとに、また、人に働きかけ、その村の人々の協力をもとめて、盛大に法会をもよおし、橋供養を行なった。その講師《こうじ》(7)には、□(8)という人を招いた。招請された僧には、四色の法衣(9)をととのえ、その数は百人におよんだ。南都の諸大寺や、延暦寺(10)・三井寺の有徳の僧はみな出席した。唐楽(11)・高麗楽の舞人・楽人たちは、みな唐の装束を用いた。京の上・中・下の人は、こぞって喜捨をした。舞台・楽屋・僧席の天幕(12)などを用意し、それらをみなすばらしくかざり立て、また、大

鼓[13]二つをかざって立てた。その当日になると、京じゅうの上・中・下の人々がみな参集して聴聞した。（以下欠文）

典拠未詳。

（1）現在の京都市南区上鳥羽。賀茂川と桂川にはさまれている。

（2）桂川にかかっていた佐比《さい》橋か。朱雀大路から鳥羽大路に通じていた。この一帯を、佐比河原といった。出水のためしばしば流され架橋工事が行なわれた。

（3）大堰川の下流。大堰川と桂川は、山城国葛野《かどの》郡を流れるところから葛野川ともいった。

（4）年号・年時の明記を予定した意識的欠字。

（5）聖《ひじり》。ここは、単に高徳の僧をさすのでなく、教団からはなれ庶民の間に教えを説くもの。戒をたもたず俗の風に従うものもいた。また、民衆生活に寄与するための事業も行なった。

（6）原文「知識《ちしき》と云ふ事を以て」。仏像や堂塔などを造立するとき、金品を奉納して助け、事業に力を加えることを奉加といい、古くは知識といった。奉加をすすめ依頼して有縁の人の参加を求めることを勧進という。この僧も、勧進聖である。

（7）法会で経典を講説する役をする僧。

（8）講師の姓名の明記を予定した意識的欠字。

（9）この当時、僧の色衣をととのえることは、たいへんな費用であった。紫緋以外の法衣は仏制にそむいた色をも含め香衣と呼び、青・黄・赤・湘《もよぎ》などがある。しかし、「やむことなき僧」――「百僧」とあることからすると、深紫（一位）・浅紫（三位以上）・深緋（四位）・浅緋（五位）以上を四色と言ったのかも知れない。

（10）原文「大山寺」。宴曲中に、「山寺」があるが、普通名詞として、叡山、園城寺、長谷寺、高野山を含めている。「大寺、山・三井寺」と解すべきか。

(11) 仏事供養に舞楽を用いるのは、「万葉集」巻八の「仏前の唱歌」などに見られる。「冬十月、皇后宮の維摩講に、終日大唐・高麗等の種々の音楽を供養し、此の歌詞を唱ふ」。

(12) 原文「幄《あげはり》」。中央を高くした天幕。

(13) 法会の諸合図に用いたものか。

湛慶阿闍梨《たんけいあじやり》、還俗《げんぞく》して高向公輔《たかむこのきんすけ》となる語《こと》、第三

今は昔、□(1)の御代に、湛慶阿闍梨(2)という僧がいた。慈覚大師(3)の弟子である。台密をきわめ、仏典ならびに、和漢の典籍にも通じており、また諸道にも通じていた。

湛慶は、真言の修法によって公私に仕えていたが、忠仁公（藤原良房(4)）が御病気のとき、御祈禱のために召されて参上した。御祈禱の効験あらたかで、病気は御回復になったが、「このまましばらくとどまれ」ということで、良房邸にとめおかれていたとき、若い女房がやってきて、湛慶のまえに供養の膳を（ととのえ）(5)た。湛慶は、この女を見たとたん、ふかい愛欲の情がわいてきて、ひそかに女をくどいて、情をかわすようになり、ついに、はじめて不淫戒を破ってしまった(6)。その後、なんとかかくそうとしたが、そのうわさは広く知れわたった。

湛慶は、以前、心から不動尊(7)に仕えて修行していたが、あるとき、夢のなかに不動尊があらわれ、「お前は、もっぱらわたしに帰依しているから、わたしはそなたを加護するであろ

う。ただし、お前は前世からの因縁で、□(8)国□(9)郡に住んでいる□(10)というものの娘に通じて、夫婦として暮らすことになろう」とお告げになるのを見て、とたんに夢からさめた。

その後、湛慶は、このことをなげきかなしみ、「わたしがどうして戒を破り女などに通ずるものか。とにかく、不動尊が教えてくださった女をさがし出して殺して安心を得よう」と決心し、修行に出るようなふりをして、ただ一人□(11)国へ出かけて行った。教えられたところをたずねて行って聞いてみると、たしかにそういうものがいる。湛慶は、よろこんでその家に行って、そっとなかの様子をうかがった。家の南面で、湛慶が、下仕えの男のようなふりをしてうかがうと、十歳ぐらい(12)のかわいらしい女の子が、庭に走り出てあそびまわっている。湛慶は、その家から出てきた下仕えの女に、「あそこであそんでいる女の子は、だれですか」と聞くと、「あれは、このお屋敷の一人娘です」と答える。湛慶はこれを聞いて、「あれこそ当の女だ」とよろこんで、その日はそれだけで終わった。つぎの日、また出かけて行って、南面の庭に待ちうけていると、昨日と同じように女の子が出てきてあそびあるいている。そのとき、まわりには、だれ一人としていなかった。湛慶は喜びながら走り寄り、女の子をつかまえて首をかき切った。これに気づいたものもいなかった。「やがて、だれかが見つけて大さわぎになるだろう」と思って、遠く逃げのび、それから京へかえってきた。

「これでよし」とばかり思っていたのに、今また、このように思いがけない女に出会ったので、湛慶は、「先年、不動尊がお示しくださった女は、たしかに殺しておいたのに、こう思いもかけぬ女に迷うとは、不思議なことだ」と思い、この女を抱いて寝たときに、女の首のあたりをさぐってみると、その首に大きな傷あとがある。よく見ると焼いて癒着させたあとであった。湛慶は、「これは、どうした傷か」とたずねると、女は、「わたくしは、じつは、□[13]国のものでございまして、□[14]と申すものの娘でございます。幼かったころ、家の庭に出て、あそびあるいておりました折り、見知らぬものがどこからかあらわれて、首をかき切ったのでございます。のちに、家のものが見つけて大さわぎいたしましたが、行方知れずに終わってしまいました。その後、だれかはわかりませんが、傷口を焼いてつないでくれたのです。不思議に命拾いをいたしました。それから縁あって、このお屋敷にお仕えいたしたのでございます」と言う。それを聞くと、湛慶は、意外にも、またあわれにも思われた。こうなるはずの前世からの因縁があって、それを不動尊がお示しくださったのだということを、尊くも、また、悲しくて、泣く泣く、このことを女に話して聞かせると、女も、しみじみと感にうたれたのであった。かくて、二人は夫婦として長く暮らすようになった。

　湛慶が不淫戒を破ってしまったので、忠仁公は、「湛慶法師は、すでに、破戒僧になってしまった。僧侶のままでいることは許されない。とはいえ、彼は、仏教のみならず和漢の道[15]に精通しているものだから、これをいたずらに捨て去ることはできない。ただちに還俗して朝廷に仕えさせるのがよい」と決定された。そこで、彼は還俗して名を公輔とあらため、もとの姓、高向[16]を名乗った。そのまま、五位に叙せられ朝廷に仕える身となった。これを高大夫[17]といった。もともとすぐれた才能の持ち主であったから、朝廷に仕えても一つの落度もなかった。ついに讃岐守[18]に任命されて、家もたいへん裕福になった。思うに、忠仁公は、才能ある人をこのように見捨てられなかったのであった。

　ところで、この高大夫は俗人になってからも、真言秘密の法に通じていた。極楽寺[19]という寺に木像の両界[20]の尊像が安置されていたが、長いこと、諸尊のすわるはずの位置がまちがっていたので、ある人が、「これを正しくお直し申すことのできる人は、だれだろうか」といって、たくさんの真言の師僧をたのんで直させたが、さまざまに主張して、結局だれにも直せないでいたところ、高大夫がこのことを聞きつけ、極楽寺に出かけて行って、その両界を拝見して、「ほんとうに、高大夫がこの座位は、すべてまちがっておられる」と言って、杖[21]を手に、「この仏は、ここにおいでなさい」「その仏はあそこにいらっしゃい」と指定すると、仏たちは、だれも手をふれぬのに、おどりあがって、それぞれ杖の指示する場所に、おうつりになった。おおぜいの人がこれを目撃した。

「高大夫が、仏の座位をお直し申しあげるために、極楽寺に行くそうだ」とかねて聞き伝えて、しかるべき身分の方々も、そこへ来あわせていたが、このように、仏たちが正しい位置にお直りになるのを見て、みな、声をあげて尊んだことであった。

高大夫は、仏教のみならず、和漢の道についても、このようにすぐれていた、とこう語り伝えているということである。

典拠未詳。

(1)　天皇の謚号の明記を予定した意識的欠字。『三代実録』によれば、この事件は、仁寿年間（八五一～八五四）のことで、文徳天皇の御代。

(2)　叡山の僧。台密を学び阿闍梨（伝法灌頂を受けたもの）となるが、仁寿年間、東宮の乳母と通じ還俗させられた。のち、皇太后宮大進・式部少輔・讃岐権守。

（3）第三世天台座主円仁。入唐し、とくに密教をきわめ、法照流の念仏を伝えた。寺門に対して山門派の祖。

（4）藤原氏最初の太政大臣・摂政となった。『三代実録』では、湛慶が東宮の乳母と通じた折り、良房によって還俗させられた。良房邸での祈禱がきっかけとなるのは、のち『玉葉』に伝承される。

（5）底本は「シツラ」の漢字表記を予定した意識的欠字。

（6）原文「落ちぬ」。ここは、仏教の信者が守る五戒の一の邪淫戒でなく、出家者の守るべき十重禁戒の一、不淫戒で、一切の淫事を断つこと。

（7）大日如来の教令輪身《きょうりょうりんしん》。密教の修法のなかでもっとも尊崇される。堅固不動の浄菩提心の尊として行者に諸願を成就させ、災を除き、財産を得、怨を除くなどの功能《くのう》がある。

（8）国名の明記を予定した意識的欠字。『玉葉』によれば、尾張国。

（9）郡名の明記を予定した意識的欠字。

（10）人名の明記を予定した意識的欠字。

（11）（8）に同じ。

（12）『玉葉』には、「四五歳許」とある。

（13）（8）に同じ。

（14）（10）に同じ。

（15）『僧尼令』によると、僧尼が還俗する場合には、所属の寺の三綱が、京では僧綱、地方では国司をへて治部省に届出ることが必要であった。したがって、良房一人の意志では還俗させられない。一身上の理由による他、八世紀には、陰陽・医術などに才能ある僧が政府の命で還俗させられた例がある。

（16）蘇我石川麻呂、あるいは武内宿禰の六世孫、猪子臣のあとといわれる。

（17）五位のものを大夫と通称する。

（18）元慶元年（八七七）讃岐権守。ここで、たいへんな収入を得たわけである。

(19) 山城国紀伊郡深草にあった寺。二十一ヵ寺の一。真言律宗の定額寺。現、京都市伏見区深草直違橋。のちに、宝塔寺がこの境内あとに建てられた。仁明天皇の芹川行幸に際し、基経の発願によって建立した寺で規模大であった。開基聖宝、本尊阿弥陀仏と伝える。『真言伝』には、話の舞台を一説として貞観寺とし、『元亨釈書』では、山科安祥寺、『三国伝記』『真言伝』では讃岐へ赴任途中の古寺とする。台密の徒が東密の両界を知りつくしていたことへの讃嘆か。

(20) 金剛界・胎蔵界の併称。両界曼荼羅のこと。金剛界では、五仏（大日・阿閦《あしゅく》・宝生・阿弥陀・不空成就）と、これをとりまく羯磨会《かつまえ》三十七尊。胎蔵界では、五仏（大日・宝幢《ほうどう》・開敷華王《かいふけおう》・無量寿・天鼓雷《てんくらい》音《おん》）と、普賢・文殊・弥勒・観音の中台九尊。

(21) 原文「楚《すはえ》」。底本は「杖」と傍書する。

絵師《えし》巨勢広高《こせのひろたか》、出家して還俗《げんぞく》する語《こと》、第四

今は昔、一条天皇(1)の御代に、絵師巨勢広高(2)というものがいた。昔の名人にもおとらず、今も肩をならべるもののないすぐれた絵師であった。さて、広高は、もともと仏教信仰の心あつかったが、重病にかかり長いこと病床にふしているうちに、ふかく世の無常を感じて出家してしまった。

その後、病気がなおり、法師として過ごしていたが、朝廷では、その出家のことをお聞きになり、「法師であっても、絵を書くようなことについては、さしさわりはあるまいが、内裏の絵所(3)へ召して使うには具合がわるかろうから、すぐに還俗せよ」とおさだめになり、かれを召して、還俗するようにと決定せられた旨をおおせくだされた。広高は、それは自分の

意志ではないとなげきかなしんだが、天皇のおおせにそむくことはできず、しかたなく還俗したのであった。

そこで、近江守□④という人に広高の身柄をあずけて髪をのばさせた。守は、東山のさる場所に広高を押しこめておき、見張りをおいて髪をのばさせた。そこで、広高は、そこにあった新しいお堂にこもってだれにも会わず髪をのばしているうち、ひまでたいくつなあまりに、お堂の背後の壁に地獄⑤の絵をかいた。その絵は、今ものこっている。おおぜいの人が見物にいって、この地獄の絵を見たが、みな、「すばらしいできばえだ」と言う。現在、長楽寺⑥といっているのは、その絵をかいたお堂である。

広高は、その後も長い間、俗人として朝廷にお仕えした。この広高がかいたふすま絵や、屏風絵などは、しかるべきところに伝わっている。摂関家⑧に代々伝わるものとして、広高がかいた屏風絵がある。これを家宝として、大饗⑦や臨時の客のときなどにとり出されるということである。（以下欠文）

典拠未詳。

（1）第六十六代天皇。

（2）深江の子。金岡の曾孫。生没年未詳。巨勢絵様式の完成者。絵所に出仕、采女正。長保二年（一〇〇〇）絵所長者。彰子の入内に際し、調度の冊子に歌絵をかき、藤原行成が造立した世尊寺に障子絵をかき、寛弘七年（一〇一〇）道長の娘妍子入東宮料の屏風をかくなど、大和絵にすぐれた。

（3）宮廷で、絵画のことをつかさどる役所。令制で朝廷の絵事をつかさどった画工司は、内匠寮に合併されわずかの雑工がのこされたが、この中から、宮廷の屛風・障子や調度の模様や装飾を扱う絵所が独立した。初め、左右衛門陣之内、さらに、式乾門内東脇御書所南、建春門内東脇御書所北と位置はかわった。職員は、五位の蔵人がなる別当の下に、預《あずかり》・墨書《すみがき》・内豎がいた。
(4)　近江守の姓名の明記を予定した意識的欠字。
(5)　地獄思想は、西北インド・中央アジア・中国・朝鮮・日本にわたりそれぞれの地域の民間信仰と融合し、庶民信仰に変貌していった。この地獄の思想が浄土教の盛行につれて地獄変相・地獄草子などに描かれて現実感をもってせまることとなった。
(6)　長楽寺山麓（東山区八坂鳥居前東入円山町）にある。最澄の開創と伝え、延暦寺の別院であった。その地が唐の長楽精舎に似ていることから名づけられた。のち法然の門弟隆寛が来迎房に住んだため、その流れを長楽寺流という。のち、時宗の僧国阿が中興し時宗となる。
(7)　宮中の大宴会、任大臣の祝宴、また、大臣主催の大宴会などをいう。
(8)　原文「臨時客《りんじのきやく》」。摂関家で正月二日か三日に、大臣以下の上達部を招いて行なう饗宴。

大蔵《おおくらの》史生《ししよう》宗岡《むねおか》高助《のたかすけ》、娘を傅《かしず》く語《こと》、第五

今は昔、大蔵省の最下級の書記(1)で、宗岡高助(2)というものがいた。道をあるくときは、垂れ髪(3)で、栗毛の貧弱な牝馬を乗りものにして、表《うえ》の袴(4)・袙《あこめ》(5)・足袋などにも粗末なものを用いていた。この高助は、身分は低いとはいいながら、身のこなし、姿などは、とりわけいやしかった。

家は、西の京(6)にあった。堀河小路よりは西、近衛大路よりは北にあり、八戸主《やへぬし》(7)の家であ

る。南は、近衛大路に面し、唐門屋⑧を立ててあり、その門の東のわきに七間⑨の建物を建てて、そこに居住していた。その屋敷内には、綾檜垣⑩をめぐらして、そのなかに五間四面の寝殿⑪をつくり、そこに高助の娘二人を住まわせていた。その寝殿を□⑫てあることといえば、まず、几帳を立て、冬には朽木模様の几帳の帷⑬をかけ、夏には、薄ものの帷⑭をかける。その前には、唐草模様の蒔絵をほどこした、りっぱな化粧箱一式をおき、女房二十人ばかりを仕えさせていたが、それらのものには、みな裳・唐衣⑮を着せた。娘一人について、女房十人あてということになろう。また、召使いの少女四人をおき、つねに汗衫《かざみ》⑯を着せていた。それも、二人あて仕えさせていたのであった。

この女房や召使いの少女は、みな、それ相当な蔵人などをつとめた人の娘で、父母に死なれ、生活に困っていたものを言いくるめてひきとって仕えさせたので、一人として下品なものはいなかった。容姿も振舞いも、みな非のうちどころがなく上品だった。下々の召使いたちも、心のままに、姿形の美しいものをえらびすぐったので、一人としてつまらぬものはいなかった。女房の部屋ごとに（しつらえ）⑰られた屏風・几帳・敷ものなどでは、どこかの宮さまかと思うほどで、女どもには季節季節にしたがって衣装をととのえ、重ねて着せかえていた。姫君たちの装束はといえば、特選の綾織⑱を織らせ、すぐれた染もの師をさがして特注して染めさせたので、織り出した綾の模様や染めの色合いなどは、手に映え目もくらむほどであった。食事にあたっては、一人一人そろいのお膳は銀の器などでそなえた。侍には、おちぶれた高貴の家の子弟⑲で、どうしようもなく貧しいものをつれてきて、さまざまに衣装をかざらせて仕えさせた。およそ、そのありさまといったら、（あで）⑳やかで上品らしく仕立てあげ、ほんとうの貴族㉑となに一つかわらなかった。

父の高助は、外出の折りは、じつに粗末なかっこうをしていたが、娘のもとに出かけるときには、綾の直衣㉒に、葡萄《えび》染め㉓の織物の指貫㉔をつけ、紅の出だし衣《い》㉕をさして、香をたきしめていった。妻は、いつもは紬の襖《あお》㉖というものを着ていたが、それを脱ぎ捨てて、色とりどりに縫い重ねた衣裳を着て、娘のもとへ行った。このように力のおよぶかぎり、この上なく大切に育てた。

あるとき、池上の寛忠僧都㉗という人が、お堂を建立して供養を行なったが、この高助は、その僧都のところへ行って、「御堂供養は、まことに尊いことでございますから、つまらぬ娘どもにも見物させてやりとう存じます」とたずねたところ、僧都は、「それは、結構なこと。適当な場所に桟敷でもしつらえて見させてあげよ」とおゆるしになったので、高助は、喜びいさんで帰っていった。この高助は、長年僧都になにくれとなく奉仕してきたものだから、今度の堂供養についても、前々からさまざまの寄進などに熱意をしめしていたので、この見物の件も了承されたものにちがいない。

さて、いよいよ、あすは堂供養が行なわれるという日になったが、その夕方のこと、松明をたくさんともして、荷車二つに平田船㉘二そうを積みこんで、それを牛に引かせて運ばせ、池のみぎわにおろすものがいるので、僧都が、「これはどこから持ってきたのか」とたずねさせると、「大蔵省の書記、高助が持ってこさせた平田船です」と答える。僧都は、「なにに使う船だろうか」と思っていると、高助はかねてから用意のこととて、その船に柱抜き㉙などをつけ、一晩中、さまざまにかざりものなどを打ちつけ、上部には、錦の平張㉚をおおって、側面には、帽額《もこう》[31]のすだれをかけ、裾濃《すそご》[32]の几帳をかさね、朱ぬりの高欄を船のまわりにつくりめぐらし、その下には紺色の布を引きめぐらすのであった。こうして夜明け近くになると、蔀[33]をあげた新しい車に娘どもを乗せ、うしろからは、女房の車が十両ほど、こぼれるばかりに美しい出だし衣をちらつかせながら、つらねてやってくる[34]。さまざまな美しい装束に身をかためた指貫姿の先払いが十人あまり、その前に松明をともしてつづく。こうして、みな船に乗り終わると、かかっているすだれの下から、順次おのおの衣の端を出した。衣の重なり工合といい、その色合いといい、とても言葉で表現できないほどの美しい光を放っているようである。また、蛮絵[35]の衣裳を着て、髪をみずらに[36]結った童どもを二そうの船に乗せ、あざやかにいろどったさおで船をあやつらせる。池の南には平張を立て、そこに先払いどもをひかえさせた。

いよいよ夜が明けて供養の朝になると、上達部や殿上人、それに法会に招かれた僧たちがみなやってきた。さきの二そうの船が池の面をめぐっていくと、供養の法会のためにかざり立てた大鼓・鉦鼓《しょうご》[37]・舞台[38]・絹屋[39]などが、照りかがやいて目を見張るように美しく見える以上に、この船のかざり立てた様子や、(高)[40]欄にうちかけられた出だし衣が、いろとりどりに重なっているのが、水にかげをうつして、またとなくすばらしく見えるので、上達部や殿上人はこれを見て、「あれは、どこの宮さまの女房が見物にきているのか」とおたずねになるが、僧都に、「よいか、決してだれの船と言ってはならぬぞ」と口止めされているので、だれも高助の船だと言うものはなかった。それで、ますます知りたがって、しきりにたずねてくる。しかし、結局は、だれの船ともわからずに終わった。その後も、なにかの機会があるごとに、高助はこんなふうにして、娘に見物させた。だが、それがだれであるかは、まったく知られることはなかった。

　さて、このように財力にものを言わせて大切に育てていたので、勤番のもの㊶や、宮家に仕える侍㊷、また、しかるべき諸官庁の三等官㊸の子などが、「聟《むこ》になりたい」と申し入れてきたが、高助はとんでもないことだといって、娘への手紙さえも受けとらせなかった。そして、ただ、「たとえ、このわが身はいやしくても、先払いをつけるくらいの家がら㊹の方を、わが聟にとりたいものだ。いかに羽振りのよい近江守・播磨守㊺の子であっても、先払いもつけられないようなものは、わが娘たちのそばに近づけてなるものか」などと言って、聟とりもしないでいるうちに、高助も妻も、あいついでこの世を去ってしまった。兄が一人いたが、父の高助がかえすがえす、生前言いつけておいたにもかかわらず、「父の遺産はすべて、自分の一人占めにしよう」と考えて、妹たちの面倒は一切見なかったので、侍も女房も、一人のこらず去っていってしまって、まったくだれも寄りつかなかった。そこで、娘二人は、たいへんなげきしずんで、ものも食べずにいるうちにいつしか病の身となった。はかばかしく世話をしてくれる人もないままに、ついに二人ともあいついで息をひきとった。

　この高助というのは、大蔵省の書記時延㊻の祖父である。昔は、こんな身分の低いもののなかにも、このような気位の高いものがいたのだ。しかし、どれほど気位が高くても、家がまずしく財産を持っていなければ、いかに娘がかわいくとも、これほどの面倒は見られまい。思うに、高助は、はかり知れぬ財産家であったのだ。「現職の受領㊼にもまさっていたからこそ、あんなにも振舞えたのだろう」と人々が評判した、とこう語り伝えているということである。

典拠未詳。

(1) 原文「史生《ししやう》」。文書事務を担当する下級職員。
(2) 未詳。宗岡は、蘇我氏の一族か。
(3) きちんと整髪しないさまを言ったもの。
(4) 正装の束帯のとき、上につける袴。
(5) 束帯のとき、下襲《したがさね》の下、単衣の上に着た小袖。
(6) 朱雀の西、右京。
(7) 戸主は、都城を構成する地面の広さの単位で、約百四十坪。その八つ分。身分からすると広大な敷地である。
(8) 唐破風づくりの門。
(9) 柱の間が七つ。これも身分不相応である。
(10) 檜の薄板を組み合わせて綾模様にあんだ、しゃれた垣根。
(11) 原文「小《ちひ》さやかなる五間四面の寝殿《しんでん》」。「小さやか」は「よくととのえられて小ぎれいな」か。また、「付属建築物を持たないこと」か。五間四面はかなり大きな規模である。
(12) 「シツラヒ」の漢字表記を予定した意識的欠字。
(13) 朽木模様を平絹にかいたもので冬用。
(14) 花鳥などを生絹《すずし》に白泥でかいたもので夏用。
(15) 十二単衣《ひとえ》。女官の正装で男子の束帯に対する。
(16) 童女の正装。

(17) 底本は「シツラヒ」の漢字表記を予定した意識的欠字。
(18) 模様を織り出して浮き出させた高価な織物。
(19) 原文「尊《みこと》」。相手を見下したような場合に用いる。
(20) 底本は「アテ」の漢字表記を予定した意識的欠字。
(21) 原文「よき人」。身分教養のある人。
(22) 貴族のふだん着。綾のものは、たいへんにぜいたくである。
(23) たて糸は紅、横糸は紫で織った織物で、薄紫色となる。
(24) すそに、組みひもを通してくくれるようにしてある袴で、衣冠の直衣に用いる。
(25) 原文「出《いだし》衵《あこめ》」。出だし衣。直衣の下、指貫の上に、美しく仕立てた下着のすそのはしを出して着ること。
(26) 紬糸（くずまゆ、真綿をつむいでよりをかけた絹糸）で織った袷《あわせ》、また綿入れをいう。粗末な衣料。
(27) 延喜三年（九〇三）～貞元二年（九七七）。仁和寺の池上寺開山。敦固《あつかた》親王の三男。宇多法皇の孫。幼くして法皇の室に入り、また石山寺淳祐に法を受け、香隆寺寛空の法をついで広沢の法匠となる。孔雀経法を修して霊験を得、権少僧都、法務にのぼり、東寺三長者となる。親王の息が僧綱に任ぜられたはじめであり、また長者四人のはじめである。
池上は、双《ならびがおか》丘の三の丘の東、仁和寺の支院。我覚寺。池上寺と称した。
(28) 船底を平たくつくった川船。荷物を積み、また浅瀬を航行するのに便である。
(29) 柱の上部に横にわたす木。
(30) 天井に平らに張りわたした天幕。
(31) すだれの上部に、ふちどりするように横に細長くわたしたもの。
(32) 上をうすく下を濃く染め出すこと。
(33) 物見（牛車の横にある窓）の懸戸の蔀。

（34） 原文「出車《いだしぐるま》十両《りやう》ばかり乗り泛《こぼ》れて次《つ》きたり」。「出車」は車に乗った女房が下すだれから裾をすこし出してかざりとした牛車。「両」は車を数えるのに用いる。

（35） 鳥獣や草花を円形模様に図案化したもの。異国的な感じから「蛮」といったものか。

（36） 髪を右左に分けて、耳のあたりで束ねる結い方。舞楽の舞人の髪型。

（37） 架にかけて打つ、青銅製皿状の打楽器。雅楽に用いる。

（38） 仏会に用いる舞楽の舞台。一大音楽法要をいとなむのである。

（39） 絹で作った天幕。

（40） 底本は「高」が想定される欠字。

（41） 原文「上日《じやうにち》の者」。一定の日に宮中に出仕するほどのもの。六位蔵人・所衆・滝口など。

（42） 皇族に仕える侍。

（43） 原文「尉」。三等官。六、七位程度のもの。

この（41）（42）（43）は、ともに下級職であり、なお、その子ということになると、まったく問題外ということになる。

（44） 先払いをつけることのできる人。三位以上、四位の参議。

（45） ともに、都に近く大国である。『平家物語』巻一「殿上闇討」に、「花山院前太政大臣忠雅公、いまだ十歳と申しし時、父中納言忠宗卿におくれ奉つて、みなし子にておはしけるを、故中御門藤中納言家成卿、いまだ播磨守たりし時、聟にとつてはなやかにもてなされければ、それも五節《ごせつ》に、『播磨米《はりまよね》はとくさか、むくの葉か、人のきらをみがくは』とぞはやされける」とある。

（46） 未詳。

（47） 国司に対する優遇措置として中央の官人には給与されない職分田や労働力としての事力（舎人）が与えられ、また、国内の空閑地を耕営して私利をはかることが認められた。その上、本来赤字補塡の残余を配分すべき公解稲《くげとう》を、赤字をそのままにして分配され莫大な収入となったため、国司の利益追求にはいちじるしいものがあった。

賀茂祭《かものまつり》の日、一条大路《いちじようおおじ》に札《ふだ》を立てて見物《けんぶつ》する翁《おきな》の語《こと》、第六

今は昔、賀茂祭(1)の当日、一条大路と東洞院大路とが交わる辻に、朝早くから札が立ててあった。その札には、「ここは、翁の見物する場所である。ほかのものが立つのを禁止する」と書いてあった。人々は、その札を見て、だれ一人としてそのそばに近づこうとしない。「これは、陽成院(2)が祭を見物なさろうとしてお立てになった札である」と、みな、そう思って、徒歩の人は決して近づこうとしなかったし、まして、車という車は、その札のあたりにとめようともしなかった。さて、ようやく祭の行列が近づいてきた時分に、見れば、上下とも浅黄色(3)の衣裳をつけた翁があらわれ、上下にいる人々を見上げ、また見おろして、ゆったりと扇をつかいながら、その札のもとに立ってのんびりと行列を見物して、行列がとおりすぎてしまうと、また、のんびりとかえっていった。

　そこで、人々は、「陽成院が見物にいらっしゃるはずであったのに、いらっしゃらなかったのはおかしいな」「いったい、どういうわけでお見えにならなかったのか」「わざわざ札を立てておきながら、いらっしゃらないとはおかしなことだ」と口々にいぶかしがって話していたが、なかに、「あの見物していたじいさんの様子が、なんともあやしかった」「あいつめ、人々に、院から立てられた札だと思わせおって」「あのじいめが、札を立ておって、自分だけよい場所を先にとっておいて、見物しようとたくらんだことではないかな」など、

さまざまに言い合っていたが、いつか、陽成院は、このことをお耳に入れられて、「その翁を、たしかに召し出してとりしらべよ」とおおせられたので、その翁をさがしてみると、じつは、西八条(4)の刀禰《とね》(5)であった。

そこで、院から下役をやって召し出すと、翁は参上した。院の役人がおおせのままに、「お前は、どういうつもりで、『院より立てられた札』などと書いて、一条大路に札を立て、人をおどして得意顔に見物したのか。そのわけをしかと申せ」と詰問すると、翁がこたえるには、「札を立てたのは、たしかにこの翁のしわざでございます。ただし、『院より立てられた札』とは書いたおぼえがございません。この翁めは、年も八十になっておりますので、いまさら祭見物の気持ちは毛頭ございません。ところが、孫にあたります男の子が、内蔵寮の小使(6)として行列に加わっております。その晴れ姿をなんとかして見てやりたいと存じ(7)、出かけていって拝見しようと思いましたが、『わしも、もう老いぼれてしまったことだし、人ごみのなかで見物して、踏みたおされて死ぬかも知れぬ、そうなってはつまらぬことだ』と存じまして、それで、人が近づかぬ場所でゆっくり見物しようと存じまして立てました札でございます」と申し開きしたところ、陽成院は、これをお聞きになって、「この翁は、うまく思いついて札を立てたものよ。孫の晴れ姿を見たいとは、これまたもっともなことだ。この翁は、たいした知恵のはたらくものであることよ」と感心なさって、「さっさと家へ帰るがよい」とおおせになったので、得々として家に立ちもどって、年老いた妻にむかって、「どうだ、わしの計画は、うまくいったろう。院もこのようにほめてくださったぞ」と言って得意満面であった。

しかし、世の人は、院がこのように感心されたことについて、よくは申しあげなかった。(8)しかし、「翁が孫を見たいと思ったのは無理からぬことである」と人々は言い合った、とこう語り伝えているということである。

典拠未詳。ただし、『十訓抄』には同原拠の同話が載る。

(1) 賀茂の社の祭。四月の中の酉《とり》の日に行なわれる。葵祭。勅使の行列は華美をきわめ、内京—下の社—上の社へとむかった。一条大路は上下貴賤が集まりたいへんな混雑となった。
行列の次第は、『賀茂注進雑記』にくわしく、また、中世のものであるが『徒然草』第百三十七段によく描写されている。その一部に、「奥なる屋にて、酒のみ物食ひ、囲碁双六などあそびて、桟敷には人をおきたれば、『わたり候ふ』といふ時に、各肝つぶるるやうに争ひ走り上りて、落ちぬべきまですだれはり出でて、押し合ひつつ、一事も見もらさじとまぼりて、『とありかかり』と物毎にいひて、わたり過ぎぬれば、『また、わたらんまで』といひておりぬ」とある。

(2) 第五十七代。清和天皇の皇子。元慶八年（八八四）十七歳で退位した。天暦三年（九四九）崩御。八十二歳。

(3) 黄色がかった薄い青色。霊的人間の服装である。

(4) 西の京の八条あたり。当時、すでに荒廃した地域である。

(5) 四十丈四方を「町」、四町を「保《ほ》」といい、その管理者。また、保長・保刀禰といった。下級役人。

(6) 原文「蔵司小使《くらのつかさのせうし》」。「蔵司」は、「内蔵司」。賀茂祭の行列には、内蔵寮の史生（文書事務を担当する下級職員）二人が、御幣櫃を守って参列した。これを内蔵小使という。

(7) 原文「見ま欲しく思ひ給へ候ひしかば」。下二段に活用する謙譲の「給ふ」。原文でこの翁のことばに頻出するのは、翁の相手に対する敬意の深さ、恐縮している気持ちをよく表現している。

（8） 早く十七歳で退位し、八十二歳まで存命した陽成天皇のよく人情を心得た発言に対し、説話での評価はかんばしくない。

右少弁師家朝臣《うしょうべんもろいえのあそん》、女に値《あ》いて死ぬる語《こと》、第七

今は昔、右少弁[1]藤原師家[2]という人がいた。この人には、相思相愛で通《かよ》いつづけている女がいた。とても気立てのやさしい女で、つらいこともじっと耐えしのぶという具合なので、なにごとにつけても、この女に薄情だと思われまいとふるまっていたが、公務多端でもあり、また、時には、浮かれ女にそでをひかれる夜もあったりして、足が遠のきがちになるのだった。しかし、女は、まだそのへんのことになれていなかったので、つらいことに思っては、うちとけた様子も見せなくなっていくうちに、しだいに男の足もとだえがちになって、以前のようなことはなくなった。男のことがにくらしいとまでは思わなくても、それを情けなく思い、しだいに不満が高じていって、おたがいにきらいなわけではなかったのに、二人の仲はついに絶えてしまった。

それから半年ばかりもたったころ、弁が、その女の家の前をとおりかかったことがあったが、ちょうどそのとき外出からもどってきた使用人が家に入って、「弁の殿がたったいま、この前をおとおりになりました。ここへお通いのころはどうでしたろうかと、かなしい気持ちでお見受けいたしました」と話した。主人の女は、これを聞いて、人を出して、「申しあげたいことがございます。ちょっと、お立ち寄りいただけませんでしょうか」と言わせた。

弁は、これを聞いて、「そうそう、ほんとうに、ここは、あの人の家だった」と思い出して、車を引きかえさせて入ってみると、女は、経箱(3)にむかい、(なよ)(4)やかな着ものに美しく清らかな生絹(5)の袴などを着け、にわかにとりつくろったとも見えず、身だしなみのよい様子ですわっている。その、目もと、顔つきなど、いかにも美しくて、一点の非のうちどころもない様子である。

そこで、弁は、今日初めて見る人のように思われ、これほどの人を今までどうして捨てておいたのかと、われながらかえすがえす惜しく、「経を読んでいるのを押しとどめて、いっしょに寝たい」と思ったけれども、幾月も遠ざかっていたのに、話しもせずに無理押しをするのも気がひけて、あれこれと話しかけてはみたが、返事もしない。そこで、経の読誦が終わってから、すべてを話そうという様子で、うち□(6)している顔の美しさ、過ぎ去った二人の仲をとりかえせるものならば、今すぐにでもとりかえしたく、やたらとみっともないほど恋しく思われるので、そのまま、そこにとどまり、「今日より後、この人につれなくあたるようならば、どんな罰でも受けます」と心中であらゆる誓いごとをたてながら、この幾月の間、心にもない仕打ちを重ねてきたことなど、重ね重ね言いわけをくりかえしたが、女は答えもせず、『法華経』を読みつづけて、やがて七の巻(7)にいたって、薬王品(8)を、くりかえしくりかえし三度ばかり読誦しているので、弁は、「どうして、そんなに読誦しつづけるのですか、はやく読誦し終えてください。お話ししたいことが山ほどあるのです」と言うと、女は、

「於《お》此《し》命《みょう》終《じゅう》　即《そく》往《おう》安《あん》楽《らく》世《せ》界《かい》　阿《あ》弥《み》陀《だ》仏《ぶつ》　大《だい》菩《ぼ》薩《さつ》衆《しゅう》囲《い》遶《にょう》住《じゅう》所《しょ》　青《しょう》蓮《れん》花《げ》中《ちゅう》宝《ほう》座《ざ》之《し》上《じょう》」(9)

というところを読み終わって、目からほろほろと涙を流すので、弁は、「なんとしたこと。尼たちのように道心がおつきなされたのですか」と言うと、女は、涙のうかんだ目をあげてじっとこちらへむける、その目のうるおいは霜か露にぬれたように見えるにつけ、今まで捨てておいたことが後悔され、「この幾月、どんなにつれないと思ったことだろう」と思いやって、自分も涙をおさえかねていた。「今日よりのち、この人とふたたび会えぬことにでもなれば、どのような思いをすることか」と、重ね重ね、いままでのことがくやまれ、わが心のなすこととはいいながら、ほんとうにうとましいことであった。

そのうち、女は経を読誦し終わってから、こはく[10]のかざりをつけた沈の数珠[11]を押しもんで、念仏をとなえていたが、しばらくして目をあげたその様子がとつぜん変わって不気味になったので、「これは、どうしたことか」と思っていると、「もう一度お会いしたいと願ってお呼び申しあげたのです。もはやお別れを」と言うや、そのまま息が絶えた。弁は、びっくりあわてて、「どうなされたのか」とさけび、「おい、だれかきてくれ」と呼んだが、すぐには、聞きつけるものもなく、しばらくしてからやっと声を聞きつけ、この家の年配の侍女が、「どうなさいましたか」と言って顔を出したが、弁は、□[12]いるので、この侍女は、「まあ、たいへん。これは、また、なにごとがおこったのですか」とさけんであわてるのも道理である。しかし、もはやどうすることもできず、髪すじの切れるほどのとっさの間に死んでしまったのでと心はのこるが、死穢[13]をうけてこもるわけにもいかない身の上なので、弁は家へかえろうとしたが、女の生前の面影ばかり目にうかび、ひたすらかなしく思うのであった。それにしても、こんな結果になろうとは、いったいだれが予測しえたであろうか。

さて、それから弁は家にかえったが、その後、まもなく病気になり、数日ののちにとうとう死んでしまった。その女の霊がとりついたのではないかと取り沙汰された。それにしても、女と親しかった人であるなら、当然、女の霊のなせるわざと知っていたことであろうに。その女は、臨終のときに『法華経』を読んで死んだのだから、「きっと後世(14)は尊いであろう」と人も見ていたのに、「弁を見てうらみの心をおこして死んだのだから、二人ともどんなに罪深いことであろう」と思われる。このように語り伝えているということである。

典拠未詳。

(1) 太政官（八省諸司および諸国を総管した官）右弁局に属する官。

(2) 隆家の孫。経輔の子。摂津守・右中弁。従四位下。永承三年（一〇四八）十二月から、同五年九月まで右少弁をつとめた。

(3) 経典の保存のため収納する箱。木製が多く表面に装飾をほどこすものが多くなっていった。蒔絵や金工を施し、納入経のさわりの部分を意匠化することもあった。浄土の浴池に咲く蓮花と流水とを意匠化した蓮池文、仏を供養する蓮華・宝相華に唐草を組んだ花文、散華の散蓮弁文などが多く見られる。

(4) 底本は「ナヨ」が想定される欠字。

(5) 原文「生《すずし》」。練らない生糸で織った絹織物。

(6) 該当語未詳。

(7) 『法華経』巻七は、常不軽菩薩品第二十・如来神力品第二十一・嘱累品第二十二・薬王菩薩本事品第二十三・妙音菩薩品第二十四より成る。

なお、法華経修行の五種を「五種法師」として、受持・読・誦・解説・書写とする。「読」は、経文を見ながら読むこと、「誦」は、経文を暗誦することである。

(8) 薬王菩薩の往時の苦行をあげて、行者を勧奨する章。法華経を受持するものの功徳を称讃した仏は、一切江河のなかに海第一なり等の十の喩をもって法華最勝第一を高調し、さらに、法華経が、一切衆生の苦悩を救い楽を与える利益を十二の喩で説く。

最後に、この経を受持し読誦し解説するものの功徳について高説し、如来の滅後、仏の五百歳の中に、女人がこの経を聞いて修行すれば、命終して安楽世界の阿弥陀仏の住処に往って蓮華の上に生れんと説いており注目される。朝法華夕念仏の天台の信仰で、法華経こそが、浄土への道と説いた時代に合致した章句であり、とくに女人成仏思想として尊崇された。

(9) 「ここにおいて命終して、即ち安楽世界の阿弥陀仏の、大菩薩に囲遶せらるる住所に往きて、蓮華の中の宝座の上に生れん」の意。

「女のことにたもたむは、薬王品にしくはなし、如説修行年ふれば、往生極楽うたがはず」(『梁塵秘抄』)。

(10) 地質時代の樹脂などが地中に埋没して生じた一種の化石。貴石として装飾その他に用いる。

(11) 沈香木(ジンチョウゲ科の常緑高木で、熱帯地方に産する香木)で作った数珠。

「種々和合」「間錯種々諸宝」とある点から見ると、一連のなかに諸種の珠を交えたものがあったらしい。数珠の材料としては、金属から水晶・さんご・真珠などの諸宝、菩提子・金剛などの種子類、香木などがあげられるが、荘厳念珠(正式のもの)は、無色透明の水晶を用いる。

(12) 「アキレ」か。

(13) 穢《けがれ》は、不浄なものであり、悪霊のしわざによるものであるから、これを隔離し、排除しなければならぬと考えられた。

(14) 一般に、来世、のちの世のことであるが、多くは、浄土信仰において、極楽往生を願って弥陀の浄土に生まれることを言う。

燈火《ともしび》に影《かげ》を移《うつ》して死にたる女の語《こと》、第八

今は昔、女御(1)のおそばにお仕えしている若い女房がいた。小中将の君(2)といった。姿かたちとも、どこといって非のうちどころなく、その上、気立てもわるくなかったので、同僚の女房たちも、みな、この小中将のことをかわいいものと思っていた。これといってきまった夫もなかったが、美濃守藤原隆経朝臣(3)がときおり通《かよ》ってきていた。

あるとき、この小中将は、薄紫(4)の衣に、紅の単衣(5)を着て、女御の御殿にあがっていた。ある夕方、殿上の御燭台に火がともされた。その火に、この小中将が、薄紫色の衣に、紅の単衣を重ね着して立っているその姿かたちは、一つも変わらず、袖を口もとにあてた目元・ひたいつき・顔にたれさがった髪の毛のかっこうなどまで、そっくりそのままうつっているのを見つけて、女房たちは、「なんとまあ、そっくりそのままなこと」と言ってさわぎあった。だが、そのなかには、このような折りの処置(6)を心得ている年配者がいなかったので、ただ集まっておもしろがっているうちに、灯火をかきおとしてしまったのであった。

その後、小中将に、「こんなことがありましたよ」と話したところ、小中将は、「どんなに見苦しくおかしな姿だったでしょうか。すぐにかき捨ててくださらず、いつまでも見ていらっしゃったとは、なんと恥ずかしいこと」と言った。その後、年配の女房たちが、「あれは、(飲む)(7)ものだというのに。あの方々は、わたしたちにそうとも知らせてくださらず、灯心をかきおとして、それで終わりになさったとは」と言ったが、いまさらどうすることも

できなかった。こうして、二十日ほど女御にお仕えしているうちに、これといった原因もなく、かぜだといって二、三日自分の部屋でふせっていたが、やがて、苦しいといって親もとにさがっていった。

一方、隆経朝臣は、ちょっと知人のもとへ出かけようとして、女御のお屋敷へ立ち寄った⑼ついでに、□⑻をたずねると、「ただ今、里の方へ退出なさいました」と台盤所の女の童が言ったので、その足で女の⑽家へ出かけていった。七日か八日くらいの月が西にかたむくころであったが、西向きの妻戸の内側に小中将が出ているのが見えたので、隆経は、その妻戸を押しあけてなかに入った。「明け方には、旅に出かけなければならないので、ここまできたことを知らせるだけですぐ引きかえそう」と考えていたのに、この小中将を見たとたん、いつもより、身にしみてしみじみといとおしく思われる上に、小中将も心細げな様子で、すこし具合わるそうに見受けられるので、隆経朝臣は、そのままもどろうと思ってきたのであったが、そのままとどまって、いっしょに寝た。

一晩中語り明かして、明け方にかえったが、女が恋しそうにしているのをふり切って出てきたので、隆経は、家へかえる道すがら、そのことが心にかかって、家へかえりつくとすぐに、「気になってしかたがありません。すぐに、いそいで引きかえします」などと書いて使いを出したが、返事のくるのをいまか、いまかと待っているうちに、持ってきたので、手にとるのももどかしく開いてみると、他には、なにも書かれずに、ただ、「鳥部山⑾」とだけ書いてある。隆経は、これを見て女があわれでならず、それをふところに入れて、肌身にぴったりつけて旅に出た。道すがらも、これをとり出しては、ながめていたが、筆跡もまことにたくみであった。その旅先でも、しばらく滞在しなければならぬ用事があったのだが、この人の恋しさにいそいでかえってきた。

京に上りつくとすぐに、まずいそいで女のもとにかけつけてみると、家から人が出てきて、「もはや、お亡くなりになりましたので、昨夜、鳥部野に御葬送申しあげました」と言う。それを聞いた隆経朝臣の心のなかは、たとえようもないほどであった。さぞ、悲しかったことであろう。

されば、火影に人の姿が立って見えたならば、その灯心の燃えのこりをかきおとして、かならずその人に(飲ませる)[12]べきである。また、祈禱もきちんとしなければならない。かたく忌むことであるのも知らずに、(飲ませ)[13]ずにかきおとしたままにしておいたから、現にこのように死んでしまったのだ、とこう語り伝えているということである。

典拠未詳。

(1) 一条天皇中宮、道長の娘、彰子か。
(2) 『紫式部日記』に、同名の女房が出るが、同名異人。
(3) 末茂流。頼任の子。六条顕季の父。正四位下。蔵人、春宮大進、甲斐・摂津・美濃の守をつとめた。『後拾遺集』以下に作品が載る。
(4) 原文「薄色」。薄紫、または薄い二藍色。
(5) 装束の最下着。
(6) 『今鏡』に、「男ある所にて、灯火の焔の上にかの女の見えければ、これは忌むなるものを、火の燃ゆる所をかき落してこそ、その人に飲ますなれとて、紙につつみて持たりけるほどに、事繁くて、まぎるる事ありければ、忘れて、一日二日過ぎて、思ひ出でけるままに、行けりければ、悩みて程なく、女かくれぬといひければ」とある。
(7) 底本欠字。『今鏡』から、飲む意の語を想定するのがよい。
(8) 小中将の局の名の明記を予定した意識的欠字。
(9) 食物を調理し、食膳をととのえるところ。清涼殿の西廂、鬼間の北、朝餉の間の南にあった。女房の詰所にもなっていた。
(10) 寝殿造の建物の四隅にある両開きの戸で、外へむかって押し開くようになっている。
(11) 愛宕郡鳥部郷の山野、とくに清水寺以南、泉涌寺より北、西は賀茂川まで、東は阿弥陀峰を含む一帯。古くからの葬送地。のち、五条坂あたりから、六道の辻の東南、西大谷の近くまでをいうことになった。
『今鏡』には、「鳥辺山谷に煙の燃えたらばはかなく消えし我と知らなむ」と歌が記されていたと記す。『拾遺集』には、第三句「燃えたたば」とあり、『更級日記』にも、著者孝標女が行成の娘から、書の手本としてこの歌をもらっている。いわゆる、別れの歌として初句のみを記したものである。
(12) (7) に同じ。
(13) (7) に同じ。

常澄安永《つねずみのやすなが》、不破関《ふわのせき》にして夢に京に在《あ》る妻《め》を見る語《こと》、第九

今は昔、常澄安永(1)というものがいた。これは、惟孝《これたか》親王(2)と申しあげる方の下家司《しもけいし》(3)であった。そのとき、安永は、その宮さまの封戸《ふこ》(4)の租税を徴集するために上野国(5)に行った。そして、何ヵ月かをおくり、帰途についたが、途中、美濃国不破関(6)に宿をとった。

ところで、安永には、京に年若い妻がいたが、幾月か前に地方へ下ったときから、留守中のことが心配でならなかったその上に、急に妻が恋しく思われてたまらなくなった。「いったい、なにごとがおこったのだろうか。夜が明けたらすぐにいそいで出かけよう」と思いながら、関守の小屋で横になっているうちに、ぐっすり寝こんでしまった。

すると、夢に、京の方から、松明をともして女をつれてくる。「なにものがくるのでよく見ると、一人の若者が、松明をともしたものがくるのだろう」と思っているうちに、自分の寝ている番小屋のそばにやってくるのを見ていると、その女は、なんと自分が気がかりにしている、京においてきた妻ではないか。「これは、なんとしたことか」とびっくりしていると、二人は、自分の寝ているところと壁一枚へだててとまった。安永が、壁の穴からのぞいて見ると、若者は、自分の妻とならんですわり、妻は、さっそく鍋をとり出して飯をたき、若者といっしょに食事をしている。安永は、この様子を見て、「なんと、わが妻は、わたしがいなかった間に、この若者と夫婦になったのであったか」と思うと、はらわたが煮えくりかえる思いで、心おだやかでなかったが、「ままよ。どうするか見ていてやれ」と思って、なおものぞいていると、ものを食べ終わったのち、妻と若者は、二人抱き合ってふせった。それから、まもなく男女の交わりをした。安永はこれを見て、むらむらと殺意をおこし、そこにとびこんでみると、灯もなければ、人の姿も見えない、と思ううちに、はっと目がさめた。

「なんと夢だったのか」と思うにつけても、「京でなにごとがおこったのだろう」と、ますます不安をつのらせ横になっているうちに、夜が明けたので、いそいで出発して、夜を日についで京にかえりわが家へかけつけてみると、妻はなにごともなく家にいたから、安永は、一安心したが、妻は安永を見るやいなや、笑いをうかべて、「昨夜の夢に、ここに知らない若者がやってきて、わたしをさそって連れ出し、どこども知らないところに行きましたが、夜、灯をともして、あたりの空き家に入り、ご飯をたいていっしょに食べてから二人で寝ました。そこに、とつぜん、あなたの姿があらわれたので、若者もわたしも大あわてにあわてた、と思ったとたんに夢からさめました。それで、あなたのことを心配しておりましたところへ、ちょうどおかえりになったのです」と言ったのを聞いて、安永は、「わたしも、こうこういう夢を見て、どうにも気がかりでしようがないから、夜を日についでいそいでかえったのだ」と言ったところ、妻も、この話を聞いて不思議なことだと思った。

思うに、妻も夫も、このように、まったく同じ時刻に、同じような夢を見るのは、じつにおどろくべきことである。おたがいに相手のことを心配していたために、このように夢を見たのであろうか。それとも魂が見えたのだろうか。どうも合点がいかぬことである。されば、旅に出かける折りは、たとえ、妻子のことでも、あまりに不安に思ってはならないことである。魂が見えたりすると、心気もつきるほどつかれはててしまうものだ、とこう語り伝えているということである。

典拠未詳。

(1) 未詳。古代豪族の末裔か。

(2) 惟喬。文徳天皇第一皇子。大宰帥・弾正尹をへて、貞観十四年(八七二)七月、出家。

(3) 家司は、親王・内親王家、摂関・大臣家などの庶務をつかさどる職員。五位以上のものが任ぜられる上家司(家令、または別当を含む)と、六位以下のものが任ぜられる下家司にわかれた。
(4) 奈良・平安時代の禄制の一。官位・勲功によって支給された民戸で、租の半額、庸・調の全額が与えられる。
(5) 惟喬は、貞観十四年(八七二)二月、上野大守に任命されている。天長三年(八二六)九月、上総・常陸・上野三国を親王任国とし、大守と称せしめ、任国に赴任せず俸給だけを支給した。
(6) 三関の一。不破郡にあった関(現、岐阜県不破郡関ケ原町)。
(7) 眠っているとき、肉体から遊離した魂が現実に経験することが夢としてあらわれるとする古代信仰は多い。とくに、他人の妻と性交する夢をみた男は姦通の罰をうけるとする信仰もあり、中国でも、人間は、魂と魄とを持ち、眠っているときに、魂が肉体からはなれて、さまよっている間の体験を夢と考えていた。

尾張国《おわりのくに》の勾経方《まがりのつねかた》、妻《め》の事を夢に見る語《こと》、第十

今は昔、尾張国に勾経方(1)というものがいた。通称を、勾官首(2)といっていた。なに一つ生活に不自由のない男であった。その経方が、長年つれそった妻のほかに、別に愛する女がその国にいたので、本の妻は、女の習いとはいいながら、しつこくねたんで、あれこれ言っていたが、経方は、その女のことを別れがたく思っていたのであろう、なんとかかんとか言って、妻の目をごまかして、こっそり通《かよ》っていた。本の妻は、必死になってたずねまわり、「経方が、あの女の家に行った」と聞きつけるや、顔色を変えて、正気を失うばかりにねた

んで取り乱した。

そのうち、経方は、上京する大切な仕事があって、数日来、旅の準備にとりかかっていたが、いよいよ明朝は出発という夜、「ぜひ、あの女のとこへ行きたい」と熱望していたが、本の妻のしっとするのが面倒なので、□[3]にまかせて、あからさまに行くことができないので、「国府[4]からのお召しだ」とうそを言って、経方は、女のもとをおとずれ、つもる話をしながら床に入ったが、そのうちぐっすり寝こんでしまった。

すると、経方は、こんな夢を見た。本の妻がとつぜんここにかけこんできて、「まあ、お前さん、長年二人でこのように寝ていたりして。これでよくも、まあ、やましいことはないなんて言えた義理かね」などと、さまざまにあられもないことを言いつづけて、飛びかかり、二人寝ているなかにわりこんで、引きはなしてわめきたてる、とこう見て夢からさめた。そのあと、経方は、おそろしく、気味がわるいので、いそいで飛び出して家にかえった。夜が明けて、京へ上る支度をしていたが、「昨夜は、国司殿の御館で、いろいろと事務の打ち合わせがあって、早々の退出もままならず、ろくに寝ていないので、すっかり疲れてしまった」と言って、本の妻のそばにすわった。本の妻は、「はやく、食事を召しあがれ」などと言う、その頭の髪を見ると、一度にさっとさか立って、一度にさっとたおれた。経方は、「なんと、不気味に、おそろしげなことをするものだ」とじっと見つめていると、妻が、「お前さんは、なんとまあ、面の皮のあついお人だこと。昨夜は、あの女の家に行って、二人で乳くりあって寝た顔のままよ」と言うので、経方は、「いったいだれが、そんなことを言ったんだ」と聞くと、妻は、「まあ、にくたらしい。わたしの夢に、ちゃんと見たのよ」と言うので、不思議に思った経方がまた聞いた。「見たって、なにを」とたずねると、妻は、「昨夜、お前さんが出かけたとき、『きっと、あそこへ行くのだ』と思ったし、それに合わせて、昨夜の夢に、わたしが、あの女のもとへ行ってみると、お前さんは、あの女と二人で寝ていて、なにやかや寝物語をしていた。それをよく聞いておいて、『おや、お前さんは、ここへはこないと言っておきながら、よくもこうして、抱き合って寝ているとは』と言って引きはなしてやると、女も、お前さんも、大さわぎをしていたのよ」と言う。これを聞いて、経方は、気味わるく、「それで、そのとき、おれは、なんと言ったんだ」と聞くと、妻は、経方が女の家で言ったことを、一言のこさず、すらすらと答える。それが、経方が夢に見たこととすこしもちがわないので、経方は、おそろしいどころのさわぎではない。まったく、(あきれ)[5]るばかりであった。しかし、自分が現実に見た夢のことは、妻には、ないしょにしておき、あとで人に会ってから、「こうこういう、おどろくべきことがあった」と語った。

　されば、心に強く思うことは、このようにかならず、夢に見るものなのである。思うに、あの本の妻は、どれほど罪深いことだったろう。「しっとは罪深いことである。死んだのちに、きっと[6]蛇に生まれかわったことだろう」と、人々は言い合った、とこう語り伝えているということである。

典拠未詳。

(1) 底本「匂」。飛騨・尾張・駿河などに勾氏が住していた。経方については未詳。

(2) 本来は、貫首と書く。もと、蔵人頭・諸道得業生の唐名。天台座主および、一宗一山の首長をいう。ここでは、郡司の通称として用いられたもののようである。
(3) 該当語不明。
(4) 国司の役所。国の庁。
(5) 底本は「アキレ」が想定できる欠字。
(6) 蛇は、執念深いものと言い伝えられている。

陸奥国《むつのくに》の安倍頼時《あべのよりとき》、胡国《ごこく》に行きて空《むな》しく返る語《こと》、第十一

今は昔、陸奥国に安倍頼時(1)という武人がいた。その国の奥(2)に夷《えびす》(3)というものがいて、朝廷にしたがい奉ろうとしなかった。「一戦まじえよう」と宣言し、それを陸奥守源頼義朝臣(4)が攻めようとしたそのとき、頼時は、その夷と通謀しているという風評があったので、頼義朝臣がまず、頼時を討とうとした。頼時は、「昔から今にいたるまで、朝廷のとがをこうむったものは、数多くあるにもかかわらず、いまだかつて、朝廷に勝ち奉ったものは、一人として存在しない。されば、わしは、なんらあやまちをおかしたことはないと確信しているが、このように、おとがめをこうむっては、とうていのがれる手だてはない。ところが、この奥の方の海の北に、はるか遠くに見わたされる陸地(5)がある。そこへわたって、土地の様子を検分し、住めるところならば、ここで何もしないで殺されるのを待つよりは、このわしのそばを、はなれがたく思うものだけをつれて、その地にわたって住もうと思うのだ」と言って、

まず大きな船を一そう用意した。それに乗って行ったものは、頼時を初めとして、子の厨河二郎貞任[6]・鳥海三郎宗任[7]、そのほかの子どもたち、および身辺につきしたがう郎等二十人ほどである。そのまた従者のものたち、それに食事の世話などをするもの、とり合わせて五十人ばかりが、一そうの船に乗って、当分の間の食料として、白米・酒・果物・魚・鳥など、みな多量に積みこんで、船出してわたると、やがて、はるか遠くに見わたされる陸地に到着した。

そこは、はるかに切り立った断崖の岸辺で、上は、一面に樹木の生い茂った山であったから、とてものぼっていけそうにもなかった。その断崖のすそにそってまわっていくと、左右がはるかに開けた葦の原となっている大きな河の河口を見つけて、そこに船を乗り入れた。人影は見えないかとさがしてみたけれど、人っ子一人見あたらない。上陸できそうなところがあるかと、さがしてみたが、はるかにつづく葦の原で、人がとおった道とてなかった[8]。また、河は、底知れぬほど深い沼のようであった。「もしや、人の気配でもするところはないか」と河を上流へむかって、さかのぼっていった[9]が、どこまでいっても、まったく同じような風景の連続のなかに、一日過ぎ、二日過ぎた。なんとあきれはてたことよと思い、七日間さかのぼっていった。それでも、人かげとて見えずそのまま葦の原がつづくばかりであった。「それにしても、河であるからには、源がないはずはない」と言って、さかのぼっていくうちに、とうとう二十日もさかのぼった。それでもなお、人間のいる気配もなく、景色もまったく同じようなので、さらに三十日さかのぼっていった。

そのとき、あやしく地ひびきがするように思われたので、船のものたちは、みな、「どんな人がやってくるのであろうか」とおそろしくなり、高々と生い茂[10]った葦の原のなかに船をかくして、葦のすき間から地ひびきのする方を見ると、まるで胡国の人を絵に書いたのとそつくりのものが、赤いものをあたまに巻いて、一騎姿をあらわした。船のなかにいるものは、これを見て、「これは、いったい、なにものだろう」と思って見ているうちに、その胡国の人と同じようなかっこうをした人が、続々と、数知れず姿をあらわした。それがみな、河岸に立ちならんで、聞いたこともないことばで、話しているので、なにを言っているのかさっぱりわからない。「もしや、この船を見つけて、なにか言っているのではないか」と思うと、おそろしくてならず、さらに身をかくして見ているうちに、この胡国の人は、二時間ほど鳥がさえずるように話し合って、河にばらばらと馬を乗り入れてわたり始めた。千騎ほどもあろうかと見えた。徒歩のものどもを、騎乗のものが、そばに引きつけ引きつけしながらわたっていった。なんと、このものどもの馬の足音が、遠くひびいて地ひびきのように聞こえたのであった。

みなわたり終えてのち、船のものたちは、「ここ三十日ほどさかのぼってきたのに、一ヵ所としてわたれるような浅瀬はなかったが、あのように徒歩でわたっていったぞ。あそこがわたり道なのだ」と気がついて、おそるおそる船を出して、こぎよせて見たところ、そこも同じように底知れぬ深さであった。「ここも、わたり道ではなかった[11]」と、がっかりして上陸を思いとどまったのであった。胡国の人どもは、なんと、馬いかだということをして、馬を泳がせてわたっていったのであった。徒歩のものを、その馬に引き寄せつけながらわたしたのを、あるいてわたったのだとかんちがいしたのであった。そこで、船のものどもは、頼時をはじめ一同話し合って、「この河は、これほどさかのぼっても、なんともはかり知れぬ大河だ。また、いつまでもさかのぼっているうち、もし、万一のことでもおこったら、まったくなんにもならぬ。だから、食料のつきないうちに、さあ、引きかえそう」と言って、そこから川をこぎくだり、海をわたって本国にかえっていった。その後、まもなく頼時は死んだ⑫。

されば、胡国というところは、唐よりもはるか北と聞いていたが、「陸奥国の奥にある夷の地と、つながっているのだろうか」と、⑬かの頼時の子で宗任法師⑭といって筑紫にいるものが語ったのを聞きついで、こう語り伝えているということである。

典拠未詳。ただし、『宇治拾遺物語』に同文的同話があり、原拠は同じと認められる。

（1）陸奥大掾忠良の子。奥州六郡の郡司。陸奥の在地豪族。中央安倍氏、また、東北南部の安倍氏、俘囚長の安倍氏の血縁関係は、はっきりしない。『陸奥話記』では、東夷の酋長とする。巻第二十五第十三話参照。

（2）陸奥の最北部。

（3）えぞ。二字で表すと、東夷。古代、東北に住み中央と著しく異なる生活・文化・社会体制を持った地方民。奈良時代末期から平安時代にかけて、中央に抵抗し、坂上田村麻呂・文室綿麻呂の追討、出羽国の元慶の乱をもって征服され、俘囚集団として組織化され、やがて、陸奥に安倍氏、出羽に清原氏として権力を確立した。

（4）頼信の長男。伊予・河内・伊豆・甲斐・相模・武蔵・下野・陸奥などの守をつとめた、この時代の代表的武人。左馬頭・鎮守府将軍。前九年の役の活躍は目ざましかったが、役後、出家入道。往生人として知られる（『続本朝往生伝』）。巻第二十五第十二話・十三話参照。
(5) 北海道をさす。
(6) 頼時の二男。康平五年（一〇六二）九月十七日、厨川柵《くりやがわのさく》おちて戦死。三十四歳。
(7) 貞任の弟。貞任の死後降伏したのち、京から伊予国に流され、のち大宰府にうつった。
(8) この一文は、『宇治拾遺物語』にはない。
(9) 「川をのぼりざまに、七日までのぼりにけり」（『宇治拾遺物語』）。
(10) 古代中国の北方、西方の民族をいう。『宇治拾遺物語』には、「胡人とて絵にかきたるすがたしたるもの、赤き物にて頭ゆひたるが、馬に乗りつれてうち出でたり」とある。
(11) 『平家物語』巻四の「橋合戦」で、宇治川渡河に際して、利根川渡河の経験から馬筏でわたしたことが記されている。河川の多い関東武士の生活体験から発した智慧といえる。「強き馬をば上手に立てよ、弱き馬をば下手になせ。馬の足の及ばう程は、手綱をくれて歩ませよ。はづまばかいくつて泳がせよ。下らう者をば、弓のはずにとりつかせよ。手をとり組み、肩を並べて渡すべし。鞍つぼによくのり定まつて、鐙を強うふめ。馬の頭沈まば引き上げよ。いたう引いて引つかづくな。水しとまば、三頭の上にのりかかれ。馬には弱う、水には強う当るべし。河中で弓引くな。敵射るとも相引すな。常にしころを傾けよ。いたう傾けててへん射さすな。かねに渡いておしおとさるな。水にしなうて渡せや、渡せ」
(12) 天喜五年（一〇五七）鳥海柵で流れ矢に当って戦死。
(13) 『宇治拾遺物語』では、これ以下の叙述は、冒頭にあって、宗任が自分の経験を語ったことばとなっている。宗任は、のち、僧となって筑紫に永住した。
(14) 九州松浦党を、その子孫とする説がある。娘は、奥州藤原氏二代基衡の妻、三代秀衡の母。
当時の北海道の状況を伝える唯一の資料。

鎮西《ちんぜい》の人、度羅島《とらのしま》に至る語《こと》、第十二

今は昔、九州(1)の□(2)国□(3)郡に住む人が、商売のためにおおぜいの人と一そうの船に乗り、知らぬ他国に行ったが、故国にかえる道すがら、九州の西南の方向にあたって、はるかの沖に大きな島(4)があるのを見つけた。人が住んでいる気配なので、船に乗り組んでいるものは、この島を見て、「ここに、こんな島があったぞ。この島に上陸して、食事などをしよう」と思って、船をこぎよせて、島におりた。あるものは、島の様子を見てまわるため、また、あるものは、はしの□(5)を切ってこようとして、思い思いに散らばって行った。

ところが、山の方から、おおぜいの人が近づいてくる足音がしてきたので、「あやしいな。こんな見知らぬ土地には、鬼がいるかも知れぬ。ここにいてはあぶない」と思って、みな急いで船に乗って岸からはなれ、山の方から足音をひびかせて出てくるものを、なにものかと見ていると、烏帽子を折ってかぶり、白い水干をつけた男(6)が百人あまりあらわれた。船のものどもは、これを見て、「なんだ人だったのか。それでは、なにもこわがることはなかったのだ。だが、こんな見知らぬ土地のことだから、こいつらに殺されでもしたらたいへんだ。相手の人数もたいへん多いようだ。近寄らぬことだ」と思って、船をいっそう沖の方に出して見ていると、こやつらは、海岸までやってきて、船を遠ざけたのを見て、ざぶざぶ海のなかへ入ってきた。それを見た船のものどもは、もともと武術にたけた連中のこととて、弓矢・刀剣の類をめいめい持っていたものだから、手に手に弓をとり矢をつがえて、「われらを追ってくるのは、なにものだ。近寄ると射殺すぞ」とさけんだ。そいつらは、みな防備も不十分で、弓矢の類も持っていなかった。船の連中は多くのものが、みな手に弓矢を持っていたからであろうか、ものも言わずに、こちらをじっとにらんでいたが、しばらくたってから、みな山の方へかえっていった。そこで、船のものどもは、「こいつらが、なんの考えで追ってきたのか」がわからなかったので、恐れをなし、さらに沖へむかって船を出した。

さて、九州へかえってのち、このことをあらゆる人に語って聞かせたところ、ある老人がこれを聞いて言うには、「それは、きっと度羅島[7]という島にちがいない。その島の住人は、おもては人の姿をしているが、人間をとって食うのだ。だから、事情を知らずに、その島へ行くと、そのように集まってきて、人をつかまえ、有無を言わさず殺して食うのだ、と聞いている。お前さんがたは、その連中を近寄せないで逃げてきたのは、ほんとうにかしこかった。もし、近寄せていたら、たとえ百千の弓矢があっても、その連中にとりつかれでもしたら、どうすることもできず、みな殺しにされていただろう」と言った。船に乗っていたものたちは、これを聞いて、びっくり仰天して、ますます、恐れおののいたのであった。

こんなわけで、人間のなかでも、とりわけ身分が低く、ふつうの人が食べないいやしいものを食べる人間のことを、度羅人というのである。ただ、□[8]思うに、この話を聞いて、はじめて、あれが、度羅人だということがわかったのであった。このことは、上京した九州の人が語ったのを聞きついで、こう語り伝えているということである。

典拠未詳。
(1)　原文「鎮西」。九州の総称。
(2)(3)　国名・郡名の明記を予定した意識的欠字。
(4)　済州島とすれば、西にあたる。
(5)　「エダ」か。木の枝を折って、野外の食事の折り、はしに用いる。
(6)　この烏帽子風のかぶりもの、また、水干に似た白い装束は、朝鮮の服装であろう。男女ともにゆるやかな袴下（パジ）をつけ、男子は、足首のところで結ぶ。筒袖の上衣（チョゴリ）は、着丈短く、和服風に打ち合せ、右胸の上に幅の広い長ひもをつけて結んで下にたらす。外出の折り、男子は、羽織風の周衣（ツルマキ）をつける。
(7)　発音が近いトカラ、つまり「覩貨羅」（吐火羅）国は、現在のアフガニスタン北部一帯をいい、また、奈良時代に盛行した度羅楽の度羅は、タイ国西部にある古地名とする他、耽羅—済州島との説もある。
　ここは、やはり、耽羅と広くいわれた、済州島であろう。大火山島で、面積一八〇〇平方キロメートル余。『書紀』の記載により、継体・天智・天武時代に通交のあったことが知れる。

　当時、未知の国、異郷についての概念として、人を食うとか、鬼が住むとか言ったもの。
(8)　該当語未詳。

大峰《おおみね》を通《とお》る僧、酒泉郷《しゆせんきよう》に行く語《こと》、第十三

今は昔、仏道修行のため練行する僧がいた。大峰(1)というところをとおっているとき、道をふみまちがえて、どことも知れぬ谷の方(2)へ行くうちに、大きな人里に出た。

僧は、これで助かったと安心し、「どこか人家に立ち寄り、『この里は、なんというところか』をたずねよう」と思ってあるいていくうちに、その里のなかに泉があった。石などを敷きつめた、たいそうりっぱな泉で、上の方は屋根でおおってある。僧は、これを見て、「この泉の水を飲もう」と思って近寄ると、その泉の色は、たいへん黄色っぽい。「どうして、この泉は、黄ばんでいるのだろう」と思って、よくよく見ると、この泉は、なんと、水ではなく、酒がわき出しているのであった。僧は、びっくりして、じっと見つめていると、里の家々からおおぜい人が出てきて、「これは、どなたのおこしかな」とたずねるので、僧は、大峰をとおっているうちに道にまよって、思いがけず、ここにやってきてしまった旨を答えた。すると、一人の人が、「さあ、こちらへおいでください」と言って、僧をつれていこうとする。僧は、気が気ではなく、「これは、いったい、どこへつれていかれるのだろう。自分を殺すためにつれていくのではないか」と思ったが、とても拒否できるようなことではないので、このうながした男の後についていくと、たいそう裕福そうな大きな家についた。すると、この家の主人であろうか、年配の男が出てきて、ここにやってきたわけを聞くので、僧はまえのとおりに答えた。

その後、この僧を座敷に呼び上げて、食事などをさせると、この家の主人は、若い男を呼び出し、「このお方を、いつものところへつれていけ」と命ずるので、僧は、「この人は、この里の長者であるらしい。自分をどこにつれていこうとするのか」とおそろしくなった。そのうち、この男が、「さあ、こちらへ、どうぞ」といって、先に立っていくので、僧は、おそろしくはあるが、のがれる方法とてないので、しかたなく、言うがままについていった。

やがて、人里はなれた、山のかたかげにつれていって、男が言うには、「じつは、お前さんを殺すためにここへつれてきたのだ。以前もこのようにして、この里へやってきた人間を、帰ってからこの里の様子を人に知らせることをおそれて、かならず殺している。だから、ここに、こんな里があるということをだれも知らないのだ」。僧は、これを聞くと目の前が真っ暗になった。そこで泣く泣くこの男に、「わたしは、仏道を修行する身で、多くの人々を救おうと思って、[3]大峰にわけ入り、奮励精進いたしてまいりました。ところが、道にまよって思いがけずここにきて、命を失おうとしています。人間は、いつかはかならず死ぬのが道[4]理というもの、わたしは、そのことをおそれているのではありません。ただ、あなたが、仏道修行につとめるなんのとがもない僧を殺そうとなさる、それが最大の罪をおかすことになるのですから、どうか、そう思って、わたしの命を助けてくださいませんか」とうったえた。男が、「おっしゃることは、まことにごもっともですから、ゆるしてさしあげたいのですが、もし、あなたがかえってから、この里の様子を人に話されはしまいかと、それがおそろしいのです」と言うと、僧は、「わたしは、もとの国へかえっても、決してこの里の様子を人に話したりはいたしません。この世に人として生を受けて、命にまさるものはありません。命さえ助けていただいたなら、その御恩をどうしてわすれることなどありましょうか」と言う。男は、「お前さまは、出家の身でいらっしゃることだし、また、仏道修行に精進なさっているお方だ。よろしい、お助けいたしましょう。ただし、どこそこにこういうところがあるということを、ぜったいにお話しなさらぬなら、殺した様につくろってゆるしてさしあげましょう」と言ったので、僧は、うれしさのあまり、多くの誓言をたてて、他言しないとかたく約束すると、男は、「それでは、決して他言してくださいますな」とかえすがえす口外を禁じ、道を教えてかえしてくれた。僧は、男にむかって礼拝し、この御恩は、来世までも決して忘れることはないと約束して、泣く泣く別れ、教えられたとおりの道を行くと、人のとおるふつうの道に出た。

こうして、もとの国にかえってくると、あれほどかたく、誓言をたてて約束したのにもかかわらず、もともと信義のない口の軽い僧だったので、いつの間にか、会う人ごとにこのことを話してしまったものだから、聞く人は、みな、「それからどうした、どうした」とさかんに話を聞きたがるので、僧は、里の様子や酒の泉があったことなど、やたらとべらべら、すべてしゃべってしまったので、年が若く血気にはやる男どもは、「これほどのことを聞いて、まさか行ってみないわけにはいかぬぞ。そこに住むのが、『鬼であるとか、神である』とか言うなら、おそろしいだろうが、聞けばふつうの人間だというじゃないか。どんなに、すごいやつだといっても、どうせ、たいしたことはあるまい。さあ、行ってみよう」と言って、度胸もあり、力もつよく、うでにおぼえのある若者五、六人ほどが、めいめいに弓矢をたずさえ、太刀・刀をひっさげて、この僧を道案内にして、それ行けとばかり、出かけようとするのを、年配者たちは、「やめた方がいい。相手は、自分の土地だから、いろいろと、こっちのわからないしかけがしてあるのにちがいない。こっちは、不案内の土地に行くのだから、危険きわまりないぞ」と言って制止したが、若者どもは、気負い立って言ったことなので、耳もかさない。また、僧も、しきりにけしかけたからであろうか、みなうちそろって出かけていってしまった。

一方、この出かけていった連中の父母・親類たちは、それぞれ不安がって、この上もなくなげき合うのであった。はたして予想どおり、その日もかえらず、つぎの日もかえらず、二、三日たってもかえってこない。いよいよ、悲嘆にくれたが、どうしようもなかった。こうして、長い間、姿を見せなかったが、「さがしに行こう」と言うものは一人もなく、ただ、なげき合っているうちに、消息不明のまま終わってしまった。おそらく出かけていった連中は、一人のこらず、みな殺しにされてしまったものであろう。「連中がどんなふうになったか」ということも、だれ一人としてかえってこない以上、なんで知ることができようか。じつに、つまらぬことをしゃべった僧であることよ。自分も死なずにすみ、おおぜいの人を殺さないですむものなら、どんなによかったことか。

されば、人は、信義を守らず口が軽いというようなことは、ぜったいしてはならない。また、たとえ僧が口軽くしゃべったにしても、それにつられて出かけていくものどももまったくおろかである。その後、その酒泉郷のことは、うわさによっても伝わってくることはなかった。このことは、かの僧が語ったのを聞いた人が、語り伝えたとのことである。

典拠未詳。

(1)　大菩提峰の略称。大和吉野郡の中部の大山脈、北は金峰山、南は玉置山にわたるおよそ六〇キロの間の総称。ここを山林修行の霊地として登渉練行する。昔、鷲峰・鶏足二山が飛来してきたものと信じられた。役小角《えんのおづの》の開創とし、のち、醍醐の聖宝によって開発され、修験の根本霊山となった。山は、大天上・小天上・山上嶽・国見山・弥山・釈迦嶽・大日嶽・天狗嶽・玉置山など、峻嶮にして断崖、ふかい洞窟があり苦修に適する。また、千草嶽・児宿・滝の胸先・大禅師・小禅師・屏風の岨道・負釣・行者帰などの嶮がある。山上嶽は、大峰の奥の院、山上に蔵王権現をまつる。笙窟は、日蔵上人と行慶上人のあとをいう。

大峰は、胎蔵界十三大院・金剛界九会三十七尊に配され、曼荼羅道場とする。この山に入るのを峰入とし、熊野から入って吉野に出るのを順路として順峰《じゅんぶ》といい、この逆路をとるのを逆峰《ぎゃくぶ》という。東密系の当山派（三宝院門跡）は、吉野口よりのぼり（逆峰）、台密系の本山派（聖護院門跡）は、金峰口からのぼる（順峰）。

(2) 道に迷った折り、谷にそって下るのがもっとも安全な方法である。

(3) 原文「利益《りやく》」。仏の教えに従うことによって得られる恩恵。自利を功徳、利他を利益ということもある。この世で受けるのを現益（現世利益）、後の世でうけるものを当益（後世利益）という。

(4) 「死を念ずることを行ない、自分たちが死んでいる存在であると念じなさい。これらの生きている者たちにとって、死は確かであるが、生は確かではないのです。すべての作られたものは無常で、滅ぶべき性質のものなのです」（『ジャータカ』「蛇本生」）。

四国《しこく》の辺地《へんち》を通《とお》る僧、知らざる所に行きて馬に打ちなさるる語《こと》、第十四

今は昔、仏道修行のため練行する僧が三人つれ立って、四国の辺地(1)とは、伊予・讃岐・阿波・土佐の海辺にそったところのことだが、そこをめぐりあるいていた。そのうち、どうしたことか、山のなかにまよいこんでしまった。ふかい山に入りこんでしまったので、なんとかして海辺に出たいとねがっていた。

しまいには、人の踏み入ったことのない、ふかい谷に入りこんでしまったので、いよいよなげき悲しみながら、いばら[2]やからたち[3]をかきわけていくと、一つの平地に出た。見ると垣などをかこいめぐらしてある。「ここは、人の住み家にちがいない」と思うと、うれしくなり、なかに入ってみると、家が建ち並んでいる。たとえ、鬼の住み家だとしても、こうなっては、いたしかたない。道がわからないのだから、行く方向も見当がつかない。そこでその家に立ち寄って、「ごめんくだされ」と声をかけると、家のなかから「どなたかな」と声がする。「修行のものですが、道にまよってここまで参りました。どちらへ行ったらよいか、お教えくださいませんか」と言うと、「しばらくお待ちを」と言って内から人が出てきた。見ると年のころ六十あまりの僧で、ひどく恐ろしげな顔形をしている。三人を呼び寄せるので、「こうなっては、鬼でも神でも仕方がない」と心にきめて、三人そろって縁[4]の上にあがってすわった。すると、その僧は、「あなた方は、さぞお疲れであろう」と言って、まもなく、たいそう小ざっぱりとした食膳をはこんできた。「やはり、これは、ふつうの人間であったか」と、ほっと安心して、食事を終えて一休みしていると、この家の主人の僧は、たいそう恐ろしげな顔つきになって人を呼ぶ。思わず、ぞっとした三人が見ているうちに、やってきたものを見ると、あやしげな法師である。主人が、「例のものを持ってくるように」と命ずると、法師は、馬の手綱[5]とむちとをはこんできた。

主人の僧は、「いつものように、やれ」と命ずると、法師は、修行者[6]の一人を縁から引きずりおろした。のこる二人は、「これは、いったい、どうする気か」と思うとすぐに、庭に引っぱりおとして、むちで背なかをたたく。したたかに五十度たたいた。修行者は悲鳴をあげて、「助けてくれ」とさけんだが、二人は、どうして助けられようか。つづいて、衣をはぎ、はだかのはだを五十度打った。合計、百度も打たれて、修行者がうつぶしてたおれふすと、主人の僧は、「よし、引きおこせ」と命じる。法師が引きおこしたのを見ると、たちまち馬と化し、胴ぶるいして立つと、法師はすぐさま手綱を［　］⑦て引っぱっていった。のこりの二人の修行者は、これを見て、「これは、またどうしたことか。ここは、人間の世界ではなかったのだ。われらも、また、こんなふうにされるのか」と思うと、ひとりでに悲しくなって、ただもう茫然としているうちに、また、一人の修行者を縁から引きずりおろし、前のようにたたく。たたきおわって、また、引きおこすと、それも馬になって立ちあがった。そこで、二頭の馬に、手綱を［　］⑧て引いていったのであった。

　もう一人の修行者は、「自分も、同じように引きおとして、二人のようにたたくのだろう」と思うと悲しくてならない。日ごろ信仰している本尊に、「どうか、このわたしをお助けください」と、心のなかで必死に祈念しつづけた。その時に、主人の僧が、「その修行者は、しばらくそのままにしておけ」と言う。「そこにおれ」と言われた場所にすわっているうちに、やがて日も暮れてしまった。修行者は考えた。「どうせ、馬にされるくらいなら、思いきって逃げ出そう。追いかけられてつかまり、殺されたとしても、命を捨てるのは、同じことだ」と考えたが、見さかいもつかぬ山中であるから、どっちへ逃げたらいいかもわからない。「いっそのこと、身を投げて死んでしまおうか」と、あれこれ思いなやんでいると、家の主人の僧が修行者を呼んだ。「ここにおります」と答えると、「あの後の方にある田に、水があるかどうか、見てこい」と言うので、おそるおそる行ってみると、水があった。

そこで、もどって、「水があります」と答える。「これも、このわたしをどうにかするつもりで、言いつけたのだろう」と思うと、もう、生きた心地もしない。

やがて、人がみな寝しずまったころに、修行者は、「なにがなんでも、逃げ出そう」とふかく心にきめて、笈《おい》(9)も持たず、ただからだ一つで、外に飛び出し、ひたすら、足のむく方に走って行くうちに、「もう、五、六町（約五、六百メートル）は、きたかな」と思うころ、また、そこに一軒の家があった。「ここも、どんなところか」とおそろしく、走り過ぎようとすると、家の前に女が一人立っている。「あなたは、どなたですか」と聞くので、修行者は、おそるおそる、「これこれのものですが、こういうわけで、身投げでもして死ぬ覚悟で逃げて参りました。どうか、お助けください」と言うと、女は、「ああ、そういうこともございましょう。お気の毒なこと。まず、こちらへお入りください」と言うので、家のなかに入った。すると女は、「長年、こんな情けないことを見てきましたが、わたくしの力では、どうすることもできません。だが、あなただけは、何とかしてお助け申しあげたいと存じます。わたくしは、あなたが行かれた僧房の主の正妻なのです。ここから、すこし下っていくと、わたくしの妹(10)にあたる女が住んでいます。しかじかのところです。あなたをお助けできるのは、その妹だけです。『わたくしのところからだ』と言って、そこへおいでなさい。手紙を書きましょう」と言って、手紙を書いて男に与え、「二人の修行者をまず、馬にして、あなたは、土を掘ってうめ殺そうとしたのです。田に水があるかと見せにやったのは、掘ってうめるためだったのですよ」と言うのを聞くと、「よくぞ逃げ出したものだ。しばらくの間でも、生きながらえられたのは、仏のお助けだ」と思って、手紙を受けとると、女にむかい手を合わせて、泣く泣く礼拝して、すぐさま走り出して、教えられたままの方向めざして、二十町（約二二〇〇メートル）ばかりもきたと思うころ、人里はなれた山中に一軒の家があった。

「きっとここだ」と思って、近寄り、「これこれのお手紙を持って参りました」ととりつぎのものに案内をこうた。召使いは、それをとってなかに入り、もどってきて、「こちらへお入りください」と言うので、家のなかに入った。すると、そこに一人の女がいて、「わたくしも長年うとましいことと思っていましたが、姉からも、また、このように言ってよこしたことですから、助けてさしあげようと思います。だが、ここには、とてもおそろしいことがあるのです。しばらく、ここにかくれておいでなさい」と言って、奥の一間(11)にかくれさせ、「決して、物音を立ててはなりません。もはや、ちょうど、その時刻になりました」と言う。修行者は、「なにごとだろう」とおそろしく、身動き一つしないで、じっとしていた。

しばらくすると、なにやらおそろし気な気配のものが入ってくるらしく、あたり一面に生ぐさいにおいがただよってきた。なんともおそろしいかぎりである。「これはまた、なにものだろうか」と思ったとたんに入ってきて、この家の主の女と話をしていっしょに寝る気配(12)である。じっと、聞き耳を立てていると、ことをすませてかえっていく。修行者は、初めて、「この女は、鬼の妻で、いつもこのようにやってきては、抱き合って寝ては、かえるのだな」とさとったが、たとえようもなく気味がわるい。その後、この女がかえる道を教え、「ほんにあぶないところで命拾いをなさったお方ですよ。ありがたいとお思いなさい」と言うので、修行者は、前のように泣く泣くふしおがんで、そこを出て、教えられたとおりにいくと、夜も明け方になった。「もう百町（約一万メートル余）もきたろうか」と思っているうちに、東の方がしらんできた。見ると、いつのまにか、ふつうの正しい道に出ているのであった。そのとき、ほっと安心したのである。うれしいともなんとも言いようがない。そこから人里をたずねていって、ある家に入り、これこれこういう目にあったとことの次第を話したところ、その家の人も「なんとも、おどろいた話ですねえ」と言った。里の人々も、このうわさをつぎからつぎへと聞いては、集まってきて、ことの仔細をたずねた。その逃げてたどりついたところは、□[13]国□[14]郡□[15]郷である。

さて、かの二人の女は、修行者にかたく口止めして、「このように、助からぬはずの命を助けてさしあげました。ですから、こんな土地があったと、人にお話しなさいますな」とくりかえし言ったのだが、修行者は、「あれほどのことを、どうしてだまっていられようか」と言って、会う人ごとに話して聞かせたので、その国の、元気のよい、腕におぼえのある若いものたちが、「軍勢を集めて行ってみよう」などと言い出した。しかし、行く道もまったくわからないことなどで、沙汰止みになった。だから、あの主人の僧も、修行者が逃げたとき、「道がわからないから、とても逃げきるまい」と考えて、いそいで追いかけなかったのに相違あるまい。さて、修行者は、そこから諸国をまわって京に上った。その後、その場所がどこにあるかといううわさも耳にしない。じっさいに、目の前で、人間を馬にかえたことも、どうにも信じられない。そこは、畜生道[16]などであったのだろうか。かの修行者は、京にかえって、馬になった二人の仲間の僧のために、ねんごろに供養[17]した。

思うに、「いかに身を捨てて[18]修行するとはいっても、やたら不案内な土地へ行ってはならぬものだ」と、その修行僧が語ったのを聞き伝えて、このように語り伝えたということである。

典拠未詳。

(1) 後世の弘法大師聖跡巡礼——四国遍路の原型であるが、ここは、出家者の練行である点に注意。辺地は、仏教語としては、極楽浄土にいたる途中の国で、阿弥陀の浄土の化土と解する。発心の阿波路、修行の土佐路、菩提の伊予路、涅槃の讃岐路といわれる。

(2) とげのある小木の総称。

(3) 落葉性低灌木。よく分枝して繁茂し、枝条に鋭い刺《とげ》が互生。白色の小花を四月ごろ咲かせる。果実を枳殻《きこく》という。

(4) 家の外側に出した板ばりの縁。

(5) 原文「轡頭《くつわづら》」。馬のくつわにつける綱のこと。手綱。

(6) 単なる修行をするものの意ではなく、頭陀《ずだ》苦行、四国巡礼を行なうものをいう。単に、行者ともいう。「熊野へ参るには、何か苦しき修行者よ」(『梁塵秘抄』)。

(7)(8) 「ハメ」か。手綱をとりつける動作を言う語。

(9) 修行僧・修験者が、仏像・仏具・食物・衣類などを入れて背負う足つきの箱。「われらが修行せし様は忍辱袈裟をば肩にかけ、また笈を負ひ、衣はいつとなくしほたれて、四国の辺地をぞ常に踏む」(『梁塵秘抄』僧歌)。

(10) 原文「丸《まろ》が弟」。「まろ」は、男女ともに用いる自称。「弟」は、年下の兄弟姉妹をさす。

(11) 間口が、柱間一つの小部屋。

(12) 妹も鬼の側室であったのである。

(13)(14)(15)　国名・郡名・郷名の明記を予定した意識的欠字。
(16)　衆生の生存の状態を示す六道（天上・人間・修羅・畜生・餓鬼・地獄）の一。地獄道・餓鬼道とともに三悪道（三悪趣）の一。無智愚鈍で、たがいに殺し合い苦が多くて楽の少ない世界。愚痴（現象や道理に対して正しい判断ができず迷いまどう心）のものが、悪い行為の報いとして生まれる世界。馬・牛・羊・犬・豕・鶏を六畜という。
(17)　原文「善根《ぜんごん》」。サンスクリット語、クシャラ・ムーラの訳。徳本とも訳す。よい果報をもたらす善い行ない。善を生ずるもと。広く写経・造像・供養などをいう場合が多い。
(18)　捨身。身を捨てて仏に供養し、あるいは、身肉を衆生に施す行為。

異郷説話、かくれ里伝説であるが、とくに四国は、鬼が住む地と考えられていたこととも関係する。いわゆる鬼ヶ島の例である。また、四国は、山が海辺にせまり、懸崖絶壁をなすところも多く、岬も多い。平安朝の四国斗擻《とそう》の実態を知る物語として価値があろう。

北山《きたやま》の狗《いぬ》、人を妻《め》とする語《こと》、第十五

今は昔、京に住む若い男が、北山(1)のあたりにあそびに行ったが、やがて、日もとっぷり暮れてしまい、どことも知れない野山にまよいこんで、道もわからなくなり、かえるにかえれず、一夜の宿をかりるところとてなく、途方にくれていると、谷あいに、小さな庵がちらっと見えたので、男は、「あそこに、だれか住んでいるにちがいない」とよろこんで、そこへ、やっとの思いでたどりついたところ、そこに、小さな柴の庵があった。

た。人のくる足音を聞きつけて、庵のなかから年のほど二十あまりの若くて美しい女が出てきた。男は、これを見て、やっと助かったと思っていると、女は男を見て、あきれた様子で、「これは、いったいどなたさまでいらっしゃいますか」とたずねる。男が、「山をあそびあいておりましたところ、道にまよって、かえるにかえれず、日が暮れてしまいまして、宿をかりるようなところもなく、やっとここを見つけて、一安心していそいでやって参りました次第です」と言うと、女は、「ここは、（ふつう）(2)の人がやってくるところではありません。この庵の主人は、すぐもどってきます。そして、あなたが、この家にいらっしゃることを見たら、きっと、わけありの人とうたがいましょう。そうなったら、どうなさるおつもりですか」と言う。そこで、男は、「なにとぞ、いかようなりとも、よいようにおとり計らいください。とにかく、かえるにかえれませんので、今夜一晩だけ、ここにおとめいただけませんか」とたのみこんだ。女は、「それでは、こうなさいませ。『長い間、お目にかからず恋しく思っておりましたわたしの兄が、思いもかけず、山にあそびに行って、道にまよってここにきたのだ』と、わたしが申しておきましょう。そのつもりでいてください。そして、京へおかえりなさいましても、決して、『こうこういうところに、こうこういうものが住んでいた』などと、決して他言なさいませんように」と言うので、男はよろこんで、「まことにありがたいことでございます。おっしゃるままに心得ておりましょう。また、そうおっしゃるからには、決して他言はいたしますまい」と言ったところ、女は、男を呼び入れ、一間にむしろを敷いてやった。男が、そこにすわっていると、女が寄ってきて、こっそりと、「じつは、わたくしは、京のこれこれというところに住んでいた人の娘です。それが、思いもかけず、あさましいものにさらわれ、そして、おかされ、長年、このようにしているのです。その夫が、いますぐ、ここにやってきます。すべては、これからごらんになりましょう。しかし、暮らしに不自由するようなことはございません」と言ってさめざめと泣く。男は、これを聞いて、「いったい、なにものだろうか、鬼なのであろうか」とおそろしく思っているうち、夜になって、戸外でものすごくおそろしい声でうなる声がする。男は、これを聞き、おそろしさで、身も心もちぢみあがっていると、女が出ていって戸をあける。入ってきたものを見ると、たいへん大きな白い犬(3)であった。

男は、「なんとまあ、犬だったのか。この女は、この犬の妻ということなのだな」と思っているうちに、犬が入ってきて、男を見つけるなり、うなり声を立てる。女は、出てきて、「長い間、ぜひ会いたいと思っていた兄が、山で、道にまよっているうちに、思いがけずここにいらっしゃったので、ほんとうに、うれしくて」と言って泣く。そのときに、この犬は、その言葉がわかったような顔つきで、奥に入り、かまどの前(4)に横になった。女は、苧《お》(5)というものをつむぎながら、犬のそばにすわった。それから、食事をりっぱにととのえて食べさせてくれたので、男は、それをたいらげてから寝た。犬も奥へ入って、女といっしょに寝た様子であった。

さて、夜が明けると、女は、男のところに食事を持参して、また、こっそりと、「重ねて申しますが、ここに、こういうところがあると、人にはお話しくださいますな。また、ときどきはいらっしゃってください。さきほど、あなたを兄と申しましたので、主人も、そのように心得ております。なにか、ご用のものでもあれば、かなえてさしあげましょう」と言うと、男は、「決して、他言などいたしません。近々、また、うかがいます」などと丁重に礼を言って、食事をすますと、京へかえっていった。

　かえりつくやいなや、男は、「きのう、これこれのところへ行ったが、こんなことがあった」と、会う人すべてに話したところ、これを聞いた人は、おもしろがって、また、つぎつぎと話していくうちに、だれも知らぬものがなくなった。そのなかで、こわいもの知らずの元気のよい若い連中が集まって、「北山に、犬が人を妻にして、庵に住んでいるそうな。どうだ、出かけて行ってその犬を射殺して、妻をうばいとってこようじゃないか」と言って仲間を呼び集め、この山に行ってきた男を道案内として出発した。一行は百人ないし二百人もいたが、手に手に弓矢・刀剣をたずさえ、男の教えにしたがってその場所に到着してみると、なるほど谷あいに小さな庵があった。「あれだ、あれだ」などと、めいめい大声で言い合っていると、犬がこれを聞きつけて、おどろいて出てきて、その方に目をやると、前にやってきた男の顔を見つけるやそのとたんに庵のなかに引っかえして、しばらくして、女を前に押し立て、庵から出て山の奥へと逃げ出して行く。おおぜいで、これをとりかこんで、矢を射たが、すこしも命中することなく、犬も女も逃げ去って行くので、追いかけたが、まるで鳥が飛ぶようなはやさで山奥に入ってしまった。そこで、一同は、「これは、ただものではない[6]ぞ」と言って、みな引きかえした。前に行った例の男は、もどってくるなり、「気分がわるい」と言って、寝こんだが、二、三日して、そのまま死んでしまった。

　そこで、もの知りの古老は、「あの犬は、神などであったのだろう」と言うのであった。つまらぬことをしゃべった男であることだ。されば、約束を守らぬものは、みずから命をほろぼすことになるのだ。その後、その犬のありかを知るものはいない。近江国⑺にいたとか言い伝えている人がいた。おそらくは、神などであったのだろうと、こう語り伝えているということである。

典拠未詳。

(1) 京都市北方の山を広く言う。西山に対する。船岡山・衣笠山・鷹ヶ峰から岩倉におよぶ地域とし、さらに範囲を広げて、雲ヶ畑・周山・小塩・花背・広河原あたりまでを含めるとする見方がある。

(2) 底本は「オボロケ」が想定される欠字。

(3) 白い色の動物は、霊異あるものと考えられていた。白鳥・白兎・白狐など。

(4) いろりの正面の主人の座を意味する。火を神聖視して、火に邪気や悪霊を払う力があるとし、炊事に火を用いることで食生活が豊かになり、火は家の中心的存在となった。火と炉とかまどは不可分で、火の神聖視は、かまど・炉の神聖視となっていった。

(5) 麻やからむし(イラクサ科の多年草)のこと。また、これらの皮からとった繊維をも言う。

(6) 不可思議な霊力をそなえたものであろうとの意味。

(7) 近江国に犬上郡があり、大滝に、犬神明神がある。また、この地方の古代豪族に犬上氏があり、日本武尊の稲依別王《いなよりわけ》を始祖とする。記紀に犬上君が出、犬上県主と称せられている。

一般に犬神とは、犬の霊が人につくという俗信で、犬神持・犬神筋の人たちは、特別の呪力を持つとされる。犬神持の血は女により伝わり、その家系の女と結婚すると犬神持になると信ぜられていた。

佐渡国《さどのくに》の人、風のために知らざる島に吹き寄せらるる語《こと》、第十六

今は昔、佐渡国に住むものおおぜいが、一そうの船に乗って出かけたところ、沖合で、にわかに、南風が吹き出し、まるで矢を射るようなはやさで、船を北の方に吹きながした。船のものどもは、もはや、これまでと観念し、櫓を引っぱりあげたまま、風にまかせて流されていくうちに、はるかかなたの沖合に、一つの島を見つけた。「なんとかして、あの島に着きたいものだ」と願っているうちに、思いどおりその島に流れついた。

「どうやら、しばらくは助かった」と思って、われがちにおりようとすると、その島から人が出てきた。見ると、その人は大人の髪型でもなく、また、子どもの髪型でもなく、頭を白い布でつつんでいる。(1)背たけがものすごく高い。そのありさまは、とてもこの世のものとは思われない。船のものどもは、これを見て、みなおじけづいてしまった。「これは、きっと鬼にちがいあるまい。われらは、鬼の住む島とも知らずにやってきてしまったのだ」と、思っていると、その島の人が、「そこにやってきたのは、なにものか」と聞く。船のものが、「われらは、じつは、佐渡国の人間です。船に乗って航海する途中、とつぜん、暴風に見まわれて、思いがけず、この島に流れついたのです」と答える。島の人は、「決して、この島におりてはならぬ。この島に上陸したりするときには、とんでもないことになるぞ。食べものだけは、持ってきてやろう」と言って、かえっていった。

しばらくして、前の人と同じような身なりのものが、十人あまり姿をあらわした。船のも

のは、「きっと、われらを殺すつもりだろう」と思った。かれらの背の高さから考えて、その力が思いやられて、ふるえあがる思いであった。島のものたちが近づいてきて、「この島へ呼び上げてやりたいのだが、もし、上げたなら、お前たちにとって、よくないことになるから上げてやらないのだ。これを食べて、しばらく待っていたら、そのうち風も順風に変わるだろう。そのときに、もとの国へかえって行くがよい」と言って、不動[2]というものと、芋頭[3]というものとを持ってきて、食べさせてくれたので、満腹するまで食べた。不動というものも巨大であり、芋頭もふつうのものよりも、たいへん大きかった。「この島では、これを常食としているのだ」と島の人は言った。その後、順風になったので、船出して、もとの国へかえったのであった。

だから、鬼ではなかったのだ。だが、神などであろうかとうたがった。こんなに、おどろくべきことがあったのだ。この船のものどもが、佐渡国にかえってから、この話をしたところ、聞く人も、たいへんこわがった。その島は、外国ではなかったのだろう、ことばは、たしかに日本のことばであった。ただそこに住む人の体格が偉大で、身なりなど日本人とは異なっていただけである。このことは、ごく最近のできごとである。佐渡国には、こういうことがあった、とこう語り伝えているということである。

典拠未詳。

(1) これも、異郷説話。鬼の住む島かと恐れたのである。ただし、この頭を白い布でつつんでいるというのは、やはり、異人の姿である。本巻第十二話の、済州島に現れた人も白衣であった。

(2) 果物の「ぶどう」、「餢飳《ふと》」でもちを油であげたもの、「蔔藤《ふとう》」であけび、などの諸説があるが、はっきりしない。ただし、不動をあてる点から考えると、それを食べると、力がつくとか、悪魔を退散させるとか考えられていた食べものかも知れない。

(3) さといもの親いも。「真乗院に盛親僧都とて、やんごとなき智者ありけり。いもがしらといふ物を好みて多く食ひけり」(『徒然草』第六十段)。

常陸国《ひたちのくに》□郡《こおり》に寄りたる大きなる死人の語《こと》、第十七

今は昔、藤原信通朝臣[1]といった人が、常陸守として在任中のことだが、任期が終わるという年の四月ごろ、風がものすごく吹いて、大荒れに荒れた夜、□[2]郡の東西の浜[3]というところに死人が打ち寄せられた。その死人の身のたけは、五丈(約十五メートル)あまりもあった。横になっているときの胴の高さは、半分は、砂にうずもれているにもかかわらず、たけの高い馬に乗ってむこうから近づいてくる人の手に持った弓の先だけが、こちらに見えるくらいであった。それで、大きさも推察できるだろう。この死人は、首から切断されていて、頭がなかった。また、右の手も、左の足もなかった。これは、きっと、わにざめなどがくい切ったものであろう。それがもとのようについていたら、さぞかし、たいへんなものであったろう。また、うつぶせになって砂にうずもれていたので、男女いずれともわからなかった。だが、身なりや、肌つきは、女のように見受けられた。その国のものどもは、これを見て、みなおどろきあきれ、黒山のように群れ集まって大さわぎをした。

また、陸奥国の海道(4)というところで、国司□(5)という人も、「このような巨大な人が打ち寄せられた」と聞いて、家来をやって検分させた。砂にうずもれていたので男女いずれともわからない。「やはり女であろう」とは見たが、学識のふかい僧などが、「この一大世界(6)のなか、このような巨人の住むところがあるとは、仏も説いておられない。思うに、阿修羅女(7)などではないかと考える。身なりなどが、たいそうきよらかなのは、ひょっとすると、そうなのかもしれぬ」と推測した。一方、国司は、「これは、まことに珍事であるから、なにはさておき、朝廷へ上申(8)いたさねばならぬ」と言って、まさに、京に使いを立てようとしたところ、国のものどもが、「上申されたなら、かならず、朝廷の使者が検分に下ってくることでしょう。そうなれば、その接待がたいへんなことになります。このことは、ただ、隠しておくのがよろしいでしょう」と言ったので、守も上申せず、隠しとおしてしまった。

ところが、その国に、□(9)という武者がいた。この巨人を見て、「もし、かような巨人が攻め寄せてきたなら、どうしたらよかろう。矢が立つかどうか、ためしてみよう」と言って、矢を放ったところ、矢は深々と突きささった。そこで、これを聞いたものは、「あっぱれ、よくぞ、ためした」とほめそやした。さて、その死人は、日がたつにつれて、くさってきたので、十町（約千メートル余）、二十町の間は、人も住めず、みな逃げ出してしまった。あまりの臭さに耐えられなかったからであろう。このことは、はじめ隠しておいたのだが、守が京に上ったものだから、いつしか世間に伝わり、こう語り伝えているということである。

典拠未詳。

(1) 藤原南家貞嗣《さだつぐ》流。武智麿の四男永頼の子。従四位下。少納言、遠江・伊賀権守をつとめた。治安四年(一〇二四)三月、万寿二年(一〇二五)三月、十二月にも常陸介(常陸は親王任国のため、介が守と通称した)として見え、万寿五年(一〇二八)二月には、平維衡が国司となっている。

(2) 郡名の明記を予定した意識的欠字。

(3) 未詳。

(4) 常陸国府の北、常陸の多珂(多賀)郡から、逢隈の渡(日理郡)《わたり》にいたる間という。浜通りで古く海道の駅があった。

(5) 姓名の明記を予定した意識的欠字。

(6) 須弥山を中心として、九山八海、四洲、日月などを合したものを単位として、一世界という。仏の教化がいきとどく範囲である(ただし、仏の教化は、それより大なる世界にもおよぶともいう)。

(7) 六道の一つ、阿修羅に住む女。もと、インドの神。しだいに悪神となり、帝釈天と争うとする。また、天龍八部衆の一で、仏法護持の異類。尊の姿は、胎蔵界曼荼羅に描かれているが、一般に知られているのは、八部衆の一、三面六臂の興福寺像が著名。また、『法華経』功徳品に、もろもろの阿修羅は、大海のほとりに居在するとある。

(8) 原文「国解《こくげ》」。国司から中央政庁に上申する公文書。

(9) 人名の明記を予定した意識的欠字。

越後国《えちごのくに》に打ち寄せられたる小船の語《こと》、第十八

今は昔、源行任朝臣(1)という人が、越後守として在任中、□(2)郡の浜に小さな船が打ち寄せ

られた。幅二尺五寸（約七五センチ）、深さ二寸（約六センチ）、長さ一丈（約三メートル）ほどである。これを見つけた人が、「これはなんだろう。だれかがふざけ半分にこしらえて、海に投げこんだものだろうか」と思い、よく見ると、その船の舷(3)にそって、一尺（約三〇センチ）ほどの間隔をおいて、かいのあとがついている。そのあとは、すっかりこぎへらされていた。そこで、その人は、「ほんとうに人が乗っていたにちがいない」と判断して、「いったい、どんな小人が乗っていた船だろう」と思って、いつまでも不審に思っていた。「これをこいでいたときは、むかでの手のように見えたことだろう。世にも珍しいものだ」と言って、国司の館(4)に持っていくと、守もこれを見て、たいへん不思議に思った。

　年配のものが言うには、「以前にも、こんな船が流れついたことがある」と言った。してみると、ちょうど、この船に乗るくらいの小人がいるにちがいない。このように越後国(5)に何度も流れついたとすれば、小人の国は、ここから北にあるはずだ。越後国以外では、このような小船が打ち寄せられたという話は聞いたことがない。このことは、守が上京して、従者たちが語ったのを聞きついで、こう語り伝えているということである。

典拠未詳。

（1）醍醐源氏。高雅の子。蔵人。能登の守として巻第二十六第十二話に登場。他、越後・備中・丹後の守、東宮蔵人・同大進・同亮などをつとめた。越後守をつとめたのは、寛仁三年（一〇一九）ごろ。

（2）郡名の明記を予定した意識的欠字。

（3）ふなばた。船のへり。

(4) 頸城郡の直江津、現在の上越市の国分寺付近とするが、確定しない。妙高市国賀、保倉川川口の南岸あたりとする説もある。
(5) 『延喜式』には、頸城・魚沼・三島・古志・蒲原・沼垂・石(盤)船の七郡を記す。

愛宕寺《おたぎでら》に鐘《かね》を鋳《い》る語《こと》、第十九

今は昔、小野篁(1)といった人が愛宕寺(2)を建立し、その寺で使うために鋳もの師に鐘を鋳造させたところ、鋳もの師は、「この鐘はつく人がなくても、十二の時(3)ごとに、毎回鳴るようにつくるつもりです。それには、鋳造したあと、土を掘ってうずめ、三年間そのままにしておかなければなりません。今日から、ちょうどまる三年間たった、その翌日、掘り出さなければなりません。しかし、日が足りないままに、あるいは、一日でもおそく、掘り出したならば、申しあげたように、つく人もなくて、二時間ごとになることはいたしません。そういう細工がしてあるのです」と言って、鋳もの師はかえっていった。

こうして土にうずめたのであったが、その後、この寺の別当(4)である法師が、それから二年すぎて、三年目になって、まだ、その当日にもならないのに、待ちきれずに、鋳もの師が言ったことが、うそかほんとうか、とても心配だったので、あさはかにも、その日にならないうちに、掘り出してしまった。だから、その鐘は、つくものがなくても、十二の時ごとに鳴る鐘ではなく、ごくふつうの、ただの鐘で終わってしまった。「鋳もの師が言ったように、決められた日に掘り出したなら、つく人がいなくても十二の時ごとに鳴っただろうに。そんな具合に鳴ったなら、鐘の音の聞こえるところでは、時刻も正確にわかり、すばらしかっただろう。じつに、残念なことをしてくれた別当だ」と、当時の人々は、さんざんに非難した。

されば、せっかちで、じっくりとしんぼうできぬ人は、きっと、このように失敗するものだ。心おろかで、約束をまもらないから、このような結果をまねくにいたるのである。世間の人は、これを聞いて、決して人を信じないようなことがあってはならないと、こう語り伝えたということである。

典拠未詳。ただし、『古事談』には同話の異伝が載る。

(1) 参議岑守《みねもり》の子。従三位。参議・左大弁。道風の祖父。承和元年（八三四）、遣唐副使に任ぜられたが、難船。同五年再出発したがその折り乗船問題をめぐって、大使藤原常嗣と争い隠岐へ流された。巻第二十四第四十五話参照。

(2) 珍皇寺。平安時代の初め、叡山の僧明達が、叡山南谷五仏像から丈六金色の弥陀像をまつったのを起源とし、中期、念仏僧千観によって再興したと伝える。天永三年（一一一二）には、内に二十寺・外に二十八寺の堂があり、愛宕寺は、珍皇寺を中心とする総称とされる。嵯峨の念仏寺も、もとは、愛宕寺諸堂の一。埋葬地として著名な鳥部野の入口にあり、六道の辻と呼ばれ、墓辺寺として平安遷都以前からあった。すでに、天平勝宝八年（七五六）に、「愛宕寺根本師」として慶俊がいる。篁は、生きながら地獄へ通じ、閻魔の庁の第二、第三の冥官であったとする伝承がある。本尊千手観音・脇士毘沙門天・地蔵。千観内供座像がある。

(3) 二時間おきに、十二回つくことになる。ここの鐘は、いわゆる梵鐘。仏具の一。時を知らせるためのもの。材料は、銅と錫の合金に少量の鉛をふくむ青銅を用いる。鐘身に孔のあるもの、上帯と下帯に唐草文を鋳出したものが多い。上部に、龍の頭をかたどった龍頭というつり手があり、下部には相対して蓮華状の撞座がある。ふつうは、高さ一五〇～二〇〇センチ、直径六〇～九〇センチ。喚鐘は、梵鐘の小型のもので半鐘といい、高さ五～六〇センチ、直径三〇センチ内外である。

（4） 別に本職があってかねて別にその任にあたる意であるが、寺の法務すべてを統括する実務担当責任者である。

霊巌寺《りょうがんじ》の別当《べっとう》、巌廉《いわかど》を砕く語《こと》、第二十

今は昔、北山(1)に霊巌寺(2)という寺があった。この寺は、妙見菩薩(3)がお姿をあらわし給う霊場である。寺の前三町（約三三〇メートル）ほどはなれて大石があった。人がかがんで、やっととおれるくらいの穴があった。霊験あらたかな寺であったので、あらゆる人がこぞって参詣し、僧房がたくさん建ち重なって、にぎにぎしいことこの上なかった。

ところが、□(4)天皇が、御目をお病みになったので、かの霊巌寺に行幸するかいなかが議せられたが、あの大石があるため、みこしがとおれそうにもないので、行幸は、思いとどまるのがよろしかろうと定められた。それを聞いて、その寺の別当である僧は、「もし、行幸があったら、自分は、かならず、僧綱(5)に任ぜられるはずなのに、行幸がなければ、僧綱に任ぜられる見込みはない」、そう考えて行幸を実現するために、「あの大石をうちこわしてしまおう」と言って、人夫を集めてたくさんの柴を刈らせ、この大石の上と下に積みあげさせ

て、火をつけて焼こうとしたところ、その寺のなかでも、年老いた僧たちは、「この寺が霊験あらたかなのは、この大石があるからである。それなのに、この大石をこわしたならば、たちどころに霊験が失われて、寺もすたれてしまうだろう」と言って、なげき合ったが、その別当は、自分自身の利益をはかるために、むりやりに計画したことであるから、寺の僧たちの言うことなど聞き入れるはずなどない。耳もかさず、その刈って積んだ柴に火をつけて焼いた。

こうして、大石をあたためておいてから、大きな鉄鎚で打ちくだいたので、岩は、こなごなにくだけて、まわりにとび散ったが、そのとき、くだける大石のなかから、百人ばかりの人の声で、どっといっせいに笑う声が聞こえた。寺の僧たちは、「とんでもないことをしてくれたものよ。この寺は、荒れはててしまうぞ。悪魔にだまされて、こんなことをしでかしたのだ」と言って、別当をにくみののしった。大石はなくなっても、また、行幸もなかったので、別当は、何にも任じられることもなくて、終わってしまったのであった。

その後、別当は、寺の僧たちににくみきらわれて、寺にも寄りつけなくなってしまった。それ以来、寺は、ただただ荒れるにまかせたままで、堂舎・僧坊も、すべて失われてしまい、一人の住僧もなく、後には、木こりの通《かよ》う道となってしまったのである。

思うに、なんとも、つまらぬことをした別当である。僧綱になれるだけの宿報がないからには、どんなに大石をうまくなくしたとしても、任じられるはずがあろうか。知恵のない僧だったのか、この道理を知らず、自分がいい目にあえなかっただけでなく、尊い霊験のある由緒寺院をなくしてしまったとは、まことに情けない話だ。されば、霊験も、その場所に応じてあらわれるものなのだ、とこう語り伝えているということである。

典拠未詳。

（1） 本巻第十五話参照。

（2） 『大日本地名辞書』は、愛宕郡鷹ヶ峰の北に巨巌があって門戸状をなし、石門《いわと》と名づけている、これが、霊巌寺かとする。『元亨釈書』は「釈円行は、果隣法師の徒なり。入唐し青竜寺の義真和尚に従って両部の密教を受く。承和六年に帰り、霊巌寺に居せり。伝来の経書六十九部一百三十三巻あり」と記している。円行（七九九～八五二）は、勅により北山霊巌寺開山。入唐八家の一人。十一歳大和元興寺に投じ、のち空海に従って東密を学ぶ。播磨の大山寺を開き、天王寺最初の別当となる。寂年五十四歳。『金剛界記』『霊巌口伝《くでん》』などの著書がある。

（3） 西賀茂に妙見山がある。妙見は、神格化された北極星の本地。衆星中の最尊として尊星王という。天台寺門では、この尊を吉祥天と同体とする。修法を、尊星王法、北斗尊星王法といい、寺門では、大北斗法と同じく最大秘法として修する。東密では、大法とせず、息災について眼の祈に修する。また、延命をいのることもある。「妙見大悲者は、北の北にぞおはします、衆生願ひを満てむとて、空には星とぞ見えたまふ」（『梁塵秘抄』）。

（4） 底本には、「三条一本」とある。三条天皇は、眼病をわずらい、三井寺の慶祚《きょうそ》に尊星王の図絵供養を命じている。行幸のことは見えない。

（5） 諸国の僧尼を管理し統括する僧官。僧正・僧都・律師。

この話は、霊巌寺縁起譚としてもおもしろい。大石の存在そのものが宗教的象徴であるとするのは、大岩や岩盤の上に、また、岩屋など岩にかこまれて霊場がつくられる例が多いことからもわかる。

能登国《のとのくに》の鬼の寝屋《ねや》の島の語《こと》、第二十一

今は昔、能登国の沖に寝屋(1)という島があるという。その島には、川原に石がころがっているように、たくさんのあわび(2)がとれるということで、この国に光の島(3)という浦があるが、その浦に住む漁師どもは、この鬼の寝屋島にわたって、あわびをとり、国司に租税としておさめていた。その光の浦から鬼の寝屋島までは、船で一日一夜の距離である。

また、そこからさらに沖合に猫の島(4)という島があるという話だ。鬼の寝屋島から、その猫の島へわたるには、追風を受けて走って、一日一夜かかる。だから、その距離をはかると、高麗国(5)へわたるくらいの遠さがあるのではなかろうか。だが、その猫の島へは、（なみ一とおりのことで(6)）は、人は行かないということだ。さて、光の浦の漁師は、その鬼の寝屋島にわたってかえってくると、一人で一万ものあわびを国司におさめた。そのうえ、一度に、四、五十人もわたったのだから、そのあわびの量といったら、想像を絶するものがあるにちがいない。

ところで、藤原通宗朝臣(7)という能登守が、任期が終わる最後の年に、その光の浦の漁師どもが、鬼の寝屋島へわたってきて、国司にあわびを納めたところ、守が、さらにさし出すよう強要したので、漁師どもは、困りはてて、越後国にわたって行ってしまった。そこで、光の浦には、一人も住むものがいなくなって、鬼の寝屋島にわたってあわびをとることも絶えてしまった。

されば、人は、あまりにも強欲であるのは、おろかなことである。一度に責め立てて、多くとろうとしたから、のちには、一つもとれなくなってしまった。いまでも、国司は、そのあわびを手に入れることができないので、その国のものどもは、まったくつまらぬことをしたものだと、かの通宗朝臣を非難した、とこう語り伝えているということである。

典拠未詳。

（1）鬼の寝屋島。大島・雁股島・龍島・荒御子島・甑《こしき》島・赤島・御厨島の七ツ島。輪島から約二〇キロ。巻第二十六第九話参照。
（2）古くから能登の海のあわびは有名であった。
（3）輪島市西南部、日本海に面した光浦のことか。
（4）古くは、沖つ島といった。鬼の寝屋島の北方、輪島から約四八キロ。奥津比咩神社のある舳《へ》倉《くら》島。
（5）朝鮮半島。古く、能登から朝鮮への航路があった。
（6）底本は「オボロケ」が想定される欠字。
（7）小野宮実頼の子孫。大宰大弐経平の子。右衛門佐。周防・能登・若狭の守をつとめた。『後拾遺』『金葉』の歌人。『後拾遺』の撰者通俊の兄。歌僧隆源の父にあたる。能登守在任中の延久四年（一〇七二）三月、気多宮の社頭で歌合を催した（「気多宮歌合」）。このような文化人も、やはり、強欲な国司には変わりなかった。

人間通有の物欲に対する批判。

讃岐国《さぬきのくに》の満農池《まののいけ》頽《くず》したる国司の語《こと》、第二十二

今は昔、讃岐国（那珂）(1)郡に、満農《まの》の池(2)という大きな池があった。弘法大師(3)がこの国の人のためを思って、おおぜい人を集めておきずきになった池である。池の周囲は、延々と遠くつらなり、堤も高いので、とても池とは思われないで、まるで海のように見えた。広さは、向う岸がかすんで見えるほどだから、その広さが思いやられるだろう。その池は、築造してから、長い間、くずれずにいたので、その国のものが田をつくるにあたって、旱魃のときでも、多くの田が、この池のおかげで助かり、国のものは、みな心から喜びあっていた。池には、上の方から多くの川が流れそそいでいたので、いつも水が満々とたたえられて、絶えることがなかった。そこで、池のなかには、大小となくたくさんの魚が棲んでいた。これを国内のものがさまざまな方法でとってはいたが、魚はきわめて多く、いつも池に満ちていてつきることとてなかった。

ところが、□(4)という人が、この国の守として在任中のこと、国のものや国司の館のものが集まって雑談などしたついでに、「まこと、満農の池には、なんと数かぎりなく、魚がいることよなあ。三尺（約九〇センチ）の鯉だっているだろう」などと話しあっているのを守が伝え聞いて、ほしくなり、「なんとかして、この池の魚を思いきりとってみたい」と思ったが、池がたいへんふかいので、人がおりて網をしかけることができない。そこで、池の堤に大きな穴をあけて、そこから水を出し、水の落ち口に、魚がはいるような装置をつくっ

ておいて、水を出すようにした。すると、水がほとばしり出るにしたがって、その穴から、無数の魚がとび出したので、それを数かぎりなくつかまえた。そして、その後、穴をふさごうとしたけれども、ほとばしり出る水のいきおいがつよくて、もはや、どうにもふさぐことはできなかった。

もともと池には、楲《い》[5]というものを立てて、それにつながる樋《とい》[6]を設置して水を出せば、池はたもつものなのに、これは堤に直接穴を掘りとおしたものだから、ちょっとの間に、その穴がくずれて広がっていくうちに、大雨が降って、池の上から流れこんでくる何本もの川が増水して、池は満水状態となって、ついに広がった穴が原因となって堤が決壊してしまった。そのため、池の水が、みな流れ出し、その国の人家・田畑はすべて流失してしまった。多くの魚も流れ出て、あちらこちらで、みな人につかまえられてしまった。その後は、水位がしだいにへって、池の広さも小さくなり、いまでは、池のあとかたもなくなっているという話だ。

思うに、この守の欲心によって、池は、すべて無に帰したのであった。されば、この守はこれによって、どれほどはかり知れぬ罪を得たことであろう。さしも尊い権化の人[7]弘法大師が、人助けのために修築なさった[8]池をつぶしただけでも、かぎりない罪である。その上、この池が決壊したことによって、多くの人家を破壊し、また、多くの田畑を流失した罪も、この守一人が負わなければならない。まして、池のなかにいた多くの魚類を人々にとられた罪も、この守以外に、いったい、だれが負うというのであるか。なんとも、つまらぬことをした守であった。

されば、人は、強欲にふるまうことは、ぜったいやめなければならないのだ。また、国の人々も、いまにいたるまで、その守をにくんで非難したということである。その池の堤であったあとは、まだなくならないで現存するという話だ、とこう語り伝えているということである。

（1）「那珂」の郡名の明記を予定した意識的欠字。

典拠未詳。

（2）巻第二十第十一話の冒頭と本話冒頭は似ているので、記述にあたってなんらかの交渉があったことが認められる。現在、香川県仲多度郡まんのう町神野（弘法大師誕生の地善通寺の南約九キロ）にある。約百四十ヘクタールにおよぶ。水深およそ三十メートルという。

四方山に囲まれ、三十六の谷があり、ただ一方に一の谷口があり排水できるため、この谷口に堤防を築いた。丸亀付近三千五百町歩の田地を灌漑する。文武天皇の大宝年中（七〇一～七〇四）国守道守朝臣が初めて築造し、万町歩にそそいだので万農池といった。その後、くずれ修築したが、弘仁九年（八一八）また堤防が崩壊したため刑部少丞路真人浜継が築造使に任ぜられたが成功せず、同十二年（八二一）空海を特請し、五月二十七日、修築別当に任じた。六月下旬、空海下向し工事を監督たちまちに成就、七月二十三日新銭二万を給せられた。『日本紀略』『弘法大師行化記』『大師御行状集記』ほか大師伝に見える。

（3）弘仁十二年、空海は、四十八歳。空海伝は、巻第十一第九話、高野山建立については、同第二十五話にくわしい。多度郡屏風浦に誕生（善通寺の地）。真蹟は、空罘につくる。満農池修築の前年、十月伝燈大師位。

（4）人名の明記を予定した意識的欠字。

（5）池の水量を調節しながら、流出させる水門の一種。戸を上下に開閉できる木製の箱を地中にうめて用いた。
(6) 楲につなげ水を流す樋。堤が高い場合は、管をうめなければならぬことになる。
(7) 原文「権者《ごんじゃ》」。仏・菩薩が、衆生を救済する方法として、仮りに人の姿をもってこの世にあらわれたもの。権現・権化・示現・化現などという。ここでは、空海。
(8) のち、仁寿元年(八五一)秋の水害によって堤がこわれ、翌年八月から、東大寺の真勝らにより、大規模な修造が行なわれたという。本説話は満農池由来譚であるが、池があとかたもなくなったというのは、事実に合わない。後世、『讃岐国名所図会』は、元暦元年(一一八四)に、大水害のため堤防が完全にくずれその跡は田となったとする。

多武峰《とうのみね》、比叡山《ひえいざん》の末寺《まつじ》となる語《こと》、第二十三

今は昔、比叡山に尊睿《そんえい》律師[1]という人がいた。長年、山に住み顕密二法[2]をまなび、まことにりっぱな高僧であった。また、すぐれた観相家でもあった。のちには、京にくだって雲林院[3]に住んでいた。

ところで、無動寺[4]の慶命座主[5]が、まだ年若く阿闍梨[6]であったとき、この尊睿律師は、慶命阿闍梨を見て、「御房は、かくべつ高貴な相をあまさずそなえたお方じゃ。されば、この山の仏法の統領となるはずの相が、はっきりとあらわれておる。拙僧は、もはや年老いてしもうて、この地位にいても、無益の身じゃ。拙僧の僧綱の地位を、あなたにおゆずり申そうと存ずるが、あなたは、関白殿[7]に親しくお仕えして、おぼえめでたい方じゃ。この旨を言上なされよ」と言ったので、阿闍梨は、内心うれしく思って、このことを殿に申しあげた。殿と

申すのは、御堂（藤原道長）のことである。殿は、慶命阿闍梨をお気に入りの方だったので、このことをお聞きになり、「それは、たいへん結構なことだ」とおっしゃって、慶命阿闍梨は、尊睿の推挙によって律師に叙せられた⑧。

その後、尊睿は、道心をおこして、比叡山をくだり、多武峰⑨にこもって、ひたすら後世の往生をねがい、念仏をとなえていた。多武峰は、もともと御廟⑩は尊かったが、顕密の仏法は行なわれていなかった。この尊睿は、多武峰に住み、真言の密法をひろめ、天台の教法を説いた文章を教え始めてから、学問僧もしだいに多く育っていったので、法華⑪八講⑫を行なわせ、三十講を創始して、すっかり仏法興隆の地となったものである。尊睿は、「ここを、このように仏法の地とはしたけれども、まだ、これといった本山がない。同じことなら、わたしのもといた比叡山の末寺として寄進しよう」と思いついて、尊睿は、かの慶命座主が、関白殿のおぼえめでたく、いつも親しくおそばに参上していることから、この座主を通じて、殿の御内意をたずねたところ、殿は、このことをお聞きになって、「まことに結構なことだ」とおおせられ、「さっそく寄進して末寺とせよ」とおおせくだされたので、多武峰を妙楽寺⑬と名づけ、これを、比叡山の末寺として寄進したのであった。

そのときに、山階寺⑭の大衆がこのことを聞き、「多武峰は、大織冠（藤原鎌足）の御廟である。だから、当然、藤原氏の氏寺である、わが山階寺の末寺になるはずだ。どうして、延暦寺の末寺などになされてよいものか」とさわぎ立てて、関白殿⑮に、この由をうったえ申しあげたところ、殿は、「さきに延暦寺の末寺とするようにとの申し出があったので、すでに許可がおりてしまっているぞ」とおっしゃって、承知されなかったので、どうすることもできず、そのままに終わってしまった。されば、「後悔さきに立たず」という、ことわざどおりであった。

今も昔も、一旦くだされたおおせごとは、このように、ぜったい変えることのできないものである。山階寺が、さきに申請していたら、山階寺の末寺になっていたであろう。なにごとにも、すべて適切な機会というものがあるのだから、すでに、おおせくだされた、その後に申し出たところで、聞き入れられるはずがない。それゆえ、多武峰は、比叡山の末寺として、現に、天台の仏法がさかんに行なわれている。そこで、かの尊睿を多武峰の本願⑯というのである、とこう語り伝えているということである。

典拠未詳。

(1) 第十四世天台座主義海の弟子。長徳四年(九九八)権律師。多武峰第八世座主。長保五年(一〇〇三)行して多武峰にこもり、寛弘四年(一〇〇七)没。律師は、僧綱の一で、法橋上人位に配される。

(2) 台密の教判。三乗教を顕教、一乗教を密教とする。密教のうち、華厳・法華などの経典を理密教、大日・金剛頂などの経典を事理具密教とし、この方がすぐれているとした。

(3) 京都紫野大徳寺の南。もと淳和天皇の離宮。仁明天皇の第七皇子常康親王の出家後、ここを僧正遍昭が附属をうけ寺とし、元慶三年(八七九)元慶寺の別院とした。巻第二十八第三話参照。

(4) 延暦寺東塔五谷の一。貞観四年(八六二)相応の開墓。本堂明王堂に相応等身不動像を安置。巻第二十八第三十六話参照。

(5) 第二十七世天台座主。大僧正。長暦二年(一〇三八)九月没。無動寺検校・法性寺座主・法成寺検校をつとめた。巻第二十八第三十六話参照。

(6) 台密・東密で、仏法灌頂を行なう職であるが、比叡山には、とくに祈禱の勅命をうけた高僧の職官として官符によって補佐された（七高山阿闍梨）。
(7) 藤原道長。慶命は道長の法会に出仕し、とくに座主をつとめた法性寺は道長が力をつくした寺であり、検校をつとめた法成寺は道長が建立した最大・最美の寺であった。
(8) 長保五年（一〇〇三）十二月二十九日のこと。
(9) 巻第二十二第一話参照。藤原鎌足が中大兄皇子と蘇我氏討伐を談合した地。鎌足の子定恵が父の墓を山上に移し妙楽寺を建立。現在、談山神社。栄職を離れ、修道者としての生き方をえらんだのである。
(10) 鎌足の廟。
(11) 台密。東密が顕密をはっきり分けるのに対し、顕密一致、東密では、大日と釈迦を区別するのに対し、名は異なるも一仏とする他、曼荼羅・大法についても相違がある。平安時代の密教盛行期に天台の外面は殆んど密教化し、事相の形式が行事の中心となっていった。
(12) 法華経を講説する法会。八巻を八度に講ずるのが八講。法華八講と開結二経（無量義経・観普賢経）を加えて十座とするのを法華十講。二十八品と開結二経とを三十座に講ずるのが法華三十講。多武峰では、天暦二年（九四八）実性によって行事化した。
(13) 護国院妙楽寺。鎌足の画像を安置したのが、のちの聖霊院。延暦寺の末寺となったのは、天暦年中（九四七〜九五七）、実性の時代かららしい。
(14) 興福寺。永保元年（一〇八一）興福寺の大衆が多武峰をおそい、山下の民家三百余戸を焼いた。朝廷は、興福寺別当公範を罷免し、首魁を捕え下獄した。ついで、多武峰の僧兵が三百人（五、六百人ともいう）が上京したが、関白師実は使をつかわして、鎌足像をもとに直した。四年後の応徳二年（一〇八五）、再び、興福寺は多武峰をおそった。このように、大寺・由緒寺院の所属争いは激しい宗教戦争を招いたのである。
(15) 原文「殿下《でんか》」。摂政、関白の敬称として用いたもの。

(16) この事実はない。本願は、寺院を開基した人、また、法会・行事を創始した人をいうのに用いる。たとえば魚山声明を復興した良忍を、大原来迎院本願という。

祇園《ぎおん》、比叡山《ひえいざん》の末寺《まつじ》となる語《こと》、第二十四

今は昔、祇園(1)は、もともと山階寺(2)の末寺であった。その真東に、比叡山の末寺の蓮花寺(3)という寺があった。さて、祇園の別当(4)に、良算(5)という僧がいた。勢力・財産ともにそなわって、世わたりの上手な僧であった。ところで、かの蓮花寺のお堂の前に、みごとな紅葉の木があったが、十月ごろのこと、その木がたいそう美しく色づいたので、この良算が、使いのものに手折りにやったところ、蓮花寺の住職の法師は、きわめて変人であって、これを拒否し、「祇園の別当が、どんなに、ご裕福かはしれぬが、天台末寺の境内にある木を、どうして、一言のあいさつもなく、自分勝手に、折ってよいという道理があるものか(6)。非常識きわまりないことよ」と言った。

良算の使いのものは、こう制止されて、折ることもできずに、立ちもどって、「こうこう申して、折らせてくれませぬ」と良算に報告すると、良算は、心の底からいかって、「そんなことを言うなら、いっそのこと、その木を根こそぎ切ってこい」と言って、従者どもをおくり出してやろうとすると、一方、さっき制止した蓮花寺の法師は、「きっと、良算が、従者どもをよこして、この木を切らせるにちがいない」と察して、良算の従者どもがやってこない前に、法師みずから、その紅葉の木を、根もとから切りたおしてしまった。そこで、良

算の使いのものが行ってみると、すでに木は切りたおされていたから、かえって、この旨を報告すると、良算は、いよいよ腹を立てたのであった。

ところで、横川⑦の慈恵《じえ》僧正⑧は、天台座主として関白殿の御修法⑨のため、法性寺⑩にいらっしゃったが、かの法師は、木を切りたおすや、大いそぎで法性寺に参上して、ことの次第を座主にうったえ出た。そのとき、この座主は、肩をならべる人もないほどの権勢を持っていたが、これを聞いて、たいへんにいかって、良算を召しに使いを出した。良算は、「このわたしは、山階寺の末寺をあずかるものだ。いったい、どういう権限があって、天台座主が、勝手気ままに召すことができるのか」と放言して応じなかった。座主は、いよいよ激怒し、比叡山の役僧を呼びおろし、それに命じて、祇園の神人⑪や代人らが、延暦寺のもとに身柄を寄せる寄進状⑫を書かせておいて、神人らに、「これに判を押せ」と強要したので、神人らは、責め立てられて、しかたなく判をついたのであった。

その後、座主は、「こうなったからには、祇園は、わが天台山の末寺じゃ。すみやかに別当良算を追放せよ」と言って追放させたが、良算は、びくともせず、□公正《きみまさ》⑬・平致頼《むねより》⑭という武士の郎等どもをやとい集めて、楯をかまえ、軍勢をととのえて待ちかまえていた。座主は、このことを聞いて、ますます激怒した。さて、西塔⑮の平南房というところに住んでいた睿荷⑯という僧は、叡山の僧兵中でも武芸第一のものであり、かの致頼の弟で入禅⑰という僧がいたが、これも、また、武芸に達した僧であったが、この二人を祇園にさしむけて、良算の追放に行かせた。二人は、さっそく祇園に行って、良算がやとい集めた軍勢にむかって、「おまえら、むやみやたらに矢を放って悪事をはたらけば、この後、とんでもないことになろうぞ」と説得したところ、良算がやとった致頼の郎等どもは、入禅の姿を見て、「なんとこれは、山の入禅殿がおでむきなされた」と言って、後の山に逃げ去ってしまった。そこで、思いどおりに、良算を追放してしまったのであった。

そこで、今度は、睿荷を祇園の別当にして、寺務を執り行なわせた[18]が、その後、山階寺の大衆[19]が決起して、朝廷にうったえ出た。「祇園は、昔から、山階寺の末寺である。それを、延暦寺に勝手に横領されてよいものか。すみやかにもとのように山階寺の末寺となすべき旨をおおせくだされたい」と再三再四、上訴[20]におよんだが、御裁許がなかなかおりなかったからであろうか、山階寺の多くの大衆は、京に押し上り、勧学院[21]に着いた。朝廷は、このことを聞いて、おどろいてすぐにも、御裁決[22]がなされるはずだったのに、その直前に、かの天台座主慈恵僧正が亡くなってしまった[23]。

さて、「その裁決は、明日行なう」とすでにおおせが下ったので、山階寺の大衆は、全員勧学院にとどまっていた。その寺の中算[24]は、中心となって、この事件に対処しなければならない責任者であったから、勧学院近くの民家に宿をとっていて、この日の夕方、前に多くの弟子をひかえさせていたが、その中算が急に、「もうすぐ、ここに人がこられるはずじゃ。お前たちは、しばらくの間遠慮するように」と言った。そこで、弟子たちがみな席をはずしていると、だれも外から入ってきた気配もなかったのに、中算が、部屋のなかでだれかと話し合う声が聞こえたので、弟子どもは、不審に思っていた。しばらくしてから、中算は、弟子どもを呼び入れたので、みな出ていくと、中算が、「いま、ここに山の慈恵僧正がお見えになったのじゃ」と言ったので、弟子どもは、これを聞いて、「なにをおっしゃるのやら。

慈恵僧正は、すでにお亡くなりになったお方なのに」と思ったが、ぞっとして、そのままに終わった。その翌日、事件の裁決が行なわれたが、中算は、「風病の発作がおこった」と言って、裁決の場に出席しなかったので、山階寺側には、これといった陳述人もいなかった。そのため、御裁許も、うやむやに終わってしまい、大衆も奈良にかえっていき、ついに祇園は、比叡山の末寺になってしまったのであった。

あさはかな良算の悪事からおこったことではあるが、思うに、慈恵僧正がこの祇園にふかい執着を持たれたからのことであろう。(25) 僧正は、亡くなりはしたが、その霊が出かけていって、中算にたのみこんだため、中算は、わざと、「とつぜん風病の発作がおこった」と言って裁決に出席しなかったのである。中算が出ていって論弁したならば、どういう結果になっていたか、わからない。だから、そのことを十分知っていて、慈恵僧正の霊がたのみに行ったにちがいない。されば、中算は、なみたいていの人間ではなかったのだと、弟子どもも、この話を聞くものも、みなさとったのだ、とこう語り伝えているということである。

典拠未詳。

（1）　祇園感神院。巻第二十八第十一話参照。

（2）　興福寺。本巻第二十三話参照。

（3）　東山双林寺の西北にある祇園女御塚（現存）の地にあった寺。祇園の東にあたる。

（4）　一寺を管理し法務を統括する職。検校の下、勾当の上。寺務の実務担当責任者。したがって、当然「勢徳あり」ということになる。

(5) 伝未詳。
(6) 興福寺と叡山との争いは、古くして、新しい確執であった。根本は、叡山の戒壇建立にさかのぼる。
(7) 延暦寺三塔の一。首楞厳院・横川中堂（本尊聖観音）を中心とする。巻第二十八第十九話参照。
(8) 第十八世天台座主良源。大僧正。内供奉十禅師。荒廃した比叡山を復興、二十六条式を制定して一山の規準を制定し、教学を確立し、門下多く、源信・覚運による恵檀二流に展開し、教学の最盛期をむかえるに至った。横川四季講堂は、その住坊であった。
(9) 宮中真言院で行なわれる大元御修法・孔雀経御修法などに対し、台密では、大安鎮法・熾盛光法《しじようこう》・七仏薬師法・普賢延命法などを修した。
(10) 京都市東山区本町にあった寺。延長三年（九二五）藤原忠平（貞信公）の創建。天台座主法性房尊意の開山。定額寺となり、藤原氏とともに繁栄した。応保二年（一一六二）忠通は、本寺で出家、法性寺殿といわれ、その子兼実入道して、後法性寺殿といわれた。延応元年（一二三九）道家が、この地に東福寺をおこすにあたり併合廃絶した。
(11) 神事雑役に従った下級職員。下の「代人」は不明。さらに下級のものか。
(12) 原文「寄文《よせぶみ》」。身がらを寄せるための確認の文章。
(13) 公雅。空格は「平」。桓武平氏。従五位下。武蔵守。
(14) 備中丞・右衛門尉。従五位下。一条天皇時代の代表的武者。巻第二十三第十三話参照。
(15) 延暦寺三塔の一。宝幢院。中堂を転法輪堂と称する。本尊釈迦如来。巻第二十八第七話参照。
(16) 未詳。
(17) 未詳。
(18) 原文「執行《しふぎやう》せしめける」。中世のものであるが、『祇園執行日記』がのこっている。
(19) 興福寺は、春日大社と一体化し、別当のもとに権別当・五師・三綱があり、学侶・六方および堂衆の三千大衆（講衆）が統括されていた。

(20) いわゆる強訴。大衆が神人を動員、神威をかざして朝廷に強請する。興福寺は、春日神木をかざした。
(21) 三条・壬生西北にあった藤原氏一門のための学問所。弘仁十二年（八二一）冬嗣の創設。
(22) 円融天皇の天延二年（九七四）五月七日、祇園感神院をもって延暦寺別院としたとする他、年代日時に諸説ある。
(23) 永観三年（九八五）正月三日大僧正のまま没。
(24) 仲算。論義にすぐれたが、僧官を受けなかった。応和三年（九六三）慈恵大師良源と問答して賞をうけ、法相宗は、南都六宗の長となった。巻第二十八第八話参照。貞元元年（九七六）十月十九日、良源よりもはやく没している。

本話は、この応和の宗論などが背景となって説話化されたものだが、当時の悪僧神人の活動にふれたものとして注目される。すでに、天徳三年（九五九）三月には、清水寺と感神院の乱闘事件があった。とくに、興福寺僧兵は、〝山階道理〟と称して、無理をとおして暴威をふるったことが記されている。
(25) 良源は、後世、その像を描いて護符とし角《つの》大師といい、また、慈眼大師（天海）とならんで両大師として尊崇されるようになる。『平家物語』では、清盛は、慈恵僧正の生まれかわりとし、『宝物集』には、「延暦寺に執をとどめて金《こがね》の天狗となれり」とある。また巻第二十第八話は、本文欠文であるが、標題に「良源僧正、霊となりて観音院に来たりて余慶僧正を伏する語」とある。慈恵大師の霊をおそれる信仰が、すでに、この当時に見られたものとして貴重である。

豊前大君《とよさきのおおきみ》、世の中の作法を知る語《こと》、第二十五

今は昔、□(1)天皇の御代に、豊前の大君(2)という人がいた。桓武天皇(3)の第五皇子の御孫であ

ったが、位は四位で、官職は刑部卿[4]兼大和守であった。

この人は、世のなかのことをよく知っていて、気立ても素直であり、朝廷の政治の是非を正確に判断して、除目[5]が行なわれるときには、国司の欠員になっている国々に対して、おのおの順番を待って選任をのぞむ人々を、その国の階級に応じて推測し、「だれそれは、どこの国の守に任ぜられるであろう。だれそれは、道理を申し立てて申請しても、とてもなることはできまい」などと、一国一国について話をした。それを聞いて、自分の希望が達せられた人は、除目の終わった翌朝に、この大君のもとに行ってほめたたえた。この大君の推しはかり除目は、間違うことがなかったので、世をあげて、「やはり、この大君の、推しはかり除目はじつによくあたるものだ」とほめたたえた。除目の前にも、任官希望のものがこの大君のもとへおおぜい押しかけて、除目の首尾をたずねると、推量したとおりに答えてやった。「選任されるだろう」と言われた人は、手をすり合わせて喜び、「やはり、この大君はたいしたお方だ」と言ってかえる。一方、「選任されまい」と言うのを聞いた人は、たいへん腹を立てて、「なにをたわけたことをぬかす古大君[6]め。道祖神[7]をまつって血迷ったにちがいない」などと言い、ぶりぶりおこってかえっていった。さて、「任じられるだろう」と言った人が任命されずに、他の人が任命された場合は、「これは、朝廷のなされようがわるいのだ」と、この大君は、政治を非難なさった。

そこで、天皇も、おそばに近く仕える人々に、「豊前の大君はこんどの除目についてどのように言っておるか、行ってたずねて参れ」とおおせられた。昔は、このような人が、世にいたものだ、とこう語り伝えているということである。

典拠未詳。ただし、『宇治拾遺物語』に同文的同話があり、原拠は同じと認められる。

（1）天皇の諡号の明記を予定した意識的欠字。『宇治拾遺物語』には、「これは、田村・水尾などの御時になんありけるにや」とある（田村は文徳、水尾は清和天皇のこと）。

（2）豊前王。舎人親王の子孫。従四位上。民部大輔、備中・安芸・伊予・大和守をつとめた。まことに自由な人物で、人物批判を得意として談笑に日々をおくったといわれる。ただし、舎人親王は、天武天皇の第五皇子である。

（3）原文「柏原《かしはばらの》天皇」。第五十代桓武天皇。山城国紀伊郡（京都市伏見区）の柏原陵に葬られたことから言う。

（4）刑部卿には任じられていない。大和守には、仁寿三年（八五三）に任ぜられた。

（5）県召《あがためし》の除目のこと。地方官を任命するため正月に行なわれる公事。年給・秩満《ちつまん》・遷任・重任などのいろいろな申文を審議し、十一日から三日間行なわれ第三夜入眼《じゆげん》でその任否がきめられる。朝にまで及ぶことがあり、もっとも重要かつ厳重なものであった。

（6）原文「旧大君《ふるおほきみ》」。「旧」は、いやしめ、ばかにするときにつけることば。

（7）異郷からの悪鬼・邪霊の侵入を防ぐための呪儀が発展し、境界を防衛する神となり、さまざまな形の民間信仰となった。遊行する疫神や亡霊を防ぎ、地蔵信仰と結合し、男女二体の神像を刻み、陰陽の性器をかたどった縁結びに用い、また火祭の神となるなど多様であった。したがって、きわめて卑俗な神としての認識がある。

打臥御子《うちふしのみこ》の巫《かんなぎ》の語《こと》、第二十六

今は昔、打臥の巫子(1)という巫女《かんなぎ》がいた。昔から賀茂の巫女というのは聞いたことがないのに、この巫女は賀茂の若宮(2)が乗りうつられたということであった。「どうして、このように打臥の巫子というのか」というと、いつも、打ち臥して託宣をつげたので、それで打臥の巫女というのであった。

京中の上中下の人々がこぞって、この打臥の巫女にものをたずねると、過去のこと、将来おこるはずのこと、現在ある事実など、すべて彼女が言ったことは、すこしもたがうことがなかったので、世の人は、頭をたれ、手をあわせて、そのことばを信じ尊んだ。しまいには、法興院(藤原兼家)(3)も、つねに、おそばに召しておたずねになったが、このようにきわめて正確に答えたので、深くお信じになり、つねに召しては、きちんと御冠をつけ、ひもをお結びになった正装(4)で、御自分のひざを枕におさせになって、おたずねになった。おぼしめしにかなったのか、つねに召して、あれやこれやおたずねになるのであった。

しかし、こうしたことを、よくは申しあげない人もいた。万事につけて、申しあげることが、すこしもたがわずに言いあてるとはいうものの、これほどの身分あるお方が、おひざを枕にさせて巫女にものをたずねられるということが、まことに似つかわしくないふるまいであるから、これをこころよく思い申しあげない人がいるのも当然であると、こう語り伝えているということである。

典拠未詳。ただし、『大鏡』に同話があり、原拠は同じと認められる。

（1）原文「御子」。「御子」は、巫女。神につかえ、神おろしをし、神事に従う。『梁塵秘抄』に、「神ならば、ゆらさらさらと降りたまへ、いかなる神かもの恥ぢはする」と、神おろしをする巫女をからかった歌謡がある。

（2）『梁塵秘抄』に、「神の家の子公達《きうだち》は、八幡の若宮……賀茂には片岡」とあり、若い神を熱烈に希求する気持ちがあらわれている。片岡は、摂社の片岡御子神社。『二中歴』巫覡《ふげき》に「打臥 賀茂也」とある。『大鏡』に、「その頃、いとかしこき巫女侍りき、賀茂の若宮のつかせたまふとて、うち伏してのみものを申ししかば、うち伏しのみことぞ、世の人つけて侍りし」とある。この若宮は、前記、片岡である。

（3）師輔の子。道長の父。従一位。摂政太政大臣・関白。法興院は、二条北・京極東に南北二町を占めていた兼家の別邸で二条院ともいった。死の直前出家し寺とした。永祚二年（九九〇）没。六十二歳。

（4）衣冠束帯の正装。

兄弟二人、萱草《かんぞう》と紫苑《しおに》とを殖《う》うる語《こと》、第二十七

今は昔、□（1）国□（2）郡に住む人がいた。男の子が二人あったが、その父が亡くなったので、その二人の子は、なげきかなしみ、何年たっても忘れることができなかった。昔は、死んだ人を土葬にしたので（3）、遺骸を土にほうむって、二人の子は、父が恋しいときには、そろってその墓に参り、涙を流して、わが身の憂いもなげきも、生きた親にむかってものを言うように話してはかえっていった。

そうするうちに、しだいに年月が重なって、この二人の子は朝廷に仕え、私事に心をかけるいとまもなくなってしまった。そこで、兄は、「わたしは、このままでは、とても心を(なぐさめ)[4]られそうにない。萱草《かんぞう》[5]という草は、それを見ると、思いを忘れるというから、その萱草を墓のほとりに植えてみよう」と考えて植えることにした。その後、弟は、いつも兄の家に行き、「いつものように、お墓参りにいらっしゃいませんか」と兄をさそったが、兄はさしさわりが重なって、いっしょに行くことは、まったくなくなってしまった。そこで、弟は、兄のことを、まったく無情な人だと思って、「わたしたち二人は、心もともにして父親を恋いしたうという、それだけを心のよりどころとして、今まで日を暮らし夜を明かしてきたのだ。兄は、もう忘れてしまったけれども、自分だけは、父を恋う気持ちを忘れまい」と考えて、「紫苑[6]という草は、人がこれを見ると、心に思うことは忘れないということだ」と思いついて、紫苑を墓のあたりに植えて、つねに行ってそれを見ていたので、いよいよ忘れることがなかった。

　このようにして月日をおくるうちに、あるとき、墓のなかから声がして、「わしは、お前の父親の遺骸を守る鬼[7]である。なにもこわがることはない。わしはまた、お前を守ってやろうと思うのだ」と言うのだった。弟は、この声を聞くと、おそろしさにふるえあがったが、答えもせずに聞いていると、鬼がまた、「お前が父親を恋いしたうこと[8]は、年月がたっても、すこしも変わることがない。兄は、お前と同じように恋いかなしんでいるように見えたが、思い忘れる草を植えて、それを見て、もはや、思いどおりになった。お前は、また、紫苑を植えて、それを見て思いどおりになった。だから、わしは、お前の父親を恋う気持ちが並みたいていではないことに感じ入った。わしは、鬼の身であっても、慈悲の心があるゆえ、ものをあわれむ心もふかいのだ。また、その日のうちに生ずる善悪のことをはっきりと予知することができる。されば、わしは、いま、お前のために予知することがあれば、夢でかならず知らせてやろう」と言って、その声がやんだ。弟は、涙にぬれて感謝したことであった。

その後、その日におこるはずのことを夢に見たが、それは、ぴたりと適中した。そして、身の上におこる善悪のすべてのことをはっきりと予知した。これは、父親を恋いしたう心がふかいからである。されば、よろこばしいことのある人は、紫苑を植えて、つねに見るべきであり、心配ごとがある人は、萱草を植えてつねに見るべきである、とこう語り伝えているということである。

出典は、『俊頼髄脳』。
（1）（2）　国名・郡名の明記を予定した意識的欠字。
（3）　原文「墓に納めければ」。『俊頼髄脳』では「塚」。十二世紀、仏教が盛んになるにつれて、火葬が行なわれるようになったが、依然として土壙墓が盛んであった。『餓鬼草子』に盛土塚、『北町天神縁起絵巻』に土葬墓が見える。
（4）　底本は「ナグサム」が想定される欠字。
（5）　わすれぐさ。「萱」は、忘れるという意。中国からの渡来。多年生草本。花は、ゆりに似て、花弁六枚。橙赤色。全体が明るく美麗。花期は六月〜七月。
（6）　山間の草地・平地に自生するキク科の多年生草本。高さ、一〜二メートル。変種の小紫苑は高さ六〇センチ内外。舌状花で淡紫色。花心は黄色。花期は十月〜十一月。『髄脳』以前に、思うことを忘れぬ草とした実記はない。

(7) 死後の魂を、精神をつかさどり神となるのを魂《こん》、肉体をつかさどるのを魄《はく》といい、鬼となるという。

(8) 先祖の霊が子孫を守るという考えは古い。氏神が地域集団の産土神に変化して檀家寺の形で祖先崇拝が一般化した。のち仏と祖霊とを同一視するようになった。

(9) 夢は、神や悪魔など超自然的存在からのお告げであり、それは未来の吉凶を示すものと信じられた。

藤原惟規《ふじわらののぶのり》、越中国《えっちゅうのくに》にして死ぬる語《こと》、第二十八

今は昔、越中守藤原為善(1)といった博士の子に、惟規(2)というものがいた。為善が越中守になって、任国へ下っていったとき、惟規は、現職(3)の蔵人だったから、いっしょに下ることができず、五位に任じられて後(4)、下っていったが、惟規は、途中、重い病にかかってしまった。しかし、そうかといって途中でとどまっているわけにもいかず、なんとかがまんして、下りついたが、国に着いたときには、重体におちいってしまった。

父の為善は、惟規が下ってくると聞いて、喜んで待っていたが、見るとこのように危篤の状態であったから、びっくりして、たいへんなげきようであった。さっそく、手をつくして、あれこれと看病したが、すこしも回復せず、ついに臨終間近になってしまったので、「いまとなっては、この世のことを断念し、往生極楽を念ずるのがよい(5)」と言って、信仰心のふかい(6)りっぱな僧を枕もとに呼び、念仏などを唱えさせようとしたが、僧が、惟規の耳に

口をあてて、「地獄(7)の苦しみは、いまや目前にせまってきました。その苦しみは、口ではとても言いつくせませぬ。ところで、まず中有《ちゅうう》(8)といって、次の生が定まらぬうちは、鳥も獣もいないはるかな広野を一人とぼとぼと行くのですが、その心細さ、あとへ残してきた人の恋しさなど、どんなに耐えがたいものかをおしはかってください」と教えた。惟規は、これを聞いて、苦しい息の下に、「その中有の旅の途中では、嵐に散りまがう紅葉や、風になびく薄《すすき》の花などの下で鳴く松虫などの声は聞こえないでしょうか」と（ためらい）(9)ながら、息もたえだえにたずねる。僧は、にくさのあまり、荒々しい声で、「なんのために、そんなことをおたずねなさるのか」と聞くと、惟規は、「もしそうなら、それを見て心を（なぐさめ）(10)ましょう」と、息もとぎれとぎれに言ったので、僧は、このことを、「狂気の沙汰じゃ」と言って飛び出して行ってしまった。

父親は、「まだ、息のある間は」と思って、そばにつきそって見守っていると、惟規は、両の手をあげてひらひらとさせる。それを、どういうことだろうかと合点もいかずに見ていたが、かたわらの人(11)が、「もしや、なにか書こうとお思いなのでは」と気づいて、たずねてみたところ、（うなずい）たので、筆をぬらして、紙とともにあたえると、こう書いた。

都(12)にもわびしき人のあまたあれば
なほこのたびはいかむとぞ思ふ

わびしく都にいて、このわたしを待ってくれているあまたの人もいることだから、なんとしてでも、この旅を生きながらえて、もう一度、都にかえりたいことよ。

この終わりの「ふ」の字を書き終えずに息が絶えてしまった[13]ので、父は、「こう書きたかったのだろう」と言って、その「ふ」の文字を書き加え、形見にしようととっておいて、いつも出しては見て泣いていたので、紙は涙にぬれて、ついに破れてしまった。このことを父親が、京にかえり上って語ったところ、当時、これを聞く人は、みな心からあわれなことと思った。

思うに、惟規は、どんなに罪深いことであったろう。仏法僧[14]のことを心にかけて死んだ人さえ、なお三悪道[15]をのがれることはむずかしいのに、惟規は、まったくその三宝のことなど考えもしなかったのだから、じつに悲しいことである。このように語り伝えているということである。

出典は『俊頼髄脳』。同話が『小世継』にあるが、『髄脳』や本話を典拠としたものとは認められない。

(1) 長良流。倫寧の孫、理能の子。母は清原元輔の娘。ただし、惟規は、為善の子ではなく、為時の子。為時は、良門流。従五位下雅正の子。正五位下。越前守、寛弘八年(一〇一一)越後守。紫式部は、その娘。巻第二十四第三十話参照。

(2) 為時の子。紫式部の兄。従五位下。寛弘四年(一〇〇七)正月六位の蔵人となる。『後拾遺集』『金葉集』『千載集』などに作品が載る。巻第二十四第五十七話参照。『伊勢大輔集』に「のぶのりが越後へ下りしに」とある。

(3) 原文「当職《とうじき》」。現職の蔵人。

（4）原文「叙爵《じよじやく》」。五位に叙せられること。六位の蔵人が、任期終わって五位となり、殿上を去ること。中世ではあるが、『徒然草』の作者兼好も後二条天皇の朝廷に六位の蔵人としてつとめ、六年の任を終え、五位となって退職している。

（5）原文「後《のち》の世の事を思へ」。「後の世」は一般に来世のことであるが、浄土教の盛行に伴ない、「後の世のことを思」うとは、往生極楽を念ずる意となる。後世者などという。

（6）原文「智《さとり》あり」。仏教の真理を体得した僧。単なる学識ではない。正智が真理に合致するのが証《さとり》である。

（7）自分の行なった悪業により衆生が赴くと考えられる地下の世界。筆舌につくしがたい苦しみを受ける。六道の一。無間・八熱（八大）・八寒・孤独などの地獄がある。

（8）前世の死の瞬間から、次の世に生を受ける刹那までの中間の時期における霊魂身をいう。この期間は四十九日と説かれ、七日目ごとに経を読んで供養する。四十九日目を満中陰という。この期間は、亡魂が迷っているといわれる。「人のなきあとばかり悲しきはなし。中陰のほど、山里などにうつろひて、便あしくせばきところにあまたあひゐて、後のわざども営みあへる、心あわたたし」（『徒然草』第三十段）。

（9）底本は「タメラヒ」が想定される欠字。

（10）底本は「ナグサメ」が想定される欠字。

（11）底本は「ウナヅキ」が想定される欠字。

（12）底本に、「後拾遺恋二」と注あり、「わびしき」に「恋後拾」、「人のあまたあれば」に、「ことのおほかれは同上」と傍書する。『髄脳』は、初句「みやこには」、『後拾遺』は、第二句「こひしき」、『髄脳』『小世継』も同じ。

（13）寛弘八年（一〇一一）没。

（14）原文「三宝」。仏法僧のこと。さとりを開いた教主の「仏」、その教えの内容の「法」、その教えを信受して修行する教団が「僧」。これを世の宝にたとえた。三宝に帰依するのは仏教徒のつとめである。

（15）悪趣。悪業の結果として人が行かねばならない他界の意。地獄・餓鬼・畜生を三悪道、三悪趣という。修羅を加えて四悪道、四悪趣などという。

蔵人式部丞貞高《くろうどしきぶのじょうさだたか》、殿上《てんじょう》にしてにわかに死ぬる語《こと》、第二十九

今は昔、円融天皇(1)の御時、内裏が焼失したので(2)、天皇は、□(3)院においでになった。ある日、殿上の夕べの食事時に、殿上人や蔵人がおおぜい台盤(4)について食事していたところ、式部丞の蔵人(5)藤原貞高(6)という人も、そのなかに加わっていたが、その貞高が、とつぜんうっぷして、台盤にひたいを押しつけ、のどを、くっくっと鳴らしていたのは(7)、たいへん見苦しかった。右大臣小野宮実資(8)は、当時、頭の中将でいらっしゃったが(9)、同じく台盤についていらっしゃったので、すぐ主殿司《とのもりづかさ》(10)を呼んで、「その式部丞のすわりざまは、どうも不審じゃ。そばに寄ってしらべてみよ」とおおせられた。そこで、主殿司が近寄ってからだをさぐり、「なんと、もはや息が絶えておいでになります。これはえらいことです。なんといたしたものでしょう」と言ったのを聞いて、台盤についていたすべての殿上人・蔵人は、いっせいに立ちあがり、右往左往、足の向いた方へ走り散ってしまった(11)。

頭の中将は、「なにはともあれ、このままにしておくわけにはいかぬ」と言って、「これを奏司の下部《しもべ》(12)を呼んでかつぎ出すように」と命じられたので、「どちらの陣からはこび出したらよろしいでしょうか」とおたずねすると、頭の中将は、「東の陣(13)から出すがよい」と指示なさった。これを聞いて、蔵人所の衆(14)をはじめとして、滝口の侍(15)・出納(16)・御蔵(17)・女官(18)・主殿

司・下部どもにいたるまで、東の陣からかつぎ出すのを見ようとして、先を争って集まってきた。そのとき、頭の中将は、急に変更して、「西の陣[19]からはこび出せ」とお命じになったので、殿上の間の敷きものぐるみ[20]、西の陣からかつぎ出してしまったので、見ようとして集まった群衆は、これを見ることができずに終わってしまった。

さて、陣の外にかつぎ出すと、人々は、「うまいこと、父の（実光）の三位がやってきて、むかえとって帰って行った。そこで、人に見られずにすんだことよ」と言い合った。これは、頭の中将が、あわれみの心をお持ちになっていて、初めは、「東から出せ」と命じ、とっさに裏をかいて、「西からはこび出せ」と指示されたのは、貞高をあわれんで、恥をかかせまいとして、一計を案じられてのことなのであった。

それから、十日ほどたってから、頭の中将の夢のなかで、故式部丞の蔵人と内裏で出会ったところ、近寄ってきて、さめざめと泣きながらなにか言っている。聞くと、「わたしの死の恥をかくしてくださったご恩は、後の世までも忘れがたいことでございます。あれほどたくさんの人が集まっておりましたので、もし、西の門から出してくださいませんでしたら、多くの人のさらしものになって、この上ない死の恥を見ることでございました」と言って、泣く泣く手をすりあわせて礼を言った、とこう見て、夢からさめたことであった。

されば、人には、もっぱら情けをかけてやるのがよいのだ。思うに、頭の中将は、まことにりっぱな、気くばりのある方であるから[22]、とっさに判断して指示なさったのだと、これを聞く人はみな、頭の中将をほめたたえた、とこう語り伝えているということである。

典拠未詳。ただし、『宇治拾遺物語』に同文的同話があり、原拠は同じものと認められる。他に、『十訓抄』にも同話がある。
(1) 第六十四代天皇。
(2) 天元三年(九八〇)十一月二十二日の火災。諸殿舎ことごとく焼失。菅原道真の怨霊のたたりとされた。
(3) 「後」が想定される。仮御所のこと。『百練抄』によれば、四条坊門・大宮にあった太政大臣頼忠の邸。
(4) 長方形のあしつきの食卓。
(5) 蔵人で式部丞をかねたもの。
(6) 貞孝。武智麿流。従五位下実光の子。『百練抄』他に、鬼のためにとり殺されたと記されている。
(7) 『宇治拾遺物語』に、「ねぶり入りて、いびきをするなめりと思ふに……のどをくつくつとくつめくやうにならせば」とあり、脳出血ないし、狭心症かともいわれる。
(8) 参議斉敏の子。祖父実頼の養子となった、『小右記』の著者。巻第二十七第十九話参照。
(9) 蔵人頭で近衛中将をかねる。記録によれば、頭中将となったのは、本話以後のこと。
(10) 主殿寮(宮内省に属し、供御・清掃・灯火のことなどをつかさどる)の役人。
(11) 死穢(死のけがれ)をおそれての行動である。
(12) 『宇治』に「諸司の下部」とある。
(13) 「陣」は、宮中警固のための武官の詰所。内裏ならば、左兵衛の陣がある宣陽門。ここは、四条後院の東門をいったもの。
(14) 蔵人所に仕える五位・六位の侍。
(15) 蔵人所に所属し、滝口所に詰める宮中警固の武士。
(16) 蔵人所の出納をつかさどる下級職員。

(17) 蔵人所の雑役に従う小舎人。
(18) 主殿寮の下級女官。
(19) 宮中の右衛門の陣がある宣秋門に相当する西門。
(20) 原文「畳《たたみ》」。うすべり。
(21) 底本は「実光」が想定される欠字。ただし、三位ではなく従五位下。
(22) 賢人右府と称された実資を称讃する点に、力点が見られる。

尾張守《おわりのかみ》□、鳥部野《とりべの》にして人を出《い》だす語《こと》、第三十

今は昔、尾張守□(1)という人がいた。その□(2)にあたる女がいた。歌人に数えられ、気だてなども、たいそうやさしく、ふたたび夫を持つことなく暮らしていた。尾張守は、この境遇をあわれんで、国や郡などをその宰領にまかせていたので(3)、暮らしに不自由はなかった。子どもが二、三人いたが、これは母にも似ず、まるっきりのおろかものぞろいで、みな他の国へ流れていって、そのまま消息を絶ってしまった。その母の方も、しだいに年老いて、からだも弱ったので、尼になったが、最後には、尾張守も、その面倒を見なくなってしまった。しまいには、兄にあたるものに養われて暮らしているうちは、つらいことも多かったが、もともと教養のあるものだったから、身を落とすようなふるまいはせず、あいかわらず、品位をもち、おくゆかしいさまで過ごすうちに、いつしか病の身となってしまった。

日がたつにつれて、病の床に寝たきりとなり、意識もはっきりしないように見えてきたので、兄は、「この家では死なせたくない[4]」と考えて、家から追い出したところ、それでも、「わたしを、なんとかしてくれるだろう」と思って、昔、友だちだったものが清水のあたり[5]に住んでいたが、その人をたよって、車に乗って出かけていった。しかし、たよりにしているところでも、考えを変えて、「ここで死んではこまります」と言ったので、いたしかたなく、鳥部野[6]に行って、こざっぱりとした高麗べり[7]の敷ものを敷いて、その上におりてすわっていたが、もともと温和で、優雅な人だったので、塚[8]のかげにかくれて、身じまいを正して敷ものの上にすわっていた。こうして、敷ものの上に横たわったのを見とどけて、おくってきた女はかえっていった。かわいそうなことだと、そのころの人は評判した。

「この女は、その名がはっきりわかっているけれども、気の毒だから名前は書かない」と人が言った。かの尾張守の妻か、妹か、娘か、それは知らない。いずれにせよ、「尾張守が面倒を見なかったのは、ほんとうにけしからぬことだ」と、この話を聞く人は、みな非難した、とこう語り伝えているということである。

典拠未詳。

(1) 尾張守の姓名の明記を予定した意識的欠字。題の欠字も同じ。

(2) 『日本古典文学全集』は、「娘」を想定し、『新潮日本古典集成』は、「本の妻」とする。いま、後者の説に従う。

(3) 『新潮日本古典集成』は、目代、その他守に直属する下級官人を任命する権利を与え、彼女にその収入の一部が差し出されるものとする。
（4） 死穢（死のけがれ）をおそれたもの。
（5） 清水寺の近辺。
（6） 阿弥陀峰の麓一帯の地。北は、清水寺の西南から、南は、泉涌寺にいたる葬送地。本巻第八話参照。巻第二十九第十八話には、羅城門棟上への死体遺棄が語られていた。死のけがれをさけるために、瀕死の病人を捨てることが行なわれた。巻第二十六第二十話、巻第二十七第十六話参照。
（7） 白地に、雲形や菊花を連鎖的に黒く織り出したたたみの縁。
（8） 土を高く盛って築いた墓。

太刀《たち》帯《はき》の陣《じん》に魚《うお》を売る嫗《おうな》の語《こと》、第三十一

今は昔、三条天皇（1）が皇太子でいらっしゃったころ、帯刀《たちはき》（2）どもの詰所へ、いつも魚を売りあるく女がいた。帯刀どもが、それを買わせて食べてみると、なかなかおいしかったので、これをもっぱら買わせて、おかずとして賞味していた。それは、干魚を一切れずつ小さく切ったものであった。

さて、八月のころ、帯刀どもが、小鷹狩（3）をしに、北野（4）に出てあそんでいたが、そこへ、この魚売りの女が、どこからともなくあらわれた。帯刀どもはふだんからこの女の顔を見知っているので、「あやつ、こんな野原で、いったいなにをしているのだろう」と思い、馬で走り寄って見ると、女は、大きな籭《したみ》（5）を持ち、また、むち（6）を一本手に持っていた。この女は、帯刀どもを見て、奇妙なことに逃げごしになって、うろたえまわっている。帯刀の従者ども

が寄って、女が持っている籠になにが入っているのだろうかとのぞこうとしたところ、女は、かくして見せまいとする。そこで、あやしく思って、引ったくって中をのぞくと、蛇を四寸（約十二センチ）ほどに切りきざんで入れてあった。びっくりして、「これは、なにに使うのだ」とたずねても、女は、口をつぐんで返事もせず、□[7]て立っている。なんと、こやつがやったのは、むちでやぶのなかをひっかきまわしては、這い出てくる蛇を打ち殺して、切っては家にはこんで、塩をつけて干して売っていたのだった。帯刀どもは、それをまったく知らないで、これを買わせ、さかんに食べていたのだった。

思うに、蛇を食べると、中毒するというが、よくも、あたらなかったことだ。されば、姿がはっきりしていない切り身の魚などを売っているのを、うかつに買いとって食べるようなことは、やめた方がよいと、これを聞く人は評判した、とこう語り伝えているということである。

典拠未詳。

（1）第六十七代。その東宮（皇太子）時代は、寛和二年（九八六）七月（十一歳）から、寛弘八年（一〇一一）六月の受禅（三十六歳）まで。

（2）東宮坊の舎人のうち、とくに帯刀して警固にあたったもの。

（3）小鷹をつかい、うずら、すずめ、ひばりなどの小鳥を捕らえる秋の鷹狩。

（4）京都市上京区および北区にわたる広大な地域で、北嵯峨野あたりまでも含んだ。京都七野の一。平安京大内裏の北方の野であるところからの称。天皇の遊猟地として、また、聖地として諸儀礼が行われた。

（5）底が四角で、口が丸くなっている竹製のざる。

(6) 原文「楚《すはえ》」。木の若枝。または、むち。
(7) 「アキレ」などが想定される。

人、酒に酔《よ》いたる販婦《ひさきめ》の所行《しょぎょう》を見る語《こと》、第三十二

今は昔、京に住んでいたある人が、知人の家へ出かけていったところ、馬からおりて門に入ろうとして、ふと見ると、その門の向かい側にある古い門で、閉じてあってだれも出入りしない門の下に、行商の女が、そばに売りものをたくさん入れた平たいおけをおいたまま、横になっていた。「どうして、こんなところで寝ているのか」と思って、近寄ってみると、この女は、すっかり酒に酔っぱらっているのであった。

こう見たまま、その家に入って、しばらくたってから出てきて、また、馬に乗ろうとしたとき、この女は目をさました。見るとおきたとたん、へどを吐き、その売りものを入れたおけに吐き入れてしまった。「ああ、きたない」と思って見ていると、そのおけのなかの鮨鮎(1)に吐きかけたのであった。女は、「しまった」と思って、いそいで手でもって、その吐き出したものを、鮨鮎にまぜこんでしまった。これを見ると、きたないどころの話ではない。肝っ玉がひっくりかえり、胸がむかついてきたので、いそいで馬に乗って、その場を退散した。

思うに、鮨鮎というものはもともと、へどと一見似たようなものだから、知らない人には、気づかれるようなこともあるまい。きっと、女は、その鮨鮎を売っただろうが、買った

人は、それを食べぬということはなかろう。だが、これを見た人は、それから後、ぜったいに鮨鮎を口にしなかった。そのような、行商の鮨鮎は、食べないのは当然だろうが、自分の家で、たしかに作らせたものをさえ、食べなかったのである。それだけではない。あらゆる知人にむかって、この事実を語って、「鮨鮎だけは、食べなさるな」と言って制止した。また、人が食事をしている場所でも、鮎鮨を見ると、乱心したかのように、つばを吐きすてて、逃げ出して行ったのであった。

されば、店頭(2)で売っているものも、また、行商の女が売るものも、じつにきたないものである。こんなことだから、多少でも経済的にゆとりある人は、なににもよらず、目の前でたしかに調理させたものを食べるのがよい、とこう語り伝えているということである。

典拠未詳。

(1) 鮎の身を開き、塩や飯をつめて、上からおもしをし、酸味を出したもの。「鮨」は、語源「酸し」。魚肉を飯とともに圧して酸味を生じさせたものをいう。いわゆる、押し鮨の類。

(2) 原文「市町《いちまち》」。平安京には官営の東西市がおかれ、官庁・貴族・寺社などの余剰物資の放出、必要物資の調達が行なわれ、市管理のための市司が任命されていた。

市で取引に従う市人は、登録されて市町に居住し、肆《いちくら》できめられた商品を販売した。東西市は、月の前半と後半とにわけて交互に開催、毎日正午に開き、日没に太鼓を三度ならして閉じた。西市ははやくからすたれ、東市のみが残った。

市には、人々が群れ集まってにぎわい、罪人の処刑も行なわれ、空也のように市聖とよばれた僧侶の伝道の場所ともなった。

平安末期になると、三条から七条にかけ、賀茂川にそった町筋に、新しい市ができて東市もしだいに衰退していった。

竹取《たけとり》の翁《おきな》、女児《おんなご》を見つけて養う語《こと》、第三十三

今は昔、□(1)天皇の御代に、一人の翁がいた。竹をとってかごをつくり、欲しい人にあたえて、その代金を得て生活していた。ある日のこと、翁が、かごをつくるために、竹やぶに入って竹を切っていると、そのなかの一本が光っており、その竹の節のなかに、三寸（約九センチ）ぐらいの人がいた。

翁は、これを見て、「わしは、長い間竹をとってきたが、いま、はじめて、こんなものを見つけた」とよろこんで、片手には、その小さな人を持ち、もう一方の片手には、竹をかついで家へかえった。(2)そして、妻の嫗に、「竹やぶのなかで、こんな女の子を見つけたよ」と言うと、嫗も、心からよろこんで、はじめは、かごに入れて養っていたが、三月ほど養っているうちに、ふつうの大きさの人になった。(3)この子は、しだいに成長するにつれて、世にならぶものがないほど美しく、この世の人とは思われぬほどだったので、翁も嫗もいよいよかわいがって、大事に育てているうちに、このことが世間の大評判となった。

その後、翁は、また竹をとるために竹やぶに行き、竹をとっていると、今度は、竹のなかに黄金を見つけた。翁は、それをとって家にかえった。そこで翁は、たちまち豊かになった。居所に宮殿楼閣をつくって、そこに住み、種々の財宝が倉のなかに満ち満ちて、召使い

たちもおおぜいになった。また、この子を見つけてからというものは、なにごとも思いのままになった。そこで、この上なく、この子をかわいがり、たいせつに育てていった。

そのうち、当時のもろもろの上達部[4]・殿上人[5]たちが手紙をよこして求婚してきたが、女は、いっこうに聞き入れなかったので、みな必死になって思いのありたけをうったえたところ、女ははじめの男には、「空に鳴る雷をつれてきてください。そのとき、お言葉にしたがいましょう」と言った。つぎの男には、「優曇花[6]という花があるといいます。それをとって持ってきてください。そうすれば、お言葉にしたがいましょう」と言った。最後の男には、「打たないのに鳴る鼓[7]というものがあります。それを持ってきて、わたしにくださったときに、ご返事申しあげましょう」などと言って会おうともしなかった。求婚する人々は、女の姿かたちがこの世のものとも思われず美しいのに心をうばわれ、ただ言われるままに、耐えがたいことではあったが、物知りの古老に、これらを手に入れる方法を問いたずねて、あるいは家を出て海辺に行ったり、あるいは世を捨てて、山のなかに入ったりなどして、たずね求めあるくうちに、あるいは命を落とし、あるいは、とうとうかえってこないものたちもあった。

そのうち、天皇がこの女のことをお聞きおよびになって、「この女は、この世にまたとなく美しいと聞いているが、自分が行ってみて、ほんとうに美しい姿ならば、さっそく后としよう」とお考えになって、すぐさま大臣以下百官を引きつれて、かの翁の家に行幸なさった。さて、翁の家におつきになってみると、家のありさまのすばらしいことといったら、まるで王宮さながらである。女を召し出すと、すぐに御前に出てきた。天皇が、これをご覧になると、まことに世にたとえるものもないほど美しいので、「この女は、自分の后になるがために、他の男には、近づこうともしなかったのだ」とうれしく思われ、「このまま、内裏へつれていって、后に立てよう」とおおせられると、女は、「后にむかえられますことは、このわたくしにとりまして、かぎりない喜びでございますが、じつを申しますと、わたくしは、人間として生をうけたものではございません(8)」と申しあげる。天皇が、「では、お前は何者か。鬼か、それとも神か」とおたずねになると、女は、「わたくしは、鬼でも、神でもございません。ただし、もうすぐに空からむかえにやってくることになっております。天皇さま、すぐにおかえりくださいませ」と言う。

天皇は、これをお聞きになって、「いったいこれは、どういうことなのだろう。いますぐに、空から人がむかえにくるはずなどない。これは、ただ、自分の言うことをことわる口実にしているだけなのだ」とお思いになっておられると、しばらくして、空から、おおぜいの人が輿を持っておりてきて、この女を乗せたまま空にのぼっていってしまった。そのむかえにやってきた人の姿は、とうていこの世の人とは思われなかった。その時、天皇は、「ほんとうに、この女は、ただの人間ではなかったのだな」とお気づきになって、内裏へおもどりになった。天皇がご覧になったその女の姿かたちは、ほんとうにこの世のものとは思われないほどすばらしかったので、その後、つねに思い出されて、耐えがたく恋しくお思いになったけれども、どうすることもできず、ついにそのままに終わってしまった。

その女は、ついに、何者ともわからずじまいであった。また、翁の子になったのも、どういうわけがあったのやら、すべてわからぬことだらけだと世の人々は思った。こういう不思議な事件(9)であるから、このように語り伝えているということである。

典拠未詳。『竹取物語』は、直接の出典とは認められない。

(1) 天皇の諡号の明記を予定した意識的欠字。

(2) 「めのおうなにあづけて養はす」(『竹取物語』)。

(3) 「よき程なる人になりぬれば」(『竹取物語』)。

(4) 三位以上の公卿と四位の参議。

(5) 四位・五位および六位の蔵人。

(6) 三千年に一度花を開くと伝えられる樹の名。この花が咲くとき転輪聖王がこの世にあらわれるという。「かくの如き妙法は、諸《もろもろ》の仏・如来の、時に乃ちこれを説きたもうこと、優曇鉢の華の、時に一たび現われるが如きのみ」(『法華経』方便品。優曇鉢は、優曇華に同じ)。仏の出世にあいがたいことのたとえ、稀有なことのたとえとして用いる。

(7) 帝釈天宮の鼓は、阿修羅が攻め入るとき、天が打たないのに、自然に、「賊来る賊来る」と鳴るという。「天は曼陀華《まんだげ》を雨《ふら》し、天鼓は自然に鳴り、諸の天・竜・鬼神は、人中の尊を供養す」(『法華経』序品)。

(8) 「おのが身は、この国に生まれて侍らばこそつかひ給はめ、いとゐておはしましがたくや侍らむ」(『竹取物語』)。

(9) 『今昔』ではこのように、本説話を、摩訶不思議なこととして扱っている点が、『竹取物語』とは異なる。

大和国《やまとのくに》の箸墓《はしのはか》の本縁《ほんえん》の語《こと》、第三十四

今は昔、□[1]天皇と申しあげた帝《みかど》に、一人の皇女[2]がいらっしゃった。姿かたちがまことに端麗だったので、天皇も、母の皇后も、この上なくかわいがり、だいじにお育てした。

この皇女は、まだ未婚でいらっしゃったが、あるとき、だれとも知らぬ、たいそう気高い男が皇女のそばにそっとしのんできて、「わたしは、あなたと夫婦になりたい」と言う。皇女は、「わたくしはまだ、男の肌にふれたこと[3]はございません。どうして、たやすく、あなたのおことばに従うことができましょうや。また、両親にこのことを申しあげずに、従うわけにはいきません」とおっしゃったが、男は、「たとえご両親がお知りになっても、お叱りになりませんよ」と言う。このように、夜な夜な、やってきては、語り合ったが、皇女は、最後までは許さなかった。

そこで、皇女が、天皇に、「こうこういう方が、毎夜やってきては、こう申しております」と申し上げられると、天皇が、「それは人ではあるまい。神がおいでになっておっしゃるのだろう」とおおせられた。だが、そのうち、皇女は、ついに肌をおゆるしになられた。その後は、おたがいにいつくしみ合って過ごしておいでになったが、相手がだれだかわからないので、皇女が、「わたくしは、まだ、あなたさまがどういう方か存じませんので、不審でなりません。どちらからお出でなさいますのか。わたくしのことをほんとうに愛していらっしゃるなら、かくさずお名前をおっしゃってください。また、お住まいをもお知らせください」とおっしゃった。すると男は、「わたしは、この近くに住んでいるものです。わたしの姿を見たいとお思いでしたら、明日、あなたがお持ちになっている櫛箱(4)のなかにある油壺のなかをご覧ください。でも、それをご覧になっても、決してこわがらないでください」と言う。皇女は、「決して、おびえはいたしません」とお約束になり、夜が明けたので、男はかえっていった。

その後、皇女が櫛箱をあけて油壺のなかをご覧になると、壺のなかになにやら動くものがある。なにが動いているのかと思って、持ちあげてご覧になると、ほんとうに小さな蛇がとぐろをまいている。油壺のなかにいる蛇だから、どんなに小さいものであるかは想像できるであろう。皇女は、これをご覧になるや、あれほど、おびえないと約束していたにもかかわらず、ひどくおびえて、悲鳴をあげ、油壺を放り出して逃げ去った。

その宵、男はまたやってきた。いつもとちがってたいへん機嫌がわるく、女に近寄ってこない。女は、不審に思って、そばにお寄りになると、男は、「あれほど、申しあげたことをお守りにならず、おびえなさったとは、まことに情けないなされようです。ですから、わたしは、もう参りますまい」と言って、不機嫌な顔つきでかえろうとなさる。皇女は、「それくらいのことで、もう、やってこないとおっしゃるとは、なんてくやしいこと」と言って、男の袖をとってお引きとめになったとき、男は、皇女の陰部に箸をつき立てた(5)。皇女は、たちどころに死んでしまわれたので、天皇・皇后はかなしみなげかれたが、もはや、どうすることもできなかった。

さて、その墓を、大和国の城下郡(6)につくった。箸の墓(7)といって、いまも、そこにあるのがそれである、とこう語り伝えているということである。

典拠未詳。ただし、『日本書紀』に見える話と同話。

(1) 天皇の諡号の明記を予定した意識的欠字。
(2) 『日本書紀』「崇神紀」には、倭迹々日百襲姫《やまとととひももそひめのみこと》命とある。
(3) 原文「触這《ふれば》ふ」。肉体の交渉を持つこと。
(4) 『書紀』には、「櫛笥《くしげ》」とある。
(5) 『書紀』には、女が自分自身で陰部をついたように記されている。
(6) 明治三十年四月、十市・式上・式下三郡を合併して磯城《しき》郡となった。城下郡は、大和平野のなかの平坦地の中央に位置する。天理市西南部から田原本町・三宅町・川西町などのあたり。北は、佐保川で生駒郡と境し、西は百済川で旧南葛城郡、東南二面は山辺郡、もとの式上・十市の地と錯雑している。初瀬川・寺川・飛鳥川が南からながれ、それぞれ佐保川にそそぐ。
(7) 『書紀』には、「大市（城上郡大市郷）に葬る」とある。「箸ノ墓」は、三輪山の西麓、もと、織田村字箸中（現、桜井市箸中）にある。孝元天皇皇女倭迹々日百襲姫の墓と伝える。
　密接な関係をもつ三輪山神婚説話では、男が女に蛇の姿を見られて別れるが、そのあとをつけていくと、三輪明神の祠のなかに入っていったという。「わが庵は三輪の山もと恋しくはとぶらひ来ませ杉立てる門」（『古今集』雑）。「恋しくは疾う疾うおはせわが宿は、大和なる、三輪の山本杉立てる門」（『梁塵秘抄』二句神歌）。他、『袋草紙』『枕草子』『栄花物語』などに所出。

元明天皇《げんみょうてんのう》の陵《みささぎ》を点《てん》ぜし定恵和尚《じょうえわじょう》の語《こと》、第三十五

今は昔、元明天皇[1]が崩御なさったとき、陵を選定するために、大織冠（藤原鎌足[2]）の長男である定恵和尚[3]と申しあげる人を大和国へつかわした。

ところで、吉野郡の倉橋山[4]の峰と多武峰《とうのみね》[5]の断崖が重なっているうしろに峰があり、その前には七つの谷がむかい合っていた。定恵和尚は、これをご覧になって、「ああ、じつに、みごとな尊い土地だな。だが、天皇の御墓所としては、左右が下っている。□[6]の人はあるまい。これまでも土地がせまいため、御陵の土地には用いなかったのだな」と思って、採用しなかった。さて、その麓の西北の方に広い土地があった。そこを陵として用いることにした。軽寺[7]の南にあたる。これが元明天皇の檜隈の陵[8]である。まわりに鬼の形をした石像[9]をめぐらし□[10]、池辺に、陵の基をなす形[11]に立てて、たいそうりっぱなものであった。使った石などは他の陵よりすぐれている。

そして、峰には、大織冠（藤原鎌足）や、淡海公（藤原不比等[12]）のお墓もある。その御骨は、つきくだいてこなごなにしてまきちらした。それで、馬や牛にふませまいとして、まわりには、堀をめぐらして、ぜったいに人を近寄せない。その上、大織冠・淡海公の御子孫は、この国の左大臣として現にさかえていらっしゃる。ところが、天皇との間に不和がおこるときには、この大織冠の墓は、かならず鳴動する[13]ということである。されば、これをあやしまぬものはいない。多武峰というところがこれである、とこう語り伝えているということ

である。

典拠未詳。

(1) 第四十三代。女帝。天智天皇の第四皇女。養老五年（七二一）十二月没。大伴旅人が遺言に従い、奈良坂の西、養老ヶ峰の椎山陵《ならやまのみささぎ》に葬った。本話の内容とあわない。

(2) 巻第二十二第一話参照。

(3) 法相宗。慧隠につき出家。白雉四年（六五三）道昭とともに入唐し、慧日寺神泰に師事。在唐二十六年、帰朝後、多武峰に鎌足の遺骸を葬る。巻第二十二第一話参照。この話が誤り伝えられたものか。

(4) 十市郡に属した。多武峰の北。現、桜井市。

(5) 三輪・飛鳥・宇陀・初瀬・吉野などへ通ずる。現、桜井市南部。

(6) 該当語不明。

(7) 法輪寺がそのあと。高市郡大軽の地にあった。

(8) 明日香にある欽明天皇の檜隈坂合陵《さかあい》があたる。

(9) もと、欽明陵南の内堀の外にあったもので、現在、吉備姫墓域にある猿石のこと。

(10) 原文「廻《めぐり》□池」。「ノ」か、「シ」か。

(11) 「池辺陵ノ墓様ニ立テ」（『日本古典文学大系』『日本古典文学全集』説）。「池ノ辺、陵ノ基様ニ立テ」（『新潮日本古典集成』）。いま後者に従う。

(12) 巻第二十二第一話・第二話参照。

(13) 『多武峰縁起』『御堂関白記』などに見えるが、皇室、藤原氏の大事の際に鳴動するとしている。

近江《おうみ》の鯉《こい》、鰐《わに》と戦う語《こと》、第三十六

今は昔、近江国志賀郡古市郷(1)の東南に心見の瀬(2)という瀬がある。この郷の南のあたりに、瀬田川が流れているが、その川の瀬である。あるとき、その瀬に大海のわにざめ(3)がさかのぼってきて、琵琶湖の鯉とたたかった。ところが、わにざめが戦いに負けたので、川下に引きかえして、山城国に石となってとどまった。鯉は戦いに勝ったので、琵琶湖にかえって、竹《ちく》生《ぶ》島(4)をとりまいていた。こんなわけで心見の浦というのである。かのわにざめが化した石というのは、いま、山城国□(5)郡の□(6)にあるのがそれである。かの鯉は、いまも竹生島をとりまいていると語り伝えている。心見の瀬というのは、瀬田川の□(7)の瀬である。とこう語り伝えているということである。

典拠未詳。

（1）膳所の石山付近。南郷のあたり。
（2）石山の下を流れる瀬田川（下流は宇治川―淀川）の急流か。
（3）本巻第十七話・巻第二十三第二十三話・巻第二十九第三十一話参照。
（4）宝厳寺。真言宗。聖武天皇が神亀元年（七二四）行基に、琵琶湖中の一島に弁財天を祭らせ竹生島と名づけたと伝える。翌二年天皇行幸、のち豊饒会を執行、四年、再び行幸、弁財天護摩雨宝法を修せしめた。以後、毎年豊饒会を修し、祈禱の宝札を朝廷に献じた。古来、魚にまつわる伝承が多い。
（5）（6）郡名・地名（郷名）の明記を予定した意識的欠字。

（7）瀬の名の明記を予定した意識的欠字。「供御《くご》の瀬」。氷魚《ひお》の網代をおいて朝廷に調進したからという。勢多橋がわたれないときはここをわたったので、その急流をおそれて心見瀬といったという。また、心見瀬は、石山寺の南の南郷とし、東岸は黒津で、ここの激流中には室の八島という八角の岩があったともいわれる（『大日本地名辞書』）。
『日本古典文学全集』は、この鯉が、竹生島を「シマキ」（とりまいた）ために「心見《しむみ》」となったものとし、『新潮日本古典集成』は、わにざめと鯉が一戦を試みたから「心見」となったものと解する。

近江国栗太郡《おうみのくにくりもとのこおり》に大柞《おおははそ》を伐《き》る語《こと》、第三十七

今は昔、近江国栗太郡(1)に大きな柞(2)の木が生えていた。その周囲は、なんと五百尋《ひろ》(3)である。それゆえ、その木の高さ、枝をさし広げた長さの範囲は、まさに想像を絶するものがある。その木かげは、朝には、丹波国(4)にさし、夕方には、伊勢国(5)にさす。雷鳴のとどろくときも、微動だにせず、大風が吹いてもゆるぎもしない。

ところが、その国の志賀・栗太・甲賀(6)三郡の農民は、この巨木のかげにおおわれて、日が当らないために、田畑をつくることができない。このため三郡の農民らは、天皇にこの旨を奏上した。天皇は、さっそく、掃守宿禰《かにもりのすくね》□(7)らをつかわし、農民の申請にしたがって、この木を切りたおした。そこで、その巨木を切りたおしてからは、農民が田畑をつくると、豊かな収穫が得られるようになった。

かの奏上した農民の子孫は、いまも、その三郡に住んでいる。昔(8)は、こんな巨木があった

のだ。まことにおどろくべきことである、とこう語り伝えているということである。

典拠未詳。

(1) 野洲郡の南。瀬田川で志賀郡と境を接している。国府は勢多郷にあった(現在、大津市瀬田神領町・瀬田大江町)。

(2) コナラ・クヌギ・オオナラなどの総称。

(3) 一尋は、両手を左右にのばした長さ(約一・八メートル)。

(4) 京都府・兵庫県の一部。

(5) 三重県。

(6) 甲賀郡は、栗太郡の東。大津を中心にした志賀郡は西にあたる。

(7) 宮中の掃除や設営のことをつかさどる宮内省掃守寮の役人か。この職掌から創作されたものであろう。空格は、人名の明記を予定した意識的欠字。

(8) 栗太郡は古くから開発され、大和朝廷の葦浦屯倉が草津市芦浦付近におかれ、また国府もあり、郡内平野部には条里制のあとが見出されている。栗太の名は、この地方に大歴木《おおくぬぎ》があったことからおこったとしている。巨木伝説の伝承である。

解説

武《たけ》石《いし》彰《あき》夫《お》

一 静かなる批判

すぐれた文学作品は、たしかな批判をふくむものである。作品は、現実を直視するがゆえに、また、現実を愛するがゆえに、鋭く、しかも洞察にみちた批判の眼をもつのである。『今昔物語集』の世界にも、このような批判精神が内にこめられているのであって、それゆえにかくも、一つ一つの説話がつねに新鮮な輝きをもって現代に生きているのではあるまいか。

巻二十八の第十一話は、祇園社感神院の別当戒秀なるものが、年配の世なれた受領の人妻のもとに忍んで通っていたが、それを見抜いた夫が、戒秀があわててかくれた唐櫃を逆に誦経料として祇園におくりかえして、一山のもの笑いにしてやろうとした術策と、持ち前の度胸と弁舌から瞬時にして危機を脱する戒秀を描いて余すところがない。

当時、祇園社感神院といえば、京に名だたる寺社であり、祇園信仰の中心となっていた。この社の草創については諸説ある。

防疫神としての牛頭天王が明石浦に垂迹し、広峰にうつり、さらに北白川の東光寺にうつり、元慶のはじめ（八七七年ごろ）、藤原基経が社殿を現在地にうつし観慶寺（祇園寺）と称したとする説、また、延長四年（九二六）六月二十九日、祇園天神堂の修行僧がこれを供養し、承平四年（九三四）六月、感神院に社壇をたてたとする説、また、貞観十一年（八六九）常住寺の小禅師円如法師が観慶寺――一名祇園寺――をおこし、同十八年（八七六）神霊をうつしたとする説などさまざまであるが、いわゆる祇園御霊会の起源を伝える社伝――貞観十一年（八六九）六月、全国にわたった疫病流行にさいし、卜部日良麻呂が、牛頭天王の祟として勅を奉じ六十六本の矛を立ててこれをまつり、消除を祈ったという――のなかで成立したことは間違いない。

祇園社感神院の創立を貞観十八年（八七六）ともするが、文献的に実証できるのは、『二十二社註式』に記す、

天禄元年（九七〇）六月十四日始二御霊会一自二今年一行レ之

をおいてない。初めは、興福寺の管理下にあったが、天延二年（九七四）、天台に属して延暦寺の別院、日吉社の末社となった。

戒秀は、清原元輔の子で花山院の殿上法師をつとめたといわれ、また、一条天皇の朝廷に御仏名や季の御読経の導師、権導師をつとめていることからみると、ようやく祇園社が権威化された時期であることがわかる。

一条天皇の寛弘七年（一〇一〇）は、当社等十二社に神宝東遊を副進せしめた。

戒秀は、長和四年（一〇一五）三月疫病を病み、閏六月十二日家に落雷をうけてまもなく没したといわれる。とすれば、疫病神祇園に別当として権力をふるった僧が、これまた疫病を病んだというのも奇しき因縁ながら、その晩年もまた安穏ではなかったといえる。

いわゆる祇園御八講はのちのことであるが、延久二年（一〇七〇）には、院領は、東は白川山、南は五条以北、西は堤、北は三条末以南を限るという広大なものであったし、御霊会もまた、いちだんとにぎにぎしさを増していったのである。

『梁塵秘抄』にも、

祇園精舎のうしろには　よもよも知られぬ杉立てり、昔より、山の根なれば生ひたるか、杉、神のしるしと見せんとて（二五五）

と神杉への崇敬を歌っている。

祇園社感神院の別当といえば、検校につぐ地位である。だいたい、ボスはあまり実務にはくわしくないのがふつうで、別当は、実務担当の最高責任者であるから、当然その力の及ぶところも大きい。

有名僧の破戒行為は、話題性に富むものであるが、単に女犯の失態にのみ世人の興味があるものではない。

ここで考えておきたいのは、いわゆる聖なる名において、俗世の位権よりもなお俗なる権力が宗教教団を支配していたという事実である。いかなる教団においても、固定化し、安定化してくるなかに芽生えてくるのは腐敗と堕落である。しかも、それが表面は聖なる姿の裏面に公然と頭をもたげてくるところに、嫌悪すべきものがある。俗世においては利益を追求するのはなんら忌むべきことではなく、そのために人は働くのである。一面利益となんら関係ない形をとりつつ、利益と欲望の追求にあくことない日々を過ごす聖域は、その本質を失ったものである。

戒秀の行為は、内なる批判と外なる批判をあびたにちがいない、現在であれば、このような話は、さしとめ記事であって外にもれることを防ぐに汲々とするはずである。しかしこれを『今昔』の編者がとり入れた点に、大きな意義を見る。

「本朝仏法部」に記されている数々の仏教鑽仰《さんぎょう》のことばと、「本朝世俗部」とがおたがいに照射し合っているところに『今昔』は限りない価値をもって現実にせまっているといえるのではないだろうか。ただ、ひたむきな仏教鑽仰の心は尊いが、それのみではもろくはかなく崩れおちる危険性を有する。

これに反する確かな批判をもって、仏法は初めてかたい金剛の座を獲得するにちがいない。「本朝仏法部」と「本朝世俗部」は、やわらかな緊張をもって対しているのではあるまいか。

戒は、自然本能的な人間のいとなみに反するものであるがゆえに尊いが、それゆえにまた持戒のむずかしさがある。その象徴的な名まえのごとき「戒秀」は、女犯をおかした。一度味わった女体の魅力は、持戒の生活の長さに比例して増大するものである。しかも、戒秀は、朝廷の仏事に出役し導師をつとめるほどの地位にあった人である。このような人であっても女色には勝てない。一面から見れば、『今昔』のひろやかな人間肯定かもしれないが、そういって終わっては、『今昔』における「仏法」の本質を見あやまることになるであろう。

民衆は、支配者に対しては、直観的にその真実性を見抜くものである。十八世座主良源の治下、天元三年（九八〇）九月三日（一説に晦日）、中堂会を修した折り、勅により延暦寺の所司八人に赤袈裟を賜い、静安・慶詮・院源・暹賀・戒秀・源信に紫衣を許されている。暹賀は、のち二十二世座主、また院源は二十六世座主となる人。源信は人ぞ知る恵心僧都である。戒秀の名誉はこれに過ぎるものはなかったであろう。

このような一世に知られた戒秀であったが、所詮は教団の秩序内にある僧侶であった。とすれば、女犯はたいへんなゴシップであったはずである。それを積極的に描き出す勇気には、ただ単におもしろ興ずる以外のなにものかが作用したと思われる。

『梁塵秘抄』に、つぎの歌謡がある。四句神歌に入っているが、この部立てにも真俗が同居していることがおもしろい。

聖を立てじはや　袈裟を掛けじはや　数珠を持たじはや　年の若き折、戯れせん（四二六）

このように歌うのは、教団に対する偉大な抵抗精神から発した修道僧の若き日の叫びであろう。女色を断った修道者なんてまっぴらだ、もう袈裟なんてかけるものか、数珠なんか持つものか、若いうちだけの色恋だ――こんな意味になるだろう。

とりすました教団の聖職者の裏面の世界を見やった修道僧の大いなる不信感と見るべきか、はたまた、京の夜景と大津の夜景とをあわせ見る山上の修道者にとって、心をさそうものは紅《くれない》の巷《ちまた》しかありえないのだろうか。

しばられればしばられるほど生の讃歌は魂からほとばしってやむことはない。教団とはなにかを考えるとき、つねに逢着する課題であると思われる。

『梁塵秘抄』の歌謡には、『今昔』の韻文化された世界がうずいているように思われる。人間欲望のもう一つのはけ口は、言うまでもなくかけごとである。

拘尸那《くしな》城のうしろより　ぢうの菩薩ぞ出でたまふ　博打《ばくち》の願ひを満てんとて　一、六、三とぞ現じたる（三六七）

釈迦入滅の地である拘尸那（九・四・七）城のうしろから、十（地涌《じゆ》）の菩薩がおでましなさった。バクチ打ちの願いをかなえようとして、一・六・三のさいの目どおりに現われたというのである。

世にテラ銭というが、どうも仏の教えとカケゴトはつながるらしい。バクチその他に勝つために五百羅漢の頭を欠いて持っていくという風習があって困りはてた寺院は、さく囲いをしてしまった例もある。

法師博打の様《やう》がるは　地蔵よ、迦旃《かせん》、二郎寺主とか　尾張や伊勢のみみつ新発意《しもち》　無下に悪きは鶏足《けいそく》房（四三七）

「法師博打」の具体的な姿はよくつかめないが、法師で博打にふけるものと考えてよかろう。地蔵はいうまでもなく、仏陀の十大弟子の一人、迦旃延（仏陀生誕の折りその相を見て将来仏陀になるであろうと予言したアシタ仙人の弟子であったが、師の命によって仏陀の弟子となり、論議第一といわれた）の名を名乗り、また、二郎寺主はよくわからないが、「なまぐさ坊主の二男坊」といい、「二郎という寺主」ともいう。寺主は、山門では、ジシュと読み、御室ではテラシュと読むとするがどうか。どうも、寺主の息子というのもおかしな話だが、案外そのようなところかもしれない。「尾張や伊勢のみみつ新発意」、これは地方からやってきた新入りの坊さんである。「新発意」は、あらたに菩提心を発《お》こして仏道に入ることを意味する。「みみつ」は、よくわからないが、田舎出の鈍い、また、日の当たらぬ――つきのわるいとも解する。また鶏足房ときたら、どうにもあくどい、滅法つきのわるいと解するが、解釈は確定しない。

しかし、鶏足房は、仏陀十大弟子の一人摩訶迦葉にちなむ。迦葉は、執着のない清廉な人で仏陀の信頼あつく、その入滅後、教団を経営し、王舎城において第一回の結集《けつじゆう》（経典編集）を行い、のち法を阿難にゆずり、鶏足山に入って入定し、そのまま生涯を終えたのである。『梁塵秘抄』に、法文歌に七首の迦葉讃歌がみられるのは、広い受容と迦葉に対する親しみの情を物語っているように思われる。

博打坊主と、摩訶迦葉との因縁も妙なものと思われるが、ここに疎外された一人の人間像を見るのであって、これもまた『梁塵秘抄』におけるオーソドックスにして、仏法の権威を歌った法文歌と照射しており、初めて個の救済に意味をもつ真実の教法が知らされるのではあるまいか。

煩悩をつつみこむ菩提の価値づけは、ひとり『今昔』だけの世界ではなかったようである。

二　教化《きようけ》の歌声

巻二十八の第十九話の「比叡山の横川の僧、茸に酔いて誦経する語《こと》」は、正体のしれない平たけを腹いっぱい食べて中毒症状をおこし、横川の中堂で平癒の祈禱をした折り、導師のとなえた教化がまことにその場にふさわしく珍妙で、その座につらなるものが笑いころげたという話である。

この中に、教化という法会の歌謡が出てくる。教化が法会のなかでどのような地位をしめるかという具体的な姿は、天台では、承澄（一二〇五～八二）編の『阿娑縛抄』、東密では、覚禅（一一四三～一二一七以後没）の『覚禅抄』によって知ることができる。

教化とは、法会の導師が、その法の功徳の大要を大衆に教示する説法教化の意で、導師の美しい旋律をもつソロによって歌われるものである。法会のなかで、表白（法会や修法のとき、その趣旨および願いなどを仏前に申しのべる）、神分《じんぶん》（修法のとき般若心経などを読誦して神明に法味をささげその擁護を請うこと）の奥、仏名の後に歌う教化は、その時にのぞみ機に応じて創作しなければならぬものとされた。

その文詞は、和文体のもの、漢文体のもの、朗詠風のもの、和歌体のもの、今様体のものなどが広く行われたが、とくに注目したいのは、四句一章（片句）を基本形式として、四句二連（諸句《もろく》）、さらに十二句、十六句などにもおよぶ、いわゆる教化体であった。

教化は、平安中期から末期にかけて盛行した顕密法会のなかで生まれ育《はぐく》まれ花開いた仏教歌謡であり、抒情性に富んだ宗教詩として、和讃とならぶものであり、とくに、法会の歌謡としては、もっとも中心的なものである。いわゆる和文の伽陀である訓伽陀が、主として中世に広く用いられたのに対して、和文の讃歌として、漢訳経典につつまれた世界のなかに、ひとり光明をなげかけた点が高く評価できる。『今昔』の教化も、単に滑稽に富んだものとすべきではなく、そこに、この僧に対する教化があったことを忘れてはならない。

荘厳にしてととのえられた道場に厳粛に修行される外儀法会によって信仰の道に導かれる人も少なくない。したがって、とくに導師の教化は、法会のクライマックスをつくる重要な構成要素である。法の声ひときわ堂内に高く、ともしびゆらぐ仏前を流れるしめやかなメロディーは、おのずと人を菩提の世界にいざなうものである。

叡山西塔の学僧であり、宝幢院検校をつとめた声明家懐空ののこした『教化之文章色々』は、後冷泉天皇の天喜二年（一〇五四）より白河天皇の永保二年（一〇八二）にいたる法会に用いられた教化をセレクトした一大集成であり、作品としてもすぐれたものが多い。

すべての文学作品についていえることだろうが、そのジャンルの上昇期における作品は、すぐれた文学性のみならず、豊かな思想性をも内蔵するといえる。

如来ノ御相好ハ　法界ニテ満テリト聞シヨリ　夏ノ蓮ノアザヤカナルモ　青蓮ノ眼《マナコ》トゾ

覚ユル　如来ノ御相好ハ　仏刹ニ遍《アマネ》シト承レバ　秋ノ月満テルモ　満月ノ顔トゾ見給ケル

残雪《ノコンノユキ》、枝ヲ埋メバ　園ニハ花不《リ》レ出《サカ》ケリ　薄キ氷ニ被レ閉《トザサ》レテ　池ニハ蓮不《リ》レ開《カ》ケリ

花ノ色ハ空ニ満チテ　香ノ烟ハ風ニ任セタリ

天人ハ雲ヲ分ケテ参リ　龍神ハ波ヲ凌テヤ侍ラム

畢竟ノ空ニ遊ビテ　月ノ面円《マドカナ》ラン天人　黄金ノ膚瑩《カガヤキ》テハ　明王ノ丹キ御誡ヲヤ悦ブラン

『教化之文章色々』には、右に掲げたような佳句が見える。『梁塵秘抄』にも影響を与えており、法会の歌謡が下降した姿が見てとれる。

『今昔』の時代は、今様の成立・展開期とダブる。わが国歌謡のなかで初めて歌曲としての形を備えた今様は、広く民衆歌謡として受容されるなかで、ますますみがきをかけていった。

　この今様に刺激され、仏教の歌声も、和讃の流行をもたらしたのである。もちろん、和讃から今様が生まれたとする図式はあるが、実際的には、豊かな歌謡の季節は、大きく、それ

ぞれのジャンルを養い育むものであった。

しかし、顕密諸宗の限界のなかで、教化はみずからの命を固定化し、中世にいたっては、かろうじてその痕跡をとどめるに過ぎなかったのである。その多くは、法会のなかに固定化し、新しく創作されることは少なかった。一方、和讃は、法会の歌謡ではなかったためか、つねに新しい生命を得て中世に展開し、また、近世にいたってもその生命を持続しつづけ、現代におよんでいるのである。

教化が生きていた時代、そのような一コマを『今昔』に見ることができるのも、また、一つの興味深い点であろうと思われる。

三　俗世さまざま

「受領たるものは、倒れたところの土をもつかめ」といわれた当時の姿を典型的に描いたのが、巻二十八の第三十八話である。

『平家物語』の巻一「殿上闇討」を読むと、初めて忠盛が昇殿を許されたのは、武功によるのではなく、備前守であったとき、鳥羽院の御願得長寿院を造進して、三十三間の御堂をたて、そこに一千一体の御仏を据えたという寺院建立の手がらによってなされたことが書いてある。

得長寿院の号は、『薬師本願経』の、「長寿を求むれば長寿を得」とあるところからとったものらしい。

この旧蹟は、東山聖護院前徳成橋のあたりと推定されており、白河千体観音堂として知られていたようである。中央に丈六の聖観音を安置し、その左右に等身の聖観音像を各五百体、また、それぞれの像中に千体の小仏を奉納したと記録にとどめられている。この三十三間堂を模したものが、後の蓮華王院（三十三間堂）である。

さて、この造立の費用は莫大なものであったに違いない。仏像一体を刻むにしてもかなりな経費であろうから、これを含めた全体の経費ははかり知れないものがある。それをすべて負担したというのは、国司在任中の蓄財によるほかはなかろう。

『梁塵秘抄』の歌謡にも、次のようなものがある。

黄金の中山に　鶴と亀とはもの語り　仙人童の密《みそ》かに立ち聞けば　殿は受領になりたまふ（三二〇）

楠葉《くすは》の御牧《みまき》の土器造《どきつくり》　土器は造れど娘《むすめ》の顔《かほ》ぞよき　あな美しやな　あれを三車《みくるま》の四車《よくるま》の愛敬《あいぎやう》　輦《てぐるま》にうち乗せて　受領の北の方と言はせばや（三七六）

これは、まさに受領王国の讃歌にほかならない。黄金の山の鶴と亀とのものがたり、それを聞くのは仙人に仕える侍童ということになれば、受領の利権たるや、現代いろいろと取り沙汰されている話どころではあるまい。

楠葉の御牧は、現在の大阪府枚方《ひらかた》市の北部にあった中央官庁所管の牧場で、そこで汗水たらして働いている土器造りではあるが、その娘はたいへんな美貌の持ち主。その娘を、三台も四台も連ねた豪華な行列でやってくる受領の奥方さまと言わせてみたいものだという。はたして美人は女の条件で、顔しだいで出世は思いのままかどうか。どちらにしても、受領は一般民衆とはかけはなれた存在であったことがわかる。せいぜい、あこがれは歌にでも歌ってというところかもしれない。高級貴族とは違って、ともかく民衆に接していた存在だけに、玉の輿《こし》も夢ではなかったのであろうか。

巻二十八の第五話にある越前守藤原為盛の大粮米不進にまつわる話なども、国司の権謀術数の極致を示すものとして世に喧伝されたものであろう。

話は変わるが、巻二十七の第二十四話「人の妻、死にて後、本の形となりて旧夫に会う語《こと》」は、後世の上田秋成の『雨月物語』中の「浅茅《あさじ》が宿」と似ているが、怪異に託して人間性を追求した近世小説に比して、説話のわくにとどまってはいるものの、夫を恋いしたうあまり魂魄となって夫と契ったというモチーフは、やはり愛の純粋性を語って余すところがない。

説話が、人におくる愛の文学であるとすれば、死して後もなお愛に執着する心は、そのきわみであるといってもよいものがある。

同巻第四十四話の鈴鹿山中における夏の夜の怪奇譚は、特異な話である。場所柄といい時間といい鬼気せまるシーンであるが、人よく恐怖と怪異を制したという人間の勝利が語られている点に重点がおかれている。死人を背負うということはもっとも忌みきらうところであるが、勇敢にも死穢に挑戦した点をよく描き出している。

落語の「らくだ」に死人を背負うシーンがあって、世間でいやがられた大家《おおや》の存在もかたなしというのが思い出される。

そういえば、第二十五話は、相思相愛の夫婦であったが、三年の後、夫は突如病いを得て数日のうちに帰らぬ人となってしまった。三年目の秋、笛の音をともなって夫の亡霊が現われたという話である。

霊の出現に笛をともなうのは広く流布しているパターンであるが、また、笛が霊をよぶことも多い。チベットでは、人骨で作った笛カムリンが霊をよびよせるということで、カイラス巡礼で行う慣習であり儀礼である。

『法華経』には、

> 如来たちの遺骨に、あるいは塔に、あるいは土偶の像に、また壁に描かれた像、塵芥の塔に、香・華を手向けた人々、楽器の類、また銅鑼、法螺貝、また好い音色の小鼓を、最高・最勝のさとりに供養するために、また太鼓を打鳴らさせた人々も、琵琶、鐃鈸、小太鼓、魅了する音色の木製の笛を、一絃琴あるいは簫笛を奏する人々、彼等はすべて、さとりを得る者となるであろう。
>
> (岩波文庫『法華経 上』)

と「方便品」に説かれているが、音楽成仏の考えは広く見られる思想である。楽音が霊をよぶというのは、たとえば、平曲を語る琵琶法師の場合にも想像し得ることであり、妙《たえ》なる楽《がく》の音《ね》が霊的世界と交流するという考え方にもとづく。歌舞伎など下座音楽で、「どろどろ」と称し、お化けの出現を予告する笛と太鼓のようなものも、そのあらわれと考えられる。

巻二十八の第二十三話には、賢明で才深《ざえ》く、思慮もあり、剛胆で、しかも、音楽の教養もあり、その上理財にもたけていた三条中納言が登場する。しかし、なににしても太りすぎで、なんとかやせたいと願っていた。医師の指定でダイエットを試みるのだが、水漬けは水漬けにしてもその量たるやまことにすさまじいものがあり、また、その前菜の量もたいへんなものであった。これではやせるはずもなく、医師も手のつけようがなかったというのである。

ダイエットは、要するに意志の問題で、人間最大の欲望である食欲にうちかつ以外にはない。人間は、食欲・淫欲・睡眠欲にとらわれた欲界に生きるものであるが、いかに賢明で思慮深い人をも支配する欲望の深さをとらえている点、現代にも通じる姿が描かれており、興味を引かれる。

また、第四十二話の、みずからの影を盗人ととりちがえた臆病者の武者の話など、よく人間心理を描いており、人間を見る眼の確かさを感じとることができる。

このような人間への冷静な観察眼は、第四十四話の「近江国の篠原の墓穴に入る男の語《こと》」にもあらわれている。適確な状況判断と冷静にして思慮深い行動によって思わぬ財物を入手したという話である。作者は、人間の賢さをほめたたえている点、やはり人間の知恵を高く評価していることがわかる。

人あって仏あり、仏あって人が存在する。人間の、自然の脅威に対するおののき、この不可解なる世界に対する恐れは、人々の生活を威圧したのではなく、人間のたえざる進歩の一過程であったと見るべきであろうか。

世俗のさまざまを語る説話一つ一つに秘められた人間の可能性は、大きく中世につながる人間観の系譜である。

人間は世俗に生きるのであるから、世俗を見つめる確かな眼が必要である。そして、タテマエよりもホンネを重視する。『今昔』の「世俗」の部は、ホンネにせまりホンネを描くことによって時代の典型を捉え得ているといえよう。

聖なる世界が、「世俗」の部に描かれているのも、『今昔』の作者、編者の見識といわなければならぬ。人間連帯のきずなは昔も今も変わることはない。

四　宗教王国――比叡山

仰ぎ見れば比叡は、四明嶽と大嶽（叡南岳《えなみがたけ》）にわかれ、さらに北に相似形状の釈迦ケ嶽と水井山の二峰を望むことができる。

この崇高な山並みに、天台の教理が樹立され、梵音のひびきは、思想・文化にまで鳴りひびいたのであった。

もとより、政治・経済の上にもくらべものがない巨人として存在したのである。その宗教的儀式は、まさに朝儀そのものとなり、王法不二の世界が現出したのであった。

世に奈良時代の仏教を国家仏教と呼ぶが、儀礼のあり方を見るとその違いは歴然とする。金堂には堂内全体をしめるような須弥壇があり、僧侶は堂外に並んで庭儀を行った。したがって高位高官のみならず、多くの参列者を収容可能とした。

しかし、叡山においては、中堂に見られるように、堂内に、仏の世界である内陣と、人間の座位である外陣とをつつみこんでしまったが、こうなると、法会に参加できる人数は極端に限定され、少数皇族・上級貴族といったような、いわば政治にかかわる代表者のみが参加することになる。

そこに儀礼の装飾化が行われ、どうしても外儀をもって重しとするような風潮が生じたのであった。そして、教権を代表する天台座主は、教皇の地位にふさわしく宗教界に君臨することとなったのである。

このような座主にまつわる説話は、山をおりて流布するには恰好なものであった。一方では、宗教的畏敬、また、畏敬のゆえに笑いの対象ともなる存在にもなった。おそらくは、初めは教団内部に語り伝えられたものであったに違いないが、さらに周辺化していったものであろう。

すべて大なるものは滑稽である。大仏は偉大であるが、哄笑の対象でもある。権力の座にあるものは、畏怖の対象であると同時に、また、その一挙手一投足は、次元の異なる世界から見れば滑稽にも見えよう。

巻二十八の第七話は、第二十八世教円にまつわる話であった。教円が、宮中の内道場に奉仕する供僧――内供奉をつとめていた若き折りの話である（内供奉は、内供奉十禅師といった。十禅師とは、戒行を清らかにたもち、行に秀でたもので、さらに知恵すぐれた高僧が任じられた）。近江国矢馳《やばせ》の郡司の帰依をうけて、仏堂供養の導師に招かれた折り、舞楽ならぬ田楽舞で熱烈歓迎されるという珍事に面くらった教円が、帰山後、元気のいい小僧たちに面白おかしく語ったというのである。

この話のなかで注意すべきは、
一、教円が年若い折り貧しい身であったこと
二、話上手の人で、人を笑わせる説経の教化に巧みな人であったこと
である。

教円は、伊勢守藤原孝忠の子、師主は、花山法皇・二十一世陽生座主・実因僧都（巻二十三の第十九話、ならびに上巻の解説参照）である。

長元元年（一〇二八）には、法眼の折り宝幢院検校に任ぜられて西塔を統率し、長暦三年（一〇三九）三月十二日、六十一歳の折り二十八世座主に補任されている。

教円は、内供奉をつとめた清僧であり、また、三会講師（北京三会――円宗寺の法華会、最勝会、法勝寺の大乗会――に経論を講ずる人）の阿闍梨に任じられた初めであり、また、天台の学術研究大会――とくに、天台大師忌の十一月会《しもつきえ》と伝教大師忌の六月会《みなづきえ》に行われる広学竪義《りゆうぎ》に探題《たんだい》からの試問を受けて解答する竪義者をつとめたものが座主に任じられる初例であった。

以後、座主をつとめること九年、永承二年（一〇四七）六月十日、六十九歳で任期中になくなった。

「唯識論」を誦するとき、春日大明神が現じたと伝えられるのも、その学識のほどを示すものであろうと思われるが、若い折り身貧しかったとあることからすれば、一途な修道僧として高く評価されていたにちがいない。

このことは、当時の山門をめぐる宗教情勢からもうかがえる。それは、天台座主をめぐる、最澄系と第一代座主義真系との争いである。人が法によって動かず、人によって法が動くのがいずれおとらぬ宗教界の実情であるが、要するに後継者争いということになる。二世座主は、円澄であり、三世は、最澄の直門円仁、四世は、円仁の弟子安恵がついだ。安恵ののち五世は、義真の弟子円珍がつぎ、二十年間にわたって一山をおさめた。のち、六世から八世までは円珍門、九世は、円仁門、さらに、十世から十三世までは円珍門、十四世から十七世までは円仁門がしめ、十八世は、同じく円仁門流の良源であった。

良源は、一時荒廃していた山上を復興整備し、二十六条式を制定して一山の規則をきびしくし、多くの弟子を育て、中興の祖といわれた。その弟子源信・覚運によって教学は恵檀二流に展開し隆盛期をむかえることになる。治山十九年の長きにわたり慈恵大師とおくり名された。

十九世には、良源の弟子尋禅がついた。顕密の学をおさめ、冷泉天皇の病気を加持して霊験あり、四十三歳で座主となったが、永祚元年（九八九）自ら職を辞し、飯室谷に退き、念仏三昧に明け暮れたという。

このあと二十世座主となったのが円珍門流の余慶であったが、円仁門流の妨害にあって寺務を行うことができず、わずか三ヵ月で辞任するに至った。

ここに、両門流の確執は極に達し、余慶の弟子慶祚以下の円珍門流は、円珍の影像を背負って下山し三井寺に入ったのであった。

だいたい、三井寺は、多くの護持僧を輩出した。それは、円珍が、密教に重きをおいて顕

天台座主次第

世代・法諱	諡号、寺号、異名	補任	辞任	遷化
宗祖伝教大師				弘仁十三・六・四日
一 義真	修禅大師	天長 元・六・二十一日		天長 十・七・四日
二 円澄	西塔内供 寂光大師	承和 元・三・十六日		承和 三・十・二十六日
光定	別当大師	仁寿 四・四・三日任別当		天安 二・八・十日
三 円仁	慈覚大師 前唐院	仁寿 四・四・三日		貞観 六・正・十四日
四 安恵	金輪院 新堂座主	貞観 六・二・十六日		貞観 十・四・三日
五 円珍	後唐院、千手院、山王院、智証大師	貞観 十・六・三日		寛平 三・十・二十九日
六 惟首	虚空蔵座主	寛平 四・五・二十二日		寛平 五・二・二十九日
七 猷憲	持念堂	寛平 五・三・二十九日		寛平 六・八・二十二日
八 康済	蓮華房	寛平 六・九・十二日		昌泰 二・二・八日
九 長意	露地房	昌泰 二・十・八日		延喜 六・七・三日
幽仙		昌泰 二・十二・三日任別当		昌泰 三・二・二十七日
一〇 増命	千光院 諡静観	延喜 六・十・十七日	延喜二十二・五・二十六日	延長 五・十一・十一日
一一 良勇	谷座主	延喜二十二・八・五日		延長 元・三・六日
一二 玄鑑	華山座主	延長 元・七・二十二日		延長 四・二・十一日
一三 尊意	法性房	延長 四・五・十一日		天慶 三・二・二十四日
一四 義海	山本座主	天慶 三・三・二十五日		天慶 九・五・十日
一五 延昌	平等房 諡慈念	天慶 九・十二・三十日		応和 四・正・十五日

一六	鎮朝	辻座主又ハ露路	応和　四・三・九日		康保　元・十・五日
一七	喜慶	三昧座主	康保　二・二・十五日		康保　三・七・十七日
一八	良源	定心房　慈恵大師、寂静房	康保　三・八・二十七日		永観　三・正・三日
一九	尋禅	飯室座主　諡慈忍、妙香院	永観　三・二・二十七日	永祚　元・九・八日	永祚　二・二・十七日
二〇	余慶	観音院座主　諡智辯	永祚　元・九・二十九日	永祚　元・十二・二十日	正暦　二・二・十八日
二一	陽生	竹林院	永祚　元・十二・二十七日	正暦　元・九・二十八日	正暦　元・十・二十二日
二二	暹賀	本覚房	正暦　元・十二・二十日		長徳　四・八・一日
二三	覚慶	東陽房	長徳　四・十・二十八日		長和　三・十一・二十三日
二四	慶円	後三昧座主	長和　三・十一・二十五日	寛仁　三・七・二十一日	寛仁　三・九・三日
二五	明救	浄土寺座主	寛仁　三・十・二十日		寛仁　四・七・五日
二六	院源	西方院	寛仁　四・十・二十九日		万寿　五・五・二十四日
二七	慶命	無動寺	万寿　五・六・二十一日		長暦　二・九・七日
二八	教円	東尾房	長暦　三・三・十二日		永承　二・六・十日
二九	明尊	志賀大僧正	永承　三・八・十一日	永承　三・八・十三日	康平　六・六・二十二日
三〇	源心	西明房	永承　三・八・二十二日		天喜　元・十・十一日
三一	源泉	法輪院	天喜　元・十・二十六日	天喜　元・十・二十八日	天喜　三・三・二十日
三二	明快	梨下　浄善房	天喜　元・十・二十九日		延久　二・三・十八日
三三	勝範	蓮実房	延久　二・五・九日		承保　四・正・二十八日
三四	覚円	宇治ノ僧正	承保　四・二・五日	承保　四・二・七日	承徳　二・四・十六日
三五	覚尋	金剛寿院	承保　四・二・七日		永保　元・十・一日

『校訂増補　天台座主記』

劣密勝を主張したためで、寺門は台密に傾いていたからであった。道長の建立になる法成寺は円珍門流が寺務についているのもこのためである。また、その子頼通は、明尊（小野道風の孫、余慶・慶祚に師事、和歌をよくした。貴紳に戒をさずけ、とくに藤原一門の帰依を得た）に深く帰依し天台座主たらしめようと願っていたが、これを聞いた山徒は、頼通邸に強訴し、ついに衝突にいたった。この折り、円仁門流で座主候補者として第一の地位にあった教円は、濫行の主謀者定清に捕えられるという事件がおきたのである。

頼通推薦の明尊に対抗するだけの能力者であったことから考えると、山徒の推す教円は、叡山きっての聖者であったにちがいない。翌日、検非違使によって定清は捕えられ、教円は無事天台座主におさまったのである。

しかし、教円が任期中に没し、二十九世座主に補任された明尊は、山上の騒動のため登山できず、三日にして辞任するということになってしまうのである。

教円は、西塔東谷の東尾坊に住した。この坊は常住金剛院、もと常住院と称したもので、また、東尾門跡ともいわれた。のち、五十三世俊円を出したところである。

教円は任期中も、明尊を中心とする三井寺の戒壇建立問題に悩まされつづけたのであった。宗教界に重きをなした教円も山上においては、決して安穏な日々をおくったわけではなかった。しかし、話し上手で説経・教化にすぐれていたという点からみれば、明るい人柄であったらしい。やはり、山上山下が宗教戦争に明け暮れたなかで、一山から尊崇された人であったにちがいない。

ついで、同じく第三十六話は、無動寺の義清阿闍梨にまつわる話である。無動寺は、東塔五谷の一つである。東塔の南に広がる天下の絶勝の地域であり、台密の盛行に伴って不動明王降迹の霊場として明王を安置し、無動寺谷と称し、不動明王の浄土としたのである。そして、台門修験道である回峰行の根本道場とした。これは、すべて相応の業に帰せられている。

この無動寺の阿闍梨（真言の秘法を伝授する職僧で、伝法阿闍梨という）義清は、伝不詳であるが、後述の慶命・慶範の生存年代から推してほぼ同時代の人と考えられる。

この義清は嗚呼絵――戯画の名手であったが、ある年の修正会の折り、供物の餅の分配役に当たったときのこと、慶命座主の寵愛している慶範に意識的に配分を少なくした。怒った慶範は、感情むき出しに義清をなじった。

義清は、わび状を書いてもってきた――ここで原文は終わっている。おそらくは、戯画の天分をいかして、表面はものものしく、内面は皮肉たっぷりに慶範をへこましたことにちがいないと思われる。

さて、この話で興味があるのは、慶範が座主慶命の寵愛をうけていたということをいかに解すべきかということである。女人禁制の叡山において「年も若く美男子」をかわいがるのは、当然ながら、これを男色の対象としたことはいうまでもない。当時から、公然の事実として存在し、その後、文学の題材としても、稚子《ちご》ないし少年僧が登場するのは周知のことであろう。

そしてまた、それをかさに着た慶範が、義清に悪態のかぎりをつくす、これも愛に目がく

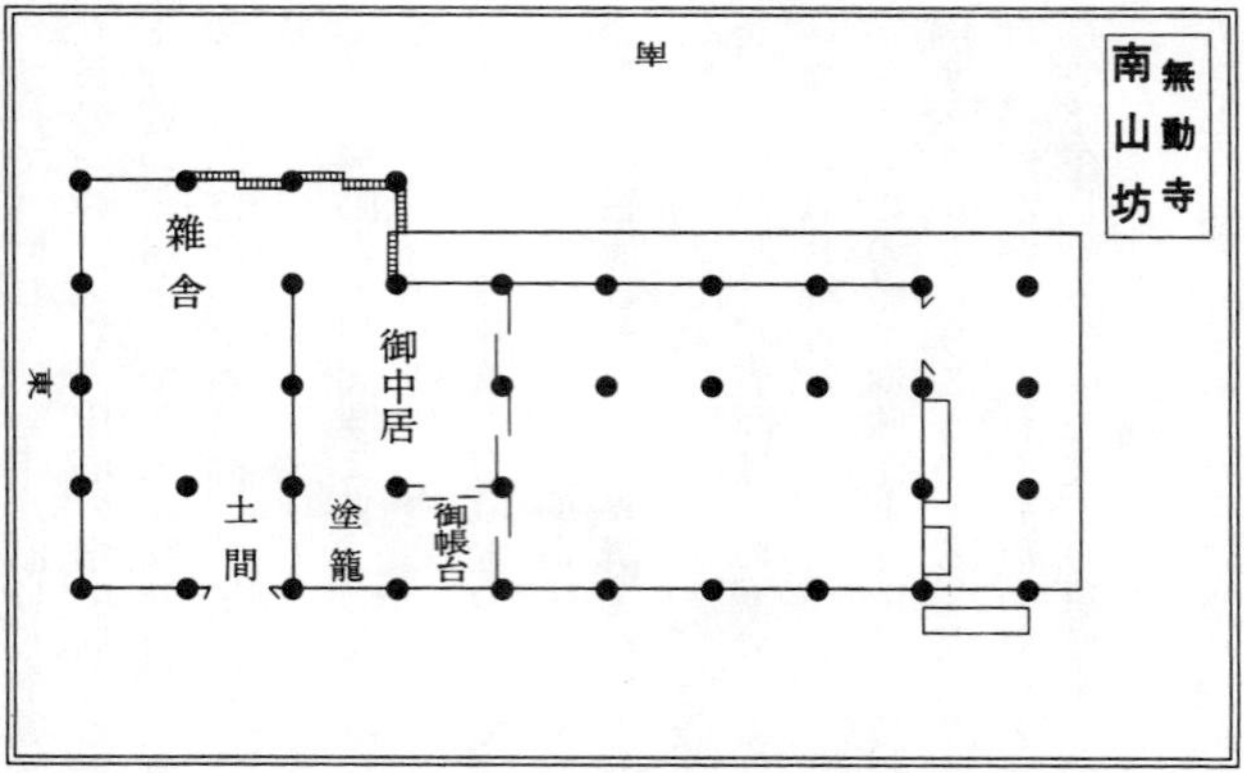

らんで理性を失った、若きがゆえの行為であろう。もとはといえば、餅の配分をめぐってのこと、食べもののうらみである。また、これを聞いた知人が大あわてで飛んでくるという。慶範をかわいがる座主ににらまれたら、これまた、たいへんということである。

しかし、老いた真言行者義清の態度は、ゆうゆうたるものである。これらの人物を対比して描写している点に、この時代の山上のありさまを垣間見ることができ、天台史をひもとくよりも尽きせぬ興味をおぼえる。

さて、それでは、慶命とその弟子慶範の表面的に伝えられる姿はどういうものであったろうか。

慶命は、二十七世座主であった。遍斅僧都・賀秀の弟子であり、慶円僧正灌頂の弟子、また、師の志全内供は円仁の弟子であった人。内麿流藤氏、大宰少弐藤原孝友の息である。無動寺検校を十九年間にわたってつとめ、南山坊に住した。

南山坊は、無動寺検校の本坊で、無動寺本堂明王院の南にあった。相応の住房で、遍斅が相続して、南山坊僧都といわれた。本尊はなく相応和尚の木像御影を安置した。正面母屋柱三本で、三聖影向の所と称したと伝えられる。また、供僧三人が仕えたとある。この当時の坊とは、どのような規模を持つものかを知るために、『華頂要略』巻三下にのる、「山上山下御本坊殿舎堂塔新古指図」から、南山坊の図を右ページ上にかかげておこう。

慶命は万寿五年（一〇二八）六月二十一日、六十四歳で座主に任ぜられ、同十二月三十日僧正となった。長元三年（一〇三〇）、東北院供養の日の行幸の賞によって、法成寺検校となり、翌年には大僧正となった。

長元六年（一〇三三）十二月二十二日、突如大僧正を辞して、弟子の阿闍梨慶範を権律師に任じた。ここに、慶範への寵愛の一つの表われが見られる。

長暦二年（一〇三八）九月七日、七十四歳で在任中に入滅した。このあと、例の円珍門流の明尊の座主就任をめぐって騒動がおき、翌年三月十二日に至って、やっと教円が二十八世に就任したのであった。

慶命からの相伝としていま、『山王九十字口決』なるものが伝えられているが、山王信仰の展開から見て信頼しがたい。また、『叡岳要記』（弘長元年〈一二六一〉頃成立、最古の延暦寺誌として貴重）は、長元四年（一〇三一）八月七日、検校座主僧正法印大和尚位慶命とする「前唐院牒　楞厳院　可レ奉レ守二護如法経一状」とする一文をのせていて注目される。また、慶命は、遍救をあとついで教相を主とする檀那流の学匠であったことも知られる。

慶範は、師慶命とは年齢差三十二、慶命が座主に任じられた折りは、三十二歳であった。

真作流藤原氏、越前守藤原安隆の息である。円融坊（院）と号したという。円融坊は東塔西谷にあったとするがよくわからない。『山門堂舎由緒記』は、西谷の旧跡として「山王社」をあげ、「世に円融院山王と号す」とあるから、あるいはこの地にあったものかとも思われる。慶範は、慈応和尚の灌頂の弟子でもあった。

長元六年（一〇三三）無動寺検校に補せられ、同じ年の十二月二十二日権律師に任ぜられていることは前にも触れた。

天喜二年（一〇五四）七月二十一日には、平等院検校に補せられ、同五年三月十四日には、法成寺八角堂供養の呪願師をつとめ、さらに、積善寺別当・法性寺座主などをつとめ、僧正になった人である。康平四年（一〇六一）五月一日、世寿六十五歳で入滅している。

慶範は、このように一山のエリートとしての道をあゆみ、座主には至らなかったものの宗教界に強大な地位を持った人である。たとえ、いくら出自がよくても、また、清少納言ではないが「説経の講師は顔よき」を求めた時代であっても、やはり、宗教的資質と、それを開顕させる教相・事相がともに満足されなければ教団を統率することはできない。

無動寺は、延暦寺の別院的性格を持っていたから、その検校職は、宝幢院検校（西塔院主）・首楞厳院検校（横川長吏）と並ぶ要職であった。

宗教的統率は、法によらず魂による。したがって、慶範は宗教的人格豊かな人であったに相違ない。しかし、人みな若くして円満たりえぬことは当然であろう。若き日の慶範がまた、この説話に見られるように振舞ったとしても、弱点はまた人間的魅力にも通ずるものであるから、決して否むべきことではあるまい。

むしろ、若き日の苦悩は、偉大なる人格をつくる源泉ともなるものである。おそらく、義清阿闍梨の一言によって、慶範は、生涯身にしむ教訓を得たのではないかと想像される。この折り、義清はかなりの老法師であったと記されている。

叡山から京都へおりる一号線は、雲母《きらら》坂道である。説話も山を下って人々の耳に入った。ましてや、日々東北に仰ぐ比叡の山上での高僧にまつわるエピソードは、雲上の世界ゆえに、また、いちだんと興味をそそったことであろう。文学へのいざないもまた、数々のルートをもって山上へ登っていった。『梁塵秘抄』に、「根本中道へ参る道」という道行きの社寺参詣歌謡がとられているのも、山上山下のつつましやかな交流を今に伝えるものである。

五　鬼の出現

現代は恐れの聖域のない時代である。鬼もいなくなってしまった世と鬼のいる世と、どちらが幸福であったのか、精神世界を問題にすれば、やはり、鬼のいる世の方が豊かだったのではあるまいか。子どもたちのあいだに鬼が存在しなくなり、山のお堂にある鬼の面が、幼い魂に呼びかけることのなくなった現代、鬼の世界は、憧憬の世界となったのかもしれない。

中世に至って、とぎすまされた鋭い論証性と深い思索を、「つれづれなるままに」ものした兼好も、つぎのような人間的な側面を見せている。

応長のころ、伊勢の国より、女の鬼になりたるをゐてのぼりたりといふ事ありて、そのころ二十日ばかり、日ごとに、京・白川の人、鬼見にとて出でまどふ。「昨日は西園寺に参りたりし、今日は院へ参るべし。ただ今はそこそこに」など言ひ合へり。まさしく見たりといふ人もなく、そらごとと言ふ人もなし。上下ただ鬼の事のみ言ひやまず。

そのころ、東山より安居院《あぐゐ》の辺へまかり侍りしに、四条よりかみさまの人、みな北をさして走る。「一条室町に鬼あり」とののしりあへり。今出川の辺より見やれば、院の御桟敷のあたり、さらに通り得べうもあらず立ちこみたり。はやく跡なき事にはあらざめりとて、人をやりて見するに、おほかたあへる者なし。暮るるまでかく立ち騒ぎて、はては闘《とう》諍《じやう》おこりて、あさましきことどもありけり。

そのころ、おしなべて二三日人のわづらふ事侍りしをぞ、かの鬼のそらごとは、このしるしをしめすなりけりと言ふ人も侍りし。

（『徒然草』第五十段）

応長という年号は、わずか一年たらずで改元されており、このころの社会不安を象徴しているが、その頃、伊勢の国から女が鬼になったものをつれて上京したということがあって、およそ一月近く、都は騒然となったのであった。

だいたい、伊勢は神の国であり、そこで女が鬼になったというのもなにか神秘的な話である。女は巫女《みこ》であったのかもしれない。

西園寺や院へ参るというのも真実性を持ったことばであるし、西北端の西園寺から、東端の院の御所へというところにも神出鬼没のさまがうかがえる。ましてや、今西園寺は、藤原北家閑院通季の曾孫にあたる公経（入道一品覚空）の開創になる寺で、衣笠の北山（京都市北区金閣寺町）にある別邸北山第に一宇を建立して西園寺殿と称し、庭園を築き、堂宇の結構荘厳をきわめ、道長の法成寺をしのぐといわれた寺院である（北山第は、応永四年〈一三九七〉足利義満がゆずりうけて鹿苑寺〈金閣寺〉となった。西園寺は、文和三年〈一三五四〉室町頭《かしら》に移って浄土宗となり、のち寺町通鞍馬口下ルの現在地に移った）。

一方、院の御所とは、伏見上皇の御所で、持明院殿である。今の上京区光照院の地である。

ちょうどそのころ、兼好はこのさわぎに直面した。東山から一条北大路の外、大宮通りの東にあった安居院（比叡山東塔北谷竹林院の里坊。唱導師として著名であった澄憲・聖覚の住房）のあたりへ出かけていったときで、四条から北に住む人たちがみな北にむかって走っていく。「いま鬼が一条室町にいるぞ」――これはまことに信ずべきことばである。「今出川の辺より見」るのは兼好である。一条大路にあった院の賀茂祭見物のためにしつらえた桟敷あたりは、今ここへ鬼がくるにちがいないという期待で物見高い群衆が今か今かと待ちうけているのである。

じつは、あれほど理性のとぎすまされた兼好自身も、これは、どうもまったく根拠がないことでもなさそうだと人をやって様子を見させたというのである。しかし、いっこうに鬼にあったというものはなかったというのである。

デマにまどわされる人間の姿――自分では「そんなことがあるものか」と思っても、こわいもの見たさというもので、その惑いのなかにある自己を見出すのである。多くの人がさわぎ出すと、ついそれに引きこまれてしまうのである。うがったことを言う人も出てくる。また、何かの不幸と結びつけて考えるなど、人の心にデマがひろがる力は、情報の不確かさに比例するといわれる。

あいまいな情報に対して自分勝手な意味づけをし、自分の心を投影し、ある部分を誇張し、ある部分は標準化したりして他人に伝えるものだとすれば、この五十段などはその典型であろう。

同じく『徒然草』第五十三段に記されている仁和寺の法師の話で、足鼎《あしがなえ》をかぶって舞い出してぬけなくなったことが記されているが、三本足のかなえをかぶったことから想像すると、これまた鬼の姿かもしれない。鬼の芸能は寺院に多く伝承されたことも背景に考えられる。また、『梁塵秘抄』にある、

我を頼めて来ぬ男、角《つの》三つ生ひたる鬼になれ。(後略)(三三九)

を舞ったのかも知れない。寺院の延年に今様を用いた例もこれまた多い。

鬼は恐怖であると同時に、人間界にその姿を現わすものであるゆえに、鬼を語ることは多くの人々の関心をあつめ、また、日常生活についての重要な指針ともなった。『今昔』の巻二十七は、広く怪異を語ったミステリー編であり、なかには、ゾッとするようなきわめて凄惨な話もある。

人間生活のなかに不可思議なもの、神秘なもの、とうてい常識では説明できないような非合理なものが存在するのは、現代においてもしかり、とくに、信仰の世界においては奇蹟

——霊験こそが求められ、また、語られる。

正体不明のもの、人智でははかりがたい霊的存在を鬼のしわざと解する例は、きわめて多く、それは、日常生活のみならず社会の秩序をたもつのに必要なものとして存在したのである。

したがって、巻二十七は、当時の人々の精神生活を語るのみならず、精神の秩序を語った巻としてきわめて興味深いのである。

鬼の具体的描写は、第十三話に見られるものがもっともリアルである。

……面《おもて》は朱の色にて円座《わらふだ》のごとく広くして、目一つあり。長《たけ》は九尺ばかりにて、手の指三つあり、爪《つめ》は五寸ばかりにて刀の様なり。色は緑青《ろくしやう》の色にて、目は琥珀《こはく》の様なり。頭の髪は蓬《よもぎ》のごとく乱れて……

鬼もいなくなってしまったこの頃は、また、鬼にもまさる怪異が人間世界をおおっているともいえるが、やはり、『今昔』に収められた鬼は、もっとも生き生きとした鬼のようである。おかしな言い方だが、新鮮な鬼は、人間の魂にせまること限りない。

六　鬼さまざま

前に記した鬼の描写は、『大鏡』の太政大臣忠平の条に、……南殿の御帳のうしろのほどとほらせ給ふに、もののけはひして、御大刀のいしづきをとらへたりければ、いとあやしくて、さぐらせ給ふに、毛はむく〳〵とおひたる手の、爪ながく刀の刃のやうなるに、鬼なりけりと、いと恐ろしくおぼしけれど……

といっているのと共通する点があり、これは『正法念処経』第十六の「餓鬼品」にあるつぎの餓鬼の記述と一致する点があるのが注目される。

……頭髪は蓬乱《みだ》れ身の毛甚だ長く、身体やせて脈は羅網のごとく、脂肉消うせて皮骨相ひつつみ、その身は長大にして、こはばりあらくして、爪甲長くするどし。悪業にあざむかれ、皺面《しうめん》・深眼にして、涙流れて雨のごとく、身体のくろきことなおし黒雲のごとく、一切の身分は悪虫にさされ、蚊虻・黒虫は毛穴より入りてその肉を食《は》む。……

この経典は、六道生死の因果と、六道を厭離すべきことを記したもの。

以上の鬼の描写は、他の経典中に出る噉人鬼《たんにんき》、飛行《ひこう》などの羅刹《らせつ》（悪鬼で通力により人を魅し、また食うという。のち仏教の守護神となる）と似ている。仏教以前、古くヴェーダ神話に夜叉・羅刹のことが説かれており、これが仏教に摂取されたものであろう。

仏教に説く鬼は、仏法を守護し国土を守護する善神もいれば、正法をこわし破り、人々の心をまどわし国土を破壊する悪神邪神もいる。したがってその形相も、きわめて端正なものから、人面獣身・獣面人身で恐ろしいものまでさまざまである。しかし、すべて変化自在で、出没変幻自由、その種類もきわめて多い。

鬼神とは夜叉（薬叉ともいい、人を害する暴悪な鬼類）の訳名として用いられるが、羅刹をふくめ、インド・中国において仏教以外の宗教で信仰される諸神に摂取された例も多い。これらの鬼神の住所としては、『守護大千国土経』巻上には、大海・諸河・舎宅・門戸・空室・湫灤《しゅうこく》・江湖・川沢・陂池《ひち》・園苑・林樹・曠野・村坊・国邑・聚落・村巷・四衢《しく》・天祀《じ》・王宮・娑羅樹《しゃら》・道路・城隍《じょうこう》・道界をあげ、「あるいは一方に処しあるいは四隅に住し、あるいは方所によらず」としている。まことにその住むところ、変化自在の力を有していることがわかる。

数多い鬼神は、密教のなかに摂取されて、大日如来の徳をあらわすものとして曼荼羅会に入って仏教化されていったことも重要な点であろう。

さて、巻二十七は、霊威を鬼によって語る話が多いのであるが、このなかに近江国にまつわる説話がいくつかある。たとえば、第十三話の「近江国安義橋なる鬼、人を噉う語《こと》」、第十四話の「東国より上る人、鬼に値う語《こと》」、第二十話の「近江国の生霊、京に来たりて人を殺す語《こと》」、第二十一話の「美濃国の紀遠助、女の霊に値いて、遂に死ぬる語《こと》」などであるが、ここに近江国の特殊な地位を見ることができる。

古く先進文化は、大陸から瀬戸内を東進、難波津から淀川をさかのぼって琵琶湖に入り、湖北の地区で、朝鮮半島から山陰を経て若狭の小浜・越前敦賀に上陸し南下した一脈と合流して、ここで東西にわかれ、東は関ケ原をとおって美濃・尾張・三河を経て遠江・駿河に達し、西は、丹波から但馬にむかったといわれる。

この二大文化が合流・反撥しながら出会った琵琶湖を基盤とした近江文化はきわめてユニークなものであるとされている。

また、琵琶湖は、その外側に、鈴鹿・不破・愛発《あらち》の三関をかためており、東海・東山・北陸三道の要衝としてきわめて重要な位置にあったことはいうまでもない。

京から近江に入った官道は、岡田駅（草津市追分付近かといわれる）あるいは勢田駅から、東海・東山両道にわかれ、東海道は、岡田・甲賀から鈴鹿峠をこえて伊勢国にいたり、東山道は、篠原・清水・鳥籠・横川を経て美濃国にいたる。北陸道は、穴多・和爾・三尾・鞆結を経て若狭国にいたるのである。

また、水上交通路としては、北陸道からは敦賀から塩津に運ばれて大津へ、また、若狭国からは勝野津を経て大津にいたったのである。

このようにして近江路は、政治・経済交流の中心をしめた。このことは、当然文化の通い路ともなり、また、精神の鼓動として大きな役割をはたしたことは言うまでもない。『今昔』の説話も、近江を経由したものが多かったにちがいない。

また、京から見れば、はるか逢坂山をへだてる別なる世界であったろうし、まわりを山々にかこまれた琵琶湖は、常楽我浄の波が立つところであると同時に、神秘な景観としてうつったに相違ない。

道にまつわる怨霊が、人につきしたがい、害を与えるという話は多くあるものであり、恐怖を生むことは知られるとおりである。怨霊は、さまよい、至ることきわめてすみやかなるものであって、感応もまた著しいことが特質とされている。

第七話は、在原業平が思いをかけた女をぬすみ出して、北山科の廃屋の校倉につれていったが、夜なか雷電霹靂し、女は頭一つをのこして鬼に殺されたという話、また、第十五話は、誰ひとり身寄りのない宮仕えの女が、夫も定まらぬままに懐妊し、とある北山科の山荘で出産したが、その家の主の老女が鬼であることに気がついてすきを見て脱走した賢い女の話である。

どうも、この北山科というのは、鬼のいる場所として恰好のようである。日岡のあたりから山がせまってくる。粟田山をこの日岡とし、あるいはまた、南の花山、清水山から黒谷あたりまでの総称かとするが、第十五話の女は、賀茂川をこえ、粟田山の方にむかって山中に入りこんでいる。そして、方々さがしてあるくうちに北山科に着いたとしている。

とすれば、安祥寺山あたり一帯であろうが、貞観の末年（八七六）ごろには、上下両処の大伽藍となり、塔頭の坊舎七百余宇をかぞえ、その寺域は、山科鏡山陵から東山科一帯の山野を独占したといわれる。寺域五十町四方という広大なものであった。野沢十二流の随一安祥寺流発祥の地で、小野三流、安勧随の一である。開基は入唐沙門恵運、仁明天皇皇后藤原順子の本願によって建立され、斉衡二年（八五五）には定額寺に列し、貞観三年（八六一）には、年分度者三人を賜わっている。後の毘沙門堂もその寺域にあった。

ただ、女の身で北山科をさまよいあるくといっても、ただむやみやたらにあるきまわっているわけにもいかないであろう。

山荘は、荘園を管理するために建てられた建物で、廃屋のようなものが見つかったのである。だいたい、廃屋に霊が住むのは、広く通ずる話であった。人の気を感ずるとか、妖気を感ずるとかいうのは、やはり家屋に霊ありとする信仰に根ざすものであろう。

とすれば、この山荘は、安祥寺の山荘かもしれないし、さらに、第七話に出てくる校倉は、当然、官庁・寺院などに倉として建てられたはずで、これも、安祥寺に擬せられてくる。何にしても、北山科は、標高の高い山ではないが、北の大文字山に至るまで人跡絶えた場所であったことだけは確かである。

『平家物語』によれば、鹿ケ谷に俊寛僧都の山荘があったことが記され、これを俊寛一人の別荘であるかのように解しているが、実は、これも法勝寺の山荘であったものにちがいない。

もともと、寺院を建立する地としては、何かのいわれを必要とするはずである。古来、葬送の地に多くの寺院が建てられたのは、鳥部野、蓮台野、紫野などに多く見られるところであるが、やはり、山中他界観念から発した山を聖地とする見方が根本になっていると思われる。山科の地に多くの寺社がつくられるのも何か偶然ではないと思われる。葬送の地は、怨霊の住むところであるから、鬼の横行する場所ともなるのであろう。

山中で怪異に会うということは、古来ひとしく筆にすることであるが、これは、当時の行旅がいかに困難をきわめたかを物語るものであろう。

例の『西遊記』が、西域求法のなかで、数人の妖怪変化に会うということも、玄奘三蔵の艱難辛苦を物語ることは当然であるが、外なる魔とあわせ内なる魔をも克服せねばならず、また、はるかなる落日の彼方に広がる果てしない道に出会った多くの異教徒たちのありさまを描写したものでもあろう。

『徒然草』で兼好は、法顕について触れている。

法顕三蔵の、天竺にわたりて、故郷の扇を見ては悲しび、病に臥しては漢の食《じき》を願ひ給ひける事を聞きて、「さばかりの人の、無下にこそ心弱き気色を、人の国にて見え給ひけれ」と人の言ひしに、弘融僧都、「優に情有りける三蔵かな」と言ひたりしこそ、法師のやうにもあらず心にくくおぼえしか。(第八十四段)

弘融は兼好の心の友で仁和寺におり、病身であったようだ。兼好も、「よき友」の二に医師《くすし》をあげている(第百十七段)ところから見ると、やはり頑健とはいえなかったようである。法顕がはるかインドへの旅を志したのは、六十歳の老いの身であった。志を同じうする四人と長安を出発したが、十七年間におよぶ求法の旅を終えてたった一人帰国したのであった。そのように意志磐石な法顕が、遠く故郷をしのび、病いの床に中国の食物を求めた。その心持ちを真から理解したのが弘融であった。その弘融に対して兼好は、心からなる同感を示しているのである。

法師たるもの、仏法のためには人情味——人間性を捨て去るべきだというのが本来であったのであろう。このように、法顕にまつわるエピソードは、中世に広く流布していた。扇の話は、その紀行『高僧法顕伝』に典拠があるようであり、病いのことは、唐の道世編の仏教百科事典『法苑珠林《ほうおんじゆりん》』をふまえているらしい。

『高僧法顕伝』によれば、パミールを越えた折りの記事に、

葱嶺《そうれい》山には冬も夏も雪あり。また毒龍ありて、もしその意を失へばすなはち毒風を吐きて雪を雨ふらし沙礫《しやれき》石を飛ばす、この難に遇ふもの万に一の全きものなし。かの土の人はすなはち名づけて雪山となすなり。嶺を度《わた》ればすでに北天竺にいたり始めてその境に入る。

とあるとおり、パミールは毒龍の住むところだったのである。

また、唐代の訳経僧で、法顕・玄奘のあとをしたって、広州(広東)から海路スマトラのパレンバンを経てインドのナーランダ寺に十年学んでのち、再び海路を経て約四百部のサンスクリット原典をもちかえり『南海寄帰内法伝』を記した義浄は、『大唐西域求法高僧伝』のなかで、

寔《まこと》に茫々たる象磧《しようせき》・長川・赫日《かくじつ》の光を吐き、浩々たる鯨波・巨壑《きよえい》・滔天《とうてん》の浪を起すに由り、……

とあるのに対し、足立喜六氏は、

象磧は大沙漠・流沙・パミール嶺等の巨大なる沙磧、長川は長大なる大河である、沙漠地

方にては沙塵が常に飄蕩《ひょうとう》して空気が混濁せる故に、朝夕の斜陽は著しく熾紅《しこう》に且《かつ》大きく見ゆる。この紅陽が象磧・長川に映じて荒寥たる光景を呈する。海路の鯨波・巨鼇と共に求法巡礼僧の最も危難を感ずる処である。（『大唐西域求法高僧伝』）

と記しており、異境には異境の太陽が輝き、魔の世界を呈することを実証している。人みな異境を見れば、そこに奇異なる思いをいだくのは、洋の東西を問わない。不可解なるものを解釈しようとすれば、これまた、人智を超えた存在を肯定せざるをえないであろう。

七　狐の話

巻二十七には、妖狐が登場するが、第四十話は、狐を「このような獣は、かくも恩を知り、うそはつかぬものだ」とする報恩譚であり、末尾には、人間は、思慮もあり因果の理もわきまえているはずなのに、かえって恩知らずで、不実な心もあると言っているのが注目される。

「狐はあやしきけものなり。常に人にばけてたぶらかし、また人の皮肉の内に入りてなやまし」（岡西惟中『消閑雑記』）といわれるのも、狐が、もともと感覚が鋭く、人間よりもすばやく行動するところからいわれたものであろう。

この狐と仏教――とくに密教との結びつきに深いものがあるので、この点について触れ、それらの背景を明らかにしておきたい。

『平家物語』巻一「鹿谷」に、当時左大将が欠員になった折り、藤原成親がこれを熱望し、寺社に祈りをこめたなかで、石清水八幡宮の神意に叶わず、賀茂の上の社へ七夜つづけて参詣したが、神は、その望みは達せられないという示現を下したにもかかわらず、

新大納言なお恐れをもいたされず、賀茂の上の社にある聖をこめて、御宝殿の御うしろなる杉の洞《ほら》に壇をたてて、拏吉尼《だぎに》の法を百日行はせられけるほどに、かの大杉に雷《いかづち》おちかかり、雷火おびただしうもえあがつて、宮中すでにあやうく見えけるを、宮人《みやびと》どもおほく走り集つて、これをうちけつ。さてかの外法《げほう》を行ひける聖を追出せむとしければ、「われ当社に百日参籠の大願あり。けふは七十五日になる。まつたく出づまじ」とてはたらかず。この由を社家より内裏へ奏聞しければ、「只法にまかせて追出せよ」と宣旨を下《くだ》さる。その時神人《じんにん》しら杖をもつて、かの聖がうなじをしらげ、一条の大路より南へ追ひ出してんげり。神は非礼をうけ給はずと申すに、この大納言非分の大将を祈り申されければにや、かかる不思議も出できにけり。

ということが述べられている。ここでは、拏吉尼の法を外道の妖法としているが、聖をこめて行わせたとあることからすれば、明らかに密教の修法であることは間違いあるまい。この茶吉尼天（正式にはこう書く）について、日本では、本体を狐精とし、伏見の稲荷社ほかにこれをまつるとされ、わが国では、古来から狐をつかう妖術があり、これを飯縄遣《いづなつかい》と称し、茶吉尼天の法を行ったといわれているのが注目される。

さて、この荼吉尼法なるものは、東密において、両部大法（金剛界と胎蔵界を本尊とする修法）に対して、諸尊をそれぞれ別の本尊として供養する修法であり、天等部の一である。広沢流の最盛期をつくりあげ、東寺三十七代長者・法勝寺別当・東大寺別当をつとめた寛助の『別行鈔』七巻にのる他、小野流の図像研究に最大の成果を示した興然の『五十巻鈔』にも記載されている。

荼吉尼は、密教修法のなかでも、もっとも特異な降伏法（悪人・悪心をおさえるために修する法）であるとされる。金沢文庫には、建保七年（一二一九）三月二十一日に寂澄が明玄より伝えた『吒枳尼法』一帖が存する。

荼吉尼天は、胎蔵界曼荼羅外金剛部院の南方に住するほか、阿闍梨所伝曼荼羅・胎蔵図像には北方、胎蔵旧図様には南方に住する。

わが国の密教でもっとも重要視されている一行の『大日経疏』巻十の「荼吉尼・真言」にはつぎのように記している（『国訳一切経』――「和漢撰述部」経疏部十四）。

此は是れ世間に此の諸術を作る者あり。亦自在に呪術をもて、能く人の命終せんと欲するを知る者なり、八月以前より即ちこれを知る。知り已りて、即ち法を作して、其の心を取りて、之を食す。然る所以《ゆゑん》は、人の身中に黄と云ふものあり。謂ゆる人黄なり。猶《なほ》し手に黄あるが如し。若し食することを得ば、能く大成就を得て、一日四域に周り遊びて、意の所為に随ひて、皆（成就することを）得、亦能く種々に人を治す。嫌者あらば、術を以て之を治して、極めて病苦せしむ。然れども彼の法は人を殺すことを得ず。要ず自家の方術によりて、人死せんと欲すれば、去じ六月より即ち之を知る。知り已りて、術を以て、其の心《きも》を取る。其の心を取ると雖も、然も法術ありて、要ず余物を以て、之れに代ふ。此の人の命も、亦終らずして、死に合ふ時に至りて、方に壊するなり。大都は是れ夜叉《やしゃ》大自在なり。世人の所説の大極に於て、摩説迦羅に属す。謂る大黒神なり。毘盧遮那降伏三世の法門を以て、彼を除かんと欲ふが故に、化して大黒神となる。彼に過ること無量にして、示現す。灰を以て身に塗りて、曠野の中にありて、術を以て悉く一切の法を成就して、空に乗じ水を履ふに皆礙なく、諸の荼抧尼を召して、而も之を訶責す。汝常に人を噉するに猶るが故に、我今亦当に汝を食すべし。即ち之を呑噉す。而も彼をして死せしめず。伏し已りて之を放ち、悉く肉を断せしむ。彼れ仏に白して言はく、我れ今悉く（彼れの）肉を食して（而も彼は）存ずることを得。今如何か自済らはん。仏の言はく、汝に死人の心を食することを聴す。彼れ言く、人死せんと欲する時は、諸の大夜叉にその命尽くるを知りて、争ひ来りて食せんと欲す。我如何が之を得んや。仏の言く、汝が為に、真言法及び印を説く。六月（以前）未だ死せざるに、即ち能く之を知る。知り已らば、法を以て加護し、他をして畏れて捐することを得しむること勿く、命終の時に至りて汝に取り食することを聴す。是の如く稍々引いて道に入ることを得しむるが故に真言あり。

訶唎訶は定なり。行なり。利は垢なり。訶は行なり。彼の邪術の垢は除くなり。

これによってその本拠は明らかとなろう。通力をもって六ヵ月前に人の死を知り、その心臓を食って、この法を修するものに通力を得させるというのである。また、荼吉尼の印言については、『大日経』密印品に説かれている点について、栂尾祥雲氏は、「その印は左掌を以て口を掩ひ、舌を以て之れに触れ、人血をすする姿をなすのである」として、

南麼《ナウマク》・三曼多《サンマタ》・勃駄喃《ボダナン》（namaḥ samanta-buddānāṁ 善き諸仏に帰命す）頡履《キリ》（hrī 離因無垢の種子）訶《カク》（haḥ 行の種々）

の真言をあげている（『秘密事相の研究』）。形象は、右手に人の足を持ち、口を開いて食う姿を示し、左手には人の手を持って脚を支えて坐る。前に二侍者がおり、各々右手に皿を持って座しているのである。『平家物語』では、荼吉尼を外法としているが、密教の修法として定位されていることはすでに述べたとおりである。

後世のものであるが、『寂照堂谷響集』には、実類と曼荼羅の二種の荼吉尼を説いている。実類の荼吉尼とは、飯縄神、犬神などというものがその眷属で、これをまつるものは業通自在を得るが、その術は外道の邪法である。しかしながら、この実類の荼吉尼も、すべて大日如来の法身のなかにおさめとらるべきものであると解釈して修法にその術を用いるといわれている。これは、後世の附会であろう。

南北期の頃、後宇多天皇の庇護を受けた醍醐報恩院の道順の法資弘真は、常にこの荼吉尼天の法を修して呪術《じゆじゆつ》の奇効ありと称せられたということであるから、この法が通常の修法とは考えられていなかったことだけは明らかであろう。それでは、いったい荼吉尼なるものの

本体は何ものであろうか。

八世紀の初頭、龍智・金剛智を中心として発達の頂点に達した正純密教は、民間信仰の諸神を摂取して曼荼羅世界のなかに定位し、これを体系化したのであるが、八世紀の後半からは、しだいに分化し、俗化・大衆化して統制を失い、頽廃して邪教化した左道密教となってしまったといわれる。

このいわゆる左道密教において荼吉尼は尊崇され五麼字の瑜伽行と称して肉を食し、酒を飲み、印を結び、交接を行じて以て大楽を得るものとしたが、この法はチベットに伝えられた。そこで、この鬼神は智荼吉尼として崇拝され、仏陀荼吉尼・金剛荼吉尼・宝荼吉尼・蓮華荼吉尼・業荼吉尼にわけられて秘密儀軌が多数作られることとなった。

従って、荼吉尼がインドの民間信仰からおこったことは疑うべくもないが、いわゆる特異なる神であった点から、しばしば、外道的受容をも余儀なくされる一面があったのではあるまいか。

また、わが国では、中世においていつの頃からか稲荷の神体として信じられるようになった。『古今著聞集』第六には次のような話がある。藤原忠実（一〇七八～一一六二）が望みかなわず、大権房に荼吉尼の法を修せしめたおり、七日おわって道場に、狐が一匹来て供物を食うことがあった。また、忠実の夢に美女があらわれ、その髪をとどめると見て夢がさめた。その手に残ったのは狐の尾であった。はたして望みがかない、その後忠実はみずからこの法を修したというのである。この内容がはたして信頼すべきものであるかどうか、すこぶる疑問であるが、荼吉尼が狐と結びついた説話としては資料的に価値がある。さきの『平家』の場合も、身に不相応な願望をとげるために行ったとあったことからすれば、やはり、大願成就・延命長寿に用いられたものか。東密のみならず寺門でも用いられたようである。

インドの神々と日本の神々との結びつきも、案外偶然とはいいがたいものがある。実類の茶吉尼である狐は、さまざまのスタイルをもって説話世界に示現している点に異質性が見られる。

『今昔』の説話の根底には、異質なものへの追求が見られ、その意味で豊かな文学性と思想性を内包しているといえよう。鎌倉時代に入って『古今著聞集』のように類聚説話集が編まれるが、どうしてもそこには作為性が入りこんで説話自身の持つエネルギーを衰退させてしまうことになっていってしまった。

同質性の追求は編集組織の段階でおちいりがちな有力な手段ではあるが、やはり、異質性こそが本来人間的なものであり、思想達成の根源であることを忘れてはならない。

『今昔』は、巨大な精神の波が、大きく日本列島に波うっていることを記した文学であった。それは、異国からの波でもあるが、くまなく列島を洗いつくすエネルギーを内にひそめていた。その波は、はげしく、また時に静かであった。

八　金峰山物語

巻二十八の第十八話は、金峰山の別当の地位を熱望する次席の僧が毒茸を食べさせて殺害をはかったが、すでにその毒に免疫になっていた別当にその計画を見透かされ、失敗に終わったという話である。

末尾に、この話は金峰山の僧が直接語ったのを語り伝えたものだと記しているのが注目される。

金峰山の別当を望んで殺害を企てるなどは、およそ仏徒としてあり得べからざることであるが、これほどまでしてその地位を望んだ背景は何か。単なる地位か、それに伴う利権か、また、上に検校をいただきながらも、宗教行政の最高権力者である別当のもつ世俗的権力か、その背景を考えてみることも重要であると思われる。

『梁塵秘抄』には、四首の連作の金峰山讃歌が見られる。

金《かね》の御嶽《みたけ》は一天下《いちてんげ》　金剛蔵王、釈迦、弥勒　（二六三）

金の御嶽は四十九院の地なり　嫗《おうな》は百日千日は見しかど、え知りたまはず　にはかに仏法そうたちの二人おはしまして　行ひ現はかし奉る　（二六四）

金の御嶽にある巫女の、打つ鼓　打ちあげ打ちおろし、おもしろや、われらも参らばやていとんとうとも響き鳴れ鳴れ、打つ鼓　いかに打てばか、この音の絶えせざるらむ（二六五）

神のめでたく験ずるは　金剛蔵王　はゝわう大菩薩　（二六六）

ここに、金峰山信仰、金峰詣での盛行を知ることができる。

初めの歌謡では、金峰山は、弥勒菩薩の住所浄土兜率天の内院四十九重の摩尼宝殿に擬せられる一つの世界を形成しているとする。そして、金剛蔵王菩薩は、過去において釈迦、未来には弥勒となって現われると讃えている。

吉野金峰山の地は、もともと山岳信仰の対象とされた山林道場であった。大和の地から見れば、はるか南方の彼方に連綿とつづく山々は、霊勝の地であり、雲がわき雷鳴とどろき雨を呼ぶ地であり、清らかな水の流れ出す聖山であった。

さらに重要なことは、「金の御嶽」「金峰」と呼ぶように、黄金が埋蔵されているという考えが生まれ、黄金の呪力とともに、黄金の神仙境とする信仰が生じたことである。

修行者あるいは、行基菩薩の開山とも伝えられるが、山林修行者にとっては、恰好の道場であったと思われる。

平安時代に入るや、法験派の醍醐一山の創建者であり、南都七大寺検校をかねた聖宝は、非凡な呪術力をもっていたが、寛平七年（八九五）に、金峰山・大峰山を開発し、修験道場として整備し、金剛蔵王をまつって本山化した。

そもそも、蔵王権現とは、修行者が金峰山で感得したと伝える菩薩で、釈尊・千手千眼観音・弥勒を本地とし、大日如来が衆生を教化利益するために大忿怒の相を現じた教令輪身で、本地三仏の内証が堅固で、三仏のすべての徳を内に蔵しているところから蔵王と名づけられたといわれる。

この蔵王の巨像をまつる蔵王堂が創建されるにおよんで、天皇・貴族の金峰詣でが盛行するにいたるのである。ただこの金峰詣での背景には、やはり、黄金への憧憬があったし、さらにもっと現実的な金への要請があったことが重要である。金は、人類が知ったもっとも古い金属といわれ、金への信仰は、現代にいたるまでかわっていない。金市場と金相場は、生活のサイクルをもかえてしまうのである。

『宇治拾遺物語』には、金峰山中に黄金があって山神がこれを守り、人が採取することを許さなかったとし、『元亨釈書』には、東大寺の盧遮那仏造立のとき、良弁が金峰山の黄金をとって銅像の箔に資せんとして、権現に祈ったがついに許されなかったとある。およそ、金の発見は、そう簡単になし得るものではなく、山林修行者がこれを発見し、また、その経験がひそかに伝承されて、彼らだけが金脈の存在、砂金のありかなどを知っていたはずである。

また、これを採取して収納していたことも当然であろう。皇室・貴族の「金峰詣」が、実は、この黄金自体に目的があったことも事実であろう。また、修験者が、あわせて金脈発掘者としての役割をも持っていたことは、遠く東北の金と修験者との関係にも見られることである。

一方、寺院からすれば、上層階級の参詣は、これまた、教団の権威づけであるから、持ちつ持たれつの関係となっていったことも当然であろう。大峰から金無垢の金像が発掘されたのは周知の事実であろう。

蔵王権現の形像は、一面三目二臂、身色青黒の忿怒形で、頭上に三股冠をいただき、左手は剣印を腰におき、右手は三股をとって頭上にかかげ物を打つ姿を示す。左足は磐石を踏み、右足は空中を踏み、悪魔降伏の相を示している。金峰山寺の蔵王は木彫立像、二丈六尺、脇士は、二丈四尺・二丈二尺である。

この蔵王権現は、金峰山浄土の統率者であり、弥勒の兜率浄土であり、密教の密厳浄土、『法華経』に説く霊山浄土を統合した一大世界であった。これが、前記の歌謡などにも歌われた意味であろう。

そして、道教からもたらされた神仙境としての金峰山からは、不老長寿、黄金の邪気撃攘の呪力からくる息災延命とマッチし、さらに、即身成仏の浄土観と結びつくことにもなったものである。

金峰山は「ミタケ」として崇敬され、参詣のための精進潔斎は「ミタケサウジ」といわれた。清和・宇多上皇の巡礼登山、寛弘四年（一〇〇七）の道長の金峰詣での模様は『御堂関白記』にくわしく記されているが、まことに大規模にして群を抜くものであった。のちに発見された経筒銘文からみると、弥勒出世のとき、道長が極楽からその仏所に参詣し、法華会を聴聞し、その時にこの経巻が自然に涌出して会衆をして随喜せしめようとするのが趣意であった。

　自ら書写し奉る妙法蓮華経一部八巻・無量義経・普賢経各一巻・阿弥陀経一巻・弥勒上生下生成仏経各一巻・般若心経一巻、合して十五巻をもつて之を銅篋に納め金峰に埋み、その上に金銅燈楼を立て常燈を奉り今日より始めて竜華の晨を期す。

このように述べられている点、以下の叙述と合わせて、まず法華経信仰を中心にしていることがわかる。末尾は、梵字で「南無妙法蓮華経」とあるのもそれを実証するが、あわせて、極楽浄土を願い、弥勒の出世を願うのは、広く『秘抄』の法文歌にも見られるところであるし、『心経』も顕密にわたるものであり、全体として天台の立場にあることを示すものである。しかし、金峰山の持つ黄金への現実的魅力こそ最大の此岸的欲求であったにちがいない。この後、頼通や師通の登山・埋経が行われ、『金剛寿命経』など延命長寿を願う経典が加わっていることがわかる。

ついで、白河法皇の参詣は二度にわたって行われ、金峰詣ではその頂点に達した。

一方、蔵王権現は、神祇信仰と混交し密教化して、しだいに教団化の方向をたどっていった。前記二六四と二六五の『秘抄』の歌謡には、巫女が登場して、独白となり（二六四の「そうたち」は、峰入りの先達《せんだち》か）、二六五は、巫女の芸能について歌ったもので、このような金峰山の巫女はかなり著名であったらしく、『古事談』にも、巫女の歌占のことが出ている。

「神のめでたく験ずるは（神々がりっぱな姿で出現するのは）」とする神仏混交の姿は、この時代の金峰山信仰の姿を反映しており、金峰山が聖地として広く鑽仰《さんぎょう》されたこと、また、巫女への興味と関心などが示されている。

金峰山は、遠く中国にまで喧伝され、十世紀の中頃の『義楚六帖』には、日本には都の南五百余里のところに金峰山があって蔵王菩薩がまつられ、第一の霊場で寺院は大小数百、節行高道のものが止住し、女性の登山は禁止されている、菩薩は弥勒の化身で、ちょうど五台山の文殊のようである、と記されている。

さて、『今昔』の説話にあるように、当時の別当は宗務の最高実力者であったから、殺害を企ててその地位を得ようとする並々ならぬ決意を抱く僧も生まれてこよう。

金峰山は、古くは東大寺の支配に属していたらしい。実質的には、天台寺門の系統――熊野三山検校職も同じく寺門――と醍醐系の東密の両系統による寺坊に大別されていたらしい。

しかし、その教団化がすすむと、金峰神人が興福寺僧兵との間に争いをおこし、ついに、興福寺一乗院門跡の支配するところとなった。

一乗院は、平安中期定昭《じょうしょう》の創建で興福寺の塔頭であったが、以後長く別当を独占していく。金峰山が吉野郡一帯に領主化して、宇智郡・高市郡にまで荘園を広げ土豪を配下に従えたため、その俗権をおさえようとした点にあるといわれる。その後中世末にいたるまで一乗院門跡が検校職となるが、検校職は、いわば支配権の象徴であり、宗務は、執行少別当がとりしきったのである。

これに対して、教務というか、その宗教面については、一﨟《ろう》を学頭とする衆徒（寺僧）方――天台系、山上導師を長とする禅徒（満堂方）――東密系が担当し、検校――別当は、その内容についてては干渉しなかった。

『今昔』で、「古は金峰山の別当はかの山の一﨟をなむ用ゐける」（巻二十八第十八話原文）としているのは、いまだ興福寺の支配を受けない以前の状態について述べたものであろう。「金峰山検校次第」には、第一代を懐実とし、寛治頃（一〇八七～一〇九四）としている。

「近うなりてはさはなきなりけり」とあるのは、いわゆる教団の聖職を離れて俗権を行使する寺門行政職にかわったということであろうか。さきにのべた祇園社感神院の別当もこの例であった。

広大な荘園を支配し、一山二派にわかれる僧侶を統率し、財政を執行するのは、行政能力に長じていなければつとまるものではない。金峰山は、聖地なるがゆえにその管理もまた多面にわたっていたに相違ない。

『今昔』の一説話の背景は、まことに広く深いものがある。説話の持つ意味は、説話自身にとどまるものではないといえよう。

九　説話の進化

説話は説話自身のなかで進化していくものである。いわゆる典拠なるものがあっても、説話は典拠をこえて、より高い文学性と思想性とを獲得していくものである。そして、日にあらたに、現代的意味を伝える。

文学自身の成長は、文学にとっての原初的意味を持つ。成長を内蔵しない文学は、結局は涸渇した文学として、おのずからその生命を絶ってしまうのではなかろうか。

『今昔』は、ネアカの文学であるといえる。とくに、「本朝世俗部」は、この性格を特徴づけているように思われる。『今昔』成立の時代、ならびに『今昔』の説話形成の時代は、けっして明るい時代とはいえなかった。むしろ、律令制崩壊の過程でさけがたい矛盾に満ち満ちた時代であったといえよう。

ことばだけ美しくて、実行の伴わないのは、色あって香りのない花のようなものである。
花の香りは、風に逆つては流れない。しかし、善い人の香りは、風に逆つて世に流れる。
（『法句経』）

説話を語る人は善人である。説話を語る人の輝やかしい顔色と喜びとが聞く人を魅了する。どんなに苦しくても、悲しくても、明日の可能性を信じて生きなければならないのが民衆の生きざまであろう。焼身往生や入水往生を夢見るのは、選ばれた人々である。往生の念願をいだく余裕すらないのが、浮き草のように生きた民衆である。したがって、そこには、悲劇もあれば、喜劇もある。人生そのものが、悲喜劇の連続である以上、『今昔』の世界もまた、その投影であったのではなかろうか。

十　悪行ということ

悪を描く文学は魅力にあふれる。巻二十九も、その意味では、『今昔』のなかにかがやく妖しい星の数々である。また、この巻には、構成や、人間心理の内面描写にすぐれた効果を示した佳話が多いのも注目すべき点である。

人間は、善をなさんとして悪にひかれる弱い存在であり、毒と知りながらも、毒は、かぎりなく、人の心をいざなって、ついには、絶壁の頂上から、深淵にひきずりこみ、死に至らしめる。

しかし、また、悪行は、新しき出発への道でもあるといえる。悪行の世界の自覚は、そのまま、善行の世界への希求となり、善の理想にむかってあゆむ実践の意志を生むことになる。

このような、悪の自覚は、慧《え》の深まりによるといわれる。隋の学僧慧遠の著『大乗義章』には、「理に順ずるを善と名づけ、理に違するを悪と名づく」（第七巻）とあり、縁起の理法についての無知による行為を悪としていることがわかる。

仏教では、十悪を説き、悪を廃し、善を修することを日常生活の最大の眼目としていることはいうまでもない。わが国で最初になった仏教説話集『日本国現報善悪霊異記』は、その名のごとく、仏教的因果応報の理を如実に感得させ、善をすすめ法を広めようとした意図が察せられる。

十悪とは、

1　三身業《さんしんごう》（身体動作のつくりだすもの）――殺生（断生命―生物を殺す）・偸盗《ちゅうとう》（不与《ふよ》取《しゅ》、劫盗《こうとう》―盗み）・邪婬（欲邪行、婬泆、邪欲―家庭生活を営む在家信者について、自分の正式な配偶者以外の異性と性交し、また、たとえ、配偶者でも、適当でない時、場所、方法などでこれを行なうこと）

2　四口業《しくごう》（言語表現がつくり出すもの）――妄語（虚誑《こきょう》語、虚妄―うそを言う）・両舌（離間語、破語―二枚舌をつかう）・悪口（麤《そ》悪《あく》語、悪語、悪罵―人をののしる）・綺語（雑穢《ぞうえ》語、非応語、散語、無義語―駄言を弄する）

3　三意業《さんいごう》（心意作用のつくりだすもの）――貪欲（貪、貪愛、貪取、慳貪《けんどん》――むさぼる）・瞋恚《しんに》（瞋、恚害――いかる）・邪見（愚癡《ぐち》――あやまった考えや悪い考えにふける）をいい、とくに、殺生・邪見をもっとも重いものとし、また、この貪・瞋・癡の三意業をもっとも根本的なものとして三不善根という。

巻二十九には、盗賊譚を多くおさめている。これは、偸盗であり、十悪・五戒のうち、殺生についで第二に数えられるもので、他人の財物をひそかに盗み、あるいは、脅迫して盗むこととされ、これを犯せば、波羅夷罪として破門・追放となる。また、小乗では、比丘・比丘尼においては、根本罪として断首されるのである（これを断頭者といい、仏法の死人という）。

『今昔』では、これらの十悪が重なりあいつつ、もっともはげしく、悪の根元にせまるのであって、そこに、人間そのものをさらけ出していくのである。また、悪行は、危険をはらみ、精神の安定を得ないが故に、そこに人知れぬ不安と苦悩におちいるのが、人間通有の傾向であろう。

「悪行」は、悪行によって生き得ないことを知る上で、きわめて大きな意義を有するものではなかろうか。その根本には、善をすすめ、悪を排するというきわめて単純明快な論理があるように思われる。

この時代以後、大きな社会思想となって上下をおおっていく浄土教、その浄土教的な悪の見方は、まだ、ここには現われていない。

およそ平安時代の中・末期に形成されたと思われる『梁塵秘抄』の法文歌中には、明らかに、浄土教における、悪に対する宗教的な見方に発するものが少なからず認められる。『今昔』における「悪行」を捉えるためにも、このような対比的な考察も、また、十分に意味あることと言わねばならない。

有漏《うろ》のこの身を捨て棄《う》てて　無漏《むろ》の身にこそならむずれ　阿弥陀仏《ほとけ》の誓ひあれば　弥陀に近づきぬるぞかし（二一一）

われらは何して老いぬらん　思へばいとこそあはれなれ　今は西方極楽の　弥陀の誓ひを念ずべし（二三五）

われらが心に隙《ひま》もなく　弥陀の浄土を願ふかな　輪廻の罪こそ重くとも　最後に必ず迎へたまへ（二三六）

暁静かに寝覚めして　思へば涙ぞ抑へ敢へぬ　はかなくこの世を過ぐしては　いつかは浄土へ参るべき（二三八）

はかなきこの世を過ぐすとて　海山稼ぐとせしほどに　万《よろづ》の仏に疎まれて　後生わが身をいかにせん（二四〇）

これらは、いずれも、法文歌（法文とは、仏法を説いた経論釈などの文句をいう）の内容を打ち破って、自己の罪業意識を切々として訴えている点で注目されよう。そして、そのいずれもが浄土信仰讃歌となっており、中世歌謡として評価さるべき萌芽が見受けられる。

これらの歌謡には、内心の切実な吐露が見られ、罪悪の深重性の自覚が認められる。善導は、『往生礼讃』で、「唯だ仏と仏とのみ乃《すなは》ち能《よ》く我が罪の多少を知り給へり」と述べているが、絶対者たる阿弥陀仏の光明に照らし出され、自己の罪業があらわにされる懺悔こそ、実は、救済への道である。懺悔とは人間が自己自身のかぎりない罪悪を知ることであるといわれるのもこの意味である。

二一一の歌は、『無量寿経』に説く弥陀の四十八願中の第十願「漏尽智通願」による。物ごとに執着する思いを断ち切ってしまう力、煩悩をすべて断じ得て二度と迷界に生れぬことをさとる通力を得せしめようとする誓願である。

設《たと》ひ我《われ》仏を得んに国中《こくちゆう》の人天《にんてん》若《も》し想念《さうねん》を起し、身を貪計《とんげ》せば正覚《しやうかく》を取らじ。

「有漏」とは、煩悩があること、無漏とは、「煩悩」がないことをいう。初めに、「有漏のこの身を捨て棄てて　無漏の身にこそならむずれ」という対比表現と、「こそ」を用いた係結びに主観的な強い心情が表現されており、その後に、弥陀の誓願をもってきている点に本願力への絶対信が鼓動となって伝わってくるように思われる。

二三五の歌謡は、『梁塵秘抄口伝集』巻十、『宝物集』巻七、『十訓抄』巻十、『拾遺古徳伝』(真宗の立場からの法然伝)などに広く伝誦されており、空間的・時間的普遍性を指摘できる。生老病死のいたるところ、人間は、しょせん煩悩からのがれることができない。老いの孤独からくる苦悩を、悔恨から帰依へと展開させた点に心をうつものがある。

二三六の歌謡には、しめやかな感慨が流れ、心底からあふれ出る、きわめて濃度のこい信仰心が感じられる。宗教的抒情とも言うべきものであろうか。求願の切なるものには一切が与えられるのであろう。前歌謡とともに、浄土教的罪業観がよくにじみ出ているのを感ずる。

さて、つぎの二三八は法文歌中に見られるもっとも切実な悲歎であり、仏教と文学との往返を如実に反映する歌謡とも言える。

底本には、「はかなくこの世を過ぐしても」とあるが、結句の反語表現との対応、また、仏に帰依しようとするものの悲歎の告白の歌声と見るとき、「はかなくこの世を過ぐしては」と改めた方が適切であるとする見方がつよい。

この歌謡に類似した発想としては、珍海(一〇九一～一一五二)の「菩提心讃」の一節、また、西念の「極楽願往生歌」(康治元年〈一一四二〉成立)などがあげられるが、やはり、この歌謡には、一歩深められた信仰感動の率直な提示が魂のひびきとして切実に歌われている。

暁の静寂のなかに、わが身の来し方の罪業の深さ（罪業の無始性と無限性）を思い、阿弥陀の誓願によって救われているということはわかっていても、そこは不安な生の現実である。いつ広大慈悲の心におさめとられて浄土へ往生できるというのであろうか、いやできないのではないかとする心の相剋に、たゆたう人間真実のさけびと告白がある。

二四〇の歌謡も、現実に生きていくための殺生、この罪の自覚におののく人々の心が表われており、やはり『今昔』の世界にも共通するものであろう。しかし、このような罪業の自覚は、自らおかしたものとして捉える自覚であってやはり浄土教の色合いの濃いものであると思われる。

しかし、このようなおののきも、やがて、きたった法然の専修念仏の教えによって根本的な解決を得ることとなる。

「弥陀の本願は機の善悪を言はず、行の多少を論ぜず。身の浄不浄を選ばず、時処請縁を嫌はざれば、死の縁によるべからず。罪人は罪人ながら、名号を唱へて往生す。これ本願の不思議なり」（『法然上人行状絵図』）

ここには、現実生活と宗教生活との一致が見られる。たとえ殺生を業としても、ただ念仏することによって往生するのである。とかくすれば、現実生活を罪悪視した浄土教が、新しい人間救済の宗教として、大いなる福音をもたらしたのである。

『今昔』における「悪行」は、やがて、悪人往生の道にいたる前奏曲ではなかろうか。たとえ、五逆十悪の悪人であっても、命終の時にのぞんで、善知識の指導により、南無阿弥陀仏と唱えて、深い懺悔により八十億劫の罪を除いて往生することができるというのである。

さらに、親鸞に至って、阿弥陀仏の本願は、罪業深重の悪人こそ救済の対象である旨を説くのであって、『今昔』の「悪行」は、やがて訪れる中世の夜明けをむかえる、その寸前の闇につつまれた世界でもあったように思われる。

それ故にこそ、悪行を見つめる視角の確かさが、文学造型のなかに生かされ、豊かな結実を得たのではなかろうか。

一方、さきほど見たような法文歌の輝きも、親鸞の『三帖和讃』に展開していったのであった。

とくに、親鸞の最晩年（草稿本成立は、八十五歳）に成った『正像末和讃』の「愚禿悲歎述懐」には、せまりくる老いの孤独と不安な環境、人生の漂泊のなかにさすらいつつあった親鸞の告白が、悲歎という、信に徹しようとして徹しきれない人間煩悩の深さに思いをはせた深い魂の叫びとなってあらわれているように思えてならない。

無明《むみやう》煩悩しげくして　塵数《ぢんじゆ》のごとく徧満す　愛憎違順《ゐじゆん》することは　高峯《かうぶ》岳山《がくせん》にことならず

浄土真宗に帰すれども　真実の心はありがたし　虚仮《こけ》不実のわが身にて　清浄《しやうじやう》の心もさらになし

のごとき和讃には、切々たるわが身の悲痛が涙とともに歌われている。真の自己を選択するのは悔悟によるといわれるが、中世変革のなかに捉えられた信仰の魂がほとばしっており、和讃は、ここに幻想の世界を超克して、新しい形成と内容とを確立していったのである。

無慚無愧のこの身にて　まことの心はなけれども　弥陀の廻向の御名なれば　功徳は十方にみちたまふ

には、自己の内省と仏恩の深広が歌われているが、『三帖和讃』には、「西方極楽」の語はまったく出てこない。ただ、あるのは、聞信《もんしん》（本願の趣意を聞きわけて疑いのないことが「聞」で、「信」と同じ意と解する）の世界の深まりである。

そして、また、「願力無窮にましませば、罪業深重もおもからず」とする絶対信の世界を見ることができるのである。

悪の展開史は、人間の生成史そのものであると思われるが、この時代に、悪行それ自身を追求した文学が生まれた意義は大きいものがある。宗教史的にいえば、浄土教における悪の自覚史の展開とも見合うべきものであって、日本人の魂形成史のなかに位置づけられなければならないであろう。

十一　阿弥陀聖殺人事件

巻二十九のなかでも、いくつかの特異なショッキングな事件があるが、そのなかでも第九話は、阿弥陀聖が、こともあろうに慈悲深い道づれの男を殺害し、その着衣と持ち物をうばって逃げたものの、因果応報のたとえどおり、自らの所業によって逮捕のきっかけをつくり、ついに射殺されたという話である。

阿弥陀聖とは、なにか。通行の『広辞苑』（第三版）によってみるのが、まず、一般的理解に立つ上で、意味があろうと思われる。

①　空也上人（くうやしようにん）の俗称。②　空也にならい平安末期から鎌倉時代にかけて、阿弥陀の仏号を唱え、鹿角の杖をつき、金鼓（ごんぐ）を叩きながら疫神をはらい、民衆を勧化した法師。あみだのひじり。

この解説からすぐ頭に浮かぶのは、だれしもが、かつて日本史の教科書で、その聖なる姿に感動した六波羅蜜寺蔵の空也上人像である。

あの永遠を見つめるまなざしと、ひたむきな宗教心にささえられた実践行の姿は、真摯な宗教心を失っている現代にとって、憧憬の映像であると思われる。

阿弥陀聖については、『日本往生極楽記』の空也の条には、次のようにある。

口に常に弥陀仏を唱ふ。かるがゆえに世に阿弥陀聖と号《な》づく。或は市中に住して仏事を作《な》し、また市聖と号づく。嶮《さか》しき路に遇ひて即ちこれを鏟《けず》り、橋なきに当りてはまたこれを造り、井なきを見るときはこれを掘る。号づけて阿弥陀の井と曰ふ。

阿弥陀聖の実例としては、空也や皮聖行円などがあげられるが、その活動の範囲は、きわめて広く、全国的規模にいたったようである。そこには、苦行者的性格が認められるのは当然ながら、さらに、呪術性・勧進性・遊行性・隠遁性などをさまざまな質量で有する点に特色があったように思われる。

空也の活動にしても、法螺《ほら》や錫杖《しやくじよう》を持ち、毒獣毒蛇の類をも教化したということからすれば、多分に呪術性――密教的要素を持っていたであろうことは否定できない。後世にいたっても、念仏の持つ呪術性は、民間信仰のなかに大きく認められる特色である。また、念仏にしても、般若《はんにや》の知慧《ちえ》をさとろうとする観心念仏的色彩があったともいわれるとおり、純粋念仏者ではなかったようである。

多くの聖のなかには、『法華経』と念仏との兼修、さらに、そこに呪術性を加えたものが一般的であったことは否めない事実であろう。

民衆教化は、単に純粋な宗教理念から発した教義・教理によってなされるのではない。もともと民衆生活は土俗的なものであり、理論的単一性をもって割り切れるものではない。

阿弥陀聖なるものの性格の複合性も当然であり、民衆との接触のなかでは、苦悩の現実的解決が要求され、また、生活のより現実的改善が第一義的な目標として求められたのも納得し得る点である。

また、教団の行政支配からの離脱は、経済的な基盤の喪失をも意味する。聖は、無手勝流で生活し得るものではない。また、さまざまな社会事業ないし、福祉事業に対応するからには、それだけの資金力が必要である。空也も、比叡山に登って受戒することで、貴族階級のなかに入りこむことができた。そこに、経済的基盤をささえる宗教的権威を得たのであった。

この系統をひく阿弥陀聖は、勧進、葬送儀礼、呪術などによってその生活をささえたのであろうことは想像にかたくない。勧進も、勧進のなかで生活費を得つつ勧進するのであり、勧進のための必要経費もかなりのパーセンテージにのぼることも当然である。

寺社建立ないし、寺塔・仏像などの造立にしても、莫大な予算を伴う事業であり、この募金に従って廻国遊行する僧の数もまた多大であった。地方の豪族ないし、国司のもとには勧進聖が右往左往していたことも想像にかたくない。

また、阿弥陀聖が葬送に大きくかかわったことは、『栄花物語』の「みねの月」中の寛子葬送の記事に、

御さきに僧ばかりさきだてて、阿弥陀の聖の南無阿弥陀仏とくもくさうはるかに声うちあげたれば、さばかり悲しきことのもよほしなり。おはしましやらず涙に御身どもすすがせ給ふ。さらぬおりだにこの聖の声は、いみじう心細うあはれなるに……

とあることで広く知られている。また、『金葉和歌集』雑に載る選子内親王の「八月ばかりに月あかかりける夜、阿弥陀の聖のとほりけるをよびよせさせて、里なる女房にいひつかはしける」とする詞書から見れば、かなり広範な役割をも果たしていたようである。

阿弥陀聖をふくめて聖は、教団周辺層にあり、また、教団批判者であった。教団内部の体制下にある僧職者は、いちじるしく体制順応的である。異端の名は、彼らにとって、自己存在のすべてを失う恐怖の審判であった。教団の内面は、いちじるしく俗世的であったにもかかわらず、教団に対する批判はタブーであった。

聖は、その意味では、宗教的自由者であるが故に、また、煩瑣な教団機構から離脱したが故に、自由な宗教活動をなしえた。したがって、真の宗教者として民衆の崇敬をかち得ることともなったものと思われる。しかし、人間の存在するところ、清らかな泉の流れとともに、汚水の流れがあることもまた必然である。

阿弥陀聖のおかした殺人事件は、歴史のなかに大きく捉えられた聖のある裏面を語る衝撃的な事件であった。

山中、道づれになった旅の男は、先端に鹿の角をつけ、末端に二股の金具をつけた杖をひっさげ、金鼓を胸にさげた阿弥陀の聖に心からなる親しみと崇敬の念をもって、昼食をすすめた。とっさにおこった悪魔の心、阿弥陀の聖は着ものと持ち物とをうばって逃げ去っていった。遠くまで逃げのびて、とある人里の人家に立ち寄って、一夜の宿を乞うた。

その折り、夫の留守をあずかっている妻女が、この阿弥陀聖の姿を見て、ただちに信用して承諾する。ここにも、当時の民衆の阿弥陀聖に対する信用の度合を知ることができるし、このような廻国遊行が常の形であったことを物語っている。

この法師をかまどの前にすわらせるというのも、ここがこの家の主人公の座（火は、家の中心的存在である）であることから、聖に対する心からの崇敬の念が動いたものであろう。

しかし、妻女の機転によって、捕えられ死にいたるという「因果はめぐる小車の……」ということになるのである。
わたしたちは、宗教に、美しく清らかな姿のみを見すぎているが、やはり、光に沿う影もあることを見落とすべきではない。影を見つめる『今昔』の眼は、冷静にして確かなものを持っている。阿弥陀聖の悪行を描くことは、決して阿弥陀聖を否定することではなく、かえって、多くの阿弥陀聖の姿を逆に光あるものにしていることも忘れてはならないと思われる。

さて、聖は、その生地・住所によって名づけられ、また、隠遁的な聖が大きく讃美された。『梁塵秘抄』にも、

聖の住所はどこどこぞ　箕面《みのう》よ　勝尾《かちう》よ　播磨《はりま》なる書写《しよしや》の山　出雲の鰐淵《わにぶち》や　日御崎《ひのみさき》
南は熊野の那智とかや（二九七）

聖の住所はどこどこぞ　大峰　葛城《かづらぎ》　石の槌《つち》　箕面よ　勝尾よ　播磨の書写の山　南は
熊野の那智　新宮（二九八）

と歌われ、山林斗擻の苦行的性格が知られる。
また、聖の持ち物を歌ったつぎの歌話が注目される。

聖の好むもの　木の節《ふし》　わさづの　鹿の皮　蓑笠《みのかさ》　錫杖《しやくぢやう》　木欒子《もくれんじ》　火打笥《ひうちけ》　岩屋の苔の衣《ころも》（三〇六）

「木の節」は、大きなくぼみのある木の節で、鋺《かなまり》の代用としたもの。「わさづの」は、鹿の若角で、杖の頭部につけた。「鹿の皮」は、上衣。「錫杖」は、頭部に数箇の金属の鐶をつけた杖。「木欒子」は、種子を数珠玉に用いた木槵子《もくげんじ》、ムクロジ科の落葉高木。「火打笥」は、火打石を入れる箱。「岩屋の苔の衣」は、粗末な衣。「鹿の角」「鹿の皮」は、すでに、『四分律』にあり、出家者の用いたもので、諸経に説く。源信の『往生要集』に、

其ノ出家ノ人ニマタ三類有リ、若シ上根ノ者ハ草座・鹿皮・一菜・一菓、雪山大士ノ如キ是レナリ。

とあるのが注目される。

もう一つ、空也に関係して、『空也和讃』なるものが伝承されているが、空也作という確証はどこにもない。しかし、その一節が切り離されて『梁塵秘抄』に入っていること、また、成立年代を明らかにしないが、四句が、東密の仏名会の伽陀に入っていることなどから、平安朝末期までに成立していたことは、間違いない。別名を『空也上人和讃』というも

のの、空也上人作という意味か、また、空也上人を讃嘆したものか、明らかでない。人生無常を詠嘆し、弥陀の本願、臨終来迎、浄土の荘厳を奉讃し、釈尊の教説を感謝して一編を編んだもので、全編二百七十六句の長篇和讃である。

長夜のねむり独りさめ　五更の夢におどろきて　静かにこの世を観ずれば　わづかに刹那の程ぞかし　時候ほどなく移りきて　五更の空にぞなりける　念念無常のわがいのちいつか生死に落《おと》されん　昨日もいたづらくれすぎて　臥して多くの夢を見る　今夜むなしく明ぬれば　起きて何をか営なまん

この和讃は、おそらくは、阿弥陀聖、ないし念仏聖の用いた仏教讃歌であったろうと思われる。とくに、その切々たる無常の歌声は、いわゆる葬送行進曲のひびきがする。後のことであるが、蓮如の『御文《おふみ》』（『御文章』）中の「白骨の章」に見られる無常の訴えが、葬送のことばとなったことが思い出される。本和讃が布教伝道の歌声として広く口承されたことも事実であろうし、今様に摂取されていた部分も、かなり多かったのではないかと考えられる。

阿弥陀聖が葬送にかかわったとすれば、そこに、葬送の讃歌が必要であったのではないか。念仏鎮魂歌謡としての『空也和讃』は、大いなる浄土詩の創造であったと思われる。

十二　生きている仏教史

〝仏教史〟というと、どうにも難かしくてとっつきにくいというのが定評である。とくに、教義史・教理史となると、専門外の人がなんらかの知識を得ようとしても、そう簡単に扉を開いてはくれない。

しかし、文学を読む上で、また、研究の上から考えると、同じく仏教史といっても、教団の知識の方がより有益なことが多いのではあるまいか。

宇井伯寿は、『仏教辞典』の緒言に、「国民は日常生活の中に知らず識らず仏教文化に浸つてゐる……日本文化と仏教との関係を論ずるといふことは、即ち日本文化史の総べてを論ずることになる」とし、日本仏教の見方として重要なのは、「国民がこの仏教を如何に受容し消化して我ものとなし精神の糧となしてゐるかを自覚し闡明することである」と述べている。

この意味では、辻善之助の『日本仏教史』は、例言に、「本書の目的は、日本文化の一要素としての仏教の沿革変遷を究めんとするにあり。之が為めには、仏教が日本の文化に及ぼせる影響を観察し、一般社会及び思想界並に政治に於ける交渉を説くと共に、一方には、仏教が如何に日本文化に融合したかを考へんとするのである」と述べており、とくに第一巻上世篇などよく成果があらわれて益する点が少なくない。

この点、栂尾祥雲の『秘密仏教史』は、文化史との交渉に乏しいが、わたしたちが文学を読む上に、東密（台密にもおよぶ）についての正確な知識と背景を与えてくれる名著であると思われる。

しかし、それにもまして、仏教文化の一事象としての文学は、率直に一つの事実を物語っている。たとえば、『平家物語』は、どんなくわしい仏教史よりも、さまざまの意匠を持った、その時代（作品形成時代と受容の時代を含めて）の宗教現象を鮮やかに捉えていることが、十分に知られている。

『今昔物語集』巻三十一は、この意味できわめて注目される説話がおさめられているように思われる。信仰は、人間をおいて存在しないのであるから、限りない人間への関心と興味、また、人間の魅力に視点をあわせて語られた説話がとりあげた宗教の世界は、理で語る仏教史よりも、もっとなまなましい宗教的現実を語ってやまない。

そこには、仏教側面史もあれば、裏面史もあるが、それであればこそ、興味津々として尽きせぬものがあり、信仰の真実とはいかなるものかを読みとることができるのである。

人は、記録に合致しない、資料的に実証できぬという。しかし、教団の表面的資料は、すべて正しく真実を伝えるものであろうか。これは、何人も首肯し得ないことであろう。表面を糊塗した資料よりも、人によって語りつがれた口承文芸のなかにある真実の方が、生きるための確かさを内蔵しているのではあるまいか。

たとえば、第五話の大蔵史生宗岡高助にまつわる話である。大蔵省の最下級事務官ながら莫大な富を有するこの男は、長年、寛忠僧都のパトロンとして、常に寄進をつづけており、このたびの堂供養に際しても、前々から援助を惜しまなかったという。

したがって、堂供養の当日の拝観にも、その財力に糸目をつけぬ華美な振舞は、人目を引くため、僧都は、高助であることを固く口止めしておくのであった。現職の受領にもまさる、その財力への人々のあこがれが語られているのも注目される。

高助の寛忠僧都への親近はいかにしてなされたものか。身分からは、とても交渉し得る間柄ではない。やはり、金の取り持つ縁ということになろうか。やはり、貴紳に出入する、貴紳出身の私的護持僧を望むのも、どこの宮さま方の女房かと見まちがわれるほどに女房どもを着飾らせた高助であってみれば、これもまた、望みうる願望といってもよいかと思われる。

さて、一方の寛忠僧都にしても、金づるとアルバイト収入がなければ、これまた、その地位を保つだけの余裕ある生活はなし得なかったにちがいない。本話は、御室仁和寺を中心とする華冑派東密の高僧の姿の一面を如実に伝えたものとして注目されよう。

さて、寛忠僧都とはいかなる人か。いま、東密の高僧伝『伝燈広録』によってその伝を記してみよう。

京兆《けいてう》洛西双の岡池上寺の開山僧都寛忠の伝

僧都名は寛忠。京兆の人。俗の諱は敦固兵部の尚書敦慶の三子。寛平《くわんぴやう》帝の孫なり。法皇の室に入りて薙髪す。石山の淳祐に従つて四度の法を受く。天慶九年八月二十八日。香《か》隆《りゆう》の宝塔に登つて三昧耶戒を受け伝法灌頂に沐し毘盧の心印を得。頂礼し去りて清行純粋にして色を似てけがれず。誓ひて千日の護摩を修す。半百の後、護法神意香火を備へ壇場を装す。詔して南京の大安寺に住せしむ。康保二年十一月二十一日寛空法務僧正の燈光を嗣ぎて広沢の法匠となる。曾て双岡の池上寺を創して開山となる。公善《よ》く孔雀王の法を修して蚤く悉地を獲て霊験居多なり。彗星の変有るに勅してこれを攘はしむ。便《すなは》ち孔雀王壇を建つるに厥の苦桂を断つ。あるいは雨を祈るにすみやかにそそぐ。安和元年三月律師となる。閏五月十日三の長者に加へらる。これ長者四人の例なり。謂く寛空・救世《くせ》・寛忠・定照なり。天禄二年法務に任ず。皇孫僧綱に任ずる始となす。貞元二年四月二日薨す。七十有二（巻四）

寛忠については、他に『血脈類集記』『野沢血脈抄』『仁和寺諸院家記』『東寺長者補任』などにも重要な記述が見られる。

寛忠は、仁和寺を建立、東寺の益信に従って出家仏道に専念した宇多天皇の孫として、幼くしてこの祖父について出家した。

つづいて、石山内供といわれ、道心堅固・持斎不犯で聞こえた淳祐のもとで四度の法を受けた。四度とは、伝法灌頂入壇のための重要な修行で、加行として修する四種の修法である。十八道・金剛界・胎蔵界・護摩の順で行なうことが定められている（守覚法親王以後、広沢流では、十・金・護・胎の順に変わった）。

延喜二十一年（九二一）醍醐天皇の勅を奉じ、観賢は、送衣・諡号を奉じて、高野山に登り空海の霊廟を開扉したとき、随行した淳祐は、直接大師の膝にふれ、薫香が手に移って一生消えさることがなく、所伝の聖教にもその残り香が移ったと伝えられている。これを「匂いの聖教」と称し、現に石山寺経蔵に存すると伝えられている。

かくして、寛忠は、四十三歳の折り、天慶九年（九四六）八月二十四日、淳祐より伝法灌頂を受けた。

孔雀明王―孔雀経法の本尊
（『図像抄』）

孔雀明王―胎蔵界曼荼羅
（『御室版曼荼羅』）

天徳四年（九六〇）五十七歳の折り、御斎会にさいして宮中の内道場に出仕する内供奉を拝命し、康保二年（九六五）十一月二十一日、六十二歳、師寛空（この折り、八十二歳）の法燈をついで広沢の指導者となったのであったが、その間、心地玉のように清らかな真言行者として過ごしたことが知られる。また、住職となった大安寺は、かつて空海が別当として、法華会を修した、いわゆる南都七大寺の一であった。

その師寛空は、東寺十五代長者法務・金剛峰寺座主・仁和寺別当をつとめ、雨を祈って験があったことで知られる。すなわち、天徳四年（九六〇）には、請雨の功で権僧正となり、応和元年（九六一）には勅命により冷泉亭で祈雨、験を得ている。

また、仁寿殿において、息災のため、孔雀経法を修すること八度におよんでいる。康保元年（九六四）七月、八十一歳の折り、正僧正に転じ、天禄二年（九七一）には諸職を辞し、翌年二月六日、常楽会を待たずして、寿八十九歳で寂している。

さて、寛忠は、仁和寺の南方、双丘の南端、三の丘の東麓、双池があるあたりに池上寺を創建して住んだのであった。

寛忠は、師寛空をついで孔雀経法にすぐれた験を発揮した。この法は、孔雀明王を本尊として息災・祈雨を修する東密の秘法である。孔雀明王は、孔雀が猛毒の蛇を食うために、一切諸毒を除去するための能力を神格化した尊であり、かなり早い時期に成立したものといわれる。

とくに、仁王経法・請雨経法とならぶ東密三箇の秘法の一であり、また、仁王経法・請雨経法・守護経法（または、後七日御修法）とあわせて四箇大法と称し、さらに、この四箇に大元・法花・普賢延命を加えて七箇の大法といわれる。大壇・護摩壇・聖天壇・十二天壇をかまえた大規模な修法で、伴僧の数も、十六人から二十人におよぶ。

安和元年（九六八）三月、六十五歳の折り、律師となった。これは、親王の子息が僧綱となった初めての例であった。翌二年三月十一日には、権少僧都ならびに法務に転じ（『東寺長者補任』には、法務は誤りかとする）、この年閏五月十日には、東寺三の長者に加任されている。これも、長者四人の初例であった。この折りの一の長者法務は、師寛空、二の長者は後、第十六代長者法務となった権少僧都、同じく淳祐・寛空に学んだ兄弟子の救世であった。この人は魚山声明の曲譜を復興し南山声明を興隆し、また舞曲にも通じていた。

先任の三の長者は、年少の同じく寛空の資の律師定照であった。この人は、藤原師尹の子息で、のち東寺十八代長者法務となったが、のちすべての公職を去り、常に『法華経』を誦し往生浄土を願った人で霊異の事蹟多く、死しても遺骸を焼かず白骨となっても法華を誦せんと遺言し、密印を結び、『法華経』薬王菩薩本事品を誦しつつ寂したといわれる修道者であった。

天禄二年（九七一）には、寛空が辞任したあと、救世が寺務をつかさどり（この年、寛忠は法務を兼ねている）、同三年には長者に昇任、天延元年（九七三）救世が亡くなった後は、すでに、二の長者に加任されていた寛静が寺務となり、同二年には長者に昇任、寛忠は正少僧都となっている。そして、貞元二年（九七七）四月二日、寿七十四歳（『伝燈広録』では七十二歳）で寂するまで、寛静のもとで、二の長者法務をつとめていた。

この寛静は、寛空の真弟で、天慶三年（九四〇）には、平将門鎮定を祈るため、兜跋毘沙門天を羅城門楼上に安置して修法し験を得たことで知られる。

『今昔』の説話が、確実に権少僧都補任以後のことなら、安和二年（九六九）三月十一日から、没年まで、もっともさかんな宗教的権勢の座にあった当時のことと解されるであろう。この堂供養が、いついかなる折りのものか明確ではないが、寛忠の履歴を追ってみるとき、大蔵史生宗岡高助とは、氏育ちのみならず、すべてが異なる次元——東密洛西派のエリートと、もっとも俗なる最下級事務官——の存在である。しかし、その結びつきが、俗なるものの最大の象徴であり、また、すべての人が希求する物欲の王、つまりその財力によったことは、まことに興味ある事実である。

この第五話の持つ意味は、京を見下す東寺の塔に輝く、昇る朝日と落ちゆく夕陽の姿を象徴しているのかも知れない。

十三　星に願いを

巻三十一の第二十話は、北山の霊巌寺縁起であるが、注目されるのは、この寺が妙見信仰にかかわることである。

妙見信仰は、この時代、かなり広く庶民信仰の対象となったものらしく、『梁塵秘抄』に、

妙見大悲者は　北の北にぞおはします　衆生願ひを満てむとて　空には星とぞ見えたまふ（二八七）

とあるのが注目される。この歌謡は、四句神歌の仏歌末尾に位置する。仏歌の冒頭は、「釈迦の御法は天竺に」とする釈尊讃歌である。ちなみに法文歌においても、仏歌の冒頭は、「釈迦の正覚成ることは」と始まる釈尊讃歌に対して、末尾は、「真言教のめでたさは」とする密教讃歌で終わっている。妙見の歌謡が同じく密教讃歌であるのも偶然の一致ではなく、排列上の意図が働いているように思われる。

「妙見大悲者」の「大悲者」は、ふつう観音について言う語であり、不審とする説があるが、それは当らない。東密における事相修学の基本書である『覚禅抄』によれば、尊星王は、観音の母であり、あるいは妙見観音と名づけるとする説をあげている。

妙見菩薩は、サンスクリット語でSudṛṣṭi、つまり神格化された北極星の本地で菩薩の大将という。しかし、事相では菩薩部には属せず天部に入っている。衆星中の最勝であるため

妙見菩薩
(『別尊雑記』)

に尊星王と名づけて崇敬するのである。

『覚禅抄』は、『妙見陀羅尼経』の

大雲星光菩薩は、是れ妙見菩薩なりと。此の娑婆世界の北方に有るが故に北辰と名づく。能く諸の衆生を救ひ、諸の吉祥の福を獲しむるが故に妙見菩薩と為す。

若し無量無辺の衆生有りて、諸の極苦の悩を受けんに、妙見菩薩の名を聞き、至心に誓願して、正しく北方に向かひ、妙見菩薩の名を称ふれば、即時に悉皆解脱して、安穏を得せしめん。

を引いているが、前記『秘抄』の歌謡の典拠としては、きわめて明快であろうと思われる。北辰は、北極星をいうが、北斗七星を北極七星などといって、北極星を北斗七星と同一視するのである。また、北極星は北斗七星をめぐる中心にあって北辰とも名づけるのであるが、北斗を北極七星とし、また、七星中の武曲星の傍の輔星をもって北辰とする考え方があることが、『覚禅抄』の「妙見北斗幷輔星一体分身」の記事によっても明らかである。なお諸説あってやかましいが、妙見は諸星の上首、北斗は眷属、妙見・北斗および諸星の関係は、大日・四仏・自余諸尊の関係となるという。七星の本地は、七仏薬師、また、日輪・月輪・光明照・増長・依怙衆・地蔵・金剛手とする説もある。

妙見菩薩の内証をあらわす妙見曼荼羅では、内院中央の月輪中に妙見菩薩を南向きに描

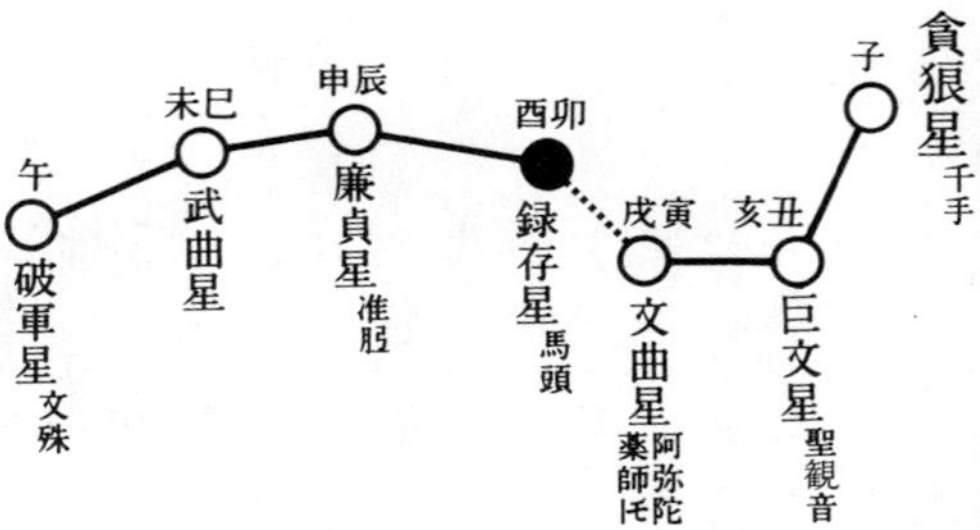

(『園城寺伝記』による)

き、その周囲に七の小月輪を描き、月輪中に北斗七星を描いて内院の衆としている。これは、『妙見菩薩神呪経』にもとづくものである。

形像としては、『図像抄』につぎの三種を示している。

①二臂のもの。大月輪のなかの菩薩像で、左手には、北斗七星のある蓮華を持ち、右手は説法印を結び、天衣・瓔珞で荘厳し、五色雲中に結跏趺座する。道場観にはこの像を多く用いる。

②四臂のもの。⑴眉をひそめて慈悲と忿怒をかねた相をあらわし、右手に筆・月輪、左手に紀籍と日輪とを持って、雲中に疾走する龍の背に左足で立ち、右足は膝をおりまげ、右脇に両手で硯をささげる鬼、左脇には、筆と紀籍を持った童子が侍る。⑵頭上に六蛇のある忿怒相で、右手に筆と刀、左手に紀籍と輪を持って、雲中に結跏趺座するもの。

他に、『別尊雑記』には、四臂で、七星、十二支にかこまれた曼荼羅のなかに、三叉戟・錫杖・日珠・月珠を持ち、片足で青龍の背に立つものをあげている。

天台寺門では、妙見菩薩を吉祥天と同体とし、十二名号にあてて十二本の蠟燭を供える説がある。これは、一尊ともに北方の尊であることによる。よって、妙見菩薩を本尊とする修法は、尊星王法、または、北斗尊星王法といい、園城寺では、大北斗法と同じく最大秘法として修せられたのである。

『園城寺伝記』の「新羅明神在二尊星王一事」には、尊星王をもって天子とし、衆星は臣民の姿として、その霊験を、除死定生・滅罪増福・延命除災滅奸・風雨順時・穀米豊熟・疫気消除・諸無強敵・人民安楽・擁衛国土・守護国土とし、とくに、天変地異のために尊星法が大法として修せられたことは意義深く、前頁のような図をかかげている。

　また、単独には、息災法、とくに眼疾平癒をいのることが広く行なわれた。東密においては、大法の先例がなく、多く息災について眼の祈りに修し、延命をいのることもある。東密では、妙見法と称し、行法には、麝香・銀鏡の棗を供えるべきことを説く。具体的行法は、『覚禅抄』にくわしい。

『日本霊異記』には、盗みかくした銭が妙見菩薩によって鹿の屍と化し犯人が発覚するという話、また、妙見菩薩に祈願したおかげで盗難にあった絹衣が全部もどったという話を載せ、『今昔』の巻十七の第四十八話に引用されている。

　妙見菩薩に対する信仰が、説話に摂取され、また、『秘抄』歌謡中の四句神歌の最後をかざるものとして、「衆生願ひを満てむ」対象としてとり上げられている点に、また前述のように、無量無辺の衆生が苦悩に沈むとき、北方に向って至心に妙見菩薩の名を称えるとき、即時に解脱安穏を得るという信仰は、神歌における庶民信仰の姿をよくとどめているように思われる。もちろん、修法としての尊星王法・妙見法の存在も無視できないが、「星に願い」をのことばどおり、普遍化された祈りの歌声を指摘することができるであろう。天空のかなたにある星への抒情が、宗教性と合致して、よくととのえられたリズムにのった絶唱の一つと考えられる。

『秘抄』の編者後白河院の宗教生活に占める密教への傾斜の度合、また、園城寺との接触の深さから考えても、本歌謡が神歌最末におかれた必然的意図には、台密における大法としての性格、国家安穏・人民安楽を願う帝王としての願いがこめられているように思われる。

例の「仏歌」の末尾をかざる、

真言教のめでたさは　蓬窓宮殿へだてなし　君をも民をもおしなべて　大日如来と説いたまふ（四五）

との対応が考えられる。国王は、そのまま、人体をもって現われた大日如来、国家の現実的顕現は、君主に対する現実身の地位の付与であり、君主は密厳浄土の主である。これに対して、万民は大日如来の差別法身であるとする考え方である。君主が国家万民の主体であるとすれば、人民はその心所であるとするところに生まれた、密教の国家観を示す歌謡であるわけで、東密の考え方にもとづくものであろう。そして、「妙見大悲者は」の歌謡が、台密にもとづくとすれば、ともに偉大なる密教讃歌としての地位を明確にすることとなろう。

もともと、北斗七星が人間の善悪を察知して、禍福を分け、死生の籍を決めるとする可禍神の考え方は、神仙の法を説いた『抱朴子』などに載せるところというが、これが仏教に入ったものといわれる。

さて、『今昔』に所出する霊巌寺は、入唐八家の一人、円行が、空海に従って密教を学び、承和五年（八三八）入唐、青龍寺の義真について受法し、翌年冬経軌をもたらして帰朝し、勅により山城北山に開いた寺である。『図像抄』巻十には、

本朝往古より妙見の形像を図画すること一途に非ず、印相も不同なり。但し霊巌寺に等身の木像あり、左手は心に当てて如意宝を持し、右手は與願に作《な》し、大底吉祥天女の像に同じ。

とあるのが注目される。この寺は、妙見をまつることから妙見寺と称されており、その規模の大なることは『今昔』の記事によって明らかである。『権記』の長保元年（九九九）十二月九日の条《くだり》には、一条天皇が眼を病み、妙見のたたりということで、妙見堂を修理させたと記している。下野から上進した手作り布百反を修理料として修理職に下賜、妙見像を仏師康尚に彩色させたというのである。仏師康尚は、定朝の父にあたり、道長の法成寺無量寿院の阿弥陀像を親子して造ったことで有名である。

長和四年（一〇一五）閏六月六日、三条天皇は、眼病のため三井寺の慶祚阿闍梨に尊星王の図絵供養を命じたことが『小右記』に記されている。また、仁平三年（一一五三）八月のこと、鳥羽天皇の御眼の祈りのため、宇治平等院において、聖昭阿闍梨が妙見供を修した。

その退出の折り、山上に妙見の霊地があるか、また、他にはどこにあるかの問に答えて、東塔北谷の妙見堂にあること、また、鎌倉生源寺は、根本大師安置の所であると述べている。以上は、台密事相の書『阿娑縛抄』に記されている。以上、二例は、台密にあらわれた事例である。

妙見菩薩が眼疾に効ありとするのは、尊星王が、観音の母で、妙見観音といい、また、観音を名づけて妙眼とすることから起こったものか、また、『全集』がいうように、「眼精特に清潔にして善く物を見給ふ」（『印融鈔』）とあるところから起こったものであるか、明確ではない。

本話における行幸が、果たしてどの天皇によるものか不明という他はないが、自らの出世のみを願った別当の浅慮によって、由緒ある霊巌寺が荒廃に帰したとすることは、顕密諸宗の滅びゆく姿を浮き彫りにしているように思われる。信仰を失った教団の衰退は、さまざまの角度から描かれているが、本話もそのような典型を捉えてあますところがない。

なお、平安時代朝廷の年中行事の儀式作法を記した『小野宮年中行事』によれば、陰暦三月三日および九月三日に、天皇が北斗星に灯火を献ずる御灯《ごとう》は、霊巌寺で行なわれたことが記されているが、これも、荒廃以前の姿をとどめるものであろう。

ちなみに、妙見菩薩は、道教の鎮宅霊符神、また、昊天上帝・馬歩神と混交習合して一族の守護神（軍神）としてまつられ、馬の神としても尊崇され、地方武士の信仰を集めるようになった。さらに後世、海上安全神、五穀豊穣神、商業神、安産の神、子孫繁栄、良縁恵与の神など、さまざまの現世利益と結びついて広く信仰を得た。また、「妙見」が、「麗妙なる容姿」と解され、歌舞伎役者・花街の女性の尊信を得る一方、檀林の守護神から転じて受験の神ともなった。とくに、日蓮宗の寺院に多く祭られ庶民信仰として知られるにいたったのである。

『今昔』の説話理解にあたっては、その周辺的意味を明らかにすることが重要であると思われる。説話自身、人間の広がりのなかに生成され、また、伝承されて限りない広がりを持つものであり、また、一つの説話が価値の多様さを有するからである。単一よりも多様にひかれる魅力こそ、説話のなにものにもかえがたい魅力ではあるまいか。『今昔』は、多発性の時代の産物であった。

十四 仏教裏面史

巻三十一・第二十三話の「多武峰、比叡山の末寺となる語《こと》」と、第二十四話の「祇園、比叡山の末寺となる語」とは、ともに、天台の立場から記述された説話であるが、ここに大きく僧兵の姿がクローズアップされているのが特色である。

大寺院の下層階級であり、諸雑事にたずさわった堂衆は、私度僧であり、度牒を得た正式の学侶、ないし、貴族出身のエリートから見れば、まことに名もなき存在であった。しかし、寺院経営、寺院管理のなかで、堂衆の力なくしては、きらびやかな法会も、また、寺院生活も、すべてなし得なかったのである。何千、何百という巨大な宗教集団においては、衣・食・住にかかわる経済機構とその運営には、多大な労力を必要とするのは言うまでもない。

平安時代の中・末期にかけて、教団内部にも、数々の律令体制の崩壊が見られた。表面は、とりすました聖職者たちも、この大きな胎動にむかっては、なにごともなし得なかったのである。

このような状況の中で、堂衆は、しだいに力を高めていった。それは、一に、寺院経済の実務を担当し、行政の現場にあったからに他ならない。

旧体制のなかに、かろうじて力を誇示した強訴も、彼らの力なくしては何の効果も発揮し得なかったのである。また、教団内部における力関係——大衆によるつきあげと、集団交渉など、その集団性をもって、教団の新しい力となっていったのである。

堂衆は、多く地方出身のものであったが、やはり、地方豪族を基盤としていたものであろう。武士が、ようやく貴族体制をゆさぶる新興勢力となって歴史の前面に進出したのと軌を一にすることは、まことに興味深いものがある。

『梁塵秘抄』の歌謡に、

　娑婆にゆゆしく憎きもの　法師の焦る上馬《あがりうま》に乗りて　風吹けば口開きて（後略）（三八四）

とあり、そのさっそうとしたさまがうかがわれる。「風吹けば口開きて」というのは、その疾走する勢いを言ったものである。「ゆゆしく憎きもの」とは言っているが、ここは、その姿に圧倒されて、あざやかなものに心引かれる心情と見たい。

さて、このような堂衆を中核として、荘園などから徴集された武装集団は、いわゆる僧兵と呼ばれ、自衛権の行使とともに、朝廷をはじめ外部権力に対する主張貫徹のための尖兵となって活躍した。南都北嶺をはじめ、大寺院は、偉大な宗教集団であるとともに、政治集団であり、経済集団であったという点を無視すべきではない。そして、中央に対する巨大な圧力団体として存在したのであった。

この二話に登場する興福寺について言えば、別当の下に権別当・五師・三綱の寺務組織があり、その下に、学侶・六方および堂衆の三千大衆（講衆）が統括されていたのである。

この六方というのは、六方衆徒（八方衆徒ともいう）のことで、これまた互いに勢威を張り合っていた。『大乗院寺社雑事記』には次のようにある。

戌亥方分――安住寺、高雄寺、慈恩寺、当麻寺、仙間寺、伏見寺、高天寺、牟尼谷。
丑寅方分――長岡寺、富貴寺、興善寺《香具山》、鶴林寺《鬼取》、金勝寺、千光寺、信貴山。
辰巳方分――明王寺、慈明寺。
菩提院方分――宝生寺《宇多五寺》、極楽寺、永福寺《阿曾谷》、雪別所、西小田原、東小田原《随願寺》、
成身院《中川》、岩船、忍辱山、海住山、安養寺《片岡》、観音寺、鹿山、灌頂寺《宇多福西》。
龍花院方分――菩提山、龍福寺《桃尾》、円楽寺《萱尾》、平等寺《三輪》、長谷寺、南法華寺《壺坂》、法興
寺《中山》、渋谷、霊山寺《鳥見》、金峰山。
未申方分（未詳）

この六方に、北と南の衆を加えて八方といういわれる。奈良法師といわれたのは、これらの集合体であり、その勢力は並々ならぬものがあった。興福寺の末寺であった祇園が、山門側慈恵座主の強引な政策によって、延暦寺の支配となったいぎさつを記した第二十四話は、まことに興味ある仏教史の一コマである。

だいたい、叡山と南都との争いは、もっとも古くして、また新しいものであった。もちろん、一乗対三乗、大戒対小戒という、いわば、仏教学の基本的認識に関する論争とはいえ、これに、さまざまな政治的要素がからんだ宗教戦争としての性格を有し、きわめて感情的にならざるを得なかったのである。現代にいたっても、タテマエとしては、南都は、天台の立場を認めてはいない。しかしながら、この対立は、実りなき対立論争に終始したのであった。

したがって、京都における興福寺末の清水寺・祇園は、対抗の前線基地として、常に一触即発の状況下におかれていたのである。もとはといえば、紅葉の枝を一本折らせてほしいという風雅から発したものだが、当時、並ぶもののない法王慈恵の関与するところとなり、祇園の神人（これもまた、祇園の実力派集団）を強要して、延暦寺に所属するという申請書に連判させたのである。

さて、ここに登場した慈恵がまた、たいへんな大物の座主であった。第十八世座主良源は、再度の火災で荒廃した比叡山を再興し、六月四日の伝教大師の忌日に行なう法華大会——広学竪義——を創始し、法華円教の復興に力をつくし、学府としての叡山の最盛期をもつくりあげた。また、「二十六箇条起請」を定めて一山の綱紀を正し、厚葬を排して質素を尚ぶべきことを遺言した。門下に、源信・覚運・尋禅・禅瑜・増賀・性空など、一代の高僧を輩出した。

そのためか、後世、いろいろな伝説をもっていろどられ、今は、天海（慈眼大師）と並んで両大師として尊崇されている。

その豪放な風貌は、魔除けの護符として描かれ、これは角《つの》大師・豆大師といわれた。またその遺徳と相まって、叡山の堂衆が強訴に際してその像万体を摺写して訴えることが行なわれた。のちのことであるが、『慈恵大師和讃』に、

魔海ノ障礙ヲ祈ニハ
降魔ノ勝利新タナリ
一山三塔ノミナラズ
洛中洛外辺土マデ
面面影ヲ写シテゾ
門門毎ニ安置セリ

とあることが、よく、慈恵信仰を物語っているように思われる。すでに、『元亨釈書』には、源が道貌は雄毅なり。自ら鏡を把つて写照して曰く、「我が像を置かん所必ず邪魅を辟け

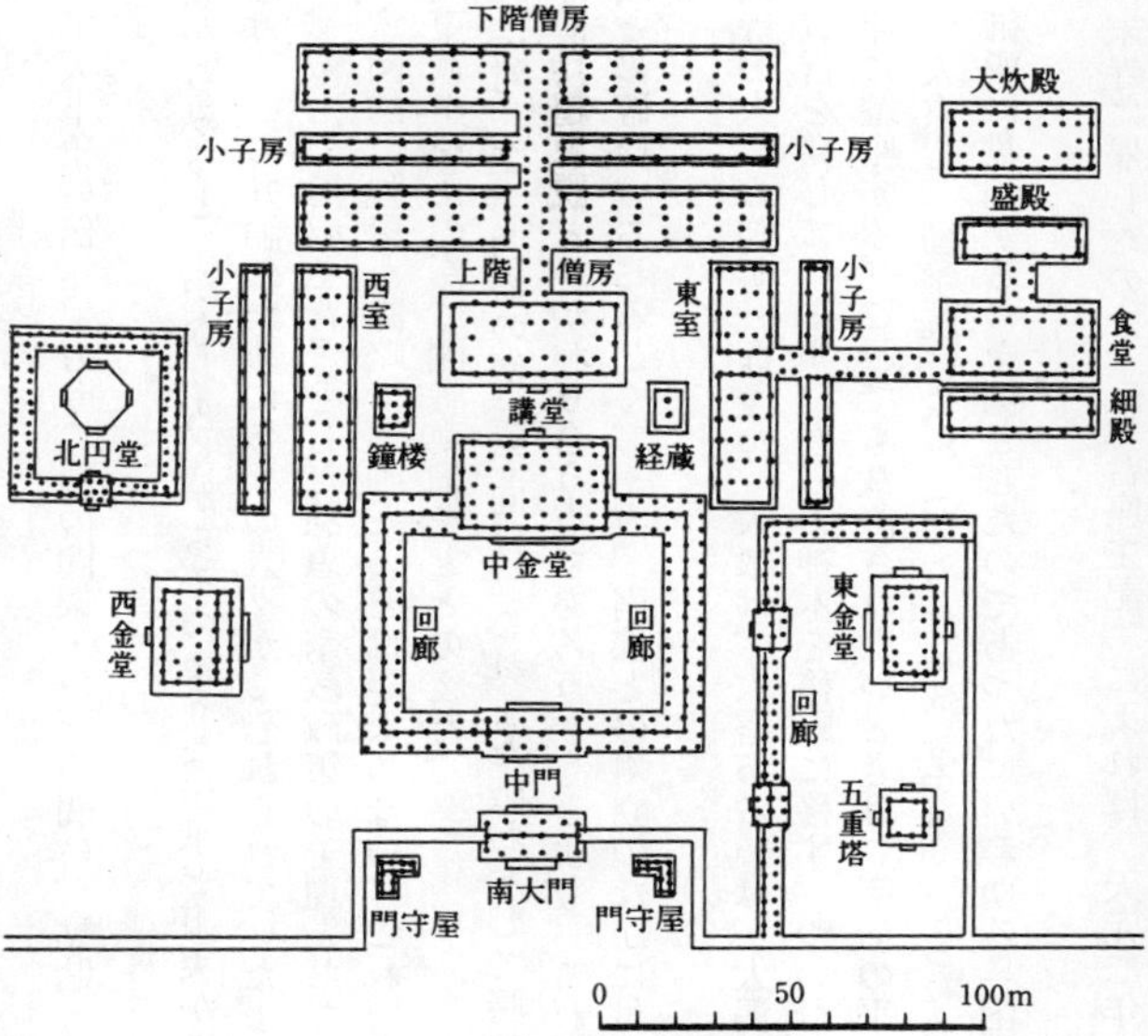

下階僧房
大炊殿
小子房
小子房
盛殿
小子房
西室
上階
僧房
東室
小子房
食堂
北円堂
鐘楼
講堂
経蔵
細殿
中金堂
西金堂
回廊
回廊
東金堂
回廊
中門
五重塔
南大門
門守屋
門守屋
0
50
100m

興福寺伽藍配置図

ん」と。

茲より模印して天下争い伝へ、方今人屋の間架・戸扉の間に、黏貼すること殆ど偏し。

と記している点からみると、かなり古くからそのような伝承と事実があったように思われる。また、良源は、その弁論のために多くの人々から恐れられていたようである。

祇園の事件は、叡山の勢威を背景とした慈恵の宗教政策の一環としてなされたものであろうが、かなり、意図的で強引な謀略であったことはいなめない。これを受けて立った祇園側も、名だたる関東武士をたのんで開戦準備をととのえた。

座主は、これに対して、西塔の僧兵を向け、これまた戦わずして勝利を収めた。この辺が、やはり良源僧兵起源説とかかわり合う点であろう。もとより、これは俗説であるが、当時、三井と山門との確執いちじるしく、一方、南都との対立のなかに付会せられた説にちがいあるまい。

事態は、山階寺の大衆の強訴となった。大衆は、大塔あるいは、大湯屋に参集し、南大門前に集会して、宣言を発して、まず、春日の神木を移殿に移す。ついで、神木を金堂前に移し、さらに、木津に遷座する。これでも裁許されないときは、宇治の平等院に移し、機を見て、神木を奉じて入京し、勧学院に入れ（のち、法成寺金堂、さらに長講堂にかわった）、機をうかがって御所に殺到するのを例としたのであった。いわゆる「山階道理」のおとおりである。

祇園が天台の末寺に帰したのは、『天台座主記』によれば、天元二年（九七九）三月二十六日の宣下によると記されているので、この前後にわたって、再三の訴えがあったものと思われるが、永観三年（九八五）良源は没している。

さて、ここで登場するのが中算である。中算は、このたびの最高責任者として上京してきているのである。すでに、巻二十八の第八話に登場した中算は、すぐれた学僧でまことに機知にとんだ人であったとほめたたえられている。論議にすぐれたが、生涯僧官を受けず、ことあるごとに人にゆずったという。そして、寺内松室にこもった。応和三年（九六三）八月二十一日から二十五日に至る五日間、南都北嶺の学僧各十人を選び、清涼殿において法華経を講ぜしめた。この折り、良源は、南都を論破し、また、中算は、北嶺を論破し、南都北嶺、それぞれに勝ちを伝えている。これを応和の宗論というが、以後、法相宗は、南都六宗の長となった。安和二年（九六九）、熊野山の那智の滝の下で『般若心経』を講じたところ、たちまち千手千眼の像を現じた。講じ終わって中算は、巌上に上ったが、これから姿をかくしたと伝える。ちなみに『元亨釈書』に、良源伝につづいて中算伝が記されているのは偶然の一致であろう。

『今昔』では、中算が、慈恵僧正の霊と会う構成になっているが、中算は、すでに、貞元元年（九七六）に没しており、『今昔』は、虚構の世界をつくりあげたのである。

しかし、慈恵の執念は、中算に通じ、彼は裁決の場に出ることなく、ついに祇園は、叡山の末寺に帰してしまったというのである。慈恵のなしたことは、まさしく不法行為にちがいない。すべて、争いにおいて、われの喜びは、かれの悲しみとなる。この話は、どうも、天台側からの要請にこたえたところがあったと思われる。中算への讃嘆の声も、祇園を支配下におさめた叡山側のささやかなサービスであったかも知れない。

　慈恵僧正の霊への畏怖はここに生まれた。宗論は、怨念をもたらすが、その解決篇として形成された説話であったのではないかとも考えられる。霊は、霊の指示を信ずることによって鎮められるのである。霊の感応は、原初的な呪術でもあった。『梁塵秘抄』に、

　大師の住所はどこどこぞ　伝教慈覚は比叡の山　横川の御廟とか　智証大師は三井寺にな　弘法大師は高野の御山にまだおはします（二九五）

とする大師讃歌がある。このなかの「横川の御廟とか」は、上に「慈恵は」が脱落したものと考えられる。慈恵は、世に、御廟大師・降魔大師と称せられており、天台の伝教・慈覚・智証と並んで尊崇されたことがわかる。

　慈恵の霊と中算との対面は事実としてはあり得ないことながら、やはり、全体としては興味尽きせぬ裏面史となっている。特に、本末関係というのは、単に面子のみでなく、実質的な勢力関係、ないしは、その基盤をなす土地所有、ないしは、財政問題とかかわるために、また、一段と大きな意味を持ってくるのである。

　このような本末関係の争いは、宗教教団内部において常に絶えることはなかった。ましてや、由緒寺院、また、肉山《にくさん》のごとく、庶民信仰に直接つながり、財政豊かな大寺院の去就は、宗教界にとっては、もっとも関心度の高いニュースとなり得るのである。

　巻三十一第二十三話も、多武峰が叡山の末寺となるに至ったいきさつを中心とした〝多武

峰仮名縁起〟というべきものであるが、史実的には、尊睿律師によって多武峰が延暦寺末になったとすることはあやまりであるものの、ここに記されている尊睿伝は、まことに興味深いものがある。やはり、人間的なふくらみをもった僧伝は、より豊かな人間像をもってせまってくる。

多武峰は、鎌足の廟であるから、興福寺の支配下にあったのは当然であり、藤原氏隆盛に伴う興福寺の勢威がふるうにつれて、また、寺塔を整備し、寺域は広大なものとなっていった。

しかし、いつのころか、藤原氏と叡山が親密化するにつれて、多武峰にも、ようやく天台僧の入寺が目立つようになった。

昌泰三年（九〇〇）延暦寺の玄鑑が来て法華三昧を修し、その資、実性は、天暦元年（九四七）第八代の座主職となり、ここに興福寺支配を脱して、叡山無動寺別院となったのであった。恐らく、このあたりも、本話における尊睿と第二十七世座主慶命への展開につながるであろう。

天暦二年（九四八）十月、実性は、聖霊院において法華八講を修し、以後恒例となった。同四年（九五〇）実性は勅を奉じて金堂に法華三昧を修し、さらに、八年（九五四）正月には、仁王会を修し、以後、この会をへて僧官に任ずることとし、六月には、年分度者を賜わり、山上の隆盛期をむかえるに至った。つづいて、如覚が入って堂行三昧を修し、さらに名利を捨てた一代の聖僧増賀が入山。不断念仏も行なわれ、台密もさかんとなった。

しかし、このような事実を、道心者尊睿のこととして文学的創造をした背景には、以上のような天台の行儀がようやく隆盛となった事実があろうし、また、尊睿を道心者として讃嘆しているところを見ると増賀との混交もあったように思われる。尊睿を「多武峰の本願」とすることも虚構であるが、「山階寺が先に申請していたらその末寺になっていたろう」とするのも、叡山の立場を決定づけるための言いのがれに過ぎないであろう。すでに、興福寺が藤原氏一門の菩提所として定められた不比等の時代、春日・大原野・吉田などと並んですでにその管轄下にあったことは明白である。事実は、有力な天台僧が入山して、摂関家の後援を得、しだいに宗教支配権を拡大していったものであろう。

しかし、本話に興福寺大衆の訴訟が記されているのは興味深く思われる。多武峰と興福寺との争いは、その後もとめどなくつづいた。

永保元年（一〇八一）のこと、些細なことから、多武峰・興福寺下僧の衝突がおこり、興福寺の大衆は、多武峰をおそって、山下の民家三百余戸を焼いたのであった。多武峰側は、大織冠の像を背負って逃げた。この事件によって興福寺別当公範は罷免された。多武峰の衆徒三百人（一説に五、六百人）は、入京し、そのため関白師実は使いを出し、大織冠像は、もとに復したという。

さらに、争いはつづく。

○応徳二年（一〇八五）興福寺大衆、多武峰の民家を焼く。

○天仁二年（一一〇九）興福寺大衆、多武峰の堂塔伽藍を焼く。

いずれも、延暦寺末となったことへの異常な反撃の執念のなせるわざである。

尊睿伝に仮託された、多武峰と興福寺との確執は、距離的に近いが故にまた凄絶であった。叡山と興福寺は、直接ぶつかり合うことはなかったが、このような末寺支配をめぐって争乱を引きおこした。聖なる争乱であるが故に、また、その源も遠く、果てしなく泥沼化して終わるところを知らない。

かつて、ルターは、正義を確立するための戦争を医師の施療にたとえて、医師による重病人のための四肢切断が善であるのと同じく、戦争もまた、神に属する愛の行為であると述べたが、宗教戦争は聖なる戦いであるが故に、怨念も深い。とくに異端への憎しみはまたすさまじいものがある。

興福寺からすれば、延暦寺は異端であり、延暦寺からすれば、寺門園城寺は、異端である。ところで、この興福寺が、また、園城寺と同心するのも興味あふれる事実である。〝近親憎悪〟は、感情的なものに帰せられる点が多いが、異端を生み出す思想は、常に新しくみずみずしかったことを忘れてはならぬ。

いうなれば、新しい宗教の創造は、異端の上に成ったのである。

後のことであるが、奈良法師の一面について、山門の沙弥であった兼好は『徒然草』でつぎのように記している。酒をしたたかあおった下部《しもべ》を供にした京の遁世僧具覚房が出会った事件である。

木幡のほどにて、奈良法師の兵士あまた具してあひたるに、この男立ちむかひて、「日暮れにたる山中に、あやしきぞ、とまり候へ」と言ひて、太刀を引き抜きければ、人も皆、太刀抜き、矢はげなどしけるを、具覚房手をすりて、「うつし心なく酔ひたる者に候。ま

げて許し給はらん」と言ひければ、各嘲りて過ぎぬ。（第八十七段）

木幡は、奈良街道、酔っぱらった下部が、奈良法師に向かってけんかをふっかけたので、血の気にはやる法師らがきおい立った。それを見て、具覚房があやまりことなきを得たという話である。奈良法師の勢威は、この時代も絶えることはなかったのである。仏教裏面史は、無味乾燥なアカデミックな仏教史に、うるおいを与え、人々の心に花を咲かせる限りない読み物である。

十五　八幡異聞

巻三十一の第一話「東山科の藤尾寺の尼、八幡の新宮を遷し奉る語《こと》」は、石清水放生会異聞として興味が引かれる。『梁塵秘抄』の四句神歌―神分の冒頭に、「神の家の子公達は、八幡の若宮」をあげ、さらに、

八幡へ参らんと思へども　鴨川　桂川　いと速し　あな速しな　淀の渡りに舟浮けて迎へたまへ　大菩薩（二六一）

と歌われているとおり、この僧形八幡神は、もっとも当時代な神であり、かなりはやい時期から神仏習合した神であった。

当時、流行した猿楽芸かと考えられる歌謡にも、「天魔が八幡に申すこと」（『梁塵秘抄』

〈三三七〉という所作が歌われ、八幡信仰に伴う芸能として光彩を放っている。諸大寺の修正会・修二会に行なわれる「呪師作法」の芸能化したものかも知れない。

同じく、二句神歌―神社歌六十九首の冒頭を占めるのは、「石清水　五首」であり、上下の尊崇をあつめたことがわかる。

このような背景をもとに、各地に石清水の勧請が行なわれ、また、参詣の盛行をももたらしたのである。本話は、とくに放生会にまつわる異聞として、正史に書きとどめられない一事実を伝えたものとして価値があると思われる。

石清水放生会は、毎年旧八月十五日に行なわれる。古く宇佐から伝わった儀礼で、養老四年（七二〇）、宇佐大神を奉じて隼人征伐を行なった折り、多数の隼人を殺戮した、その滅罪のために修したといわれるもので、きわめて習合行事としての意味合いが強いものであった。放生会の名は、『最勝王経』流水品の「長者の子池に魚を放つ」の句から出たものと言われるが、もと、日本古来の習俗いけにえの仏教的解釈にほかならない。古来、神道の儀礼では、神前に魚鳥を供えるが、これは明らかに仏教の不殺生戒と矛盾する。また、庶民肉食の風を肯定するためにも放生の行事は必要不可欠なものであった。放生池に放すとはいっても、実は神聖な供物としてのいけにえであったとも言われる。儀礼は山下の頓宮で行なわれる。

八幡の密教化は、山城進出後は、とくにいちじるしいものがあり、放生会においても、神前に「最勝王経」を講じ、魚鳥に解穢真言の咒《じゅ》を誦し、放生池・放生川に入れるのである。

この放生会の創始は、貞観五年（八六三）、別当安宗の沙汰にさかのぼる（また貞観三年、あるいは十八年とも伝えられる）。つづいて、天暦二年（九四八）十月十四日、宣命使右中弁藤原朝綱をつかわし、ここに勅祭となった。

さらに、天延二年（九七四）八月十五日には、朝廷の諸節会に準じて、雅楽寮に命じて唐楽・高麗楽の舞人・楽人を召して舞楽を奏し、また、左右馬寮から御馬十列を奉納せしめた。延久二年（一〇七〇）には、神幸を行幸の儀に準じて行なうことになったのである。

さて、本話は、「天暦の御代」とあるから、九四七年〜九五七年の間のことで、ほぼ事実に一致している。一老尼が東山科に石清水八幡宮の新宮を勧請し、本宮の放生会に異なるところなく、音楽・舞楽による一大祭典を試みたというのである。これまた、何たる財力の持ち主か、この尼の出自は不明だが、案外、受領などを夫として持っていて、その遺産相続分があったのかも知れない。このような造寺造塔の類は、広く見られる信仰の形式的傾向である。音楽・舞楽とカラフルに着飾った僧侶の行道に極楽浄土を見る現世享楽的なものであった。したがって、この老尼の信仰も、決して修道的・ストイックなピューリタニズムではない。しかし、これもまた、当代仏教のおかれた一つの姿であった。

石清水の本地は、中殿八幡神は阿弥陀、西殿比売神は大勢至、東殿神功皇后は観世音の弥陀三尊である。浄土教盛行のなかで、また、尊信を得ることともなったわけである。

さて、新宮の放生会が盛大になると、祭日は同じであるから、舞人・楽人たちは報酬の多い新宮の方に殺到するのは言うまでもない。これを見た本宮側は、祭日を変えるように交渉するが、一向にらちがあかない。ついに、神人がおしかけて、新宮の神殿を破壊し、御神体を本宮に遷座して護国寺に安置したという。

どうも、内容からすると、この事件はすこし、時代が下るようにも思える。護国寺は神宮寺で、八幡宮と不二一体であった。

ここに登場するのが、石清水神人《じにん》である。石清水神人は、平安中期以後、石清水八幡宮に属した別名八幡神人、諸座神人ともいわれる俗人である。神社の田例、祭礼神事に奉仕した。本社所属の神人は、その役務によって、私市郷の御前払神人、淀のかいそえ・馬副・御鉾・御綱引神人、松井の御幡神人、下鳥羽の駒形神人、山崎の鏡澄神人、奥戸の火燈神人、下奈良の獅子神人、また、火長・駕輿丁・仕丁神人にわかれ、神事奉仕の代償として諸公事を免除されていた。中世にいたっては、それぞれの座による営業権を独占し活発な経済活動を展開した。

石清水八幡宮は、上に検校を奉じ、寺務責任者は別当であり、全国にまたがる巨大な社領を管轄し、その聖権は俗権をもかねて勢威ならぶものがなかった。別当の下に、権別当・修理別当・三綱・所司などがいた。

天永四年（一一一三）、絶え間ない興福寺と延暦寺の争いのなかで、興福寺側は、石清水八幡宮を味方に引き入れようとして、ともに大安寺行教の流れである旨を強調したが、石清水側は、大安寺は本宮にあらず、また、延暦寺は大安寺の末であり、何宗にも所属しない鎮護百王の霊社弥陀三尊の垂迹であるとして応じなかった。ここにまた、石清水の宗教的中立性とその権威のほどを見ることができる。石清水神人は、神社側の強訴に当っては、神輿を奉じて先に立つなど、また、春日神人と軌を一にするものであり、神宮内部の不満に際しても、巨大な抵抗を行なうなど、底辺的な力を持っていたのであった。下剋上は決して戦国乱世だけの産物ではなく、宗教的下剋上の世界は、すでに平安中期の胎動から、現実の力へと変化していったのである。

石清水の主な年中行事としては次のものがあげられる。

○修正会（元旦から七日まで）
○大師供（行教和尚忌―正月十八日）
○心経会（同十九日）
○比咩大神御国忌（同二十三日）
○仲哀天皇御国忌（二月六日）
○応神天皇御国忌（同十三日）
○修二月会（同晦日）
○彼岸会（春・秋）
○卒都婆会（三月晦日）
○神功皇后御国忌（四月十七日）
○弥勒講（七月七日）
○盂蘭盆会（同十五日）
○慈恩大師講（十一月十三日）
○天台大師供（同二十三日）
○仏名会（十二月八日）

いずれも追善的な色彩の濃い法会が多いなかで、玄奘の弟子で法相宗の祖とされる唐の窺基（慈恩大師）と、中国天台の開祖である天台大師智顗との忌日の法会が注目される。行教は別として、ともに、中国の祖師をあおいでいる点に、汎仏教的態度が見てとれる。もっとも、放生会は、天台大師の創始とも伝えられているから、その面からの影響であるかも知れない。平安時代中期には成立していたと考えられる『天台大師和讃』にも讃嘆されているのが注目される。

八幡異聞は、その後、本宮の放生会は、いよいよ盛大に、今に至るまで行なわれていると結ばれている。

十六　死への対面——臨終の思い

死は、人生のもっとも大きな主題である。したがって、古来、文学は死の諸相を語り死を描きつづけてきたが、なにごとも解決しなかった。また、今後も永遠に解決することはないであろう。死は崇高であるとともに、耐えがたい悲しみであり苦悩である。死の課題はつきることを知らない。

巻三十一の第二十八話「藤原惟規、越中国にして死ぬる語《こと》」は、きわめて意味の深い説話であろうと思う。

惟規は、紫式部の兄にあたる人、越後守為時の子で、寛弘四年（一〇〇七）、兵部丞に兼ねて蔵人となったが、この頃、相当の年配で、しかも、とくにこれといった才能もなかったといわれる。寛弘八年（一〇一一）頃、当時、六十五歳の老年であった父の越後守赴任の折り、致仕・叙爵して、父におくれて下ったが、道中病を得、重病となり、やっと到着したときには、はや危篤状態であった。

惟規は、情熱的な耽美的傾向をもつ歌人で、作品は、『後拾遺集』以下に十首入集している他、『藤原惟規集』がある。

さて、この話で重要なのは、その臨終の行儀であろう。

そこで、往生極楽を念ずることをすすめるために、臨終正念（臨終のとき雑念妄想をまじえることなく、一心不乱に阿弥陀仏を念ずること）をすすめるのである。『仏説阿弥陀経』に、「その人命終の時に臨んで、阿弥陀仏、諸仏の聖衆とともに現にその前にまします。その人終る時、心顚倒せず、即ち阿弥陀仏の極楽浄土に往生することを得」とあることにもとづく。ここで、善知識（浄土往生のために念仏をすすめる僧）が登場する。「智りあり」とは、学識豊かなという意味ではあるまい。やはり、宗教体験が深いということであろう。

ここで、誤解のないように言うと、浄土教では、まず、この現実の苦悩多い娑婆世界を厭《いと》い捨てて、極楽浄土に生まれ、ここで仏道修行を行ない、その結果として成仏することができると説く。往生してから仏道を修するのであるから、まず往生を願うのが先決であるとする。後世、真宗では、往生即成仏と説いて、阿弥陀仏の浄土に生まれると同時に成仏すると説くが、現在、一般にはどうもこの考え方と混線していることが多いようである。

この僧は、まず、命終を前にした息も絶え絶えの惟規の耳に口を寄せて、「地獄の苦しみは、今や目前にせまってきた。その苦しみは口には言いつくしがたい」と述べる。

これは、浄土を予想させる地獄の話であり、凄絶な地獄の諸相と、凄惨目をおおい耳をふさぐばかりの罪人の苦痛は、おのずから欣求浄土の思いを高めるのに十分である。源信の『往生要集』には、最初に「厭離穢土」「欣求浄土」の二章をかかげているのである。

僧が、死後四十九日、迷いの世界をひとりあゆむ霊魂身の旅の心細さ、人恋しさなど死後の世界を語るのに対して（浄土教には、中有の観念は存在しないという考えも強い）、惟規はその旅の途中、「嵐に散りまがう紅葉や、風になびく薄《すすき》の花などの下で鳴く松虫の声などは聞えないものか」とたずねる。僧は、自分の導きに従わぬ惟規に腹を立てたのだろう、その場を立ち去ったというのである。歌人惟規の現実への執着は、まことに風雅なものであった。「厭離穢土」ではなく、この現実世界の肯定は、詩人としての生き方につながっていたようだ。詩は、苦悩のうつし世に生きる生命のあかしでもあるのだ。

これに対して、この善知識は、まことに観念的思考にはまっており、まことに善知識ならざる善知識であった。しかし、ここに見られるのは、明らかに宗教の敗北の姿である。そして、惟規は都への慕情忘れがたいままに息を引きとったのである。

『今昔』の作者は、惟規を罪深いとして必ず悪道に落ちたであろうという気持ちで記述しており、悪における敗者復活の論理には、いまだ立ち至っていないことが注意される。悪人往生――悪人正機の立場に立てば、このような惟規こそがまず救済されるということになるのであるが、いまだ、時代をへだてることはるけき世界であった。

第七話の「右少弁師家朝臣、女に値いて死ぬる語《こと》」には、広く女人の信仰を得た『法華経』薬王菩薩本事品の、若《も》し女人有りて、この薬王菩薩本事品を聞きて能く受持せば、この女身を尽くして後に復《また》、受けざらん。若し如来の滅後、後の五百歳の中にて、若し女人有りて、この経典を聞きて、説《おしえ》の如く修行せば、ここにおいて命終して、即ち安楽世界の阿弥陀仏の、大菩薩に囲遶せらるる住処に往きて、蓮華の中の宝座の上に生れん。

の部分を引いているが、ここを典拠として、『梁塵秘抄』には、

女の殊に持《たも》たむは　薬王品に如《し》くはなし　如説修行　年経《ふ》れば　往生極楽疑はず（一五三）

とある。他、この女人往生を説く品は、釈教歌にも多く女性によまれ、きわめて人気の高かった章句である。

この話では、経を読んだにもかかわらず、男への恨み心を残して死んだのは罪深いとしている。これもまた、現世における愛する男性への執着である。

しかし、これも、第二十八話と同じく、信仰に徹しようとして徹しきれぬ、ナマの人間が率直に描かれていて、批評のいかんにかかわらず『今昔』の文学性を表明しているかに見える。こんなところにも、また、「本朝仏法部」とは違うあじわいがあるように思われる。

第三十話に出る女性も悲しく死の声を聞かねばならぬ一人であった。二、三人いた子ども

も消息不明、夫からも捨てられた老尼は、しかたなく兄のやっかいになったが、病を得て意識もはっきりしなくなると、兄からも見離され、ついに旧知をたよったが、ここでもことわられ、鳥部野に我とわが身を捨てることとなった。この女性は、歌人として知られたおくゆかしい女性で、死を前にしても、なおかつ優雅にふるまっていたが、せまりくる死の世界のなかに、ひっそりと塚のかげに身を横たえるのであった。生老病死は、世の常と言いながら、孤独な死は、またいたましい。

鳥部野は、冷えきった死の世界である。この世との境界は、六道の辻であり、第十九話の愛宕寺の鐘は、死のメロディーを奏でてやまないのであった。

十七　混交と融合

『今昔』における、仏法と世俗は、まさに混交ではなくて一大融合ということができる。「本朝世俗部」における仏教的説話ないし仏教説話は、「本朝世俗部」に入っていて初めて輝きを増すものといえよう。

すでに述べてきたように、一見、反仏教的行為も、じつは、人間実存の肯定であり、そこに積極的な生への讃美が見られ、人間へのたくましい凝視が見られる。戒律不在の仏教者が、自ら称して「出家」といい、在俗のものを「在家」といういつわりの論理は、ここには存在しない。

そして、また、人間物欲の世界は、かくすことなく、なまなましく語られる。ここには、いわゆるホンネが、なんの遠慮もなしに通用する世界がある。

巻三十一の第二十一話「能登国の鬼の寝屋の島の語《こと》」に登場するのは、これまた強欲な国司である。

登場する国司は藤原通宗、『後拾遺集』の撰者通俊の兄で、歌僧の阿闍梨伝燈大法師位隆源(『後拾遺集』の編纂に助力)は次子である。父も著名な歌人として歌壇に活躍した人であった。

通宗は、能登守在任中、同国気多宮社頭で延久四年(一〇七二)三月十九日、「気多宮歌合」を主催した。気多宮は、能登国の一の宮で、越中守大伴家持が社参の折り詠んだ歌が『万葉集』に見えるが、この歌合は社寺歌合で、中央歌人が地方に歌合を普及させようとした点で意義を認められている。

この通宗は、永保三年(一〇八三)三月二十日、若狭守の折り、「後三条院女四宮(篤子)侍所歌合」では判者をつとめている。通宗の死後、通宗の子たちが応徳三年(一〇八六)三月十九日、八条亭で、歌合を催した。これを、「若狭守通宗朝臣女子達《むすめたちの》歌合」といい、通俊が判者をつとめている。通宗の作品は、『後拾遺集』『金葉集』に五首入集しており、いずれも平淡な歌風であると評されている。

このような、当代の代表的文化人であった通宗であるが、任地能登では、その任期終了の年、輪島近くの光の浦の漁師どもが租税としてさし出す鮑の徴収について、強制的に多量の上納を命じたため、漁師どもは、耐えられず越後国に離散してしまったという話である。ふつうでも、四、五十人の漁師が一人一万もの鮑を奉っていたというからその量ははかり知れぬものがあった。本話は、通宗の強欲を非難することばで終わっている。いくら文化的環境と土壌にはぐくまれ、教養人であった通宗も、一度受領となると、〝詩人の生涯〟はどこへやら、がむしゃらな利益追求に走るのである。その歌合の業も歌人としての名声もこのような受領としての特権の上になされたものであった。ここに、一つの混交の世界が示されていることを知るのである。

巻三十は、和歌的古伝承をもって統一し、巻三十一は、伝説的伝承をもって統一したといわれるのは、たしかに、主題的融合が見られるからであろう。しかしながら、構成する個々の要素について検討すると、必ずしもぴったりとそのわくにはめられない説話も登場しているのであって、いわば、価値ある混交が見られる傾向も強い。

また、一話として構成・総合されてはいるものの、説話中における人間的矛盾は、すでに記したように、説話形成の契機ともなるものであって、ここにも混交が見られる。

つまり、このことは、異質なものの混入によって説話と説話との緊張感をもたらし、それがつねに外へ向かって発するファクターにエネルギーを注入し巨大な燃焼となっていることにもつながるであろう。説話は、元来、内部へ求心的に縮小するのではなく、外部へ拡大する性格を持っているが、それにしても、価値ある拡散を生み出すためには、それなりに内部の結晶構造のいかんによるのであって、単なる話のおもしろさによるのではない。いわば、人間的衝動に根ざした演戯といった、生きる魂の躍動にかかわっているかどうかといった点にあるのではあるまいか。思想のたしかさは、決して与えられるものではなく、生み出されなければならぬものなのだ。

巻三十一をしめる雑話の魅力も、未知への挑戦から発したものであろう。この情報量のすばらしさは、情報社会といわれる現代もおよばないであろう。『今昔』の情報収集力とその処理能力は、類を見ないものである。このなかから、偉大な混交と融合も生まれたのであり、素材の発見は、また、深い人間への洞察から生まれたのであったと考えられる。

西行は、清盛・頼朝・秀衡の間を行き来した情報伝達者であり、また情報収集者であった。兼好もまた、『徒然草』から察知できるように、膨大な情報量をもって、山門・東密・朝廷・幕府に近づき、また、彼らのために調法《ちょうほう》な存在となった。長明の『発心集』、平康頼の『宝物集』など仏教説話集編集のかげには、必ずしも隠者的静謐ばかりがあったとは考えられない。説話をとどけた代償は、そんなに廉価であったとは考えられないのである。

勧進聖も、また説話の運搬者であったのみならず、情報の収集者としての役割をはたしたことを知らねばならない。人は、意義ある仕事によって動くと同時に、金と物によって動くという基本を忘れた論議は説得力を持たないであろう。

混交と融合は、まさに時代の姿でもあり、生きる人間の姿でもあった。このことは、『今昔』全体の性格をも物語る。そして、それは、この文学の出発でもあり、結果でもあった。『今昔』は、古代のなかに生まれた〝光の春〟であり、とくに「本朝世俗部」には、悲しき無常感の克服があることを評価すべきであろう。

十八　仏教と文学

聖なる仏教文学の存在は、まことにかぐわしいものであるが、文学の仏教からの独立もまた、新しい自然と人間の発見をめざした人間の自律性の獲得であった。この意味で、『今昔』の「本朝世俗部」における仏教への対し方には、現世的論理を積極的に肯定したものが認められる。

しょせん、文学は現世的であり、仏教は少なからず末世的である。密教は多分に現実肯定主義であるが、やはり、神秘主義には、超自然的な呪法が含まれているのは当然のことである。

しかし、また、文学が、文学だけの自律的世界にとどまることはないと高橋和巳の言ったように、〝相依〟によって自律への道をあゆむのも事実であろう。

わが国の文学において、仏教と文学との交渉は『万葉集』以来、絶えず断ちきれない関係を持って展開してきた。とくに、平安朝から中世にいたっては、その往反の度合ははげしいものがある。聖なる仏教文学をのぞけば、仏教と文学とは、それぞれに融合することのない異次元の世界であるにもかかわらず、さまざまな混交がおこってくるのも、また、不思議ではない。絶えざる異教との戦いに終始したヨーロッパ、また、アジア地域とは異なって、宗教的にきわめて寛容な日本人の心情がその基盤にあるのか、また、宗教にとってもっとも基本的命題である戒律からの解放が文学との共存を許したのか、その理由はさまざまに考えられるであろう。

最澄は、二十歳頃「発願文」を書き記して、聖なる宣言を試みた。

悠悠かぎりない三界《このよ》はもっぱら苦しみばかりで、安らかなところは少しもない。みだれごたごたしている四生《われわれ》はただ患《うれい》ばかりで、楽しいことは少しもない。釈迦牟尼《むに》世尊の日の光は遠く三千年の雲にかくれ、弥勒《みろく》菩薩の月影はいまだこの世を照らさないので、今や三災の危地に近づき、五濁の深泥に沈んでいる。そればかりでなく、風のような人の生命《いのち》は永く保ちがたく、露のような人の身体ははかなく消えやすい。草ぶきの棲居には何の楽しみもないのに、老も少《わか》きも安住の感をいだいて、いたずらに白骨を散じさらし、墓穴は闇くせまいのに、貴きも賤しきも先を争うて魂魄を宿す。

と述べ、「愚の中のもっとも愚なるもの、狂の中のもっとも狂なるものであり、心のあれたつまらない人間、下劣な人間である最澄」は五ヵ条の誓願をおこしたとし、末尾は、自分は、「本来ありのままの四弘誓願に導かれ、修するところの功徳をあまねく法界にめぐらし、自らあまねく世の人びとの中にまじわりこの世を仏の国土に浄め、人びとをして善根を積ましめ、いつまでも、つねに世を救うべき仏の仕事をなしたいものである」と結んでいる(引用文は、勝又俊教訳『仏教文学集』――「古典日本文学全集」による)。

なんと、崇高にして清らかな青年最澄の宗教宣言ではないか。これは、当時の堕落した宗教界への訣別の書でもあった。

また、空海は、自らの出家発心の動機を、二十四歳の処女作『三教指帰《さんごうしいき》』のなかで、十八歳のとき大学に入り勉学に励んだが、その折り、一人の仏教僧侶が「虚空蔵求聞持法《こくうぞうぐもんじほう》」を教えてくれたとして、次のように述べている。

その経文の中には、「もし正しい方法によって、ここに示してある真言を一百万回となえると、あらゆる経典をすべて暗記することができる」と記してある。そこで私はこれは仏のお言葉であるからまちがいはないと信じ、木をこすって火を出すように少しのまも怠ることなく修行にはげんだ。すなわち、阿波の大滝山にのぼり、土佐の室戸崎で坐禅をした。はたして谷はこだまし、明星が姿をあらわし、奇蹟を示した。

それ以来、私は名誉や財産に対する欲望がなくなった。そして人里離れたところで大自然に接触する生活を朝な夕なに切望した。軽やかな衣、肥えた馬、速車、そういうぜいたくな暮らしを見ると、あれもはかなく消えてゆくと考えて哀れになった。（渡辺照宏訳――前掲書と同じ）

これもまた、不安と傷心・苦悩に生きた青年空海の聖なる生き方を求めるにいたった宣言の書であり、深い思想性にささえられた聖なる文学であるといってよい。これに対して、もう一つの極にあるのは、俗なる宣言である。これは、巻二十九の悪行譚を見れば十二分に事足りるであろう。

美女《びんでう》うち見れば　一本葛《ひともとかづら》にもなりなばやとぞ思ふ　本《もと》より末《すゑ》まで縒《よ》られればや　切るとも
刻むとも　離れがたきはわが宿世《すくせ》（三四二）

『梁塵秘抄』に見られるこの愛欲讃歌は、これまた、すばらしい人間謳歌である。ここには、もはや仏教の入りこむ余地はない。あるのは、人間謳歌のみである。

〝仏教と文学〟と言う考え方には、ある種の危険が伴う。仏教というと、とかく、教理・教義が先行しがちである。仏教と文学を、仏教学と文学と解するのではなく、仏教信仰と文学と解することが案外忘れられた視点であるように思われる。真実に文学とかかわり合うのは、内面的な、しかも、他から律することのできない信仰の自由の問題である。キリスト教的にいえば、福音を信ずる内的信仰による救済を説く福音主義ということになる。

信こそは、まことに人の善き伴侶《はんりよ》であり、この世の旅路の糧《かて》であり、この上ない富である。（『和英対照仏教聖典』「実践の道」パーリ、相応部1―4―6）

信こそもっとも意志自由の世界であり、仏とひとしい完全性を持つものである。『今昔』における信には、新しき近代の萌芽があるようにも思えるのである。

内裏略図

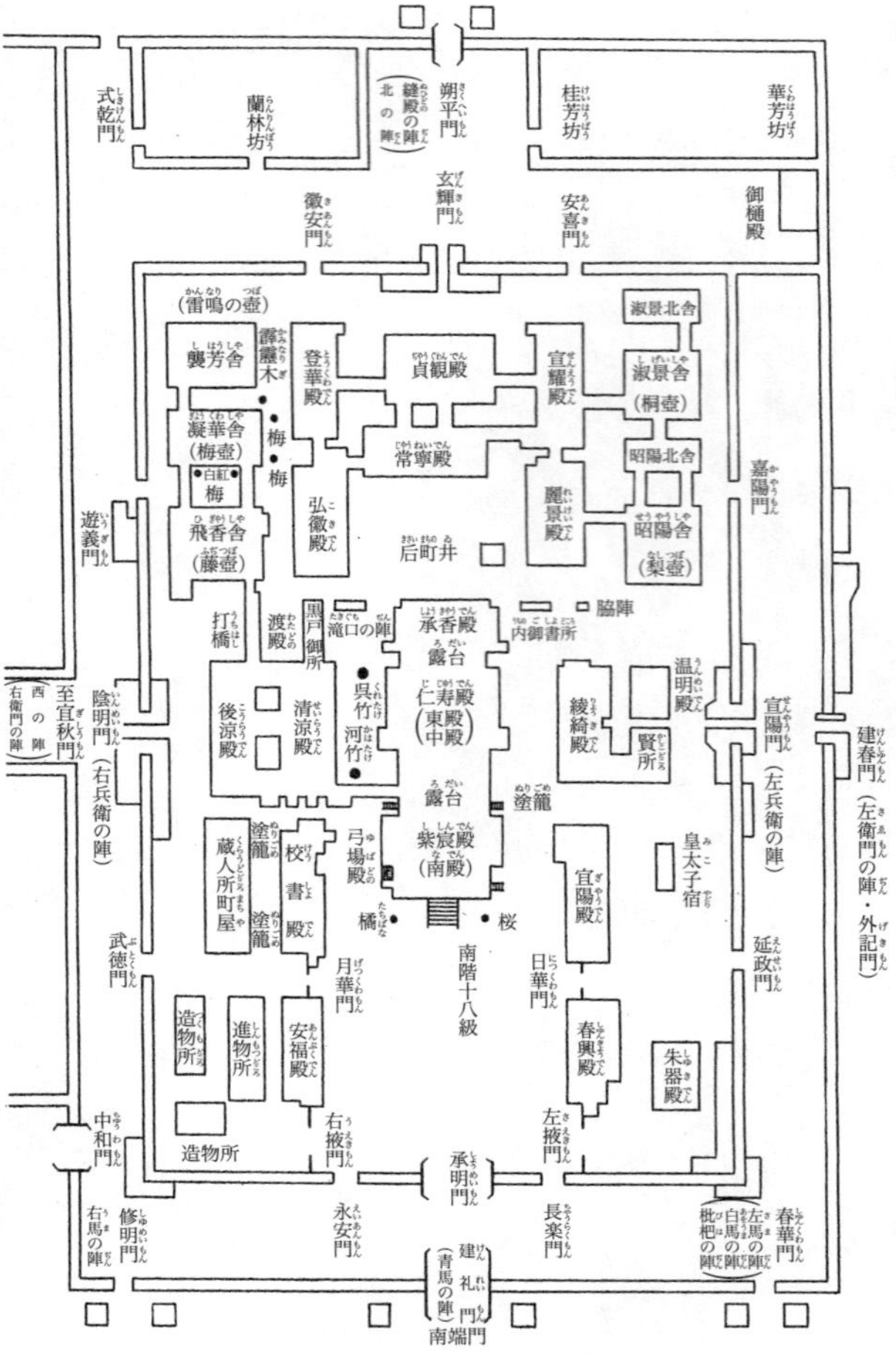

式乾門《しきけんもん》
蘭林坊《らんりんばう》
北の陣
縫殿の陣《ぬいどののぢん》
朔平門《さくへいもん》
桂芳坊《けいはうばう》
華芳坊《くわはうばう》
徽安門《きあんもん》
玄輝門《げんきもん》
安喜門《あんきもん》
御樋殿
(雷鳴の壺《かんなりのつぼ》)
淑景北舎
襲芳舎《しはうしや》
霹靂木《かみなりぎ》
登華殿《とうくわでん》
貞観殿《ぢやうぐわんでん》
宣耀殿《せんえうでん》
淑景舎《しげいしや》
(桐壺)
凝華舎《ぎやうくわしや》
(梅壺)
梅
梅
白紅
梅
常寧殿《じやうねいでん》
昭陽北舎
嘉陽門《かやうもん》
弘徽殿《こきでん》
麗景殿《れいけいでん》
遊義門《いうぎもん》
飛香舎《ひぎやうしや》
(藤壺《ふぢつぼ》)
后町井《きさいまちのゐ》
昭陽舎《せうやうしや》
(梨壺《なしつぼ》)
打橋《うちはし》
渡殿《わたどの》
黒戸御所
滝口の陣《たきぐちのぢん》
承香殿《しようきやうでん》
脇陣
内御書所《うちのごしよどころ》
露台《ろだい》
温明殿《うんめいでん》
西の陣
右衛門の陣
至宜秋門《ぎしうもん》
陰明門《いんめいもん》
(右兵衛の陣)
後涼殿《こうらうでん》
清涼殿《せいらうでん》
呉竹《くれたけ》
河竹《かはたけ》
仁寿殿《じじゆでん》
(東殿
中殿)
綾綺殿《りようきでん》
賢所《かしこどころ》
宣陽門《せんやうもん》
(左兵衛の陣)
建春門《けんしゆんもん》
(左衛門の陣・外記門)
露台《ろだい》
塗籠《ぬりごめ》
蔵人所町屋《くらうどどころまちや》
塗籠《ぬりごめ》
校書殿《けうしよでん》
塗籠《ぬりごめ》
弓場殿《ゆばどの》
紫宸殿《ししんでん》
(南殿《なでん》)
宜陽殿《ぎやうでん》
皇太子宿
橘《たちばな》
桜
南階十八級
武徳門《ぶとくもん》
月華門《げつくわもん》
日華門《につくわもん》
延政門《えんせいもん》
造物所
進物所《しんもつどころ》
安福殿《あんぷくでん》
春興殿《しゆんきやうでん》
朱器殿《しゆきでん》
中和門《ちうわもん》
造物所
右掖門《うえきもん》
承明門《しようめいもん》
左掖門《さえきもん》
右馬の陣
修明門《しゆめいもん》
永安門《えいあんもん》
長楽門《ちやうらくもん》
建礼門《けんれいもん》
(青馬の陣)
左馬の陣
白馬の陣
枇杷の陣
春華門《しゆんくわもん》
南端門

大内裏略図

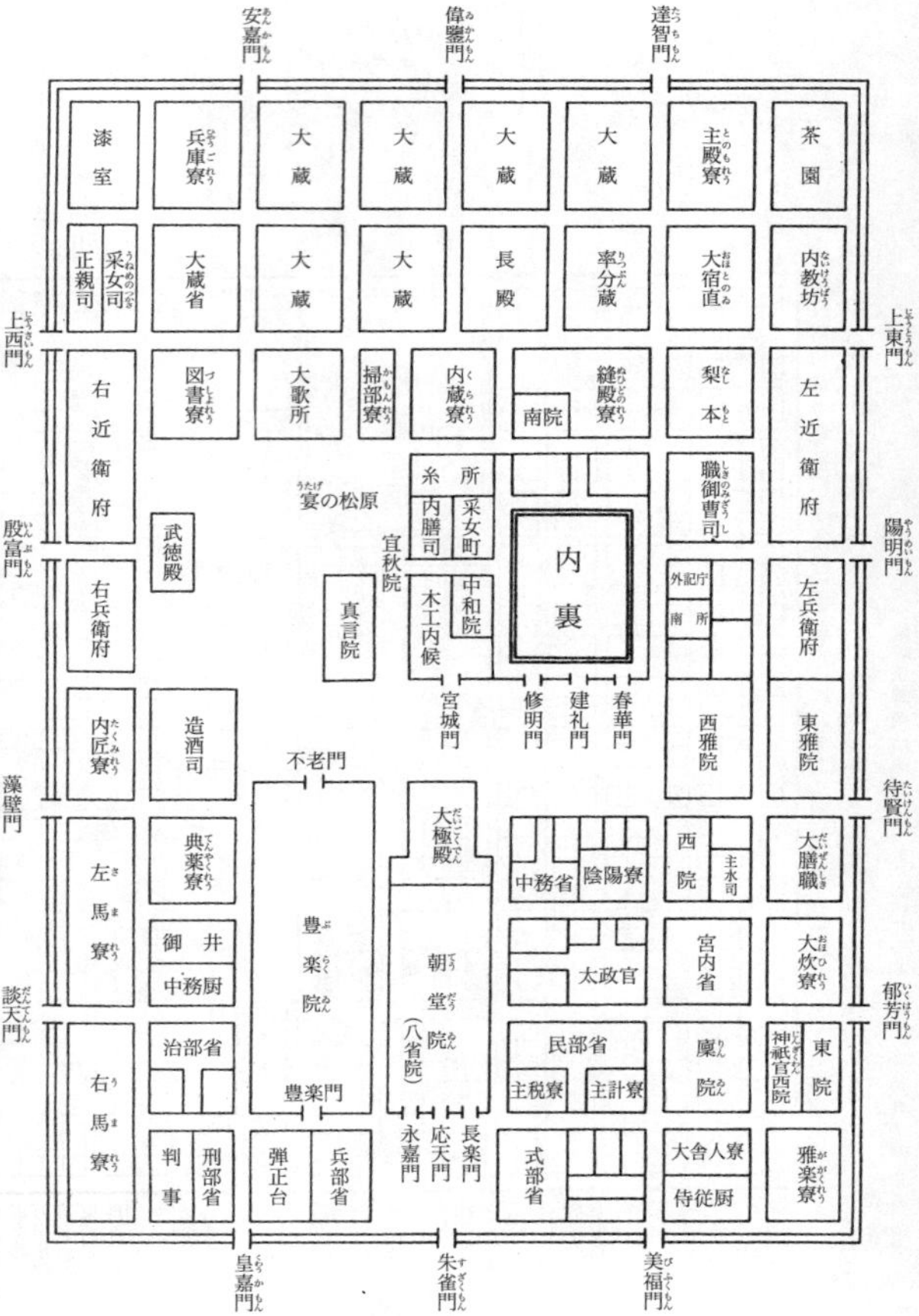

安嘉門《あんかもん》
偉鑒門《いかんもん》
達智門《たっちもん》
漆室
兵庫寮《ひょうごりょう》
大蔵
大蔵
大蔵
大蔵
主殿寮《とのもりょう》
茶園
正親司
采女司《うねめのつかさ》
大蔵省
大蔵
大蔵
長殿
率分蔵《りつぶんぐら》
大宿直《おおとのい》
内教坊《ないきょうぼう》
上西門《じょうさいもん》
上東門《じょうとうもん》
右近衛府
図書寮《ずしょりょう》
大歌所
掃部寮《かもんりょう》
内蔵寮《くらりょう》
南院
縫殿寮《ぬいどのりょう》
梨本《なしもと》
左近衛府
宴《うたげ》の松原
糸所
内膳司
采女町
職御曹司《しきのみぞうし》
殷富門《いんぷもん》
陽明門《ようめいもん》
武徳殿
宜秋院
右兵衛府
真言院
木工内候
中和院
内裏
外記庁
南所
左兵衛府
宮城門
修明門
建礼門
春華門
西雅院
東雅院
内匠寮《たくみりょう》
造酒司
藻壁門
不老門
待賢門《たいけんもん》
典薬寮《てんやくりょう》
左馬寮《さまりょう》
大極殿《だいごくでん》
中務省
陰陽寮
西院
主水司
大膳職《だいぜんしき》
御井
中務厨
豊楽院《ぶらくいん》
朝堂院《ちょうどういん》
（八省院）
太政官
宮内省
大炊寮《おおいりょう》
談天門《だんてんもん》
郁芳門《いくほうもん》
治部省
民部省
主税寮
主計寮
廩院《りんいん》
神祇官西院《じんぎかん》
東院
右馬寮《うまりょう》
豊楽門
永嘉門
応天門
長楽門
判事
刑部省
弾正台
兵部省
式部省
大舎人寮
侍従厨
雅楽寮《ががくりょう》
皇嘉門《こうかもん》
朱雀門《すざくもん》
美福門《びふくもん》

平安京図

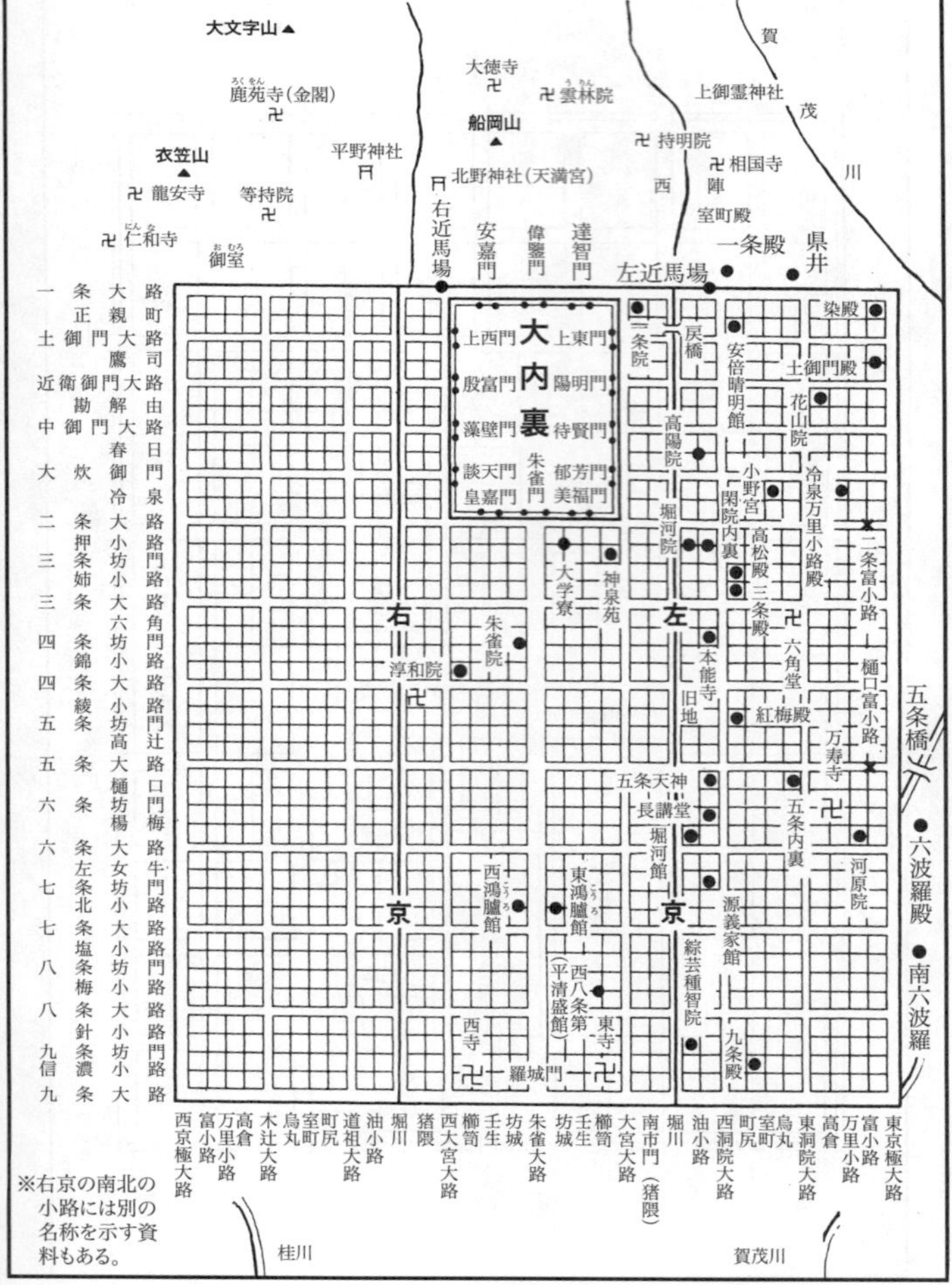

※右京の南北の小路には別の名称を示す資料もある。

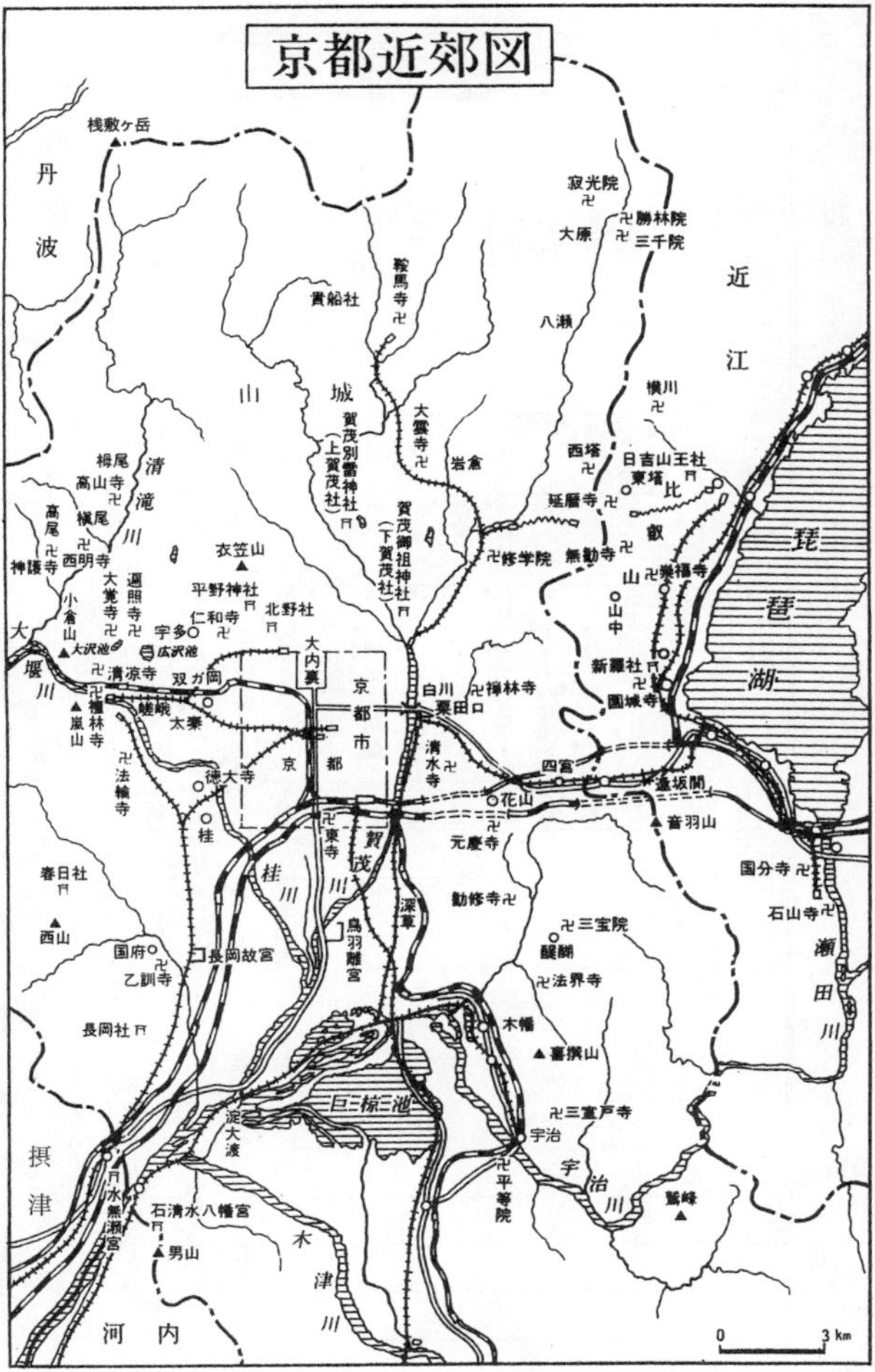
京都近郊図
桟敷ヶ岳
丹波
寂光院
勝林院
大原
三千院
近江
鞍馬寺
貴船社
八瀬
山
城
横川
賀茂別雷神社
（上賀茂社）
大雲寺
岩倉
西塔
日吉山王社
東塔
比叡山
槇尾
高山寺
清滝川
高尾
槇尾
西明寺
神護寺
延暦寺
衣笠山
修学院
無動寺
賀茂御祖神社
（下賀茂社）
楽福寺
琵琶湖
平野神社
北野社
遍照寺
大覚寺
小倉山
仁和寺
宇多
山中
大沢池
広沢池
大内裏
新羅社
園城寺
大堰川
清凉寺
双ガ岡
京都市
白川
禅林寺
粟田口
嵐山
檀林寺
嵯峨
太秦
清水寺
四宮
法輪寺
徳大寺
京都
花山
逢坂関
音羽山
桂
東寺
元慶寺
賀茂川
桂川
国分寺
春日社
深草
勧修寺
石山寺
西山
鳥羽離宮
三宝院
国府
長岡故宮
醍醐
瀬田川
乙訓寺
法界寺
長岡社
木幡
喜撰山
巨椋池
三室戸寺
淀
大渡
宇治
摂津
水無瀬宮
平等院
宇治川
石清水八幡宮
鷲峰
木津川
男山
河内
0
3 km

官位相当表

【注】本表は養老令にもとづくが、令外《りやうげ》の官には▲印を、のちに改廃されたものには●印を付した。各官庁の役人は四階級に分け（四等官）、用いる文字は異なるが、それぞれ、かみ（長官＝○印）、すけ（次官＝△印）、じょう（判官＝＊印）、さくゎん（主典＝×印）と読んだ。ＡＢＣ…は、官職の欄に示したＡＢＣ…の官職名が上につく。たとえば、Ａ大夫は、中宮大夫・春宮大夫・修理大夫のそれぞれの場合を表す。

官職	
官	神祇 太政
省	中務《なかつかさ》 式部《しきぶ》 治部《ぢぶ》 民部《みんぶ》 兵部《ひやうぶ》 刑部《ぎやうぶ》 大蔵《おほくら》 宮内《くない》 ▲●造宮《ざうぐう》 ▲●勅旨《ちよくし》 ▲●内竪《ないじゆ》
職・坊	中宮《ちゆうぐう》 春宮《とうぐう》 ▲修理《しゆり》 （以上Ａ） 大膳《だいぜん》 京《きやう》 ●摂津《せつつ》 （以上Ｂ）
寮	大舎人《おほとねり》 図書《づしよ》 大学 雅楽《うた》 玄蕃《げんば》 主計《かずへ》 主税《ちから》 木工《もく》 馬《め》 ●兵庫《ひやうご》 ▲内匠《うちのたくみ》 ▲●内厩《うちのうまや》 陰陽《おんやう》 大炊《おほひ》 主殿《とのも》 典薬 内蔵《くら》 縫殿 ●散位《さんゐ》 ▲斎宮
司	正親・●兵馬・●鍛冶・●造兵・●典鋳・●鼓吹《くすゐ》・●贓贖・●囚獄（以上Ａ） ●内薬・内膳・造酒《みき》・市・●画工・諸陵・掃部《かもん》・●官奴・●園池（以上Ｂ） ●内礼・●縫部・●漆部・●喪儀・●土工・●内兵庫・隼人・織部・●采女《うねめ》・●主船（以上Ｃ） ●内掃部・●主油・主水・●筥陶・●内染（以上Ｄ） ●主鷹・▲●斎院
監署	●舎人 ●主蔵 主膳 （監） ●主書 主殿 主工 主馬 ●主漿 ●主兵 （署）
台	弾正
衛府	衛門 ●衛士 兵衛 ▲近衛 ▲●中衛 ▲●外衛
大宰府《だざいふ》	
国	国 ▲陸奥《むつ》出羽《ではの》按察使《あぜち》
▲検非違使《けびゐし》庁	
▲蔵人所《くらうどどころ》	
▲勘解由使《かげゆし》	
後宮	

正一位	従一位	正二位	従二位	正三位	従三位	正四位上	正四位下	従四位上	従四位下	正五位上	正五位下	従五位上	従五位下
									伯○				大副△
太政大臣○		左大臣○	右大臣○ 内大臣▲	大納言△	中納言▲		参議▲	左大弁○ 右大弁○		左中弁△ 右中弁△	左少弁* 右少弁*		少納言○
						中務卿○	卿○			中務大輔△	大輔△ 大判事	中務少輔△	大監物○・侍従・少輔△
						皇太子傅			A大夫○	B大夫○			亮△ 皇太子学士
												頭○	
													頭○
													斎院長官○
								尹○			弼△		
				近衛大将○				中衛大将○ 外衛大将○	中衛中将△ 近衛中将△	衛門督○ 衛士督○ 外衛中将△	近衛少将△ 中衛少将△	兵衛督○ 外衛少将△	衛門佐△ 衛士佐△
					帥○					大弐△			少弐△
										按察使▲		大国守○	上国守○
								別当○				佐△	
		別当						頭				五位	
									長官○				次官△
				尚蔵	尚侍	尚膳	尚縫	典侍	典蔵			掌侍	典膳 典縫

	正六位上	正六位下	従六位上	従六位下	正七位上	正七位下	従七位上	従七位下
	少副△		大佑*	少佑*				
	大史×				少史× 大外記		少外記	
	大内記	大丞* 中判事	少丞* 中監物△	少判事 大主鑰	大録× 中内記	大主鈴 少監物*	判事大属× 刑部大解部	大典鑰、少主鑰
			A大進*	B大進* A少進*	B少進*	主醤● 主菓餅●	修理大属×	
		助△ 大学博士				大允*、助教、文章・明法・律学博士	少允、音・書・算博士	
			助△		大主鑰	医博士 陰陽博士 天文博士	允*、陰陽師 暦・呪禁博士	医師、漏刻・針博士
	AB正○ 内膳奉膳○*	C正○ 内薬侍医	D正○ 斎院次官△	主鷹正○			斎院判官*	AB佑* 内膳典膳*
			監正○	署首○				
	大忠*	少忠*			大疏×	巡察		
		兵衛佐△	近衛・中衛・外衛	将監* 衛門大尉* 衛士大尉*	衛門少尉* 衛士少尉*	近衛大尉*	兵衛少尉* 中衛将曹× 近衛将曹×	外衛将曹×
		大監*	少監*	大判事	大典*、防人正○、	少判事、大工 主神		博士 明法博士▲
		大国介△ 中国守○	上国介△	下国守○		大国大掾*	大国少掾* 上国掾*	
			大尉*		少尉*			
			六位					
				判官*				主典×
		尚書	尚殿	尚酒	尚蔵 尚兵	尚闈 尚掃 尚薬	尚水	

正八位上	正八位下	従八位上	従八位下	大初位上	大初位下	少初位上	少初位下
	大史×	少史×					
少×録、少内記、少主鈴、典履、典革	治部大解部 刑部中解部	判事少属× 少典鑰	少解部				
	大属×	少属×					
		大属×、馬医、雅楽諸師	少属×、算師				
少主鑰 呪禁・針・薬園師	按摩博士	按摩師	大属×	少属×			
C佑*	D佑*		斎院主典×	A大令史× B令史×、画師	A少令史× C令史×、 挑文師	D令史×、染師	主鷹令史
	監佑*				監令× 史	署令×	史
少疏×							
	×衛門・衛士大志、衛門・衛士医師	×衛門・衛士×少志、兵衛×大志、兵衛医師					
少典、防人佑*、少工、陰陽師・医師・算師、主船、主厨				判事大令史×	判事少令史× 防人令史×		
中国掾*		大国大目 大国少目×	上国目×		中国目×	下国目×	
典薬 典兵 典闈	典殿 典掃	典水 典酒					

皇室・源氏系図

数字は皇位継承の順。黒マルに白ヌキ数字は女帝。
※は養子・猶子。

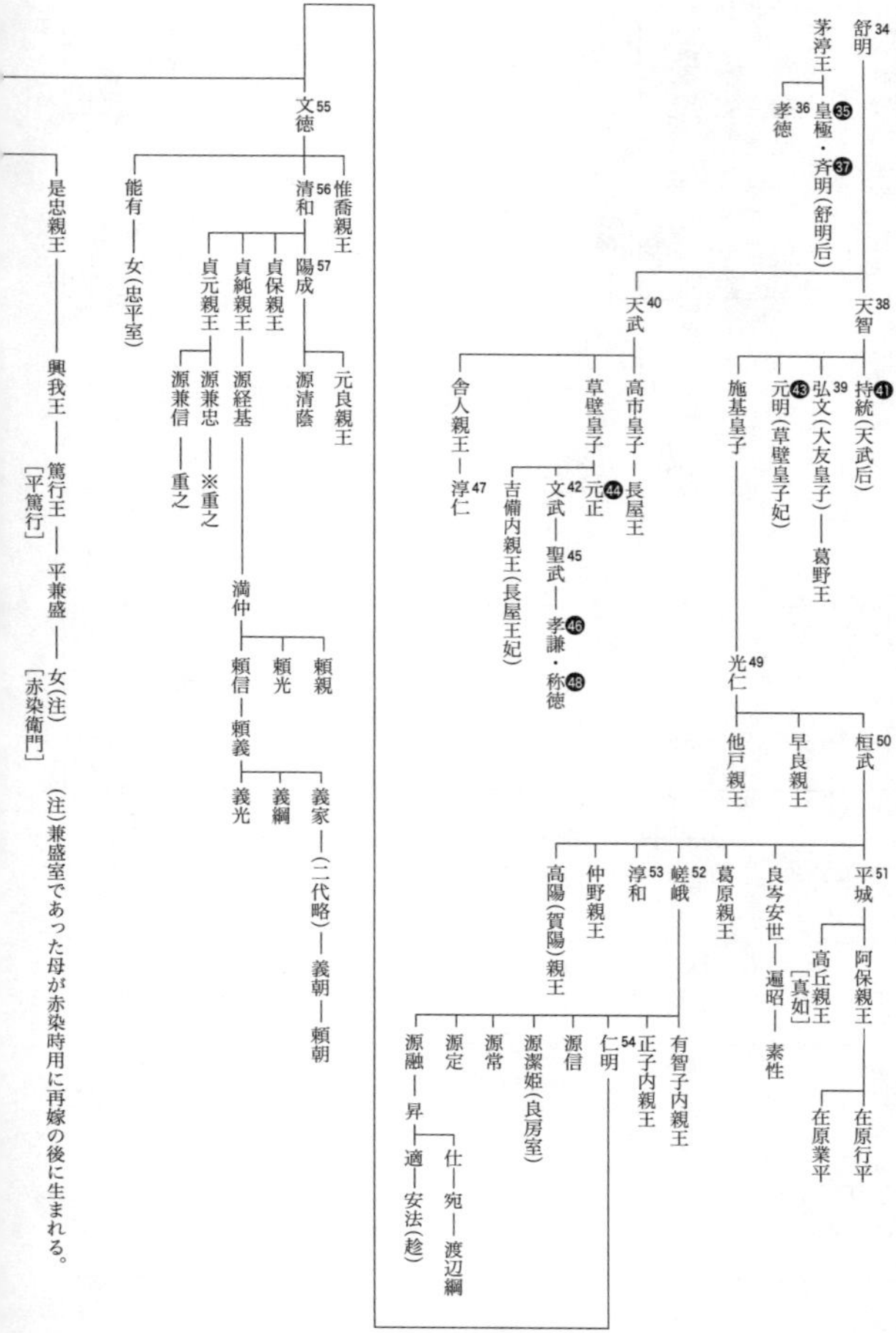

(注)兼盛室であった母が赤染時用に再嫁の後に生まれる。

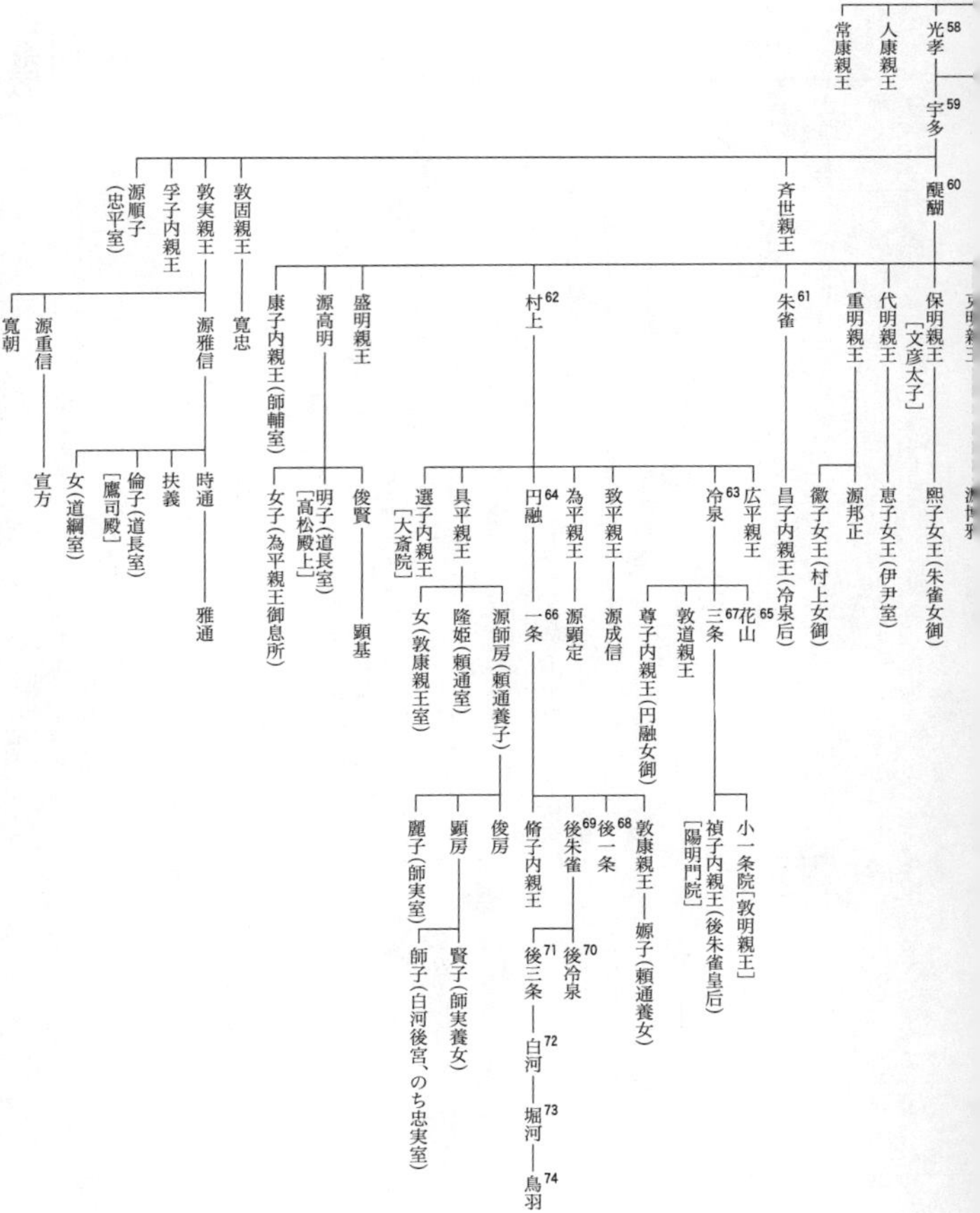

光孝58
人康親王
常康親王
宇多59
醍醐60
斉世親王
敦固親王
敦実親王
孚子内親王
源順子（忠平室）
保明親王［文彦太子］
代明親王
重明親王
朱雀61
村上62
盛明親王
源高明
康子内親王（師輔室）
寛忠
源雅信
源重信
寛朝
熙子女王（朱雀女御）
恵子女王（伊尹室）
源邦正
徽子女王（村上女御）
昌子内親王（冷泉后）
広平親王
冷泉63
致平親王
為平親王
円融64
具平親王
選子内親王［大斎院］
俊賢
明子（道長室）［高松殿上］
女子（為平親王御息所）
時通
扶義
倫子（道長室）［鷹司殿］
女（道綱室）
宣方
花山65
三条67
敦道親王
尊子内親王（円融女御）
源成信
源顕定
一条66
源師房（頼通養子）
隆姫（頼通室）
女（敦康親王室）
顕基
雅通
小一条院［敦明親王］
禎子内親王（後朱雀皇后）［陽明門院］
敦康親王
嫄子（頼通養女）
後一条68
後朱雀69
脩子内親王
俊房
顕房
麗子（師実室）
後冷泉70
後三条71
白河72
堀河73
鳥羽74
賢子（師実養女）
師子（白河後宮、のち忠実室）

藤原氏系図

※は養子・猶子。

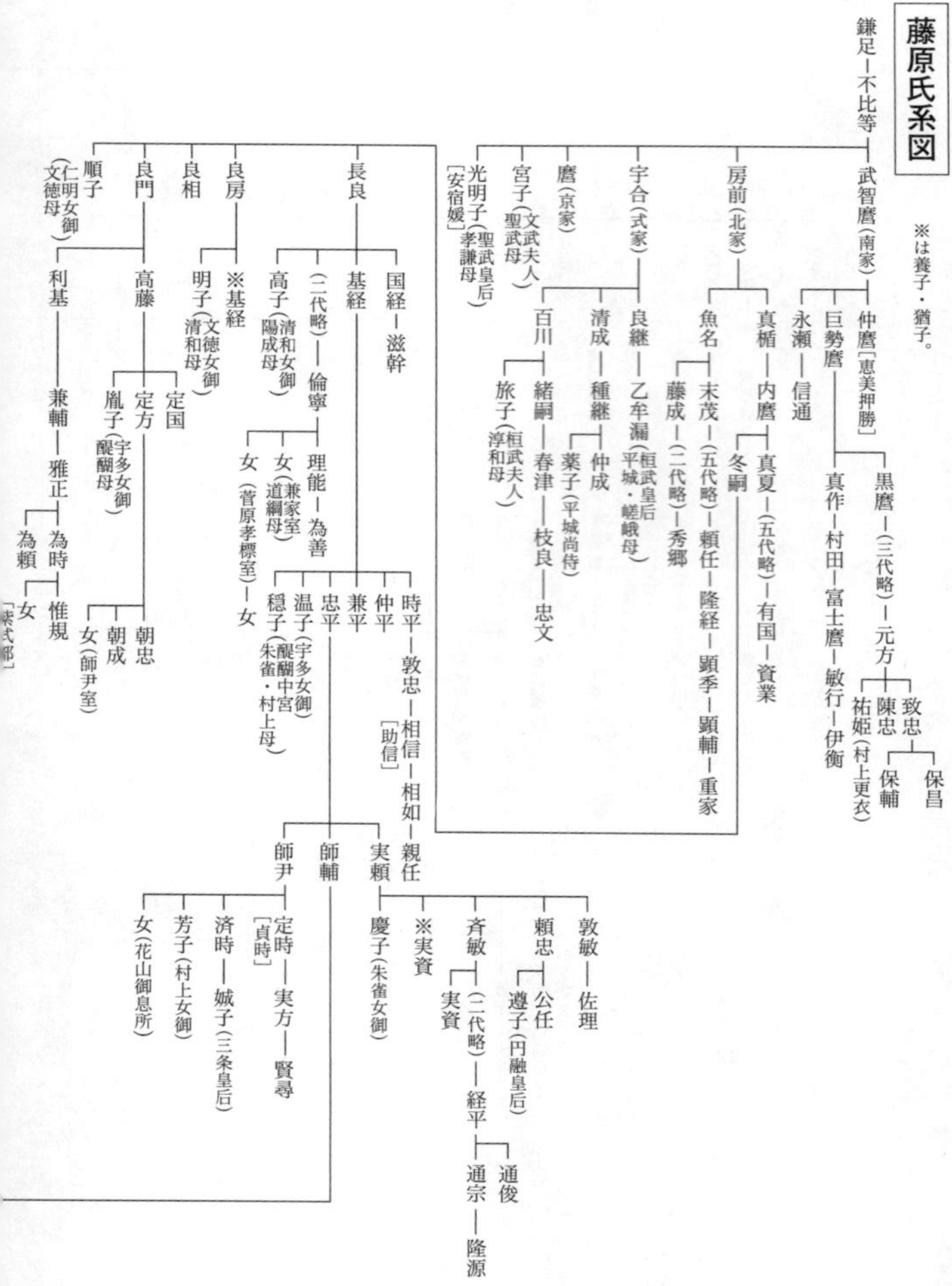
鎌足—不比等
武智麿（南家）
仲麿［恵美押勝］
黒麿—（三代略）—元方
致忠
保昌
保輔
陳忠
祐姫（村上更衣）
巨勢麿
真作—村田—富士麿—敏行—伊衡
永瀬—信通
房前（北家）
真楯—内麿—真夏—（五代略）—有国—資業
冬嗣
魚名—末茂—（五代略）—頼任—隆経—顕季—顕輔—重家
藤成—（二代略）—秀郷
宇合（式家）
良継—乙牟漏（桓武皇后 平城・嵯峨母）
清成—種継—仲成
薬子（平城尚侍）
百川—緒嗣—春津—枝良—忠文
旅子（桓武夫人 淳和母）
麿（京家）
宮子（文武夫人 聖武母）
光明子（聖武皇后 孝謙母）［安宿媛］
長良
国経—滋幹
基経
（二代略）—倫寧
理能—為善
女（兼家室 道綱母）
女（菅原孝標室）—女
高子（清和女御 陽成母）
良房
※基経
明子（文徳女御 清和母）
良相
良門
高藤
定国
定方
胤子（宇多女御 醍醐母）
朝忠
朝成
女（師尹室）
利基—兼輔—雅正
為時—惟規
女［紫式部］
為頼
順子（仁明女御 文徳母）
時平—敦忠—相信［助信］—相如—親任
仲平
兼平
忠平
温子（宇多女御）
穏子（醍醐中宮 朱雀・村上母）
実頼
敦敏—佐理
頼忠
公任
遵子（円融皇后）
斉敏—（二代略）—経平
通俊
通宗—隆源
実資
※実資
慶子（朱雀女御）
師輔
師尹
定時［貞時］—実方—賢尋
済時—娍子（三条皇后）
芳子（村上女御）
女（花山御息所）

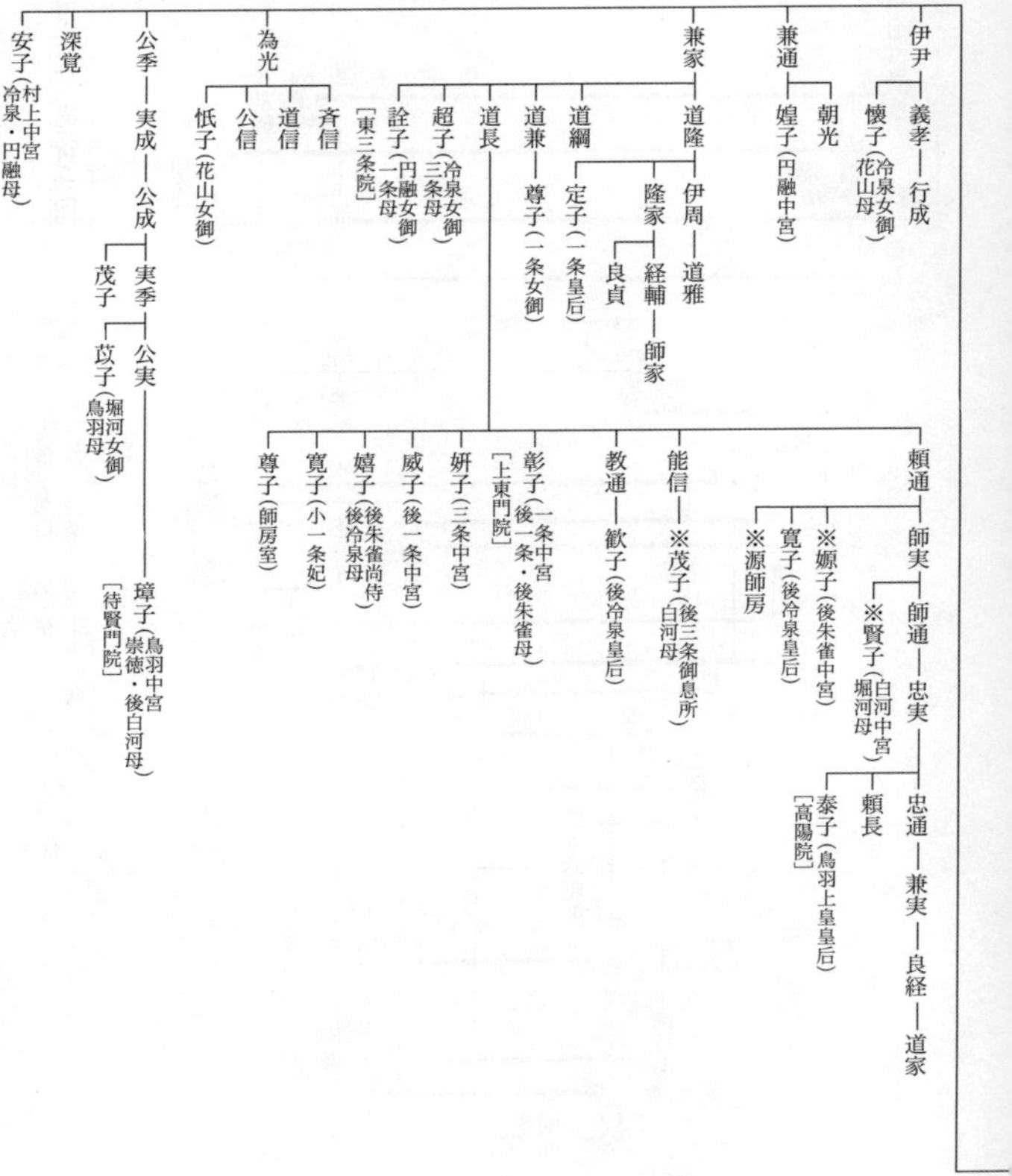

伊尹
義孝
行成
懐子（冷泉女御 花山母）
兼通
朝光
媓子（円融中宮）
兼家
道隆
伊周
道雅
隆家
経輔
師家
良貞
定子（一条皇后）
道綱
道兼
尊子（一条女御）
道長
超子（冷泉女御 三条母）
詮子（円融女御 一条母）
［東三条院］
頼通
師実
師通
忠実
忠通
兼実
良経
道家
頼長
泰子（鳥羽上皇皇后）
［高陽院］
※賢子（白河中宮 堀河母）
※源子（後朱雀中宮）
寛子（後冷泉皇后）
※源師房
能信
※茂子（後三条御息所 白河母）
教通
歓子（後冷泉皇后）
彰子（一条中宮 後一条・後朱雀母）
［上東門院］
妍子（三条中宮）
威子（後一条中宮）
嬉子（後朱雀尚侍 後冷泉母）
寛子（小一条妃）
尊子（師房室）
為光
斉信
道信
公信
忯子（花山女御）
公季
実成
公成
実季
公実
璋子（鳥羽中宮 崇徳・後白河母）
［待賢門院］
苡子（堀河女御 鳥羽母）
茂子
深覚
安子（村上中宮 冷泉・円融母）

皇室と藤原氏の関係系図

○内の数字は皇位継承順、□内の数字は摂政・関白の補任順。※は養子・猶子。

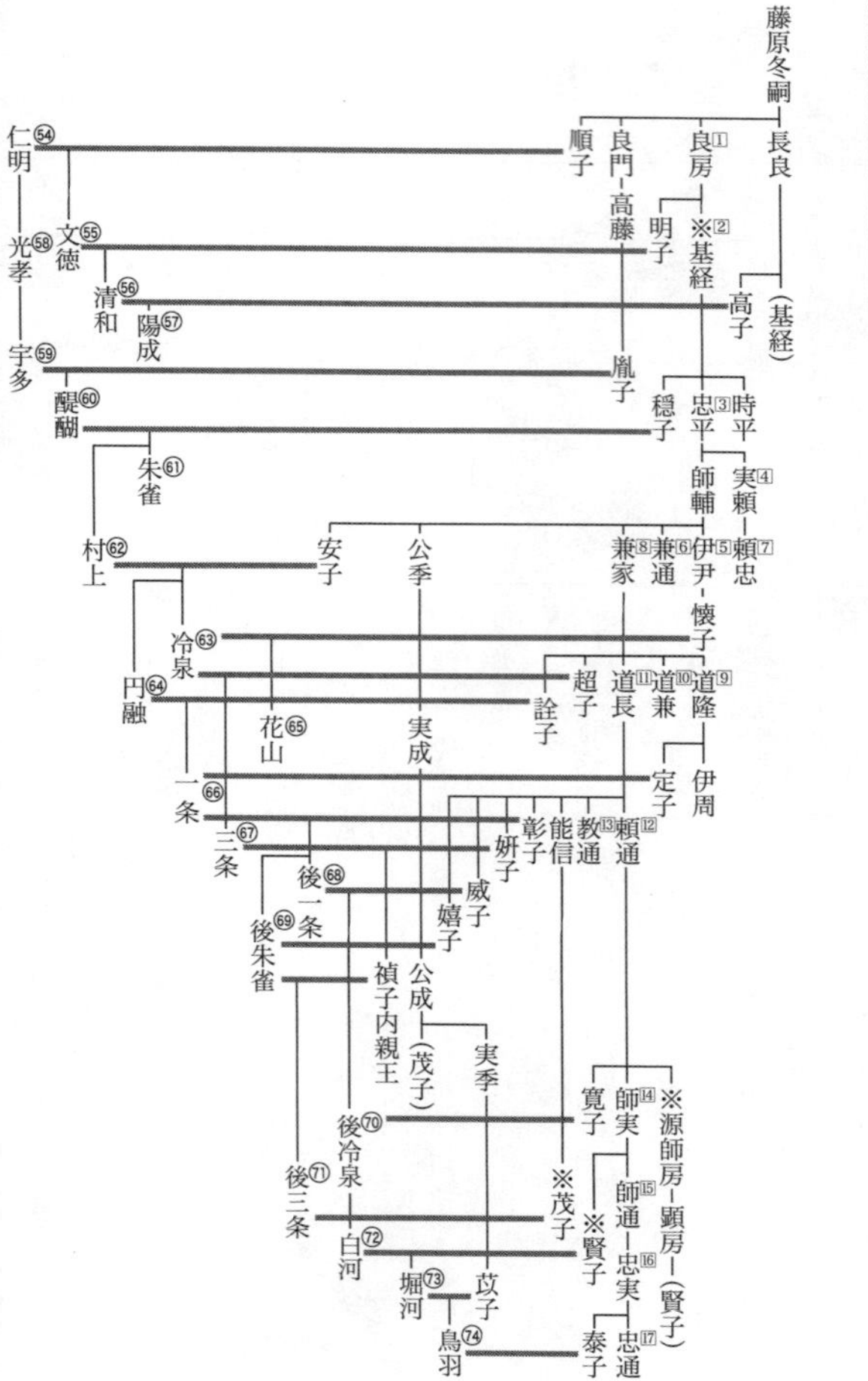

平氏系図

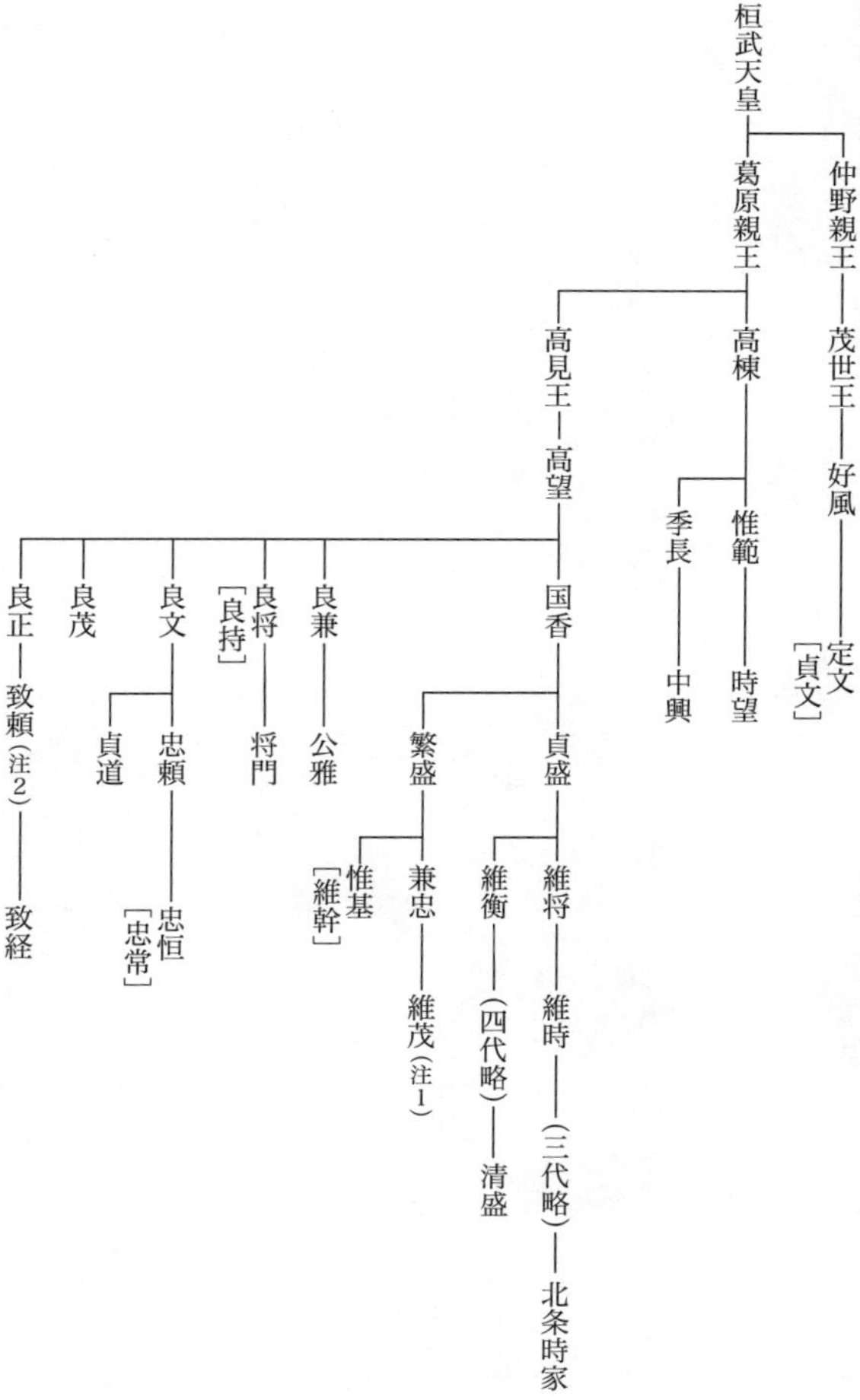

(注1)繁盛の子とも。
(注2)公雅の子とも。

KODANSHA

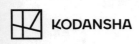

武石彰夫（たけいし　あきお）

1929-2011。東京都生まれ。国文学者。専門は仏教歌謡。法政大学文学部日本文学科卒業。文学博士。高知大学教授。仏教文化研究所長。著書に『仏教歌謡の研究』『和讃：仏教のポエジー』、編著書に『仏教歌謡集成』『仏教文学を読む事典』など多数。

講談社学術文庫

定価はカバーに表示してあります。

今昔物語集《こんじゃくものがたりしゅう》　本朝世俗篇《ほんちょうせぞくへん》（下）

全現代語訳

武石彰夫《たけいしあきお》 訳

2016年８月10日　第１刷発行
2024年10月３日　第４刷発行

発行者　篠木和久
発行所　株式会社講談社
東京都文京区音羽 2-12-21 〒112-8001
電話　編集（03）5395-3512
販売（03）5395-5817
業務（03）5395-3615

装　幀　蟹江征治
印　刷　株式会社ＫＰＳプロダクツ
製　本　株式会社若林製本工場
本文データ制作　講談社デジタル製作

ISBN978-4-06-292373-6

「講談社学術文庫」の刊行に当たって

これは、学術をポケットに入れることをモットーとして生まれた文庫である。学術は少年の心を養い、成年の心を満たす。その学術がポケットにはいる形で、万人のものになることは、生涯教育をうたう現代の理想である。

こうした考え方は、学術を巨大な城のように見る世間の常識に反するかもしれない。また、一部の人たちからは、学術の権威をおとすものと非難されるかもしれない。しかし、それはいずれも学術の新しい在り方を解しないものといわざるをえない。

学術は、まず魔術への挑戦から始まった。やがて、いわゆる常識をつぎつぎに改めていった。学術の権威は、幾百年、幾千年にわたる、苦しい戦いの成果である。こうしてきずきあげられた城が、一見して近づきがたいものにうつるのは、そのためである。しかし、学術の権威を、その形の上だけで判断してはならない。その生成のあとをかえりみれば、その根は常に人々の生活の中にあった。学術が大きな力たりうるのはそのためであって、生活をはなれた学術は、どこにもない。

開かれた社会といわれる現代にとって、これはまったく自明である。生活と学術との間に、もし距離があるとすれば、何をおいてもこれを埋めねばならない。もしこの距離が形の上の迷信からきているとすれば、その迷信をうち破らねばならぬ。

学術文庫は、内外の迷信を打破し、学術のために新しい天地をひらく意図をもって生まれた。文庫という小さい形と、学術という壮大な城とが、完全に両立するためには、なおいくらかの時を必要とするであろう。しかし、学術をポケットにした社会が、人間の生活にとってより豊かな社会であることは、たしかである。そうした社会の実現のために、文庫の世界に新しいジャンルを加えることができれば幸いである。

一九七六年六月

野間省一

日本の古典

207～209
次田真幸全訳注
古事記　(上)(中)(下)
本書の原典は、奈良時代初めに史書として成立した日本最古の古典である。これに現代語訳・解説等をつけ、素朴で明るい古代人の姿を平易に説き明かし、神話・伝説・文学・歴史への道案内をする。(全三巻)

269
上坂《うえさか》信男全訳注
竹取物語
日本の物語文学の始祖として古来万人から深く愛された「かぐや姫」の物語。五人の貴公子の妻争いは風刺を盛った民俗調が豊かで、後世の説話・童話にも発展する。永遠に愛される素朴な小品である。

274～277
佐藤一斎著／川上正光全訳注
言《げん》志《し》四《し》録《ろく》　(一)～(四)
江戸時代後期の林家の儒者、佐藤一斎の語録集。変革期における人間の生き方に関する問題意識で貫かれた本書は、今日なお、精神修養の糧として、また処世の心得として得難き書と言えよう。(全四巻)

325
川口久雄全訳注
和漢朗詠集《わかんろうえいしゅう》
王朝貴族の間に広く愛唱された、白楽天・菅原道真の詩、紀貫之の和歌など、珠玉の歌謡集。詩歌管絃に秀でた藤原公任の感覚で選びぬかれた佳句秀歌は、自然の美をあまねく歌い、男女の愛怨の情をつづる。

335～337
中田祝夫《のりお》全訳注
日本霊《りょう》異《い》記《き》　(上)(中)(下)
日本霊異記は、南都薬師寺僧景戒の著で、日本最初の仏教説話集。雄略天皇(五世紀)から平安初期までの説話百二十篇ほどを収めて弘仁十三年(八二二)に成立。奇怪譚・霊異譚に満ちている。(全三巻)

414・415
阿部俊子全訳注
伊勢物語　(上)(下)
平安朝女流文学の花開く以前、貴公子が誇り高く、颯爽と行動してひたむきな愛の遍歴をした。その人間悲哀の相を、華麗な歌の調べと絢い合わせ纏め上げた珠玉の歌物語のたまゆらの命を読み取ってほしい。

日本の古典

428～431
三木紀人《すみと》全訳注
徒然草（一）～（四）

美と無常を、人間の生き方を透徹した目でながめ、価値あるものを求め続けた兼好の随想録。全二百四十四段を四冊に分け、詳細な注釈を施して、行間に秘められた作者の思索の跡をさぐる。（全四巻）

442・443
吉田松陰《しょういん》著／近藤啓吾全訳注
講孟箚記《こうもうさっき》（上）（下）

本書は、下田渡海の挙に失敗した松陰が、幽囚の生活の中にあって同囚らに講義した『孟子』各章に対する彼自身の批判感想の筆録で、その片言隻句のうちに、変革者松陰の激烈な熱情が畳み込まれている。

452
久富哲雄《ひさとみてつお》全訳注
おくのほそ道

芭蕉が到達した俳諧紀行文の典型が『おくのほそ道』である。全体的構想のもとに句文の照応を考え、現実の景観と故事・古歌の世界を二重写し的に把握する叙述法などに、その独創性の一端がうかがえる。

459
安良岡康作《やすらおかこうさく》全訳注
方丈記

「ゆく河の流れは絶えずして」の有名な序章に始まる鴨長明の随筆。鎌倉時代、人生のはかなさを詠嘆し、大火・大地震・飢饉・疫病流行・人事の転変にもまれる世を遁れて出家し、方丈の庵を結ぶ経緯を記す。

491
保坂弘司訳
大鏡　全現代語訳

藤原氏一門の栄華に活躍する男の生きざまを、表では讃美し裏では批判の視線を利かして人物の心理や性格を描写する。陰謀的事件を叙するにも核心を衝くなど、「鏡物」の祖たるに充分な歴史物語中の白眉。

497
桑原博史全訳注
西行物語

歌人西行の生涯を記した伝記物語。友人の急死を機に、妻娘との恩愛を断ち二十五歳で敢然出家した武士藤原義清の後半生は数奇と道心一途である。「願はくは花の下にて春死なむ」ほかの秀歌群が行間を彩る。

《講談社学術文庫　既刊より》